WOLFGANG THON

Blutiges Land

Buch

Der Müllerssohn Eik führt ein einfaches, ruhiges Leben, bis er sich in die Schwester seines besten Freundes – des Landadeligen Valerian – verliebt. Denn der junge Edelmann ist so vehement gegen diese unstandesgemäße Verbindung, dass sich die Männer fortan aus dem Weg gehen. Da erreicht der 30-jährige Krieg ihre ländliche Heimat und ändert alles. Eik schlägt sich auf die Seite der Protestanten, wobei ihm Religion und Politik herzlich egal sind. Doch bereits in der ersten Schlacht tut er sich durch Mut und Wildheit hervor und zieht so die Aufmerksamkeit mächtiger Männer auf sich. Währenddessen schließt sich Valerians Familie den Katholiken an. Zwei Freunde, die sich auseinandergelebt haben und die das Schicksal doch wieder zusammenführt – zu einem Duell auf Leben und Tod!

Autor

Wolfgang Thon wurde am 17.07.1954 in Mönchengladbach geboren. Nach dem Abitur studierte er Sprachwissenschaft, Germanistik und Philosophie in Berlin und Hamburg. Heute ist er als Übersetzer und Autor für verschiedene Verlage tätig. Er ist Vater von drei mittlerweile erwachsenen Kindern und lebt, schreibt, übersetzt, reitet und tanzt (Argentinischen Tango) in Hamburg.

Wolfgang Thon

Blutiges Land

Roman

blanvalet

FSC
www.fsc.org
MIX
Papier aus verantwortungsvollen Quellen
FSC® C014496

Verlagsgruppe Random House FSC® N001967

1. Auflage

Neumarkter Str. 28, 81673 München
Redaktion: Peter Thannisch
Umschlaggestaltung: Johannes Frick, Neusäß
Umschlagabbildungen: Shutterstock/Alex Flint und Robert B. Miller
HK · Herstellung: sam
Satz: Buch-Werkstatt GmbH, Bad Aibling
Druck und Bindung: GGP Media GmbH, Pößneck
Printed in Germany
ISBN 978-3-7341-0240-0

www.blanvalet.de

Der holden Margarethen.
Für Dein Verständnis und Deine Geduld.

TEIL EINS

Mein Freund – mein Feind

1. KAPITEL

Bruchhausen, nahe der Festung Nienburg, Herbst 1626

Die Reiter kamen über sie wie ein Gewittersturm.

Eik hatte sich aufgerichtet, um seinen schmerzenden Rücken zu entlasten, nachdem er stundenlang in gebückter Haltung Kartoffeln aus der Erde geklaubt hatte. Dabei war sein Blick auf den Hügelkamm und den einzelnen Reiter gefallen, der darauf stand.

In dem Zwielicht des heraufziehenden Abends konnte Eik nicht erkennen, ob es sich um einen Söldner oder etwa um Schlimmeres, einen Marodeur und Plünderer, handelte. Dann hob der Mann den Arm.

Eik starrte einen Moment lang auf den Hügelhang, über den plötzlich eine ganze Schar von Reitern quoll und zielstrebig auf sie zugaloppierte. *Söldner,* dachte Eik. *Plünderer und Strauchdiebe reiten nicht so diszipliniert und haben auch nicht so viele Pferde.*

Ob die Soldaten zur protestantischen Union oder zu den Ligistischen des Kaisers gehörten, spielte keine Rolle, denn die Art und Weise, wie sie heranstürmten, verriet schwerlich friedliche Absichten.

Eik fuhr herum, schrie den anderen auf dem Feld eine Warnung zu und war mit zwei langen Sätzen bei seiner Jacke. die am Feldrand lag. Er schob sie und den mittlerweile leeren Knappsack beiseite und packte den Griff des Stoßdegens.

Er hatte ihn kaum aus der Lederscheide gezogen, als die Welt um ihn herum nur noch aus Gebrüll, schrillem Wiehern, ängstlichen Schreien und stinkenden, riesigen Pferdeleibern zu bestehen schien.

Erde, Schweißflocken und von Pferdehufen zertretene Kartoffeln spritzten durch die Luft, und Eik wusste nicht, wohin er sich zuerst wenden sollte. Er bekam einen Stoß gegen die Schulter, fuhr herum, und im nächsten Moment traf ihn ein Stiefel zwischen die Schulterblätter. Er flog durch die Luft und landete mit dem Gesicht voran auf dem Acker.

Feuchte Erde drang ihm in Mund und Nasenlöcher und verklebte seine Augen. Eik stemmte sich hustend und spuckend auf die Ellbogen hoch und hob den Kopf. Den Stoßdegen hielt er immer noch in der rechten Faust.

Dann tauchten Pferdebeine vor ihm auf, die eines Schimmels. Er hob den Blick zu dem Reiter und runzelte verblüfft die Stirn. Der Mann schien bis auf den Dolch am Gürtel über seinem Lederwams unbewaffnet zu sein und wirkte sehr jung, war vielleicht sogar noch jünger als er selbst mit seinen neunzehn Sommern. Sein Gesicht war für einen Mann ungewöhnlich fein und ebenmäßig. Und dann diese rote Mähne.

Das ist kein Mann!

Eik hatte zwar gehört, dass sich bei manchen marodierenden Banden, die die Gegend rund um Verden heimsuchten, auch Frauen befanden, aber bei einer Söldnertruppe? Und es mussten Söldner sein, so viel war klar, auch wenn sie keine Regimentsfarben zeigten.

Der Anblick der Frau, die in Männerkleidung auf dem Pferd vor ihm saß, ließ ihn kurz den Lärm und das Chaos ringsum vergessen. Er versuchte aufzustehen, als plötzlich eine Stiefelspitze schmerzhaft gegen seinen Arm prellte und ihm der Stoßdegen aus der Hand flog.

»He, was …?« Eik fuhr herum, erstarrte jedoch im nächsten Moment, als er die Spitze einer schmalen Klinge unter seinem Kinn fühlte, deren messerscharfe Schneide schmerzhaft seine Haut ritzte. *Ein Rapier!*

»Hör auf, sie anzustarren, du Einfaltspinsel!«

Eik starrte den Sprecher an. *Franzosen? Was …? Hat dieser Richelieu etwa Soldaten nach Deutschland geschickt? Und wenn ja, auf welcher Seite kämpfen sie? Gerade erst haben Tilly und Wallenstein Christian von Dänemark besiegt, und schon kommen die Franzosen hierher?*

Er kam jedoch nicht dazu, weiter über diese Frage nachzudenken.

»Halt, Ducroix!«

Die Stimme hinter Eik sprach ebenfalls Französisch und gehörte offenbar jemandem, der hier etwas zu sagen hatte. Der Ducroix genannte Mann zog jedenfalls nach kurzem Zögern die Spitze der Klinge von Eiks Hals zurück, ohne allerdings das Rapier ganz sinken zu lassen.

Eik biss die Zähne zusammen, als er spürte, wie warmes Blut aus der Schnittwunde seinen Hals hinunterlief. Er widerstand dem Impuls, sich umzudrehen, und starrte weiter den Mann mit dem Rapier an. Der war schlank, trug teuer aussehende Schaftstiefel, eine Lederhose, darüber ein ledernes Wams mit Pluderärmeln, deren Falten mit Samt unterlegt waren, und ein Hemd mit einem üppigen Spitzenkragen. Eine ungewöhnlich kostspielige Bekleidung für einen Söldner, die abgesehen vom Reisestaub in einem sehr gepflegten Zustand war. *Ein hoher Offizier?* Das blasse Gesicht war von einer Narbe entstellt, die von einer Braue aus über die gesamte Wange verlief. *Offenbar eine Verletzung von einer Klinge,* dachte Eik. *Er kann von Glück reden, dass er sein Augenlicht nicht verloren hat.* Er hatte kalte, dunkle Augen, deren Blick Eik förmlich zu durchbohren schien.

»Ich sagte, du sollst aufhören zu glotzen, Schwachkopf!«, wiederholte der Mann und richtete dann seinen Blick kurz auf den Mann hinter Eik, der ihn vermutlich mit dem Tritt entwaffnet hatte. *»Übersetzt das für diesen Trottel, Capitain, bevor ich ihm noch mein Rapier in den Schlund stoße!«*

»Der tapfere Chevalier will, dass du aufhörst, das Mädchen oder ihn selbst anzuglotzen, Junge!«

Daraufhin drehte sich Eik doch zu dem Sprecher herum, bei dem es sich der Anrede des Franzosen nach wohl um den Hauptmann dieser Truppe handelte. *Wenigstens ist es kein Franzose, jedenfalls seinem Akzent nach zu urteilen.* Eik wollte gerade sagen, dass er weder ein Junge war noch eine Übersetzung brauchte, aber als er in das Gesicht des Offiziers blickte, kam kein Wort über seine Lippen.

Unter dem breitkrempigen Hut glühten Augen wie Kohlen. Der Mann hatte schwarzes Haar, einen kurzen graumelierten Bart – und eine schreckliche Verletzung, die den Mann sein rechtes Ohr gekostet hatte. Der größte Teil seiner rechten Wange sowie die Haut um sein rechtes Auge und auf der Stirn schienen regelrecht weggebrannt zu sein.

Eik hatte von solchen Verletzungen gehört. Sie rührten davon, wenn eine Muskete oder eine kurzläufigere Arkebuse beim Abfeuern explodierte. Sein Blick zuckte zu dem Bandelier des Mannes quer über seiner Brust, aber an dem Karabinerhaken hing keine Schusswaffe, jedenfalls soweit Eik das erkennen konnte.

Offenbar war ihm dieser eine Unfall Warnung genug!, dachte Eik. *Und er hat wahrhaftig großes Glück gehabt, dass er mit dem Leben davongekommen ist.* Sein Blick suchte an der Kleidung des Mannes nach etwas, das seine Zugehörigkeit zu einer der Kriegsparteien verriet, aber er konnte nichts dergleichen entdecken.

Dann wurde er von derbem Gelächter und schrillen Schreien abgelenkt. Sein Blick fiel auf die Söldner, die die Mägde und die beiden Knechte auf dem Acker zusammentrieben. Sie schlugen auf die Männer mit den flachen Seiten ihrer Klingen ein und drängten sie mit ihren Pferden weiter. Als eine der Mägde hinfiel, wollte ihr Jakob, der jüngere der beiden Knechte, zu Hilfe kommen. Aber ein Söldner stieß den jungen Burschen mit seinem Pferd um und leckte sich obszön die Lippen, als die Magd versuchte, sich rückwärts krabbelnd vor den Hufen in Sicherheit zu bringen, und dabei ihre Beine entblößte.

Ein anderer Söldner schlug mit einem Säbel Broder nieder, den älteren Knecht, der ebenfalls versuchte, der Magd zu helfen.

»Warum tut er das?«, schrie Eik wütend und bückte sich, um den Stoßdegen aufzuheben.

»Weil er es kann, Bursche!«, erwiderte der Hauptmann und trieb sein Pferd einen Schritt vor. Die Beine des Rosses stießen gegen Eiks Hintern, und er landete erneut auf dem von den Hufen aufgewühlten Acker. »Das würde ich an deiner Stelle nicht versuchen, falls dir etwas an deinem Leben liegt!«

Eik hatte die Faust um den Griff seines Stoßdegens geballt, und als er nun herumfuhr, sah er, dass der Franzose die Zähne gefletscht hatte und Anstalten machte, sein Pferd anzutreiben, um ihn über den Haufen zu reiten.

Der Hauptmann lenkte sein Pferd zwischen Eik und den Franzosen und beugte sich aus dem Sattel zu ihm hinab. »Her mit dem Pallasch, Bursche!«

Eik zögerte. *Wenn ich ihm die Waffe gebe, bin ich vollkommen wehrlos.* Er sah sich um. Mittlerweile hatten die Söldner die Mägde und Knechte zum Ackerrand getrieben, wo sie sich ängstlich aneinanderdrückten und gegenseitig umklammert hielten. *Andererseits, was kann ich allein schon ausrichten? Und schließlich hat niemand etwas davon, wenn ich eine Dummheit begehe und diese Halunken mich umbringen.*

»Wäre es dir lieber, wenn ich dich dem Chevalier überlasse?« Der Hauptmann verlor allmählich die Geduld. Mit einem kurzen Rucken seines Kopfes deutete er auf den Franzosen, der Eik mit wütenden Blicken bedachte. »Er hat schon seit längerem nichts Ordentliches mehr in den Magen bekommen, so wie wir alle, und ist entsprechend schlecht gelaunt. Es würde mich nicht wundern, wenn du dann nicht nur den Pallasch verlierst, sondern auch gleich den ganzen Arm. Also zum letzten Mal, her mit der Waffe!« Die Stimme des Mannes klang unerbittlich, aber nicht gänzlich unfreundlich.

Eik war klar, dass er keine Wahl hatte, jedenfalls

nicht, wenn er am Leben bleiben wollte. Er wirbelte den Degen hoch, fing ihn an der Klinge auf und reichte ihn dem Hauptmann mit dem Griff voran.

Der hob seine ihm verbliebene Braue, als er den Griff der Waffe mit seinem Stulpenhandschuh packte. »Was will ein Bauernbursche wie du mit einem solchen Degen?«

»Zurzeit treibt sich viel Gesindel in der Gegend herum, Herr.« Jakob hatte sich aufgerappelt und stand jetzt neben Eik. »Plünderer, Strauchdiebe und ihresgleichen ...« Er verstummte, als der Hauptmann zu ihm herumfuhr.

»Gesindel?« Die Stimme des Mannes klang leise und drohend. »Willst du uns etwa ...?«

»Er meint den Stillen Veit und seine Bande, Herr«, mischte sich Eik hastig ein. Er hatte plötzlich Angst, dass der Mann dem Jungknecht seinen Stoßdegen ins Herz rammen würde, und versuchte die Klinge festzuhalten, allerdings vergeblich.

Der Hauptmann riss ihm den Pallasch aus den Fingern und wog die Waffe in der Hand. »Eine gute Waffe«, meinte er und betrachtete den Stahl der Klinge. »Und dazu recht kostspielig für einen Bauern.« Er sah Eik scharf an. »Der Stille Veit, sagst du? Ein Strauchdieb, was? Gehörst wohl selbst dazu, wenn du dir so eine Klinge leisten kannst, hab ich recht?«

Eiks Angst um Jakob wich der Sorge um sein eigenes Leben. Der Mann ließ die Klinge durch die Luft zischen und richtete dann die Spitze auf Eik. »Schön ausbalanciert und wohl auch scharf genug, um einem Mann ohne viel Federlesens die Kehle aufzuschlitzen.«

»Das ist die Waffe eines Dragoners, Hauptmann.«

Einer der beiden Männer, die abgestiegen waren und die Mägde und Knechte bewachten, war zu dem Offizier getreten und hatte einen Blick auf den Pallasch geworfen. Er deutete auf den Griff. »Das sind die Farben der Kaiserlichen da im Handstück.« Er musterte Eik abschätzend. »Er hat sie bestimmt gestohlen oder einem der Ligistischen abgenommen, nachdem er ihn hinterrücks ermordet hat. Diesen Bauern ist alles zuzutrauen. Wenn er jetzt noch einen Gaul stehlen könnte, würde er sich bestimmt als Reiter bei den kaiserlichen Dragonern melden.«

»Einen Gaul hat er doch gleich zur Hand«, meinte sein Kamerad und lachte derb, während er auf die ältere der beiden Mägde deutete. »Ich bin sicher, dass sie so einen schneidigen Dragoner nicht abwirft. Wenn doch, kann er ja die jüngere nehmen. Wir können ihm die Prachtstute ja zureiten, wenn er will.«

Eiks Blick zuckte zu der älteren Magd, Johanna, die als Köchin in der Herberge seiner Eltern arbeitete. Die Frau erwiderte seinen Blick und schüttelte unmerklich den Kopf, aber dieser Warnung hätte es nicht bedurft. Eik war klar, dass ihrer aller Leben auf Messers Schneide stand und dass es dumm gewesen wäre, die Männer noch mehr zu reizen.

Der Hauptmann musterte Eik scharf. »Ich verzichte darauf, dich hochnotpeinlich zu befragen, woher du die Waffe hast.« Er warf dem Franzosen einen kurzen Blick zu. »Fürs Erste jedenfalls.« Er fletschte die Zähne zu einer Grimasse, die wohl ein Grinsen sein sollte. Eik lief es kalt über den Rücken. »Und auch nur, solange du dich für uns als nützlich erweist.«

Er winkte den Mann, der den anzüglichen Vorschlag

gemacht hatte, zu sich und gab ihm den Stoßdegen. Dann wandte er sich wieder an Eik.

»Sag mir, wo hier in der Nähe eine Siedlung ist, Kerl, und wage nicht, mich anzulügen. Wir brauchen einen Platz zum Schlafen, etwas zu essen und Wasser und Futter für unsere Pferde.« Er kniff die Augen zusammen.

Eik schluckte, während sich seine Gedanken überschlugen. *Auf keinen Fall darf ich sie zum Schloss führen!,* dachte er. Die Vorstellung, dass diese Männer, vor allem dieser Franzose, sich bei Augusta und ihrer Familie einnisteten, behagte ihm überhaupt nicht. Klar, Freiherr von Villesen hatte fast drei Dutzend Bewaffnete zur Verfügung, wenn er all seine Männer zusammenrief. Eik ließ seinen Blick über die Söldner wandern. Er schätzte ihre Zahl auf nicht ganz zwei Dutzend. *Aber ich glaube nicht, dass Bossel und seine Leute gegen die hier bestehen können, selbst wenn sie ihnen zahlenmäßig überlegen sind.* Sein Blick blieb an dem Franzosen hängen, der sein Pferd neben die rothaarige Frau und einen älteren Mann gelenkt hatte und sich lebhaft mit ihnen unterhielt. Offenbar stritten sie wegen irgendetwas, aber Eik konnte nicht verstehen, um was es ging. Ihm missfiel jedoch die Art, wie der Mann die Frau an der Schulter berührte, als er sich aus dem Sattel zu ihr beugte. Die Vorstellung, dass er sich Augusta von Villesen auf diese Weise nähern könnte, bereitete ihm fast Übelkeit. *Kann ich es denn verantworten, diese Männer zu meinen Eltern zu führen?,* dachte er. *Es ist gefährlich, aber welche Wahl habe ich schon?*

Die Entscheidung wurde ihm jedoch abgenommen, denn bevor er die Frage des Hauptmanns beantworten konnte, mischte sich Broder ein, der ältere Knecht.

»Bruchhausen, Herr!« Der Mann wollte vortreten, aber der Söldner, der ihn bewachte, schlug ihm die flache Säbelseite mit voller Wucht auf den Rücken. Broder stieß einen Schmerzensschrei aus, taumelte und fiel zu Boden.

Der Hauptmann hatte Eik beobachtet, als könnte er dessen Gedanken lesen. Er nickte, als er Eiks Reaktion auf Broders Worte sah, und wandte sich an den Soldaten, der den Knecht zu Boden geschlagen hatte.

»Hoch mit ihm!«, befahl er. Die beiden Söldner packten Broder unter den Achseln und zogen ihn unsanft auf die Beine. Der Knecht stand vor dem Hauptmann und starrte ängstlich zu ihm hoch.

»Bruchhausen?« Der Offizier musterte den Mann scharf. »Kenne ich nicht. Was soll das sein?«

»Es ist ein Dorf, Herr. Nicht weit von hier.« Broder zitterte so stark, dass seine Worte nur undeutlich zu verstehen waren. »Wir kommen von dort.« Sein Blick glitt fast entschuldigend zu Eik. »Es liegt auf der anderen Seite der Sumpfniederung, Herr, und im Dorf selbst gibt es nicht viel zu holen. Aber was Unterkunft und Verpflegung für Euch und Futter für Eure Pferde angeht …«

»Meine Mutter führt dort eine kleine Herberge, Herr Hauptmann!«, platzte Eik heraus, bevor Broder seinen Satz beenden konnte. »Dort findet Ihr gewiss Unterkunft, und außerdem gibt es da einen kleinen Stall und eine Koppel für Eure Tiere.«

Innerlich bat er seine Eltern um Vergebung, aber er wollte verhindern, dass Broder Schloss Villesen erwähnte, und der Knecht hätte zweifellos genau das getan, in dem verständlichen Versuch, diese Söldner vom

Dorf fernzuhalten. »Es ist zwar nur eine kleine Herberge, Herr, aber meine Mutter wird Euch gut bewirten.« Er zwang sich zu einem Lächeln. »Sicher haben wir auch noch ausreichend Bier im Keller.«

»Und dort gibt es genügend Platz für mich und meine Leute?« Der Hauptmann deutete hinter sich, ohne sich umzudrehen. »Und eine anständige Unterkunft für den Chevalier und seine besonderen Gäste?« Die Art und Weise, wie der Offizier die letzten Worte betonte, ließ keinen Zweifel daran, dass er nur wenig von diesen Leuten hielt. »Monsieur ist recht anspruchsvoll.«

Eiks Blick glitt zu dem Chevalier, der Frau und dem alten Mann. Offenbar hatten sie ihren Streit beigelegt, denn der Chevalier richtete seine Aufmerksamkeit auf den Hauptmann und Eik. Als er sah, wie Eik zu ihm hinschaute, stieß er seinem Pferd die Sporen in die Flanken und ritt zu ihnen. Eik schluckte.

»Gewiss«, erwiderte er hastig. »Ihr könntet mit dem Chevalier und den beiden anderen in der Herberge schlafen.«

Er hörte, wie Broder hinter ihm Luft holte, zweifellos, um dem Hauptmann zu empfehlen, sich stattdessen doch lieber auf Schloss Villesen einzuquartieren. Eik versuchte erst gar nicht, den Knecht mit einem Blick zum Schweigen zu bringen, weil der Mann in seiner Angst ohnehin nicht verstanden hätte, worauf Eik hinauswollte. Also hob er die Stimme und sprach weiter, bevor der Knecht das Wort ergreifen konnte. »Und Eure Männer finden genug Platz in der Mühle.«

»In der Mühle?« Der Hauptmann sah Eik fragend an.

»Sie gehört meinem Vater, Herr. Er ist der Müller dort.«

Der Hauptmann warf Broder einen kurzen Seitenblick zu. »Hört sich an, als wäre dieses Bruchhausen doch nicht so klein, dass es dort nichts zu holen gäbe.«

Broder trat vor und setzte erneut zum Sprechen an, aber diesmal brauchte Eik ihm nicht zuvorzukommen, weil einer der beiden Söldner ihn unsanft am Kragen packte und zurückzerrte. »Hiergeblieben, Kerl!«, befahl er und zog Broder unsanft zurück, der daraufhin erneut in den Dreck fiel.

»Wenn er so weitermacht, sieht er bald aus wie ein Schwein!«, meinte einer der Männer lachend.

»Vielleicht sollten wir ihn pfählen und über einem Feuer rösten«, schlug ein anderer vor. »Ist schon lange her, dass ich einen ordentlichen Spießbraten hatte.«

Broder kannte genau wie Eik die düsteren Geschichten von Leuten, die in ihrer Not andere Menschen verspeist haben sollten, und starrte die Männer entsetzt an. Eik sah den dunklen Fleck, der sich im Schritt seiner Hose ausbreitete und ganz sicher nicht von der feuchten Erde stammte.

»Also gut!« Der Hauptmann drehte sich zu seinen Leuten herum. »Ihr habt gehört, was diese Bauern gesagt haben. Wir reiten nach Bruchhausen und beziehen dort für die Nacht Quartier. Diese Kerle nehmen wir mit.« Er sah Eik an. »Du zeigst uns den Weg.«

Eiks Gedanken überschlugen sich. *Wie soll ich Augusta und den Freiherrn benachrichtigen, wenn ich diese Leute nach Bruchhausen führe?* Es musste doch einen Ausweg geben, nur … ihm wollte einfach keiner einfallen.

Da kam von gänzlich unerwarteter Seite Hilfe.

»Was haben diese Bauerntrottel gesagt?« Der Che-

valier zügelte sein Pferd neben dem des Hauptmanns. »*Wohin reiten wir? Bruchhausen?*« Auf Französisch klang der Name von Eiks Dorf wie *Brüchauß,* aber selbst wenn Eik diese Sprache nicht verstanden hätte, wäre ihm nicht entgangen, dass dem Mann die Aussicht, in diesem Dorf zu übernachten, überhaupt nicht behagte.

Die nächsten Worte des Hauptmanns bestätigten seine Vermutung.

»*Allerdings, Chevalier.*« Der Hauptmann deutete auf seine Söldner und die junge Frau. »*Wenn Ihr schon keine Rücksicht auf meine Leute nehmt, solltet Ihr zumindest an die Gesundheit Eurer … Gäste denken. Der Jude braucht Ruhe, sonst fällt er noch tot vom Pferd. Euer Kardinal dürfte wohl kaum sonderlich erfreut sein, wenn Ihr mit einem wertlosen Wechsel und einer Leiche bei …*« Sein Blick zuckte kurz zu Eik. »*… dort auftaucht. Und Ihr braucht diesen Mann, um den Wechsel einzulösen, wenn ich das richtig verstanden habe.*« Er zuckte mit den Schultern. »*In Bruchhausen können wir ausruhen und, sollten uns die Ligistischen tatsächlich einholen, aus einer ordentlichen Deckung heraus kämpfen. Das ist auf jeden Fall besser, als sich ihnen auf freiem Feld stellen zu müssen.*« Gelassen erwiderte er den finsteren Blick des Chevaliers. »*Außerdem können wir auf keinen Fall die ganze Nacht durchreiten. Selbst wenn sich mein Arsch nicht anfühlen würde, als säße ich auf einem glühenden Amboss, müssen wir unseren Pferden Ruhe gönnen. Oder wollt Ihr vielleicht den Rest des Weges zu Fuß bewältigen?*«

Der Chevalier mahlte mit den Kiefern und starrte dann Eik an. »*Fragt diesen Bauernlümmel, wie weit es bis nach Stade ist. Wir müssen uns beeilen. Wir wissen nicht, wie lange Christian von Dänemark in seinem Lager bleiben kann, bevor Tilly und Wallenstein ihn von dort vertreiben. Ich glaube kaum, dass de Lemos Lust hat, dem König bis nach Jütland zu folgen oder gar ein Schiff zu besteigen, um nach Kopenhagen zu segeln und ihm das Geld meines Kardinals zu bringen.«* Er sah wieder zum Hauptmann zurück. *»Und ich ebenso wenig.«*

»Ich soll die Bauern nach dem Weg fragen?« Die Miene des Hauptmanns hatte sich bei den letzten Worten des Franzosen zusehends verdüstert. Als der Chevalier den Namen Christians von Dänemark aussprach, hatte er Eik angeblickt, der dem Wortwechsel zwar anscheinend gleichgültig gefolgt war, ein Aufblitzen seiner Augen aber nicht hatte verhindern können. *Stade? Sie wollen zum dänischen König?* Er wusste, dass sich Christian IV. von Dänemark nach seiner Niederlage gegen das Heer von Tilly und Wallenstein nach Stade zurückgezogen hatte. Und er wusste auch, dass die ligistischen Truppen auf dem Vormarsch waren. Deshalb hatte sein Vater ihn ja mit den Knechten auf den Kartoffelacker geschickt, damit sie möglichst rasch die wertvollen Knollen ernteten, bevor sie furagierenden Söldnern der Ligistischen in die Hände fallen konnten.

Als Eik den Blick des Hauptmanns auf sich fühlte, versuchte er, so unbeteiligt und verständnislos zu tun, wie er nur konnte. Die nächsten Worte des Offiziers zeigten jedoch, dass der sich von Eiks Verhalten nicht so leicht täuschen ließ.

»Ihr seid ein Narr, Ducroix!«, stieß der Hauptmann wütend hervor. *»Haltet Ihr diese Bauern wirklich für so dumm, dass sie nicht eins und eins zusammenzäh-*

len könnten?« Er deutete auf Eik. *»Dass sich der dänische König nach seiner Niederlage gegen die Ligistischen nach Stade zurückgezogen hat, dürfte für diese Leute kein großes Geheimnis sein. Schließlich trifft es sie am ärgsten, wenn die Truppen Tillys und Wallensteins hier plündernd durchziehen, um dem Dänen den Rest zu geben!«* Er schüttelte den Kopf. *»Selbst wenn es uns gelingt, unseren Vorsprung gegenüber den Ligistischen zu halten, ist es wohl kaum hilfreich, wenn diese Bauern uns verraten und unseren Verfolgern genau beschreiben können, wohin wir unterwegs sind.«* Er kratzte sich das verstümmelte Ohr. *»Stade ist meiner Schätzung nach noch mindestens zwei Tagesritte entfernt, was bedeutet, sie könnten uns noch abfangen, wenn sie wüssten, wohin wir …«*

»Stade, ihr Herren?« Eik fuhr zusammen, als er Broders bebende Stimme hörte. Der Knecht hatte wohl nur die Worte Stade und Christian verstanden und versuchte nun, dem Schicksal, als Spanferkel zu enden, zu entgehen, indem er sich bei ihnen einschmeichelte. *Dabei macht er alles nur noch schlimmer!,* dachte Eik, aber er konnte nicht verhindern, dass der Knecht in seiner Angst weiterplapperte.

»Dort liegen die Dänen, haben wir gehört.« Er sah unterwürfig zwischen dem Hauptmann und dem Chevalier hin und her. »Wenn Ihr dorthin wollt, kann ich Euch sagen, dass es nicht mehr allzu weit ist.« Sein Blick streifte den von Eik, und er zuckte zusammen, als er die Wut auf dem Gesicht des Müllerssohns sah. »Höchstens elf Hannoveraner Meilen, ein scharfer Tagesritt mit ausgeruhten Pferden. Und frische Pferde hat unser Landherr, Freiherr von Villesen …«

»So sei doch endlich still, Herrgott noch mal, Broder!«, fuhr Eik den Knecht an. Am liebsten hätte er ihn geohrfeigt. *Das fehlt gerade noch, dass du diese Kerle auf die Idee bringst, dem Freiherrn seine Trakehner wegzunehmen.* Er bemerkte den scharfen Blick des Hauptmanns. »Was fällt dir ein, die Herren Offiziere belehren zu wollen?«, setzte er hinzu. »Sie wissen auch ohne deinen Rat, was sie zu tun haben!« Er zwang sich zu einem Lächeln, als er den Hauptmann ansah. »Verzeiht ihm, dass er sich ungefragt einmischt, Herr Hauptmann. Mein Vater ist einfach zu nachsichtig mit ihm.«

Aber es war schon zu spät.

»Von Villesen?« Der Chevalier war bei der Erwähnung dieses Namens aufmerksam geworden. *»Ist das der Landesherr dieser Leute? Wahrscheinlich ist es nur ein einfacher Landadliger, aber dennoch!«* Ducroix sah den Hauptmann an. *»Was hat dieser Schwachkopf gesagt, elf Meilen bis Stade?«* Er verzog die Lippen. *»Das sind fünfundzwanzig Lieues. Mit ausgeruhten Pferden schaffen wir das in zwei Tagen.«* Er fuhr mit der Hand durch die Luft. *»Wir haben genug Vorsprung, um uns heute Nacht ausruhen zu können. Falls die Ligistischen bei all dem Durcheinander auf den Straßen überhaupt noch auf unserer Spur sind.«* Er seufzte. *»Zudem könnte ich wahrhaftig ein Bad vertragen.«* Er warf einen kurzen Blick auf die rothaarige Frau. *»Und jemanden, der mir den Rücken schrubbt und den Dolch reinigt.«* Die junge Frau jedoch beachtete ihn nicht, sondern hielt ihren Blick auf Eik gerichtet, woraufhin sich die Miene des Franzosen verfinsterte. *»Jedenfalls dürfte es weit angenehmer sein, die Nacht auf einem Herrensitz zu verbringen, selbst wenn es ein einfaches Gutshaus ist,*

als sich in der Gesellschaft stinkender Dorftrottel in feuchtem Stroh zu wälzen«, fuhr er gereizt fort. *»Außerdem hat dieser von Villesen, abgesehen von einer ordentlichen Köchin, vielleicht auch ein paar Pferde in seinen Stallungen.«* Er hob eine Braue. *»Die wir requirieren könnten. Also schlage ich vor …«*

»Villesen liegt etliche Meilen in der Eurem Ziel entgegengesetzten Richtung, Herr.« Es war ein Risiko, sich einzumischen, und dazu noch mit dieser Lüge, aber Eik setzte darauf, dass keiner dieser Männer wusste, dass Schloss Villesen nur eine halbe Wegstunde entfernt lag, den Blicken verborgen in einer von bewaldeten Hügeln umfassten Senke.

»Was Ihr vorschlagt, Chevalier«, der Hauptmann schien Eiks Worte nicht gehört zu haben, *»würde bedeuten, dass wir umkehren und unseren Verfolgern entgegenreiten müssten!«* Verärgert schlug er mit der Faust auf den Sattel. *»Außerdem dürften Tilly und Wallenstein nach ihrem Sieg über Christian zweifellos die Gegend erkundet haben, bevor sie sich an seine Verfolgung machten. Ich bezweifle ernsthaft, dass ihnen ein größerer Herrensitz entgangen sein dürfte, und ich habe keine Lust, dort irgendeinem Offizier des Kaisers in die Arme zu laufen.«* Er schüttelte den Kopf. *»Nein, es bleibt dabei, dass wir solche Orte meiden, und außerdem habt ihr ja gehört, was dieser dumme Bauernlümmel gesagt hat.«* Er sah Eik an. *»Willst du das vielleicht wiederholen, Bursche?«*

Eik holte schon Luft, um zu antworten, aber wieder kam Broder ihm zuvor: »Villesen liegt dort hinter den Hügeln, Herr«, sagte er und streckte die Hand aus.

Eik verkniff sich einen Fluch, als er sah, dass weder

der Franzose noch der Hauptmann auf den Knecht achteten. Auch wenn er Broder am liebsten gewürgt hätte, war er für seine Einmischung diesmal dankbar. Denn es hätte nicht viel gefehlt, und er hätte auf die Frage des Hauptmanns geantwortet, obwohl der sie auf Französisch gestellt hatte. *War das Absicht?*

»Verzeiht, Herr Hauptmann, aber ich …«

»Dieser Einfaltspinsel versteht kein Französisch, Capitain!«, meinte der Chevalier verächtlich. *»Aber ich beuge mich Eurem Wunsch.«* Sein Blick glitt zwischen Eik und der jungen Frau hin und her. *»Und was Eure Furcht angeht, dass diese einfältigen Bauern uns verraten könnten …!«* Er grinste boshaft. *»Bevor wir morgen früh aufbrechen, werden wir dafür sorgen, dass keiner von ihnen imstande ist, gegenüber irgendeinem der Ligistischen etwas auszuplaudern.«* Er zuckte mit den Achseln. *»Und was wir an Vorräten nicht mitnehmen können, verbrennen wir oder machen es anderweitig unbrauchbar.«*

»Warum zünden wir nicht gleich die ganze Siedlung an und verbrennen diese Bauern in ihren Häusern?«, knurrte der Hauptmann.

Eik schluckte, unsicher, ob der Offizier es ernst damit meinte oder nicht.

Der Franzose hatte keine solchen Bedenken. Er runzelte nachdenklich die Stirn. *»Das wäre in der Tat das Beste, aber die Rauchwolken könnten von irgendwelchen Kundschaftern gesehen werden.«* Er schüttelte den Kopf. *»Nein, es genügt, wenn wir dieses Pack einfach mundtot machen, bevor wir weiterreiten.«* Er zuckte mit den Schultern. *»Der Krieg ist eben eine blutige Sache.«*

»Ihr seid eine Bestie!«

Die junge Frau war herangeritten und starrte den Chevalier entsetzt an. *»Was haben Euch diese Leute denn getan?«* Sie deutete auf Eik und die anderen. *»Sie bieten Euch Unterkunft und laden Euch ein an ihren Tisch, und Ihr wollt es ihnen entgelten, indem Ihr sie umbringt?«*

Der Chevalier hob eine Braue und verzog abfällig das Gesicht. *»Ihr setzt Euch ja wirklich rührend für diesen Burschen ein, Mademoiselle. Offenbar hegt Ihr eine Schwäche für ungebildete Bauernlümmel, hab ich recht?«* Er warf dem alten Mann, der sich ebenfalls zu ihnen gesellt hatte, einen abfälligen Blick zu. *»Vielleicht verständlich, wenn man Eure Herkunft in Betracht zieht.«*

Die junge Frau errötete, aber ihre nächsten Worte machten deutlich, dass das weniger ein Zeichen von Scham als vielmehr von Wut war.

»Jedenfalls sind mir Bauern mit Verstand lieber als Adelige, die sich wie überhebliche Dummköpfe aufführen!«, gab sie zurück. *»Wer, glaubt Ihr, wird Euch den Bauch füllen, wenn Ihr erst einmal alle Bauern und einfachen Leute ermordet habt? Wollt Ihr Euren Weizen selbst ernten, um Euer Korn zu mahlen und Euer Brot zu backen?«* Sie deutete auf das Feld. *»Oder wollt Ihr selbst die Wurzeln ausgraben, um sie zuzubereiten?«* Ihr Blick fiel auf Eik, der sie gebannt betrachtete. *»Und was die Bildung dieser Leute angeht, seid Ihr Euch wirklich sicher, dass sie Euch nicht verstehen?«* Sie schnalzte verächtlich mit der Zunge. *»Das wäre Euch zu wünschen, wenn Ihr Euch in ihren Häusern zum Schlafen niederlegen wollt. Schließlich habt Ihr gerade unüber-*

hörbar verkündet, wie Ihr Euch bei diesen Leuten für ihre Gastfreundschaft bedanken wollt!«

Auch der Chevalier war vor Zorn rot angelaufen. *»Ihr vergesst Euch, Mademoiselle, und Ihr vergesst vor allem, wer ich bin!«*

»Und Ihr scheint zu vergessen, wer mein Vater ist, Chevalier. Euer Kardinal hat Euch zu seinem Schutz bestellt, denkt daran. Ihr habt keinerlei …«

»Das genügt!« Der Hauptmann trieb sein Pferd zwischen die junge Frau und den Chevalier. *»Ich würde vorschlagen, Signorita de Lemos, dass Ihr es mir überlasst, wie wir mit diesen Bauern verfahren!«* Er hob die Hand, als sie aufbegehren wollte. *»Ich sagte, es genügt.«* Er starrte die junge Frau durchdringend an, bis sie schließlich, nach einem wütenden Blick auf den Chevalier und Eik, ihr Pferd unsanft wendete und zurück zu den restlichen Soldaten galoppierte, wo sie den Schimmel so hart zügelte, dass das Tier protestierend wieherte.

Der alte Mann ist also ihr Vater, dachte Eik, der aufatmete, als die Frau sich entfernte. Er beobachtete, wie jener Mann den Hauptmann fast entschuldigend ansah, bevor er zu seiner Tochter zurückritt, ohne den Chevalier auch nur eines Blickes zu würdigen.

»Diese Juden sind einfach zu schwach besaitet für so etwas wie den Krieg«, zischte der Chevalier.

»Mag sein«, erklärte der Hauptmann, der Eik nachdenklich betrachtete. *»Aber dennoch hat sie nicht ganz unrecht.«*

»Das ist doch wohl nicht Euer Ernst, oder?« Der Chevalier schüttelte ungläubig den Kopf. *»Es ist Gottes Wille, dass diese Menschen uns untertan sind, sonst hätte*

er ihnen dieses Schicksal nicht zugewiesen.« Er fuhr mit der Hand durch die Luft. *»So wie es Gottes Wille ist, dass Menschen über andere Menschen herrschen, die der Führung bedürfen. Und diese hier …«*

»Das habe ich nicht gemeint, Chevalier!« Der Hauptmann hatte Eik keinen Moment aus den Augen gelassen. *»Was ist, wenn diese ›ungebildeten Bauernlümmel‹, wie Ihr sie nennt, Eure Sprache verstehen?«* Er grinste bösartig. *»In diesem Fall dürften wir eine recht unruhige Nacht in ihrem Stroh verbringen.«*

Der Chevalier stieß zischend die Luft aus und trieb sein Pferd neben Eik. *»Ich werde Euch beweisen, dass dieser Kerl kein Wort von dem begreift, was ich sage.«* Er beugte sich zu Eik hinab. *»Sag mir, du stinkendes Schwein, soll ich dir meinen Degen in die Kehle rammen und auf deinen Leichnam pissen, nachdem ich dich vorher gezwungen habe, deine Mutter zu schänden und deinen Vater zu kastrieren?«*

Bei diesen Worten lächelte er, und seine Stimme klang fast freundlich.

Eik ballte innerlich die Fäuste, aber es gelang ihm, sich zu beherrschen. Dennoch hütete er sich, den Kopf zu heben und den Mann anzusehen, damit der den Hass in seinen Augen nicht bemerkte.

»Verzeiht, Herr!«, presste er hervor. »Ich verstehe Euch nicht.« Plötzlich kam ihm eine Idee, und er deutete auf den Acker hinter sich. »Wir sind nur einfache Bauern, Herr, und wollten das Feld abernten, bevor die Nacht anbricht.« Er hob den Blick, als er sicher war, dass er sich in der Gewalt hatte. »Das müssen wir auch, wenn wir Euch heute Abend bewirten sollen, Herr.«

Der Chevalier starrte ihn einen Moment lang an, dann

drehte er sich zu dem Hauptmann herum und zuckte mit den Schultern. *»Ich hab es ja gesagt, Capitain. Dieser Kerl versteht kein Wort von dem, was ich sage.«* Er warf einen Blick auf das Feld. *»Ich hoffe allerdings sehr, dass es in dieser sogenannten Herberge auch so etwas wie Wildbret oder zumindest Geflügel gibt. Oder glaubt dieser Bauer tatsächlich, dass ich mich mit Brot und irgendwelchen sandigen Wurzeln zufriedengebe?«*

Er kniff die Augen zusammen, während er sprach, und trieb sein Pferd dichter an den Rand des Ackers. *»Was genau baut ihr da eigentlich an?«*

Bevor Eik etwas sagen konnte, mischte sich Broder wieder ein, der den Blick des Franzosen richtig gedeutet hatte.

»Das sind Trüffel, Herr«, sprudelte es aus dem Knecht heraus. »Sie gehören unserem Landherrn …«

Aber der Chevalier achtete nicht auf den Knecht. Er zog sein Rapier, bückte sich und spießte eine Kartoffel auf, die auf dem von den Pferdehufen zerwühlten Boden lag. Dann hob er sie mit der Spitze seiner Klinge hoch und betrachtete sie.

»Pommes de Terre?« Die Überraschung war ihm deutlich anzuhören. *»Äpfel?«,* übersetzte er, wenn auch fehlerhaft, ins Deutsche und sah den Hauptmann an.

»Äpfel?« Broder schüttelte den Kopf. »Nein, Herr, das sind Erdäpfel, Trüffel, keine …« Weiter kam er nicht, denn der Chevalier bohrte ihm sein Rapier in die Schulter.

Broder schrie vor Schmerz auf und stürzte zu Boden, während die Mägde und Jakob vor Entsetzen kreischten und Eik Anstalten machte, sich auf den Mann zu stürzen.

»Du hirnloser Idiot!«, fluchte der Chevalier. *»Wenn du es noch einmal wagst, mich zu verbessern, ramme ich dir meine Klinge so weit ins Maul, dass sie dir aus dem Arsch herauskommt!«*

Eik wurde von einem heftigen Schlag an der Schulter getroffen und fiel auf alle viere. Er hob den Kopf und sah die Beine eines Pferdes unmittelbar neben sich. Hastig riss er die Arme hoch, um seinen Kopf zu schützen. Der Hauptmann hatte ihn mit seinem Pferd einfach umgeritten. *Was dir wahrscheinlich das Leben gerettet hat, du Narr! Dieser Franzose will unbedingt jemandem wehtun, und wenn du ihn angegriffen hättest, hättest du ihm genau den Vorwand geliefert, auf den er schon die ganze Zeit über wartet.*

Offenbar war der Hauptmann derselben Meinung, denn er starrte Eik scharf an, bis der den Kopf senkte.

»Das war nicht nötig, Ducroix!«, sagte er. *»Dieser Bursche wird uns auf dem Weg zum Dorf nur aufhalten!«*

Der Chevalier hatte die Kartoffel von seinem Rapier gestreift und die Waffe in die Scheide geschoben. Stattdessen zog er eine Pistole aus seinem Gürtel und zielte damit auf Broder, der immer noch wimmernd am Boden lag. Johanna und Jakob knieten neben ihm. *»Ein Problem, das ich auf der Stelle lösen kann, mon Capitain!«*

»Seid kein Narr, Ducroix! Ein Schuss ist sehr weit zu hören, und wir laufen damit nur Gefahr, dadurch möglicherweise unsere Verfolger zu alarmieren.« Der Hauptmann schüttelte den Kopf. *»Wir haben schon genug Zeit vergeudet! Ich will endlich weg von der Straße und aus dem Sattel!«* Er sah Eik an. »Du führst uns

jetzt nach Bruchhausen, Kerl! Und ich rate dir, keine Dummheiten …«

»Nein, Capitain!« Der Chevalier starrte Eik finster an. *»Er hat selbst gesagt, dass sie diese Erdäpfel brauchen, um uns zu bewirten!«*

»Ich dachte, Euch steht nicht der Sinn nach sandigen Wurzeln?« Der Hauptmann sah den Chevalier spöttisch an.

Ducroix machte eine wegwerfende Handbewegung. *»Habt Ihr schon einmal von diesen Feldfrüchten gekostet?«*

Der Hauptmann warf einen kurzen Blick auf das Feld und zuckte mit den Schultern. *»Noch nicht, aber ich habe einiges darüber gehört. Angeblich haben die Spanier sie aus der Neuen Welt mitgebracht …«*

»Ja, sicher.« Ducroix betrachtete wieder das Feld. *»Sie sind nicht sonderlich weit verbreitet, und nur wenige Leute wissen, wie man sie zubereitet.«* Er kniff die Augen zusammen. *»Ich glaube zwar nicht, dass die Bauern hier zu diesem Kreis gehören, und erst recht dürfte ihnen nicht klar sein, wie kostbar diese Knolle ist.«* Dann grinste er. *»Aber ich bin sicher, dass dieser Freiherr von Villesen ziemlich wütend sein wird, wenn er feststellt, dass sein Feld geplündert wurde.«* Er deutete auf Eik, ohne ihn anzusehen. *»Er soll sie ausgraben, alle«*, sagte er zum Hauptmann. *»Lasst einen Eurer Söldner als Wache hier, damit sie nicht einfach davonrennen.«* Er warf einen Blick auf die Mägde und Jakob, die sich immer noch um den verletzten Broder kümmerten. *»Der junge Knecht und die alte Magd können ihm helfen.«* Dann sah er Eik an. *»Die anderen nehmen wir mit. Sagt ihm, dass wir sie umbringen, wenn*

er nicht vor Einbruch der Dunkelheit in seinem verdammten Dorf auftaucht, und zwar mit den Knollen!« Er schnaubte verächtlich. »*Und was sie nicht tragen können, soll Euer Mann ungenießbar machen. Er kann Schießpulver darüberstreuen und sie verbrennen!«*

Der Hauptmann schien protestieren zu wollen, überlegte es sich dann aber anders. »Also gut, Kerl!« Er sah Eik an. »Du, der junge Knecht und die ältere Magd bleiben hier und ernten die Erdäpfel! Einer meiner Männer bleibt bei euch, also kommt nicht auf dumme Gedanken!« Er winkte einen der beiden Söldner heran, die die Mägde bewacht hatten. Es war der, der vorgeschlagen hatte, Eik solle Johanna als Gaul benutzen. »André, du passt auf, dass keiner von ihnen Fersengeld gibt!« Er sah Eik an. »Wenn einer wegläuft, tötest du die beiden anderen, bevor du ihn zurückholst, verstanden?«

»Sicher, Hauptmann.« Der Mann nickte. »Die Frau auch?«

Der Hauptmann wartete, bis er sich sicher war, dass Eik verstanden hatte, worauf der Söldner hinauswollte. »Die Frau auch.« Er machte eine kurze Pause. »Die Reihenfolge überlasse ich dir.«

Der Mann grinste und trat zu seinem Pferd, um die Arkebuse vom Sattel zu nehmen.

»Du hast mich verstanden, Kerl«, sagte der Hauptmann zu Eik. »Also mach deinen Leuten klar, dass sie sich besser beeilen.« Er deutete mit dem Daumen auf den Chevalier. »Er ist immer noch schlecht gelaunt und hungrig, und du hast mittlerweile wohl begriffen, an wem er seine Wut auslassen wird, wenn er nicht bald etwas zu essen bekommt.«

Eik nickte. »Ja, Herr Hauptmann.«

»Gut«, fuhr der Offizier fort und wendete sein Pferd. »Ich erwarte, dass du noch vor Einbruch der Dunkelheit in der Herberge deiner Mutter erscheinst, zusammen mit den anderen beiden und genügend Erdäpfeln, um uns satt zu machen.«

»Das werde ich, Herr Hauptmann«, erwiderte Eik und nickte demütig, während sich die Söldner formierten und einen immer noch jammernden Broder an die Spitze ihrer kleinen Kolonne zerrten. Die beiden jungen Mägde warfen Eik flehentliche Blicke zu, aber der konnte nicht viel mehr tun, als sie tröstend anzusehen. Dann setzte sich die Kolonne in Marsch, und Eik atmete auf.

Das werde ich, Herr Hauptmann, dachte er, während in seinem Kopf ein Plan immer deutlicher Gestalt annahm. *Und wenn Gott mir beisteht, werde ich nicht nur Erdäpfel mitbringen, das verspreche ich.*

Eik blieb stehen und rang nach Luft. Er lauschte, aber das Prasseln von Zweigen und die wütenden Rufe des Söldners, der ihn verfolgte, waren nicht mehr zu hören.

Du hast ihn abgehängt!, dachte Eik. Er beugte sich vor, stützte die Hände auf die Knie und atmete mehrmals tief durch. *Gott sei Dank, du hast ihn abgehängt!* Er richtete sich auf und versuchte, das Zittern seiner Glieder unter Kontrolle zu bekommen. Doch als er die Augen schloss, tauchten sofort wieder die schrecklichen Bilder vor ihm auf, Johannas vor Angst verzerrtes Gesicht, ihr Schrei, der in einem feuchten Gurgeln endete, und Jakobs wütendes Gebrüll, das von dem Knall der Arkebuse abgeschnitten wurde.

Ihr Blut klebt an deinen Händen! Eik richtete sich wieder auf. *Weiter, du musst weiter!* Er musste den

Freiherrn benachrichtigen, ihn dazu bringen, seine Bewaffneten nach Bruchhausen zu schicken. *Augusta!* Sie würde ihm helfen, sie musste ihm helfen!

Eik fuhr sich mit der Hand übers Gesicht. Es war nass von Schweiß und Tränen. Er hatte nicht einmal bemerkt, dass er weinte. *Du bist schuld! Du hättest es nicht versuchen dürfen!* Aber was hätte er tun sollen? *Und Johanna …* Eik hatte ihr zugeraunt, was er vorhatte, als sie nebeneinander die Erdäpfel aus der aufgewühlten Erde klaubten, und sie hatte ihm mit Blicken und ihrer Mimik zu verstehen gegeben, dass sie ihm helfen würde, den Söldner abzulenken. Den Mann einfach zu töten, was Eik ursprünglich beabsichtigt hatte, war nicht so leicht, weil der Söldner seine Arkebuse ständig schussbereit hielt.

Johanna hatte sich diesem André schließlich immer weiter genähert, während sie die Trüffeln auflas. Der Mann hatte nur noch Augen für die Magd gehabt. Schließlich hatte er sie gepackt, und Johanna hatte sich nur schwach gegen seine Zudringlichkeiten gewehrt.

Eik war losgelaufen. Einen Moment hatte es so ausgesehen, als würde ihr Plan funktionieren. Eik konnte sicher schneller laufen als der Söldner, und er kannte sich zudem im Wald besser aus. Aber er hatte nicht damit gerechnet, was André tun würde, als er merkte, dass man ihn übertölpelt hatte.

Als Eik die Schreie hörte, hatte er innegehalten und sich umgedreht. Er war ein Stück zurückgelaufen, und als er sah, was dort geschah, hatte er erwogen, den beiden zu helfen. *Aber was hätte ich tun sollen?* Er hatte keine Waffe, und der Söldner war außer sich vor Wut gewesen. Erst hatte er Jakob erschossen, dann hatte er

Johanna die Kehle durchgeschnitten, und ihr Blut war über ihren Kittel und das Wams des Mannes gespritzt.

»Das hast du davon, du Mistkerl!«, hatte er Eik hinterhergeschrien. »Du bist schuld an ihrem Tod und dem Tod deiner ganzen verfluchten Sippe! Deines verfluchten Dorfes! Wir werden es niederbrennen und sie alle aufspießen!«

Eik hatte gezögert, und dann hatte der Söldner ihn gesehen. Statt ihm direkt nachzulaufen, war er jedoch zu seinem Pferd gerannt und hastig aufgestiegen, weil er wohl glaubte, dass er Eik zu Fuß nicht einholen konnte. Vermutlich hatte das Eik das Leben gerettet, denn er hatte wie versteinert die Leichen von Jakob und Johanna angestarrt, unfähig, sich zu rühren. *Ich bin schuld an ihrem Tod,* hatte er gedacht, zu mehr war er nicht fähig gewesen. *Ich bin schuld.*

Erst als der Söldner zu seinem Pferd lief, hatte Eik sich aus seiner Erstarrung gelöst und war losgelaufen, so schnell er konnte.

Denk nicht weiter daran!, ermahnte sich Eik jetzt, als erneut die Bilder von der blutüberströmten Johanna und Jakob mit seinem zerschmetterten Gesicht in ihm hochstiegen. *Du musst nach Villesen und den Freiherrn alarmieren, sonst werden sie Bruchhausen niederbrennen und alle umbringen, falls dieser André die Verfolgung aufgibt und zum Dorf reitet.* An die andere Möglichkeit, dass der Söldner ihn erst töten und danach seinen Racheplan durchführen könnte, wollte er nicht einmal denken.

Er wischte sich erneut übers Gesicht, rappelte sich dann hoch und lief weiter. *Später hast du noch genug Zeit, dir Vorwürfe zu machen!*

Er mied die Karrenwege und schlug sich durch das Dickicht, bis schließlich nur noch ein Hügel zwischen ihm und dem Schloss lag. Vorsichtig trat er aus den Bäumen heraus und auf den Grasweg zwischen dem Wald und der aus Pfählen und Brettern grob gezimmerten Koppel, auf der drei Trakehnerstuten mit ihren Jungfohlen standen. Die Pferde hoben neugierig die Köpfe und sahen zu ihm hinüber.

Eik holte tief Luft. Hinter der Koppel stieg eine bewaldete Anhöhe steil an, und dahinter kräuselten sich in der Dämmerung einige dünne Rauchfahnen am Himmel, wie von Lagerfeuern.

Aber wieso machen sie um diese Zeit Feuer?, dachte Eik. Er konnte sich nicht vorstellen, was der Verwalter da verbrennen sollte. Und für ein richtiges Herbstfeuer war weder der rechte Zeitpunkt, noch waren die Rauchfahnen groß genug.

In dem Moment bemerkte er, wie die Pferde unruhig wurden. Die Leitstute wieherte plötzlich, und die beiden anderen Stuten hörten auf zu fressen und stießen ihre Fohlen an. Dann galoppierten die Tiere davon.

Eik drehte sich verblüfft um. Er konnte sich nicht vorstellen, was sie erschreckt haben sollte. Aber dann verstand er.

»Hab ich dich, Kerl!«, brüllte der Söldner, der etliche hundert Schritt von Eik entfernt aus dem Wald geritten kam. Beim Anblick von Eik hatte er sein Pferd herumgerissen, und nun galoppierte er auf ihn zu. Dabei schwang er einen großen, gebogenen Kavalleriesäbel.

Es dauerte einen Moment, bis Eik seinen Schrecken überwunden hatte. Er rannte los, warf sich hastig zwischen den Brettern des Zauns hindurch, rollte auf der anderen Seite einmal herum, sprang auf und lief, so schnell er konnte, über die Weide.

Er drehte sich nicht um, während das Blut laut in seinen Ohren rauschte und er nur sein eigenes angestrengtes, schnelles Atmen hörte. Es war nicht mehr weit bis Villesen, und er hoffte, dass man ihn im Schloss sehen und rechtzeitig reagieren würde. Mit etwas Glück und wenn er nicht stürzte, konnte er es auf die andere Seite den Hang hinauf zwischen die Bäume schaffen, wo ihm der Söldner mit seinem Pferd nicht mehr so einfach folgen konnte.

Als er die Koppel durchquert hatte und sich auf der anderen Seite hastig zwischen den Brettern hindurchzwängte, sah er zurück.

Der Söldner hatte wohl gar nicht erst versucht, mit seinem Pferd über den Zaun zu springen, sondern es vorgezogen, um die Koppel herumzureiten, was Eik einen kleinen Vorsprung verschaffte. Der jedoch zusehends dahinschmolz, als er dastand und starrte.

Der Söldner hatte mittlerweile die schmale Seite der Koppel erreicht und suchte sich einen Weg über das tückische, von Sträuchern und Wurzeln bewachsene Gelände. In wenigen Augenblicken würde er um die Ecke biegen und konnte dann auf der Grasnarbe wieder so schnell galoppieren, wie er wollte.

Eik hastete den Hang hinauf, rannte zwischen die Bäume auf die Kuppe, die ihn noch von Schloss Villesen trennte. Instinktiv hielt er auf die Rauchfahnen zu, weil dort, wo Feuer war, vermutlich auch Menschen waren, die sich darum kümmerten. Die ihm helfen konnten.

Er sprang über umgestürzte Bäume, brach durch

Sträucher mit spitzen Dornen, ohne den Schmerz auch nur zu bemerken, als sie ihm die Haut aufrissen. Er lauschte den Hufschlägen hinter sich, versuchte zu erkennen, wie weit der Söldner noch von ihm entfernt war.

Ich schaffe es nicht. Ohne langsamer zu werden, sah sich Eik nach einer Möglichkeit um, seinem Verfolger vielleicht doch noch zu entkommen, ihn zu zwingen, abzusteigen und ihm zu Fuß zu folgen. Aber die Hufschläge kamen sehr rasch näher. *Die Bäume stehen zu weit auseinander!*, dachte Eik. *Es war ein Fehler, diesen Weg zu nehmen! Ich hätte versuchen sollen, ihn vom Pferd zu stoßen oder ihn sonst wie zu überwältigen.*

Mittlerweile hörte er bereits das angestrengte Schnauben des Pferdes und das Johlen des Söldners, der sein Opfer in greifbarer Nähe vor sich sah.

Nur noch wenige Pferdelängen lagen zwischen Eik und dem sicheren Tod, und immer noch hielt er nach einer Möglichkeit Ausschau, seinem Schicksal ein Schnippchen zu schlagen. Er hatte die Kuppe der Anhöhe erreicht, und vor ihm lag Schloss Villesen. Er sah die Dächer, Kuppeln und Türme des Schlosses, die die dichten Sträucher und den Baldachin der Bäume überragten.

Die Feuer!, dachte er. *Ich muss dorthin!*

Seine Beine waren schwer, die Lunge brannte, die Stiche in seinem Brustkorb waren kaum noch zu ertragen, und ihm lief der Rotz aus der Nase. Aber er lief weiter, nahm noch einmal alle Kraft zusammen, um vielleicht doch noch das mittlerweile unmöglich Scheinende zu bewerkstelligen.

Als er zwischen den Bäumen herausrannte, spürte er

den feuchten Speichel des Pferdes in seinem Nacken und hörte den triumphierenden Schrei des Söldners.

»Hab ich dich, Dreckskerl! Jetzt …!«

So kurz vor dem Ziel! Verzeiht, Mutter, Vater, verzeiht mir! Eik schloss die Augen in Erwartung des tödlichen Schlages.

Dann gab es einen Knall.

Die Arkebuse?, schoss es Eik durch den Kopf. *Wann hat er sie denn geladen?* Gleichzeitig kam ihm die Absurdität in den Sinn, dass er so etwas dachte, während jeden Augenblick die Kugel seinem Leben ein Ende bereiten musste.

Aber der Einschlag kam nicht.

Stattdessen hörte er hinter sich einen Aufschrei, dann ein Krachen, als ein Körper schwer auf dem Boden landete. Er fuhr herum, und im nächsten Moment flog er wie von einem gewaltigen Hammer getroffen zurück, als ihn das Pferd des Söldners mit der Brust erwischte.

Eik überschlug sich mehrmals und rollte über die Wiese, während er mit den Händen seinen Kopf schützte.

Was war denn das?, dachte er. *Die Kugel galt nicht mir.* Obwohl ihm alles wehtat und er immer noch über den Boden kugelte, breiteten sich so etwas wie Erleichterung und dann eine tiefe Dankbarkeit in ihm aus.

Offenbar hatte Gott sein Flehen erhört und ihn gerettet.

Es war nicht der Söldner gewesen, der geschossen hatte, sondern offenbar einer der Bewaffneten vom Schloss.

Eik wusste zwar nicht, warum sie zu den Waffen gegriffen und Feuer entzündet hatten, aber das war ihm in diesem Moment egal.

Schließlich endete der Schwung des Aufpralls, und er blieb regungslos liegen, während er herauszufinden versuchte, ob noch alle Gliedmaßen vorhanden und unversehrt waren.

Lieber Gott, ich danke dir, dachte er, erhob sich und drehte sich dann zu dem Schloss herum, als er die Schritte hinter sich hörte. »Danke, das war wirklich Hilfe in höchster Not …«, begann er, doch dann blieben ihm die Worte im Halse stecken.

Die Männer vor ihm waren keine Bewaffneten des Freiherrn und wurden auch nicht von Bossel angeführt. Und die Rauchfahnen kamen auch nicht von Holzabfällen, die vom Verwalter verbrannt wurden.

Auf dem Feld um das Schloss herum brannten etliche Kochfeuer, in einem improvisierten Pferch grasten mindestens drei Dutzend Pferde, die sich von dem Knall des Schusses offenbar nicht beim Fressen hatten stören lassen, und zwischen den Feuern lungerten zahlreiche Männer in Reitstiefeln, eng anliegenden Hosen und bunten Wämsern auf dem Gras herum. Einige waren bei dem Klang des Schusses aufgestanden und sahen neugierig herüber.

Eik kannte die Symbole auf den Fahnen nicht, die neben einem Kochfeuer an ihren Stangen hingen, aber er achtete auch nicht weiter darauf. Seine Aufmerksamkeit wurde vollkommen von den drei Männern in Anspruch genommen, die kaum zehn Schritt vor ihm auf der Wiese standen. Einer ließ seine rauchende Arkebuse sinken, legte sie ins Gras und machte sich daran, das Pferd des Söldners einzufangen, den er eben aus dem Sattel geschossen hatte. Ein anderer hatte immer noch seine Arkebuse auf einen gegabelten Ast gelegt und zielte auf Eik.

Der dritte Mann näherte sich Eik mit gezücktem Rapier von der Seite. »Die höchste Not verstehe ich, Bursche, aber ob du uns für diese Hilfe danken kannst, wird sich noch herausstellen.«

Eik erkannte auf seinem Wams das Wappen der Katholischen Liga, die blauweißen Rauten Bayerns mit der Sonne und darin die Heiligenfigur aus dem Wappen von Ajalvir.

»Komm ja nicht auf die Idee wegzulaufen, Bursche!« Der Mann, offenbar ein Feldwebel, machte ein paar Schritte auf Eik zu, als dieser unwillkürlich zurückwich. »Ich weiß nicht genau, warum und auf wen Gabor geschossen hat, aber unser Rittmeister wird das ganz bestimmt herausbekommen wollen, und ich glaube, du wirst ihm dabei helfen.« Er warf einen Blick auf den Söldner, der regungslos auf dem Boden lag, und drehte sich dann zu den beiden Männern herum. »Ich habe diesen Burschen sicher, Philipp! Nimm dir noch einen Mann und sieh nach, ob der Reiter noch lebt. Tot oder lebendig, ihr bringt ihn ins Lager, damit wir herausfinden, wer er ist. Vielleicht haben wir Glück, und er gehört zu denen, die wir suchen.« Er hatte Eik an dessen Hemdbrust gepackt und zog ihn zu sich. »Und wenn er es nicht mehr sagen kann, dann vielleicht der hier.« Er schlug Eik mit der Faust auf den Hinterkopf.

»He!«, begehrte der auf. »Wofür war … Au!«

»Das war für den Grund, weswegen dieser Reiter dich verfolgt hat, Bursche!«, knurrte der Mann ihn an und schlug noch einmal zu. »Der zweite ist für deine

Unverschämtheit!« Er zog einen Dolch aus dem Gürtel. »Und die dritte Zurechtweisung bekommst du hiermit! Also halt's Maul und komm mit!«

Eik hätte auch keine andere Wahl gehabt, weil der Mann ihn mit eisernem Griff hinter sich herzog.

Aber während er dem Feldwebel durch das improvisierte Lager folgte, vorbei an den Reitern, die ihn mit neugierigen Blicken musterten, beschlich ihn das ungute Gefühl, dass er wahrhaftig vom Regen in die Traufe geraten war. Nicht nur, dass er offenbar keine Hilfe vom Freiherrn von Villesen erwarten konnte, es sah sogar so aus, als würde der Freiherr selbst dringend Hilfe benötigen.

Der Freiherr und … Augusta!

2. KAPITEL

Schloss Villesen

»Das kommt überhaupt nicht infrage! Die Sache ist entschieden, und ich habe keine Lust, alles noch mal zu wiederholen. Diese Diskussion ist beendet! Wir fahren nach Frankreich, wie wir es seit langem geplant haben, und zwar alle zusammen!«

Das Gesicht vor Erregung gerötet, stemmte sich Tanno von Villesen aus seinem gepolsterten, mit Damast überzogenen Lehnstuhl hoch. Er kehrte den Anwesenden am Tisch den Rücken zu und humpelte über das Eichenparkett des großen Salons zum Fenster. Dabei tupfte er sich mit einem parfümierten Taschentuch den Schweiß von der Stirn.

»Ich werde nicht mitfahren, Vater!« Valerian von Villesens Stimme klang leise und gepresst, und seine Hände waren zu Fäusten geballt. Er musste sich beherrschen, um seinen Vater nicht anzuschreien.

Wie kann dieser Mann, mein Vater, gleichzeitig so feige und so engstirnig sein? Wieso sieht er die Möglichkeit nicht, die sich uns hier bietet?

»Valerian!« Maria, Edle von Villesen, warf ihrem Sohn ob seines Ungehorsams vor ihrem Gast einen strafenden Blick zu.

»Wenn Valerian bleibt, fahre ich ebenfalls nicht!«

Augusta von Villesen, Valerians Schwester, hielt den Blick gesenkt, als sie das sagte, und ihre Wangen waren gerötet. Ihre Stimme aber klang entschlossen. »Ich will nicht nach Frankreich! Die Reise dorthin ist bestimmt genauso gefährlich wie hierzubleiben, und der Brief deines Cousins las sich nicht besonders einladend, Mutter.« Sie hob den Kopf. »Außerdem verstehe ich nicht, warum wir nicht hier in Deutschland einen passenden Gemahl für mich finden können!«

Tanno von Villesen hatte vom Fenster aus zugesehen, wie einige Söldner des Rittmeisters versuchten, Eichendorff einzufangen, seinen Zuchthengst. Der Stallmeister, Viktor, hatte den Trakehner von der Koppel hinter dem Schloss in den Stall führen wollen. Doch der Hengst hatte beim Anblick der Pferde und Soldaten, die bereits Fackeln entzündet hatten, obwohl es noch nicht gänzlich dunkel war, gescheut und sich aus dem Griff des Stallmeisters losgerissen. Die Männer johlten und fuchtelten mit Händen und Fackeln vor dem Hengst herum, was den nur noch nervöser machte. Bei den letzten Worten seiner Tochter jedoch riss sich der Freiherr von dem Schauspiel vor seinem Fenster los und fuhr herum.

»Schluss damit!«, blaffte er und trat vom Fenster weg. Er verzog das Gesicht vor Schmerz, als er unbedacht sein seit dem Reitunfall kaum noch taugliches Bein zu stark belastete, und stützte sich schwer auf den geschnitzten Gehstock. »Die Angelegenheit ist entschieden! Deine Mutter und ich sind uns in diesem Punkt einig! Eine bessere Partie als den Marquis wirst du hier ganz sicher nicht finden …« Er kniff die Augen zusammen. »Schon gar nicht in Anbetracht deines Alters.«

»Aber Vater! Ich bin einundzwanzig …«

Der Freiherr wischte den Protest seiner Tochter mit einer herrischen Handbewegung beiseite, bevor er sich an seinen Sohn wandte. »Und warum du derart auf ein Offizierspatent versessen bist, verstehe ich ebenfalls nicht.« Er schüttelte den Kopf. »Nur weil so viele junge Männer deines Standes dem Trommeln und Pfeifen der Werber folgen, brauchst du es ihnen doch nicht gleichzutun! Du sollst deine dir zukommende Stelle an meiner Seite einnehmen und Verantwortung für unseren Besitz übernehmen …«

»So wie du es tust, Vater? Indem du nach Frankreich flüchtest, statt dich den Problemen und Aufgaben hier zu stellen?«

Am erschreckten Ausruf seiner Mutter und der finsteren Miene seines Vaters erkannte Valerian, dass er diese Worte laut ausgesprochen hatte, statt sie nur zu denken. *Aber es ist doch die Wahrheit!,* dachte er, ballte erneut die Hände zu Fäusten und hob trotzig den Kopf. *Und was wahr ist, darf man auch aussprechen!* So lautete die Maxime seiner Familie, und Valerian hatte nicht vor, sie ausgerechnet in so einem wichtigen Moment zu missachten.

Der Mann, der auf einem gepolsterten Armstuhl auf der anderen Seite des Tischchens saß, räusperte sich vernehmlich. Auf das Tischchen hatte die Dienstmagd eine Karaffe mit Wein, Gläser und Gebäck gestellt. Valerian hütete sich, zu ihm hinzusehen, sondern blickte stolz und störrisch seinen Vater an.

»Das zu beurteilen steht dir nicht zu, Sohn, und von Flucht kann keineswegs die Rede sein!« Tanno von Villesens Nasenflügel bebten vor unterdrückter Wut, aber der Freiherr hatte sich gut genug in der Gewalt, um sich die Empörung über die Worte seines Sohnes und wie sehr sie ihn kränkten in Gegenwart eines Fremden nicht anmerken zu lassen. Er trat ein paar Schritte auf seinen Sohn zu, bis er auf Armeslänge vor ihm stand. »Ich sehe nicht, was wir in diesem Krieg gewinnen könnten, und ich will nicht, dass mein einziger Sohn am Ende als Krüppel aus diesem sinnlosen Gemetzel zurückkehrt, falls er überhaupt zurückkommt!«

»Das Letztere will ich nicht gehört haben, Freiherr von Villesen!« Der Offizier klang gelangweilt und überheblich. Er erhob sich aus dem Armstuhl, wo er ein fast leeres Weinglas in den Fingern gedreht hatte, während er dem Disput zwischen Vater und Sohn folgte. Er ignorierte den entrüsteten Blick des Freiherrn und zuckte mit den Schultern. »Sonst müsste ich Euch als Feind betrachten, und was das bedeutet, könnt Ihr Euch gewiss denken.« Er fuhr sich mit der Hand über den kahlen Schädel, bevor er sich bückte und seinen Hut aufhob, den er zusammen mit seinem Stoßdegen neben sich auf den Boden gelegt hatte. Er nahm die Waffe mitsamt Gurt und schnallte sie sich um.

Allerdings, dachte Valerian, dessen Zorn auf seinen Vater wuchs. *Er wird sich einfach alles nehmen, was er haben will, nur dass er dann nicht erst höflich fragt. Ich verstehe nicht, warum Vater nicht versteht, um was es hier geht!* Seit die Esquadron kaiserlicher Dragoner in den Innenhof von Schloss Villesen geritten war, wusste Valerian, dass nicht nur ihr Besitz auf dem Spiel stand, sondern dass letztlich auch ihr Leben der Willkür dieses Mannes ausgeliefert war. Allerdings war das nicht der einzige Grund, warum er sich unbedingt diesen kaiserlichen Dragonern anschließen wollte. *Das hier ist die Gelegenheit, das zu tun, wozu ich berufen bin,* sagte er sich erneut, während sich seine Aufmerksamkeit von seinem Vater wieder auf den Rittmeister richtete. *Ich weiß, dass ich Großes erreichen kann, aber das kann ich nur hier in Deutschland, in Wallensteins Armee, und nicht in diesem verdammten Frankreich!*

»Natürlich ist der Krieg kein Spiel für verwöhnte Landjunker, und wir alle riskieren Leib und Leben«, fuhr der Rittmeister fort. »Aber das tun wir ganz sicher nicht, weil es sinnlos ist. Im Gegenteil!« Der Mann blickte vom Freiherrn zu seinem Sohn und wieder zurück. »Euer Sohn hat die Zeichen der Zeit erkannt. Niemand hier wird diesem Konflikt entgehen, nicht einmal, wenn er bis nach Frankreich flieht. Dieser Krieg ist gottgewollt und unausweichlich, aber er bietet einem ehrgeizigen jungen Mann viele Möglichkeiten. Sofern er klug genug ist, versteht sich, für die richtige Seite Partei zu ergreifen. Und eine bessere Seite als die unseres Kaisers gibt es nicht, erst recht nicht, da sich der Herzog von Friedland unserer Sache verschrieben hat!« Er lächelte. »Jetzt, nach Christians Niederlage, ist es vielleicht nur noch eine Frage von Wochen oder Monaten, bis die protestantische Union die Waffen streckt. So schnell dürften sie sich von diesem Sieg der Unseren jedenfalls nicht erholen, und der Däne hat ganz bestimmt genug. In jedem Fall sind wir, vereint mit der Armee Wallensteins, jedem Gegner weit überlegen.«

Valerian vergaß die Wut auf seinen Vater und hing förmlich an den Lippen des Offiziers. *Dieser Wallenstein ist ein Genie,* dachte er. *Und zudem ein Mann, der sich durch nichts aufhalten lässt!* Er hatte vom Aufstieg dieses Parvenüs aus Friedland gelesen, und er wusste auch, dass es im Reich, vor allem in Wien, viele Neider gab, die Wallensteins rasante Karriere mit Argwohn betrachteten.

»Das findet sogar unser Generalleutnant, Graf Tilly. Er hat selbst eingeräumt, dass es uns vor allem durch die Unterstützung des Friedländers gelungen ist, den Dänenkönig in Lutter vernichtend zu schlagen.« Der Offizier spreizte die Hände. »Der Restauration Norddeutschlands steht jetzt nichts mehr im Wege. Der Kaiser wird sich von den Protestanten zurückholen, was dem Heiligen Römischen Reich zusteht.«

»Und das soll von Gott gewollt sein?« Augusta von Villesen lachte spöttisch und ließ sich weder von dem scharfen Blick ihres Vaters noch dem leisen Zischen ihrer Mutter einschüchtern. »Verzeihung, Herr Rittmeister, ist es nicht eher so, dass es vor allem Menschen sind, die aus reiner Machtgier diesen Konflikt schüren, wie Ihr dieses Gemetzel zu nennen beliebtet? Und zwar gerade Menschen wie dieser Wallenstein?«

»Verzeiht meiner Tochter ihre offenen Worte, Herr Rittmeister!«, warf Maria von Villesen hastig ein, als sie sah, wie sich die Miene des Mannes verdüsterte. »Sie weiß nicht, was sie sagt.«

»Gewiss, Madame, damit habt Ihr zweifellos recht.« Der Rittmeister machte eine knappe Verbeugung. »Es fällt mir leicht, Nachsicht zu üben, weil diese unüberlegten Worte aus einem so hübschen Mund kommen.« Er sah Augusta hochmütig an. »Allerdings empfehle ich Ihnen, weder meine Geduld noch meine Nachsicht überzustrapazieren, Mademoiselle.« Er hob das Glas an die Lippen, leerte es und stellte es dann auf den Tisch.

»Also dann, Freiherr.« Er deutete auf das Fenster. »Ich danke Euch für Euer Angebot, mir und meinen Männern für die Nacht Quartier zu gewähren.« Er grinste kalt, denn er wusste natürlich, dass dem Mann schwerlich etwas anderes übrig blieb, als seinem »Ersuchen« nachzukommen. »Bedauerlich ist nur, dass niemand von Euren Leuten weiß, wohin diese Spione geritten sein könnten.« Er sah zwischen dem Freiherrn, seiner Frau, Augusta und Valerian hin und her. Als er auf keinem Gesicht auch nur den Anflug von Schuldbewusstsein wahrnahm, seufzte er verärgert. »Ich werde meine Leute anweisen, ihre Pferde in Euren Stallungen unterzubringen, soweit dort Platz ist. Eure Trakehner können die heutige Nacht sicherlich auf der Koppel verbringen. Wir werden morgen geeignete Tiere für uns auswählen.«

Er hob die Braue, als der Freiherr protestieren wollte, und lächelte, als es sich von Villesen anders überlegte. »Unsere Pferde brauchen dagegen dringend Pflege und Ruhe. Der Stallmeister soll den Männern zeigen, wo sie die Tiere versorgen können. Und Ihr solltet vielleicht Eurer Küche raten, sich mit der Zubereitung der Mahlzeit für meine Männer zu beeilen!« Er breitete entschuldigend die Arme aus, aber auf seiner Miene war kein Bedauern zu erkennen. »Bevor sie auf die Idee kommen, sich selbst zu verpflegen.« Er verbeugte sich knapp vor Maria von Villesen, streifte Augusta mit einem eisigen Blick und sah dann den Freiherrn an. »Ihr erlaubt, dass ich mich jetzt zu meinen Männern begebe, um sie zu beaufsichtigen.« Er grinste erneut. »Es sind tapfere Kämpfer, aber sie sind müde und zweifellos aufsässigem Verhalten gegenüber nicht so nachsichtig wie ich.« Sein Blick glitt vielsagend zu Augusta.

»Selbstverständlich«, antwortete der Freiherr kühl. Ihm war klar, dass er hier nicht wirklich um sein Einvernehmen gebeten worden war.

»Ich begleite Euch!« Valerian kamen die Worte spontan über die Lippen. Er mied den erbosten Blick seines Vaters und achtete auch nicht auf den leisen Seufzer seiner Mutter. »Ich werde Euch alles zeigen, damit Ihr keine Zeit damit verschwenden müsst, Euch erst zurechtzufinden.« *Oder unsere Leute zu schikanieren oder Schlimmeres zu tun!,* dachte Valerian. Aber er wusste, dass nicht die Sorge um die Bediensteten von Villesen der Grund für sein Angebot war, sondern die Möglichkeit, allein und ungestört mit dem Rittmeister reden zu können.

Der Mann musterte ihn scharf und nickte dann. »Gern, Herr von Villesen.« Er klang respektvoll, ja fast freundlich, ein auffälliger Gegensatz zu der Kälte seiner Worte von vorhin.

»Valerian …«, begann Augusta.

»Lass ihn!« Die Stimme des Freiherrn klang müde, fast resigniert. »Wenn er den Lakaien für die Ligistischen spielen will, soll er das tun!«

Valerian spürte, wie ihm die Röte den Hals hinauf und in die Wangen stieg, aber er widerstand dem Impuls, etwas auf die beleidigenden Worte seines Vaters zu erwidern. Stattdessen sah er seine Schwester an, die ihm ängstliche Blicke zuwarf.

Er versuchte eine beruhigende Miene aufzusetzen und ging zur Salontür. Er streckte die Hand aus, um sie zu öffnen, als es mehrmals gedämpft knallte.

Schüsse? Valerian fuhr zu seinem Vater herum. »Was …?«

»Arkebusen!«, erklärte der Rittmeister, der auf dem Absatz kehrtgemacht hatte und mit wenigen Schritten an dem Freiherrn vorbei ans Fenster getreten war. Er blickte hinaus.

»Werden wir angegriffen?« Tanno von Villesen war neben seine Frau getreten und legte ihr die Hand auf die Schulter, um sie zu beruhigen. Maria von Villesen war kreidebleich geworden. In diesem Fall hätte doch sicher jemand Alarm geschlagen!

»Dann hätte der Cornist Signal gegeben!«, erwiderte der Rittmeister in diesem Moment vom Fenster aus. Er versuchte in der Dunkelheit etwas zu erkennen, aber worauf auch immer seine Männer geschossen hatten, es befand sich offensichtlich außerhalb seines Blickfeldes. Er drehte sich um. »Aber meine Männer haben sicherlich nicht ohne Grund geschossen«, erklärte er. Eine Spur von Besorgnis schwang in seiner Stimme mit. »Ich möchte Euch ersuchen, das Schloss nicht zu verlassen, bis ich herausgefunden habe, auf was oder wen sie gefeuert haben!« Er setzte seinen Hut auf.

Im nächsten Moment hörten sie schnelle Schritte auf den Steinen vor der Tür, die unmittelbar danach aufgestoßen wurde.

»Herr, Exzellenz, sie haben …!« Der Mann blieb wie angewurzelt stehen und verstummte schlagartig, als er sich nicht seinem Freiherrn, sondern dem Offizier der ligistischen Esquadron gegenübersah.

»Ja?« Der Offizier sah den Bediensteten fragend an.

Der Blick des Mannes zuckte zum Freiherrn.

»Sprich nur, Egbert«, forderte der.

»Rede gefälligst, Kerl, bevor ich nachhelfen muss!«, fuhr der Rittmeister den Mann gleichzeitig an.

Valerian trat mit zwei Schritten zu dem Kammerdiener des Freiherrn und legte ihm beruhigend eine Hand auf den Arm. »Was ist los, Egbert?«

Der Mann sah Valerian an und schluckte. »Sie haben einen Mann erschossen und einen gefangen genommen, junger Herr!«

»Erschossen?« Der Rittmeister runzelte die Stirn. »Waren es Söldner? Oder Plünderer?«

»Der eine war ein Reiter, Herr«, erwiderte der Kammerdiener und sah den Rittmeister an.

»Und der andere?«, fragte der Offizier ungeduldig, als der Bedienstete nicht weitersprach.

»Das war …« Der Blick des Mannes zuckte zu Valerian. »Es ist einer aus dem Dorf …«

»Aus dem Dorf?« Der Rittmeister sah Valerian an, der mit den Schultern zuckte.

»Aus Bruchhausen, Egbert? Du hast ihn erkannt?«

Der Bedienstete nickte und sah kurz zu Augusta hinüber, bevor er den Blick wieder auf Valerian richtete. »Es ist der Sohn des Müllers, Herr.«

»Eik?« Augusta war näher getreten, als der Kammerdiener sie angesehen hatte. »Was …?«

»Was ist mit ihm?«, fragte Valerian den Mann, sah dabei aber seine Schwester an.

»Wie es aussah, Herr, wurde er von dem Reiter verfolgt, aber die Soldaten haben den Söldner niedergeschossen, bevor er …«

»Ein Söldner?« Der Rittmeister packte den Kammerdiener am Arm. »Woher weißt du das?« Er ließ den Mann los, als er dessen ängstlichen Blick bemerkte. »Ich will den toten Reiter sehen und mit diesem Bauernjungen reden.«

Müllerssohn, verbesserte Valerian, behielt es aber für sich.

Der Offizier richtete den Blick auf Valerian. »Ihr habt mir vorhin so großzügig Eure Hilfe angeboten, Herr von Villesen.« Er grinste böse. »Wenn mich mein Gefühl nicht täuscht, ist der Moment gekommen, in dem Ihr zeigen könnt, ob Ihr es wert seid, dass ich mich bei meinem Obristen für Euch verwende.« Er warf einen kurzen Blick auf den Freiherrn, der immer noch neben seiner Frau stand und die Szene mit finsterer Miene verfolgte. »Vielleicht könnt Ihr Euch das Offizierspatent ja verdienen, statt es Euch von Eurem Vater erbetteln zu müssen!«

»Eik? Bist du das, Eik?« Dann ertönte ein gedämpfter Fluch. »Verdammt, lasst mich gefälligst durch! Tretet zur Seite, sag ich!«

Eik hob den Kopf, als er die vertraute Stimme hörte.

»Valerian? Was hat das alles …? Ich muss unbedingt mit dir …!«

»Schon gut, Eik. Nun lasst ihn doch los, Männer!« Valerian sah die beiden Söldner an, die Eiks Arme hinter seinem Rücken festhielten und ihn zwangen, zwischen ihnen zu knien. »Er ist unbewaffnet und nicht gefährlich, das seht ihr doch!«

Die beiden Männer starrten Valerian ausdruckslos an, ohne auf seine Worte zu reagieren. Die anderen Dragoner hatten einen Kreis um sie herum gebildet, öffneten jetzt jedoch plötzlich eine Gasse und traten dann zurück, als sich ein weiterer Mann in den Kreis schob.

»Hoch mit ihm!«, ertönte eine scharfe Stimme hinter Valerian, und dann drängte sich der Rittmeister an ihm vorbei.

Die beiden Männer zerrten Eik vom Boden hoch. Der stöhnte vor Schmerz, als der eine sein Haar packte und seinen Kopf grob zurückzog.

Der Rittmeister betrachtete kurz Eiks Gesicht, nickte dann und sah einen dritten Söldner an, einen Feldwebel, der ein Stück vorgetreten war. »Wo ist der Reiter?«

Der Mann deutete mit dem Daumen hinter sich. »Ich habe befohlen, ihn in den Schweinestall zu bringen, damit die Leute ihn nicht anglotzen!« Er zuckte mit den Schultern. »Ist kein schöner Anblick.«

»Bring mich hin.« Der Rittmeister bedachte Eik mit einem kurzen Blick. »Um den da kümmere ich mich später. Passt auf ihn auf!«, befahl er den beiden Dragonern und folgte dann dem Feldwebel, ohne auf Valerian zu warten.

Der zögerte. »Ich komme gleich wieder«, sagte er zu Eik. »Er ist unbewaffnet und nicht gefährlich«, wiederholte er an die beiden Söldner gewandt, die den Müllerssohn bewachten. Dann drehte er sich um, folgte dem Rittmeister und ließ Eik mit den Dragonern zurück.

Seine Gedanken überschlugen sich, während er versuchte, mit dem Rittmeister Schritt zu halten, der eilig über den Innenhof des Schlosses marschierte. *Ein Offizierspatent verdienen? Was erwartet er dafür von mir?* Er musterte den Mann neben sich, der im Gehen einen Söldner mit einer Fackel zu sich rief, damit der ihn zu dem Gefallenen begleitete. Mittlerweile war es dunkel geworden. In dem Innenhof hatten die Schlossbediensteten Fackeln entzündet und in Halterungen gesteckt. In ihrem Licht wirkte das Gesicht des Offiziers hart und abweisend. *Wahrscheinlich hat er Kämpfe und Tod im Überfluss erlebt,* dachte Valerian. *Ob er wirklich glaubt, dass jetzt nach Wallensteins Eingreifen der Krieg bald vorbei ist? Und wenn das stimmt, ist es dann klug, sich der Armee anzuschließen?*

Auf der anderen Seite wusste Valerian, dass er nie wieder eine solche Gelegenheit bekommen würde, auch nur in die Nähe von Personen zu kommen, die seiner Karriere förderlich sein konnten. Und Wallenstein war mit Sicherheit einer der einflussreichsten Männer im Reich.

Langsam, ermahnte sich Valerian. *Nur weil du in seine Armee eintrittst, heißt das noch lange nicht, dass du es auch in seine Nähe schaffst, geschweige denn, dass du ihm auffällst.* Aber genau das musste er, wenn er seine hochfliegenden Pläne verwirklichen wollte. Und alles war besser, als hier in Villesen als Landjunker ein unbedeutendes und langweiliges Leben zu fristen, wie sein Vater es getan hatte und immer noch tat. *Er mag sich damit zufriedengeben, aber nicht ich! Ich will …*

»Hier, Herr Rittmeister!«

Valerian wurde von der Stimme aus seinen Gedanken gerissen. Er war dem Rittmeister und dem Söldner mit der Fackel gefolgt, ohne auf den Weg zu achten, und sah sich einen Moment verblüfft um. Er hatte nicht gemerkt, dass sie bereits die Außengebäude erreicht hatten und am Eingang des Schweinestalls standen.

Einer der Söldner hatte sich vor dem Eingang des Stalles postiert und trat zur Seite, um dem Rittmeister und den anderen den Weg freizugeben.

Der Offizier trat hinein und rümpfte die Nase. »Halt sie so, dass ich ihn besser sehen kann!«, fuhr er den Söldner mit der Fackel an und hielt sich die behandschuhte Rechte vor die Nase. Valerian sah, dass er ein kleines Fläschchen in der Faust hielt, vermutlich mit Schnupftabak.

Er schluckte gegen den fürchterlichen Gestank der Schweine an. *Immerhin hat dieser Gestank auch etwas Gutes,* sagte er sich. *Er überdeckt den Geruch des Todes.*

Der Rittmeister beugte sich vor, und da sah auch Valerian die am Boden liegende Gestalt.

Er schluckte erneut, als er spürte, wie eine Welle von Übelkeit in ihm hochstieg. Die Kugel aus der Arkebuse hatte das Gesicht des Mannes getroffen und in eine formlose Masse aus Knochen, Fleisch und Blut verwandelt. Der Sturz vom Pferd hatte wohl ein Übriges getan, jedenfalls standen die Arme und ein Bein des Mannes in einem unnatürlichen Winkel ab. *Wenigstens hat er davon nichts mehr gemerkt,* dachte Valerian, ein Gedanke, den er aber auch nicht sonderlich tröstlich fand.

Sein Blick glitt über die Kleidung des Söldners. Ihm fiel auf, dass der Mann keinerlei Waffen trug. Wahrscheinlich hatten die Soldaten des Rittmeisters ihn nach Geld abgesucht und dabei alles an sich genommen, was zu gebrauchen war. Er sah auf die Füße des Toten. Selbst die Stiefel hatte man ihm ausgezogen.

»Wer hat ihn hierhergeschleppt?« Der Rittmeister stieß eine Verwünschung aus, als er erkannte, dass die Leiche geplündert worden war. Die Schweine grunzten und bewegten sich unruhig, und Valerian schoss unwillkürlich der Gedanke durch den Kopf, dass sie vielleicht noch nicht gefüttert worden waren. Irgendwie machte das ihr Grunzen unheimlich.

»Philipp und Istvan«, erwiderte der Feldwebel, der

nach ihnen eingetreten war. »Sie waren zusammen mit Gabor zur Wache eingeteilt, als der da aus dem Wald geritten kam. Er wollte gerade diesen Bauernjungen …«

»Müllerssohn«, verbesserte Valerian ihn unwillkürlich.

Der Mann sah ihn an und zuckte dann mit den Schultern. »Von mir aus«, sagte er mit einem Seitenblick auf seinen Offizier. »Jedenfalls wollte er ihn niederschlagen, und Gabor hat geschossen, bevor ich ihn daran hindern konnte.« Er verzog das Gesicht zu einer Grimasse. »Angeblich hat er auf den Bau… Müllersburschen gezielt«, verbesserte er sich mit einem zynischen Blick auf Valerian, »wohl weil er den Reiter für einen der Unsrigen gehalten hat.«

Der Rittmeister hatte das blutige Wams des Toten geöffnet und betastete die Innentaschen. »Leer«, knurrte er. »Ich will diese Kerle sprechen, die ihn hierhergeschleppt haben. Du.« Er streckte die Hand nach dem Soldaten mit der Fackel aus. »Gib mir die Fackel und hol die beiden Männer.« Er wartete, bis der Soldat salutiert hatte und verschwunden war, dann sah er den Feldwebel an. »Was glaubst du, Franzen? Könnte es einer von denen sein?«

Der Unteroffizier zuckte mit den Schultern und betrachtete die Leiche nachdenklich. »Möglich.« Er spuckte aus, dicht neben Valerians Füße, der sich zusammenreißen musste, um nicht zurückzuspringen. Dem Gesicht des Mannes war nicht anzusehen, ob das Absicht gewesen war. »Wir wissen nicht viel über sie, Herr Rittmeister.« Er warf Valerian einen vielsagenden Blick zu, bevor er wieder seinen Offizier ansah. Dann hob er eine Braue.

»Nur keine Scheu, Franzen.« Der Rittmeister deutete auf Valerian. »Der alte Freiherr hält vielleicht nicht viel von uns, aber der junge Junker hier möchte sich uns unbedingt anschließen und sein Glück unter Wallenstein versuchen. Möglicherweise haben wir ja schon sehr bald Verwendung für ihn. Immerhin kennt er diesen Bauernburschen …«

Müllerssohn, dachte Valerian, doch den Offizier verbesserte er lieber nicht.

»… und wenn dieser Kerl hier ihn verfolgt hat, kann uns der Junge sicher den Grund dafür verraten. Bestimmt wird er uns auch erzählen können, ob er allein war oder ob noch mehr bei ihm waren. Dann werden wir schon erfahren, ob es diese verfluchten Unionisten und die beiden Juden sind.«

Unionisten? Juden? Vorhin waren es doch noch Spione. Valerian runzelte die Stirn. *Ganz offensichtlich hat der Herr Rittmeister uns nicht alles erzählt.* Andererseits wunderte es ihn auch nicht. Der Mann war einfach nur vorsichtig, das konnte Valerian ihm nicht verdenken. Schließlich hatte sein Vater keinen Zweifel daran gelassen, dass er zwar nicht auf Seiten der Protestanten stand, aber auch nicht allzu viel für die Ligistischen übrighatte.

In dem Moment traten zwei Männer in den Schweinestall. Sie waren sichtlich nervös.

Der Rittmeister hob die Fackel und sah ihnen ins Gesicht. »Ihr habt die Leiche hierhergetragen?«

»Jawohl, Herr Rittmeister«, antwortete einer der beiden, und der andere nickte bestätigend.

»Ihr habt ihm alles abgenommen?«

Valerian hob eine Braue. Die Frage des Rittmeisters

klang sachlich und ruhig, gar nicht so, als würde er zwei Soldaten eines Vergehens wegen zur Rechenschaft ziehen.

»Ja, Herr Rittmeister.« Das kam von dem anderen Mann.

»Viel war's nicht«, fügte der erste hinzu.

»War irgendetwas dabei, das verraten könnte, wer er war?«

Die beiden Männer sahen sich an, dann ergriff wieder der erste das Wort. »Er hatte einen Säbel, einen Stoßdegen und eine Radschlosspistole, dazu in seinem Bandelier eine Pulverflasche mit etwas Zündkraut, einen fast leeren Kugelbeutel, ein paar Papierpatronen und ein Stück Lunte.«

Der andere nickte. »Gute Stiefel hatte er.« Er deutete auf seine Füße und grinste ein wenig unsicher.

»Das war alles?« Der Ton des Rittmeisters wurde schärfer. »Keine Papiere, keine Dokumente oder etwas Ähnliches?«

Der erste Dragoner verneinte. »Nichts dergleichen, Herr Rittmeister. Und viel Geld hatte er auch nicht dabei. Hat wohl lange keinen Sold mehr bekommen. Dem ging's genau wie uns.«

Der Rittmeister stieß ungeduldig die Luft durch die Nase. »Ich weiß, dass der Sold überfällig ist. Aber sobald wir unseren Auftrag erledigt haben, wird man euch mehr als angemessen entschädigen.« Er sah die Männer eindringlich an. »Ich will euch nicht euer Recht streitig machen, die Getöteten auszuplündern. Aber wenn der Mann irgendetwas bei sich hatte, das verrät, wer er ist, könnten wir möglicherweise unseren Auftrag schneller zu Ende bringen, als wir alle erwartet haben.« Er hob die Hand mit der Handfläche nach oben. »Und umso schneller gibt es Sold.«

Die beiden Männer sahen sich an, dann nickte der erste. »Er hatte ein paar Münzen in der Tasche«, sagte er. »Nicht viel, kaum genug für einen Krug Wein und einen Eintopf in einer Schänke, und gewiss nicht genug für ein Stündchen mit einer Hübscherin im Tross.«

»Als würdest du eine Stunde brauchen«, brummte der andere.

Der erste achtete nicht darauf, sondern wühlte in seiner Tasche und zog eine Münze heraus. »Aber die hier ist anders als die anderen.« Er hielt sie dem Rittmeister hin.

Der nahm die Münze und betrachtete sie. Dann nickte er, sah den Feldwebel an und schob die Münze in seine Tasche. Bevor der Dragoner, dessen Gesicht beim Verschwinden der Beute lang geworden war, protestieren konnte, zog der Rittmeister die Hand wieder heraus und hielt dem Mann eine andere Münze hin.

»Ein Gulden. Das dürfte mehr als genug sein.«

Der Söldner strahlte und schnappte die Münze, bevor es sich sein Vorgesetzter anders überlegen konnte.

»Ihr könnt gehen.«

Als die beiden Söldner verschwunden waren, drehte sich der Rittmeister zu Valerian herum. »Also gut, Herr von Villesen. Ihr sagtet, Ihr kennt diesen Müllersburschen?«

»Allerdings.« Valerian überlegte, wie viel er dem Offizier erzählen sollte, aber noch bevor er sich entschieden hatte, sprach der Mann weiter.

»Gut. Vielleicht ist er ja etwas redseliger, wenn Ihr dabei seid.« Er klopfte auf den Korbgriff seines Degens.

»Der Anblick von solchen Kriegswerkzeugen flößt ungebildeten Menschen meistens so viel Angst ein, dass es ihnen die Sprache verschlägt. Aber wenn er Euch kennt, vertraut er sich Euch vielleicht an. Jedenfalls ist es einen Versuch wert, bevor ich zu anderen Mitteln greifen muss, um aus ihm herauszubekommen, was ich wissen will.«

Da kennst du Eik aber nicht, dachte Valerian. Er konnte sich bei dem jungen Müllerssohn alles Mögliche vorstellen, aber ganz sicher nicht, dass er beim Anblick eines Degens vor Angst zu zittern begann. Bei mehr als einem Übungskampf war es Valerian gewesen, der seine Waffe hatte strecken müssen, weil Eik ihm die Spitze seines Übungsschwertes auf die Brust gesetzt hatte.

Aber etwas hielt ihn davon ab, darüber zu sprechen. »Ich nehme an, die Münze, die Euch der Dragoner gab, hat etwas über die Herkunft der Leiche verraten«, sagte er stattdessen.

»Allerdings, Herr von Villesen, allerdings.« Der Rittmeister fuhr sich erneut mit dem Fläschchen unter der Nase hin und her. »Aber lasst uns erst einmal diesen stinkenden Stall verlassen. Hier kann ja kein Mensch atmen.«

Als sie draußen waren, griff der Rittmeister in die Tasche und holte die Münze heraus. »Seht selbst.«

Valerian betrachtete die Münze im Schein der Fackel, die der Feldwebel mittlerweile vom Rittmeister übernommen hatte und in die Höhe hielt. Dann stieß er einen leisen Pfiff aus.

»Ein niederländischer Silber-Florin.« Er sah den Rittmeister forschend an. »Wie kommt ein einfacher Dragoner an so viel Geld?«

Der Rittmeister grinste. »Ich habe eine Vermutung, Herr von Villesen, und wenn Euer Müllersbursche sie bestätigen kann, dann ist unsere Jagd vielleicht noch heute Abend zu Ende.« Er legte Valerian eine Hand auf die Schulter. »Ihr könnt eine wichtige Rolle dabei spielen, wenn Ihr es wirklich ernst gemeint habt, als Ihr sagtet, Ihr wolltet Euch uns anschließen.«

»Das habe ich«, antwortete Valerian wahrheitsgemäß, aber er konnte nicht verhindern, dass ihn ein ungutes Gefühl beschlich, als er in die Augen des Rittmeisters blickte. Sie glühten wie die eines Raubtiers, und er fragte sich unwillkürlich, welche anderen Mittel der Mann gemeint hatte, als er davon sprach, die Wahrheit aus Eik herauszubekommen.

»Verdammt, Bursche, hör auf, mir ins Gesicht zu lügen!« Speichel flog aus dem Mund des Rittmeisters, als er sich zu Eik hinunterbeugte und mit seiner behandschuhten Linken in das Haar des Müllerssohns griff. »Wem, glaubst du, nützt du mit deinem Schweigen? Etwa diesen Spionen?« Er riss den Kopf seines Gefangenen nach hinten. »Ich frage dich jetzt zum letzten Mal: Wohin sind sie geritten, und waren ein Franzose, eine junge Frau und ein alter Mann bei ihnen?«

Valerian zuckte zusammen, als die Hand des Rittmeisters mit einem dumpfen Klatschen in Eiks Gesicht landete. *Sprich doch endlich!,* bat er seinen Spielkameraden seit Kindesbeinen, den er trotz ihrer Standesunterschiede als Freund betrachtete. *Du weißt doch selbst, wie die Sache hier ausgeht. Irgendwann wirst du reden, und mir wäre es lieber, wenn du dann noch einigermaßen unversehrt wärest.*

Er biss die Zähne zusammen, als er Eiks Blick auffing. Ein Auge des jungen Mannes war zugeschwollen, seine Lippen aufgeplatzt. Blut lief ihm aus der Nase und aus einer Platzwunde über einer Braue ins Auge.

»Ich weiß es nicht, Herr!«, nuschelte Eik undeutlich mit seinen zerschlagenen Lippen, aber sein Blick wich nicht von Valerian.

Was willst du mir sagen?, dachte der und versuchte, Eik mit seinem Blick dazu zu zwingen, um Gottes willen doch endlich zu reden. *Wieso bist du nur so verdammt halsstarrig?* Unwillkürlich wiederholte er die Frage, die der Rittmeister Eik gerade eben gestellt hatte. *Wen willst du mit deinem Schweigen schützen? Diese Protestanten?* Valerian wusste, dass sein Freund zwar gläubig war, aber nicht viel von den Religionsparteien hielt, die diesen Krieg angezettelt hatten. *Oder ging es um das Mädchen und den alten Mann?*

Er runzelte die Stirn, als er daran dachte, was der Rittmeister ihnen im Schloss über die Reiter, die er verfolgte, erzählt hatte. Viel war es nicht gewesen, nur dass die drei Spione waren und er den Auftrag hatte zu verhindern, dass sie den Dänenkönig erreichten. Valerian wusste weder, welche Informationen sie wohl ausspioniert hatten, noch, warum es so wichtig war, dass sie es nicht bis zu ihrem Ziel schafften.

Christian ist geschlagen, vernichtend geschlagen, das hat der Rittmeister selbst gesagt. Was können ihm da noch irgendwelche Informationen von Spionen nützen? Dann fiel ihm der Franzose ein. *Was mag einen französischen Leutnant der Kardinalswache und einen jüdischen Bankier verbinden? Und wieso unternehmen sie eine so gefährliche Reise?*

Bevor er weiter darüber nachdenken konnte, krachte erneut die Faust des Offiziers gegen Eiks Kopf, was ihn vor Schmerz aufstöhnen ließ.

»Ich glaube dir kein Wort, Kerl!« Der Offizier trat einen Schritt zurück und betrachtete seine blutigen Stulpenhandschuhe. Angewidert verzog er das Gesicht. »Du weißt also weder, warum dich dieser Reiter verfolgt hat, noch, wohin seine Kameraden wollten, und auch nicht, wie viele es waren?« Seine Miene verzog sich zu einer gehässigen Fratze. »Entweder willst du es mir nicht sagen, was bedeutet, dass du mit ihnen unter einer Decke steckst!« Er zog seinen Degen. »Oder aber du kannst es mir nicht sagen, weil du es tatsächlich nicht weißt, dann bist du nutzlos für mich! Also ich wüsste nicht, warum ich dich am Leben lassen sollte, Kerl!«

Valerian hob unwillkürlich die Hand, wollte dem Rittmeister in den Arm fallen, hielt dann jedoch im letzten Moment inne, denn der Mann schien nicht vorzuhaben, seinen Worten Taten folgen zu lassen, jedenfalls noch nicht. Zum Glück hatte der Rittmeister seine Bewegung ebenso wenig bemerkt wie die Söldner, die um sie herumstanden.

Verdammt, Eik, du bringst mich in Teufels Küche! Und deine Lage wird immer brenzliger, begreifst du das denn nicht?

Valerian sah Eik wütend an. In dem Moment kam ihm eine Idee. Eik hatte zugegeben, dass er auf dem Feld gewesen war und Erdäpfel geerntet hatte, als die Reiter ihn überfallen hatten. Zweifellos war er nicht alleine dort gewesen. »Ich glaube, ich weiß …«

Valerian hielt inne und biss sich auf die Unterlippe, weil ihm in diesem Moment aufging, warum Eik nicht redete, obwohl er doch ganz gewiss zum Schloss gekommen war, um Hilfe zu holen. Er sah, wie Eik plötzlich die Augen aufriss, aber er blickte weder ihn, Valerian, noch den Rittmeister an, sondern jemanden hinter ihnen, der sich näherte, vermutlich vom Schloss her.

Augusta, dachte Valerian mit einem Anflug von Verdruss. Er erkannte an Eiks Blick, wer die Person sein musste. *Sie kommt, um ihren Spielgefährten zu retten!*

»Was fällt Euch ein?« Augusta drängte sich zwischen den Söldnern hindurch, die ihr mehr aus Verblüffung denn aus Respekt Platz machten. »Wieso schlagt Ihr meinen … Leibeigenen?« Sie drängte sich an dem Rittmeister vorbei und beugte sich zu Eik hinab. Sie sog scharf die Luft ein, als sie sein Gesicht sah, und fuhr zu dem Offizier herum. »Und was habt Ihr mit Eurem Degen vor? Ihn blutig zu schlagen genügt Euch wohl nicht? Glaubt Ihr, dass er Euch nützlicher ist, wenn …«

»Augusta, ich denke nicht, dass das hier der richtige Ort für dich ist!«, fiel Valerian ihr ins Wort.

»Mademoiselle, ich kann nicht dulden, dass Ihr Euch in diese Sache einmischt. Das hier ist ein hochnotpeinliches Verhör, und Ihr habt hier nichts zu suchen!« Der Rittmeister war sichtlich wütend.

»Ich denke, ich bin genau am richtigen Ort, mein lieber Bruder!«, erwiderte Augusta gereizt und drehte sich dann zu dem Rittmeister um. »Und das hier ist mein Heim und mein Schloss, Herr Rittmeister. Wenn hier jemand nichts zu suchen hat …«

»Das sehe ich ganz anders, Fräulein!« Die Augen des Mannes funkelten vor Wut. »Wir sind im Krieg, wie Ihr ja wisst. Wenn ich richtig verstanden habe, wart Ihr gerade dabei zu packen, um davor wegzulaufen!« Er machte eine übertrieben höfliche Handbewegung. »Lasst Euch nicht aufhalten!« Seine Stimme klang leise und drohend, als er weitersprach. »Bevor ich meine Meinung ändere und mich weigere, Euch unbehelligt ziehen zu lassen!« Er strich sich über den Kopf. »Und falls Ihr genug Pferde übrig behaltet, um Eure Kutsche zu ziehen.«

Augusta kam nicht dazu, etwas zu erwidern, weil jemand sie fest am Ellbogen packte. »Lass mich gefälligst los, du Feigling!«, fauchte sie, weil sie dachte, es wäre Valerian, der sie zur Vernunft bringen wollte. Der stinkende Atem des Mannes jedoch und sein Schweißgeruch sagten ihr, dass es nicht ihr Bruder war. »Lasst mich auf der Stelle los!« Sie riss ihren Arm frei und sah den Mann wütend an. »Was fällt Euch ein? Ich bin …«

»… hier unerwünscht!« Der Rittmeister bedeutete dem Dragoner, sie wegzuführen, und wendete sich dann wieder Eik zu. »Also, Kerl, wo waren wir noch gleich?« Er grinste. »Ach ja, richtig, wir haben festgestellt, dass du uns nichts nützt. Also …«

»Bruchhausen!« Augusta dachte gar nicht daran, sich einschüchtern zu lassen.

»Bruchhausen? Was soll das heißen?« Der Rittmeister gab dem Dragoner, der Augusta erneut gepackt hatte, ein Zeichen, das Freifräulein loszulassen. »Was ist Bruchhausen?«

Eik stöhnte leise, was Augusta fälschlicherweise als Schmerzenslaut deutete. Valerian dagegen ahnte, dass es mehr ein Verzweiflungslaut war, weil seine Schwester verriet, was Eik dem Rittmeister, warum auch immer, so beharrlich hatte verschweigen wollen.

»Lasst meinen Bauern in Ruhe, dann sage ich Euch …«

»Bauer? Ist er also doch nicht der Sohn des Müllers?«, fiel der Rittmeister ihr ins Wort und legte die Degenspitze unter Eiks Kinn, um seinen gesenkten Kopf anzuheben. Blut sickerte aus der Wunde, die kürzlich das Rapier des Mannes dort hinterlassen hatte, den der Rittmeister suchte, auch wenn der davon natürlich keine Ahnung hatte. Wieder stöhnte Eik, und diesmal war es tatsächlich vor Schmerz.

»Lasst ihn einfach in Ruhe!«, fuhr Augusta den Mann an.

»Sprecht weiter, Mademoiselle«, befahl der Offizier, ohne den Blick von Eik zu nehmen. Offenbar bestätigte ihm die Miene des jungen Mannes die Richtigkeit von Augustas Worten. »Und zwar schnell, bevor ich endgültig die Geduld mit diesem Kerl verliere, an dem Euch ja offenbar so ausnehmend viel liegt.«

»Die Reiter, die Ihr sucht, können ebenfalls in der Nacht nicht weiterreisen«, erklärte Augusta.

Natürlich nicht. Valerian beobachtete Eik, der den Blick gehoben hatte und den Rittmeister wütend ansah. *Sie sind nach Bruchhausen und haben ihn und die anderen auf dem Feld bedroht und vielleicht sogar die anderen getötet!* Plötzlich war Valerian die Sache vollkommen klar. *Eik ist es gelungen zu fliehen, und er kam hierher, um seinen Landherrn zu Hilfe zu holen. Stattdessen sieht er erneut Söldner vor sich und reagiert verstockt, weil er fürchtet, alles nur noch schlimmer zu machen, wenn er jetzt diese Meute ins Dorf hetzt.*

»Natürlich nicht«, antwortete der Rittmeister.

Augusta hob eine Braue. »Also haben sie vermutlich in Bruchhausen Quartier gesucht.« Sie stieß ungeduldig die Luft durch die Nase. »Ein Dorf hier in der Nähe.«

»Ich verstehe!« Der Rittmeister sah Eik scharf an. »Diese Reiter sind also in dein Dorf geritten, nachdem sie dich bedroht haben? Und du bist ihnen entkommen!« Der Mann war nicht dumm und zählte rasch eins und eins zusammen. »Warum hast du das nicht gesagt, Kerl?«

»Einer wie der andere!«, nuschelte Eik mit seinen zerschlagenen Lippen.

»Was?« Der Rittmeister packte den Degen fester und schien Eik damit durchbohren zu wollen.

»Er wollte sagen, dass für ihn ein Reiter wie der andere aussieht!«, warf Augusta hastig ein und trat zur Seite, als der Dragoner erneut versuchte, sie am Arm zu packen.

Valerian bedeutete Augusta mit einem scharfen Blick zu schweigen, damit sie ihre Lage nicht noch schlimmer machte, und trat zu dem Offizier. »Er hat zweifellos geglaubt, dass Eure Reiter und diejenigen, die ihn auf dem Feld überfallen haben, zu derselben Esquadron gehören!«

Eiks Miene sagte ihm, dass er das keineswegs geglaubt hatte, aber den Rittmeister schien diese Erklärung zu befriedigen. Valerian warnte Eik mit einem Blick davor, etwas zu sagen, das ihn möglicherweise doch noch das Leben kosten konnte.

»Gut. Dann soll uns der Bursche dort hinführen!«, erklärte der Offizier und nahm nach einem kurzen Moment des Zögerns den Degen unter Eiks Kinn weg.

Augusta atmete erleichtert auf, wich geschickt der Hand des Dragoners aus und trat zu Eik. Sie kniete sich neben ihn und hob seinen Kopf an, ohne auf das Blut zu achten, mit dem sie sich besudelte.

»Ihr habt ihn verletzt!« Sie untersuchte die Wunde flüchtig und sah den Rittmeister empört an.

Aber der Offizier achtete nicht mehr auf sie. Er drehte sich zu seinem Feldwebel herum. »Die Männer sollen sich fertig machen und aufsitzen. In zehn Minuten rücken wir ab!« Er klang siegessicher. »Die Jagd ist zu Ende. Heute Nacht werden wir unsere Beute endlich stellen.« Er deutete auf Eik. »Der Kerl kommt mit. Er wird uns führen.«

»Das kommt gar nicht infrage!«, protestierte Augusta und legte ihre Hand besitzergreifend auf Eiks Schulter. »Er ist …« Sie stockte, als sie nach einem passenden Wort suchte.

Der Rittmeister warf ihr einen verächtlichen Blick zu. »Keine Sorge, Mademoiselle«, erwiderte er. »Ihr bekommt Euren *Leibeigenen*«, er betonte das Wort anzüglich, »bald wieder zurück, vorausgesetzt, er befolgt meine Wünsche ebenso willfährig wie zweifellos die Euren.«

Eik runzelte bei den unverschämten Worten des Mannes finster die Stirn, und Augusta schnappte nach Luft. Valerians Gedanken überschlugen sich. Immerhin handelte es sich hier um seine Schwester, und er konnte diesem Offizier seine Frechheit nicht gut durchgehen lassen, aber er wollte den Mann auch nicht verärgern. Schließlich bot der ihm die Möglichkeit, endlich der erstickenden Enge von Schloss Villesen und seinem Schicksal als Landjunker zu entkommen.

In diesem Moment fing Valerian Eiks wütenden Blick auf, und ihm kam plötzlich ein Gedanke. *Perfekt. Die perfekte Lösung. So gebe ich Eik die Gelegenheit, seine Leute zu warnen und in Sicherheit zu bringen, und zeige dem Rittmeister zugleich, wie ernst es mir damit ist, unter Wallenstein zu dienen!*

»Das dauert zu lange, Herr Rittmeister!«, sagte er, bevor seine Schwester die Sprache wiederfand oder Eik etwas tun konnte, was er vielleicht bereuen würde. Er deutete auf den Müllerssohn. »Er kann nicht reiten«, log er und hütete sich, Eik anzusehen, während er sich auf den Rittmeister konzentrierte. »Bruchhausen liegt zu Pferd etwa eine Wegstunde vom Schloss entfernt. Wenn er Euch zu Fuß über die Straßen führt, würde das erheblich länger dauern.« Er hoffte, dass weder Augusta noch Eik seiner Behauptung widersprachen, denn dann würde er ziemlich dumm dastehen. »Ganz sicher werden diese Spione ihren Reiter vermissen und haben schon Verdacht geschöpft. Wir sollten uns dem Dorf deshalb von zwei Seiten nähern, damit Eure Beute sich nicht aus dem Staub machen kann. Schnelligkeit ist deshalb von größter Bedeutung.«

Sein Blick glitt über die Bediensteten, die auf dem Hof herumstanden und die Ereignisse ängstlich verfolgten, bis er schließlich an Bossel hängen blieb, dem Anführer der Reiter seines Vaters.

»Ich lasse die Bewaffneten meines Vaters aufsitzen und führe Euch nach Bruchhausen«, fuhr er fort, während er seinen Mann zu sich winkte. »Mit meinen Leuten kann ich den Spionen den Fluchtweg abschneiden.«

Aus den Augenwinkeln bemerkte er, dass Eik ihn aufmerksam anblickte. *Er fragt sich wohl, worauf ich hinauswill,* dachte Valerian. *Gut, dass er nicht weiß, dass mir das selbst nicht ganz klar ist.* Er hatte aus einem Gefühl heraus und impulsiv gehandelt, aber je länger er über seine Idee nachdachte, desto besser gefiel sie ihm. *Es ist nur wichtig, dass keiner etwas Dummes sagt und damit den Argwohn des Rittmeisters erregt, dann bekommen wir alle, was wir wollen.*

Valerian war klar, dass Augusta seinen Wunsch, als Offizier zu dienen, zutiefst missbilligte. Aber sie kannte ihn gut genug, um zu wissen, dass er vor allem versuchte, Eik vor noch größerem Schaden zu bewahren. *Und das dürfte ihr genügen, zumindest für den Moment.*

Der Rittmeister hatte jedoch weder auf Augusta noch auf Eik geachtet, sondern Valerian beobachtet und richtete nun den Blick auf Bossel, der quer über den Hof auf sie zukam.

»Das ist Bossel, der Burghauptmann der Bewaffneten meines Vaters«, erklärte Valerian.

»Burghauptmann?« Der Rittmeister besah sich den älteren, hageren Mann, dessen brauner Bart von silbernen Strähnen durchzogen war. »Tatsächlich.« Sein Blick glitt über das abgetragene Lederkoller des Mannes, seine weite Wollhose und die einfachen, aber soliden Stiefel.

»Junger Herr?« Bossel nahm die Mütze ab und sah Valerian fragend an. Den Rittmeister würdigte er keines Blickes.

»Wie viele Männer kannst du in zehn Minuten gestiefelt und gespornt aufs Pferd bringen?«, erkundigte sich Valerian.

Bossel runzelte die Stirn, während sein Blick zwischen Valerian und dem Rittmeister hin- und herzuckte. Offensichtlich mochte er den Offizier nicht sonderlich, aber Valerian war der Sohn des Freiherrn und folglich auch sein Herr.

»Fünfzehn unter Waffen, junger Herr.« Sein Blick

glitt über die Dragoner, die dabei waren, ihre Pferde, die sie vor vielleicht nicht einmal zwei Stunden abgesattelt hatten, aus den Stallungen und von der Koppel zu holen und fertig zu machen. Sie wirkten über die Aussicht, ihre Beute zu stellen, wie der Rittmeister es ausgedrückt hatte, längst nicht so begeistert wie ihr Vorgesetzter. »Vielleicht zwanzig.«

Valerian nickte und wandte sich wieder dem Rittmeister zu. »Also, Herr von Straaten?« Ihn mit seinem Namen anzusprechen statt mit seinem Rang, vermittelte Valerian irgendwie ein befriedigendes Gefühl. Er lächelte.

Im Gegensatz zum Rittmeister. »Einverstanden, von Villesen.« Offenbar hatte der Mann Valerian durchschaut und wollte keinen Zweifel daran lassen, wie ihre Rangordnung aussah. »Wir reiten zusammen bis zum Dorf, und ein gutes Stück davor trennen wir uns.« Dann lächelte er doch. »Ihr führt Eure Männer hinter das Dorf, falls es diesen Spionen tatsächlich gelingen sollte, unserem Überraschungsangriff zu entkommen.« Er deutete auf Bossel. »Euer sogenannter Burghauptmann«, die Herablassung, mit der er das Wort aussprach, machte deutlich, was er von dem Mann hielt, »bleibt bei mir und meinen Leuten.« Er hob die Hand, als Bossel protestieren wollte. »Du wirst uns die Herberge zeigen, wo sich diese Leute verkrochen haben.« Er sah Valerian an. »Und er dient mir zudem als … Garant, dass Ihr Euch Mühe gebt.« Er wedelte mit der Hand. »Ich kenne Eure Bewaffneten nicht, aber sie werden bestimmt eifriger bei der Sache sein, wenn sie wissen, dass ihr Anführer mit seinem Kopf dafür bürgt, dass ihnen keiner dieser protestantischen Halunken durch die Lappen geht!«

Bossel sah Valerian erbost an, aber der schüttelte nur leicht den Kopf.

»Ganz recht«, fuhr der Rittmeister fort, der den kleinen Gedankenaustausch bemerkt hatte. »Ich habe hier das Sagen, Herr … Burghauptmann!« Er schnaubte verächtlich. »Und jetzt hol deine Bewaffneten. Ich will sie sehen, bevor wir losreiten.«

Er grinste boshaft, als Bossel sich zu Valerian umdrehte, um sich von ihm den Befehl bestätigen zu lassen, und erst dann davonging, um seine Leute zusammenzutrommeln.

»Er ist es nicht gewöhnt, Befehle von …«, begann Valerian.

»Wenn Ihr Eure Sache gut macht und mein Obrist Euch tatsächlich im Rang eines Fähnrichs in unsere Truppe aufnehmen sollte, Herr von Villesen«, unterbrach ihn der Rittmeister kalt, »werdet Ihr Euch nicht nur daran gewöhnen müssen, wie man Befehle empfängt, sondern auch, wie man sie erteilt.«

Hoffen wir, dass du nicht mein Lehrmeister wirst!, dachte Valerian. »Zweifellos«, erwiderte er jedoch.

Der Rittmeister nickte und drehte sich dann wieder zu Eik herum. »Und was dich angeht, Bursche …«

Augusta stand immer noch neben Eik. Sie trat vor und hob trotzig das Kinn. »Um ihn kümmere ich mich, Herr von Straaten«, erklärte sie entschlossen. »Da Ihr ja keine Verwendung mehr für ihn zu haben scheint, nachdem Ihr jetzt einen neuen Bluthund gefunden habt!«

Valerian biss die Zähne zusammen, unterließ es aber, seine Schwester zurechtzuweisen.

»Mademoiselle.« Der Rittmeister entblößte die Zähne, als er Augusta gegenüber eine Verbeugung andeutete. »Euer Leibeigener dürfte bei Euch ohnehin besser aufgehoben sein.« Er redete weiter, bevor Augusta etwas sagen konnte. »Aber ich erwarte, ihn hier wieder anzutreffen, wenn wir unsere Beute erlegt haben und zurück sind.«

»*Falls* Ihr Eure Beute erlegt, Herr von Straaten!«

Ein Muskel zuckte in der Wange des Mannes, aber er würdigte sie keiner Antwort, sondern fragte Valerian: »Wie lange braucht Ihr, Position zu beziehen, wenn wir uns vor dem Dorf getrennt haben?«

Valerian überlegte kurz. »Höchstens fünf Minuten, denke ich.«

»Denkt Ihr.« Der Rittmeister nickte und sah dann zu der Remise, aus der gerade einige der Bewaffneten des Freiherrn mit ihrem Sattelzeug kamen und sich auf den Weg zur Koppel machten. Er schnaubte verächtlich. »Ich gebe Euch zehn, von Villesen, und ich hoffe, das genügt.«

Bevor Valerian etwas erwidern konnte, drehte sich der Rittmeister um und ging zu seinem Feldwebel. Valerian hörte, wie er dem Mann den Befehl gab, diesen Haufen von Bauern zu inspizieren, die sie begleiten würden, und ballte unwillkürlich die Hände zu Fäusten.

Hätte ich Zweifel gehabt, ob ich das Richtige tue, hättest du sie gerade beseitigt!, dachte er und drehte sich zu Eik und Augusta herum, die ihn beobachteten. Die beiden Söldner, die den Müllerssohn bewacht hatten, waren gegangen, um sich ebenfalls fertig zu machen, und Eik hatte sich erhoben. Valerian spürte einen Anflug von Wut, als er sah, dass Augusta immer noch ihre Hand auf Eiks Arm gelegt hatte.

»Warte, bis wir den Hof verlassen haben«, murmelte er Eik zu. Er hob die Hand, als der etwas erwidern wollte. »Ich führe sie über die Straße durch die Wüstung am Bruch«, fuhr er leise fort. »Du hast gehört, wie der Plan aussieht. Kümmer dich um deine Leute. Mehr kann ich nicht tun. Ihr habt höchstens zwanzig Minuten.« Er spürte, dass der Rittmeister ihn beobachtete, sah seine Schwester an und hob die Stimme. »Du hast gehört, was der Offizier gesagt hat!«, sagte er laut. »Ich verlasse mich auf dich!«

»Das kannst du, Bruderherz«, antwortete Augusta, und Valerian hatte den Eindruck, als klänge ihre Stimme ein wenig wärmer als vorhin. »Sei ganz unbesorgt. Ich kümmere mich um ihn.«

Das glaube ich gern, dachte Valerian und warf Eik einen letzten Blick zu. *Aber nicht mehr lange.* Er hatte schon längst gemerkt, dass die Jungenfreundschaft zwischen Eik und ihm in den letzten Jahren abgekühlt war, und als er die beiden nun nebeneinander stehen sah, wurde ihm wieder klar, woran das lag. *Vielleicht ist es doch keine so schlechte Idee von Vater, Augusta mit diesem Cousin zu verheiraten.* Er wusste, wie schrecklich seine Schwester diese Vorstellung fand, und schämte sich ein wenig für seinen Gedanken, aber trotzdem verspürte er dabei auch eine gewisse Erleichterung. Die jedoch rasch verflog, als er den Blick des Rittmeisters bemerkte. Der Mann beobachtete ihn immer noch.

Er nickte Augusta zu, drehte sich um und ging zum Schloss, um sein Lederkoller und seine Waffen zu holen. Außerdem brauchte er eine Jacke und einen Hut. Einem der Lakaien, die neben der Tür standen, befahl er, zum Stall zu laufen und dem Burschen zu sagen, er solle sein Pferd satteln. Dann verschwand er im Schloss.

Nicht ganz zehn Minuten später verließ eine Abteilung kaiserlicher Dragoner, angeführt von Rittmeister Ferdinand von Straaten, und eine deutlich kleinere und bunt zusammengewürfelte Gruppe von Bewaffneten des Freiherrn von Villesen, angeführt von Valerian von Villesen, mit donnerndem Hufgetrappel den gepflasterten Schlosshof. Sie ritten im Licht von Fackeln, die sie mitführten, im Galopp die lang gezogene Auffahrt durch den Park hinab, durchquerten das schmiedeeiserne Tor und bogen nach rechts auf die Landstraße ein.

Die Männer konzentrierten sich in der von den Fackeln nur spärlich erhellten Dunkelheit auf den Weg und blickten nicht zurück. Zum Glück, denn das Fell des Schimmels, auf dem nur wenig später zwei Gestalten durch das Tor ritten, leuchtete hell im Licht der Fackeln an den Torpfeilern. Sie bogen nach links auf die Straße ein und verschwanden nach wenigen Hundert Schritten im Buschwerk neben der Straße. Dahinter lagen das Moor, ein paar niedrige Hügel und noch weiter dahinter das Dorf Bruchhausen.

3. KAPITEL

Bruchhausen

Die Stimmung im *Villeser Moorkrug* war gedämpft. In diesen Zeiten stand niemandem der Sinn nach fröhlicher Ausgelassenheit, das war Pieter Schmalens klar. Aber an diesem Tag hatte die gedrückte Stimmung im großen Gastraum der Herberge noch einen anderen Grund.

»Wo bleibt der Junge bloß?«

Anneke Schmalens wischte sich die Hände an der Schürze ab, die sie um ihre füllige Taille gebunden hatte, und blickte zur Tür der Herberge, wie sie es in der letzten Stunde schon hundert Mal gemacht hatte. Dann richtete sie ihren Blick wieder auf die etwa zwei Dutzend Männer, die in der hinteren, größeren Stube des Gastraums saßen. Sie waren in die Herberge gestürmt und hatten den Raum kurzerhand mit Beschlag belegt, »requiriert«, wie einer der Söldner grinsend erklärt hatte. Die Gäste, die dort gesessen hatten, waren nach einem kurzen Blick auf die Waffen und in die Gesichter der Neuankömmlinge aufgestanden und hatten sich mit ihren Speisen und Getränken in den vorderen Raum geflüchtet, falls sie es nicht gleich vorgezogen hatten, die Schänke zu verlassen.

Das konnte Anneke Schmalens ihnen nicht verdenken. Auch hier in Bruchhausen hatten sie von den wenigen Reisenden, die sich in diesen Zeiten hierher verirrten, etliche Geschichten von Gräueltaten der Söldner und Plünderer gehört. Zwar hatten sich ihre ungebetenen Gäste bisher recht friedlich verhalten, von einigen Klapsen und Kniffen einmal abgesehen, die die beiden jungen Dienstmägde über sich hatten ergehen lassen müssen, aber Anneke vermutete, dass die Anwesenheit der jungen rothaarigen Frau und die scharfen Blicke des französisch sprechenden Reiters zu dem erträglichen Verhalten der Söldner beitrugen.

Der Hauptmann des Söldnerhaufens saß am Kopfende der aus mehreren Tischen zusammengeschobenen Tafel und hatte ihr gesagt, dass sie auf »Empfehlung ihres Sohnes« hier wären. Sein kaltes Lächeln hatte ihr klargemacht, dass seine Worte spöttisch gemeint waren, und der Wirtin große Angst um ihren einzigen Sohn eingeflößt. Daran hatte auch die nächste Bemerkung des Hauptmanns nichts geändert, sie würden auf den Müllersburschen und eine Ladung Erdäpfel warten, denn sogleich hatte er hinterhergeschoben, sie als seine Mutter könne nur hoffen, dass der junge Kerl Wort halten würde, andernfalls …

Der Hauptmann hatte den Satz nicht beendet, aber das war auch nicht nötig gewesen. Der Ausdruck seines entstellten Gesichts und der scharfe Blick des Franzosen sagten allzu deutlich, was sie zu erwarten hatten, wenn Eik etwas Dummes tat.

Anneke sah ihren Mann an.

»Er wird schon noch kommen«, brummte Pieter Schmalens. Er hatte das nächste Fass Bier auf das Gestell hinter dem Tresen gewuchtet und schlug den Zapfhahn ein. Ein bisschen Bier spritzte heraus, und die Söldner kommentierten den Knall des Hammers auf dem hölzernen Hahn mit lautem Gejohle.

Schmalens war ein breitschultriger Mann mit graumeliertem Haar. Er wischte sich mit der schwieligen Faust über die verschwitzte Stirn. »Du hast den Hauptmann ja gehört! Sie ernten erst noch die Trüffeln.« Er zuckte mit den Schultern, wohl weil er selbst merkte, wie wenig überzeugend er klang.

»Es ist aber bereits dunkel, und diese Leute sind schon mehr als eine Stunde hier!« Anneke schüttelte den Kopf. »So lange kann das doch nicht dauern!«

»Von deinem ständigen Gejammer kommen sie auch nicht schneller!« Mit einem Nicken deutete er auf die Gruppe von Reitern. »Geh lieber hin und hilf den Mädchen, die leeren Krüge abzuräumen. Ich glaube nicht, dass die Männer schon genug haben.« Er lächelte kurz. »Anscheinend schmeckt ihnen unser Bier.«

Anneke sah ihren Mann finster an. »Kein Wunder«, sagte sie. »Bis jetzt haben sie ja auch noch keinen Kreuzer dafür berappt!« Sie blies die Backen auf. »Sorg du nur dafür, dass sie am Ende auch zahlen! Sie fressen und saufen uns noch den ganzen Keller leer! Und sieh dir nur an, was sie mit unseren Mädchen machen!«

Dröhnendes Gelächter brandete auf, als einer der Männer eine Dienstmagd – es war Lena, die jüngere der beiden – auf seinen Schoß zog und versuchte, ihr einen Kuss aufzudrücken. Das Mädchen sträubte sich, aber nicht allzu heftig, wie Anneke bemerkte.

»Das dulde ich nicht!«, erklärte die Wirtin und machte Anstalten, hinter dem Tresen hervorzutreten und zu den Männern zu gehen.

»Nun lass sie doch!«, sagte ihr Mann beschwichtigend. »Sie meinen es nicht böse, und außerdem ist Lena durchaus in der Lage, sich zu wehren.«

»Das weißt du selbst wohl am besten!«, gab Anneke giftig zurück. Aber noch bevor sie um die Ecke des Tresens gebogen war, hatte sich ihr Eingreifen erübrigt.

Der Hauptmann hatte mit einem scharfen Befehl dem Söldner befohlen, das Mädchen loszulassen, und der Mann hatte gehorcht, aber nicht, ohne ihr noch einen ordentlichen Klaps auf den Hintern zu versetzen.

»Wenn du heute Nacht noch etwas Zeit hast, meine Schöne, ich warte im Stall auf dich!«

»Sieh nur zu, dass die Ziegen nicht mitbekommen, wie du ihr deinen Hosenwurm zeigst!«, schrie ein anderer Söldner und schlug mit seinem leeren Humpen auf den Tisch.

Der Angesprochene machte eine obszöne Geste zu seinem Kameraden, was eine weitere Welle von Gelächter auslöste.

Aber nicht alle Reiter amüsierten sich, bemerkte Anneke. Der alte Mann und das junge Mädchen, die neben dem Hauptmann saßen, hatten die Köpfe gesenkt und schienen fast zu schlafen. An ihrer Kleidung und dem langen Zopf des Alten hatte Anneke erkannt, dass es Juden sein mussten, denn ansonsten unterschieden sie sich nicht sonderlich von den anderen Reitern. Das Hammelfleisch und den Bohneneintopf hatten sie schweigend und ohne Murren verzehrt, und der Alte hatte immer noch einen Humpen mit Bier vor sich stehen. Das Mädchen begnügte sich mit Wasser.

In der Miene des Franzosen regte sich ebenfalls kein Muskel. Er hatte sich in seiner melodischen Sprache aufgeregt mit dem Hauptmann unterhalten und schien nicht besonders begeistert gewesen zu sein, als der ihm mitgeteilt hatte, dass er auf seine *Pommes de Terre* noch warten müsste. Denn selbst wenn ihr Sohn rechtzeitig mit der Ernte käme, würde die Zubereitung noch einmal einige Zeit in Anspruch nehmen, hatte Anneke ihnen mitgeteilt. Daraufhin hatten ihre Gäste beschlossen, mit Brot, Bohnen und Hammel vorliebzunehmen.

Wenn er doch endlich käme! Anneke konnte ihre Unruhe kaum verbergen. Sie misstraute den Söldnern, sie misstraute dem Hauptmann, sie misstraute dem Franzosen, und sie misstraute auch ihrem Ehemann Pieter, der sie beruhigen wollte, obwohl er sich selbst Sorgen machte, das spürte sie.

»Und wenn er jetzt dem Stillen Veit und seiner Mörderbande in die Hände gefallen ist?«, fragte sie, wischte sich wieder die Hände an der Schürze ab und blickte zum wer weiß wievielten Mal zur Tür. »Der macht nicht viel Federlesens …«

»Und nimmt ihm die Erdäpfel ab, na und?«, brummte Pieter. »Im schlimmsten Fall bringt er diesen einen Söldner um, den der Hauptmann als Wache dagelassen hat, wie er sagte.« Er senkte die Stimme. »Und das wäre ja wohl kein so großer Verlust, oder?«

Insgeheim gab Anneke zu, dass er recht hatte. Der Stille Veit – den Namen trug er, seit ihm ein besoffener Däne die Zunge herausgeschnitten hatte – war zwar eine Plage, aber er mordete nicht wahllos und aus Vergnügen wie viele Plünderer und marodierende Söldner. Er begnügte sich damit, den Leuten ihre Habe abzunehmen, und ließ ihnen zumeist gerade noch genug zum Leben. Das war ein weiterer Unterschied zu diesem Soldatengesindel.

Dennoch, Anneke wollte sich einfach nicht beruhigen lassen. Sie spürte, dass mit Eik und den anderen etwas nicht stimmte, da konnte Pieter noch so grummeln. Und dieser Franzose … Ihr gefiel sein Blick einfach nicht. Weder wie er sie, Anneke, ansah, noch wie er diese junge Jüdin an seinem Tisch musterte.

Wie ein hungriges Raubtier, hatte sie zu Pieter gesagt, was der natürlich wieder nur mit einem Brummen und einer abfälligen Handbewegung abgetan hatte.

In dem Moment hörte Anneke einen spitzen Schrei aus der Küche, dem ein lautes Klappern folgte. Sie runzelte die Stirn. Johanna, die Köchin, war mit Eik auf dem Feld geblieben, deshalb hatte sie selbst das Essen für die Söldner gekocht. Greta, eine der beiden Dienstmägde, hatte ihr mehr schlecht als recht geholfen. Und offensichtlich war jetzt gerade ein Malheur passiert.

Sie riss den Blick von dem Franzosen los. »Behalte diese Kerle im Auge«, zischte sie ihrem Mann zu, bevor sie sich umdrehte und durch den gemauerten Türbogen in die Küche trat.

»Was hast du jetzt schon wieder angestellt?«, fuhr sie die Magd an, die mit dem Rücken am Spülstein stand und die Hände vor den Mund presste.

Dann stieß Anneke Schmalens selbst einen spitzen Schrei aus und schlug die Hände über dem Kopf zusammen …

Augusta zügelte ihr Pferd, als sie den Rand des Moors erreichten. Die Bäume standen hier weiter auseinander und waren von spinnwebartigen Kletterpflanzen überwuchert, die im Licht der Fackel, die Eik trug, wie ein unheimlicher Pelz wirkten, der die Bäume überzog. Sie drehte sich zu Eik herum, der hinter ihr auf dem Sattel saß.

»Ab hier musst du zu Fuß weiter.«

Eik nickte, rutschte hastig von dem Schimmel herunter und trat neben sie. »Das war ... Das war sehr mutig von dir«, sagte er, während er zu ihr hochsah und die Fackel hob.

»Ja, ich denke, da hast du recht.« Abwartend erwiderte Augusta seinen Blick.

Eik legte eine Hand auf die warme Flanke des Pferdes. »Warum hast du das getan?« *Verdammt, du hast keine Zeit für so etwas! Beeil dich, lauf los! Du willst doch deine Familie retten, oder?* Aber irgendwie schien er sich nicht rühren zu können, so als wäre er von dem Blick der jungen Frau gebannt.

Augustas Gesicht war von dem scharfen Ritt gerötet, und sie zog ungeduldig am Zügel, als ihre Vollblutstute nervös zu tänzeln begann. Das Pferd mochte das Moor und die zuckenden Schatten nicht, die das Licht der blakenden Fackel zwischen die Bäume warf, und zeigte das auch sehr deutlich.

»Still jetzt!«, zischte die junge Adlige. Die Stute gehorchte, spielte aber nervös mit den Ohren. Dann sah Augusta wieder zu Eik hinab. Der streichelte beruhigend die Flanke des Schimmels.

»Das weißt du nicht?« Augusta schüttelte den Kopf. »Warum, glaubst du, bringt mein Vater mich nach Frankreich, um mich dort mit diesem alten, widerlichen Mann zu vermählen?« Sie hob die Mundwinkel zu einem zögernden Lächeln. »Aus demselben Grund, weswegen sich die Freundschaft zwischen Valerian und dir in den letzten Monaten so verändert hat.«

Das Pferd tänzelte erneut, und Eiks Hand berührte Augustas Knie. Er zog sie nicht weg.

»Ich gebe dir noch einen Hinweis.« Bevor Eik reagieren konnte, beugte sich Augusta tief zu ihm hinab und packte seine Hand. Sie legte sie auf ihre Wange, griff mit den Fingern der anderen Hand in sein Haar, hielt seinen Kopf fest und drückte ihm einen Kuss auf die Lippen.

Im nächsten Moment hatte sie sich wieder aufgerichtet und wendete ihr Pferd auf der Hinterhand. »Und jetzt beeil dich, Dummkopf, sonst war das alles hier umsonst!«

Sie gab ihrer Stute die Sporen und galoppierte den Weg zurück, den sie gekommen waren.

Eik blinzelte verwirrt, dann drang ihm die Wahrheit ihrer Worte ins Bewusstsein.

Beeil dich, wiederholte er ihre Worte in Gedanken, *beeil dich und rette deine Eltern!* Er fuhr herum und stürmte zwischen die Bäume zum Moor. Schon bald jedoch kam er nur noch langsam voran, weil er von einem festen Flecken Waldboden zum nächsten springen musste.

Die Notwendigkeit, auf jeden Schritt zu achten, vor allem im tanzenden Licht der Fackel, vertrieb alle Gedanken an Augusta und ihre Worte aus seinem Kopf. Nicht aber den Geschmack ihrer Lippen. *Du kannst über ihre Worte nachdenken, wenn du sie alle in Sicherheit gebracht hast,* sagte er sich.

Es gab ein dumpfes Platschen, als sein rechter Fuß im Morast versank. Eik fluchte und hätte fast die Fackel fallen lassen, als sein Bein in Sekundenschnelle bis zum Knie im Sumpf verschwand. Instinktiv streckte er die Hand aus und erwischte den dicken Ast eines Baumes. Die Fackel zischte, als sie gegen die feuchte Rinde schlug, erlosch aber nicht, und es gelang Eik, sein Bein aus dem saugenden Schlamm zu befreien.

Pass gefälligst auf, verdammt!, befahl er sich, während er mit großen Augen auf das tückische Moorloch starrte, das ihm wegen seiner Unaufmerksamkeit fast zum Verhängnis geworden wäre. Er atmete mehrmals tief durch, schüttelte den Kopf und setzte dann seinen Weg mit erhöhter Vorsicht fort.

Es schien eine Ewigkeit zu dauern, bis er endlich das Moor hinter sich gelassen hatte und den Waldrand erreichte. Die Fackel hatte er schon vor einer Weile gelöscht, weil er das Licht nicht mehr brauchte. Er war diesen Weg oft genug gegangen. Für gewöhnlich hatten ihm die Lichter der Häuser die Richtung gezeigt, aber diesmal lag Bruchhausen fast gänzlich im Dunkeln. Nur aus der Herberge am anderen Ende des Dorfes drang ein schwacher Lichtschein aus den Fenstern, und laute Stimmen hallten über die Straße bis zu ihm.

Eik trat zwischen den Bäumen hervor und ging geduckt weiter. Dabei starrte er angestrengt auf das Ende des Dorfes, wo die Hauptstraße, die mitten durch das Dorf lief, hinter den letzten Häusern verschwand.

Er hörte ein heiseres Lachen, Husten, und dann spuckte jemand aus. Eik blieb wie angewurzelt stehen und starrte in die Richtung, aus der die Geräusche gekommen waren. Schließlich sah er die Schatten von zwei Männern, wahrscheinlich Söldner, die der Hauptmann als Wache aufgestellt hatte. Er blickte zur Herberge, die am anderen Ende des Dorfes direkt an der Straße lag. Die schlängelte sich noch ein ganzes Stück weit durch die von Heide bewachsene Senke, vorbei an der Mühle seines Vaters, bis sie schließlich nach gut zwanzig Steinwürfen auf die große Hauptstraße mündete.

Aber sosehr Eik sich auch bemühte, er konnte in der Dunkelheit nicht erkennen, ob der Hauptmann auch dort Wachen aufgestellt hatte. *Wahrscheinlich hat er das getan,* sagte er sich. *Der Mann hat nicht den Eindruck gemacht, als würde er allzu viel dem Zufall überlassen.*

Eik wischte sich über die schweißnasse Stirn und verzog die Lippen, als er spürte, dass er sich dabei den Schlamm von seinen Händen ins Gesicht geschmiert hatte. *Vielleicht ist das gar nicht so schlecht,* dachte er. *Dann sieht man meine helle Haut in der Dunkelheit nicht so leicht.* Es spielte ohnehin keine Rolle, ob dort Wachen standen oder nicht, weil er nicht vorhatte, die Herberge durch den Vordereingang zu betreten. Es war zwar unwahrscheinlich, dass er seine Eltern und die Dienstmägde benachrichtigen und unbemerkt aus der Herberge herausschaffen konnte, aber er wollte es zumindest versuchen.

Vielleicht habe ich ja Glück, dachte er, wandte sich um und lief vorsichtig weiter. Er steuerte auf die dunklen Häuser rechts von sich zu und erreichte nach wenigen Schritten einen Zaun. Hier verschmolz er mit der Dunkelheit, und jetzt war er froh, dass die meisten Dorfbewohner die Lichter gelöscht hatten, wahrscheinlich aus Angst, Aufmerksamkeit zu erregen und unwillkommene Besucher anzulocken. *Als wenn das einen Unterschied machen würde,* sagte sich Eik. *Diese Leute brauchen keinen Grund, um zu brandschatzen.* Geduckt lief er weiter an den Häusern entlang und sah sich dabei mehrmals verstohlen um.

Aber die beiden Männer am anderen Ende des Dorfes hatten ihn nicht bemerkt. *Kein Wunder, sie achten natürlich vor allem auf Personen, die über die Straße ins Dorf wollen.*

Als er sich der Herberge näherte, hörte er raue Stimmen aus dem Gebäude dringen und ab und zu derbes Gelächter.

Wenigstens schreit niemand, sagte er sich. Nur um im nächsten Moment zusammenzuzucken und wie angewurzelt stehen zu bleiben, als der spitze Schrei einer Frau erklang, gefolgt von lautem Lachen. Er hörte, wie einer der Söldner etwas rief, konnte die Worte aber nicht verstehen.

Die Frau hatte aufgehört zu schreien, und Eik atmete aus, nachdem er unwillkürlich die Luft angehalten hatte. Vielleicht hatte sich einer der Söldner Freiheiten einer Dienstmagd gegenüber erlaubt, aber den Stimmen und der Reaktion der Männer nach war es keine große Sache gewesen. Eik hoffte, dass die Dienstmagd das ebenfalls so sah.

Behutsam näherte er sich der Herberge, bis er an der Ecke des Hauses davor angekommen war. Es gehörte dem alten Hufner, dem früheren Schmied von Bruchhausen. Er hatte sein Gewerbe schon vor langer Zeit an seine Söhne weitergegeben, doch die waren zur Festung Nienburg gegangen, in der Hoffnung, dort bessere Geschäfte zu machen.

Eik schlich um das Haus herum und tastete sich durch den Garten, der dunkel und verlassen dalag. Die Sterne spendeten fahles Licht, deswegen konnte er trotz der Dunkelheit einigermaßen erkennen, wohin er trat. Er wollte unbedingt jedes Geräusch vermeiden, für den Fall, dass der Hauptmann auch vor der Herberge Wachen aufgestellt hatte. Nach ein paar Schritten erreichte er die Ligusterhecke, die das Grundstück des früheren Schmiedes von der Herberge seiner Eltern trennte. Er folgte ihr ein Stück, bis sie lichter wurde und er sich hindurchzwängen konnte.

Erneut blieb er stehen und lauschte. Hier waren die Stimmen aus dem Schankraum kaum noch zu hören, dafür drangen die vertrauten Geräusche aus der Küche zu ihm. Das Klappern von Töpfen, Tiegeln, das Kratzen, mit dem die Köchin das Feuer im Ofen schürte …

Nein, nicht die Köchin. Er schluckte, als er an die klaffende Wunde in Johannas Hals dachte, aus der das Blut über ihren Kittel gespritzt war.

Geduckt näherte er sich der Hintertür und hoffte, dass seine Mutter in der Küche stand.

Er öffnete die Tür und verzog das Gesicht, als die eisernen Angeln quietschten. Bevor er etwas sagen oder eine beruhigende Geste machen konnte, fuhr die Magd am Herd herum, wich rückwärts zum Spülstein zurück und … schrie.

Eik hob beschwichtigend die Hand und legte dann einen Finger an den Mund. »Leise, Greta, ich bin's, Eik! Wo ist Mutter?«, zischte er.

Bevor die entsetzte Magd antworten konnte, wurde der Vorhang vor dem Durchgang zum Gastraum zur Seite geschoben, und seine Mutter trat in die Küche. Sie stemmte die Hände in die Hüften und fuhr Greta wütend an.

»Was hast du jetzt schon wieder angestellt?« Dann sah sie Eik in der Tür stehen und schrie selbst auf …

»Eik! Junge, was ist denn mit dir passiert?«, rief Anneke Schmalens. Sie machte zwei Schritte auf ihren Sohn zu, der mit vollkommen schlammbedecktem Gesicht, zerrissenem, blutbeflecktem Hemd und völlig verschmutzter Hose in der offenen Hintertür zum Kräutergarten stand.

Eik legte den Zeigefinger seiner schmutzigen rechten Hand auf die geschwollenen, blutigen Lippen und blickte seine Mutter eindringlich an. »Still, Mutter!«, zischte er. »Wo ist Vater? Wir müssen uns beeilen, wenn wir …«

Er brach ab, und seine Augen wurden noch größer, als er an ihr vorbeiblickte.

»Eik?«, fragte Anneke. »Was …?« Sie kam nicht dazu, die Frage zu beenden.

»Wenn wir was?« Das war die Stimme des Hauptmanns. »Da bist du ja endlich, Bursche!« Der Mann stieß einen Pfiff aus und musterte Eik von oben bis unten. »Ich wusste ja nicht, dass das Aufklauben von Erdäpfeln eine so gefährliche Angelegenheit ist.« Seine Stimme wurde kalt, als er sich in der Küche umsah, und jeder Anflug von Spott verflog aus seinem entstellten Gesicht. »Wo sind die anderen, und wo ist mein Kamerad, Kerl?«

Eik schluckte. »Tot.« Er sah von dem Offizier zu seiner Mutter und wieder zurück. »Sie sind tot. Genau wie wir alle, wenn wir uns nicht beeilen.« Er sah von dem Offizier zu seiner Mutter und wieder zurück.

Der Mann runzelte die Stirn, aber bevor er etwas

erwidern konnte, tauchte eine weitere Gestalt hinter ihm auf.

Eik unterdrückte ein Stöhnen, als er den Mann erkannte. Der Franzose. *Der hat mir gerade noch gefehlt.*

»Sieh an, hat uns das Schwein die Trüffeln gebracht?«, fragte der französische Offizier spöttisch, aber als er die Miene des Hauptmanns sah, wurde er schlagartig ernst und griff unwillkürlich nach seinem Rapier. *»Was ist los? Er hat uns verraten, richtig? Ich habe es Euch gesagt, Capitain, wir hätten ihn gleich dort auf dem Acker …«*

»Ist das wirklich immer das Einzige, was Euch in einer kritischen Situation einfällt, Monsieur?«

Eik hob die Brauen, als hinter dem Franzosen die junge Frau durch die Öffnung zur Küche trat, unmittelbar gofolgt von dem Mann, den der Hauptmann als ihren Vater bezeichnet hatte.

Wenn das so weitergeht, ist die Küche bald voll, dachte Eik, wurde aber im nächsten Moment wieder ernst.

»Was soll das heißen, wir sind tot?«, fragte der Hauptmann.

»Ja, Eik, Junge, sag schon, was ist in dich gefahren?« Seine Mutter rang die Hände und machte einen Schritt auf ihn zu. »Und wie siehst du …?« Sie unterbrach sich, als der Franzose seine Hand ausstreckte und sie unsanft an der Schulter zurückzog.

»Was soll das heißen, wir sind tot?« Er zog das Rapier und machte einen Schritt auf Eik zu. *»Ich schwöre dir, du Bauernlümmel …«*

»Steckt Euer verdammtes Spielzeug weg und lasst ihn doch endlich ausreden!«, fuhr ihn die junge Frau an.

»Wartet, Ducroix, bis er gesagt hat, was er damit meint!«, befahl der Hauptmann gleichzeitig.

»Leona! Misch dich da nicht ein!«

Es war das erste Mal, dass Eik den alten Mann sprechen hörte. Trotz der gefährlichen Situation fiel ihm auf, dass seine gebieterische Stimme nicht zu dem zittrigen und gebrechlichen Körper passen wollte, aus dem sie kam.

»Wagt es nicht, in meiner Küche mit Waffen herumzufuchteln!«, schrie Eiks Mutter und sah sich suchend um. Bevor sie jedoch das Hackbeil packen konnte, das auf dem Hackklotz lag, ergriff eine fleischige Hand ihren Arm.

»Bist du verrückt geworden, Weib?« Pieter Schmalens hatte sich ebenfalls durch den Durchgang geschoben, und der Platz in der Küche wurde tatsächlich allmählich knapp. Sein Blick fiel auf seinen Sohn, der immer noch in der offenen Hintertür der Küche stand. »Eik? Was ist mit dir passiert?«

»Das ist eine Frage, auf die wir alle gern eine Antwort wüssten!«, fauchte der Hauptmann und legte seine Hand auf die Pistole in seinem Gürtel. »Und ich schwöre, ich werde den Nächsten erschießen, der den Jungen daran hindert, meine Frage zu beantworten!« Sein Blick glitt über die Anwesenden. »Und zwar jeden, ohne Ansehen seines Standes oder seiner Nationalität!«

Ein Muskel in der Wange des Franzosen zuckte, aber er ließ sein Rapier sinken. *»D'accord.«*

»Also, Junge …« Der Hauptmann wandte sich an Eik. »Was ist …?«

Eiks Gedanken überschlugen sich. *Wenn ich ihm sage, was wirklich passiert ist, wird er mich auf der*

Stelle umbringen. Immerhin bin ich schuld am Tod seines Kameraden. Andererseits … Vielleicht muss ich gar nicht wirklich lügen.

»Sie sind alle tot«, begann er. »Es waren Dragoner der Ligistischen, eine ganze Abteilung. Sie haben Euren Söldner erschossen.« Das war die Wahrheit. »Und ich bin ihnen nur mit viel Glück entkommen.« Auch das stimmte. »Johanna und Jakob sind auch tot.« Tränen traten ihm in die Augen, als er zu seiner Mutter und seinem Vater blickte.

»Dragoner der Ligistischen?« Der Hauptmann stieß einen derben Fluch aus. *»Das müssen sie sein!«* Er wandte sich an den Franzosen. *»Wir dürfen keine Zeit verlieren! Wir müssen sofort aufbrechen!«*

»Ich habe es Euch ja gesagt! Man darf diesen Bauern nicht vertrauen! Befehlt Euren Leuten, aufzusitzen und das verdammte Dorf niederzubrennen!« Er warf Eik einen eiskalten Blick zu. *»Um die hier kümmere ich mich persönlich!«*

»Nein!« Das war die junge Frau. Sie sah zwischen dem Hauptmann und dem französischen Offizier hin und her. *»Das ist nicht nötig, Hauptmann de Vries. Sie haben Euch nicht das Geringste getan! Ihr …!«*

Ihr Protest brach ab, als der Franzose ihr mit einer schnellen Bewegung eine Ohrfeige verpasste.

»Vergiss nicht, wer und was du bist, Mädchen! Und deine verdammte Vorliebe für diesen Burschen hat uns überhaupt erst in diese Lage gebracht! Zweifellos haben diese Kerle ihn vorgeschickt, um uns herauszulocken, und warten schon auf uns!« Er schnaubte verächtlich. *»Wie sonst hätte er es vor diesen Reitern bis hierher schaffen sollen? Ich werde ihn aufspießen und …!«*

»Das genügt, Ducroix!«, rief der Hauptmann, von dem Eik nun wusste, dass er de Vries hieß. *»Wir haben keine Zeit für so etwas, denn falls der Junge recht hat …«*

»Natürlich habe ich …« Eik unterbrach sich gerade noch rechtzeitig. *Natürlich habe ich recht!,* hatte er rufen wollen. *Ich muss verhindern, dass dieser Franzose das Dorf anzündet und meine Eltern umbringt! Und mich dazu! Aber wie?*

»Du hast was?« Hauptmann de Vries betrachtete Eik scharf. »Raus mit der Sprache, Junge, was wolltest du sagen?«

Eiks Blick zuckte über die Personen in der Küche. »Ich habe gehört, dass sie hierherkommen wollen!«, stieß er hervor. *Jetzt geht es nicht mehr nur darum, meine Mutter und meinen Vater zu retten. Ich muss dafür sorgen, dass diese Leute ebenfalls entkommen, sonst lassen sie nur rauchende Trümmer und Leichen zurück!*

»Weil du ihnen verraten hast, dass wir hier sind!«, fauchte der Franzose und trat mit erhobenem Rapier auf Eik zu.

»Sie werden in wenigen Minuten hier eintreffen!«, stieß Eik hervor und wich vor dem wütenden Mann zurück, während er den Hauptmann flehentlich ansah. »Aber sie kommen über die Straße, während ich durch das Moor gelaufen bin!« Er deutete auf seine verschmutzte Kleidung.

De Vries musterte ihn von Kopf bis Fuß und nickte dann. »Sprich weiter, und zwar rasch, wenn dir dein Leben lieb ist!«

»Es gibt einen Weg durch die Gärten und das Dickicht aus dem Dorf hinaus. Er führt im großen Bogen durch das Moor auf der anderen Seite des Waldes an der Mühle meines Vaters vorbei. Es ist ein tückischer Weg, man kann ihn nur zu Fuß bewältigen, und selbst das nur, wenn man ihn genau kennt, erst recht in der Dunkelheit.«

»Merde! Ich denke gar nicht daran, zu Fuß durch diesen Matsch zu rennen! Außerdem brauchen wir unsere Pferde, wenn wir Stade rechtzeitig erreichen wollen. Ich schlage vor, wir beeilen uns, töten diese einfältigen Bauern, holen unsere Pferde und …«

Diesmal waren es nicht die Worte des Hauptmanns, die ihn unterbrachen, sondern das schwache, aber unverkennbare Geräusch von Schüssen. Im nächsten Moment erhob sich wütendes Geschrei im Gastraum der Herberge, und de Vries fuhr herum.

Hastig drängte er sich an dem Franzosen und Pieter Schmalens vorbei zum Durchgang und schob den schweren Vorhang zur Seite. Fast im selben Moment knallten weitere Schüsse, auf die lautes Klirren und noch lautere Flüche der Söldner im Gastraum folgten. Der Offizier fuhr zurück, als hätte er einen Schlag bekommen.

»Zu spät!« Er fletschte die Zähne und ballte in ohnmächtiger Wut die Hände zu Fäusten. »Offenbar haben sie die Herberge bereits gefunden!« Auf seinem Gesicht zeichnete sich deutlich seine Unschlüssigkeit ab, als er die beiden Juden und den Franzosen musterte. Einerseits wollte er seine Männer im Schankraum nicht einfach ihrem Schicksal überlassen, aber sein Auftrag, diese Leute nach Stade zu bringen, schien Vorrang zu haben. Sein Blick zuckte zu Eik, und er zog die Pistole aus seinem Gürtel. »Also gut, Junge. Wir nehmen den

Schleichweg, aber du gehst voran!« Finster runzelte er die Stirn, als er sich in der Küche umsah. Sein Blick fiel auf einen Strick, der unter dem Hackklotz auf dem Boden lag. »Nimm das da und binde dir ein Ende um den Bauch!«

»Ich gehe nicht ohne meine Eltern!«, erklärte Eik trotzig.

»Das Problem löse ich gern!« Der Franzose hob sein Rapier und trat auf Pieter Schmalens zu.

»Geh, Junge!«, rief seine Mutter hastig und trat neben ihren Mann. »Sie werden uns nichts tun! Wir sind nur Wirtsleute, die sich ihre Gäste nicht aussuchen können!« Anneke Schmalens' Stimme bebte, und ihre Augen verrieten, dass sie ihren Worten selbst keinen Glauben schenkte. Sie sah Eik flehentlich an, wohl weil sie wusste, dass ihrer aller Leben verwirkt war, wenn er nicht gehorchte.

Eik nahm es fast den Atem, als er seine Eltern nebeneinander in der Küche stehen sah. Tränen traten ihm in die Augen, aber ihm war klar, dass es niemandem nützte, wenn er sich ebenfalls opferte. *Und vielleicht überleben sie ja,* dachte er. *Immerhin ist Valerian bei den Ligistischen! Er würde niemals zulassen, dass meinen Eltern etwas geschieht!* Das war zwar nicht mehr als eine schwache Hoffnung, aber es war das Einzige, woran er sich im Moment klammern konnte. Dann war keine Zeit mehr für irgendetwas anderes, geschweige denn für einen Abschied.

Hauptmann de Vries war noch einmal durch den Durchgang getreten und hatte seinem Feldwebel einen Befehl erteilt. Vermutlich sollte er versuchen, die Dragoner so lange wie möglich aufzuhalten.

Dann kam er zurück in die Küche und nahm Eik das Ende des Stricks aus der Hand. Er überprüfte kurz den Knoten, den Eik gemacht hatte, knurrte unzufrieden, löste ihn und verknotete den Strick noch einmal, dann stieß er Eik zur Hintertür.

»Los, geh, Bursche! Wir haben keine Zeit zu verlieren!«

»Eik, mein Junge, Gott sei mit dir!«, rief Anneke Schmalens mit tränenerstickter Stimme.

»Hier, Sohn!« Pieter Schmalens warf de Vries einen fragenden Blick zu, während er unter seinen weiten Kittel griff und den Stoßdegen herausholte, den der Hauptmann Eik abgenommen und auf dem Tisch hatte liegen lassen. Er steckte in der Lederscheide, die Eiks Mutter extra dafür angefertigt hatte.

»Was fällt dir ein!« Der Franzose holte mit seinem Rapier aus, aber Hauptmann de Vries kam ihm erneut zuvor.

»Gib ihn mir!« Er streckte seine Hand aus, und Pieter Schmalens gehorchte. De Vries schob die Waffe in seinen Gürtel, drehte sich zu Eik herum und deutete mit einem Nicken zur Tür. »Und jetzt los!«

Mit einem letzten Blick auf seine Eltern trat Eik durch die Hintertür der Küche in den Kräutergarten der Herberge. De Vries, der Franzose und die beiden Juden folgten ihm in die Dunkelheit.

Gott, beschütze meine Eltern und die anderen!, betete Eik. Ihm fiel auf, dass er Gott schon lange nicht mehr angerufen hatte, eigentlich nicht mehr, seit dieser Krieg ausgebrochen war, bei dem beide Parteien diesen Gott auf ihrer Seite wähnten. Nun aber hatte Eik das Gefühl, dass, wenn überhaupt Hilfe möglich war, sie nur noch von Gott kommen konnte, sei er nun katholisch oder protestantisch.

Sie drängten sich durch eine Lücke in der hohen Eibenhecke am hinteren Ende des Gartens und liefen geduckt über einen schmalen Grasstreifen, bis sie den Waldrand erreichten.

Sie hatten kaum die ersten Schritte zwischen die Bäume getan, als hinter ihnen die Hölle auszubrechen schien.

»Eine Pause, verflucht! Ich brauche eine Pause!« Seufzend ließ sich der Franzose auf einen moosbedeckten Flecken im Wald sinken und streckte die Beine aus. *»Ich bin ein Chevalier, verdammt, kein verfluchter Infanterist! Meine Füße brennen wie Feuer! Wir brauchen Pferde, und zwar so schnell wie möglich!«* Dabei sah er den Hauptmann mürrisch an. *»Sonst schaffen wir es nie rechtzeitig bis nach Stade, falls wir überhaupt dort hinkommen!«*

De Vries nickte. *»Die Frage ist nur, wo sollen wir sie herbekommen? Unsere Pferde sind zweifellos den Ligistischen in die Hände gefallen, ebenso wie unser Satelzeug!«* Er spuckte aus und sah Eik an. »Hast du eine Idee, wo wir Pferde herbekommen könnten, Bursche?«

»Was?« Der Franzose lachte spöttisch. *»Ihr erwartet ernsthaft, dass dieser Bauernbursche weiß, wo wir Pferde bekommen? Ich frage mich, ob er überhaupt ein Pferd von einer Kuh unterscheiden kann!«*

Eik sah flüchtig zu dem Mann hinüber. »Dort würde ich mich an Eurer Stelle nicht hinsetzen, Herr!«

»Was, Bursche?« Ducroix sah Eik wütend an. *»Du willst mir Vorschriften machen? Glaub nicht, dass du*

nur einen Atemzug länger lebst als nötig, wenn wir erst in Sicherheit sind!« Er warf einen mürrischen Blick auf die junge Jüdin, die ihn aufmerksam ansah. *»Daran wird auch die mitfühlende Seele deiner kleinen Freundin nichts ändern!«*

»Ihr wisst doch, dass er kein Französisch versteht, Monsieur!«, mischte sich die junge Jüdin ein. Zu Eiks Überraschung sprach sie Deutsch. *Damit ich verstehe, was sie sagt?* Ihre Lippen zuckten, als sie weitersprach. »Ich nehme an, er will Euch sagen, dass diese Stelle dort nicht sicher ist.«

Amüsiert sie sich etwa?

»Nicht sicher? Was … Oh, verdammt! Was ist das?« Der Franzose sprang auf, als sein Hintern immer tiefer in das Moos einsank. Die Absätze und Sporen seiner Stiefel waren ebenfalls bereits im Moos verschwunden.

»Man nennt es Moor, Herr!«, erwiderte Eik.

Die Frau unterdrückte ein Lachen. Eik begriff den Grund ihrer Heiterkeit jedoch erst, als er sie ansah. Sie hatte sich nicht über seine Bemerkung amüsiert, sondern darüber, dass er sich damit verraten hatte.

Hauptmann de Vries trat neben Eik und packte ihn grob an der Schulter. »Du verstehst Französisch?«

Keiner von ihnen achtete in diesem Moment auf Ducroix, der dem Gespräch nicht folgte, sondern aufgesprungen war und versuchte, seine Füße aus dem Moor zu ziehen. Jedes Mal, wenn er einen neuen Schritt machte, sanken seine Stiefel tiefer ein, sobald er das Bein belastete. Innerhalb von wenigen Sekunden war er bereits bis zu den Knien im Moor versunken.

»Zu Hilfe, verflucht!«, schrie er und starrte zu de Vries hinüber. *»Helft mir gefälligst! He, du da, Bursche,*

komm her und zieh mich raus!« Sein Blick zuckte zu de Vries. *»Übersetzt das, Capitain! Oder besser noch, helft Ihr mir!«*

»Legt Euch flach hin, Herr!«, sagte Eik, während er sich nach einem geeigneten Ast umsah, den er dem Mann hinhalten konnte. »Wir ziehen Euch raus!«

Die Überheblichkeit des Chevaliers war wie weggewischt, als Eik und der Hauptmann einen langen abgebrochenen Ast packten und ihn dem französischen Edelmann hinhielten. Aber seine Panik verflog genauso rasch wieder, als er nach den Bemühungen der beiden wieder auf festem Boden stand und an sich hinabblickte. Sein elegantes Wams, sein Hemd, seine Hose und seine Stiefel waren vollkommen verschlammt, und er verzog angewidert das Gesicht, als er versuchte, sich die stinkende Brühe von der Kleidung zu wischen.

»Du hättest mich früher warnen können, Bursche!«, fluchte er. *»Das hast du absichtlich gemacht!«*

»Ihr solltet ihm lieber dankbar sein, Chevalier!«, sagte die junge Jüdin, nun wieder auf Französisch. *»Hätte er Euch nicht gewarnt, hättet Ihr vielleicht mehr verloren als nur Eure Pistole!«*

Der Franzose sah sie verblüfft an und griff dann an seinen Gürtel. *»Merde!«* Er fuhr zu Eik herum. *»Das ist deine verdammte Schuld!«*

Aber Eik achtete nicht auf ihn. Er hatte sich umgedreht, in Richtung seines Dorfes, obwohl er es von seiner Position in dem dichten Wald aus unmöglich sehen konnte. Dafür war der orangefarbene Schein am Himmel deutlich zu erkennen.

Feuer!, dachte Eik. *Und es ist dort, wo Bruchhausen liegt!* Ihm war klar, was das bedeutete. Angst durchströmte ihn, Angst um seine Familie. *Aber Valerian ist dabei! Er wird nicht zulassen, dass sie meinen Eltern etwas antun!* Doch als er den Feuerschein sah, war er noch weniger davon überzeugt als zuvor, dass der junge Landadelige die Vergeltungsmaßnahmen der Ligistischen verhindern konnte. Ganz gewiss waren sie wütend darüber, dass ihnen die Flüchtigen hatten entkommen können, obwohl sie schon zum Greifen nah gewesen waren.

Ich muss dorthin!, dachte Eik. *Ich muss es einfach!* Ihm war zwar klar, dass es nichts ändern würde, wenn er das Dorf erreichte, aber er musste sich vergewissern, dass es seinen Eltern gut ging.

Plötzlich spürte er jemanden neben sich und fuhr herum.

Die junge Frau zuckte zurück, als sie den gehetzten Ausdruck auf seinem Gesicht sah. Dann fasste sie sich und legte ihm eine Hand auf den Arm.

»Du kannst nichts daran ändern«, sprach sie seine Gedanken laut aus.

»Ich weiß.« Eik versuchte, den Kloß in seinem Hals herunterzuschlucken. »Aber ich muss mir Gewissheit verschaffen!« Er sah ihr in die Augen und glaubte, so etwas wie Verständnis darin zu erkennen.

»Gewissheit?« Auch Hauptmann de Vries trat neben ihn und folgte seinem Blick. Als er den orangefarbenen Schein am Himmel sah, schüttelte er den Kopf. »Wir müssen weiter!«, erklärte er und seufzte. »Und Ducroix hat recht, wir brauchen Pferde.« Er musterte Eik. »Du hast meine Frage nicht beantwortet, Bursche! Also, weißt du, wo wir hier an Pferde kommen können?«

Eik antwortete nicht, sondern starrte weiter auf den glühenden Schein.

»Du kannst nicht dorthin zurück, falls dir das durch den Kopf geht«, erklärte de Vries.

»Ich muss aber«, widersprach Eik und trat einen Schritt von dem Hauptmann weg.

Der machte keine Anstalten, ihn festzuhalten, sondern verschränkte die Arme vor der Brust und sagte: »Vorausgesetzt, du schaffst den Rückweg zum Dorf im Dunkeln ohne Fackel und ohne in diesem verdammten Morast zu versacken«, er deutete mit dem Daumen auf den Franzosen, der immer noch fluchend versuchte, seine Kleidung zu reinigen, »was willst du denn tun, wenn du dort angekommen bist und siehst, dass das ganze Dorf brennt und alle Bewohner massakriert wurden?« Wäre Eik nicht so aufgewühlt gewesen, hätte er den mitfühlenden Unterton vielleicht nicht überhört, der in der Stimme des Hauptmanns mitschwang. »Selbst wenn ich dir deinen Pallasch zurückgebe«, er legte die Hand auf den Griff der Waffe, die immer noch in der Scheide in seinem Gürtel steckte, »dürftest du nicht einmal in die Nähe dieses Offiziers kommen, ohne dass dich irgendeiner seiner Dragoner erschießt, ersticht oder einfach nur niederreitet.« Er zuckte mit den Schultern. »Was wäre damit gewonnen?«

Eik blinzelte die Tränen in seinen Augen weg. »Ich will wissen, was mit meinen Eltern und den anderen geschehen ist!« Seine Stimme klang belegt. »Ich muss es einfach wissen! Ich …« Er sah de Vries flehentlich an. »Dann werde ich Euch helfen, das verspreche ich.«

»Pah! Das Versprechen eines Bauernlümmels!«, warf der Chevalier ein, der jeglichen Versuch, sich zu säubern, aufgegeben hatte. *»Deine Leute hat man entweder gleich abgeschlachtet, oder die Ligistischen haben sie*

mitsamt unseren Söldnern in dieser verfluchten Herberge verbrannt. Und wäre es nach mir gegangen, hätte man dich gleich mit ihnen geröstet! Das hätte uns allen eine Menge Ärger erspart!«

»Allerdings!« Eik fuhr wütend zu ihm herum. Er war es leid, den Dummen zu spielen. »Und zwar, weil Ihr dann ebenfalls dort brennen würdet, was Ihr wirklich verdient hättet!« Er ballte die Hände zu Fäusten und wich keinen Schritt zurück, als der Chevalier die Augen weit aufriss und nach seinem Rapier griff.

»Dieser Bauernlümmel spricht meine Sprache?« Er fletschte die Zähne. *»Das heißt, er hat alles verstanden, was wir …? Merde, ich bringe ihn um, auf der Stelle!«*

»Ihr werdet nichts dergleichen tun, Ducroix!«, sagte Hauptmann de Vries und trat zwischen Eik und den Franzosen. »Wir brauchen ihn noch!« Er drehte sich zu Eik herum. »Du sprichst Französisch?« Seine Brauen hoben sich. »Das ist sehr ungewöhnlich für einen einfachen Bauernburschen.«

»Ich bin ein Müllerssohn und hatte eine gute Lehrerin!«

»Die dir zweifellos auch andere Dinge beigebracht hat!«, spie der Franzose hervor. *»Zu schade, dass niemand mehr Gelegenheit haben wird, in den Genuss deiner Zungenfertigkeit zu kommen!«*

»Ducroix hat recht.« Argwohn machte sich auf der Miene des Hauptmanns breit. »Du weißt, wohin wir wollen und was wir vorhaben. Selbst wenn ich bereit wäre, deinem Wort zu glauben, könnten wir nicht riskieren, dass du uns verrätst!« Er zog langsam Eiks Stoßdegen aus seinem Gürtel. »Auch wenn ich es bedaure …«

Eik hatte nicht vor abzuwarten, ob das Bedauern des

Hauptmanns groß genug war, um ihn davon abzuhalten, ihn einfach niederzustechen. Er fuhr herum und rannte los, bevor de Vries reagieren konnte.

»Halt! Halt, verdammt!« Der Franzose sprang mit einem langen Satz an dem Hauptmann vorbei. *»Haltet ihn auf!«*

Doch Eik war bereits zwischen den Bäumen verschwunden und wurde von der Dunkelheit verschluckt.

»Warum verfolgt Ihr ihn nicht, de Vries?« Der Franzose war nach einigen Schritten abrupt stehen geblieben und starrte wütend auf den feuchten, trügerischen Waldboden, als seine Stiefel bereits wieder einsanken. Hastig sprang er zurück.

»Genau deshalb, Ducroix!« Hauptmann de Vries schüttelte den Kopf. »Es hat keinen Sinn, ihm blindlings hinterherzulaufen!«

»Und was schlagt Ihr vor, Capitain?« Der Franzose deutete wütend in den Wald. *»Sollen wir ihn laufen lassen, damit er den Ligistischen verrät, wo wir sind?«*

»Ich glaube kaum, dass er das tun wird«, erwiderte Hauptmann de Vries nachdenklich. Er verzichtete darauf, dem wütenden Franzosen zu sagen, dass er bereit gewesen wäre, dem Wort des jungen Müllerssohns zu glauben. Ducroix hätte ihn wahrscheinlich für verrückt gehalten, aber etwas an dem jungen Mann hatte de Vries beeindruckt. Nicht zuletzt, dass er seine Französischkenntnisse so lange vor ihnen hatte verbergen können.

De Vries stieß die Luft aus und drehte sich zu den anderen herum. »Wir machen Folgendes …«

4. KAPITEL

Bruchhausen

»Rede endlich, Kerl, sonst schneide ich dich in Stücke, die ich dann an deine verfluchten Schweine verfüttere!«

Außer sich vor Wut schlug Rittmeister von Straaten auf den massigen Mann ein, der im Dreck vor ihm kniete. »Wo sind diese verfluchten Mistkerle? Wo hast du sie versteckt? Wie konnten sie entkommen?« Wieder schlug er zu.

Der Mann stöhnte vor Schmerzen, antwortete jedoch nicht, sondern sackte zusammen.

»Hoch mit ihm!«, fuhr der Rittmeister die beiden Dragoner an, die den Mann hielten.

»So werdet Ihr wohl kaum das Gewünschte aus ihm herausbekommen, Herr Rittmeister, sondern ihn einfach nur totschlagen!«

Von Straaten fuhr zu dem Sprecher herum. »Wer hat Euch nach Eurer Meinung gefragt?« Dankbar richtete er seine Wut auf das neue Ziel, das sich ihm bot. »Ihr hattet nur diese eine einfache Aufgabe, zu verhindern, dass diese verfluchten Spione flüchten, mehr nicht!« Er knirschte mit den Zähnen. »Und selbst dabei habt Ihr kläglich versagt! Was fällt Euch also ein, mich belehren zu wollen, *Herr* von Villesen?«

Valerian verstummte und verfolgte dann mit versteinerter Miene das entsetzliche Schauspiel vor sich. Er glaubte zu spüren, wie Bossel, der Anführer der Schlosswache, und einige Männer seines Vaters grimmige Blicke wechselten. Sie sagten jedoch nichts, einerseits wohl aus Respekt vor Valerian, der letztlich ihr Befehlshaber war, doch vor allem aus Angst vor dem unberechenbaren Zorn des Rittmeisters. Dessen Dragoner hatten um die Herberge einen Ring gezogen, in dem auch Valerians Männer standen, und hielten die Arkebusen mit brennenden Lunten schussbereit in den Händen.

Den Männern vom Schloss konnte nicht gefallen, was hier passierte. Dabei war zunächst alles genau so verlaufen, wie Valerian es gehofft hatte. Sie hatten das Schloss verlassen und waren über die Landstraße auf die gepflasterte Hauptstraße geritten, die von Osnabrück bis Lüneburg und von dort weiter nach Stade führte. Ihr waren sie gefolgt, bis Valerian schließlich auf einen unbefestigten Feldweg abgebogen war, von dem aus man auf die Straße nach Bruchhausen gelangte. Auf Bossel konnte er sich verlassen, der Burghauptmann hatte seine Leute im Griff, und keiner von ihnen hatte auch nur mit einem Wort oder einem Blick seine Verwunderung darüber zum Ausdruck gebracht, dass sie einen derartigen Umweg nahmen.

Als der Ritt dann aber kein Ende zu nehmen schien, hatte Valerian den Eindruck, dass der Rittmeister argwöhnisch wurde. Bevor er sich aber dazu durchringen konnte, Valerian zur Rede zu stellen, hatten sie Bruchhausen endlich erreicht, und wie besprochen hatte Valerian mit Bossel und den Männern vom Schloss Position am gegenüberliegenden Ortsausgang bezogen.

Von dort hatten sie wegen der Dunkelheit zwar nichts sehen können, aber sie hatten gehört, was in und um die Herberge vorging.

Valerian war froh, dass der Rittmeister mit seiner Anschuldigung, er habe die Gejagten entkommen lassen, unrecht hatte. Seine Empörung über diesen Vorwurf war nicht gespielt. Allerdings wusste er nicht, wie er reagiert hätte, wenn diese Spione tatsächlich an ihnen vorbeigekommen wären. Denn mittlerweile war er davon überzeugt, dass Eik die Flüchtigen aus dieser tödlichen Falle hinausgeführt hatte und vielleicht sogar immer noch bei ihnen war.

Er blickte auf die brennende Herberge. *Jedenfalls hoffe ich das,* dachte er. *Ich bete zu Gott, dass du nicht dort drin liegst!*

Soweit sie es mitbekommen hatten, war es ein kurzer Kampf gewesen. Offenbar hatten die Dragoner der Ligistischen die Protestanten vollkommen überrascht, als sie die Herberge gestürmt hatten. Die meisten hatten wohl nicht einmal zu ihren Waffen greifen können, bevor sie niedergeschossen und niedergemetzelt worden waren.

Bossel und seine Leute hatte es jedenfalls nicht auf ihrer Position gehalten, als die Schüsse verstummt waren und sie den Kampflärm hörten und dann den Schein der Flammen sahen. Viele der Bewaffneten des Freiherrn hatten Verwandte oder Freunde in Bruchhausen, um die sie sich große Sorgen machten. Valerian hatte sie nicht zurückgehalten, nicht zuletzt deshalb, weil er ebenfalls hatte wissen wollen, was dort im Dorf vorging.

Nun unterdrückte er erneut das Gefühl von Ekel, als ihm der widerliche Gestank von verbranntem Fleisch in

Nase und Mund drang. *Als wären die Schreie der Opfer nicht schon entsetzlich genug gewesen,* dachte er. *Aber dieser Gestank ist unerträglich! Und doch ist das nicht einmal das Schlimmste!*

Rittmeister von Straaten war außer sich vor Wut gewesen, weil nach einer kurzen Inspektion der gefallenen Protestanten klar war, dass die wichtigsten Personen, die, derentwegen er all diese Mühen auf sich genommen hatte, entkommen waren. Wie er Valerian mitteilte, als der am Schauplatz des Geschehens eintraf, hatte er befohlen, die Herberge anzuzünden, als, wie er sagte, »Ansporn für diese dummen Bauern«, ihm zu verraten, wohin diese Spione geflüchtet waren und wie sie es geschafft hatten zu entkommen. Die toten und verletzten unionistischen Söldner und die nicht sehr zahlreichen Gäste, die bei dem Hauen und Stechen eher zufällig ihr Leben verloren hatten oder verwundet worden waren, hatten sie einfach in der Herberge liegen lassen. Sie hatten sogar die beiden Wachen, die sie am Ortseingang überwältigt hatten, in die Flammen geworfen.

Dass Valerian seinen Posten verlassen und damit den Flüchtigen vielleicht die Möglichkeit gegeben hatte, unbehelligt zu entkommen, hatte die Laune des Rittmeisters noch erheblich verschlechtert.

Er hatte Valerian zwar eines Fehlverhaltens beschuldigt, aber es gab keinen Beweis dafür, dass der aus Berechnung so gehandelt hatte. Also hatte sich von Straaten einen anderen Sündenbock gesucht, an dem er seine Wut auslassen konnte.

Valerians Blick zuckte zu dem Mann, der von dem Rittmeister verhört und misshandelt wurde. Es war Eiks

Vater, Pieter Schmalens, der Müller von Bruchhausen und Herbergswirt des *Villeser Moorkrugs.*

Valerian dachte an Eik, und für einen Moment drohte ihn das schlechte Gewissen zu übermannen. *Ich habe es versucht, ich habe es wirklich versucht.* Offenbar hatte es der Müllerssohn nicht geschafft, seine Eltern in Sicherheit zu bringen. *Dafür ist es ihm aber anscheinend gelungen, diesen Franzosen, den Hauptmann und die beiden Juden zu retten, von denen von Straaten geredet hat,* dachte er. *Ich frage mich, ob es wert war, dafür seine Eltern zu opfern. Und ich kann nur hoffen, dass von Straaten nicht herausfindet, dass ich bei Eiks Flucht meine Hand im Spiel hatte.*

Als der Rittmeister den Mann vor sich erneut schlug, riss Valerian seinen Blick los und sah auf die brennende Herberge. *Und ebenso hoffe ich, dass Eik niemals erfährt, dass ich danebengestanden und untätig zugesehen habe, wie seine Eltern gestorben sind!,* dachte er, denn dass Pieter Schmalens so wie seine Frau sterben würde, lag für ihn auf der Hand; von Straaten würde ihn nicht davonkommen lassen. *Aber was hätte ich tun sollen? Oder tun können?* Diese Frage hatte er sich in der letzten halben Stunde immer wieder gestellt. *Ich habe alles für Eik und seine Familie getan, was in meiner Macht stand.*

Sein Blick fiel auf die Leiche von Anneke Schmalens, die nur wenige Schritte entfernt vor der Herberge lag. *Ich habe wirklich alles für sie getan, was ich konnte,* sagte er sich. Doch davon war er selbst nicht überzeugt, und die Zweifel, die ihn beharrlich im Hinterkopf quälten, machten ihn wütend. *So etwas kannst du dir nicht leisten!,* ermahnte er sich. *Vergiss nicht, was du willst! Verlier dein Ziel nicht aus den Augen! Das hier ist der Krieg!*

Ein bitterer Geschmack machte sich in seinem Mund breit. Man hatte Eiks Mutter in die Flammen gestoßen, und als sie versucht hatte, dem Feuer zu entkommen, die Haare versengt und bereits kokelnd, Hände und Gesicht voller aufplatzender Brandblasen, hatte man auf sie eingestochen und eingedroschen, auch dann noch, als sie zuckend am Boden lag, bis sie sich schließlich nicht mehr rührte. Valerian unterdrückte den Drang, sich zu schütteln.

Ist es das, was du willst? Der Gedanke stieg ungefragt in seinem Kopf hoch. *Morden und brandschatzen im Namen des Kaisers, im Namen Gottes, im Namen des einen wahren Glaubens?* Er riss den Blick von der grausig zugerichteten Leiche los. *Sei kein Narr!,* dachte er. *Du weißt, dass es in diesem Krieg nicht um Religion geht, sondern um Macht. Und Wallenstein weiß das ebenfalls. Genau deshalb ist die Entscheidung richtig, sich dem Friedländer anzuschließen! Wenn einer dem ganzen Wahnsinn ein Ende bereiten kann, dann er!*

»Verflucht, du starrsinniger Bauer! Rede endlich! Wo sind sie hin?«

Valerians Aufmerksamkeit richtete sich wieder auf den Rittmeister und sein Opfer.

»Ich bin Müller, kein Bauer.« Die Worte des Mannes waren kaum zu verstehen. Sein Gesicht war bereits völlig zerschlagen, aus Mund und Nase quoll Blut, und seine Augen waren fast zugeschwollen. Aber trotz seiner Schmerzen und des Anblicks seiner toten Frau weigerte sich der Mann, klein beizugeben und zu verraten, was er wusste.

Er beschützt seinen Sohn, dachte Valerian, und er konnte nicht leugnen, dass ihm der Trotz und der Mut des Mannes Respekt einflößten. *Aber ihm muss doch klar sein, dass es sinnlos ist! Der Rittmeister wird nicht aufgeben, bis er erfährt, was er wissen will. Und ich verstehe nicht, wieso sich Schmalens nicht mit seiner Familie in Sicherheit gebracht hat.*

Valerian entging nicht, dass der Müller ihn ansah, ihn, Valerian, nicht seinen Peiniger, und seinen Blick auch nicht voller Angst vor der nächsten Grausamkeit zu Boden richtete, was Valerian eigentlich erwartet hatte.

Valerian unterdrückte den Impuls, dem Rittmeister in den Arm zu fallen, als der den massigen Mann erneut schlug. *Dieser Blick … Wieso starrt er mich so an? Ich kann dir nicht helfen, Müller. Besser, du redest, dann hat zumindest deine Qual ein Ende.*

Valerian machte sich keinerlei Illusionen. Das Leben von Eiks Vater war ebenso verwirkt wie das der Mutter, und es gab nichts, was er, Valerian, daran hätte ändern können. Er hatte diese Dragoner auf einem Umweg nach Bruchhausen geführt, um Eik die Gelegenheit zu geben, seine Eltern in Sicherheit zu bringen. *Und was hat er stattdessen gemacht?* Mit zusammengekniffenen Augen sah er zu, wie der Rittmeister dem Müller erneut die Faust ins Gesicht schlug. Speichel flog aus dem Mund des Offiziers, als er den Müller an der Hemdbrust packte und ihn wütend schüttelte. Dabei schrie er ihn an, ihm endlich zu verraten, wohin sich die Leute aufgemacht hatten, die bei ihm eingekehrt waren.

Er hat seine Eltern im Stich gelassen, dachte Valerian, *und sich stattdessen auf die Seite dieser Spione gestellt. Aber warum hat er das getan?,* fragte er sich weiter. *Was hat dich dazu bewogen, Eik?* Er spürte wieder den Blick des Müllers auf sich. *Wieso hast du dafür deine Eltern geopfert?* Als er Eiks Vater in die Augen sah, überkam ihn Unbehagen. Im Blick des Mannes lag keine Anklage, kein Vorwurf, sondern stattdessen … *Vergebung? Bedauern?* Valerian runzelte die Stirn. *Du siehst Gespenster,* schalt er sich. *Was hätte dieser Mann dir zu vergeben?* Und wieso sollte sich dieser einfache Müller anmaßen, ihn zu bedauern?

Wenn jemand hier zu bedauern war, dann ja wohl Pieter Schmalens. Trotzdem war das Verhalten des Mannes sonderbar, und Valerian wollte gerade zu dem Rittmeister treten, um vielleicht durch geschickteres Fragen den Grund für das merkwürdige Verhalten des Müllers herauszufinden, als der Offizier die Geduld verlor.

»Also gut, wenn du nicht reden willst, *Bauer*!« Er trat zurück und zog einen Dolch aus seinem Gürtel. »Ganz sicher hat einer deiner Nachbarn etwas gesehen, und ich bin davon überzeugt, dass es ihm schon einfällt, wenn wir erst die Fackeln an eure Häuser halten! Wenn nicht, wird es ihnen ebenso ergehen wie dir!«

Valerian wollte etwas sagen, wollte eingreifen, irgendetwas tun – da rammte der Rittmeister seinen Dolch dem Müller wutentbrannt in die Kehle!

Pieter Schmalens röchelte, doch dieser Laut verwandelte sich innerhalb weniger Herzschläge in ein scheußliches Blubbern, als sich seine Kehle mit Blut füllte und ihm die Atemwege verstopfte. Er gurgelte mit seinem eigenen warmen Lebenssaft, der ihm dabei aus dem Mund spritzte und über die Lippen und sein Kinn lief.

Von Straaten riss ihm den Dolch aus der Kehle, und

aus der Wunde schoss ein roter Strahl. Gerade noch rechtzeitig machte der Rittmeister einen Schritt zur Seite, um nicht davon besudelt zu werden.

Pieter Schmalens hob die Hände, wollte sie auf die Wunde pressen – doch ihm fehlte die Kraft, seine Arme fielen hinab, und bereits auf den Knien liegend, sackte er in sich zusammen.

Selbst im Tod starrt er mich noch an!, dachte Valerian, der bis zum Schluss den Blick des Mannes erwidert hatte. Er konnte sich immer weniger einen Reim auf das Verhalten des Müllers machen. *Es scheint fast, als hätte er irgendetwas von mir erwartet! Aber was, um Himmels willen?*

»Also gut, von Villesen!« Der Rittmeister reinigte seine Klinge an dem blutigen Kittel des Müllers, bevor er den Dolch wieder in die Scheide schob. Er atmete mehrmals tief durch und spuckte dann aus. »Da diese Spione nicht an Euren Leuten vorbeigekommen sind, wie Ihr behauptet, und ganz sicher nicht an meinen Dragonern«, setzte er verächtlich hinzu, »müssen sie einen dritten Weg genommen haben. Es sei denn, sie hätten sich in Luft aufgelöst, was mir zwar recht wäre, was aber wohl leider nicht der Fall ist.« Er winkte seinen Feldwebel heran, während er weiter mit Valerian redete. »Habt Ihr eine Idee, wie sie uns entkommen konnten?«

Er starrte den Junker scharf an, während der Unteroffizier zu ihm trat und auf seine Befehle wartete.

Allerdings hatte Valerian eine Idee, wie die Gejagten hatten entkommen können. *Eik hat es irgendwie geschafft, sie an uns vorbeizuführen,* dachte er. *Die Frage ist nur, wohin er sie bringt. Und wenn sie zu Fuß unterwegs sind …*

»Sie müssen durch die Gärten gelaufen sein.« Valerian deutete zwischen die brennende Herberge und das Nachbarhaus. »Ich nehme an, Eure Leute haben die Herberge umstellt, bevor Ihr hineingestürmt seid, oder irre ich mich?«

Die Flammen der Herberge und der Fackeln beleuchteten das Gesicht des Rittmeisters, aber Valerian war sicher, dass nicht der orangefarbene Schein für die Röte auf der Haut des Offiziers verantwortlich war.

»Haltet Ihr mich etwa für einen Idioten?«

»Natürlich nicht«, beteuerte Valerian. »In dem Fall müssten Eure Leute eigentlich …« Er brach unvermittelt ab und erstarrte.

Einige Dorfbewohner hatten sich aus ihren Häusern gewagt und standen ängstlich zusammengeschart am Rand des Feuerscheins. Sie hatten berechtigte Sorge, dass die Flammen auf die anderen Häuser übergreifen konnten.

»Wir sollten das Feuer löschen, bevor es den Rest des Dorfes in Schutt und Asche legt!«, brummte Bossel in dem Moment neben Valerian. Offenbar hatte der Burghauptmann die Gefahr ebenfalls erkannt. »Herr?«

»Meine Leute haben niemanden aus der Herberge kommen sehen, das versichere ich Euch!«, zischte von Straaten aufgebracht. »Gibt es einen Keller unter dem Haus, in dem sich diese Spione vielleicht … Was ist los mit Euch, von Villesen? Habt Ihr ein Gespenst gesehen?«

Er folgte dem Blick des jungen Freiherrn, konnte aber in dem orangefarbenen Rauch, in den Valerian starrte, nichts erkennen.

»Nein, ich dachte nur …« Valerian schüttelte den Kopf. Dann drehte er sich zu dem Rittmeister herum.

»Was dachtet Ihr?«

Valerian riss sich zusammen. »Ich dachte, dass die Person, die Euch diese Frage möglicherweise beantworten könnte, bedauerlicherweise tot vor Euren Füßen liegt.« Damit meinte er Eiks Vater. »Wenn Eure Männer niemanden aus der Herberge haben kommen sehen, müssen diese Spione noch irgendwo dort drin sein. In dem Fall dürften sie entweder ersticken oder verbrennen. Oder«, er deutete auf die Dunkelheit hinter der Herberge, »sie sind trotz der Wachsamkeit Eurer Leute entkommen.« Als sich das Gesicht des Rittmeisters erneut vor Wut verdunkelte, sprach er rasch weiter: »Die Dunkelheit beschützt sie, aber sie haben keine Pferde und werden nicht weit kommen. Ich schlage vor, wir lassen Wachen hier zurück und erlauben den Einwohnern, die Flammen zu löschen. Je eher wir die Ruine durchsuchen können, desto früher erhalten wir Gewissheit, ob Eure Spione dort sind.«

»Meine Spione?«, zischte der Rittmeister. »Das hier ist keine persönliche Fehde, von Villesen. Es sind Feinde des Reiches, Feinde des Kaisers und deshalb ebenso meine Feinde wie Eure, hoffe ich doch!«

»Selbstverständlich, Herr Rittmeister.« Valerian bemühte sich um einen sachlichen Ton. »Falls diese Spione nicht verbrannt oder erstickt sind, müssen sie zu Fuß geflüchtet sein, ohne Nahrung und Ausrüstung. Wir wissen, wohin sie wollen, und wir haben Pferde. Sie brauchen ebenfalls welche, wenn sie uns entkommen wollen. Ich kenne mich hier aus. Ich weiß, welchen Weg sie nehmen müssen, und auch, wo sie Pferde finden, falls sie versuchen sollten, welche zu stehlen.« Er sah den Rittmeister an. »Es gibt nur im Schloss welche und auf den Koppeln darum herum. Also müssen sie dorthin.« Er hob die Hände. »Aber sie mitten in der Nacht zu verfolgen ist ein Glücksspiel, Herr Rittmeister. Wir können nur Vermutungen anstellen, wo sie sich verbergen, und im Zweifelsfall riskieren wir das Leben unserer Männer.«

Er hatte die fünf toten Dragoner gesehen, die auf Geheiß des Rittmeisters vor der Herberge hingelegt worden waren. Ihre Kameraden hatten ihnen bereits alle brauchbaren Dinge abgenommen, und die Leichen lagen nur noch in ihren Hosen und grobleinenen Unterhemden da. *Der Krieg macht vor nichts und niemandem halt, auch nicht vor Kameradschaft oder Freundschaft,* dachte Valerian. *Jedenfalls bei den meisten von uns.*

Von Straaten sah den jungen Adligen misstrauisch an und nickte schließlich, als der seinen Blick gelassen erwiderte.

»Gut«, sagte er und drehte sich zu seinem Feldwebel herum, der immer noch neben ihm stand und auf Befehle wartete. »Du hast ihn gehört, Franzen! Die Männer sollen aufsitzen. Wir reiten zum Schloss zurück und teilen dort sofort Wachen ein. Ich will Patrouillen an jeder Koppel und an den Stallungen. Unser Junker«, er deutete mit dem Daumen auf Valerian, »wird dir zeigen, wo die Gäule des Freiherrn stehen. Wenn diese Mistkerle auftauchen, will ich sie lebend, ist das klar? Ich will wissen, wer ihnen bei ihrer Flucht geholfen hat! Am besten wäre es natürlich, wenn wir diese Person gleich mit dingfest machen könnten! Verstanden?«

»Sicher, Herr Rittmeister.« Der Feldwebel nickte. »Aber wenn …«

»Wenn sie uns diesmal entkommen«, unterbrach

der Rittmeister seinen Unteroffizier mit schneidender Stimme, »werde ich die Schuldigen persönlich dafür zur Rechenschaft ziehen, Franzen! Und wer für dieses Versagen verantwortlich sein sollte, wird es bereuen, das verspreche ich dir. Ebenso, wie ich dir versprechen kann, dass dein Kopf unter denen sein wird, die dann rollen!«

Der Feldwebel salutierte. »Zu Befehl, Herr Rittmeister! Aber …«

»Kein Aber, Franzen! Wegtreten!«

Der Feldwebel warf Valerian einen misstrauischen Blick zu und sah dann kurz zu der Stelle hinter der Herberge, auf die der junge Freiherr vorhin gestarrt hatte. Er schien noch etwas sagen zu wollen, überlegte es sich dann aber anders, drehte sich um und marschierte davon.

»Gut. Zurück zum Schloss!« Der Rittmeister warf einen verächtlichen Blick auf die Leichen des Müllers und seiner Frau. »Die da bleiben liegen!«, befahl er zwei Dragonern, die Anstalten machten, die Toten zu packen und in die brennende Herberge zu werfen. »Als Warnung für diese Bauern! Damit jeder weiß, welches Schicksal ihm blüht, wenn er es wagt, mich zu belügen!«

Dann marschierte er davon zu seinem Pferd.

»Das ist unchristlich, Herr!«

Valerian zuckte zusammen. Er hatte vergessen, dass Bossel immer noch neben ihm stand. Der Blick des älteren Mannes glitt über die beiden Leichen. »Eine Schande ist das, wenn Ihr mich fragt, Herr! Es waren gute Menschen, und ein solches Ende haben sie nicht verdient!«

Das haben sie wahrlich nicht. Doch Valerian verkniff es sich, dem Burghauptmann recht zu geben. »Es ist Krieg, Bossel, da passieren solche Dinge! Und noch Schlimmeres!« Sein Blick glitt über die verstümmelte Leiche der Frau. *Deshalb ist es richtig, sich Wallenstein anzuschließen!,* wiederholte er seinen Gedanken von vorhin. *Wenn einer diesen Gräueln ein baldiges Ende bereiten kann, dann der Friedländer und seine Großarmee!* Aber irgendwie wirkte der Gedanke nicht mehr ganz so heroisch wie noch am Morgen dieses blutigen Tages.

»Worauf wartet Ihr noch?«, rief der Rittmeister, der bereits im Sattel saß.

»Sofort, Herr Rittmeister.«

Als Valerian sicher war, dass von Straaten ihn nicht mehr beobachtete, sondern darauf wartete, dass sich seine Dragoner zu einer ordentlichen Kolonne formierten, blickte er noch einmal kurz in die Dunkelheit, wo er vorhin das Gesicht gesehen zu haben glaubte.

»Das war knapp, Herr.«

Valerian drehte sich zu dem Burghauptmann herum. Der blickte ebenfalls in die Dunkelheit, auf dieselbe Stelle wie zuvor Valerian, und nickte. »Einen Augenblick habe ich befürchtet, der Junge wäre herausgesprungen und hätte sich auf diesen … Herrn Rittmeister gestürzt. Verdenken hätte ich es ihm nicht können, mit Verlaub, Herr.«

Also habe ich mich nicht getäuscht, dachte Valerian. Es war tatsächlich das Gesicht von Eik gewesen. Aber er konnte schlecht zugeben, dass er ebenfalls den jungen Müllerssohn gesehen hatte, der eigentlich als Gefangener auf Schloss Villesen sitzen sollte, ohne es dem Rittmeister zu melden.

»Was meinst du damit, Bossel?«

Der Mann warf Valerian einen kurzen Blick zu. »Ich meine, es ist gut, dass trotz all dieser schlimmen Dinge in diesem Krieg Freundschaft noch etwas gilt, Herr.«

Einen Augenblick erwiderte Valerian den Blick des Mannes ausdruckslos, dann nickte er einmal kurz mit dem Kopf.

Bossel machte etwas, das er zuvor noch nie getan hatte: Er hob die Hand zu einem respektvollen militärischen Salut an seine Mütze, bevor er sich umdrehte und zu seinen Leuten ging, um sie ebenfalls aufsitzen zu lassen.

Valerian folgte ihm kurze Zeit später.

Ich hoffe, du hast recht, Bossel, dachte er. *Denn ich frage mich, ob Eik nach dem, was er heute Nacht hier mit ansehen musste, noch dasselbe empfindet.*

Eik rauschte das Blut in den Ohren, und sein Herz hämmerte wie eine Marschtrommel, als er sich langsam dem Feuer näherte.

Er war schweißgebadet und keuchte, aber er hatte keine Angst, dass ihn jemand hören könnte. Das Prasseln der Flammen übertönte das Knacken der Zweige unter seinen Füßen, selbst nachdem die schrecklichen Schreie aus der brennenden Herberge verstummt waren.

Der Schweiß rann ihm in die Augen, als er näher an das Gebäude herankroch, aber er blinzelte ihn weg. Vielleicht waren es auch Tränen, Eik achtete nicht darauf.

Vater …! Mutter! Ich hätte euch nicht zurücklassen dürfen! Verzweiflung und Wut tobten in seinem Inneren, als er begriff, dass für die Menschen in der Herberge jede Hilfe zu spät kam. Die Flammen fraßen sich durch das uralte trockene Holz der Decke, fanden auf dem mit alten Möbeln und Kisten vollgestellten Dachboden neue Nahrung und erreichten schließlich das Reetdach.

Eik schob sich vorsichtig durch den Garten näher an das Haus heran, musste aber schon nach ein paar Schritten ausweichen, weil die Hitze einfach zu groß wurde.

Dann sah er sie. *Dragoner! Dieser Rittmeister hat also seine Drohung wahr gemacht und …!* Er riss die Augen auf, als er Valerian erblickte. Der junge Freiherr stand scheinbar unbewegt neben dem Rittmeister, der gerade dabei war, jemanden zu verhören. Er schrie die Person an, aber Eik hätte die Worte nicht einmal wahrgenommen, wenn er sie durch das Prasseln der Flammen hätte hören können.

Sein Blick fiel auf den Mann, der, von zwei Dragonern flankiert, vor dem Rittmeister kniete.

Vater! Hoffnung durchströmte Eik, als er sah, dass sein Vater noch lebte. Er sah ihn zwar nur von hinten, aber er konnte erkennen, dass Pieter Schmalens offenbar misshandelt worden war, denn sein Kittel war von dunklen Flecken übersät, und nicht alle stammten von Ruß.

Sein Blick zuckte zu Valerian. *Unternimm etwas!*, flehte Eik stumm seinen Freund aus Jugendtagen an. *Du darfst nicht zulassen, dass sie ihm das antun! Bitte!*

Er riss seinen Blick von dem reglosen Gesicht Valerians los und sah wieder zurück zu dem Rittmeister und dem Mann, den dieser quälte, seinem Vater. Der sagte etwas, und der Rittmeister schlug ihm ins Gesicht.

Eik ballte die Hände zu Fäusten, richtete sich auf und

machte zwei Schritte vorwärts. *Du Hundesohn!,* dachte er. *Er ist unschuldig, das musst du doch erkennen! Wieso vergreifst du dich an einem Unschuldigen?*

Wieder schlug der Offizier seinen Vater, und Eik musste den Blick abwenden, als der Kopf des Müllers zur Seite flog und die Flammen sein übel zugerichtetes Gesicht beleuchteten.

Da bemerkte er die Gestalt, die in ihrem Blut auf dem Boden vor der Herberge lag, fünf Schritte neben dem Rittmeister und seinem Vater, gerade außerhalb der Reichweite der Flammen. Sie sah grauenvoll aus, das Gesicht von Brandwunden entstellt, und in dem rohen Fleisch schienen ihre offenen starren Augen zu leuchten. Ihre Kleidung war zerfetzt und ebenso wie ihre verschmorten Haare blutgetränkt.

Eik hatte das Gefühl, als würde eine eisige Faust sein Herz packen und zerquetschen. Die Geräusche um ihn herum sanken zu einem dumpfen Rauschen herab, und er schien zu versteinern, so steif fühlten sich plötzlich seine Gliedmaßen an. Ohne nachzudenken, griff er an seine Hüfte, wo er den Stoßdegen getragen hatte, doch seine Hände tasteten ins Leere, während er noch einen Schritt nach vorn machte.

Tu's nicht!, schrie sein Verstand. *Es hat keinen Sinn, wenn du dich selbst opferst! Damit wirst du deine Mutter nicht wieder lebendig machen.* Sein Körper brauchte einen Moment, bis er dem Befehl seines Gehirns gehorchte.

Im selben Moment schrie der Rittmeister wütend auf, und Eiks Blick zuckte von der Leiche seiner Mutter hin zu seinem Vater.

»Nein!« Das Wort drang heiser und erstickt aus seiner Brust, und er streckte unwillkürlich die Hände aus, als könnte er verhindern, was dort vor ihm geschah. Stattdessen musste er mit ansehen, wie der Rittmeister seinem Vater einen Dolch in die Kehle rammte und dann wieder herauszog, wobei er zur Seite treten musste, denn ein Blutstrahl schoss aus der Wunde wie bei einem abgestochenen Schwein.

Für Eik, der wie gelähmt war, schien der Todeskampf seines Vaters eine Ewigkeit zu dauern, dann brach Pieter Schmalens in sich zusammen.

Scheinbar unbeteiligt reinigte der Offizier anschließend die Klinge seiner Waffe, wendete sich zu Valerian herum, der diesen Mord regungslos mit angeschaut hatte, und schob den Dolch in die Scheide zurück. Er fragte ihn etwas, aber Eik hätte bei dem Rauschen des Blutes in seinen Ohren ohnehin kein Wort verstanden. Trotz der Hitze der Flammen, die aus der Herberge schlugen, war ihm innerlich eiskalt.

Eiks Augen schwammen in Tränen. Er starrte den jungen Adligen an, ohne ihn wirklich zu sehen. *Valerian, mein Freund! Mein …*

Er spürte nicht, dass er noch einen Schritt nach vorn machte, sah auch nicht, wie Valerian plötzlich in seine Richtung blickte und die Augen aufriss. Er merkte gar nichts, sondern war von dieser Kälte in sich vollkommen erfüllt, einer Kälte, in der alles zu erstarren schien bis auf einen einzigen Gedanken. *Dafür werdet ihr bezahlen!*

Der Hass, der sich in ihm ausbreitete, war nicht heiß und glühend, sondern ebenso eisig wie die Kälte, die seine Glieder zu lähmen schien und ihn auf der Stelle hielt.

»Lass es, Bursche! Niemand hat etwas davon, wenn du dich da abschlachten lässt!«

Fast unbeteiligt wendete Eik den Kopf zur Seite, während er merkte, dass nicht die Kälte ihn festhielt, sondern etwas Warmes, Festes, eine menschliche Hand, eine Faust. Er hob den Blick in das Gesicht des Mannes, der ihn langsam aus dem Schein der Flammen zurück in die Dunkelheit zog.

»Was macht Ihr denn hier?«

Vielleicht wusste der Hauptmann das selbst nicht so genau, denn er antwortete nicht sofort, sondern musterte Eiks Gesicht sehr aufmerksam, bevor er seinen Blick auf die beiden Leichen vor der Herberge richtete.

»Sie haben sich für dich geopfert, Junge«, erklärte er leise und deutete mit einer Kopfbewegung auf die beiden Gestalten am Boden. »Ich bin hier, um zu verhindern, dass dieses Opfer umsonst gewesen ist.«

Eik zuckte mit einer Achsel, wobei er merkte, dass ihn diese Bewegung schrecklich viel Kraft kostete. Er wusste nichts zu erwidern. *Ihr Opfer war vollkommen sinnlos. Sie können unmöglich gewusst haben, wohin ich wollte, und sie hätten dem Rittmeister nicht viel sagen können, selbst wenn sie es gewollt hätten.* Aber es hatte wohl kaum Sinn, dem Hauptmann das zu erzählen.

Außerdem schien der Mann ihm ohnehin nicht zuzuhören, sondern beobachtete gespannt die Szene vor der Herberge.

Eik folgte seinem Blick. Dort standen der Rittmeister und Valerian. *Mein Freund Valerian.* Der eisige Hass in seinem Inneren fühlte sich irgendwie gut an. Er dämpfte den Schmerz, den er empfand, und schien sogar die Hitze des Feuers erträglicher zu machen.

Die beiden Männer redeten miteinander, dann hob Valerian seine Stimme, sodass Eik verstehen konnte, was er sagte.

Etwas von Pferden und Schloss und Spionen! *Nichts, was mich interessiert.* Er bohrte seinen Blick förmlich in den jungen Adeligen, bevor er ihn auf das Gesicht des Rittmeisters richtete. Er prägte sich dessen Züge genau ein, sie brannten sich förmlich in sein Gedächtnis, und er würde nur noch ein Ziel verfolgen: sich an diesen beiden Männern zu rächen, die seine Eltern umgebracht hatten.

Nur noch dafür werde ich leben, das schwöre ich!

Er trat noch einen Schritt weiter zurück in die Dunkelheit, während der Hauptmann mit gesenktem Kopf und tief in die Stirn gezogenem Hut dem Gespräch zwischen diesen beiden Mördern noch einen Moment länger lauschte. Dann drehte er sich um und trat zu Eik.

»Wir müssen von hier verschwinden, und zwar sofort!«

»Ja.« Eik warf noch einmal einen Blick auf die Leiche seines Vaters, die er von dieser Stelle aus noch sehen konnte, und nickte. »Ja.« Und dann sickerten die Worte in sein Bewusstsein, die Valerian zu dem Rittmeister gesagt hatte.

»Er hat recht.«

Sie gingen durch den Garten hinter der Herberge, durch das kleine Gatter an der Hintertür und traten hastig zwischen die Bäume.

»Wer und womit?«, fragte der Hauptmann, während er am Waldrand stehen blieb und zur Herberge zurückschaute. Niemand folgte ihnen, also hatte offenbar auch niemand sie bemerkt, obwohl er einen Moment das Gefühl gehabt hatte, dieser junge Adlige hätte sie in der Dunkelheit gesehen.

»Der Mörder meiner Eltern. Wir brauchen Pferde, wenn wir es bis nach Stade schaffen wollen!«

Der Hauptmann sah ihn scharf an. »Du weißt, wohin wir wollen, stimmt's?«

Eik machte sich nicht die Mühe, die Frage zu beantworten. »Die Schwester des Mörders hat mich in Französisch, Italienisch, Geschichte und Etikette unterrichtet!«, erwiderte er und sah den Hauptmann an. »Ich weiß, wer Ihr seid, und ich weiß, was Euer französischer Gefährte für einer ist!«

Eik wusste selbst nicht genau, woher er den Mut nahm, so mit diesem Mann zu sprechen. Schließlich konnte der Hauptmann ihn jederzeit niederstechen, wenn er wollte, sogar mit seinem eigenen Stoßdegen, den der Mann immer noch in seinem Gürtel trug. *Aber das wird er nicht tun,* sagte sich Eik. *Denn noch braucht er mich. Und ich werde ihm beweisen, dass ich ihm noch weitaus nützlicher sein kann. Aber für Feiglinge und Angsthasen hat er zweifellos keine Verwendung.*

»Aha.« Der Hauptmann blieb stehen, als die Dunkelheit des Waldes so dicht wurde, dass sie kaum noch die Hand vor Augen sehen konnten. »Wo, verdammt, habe ich sie nur hingelegt?«, murmelte er leise.

»Falls Ihr Eure Fackel meint, kann ich Euch leider nicht weiterhelfen. Meine liegt jedenfalls hier.« Eik bückte sich und hob die Fackel auf, die er in die Erde gesteckt hatte, bevor er sich der Herberge näherte. »Aber wir sollten noch warten, bevor wir sie anzünden – für den Fall, dass ein paar dieser Mordbrenner auf die Idee kommen, am Rand des Waldes nach uns zu suchen. Der Schein der Fackel würde uns verraten.«

»Also, was für einer ist mein französischer Gefährte?«

Eik konnte nur die Silhouette Hauptmann de Vries' erkennen, die sich kaum vor der Dunkelheit des Waldes abhob. Aber seine Stimme klang anerkennend und, wie Eik glaubte, eine Spur belustigt.

Gut, dachte Eik. *Mach weiter so!*

»Ein Mann ohne Gewissen, Herr. Ein Mann wie die da.« Er deutete mit dem Daumen über die Schulter.

»Aha. Und das weißt du, weil du Französisch und Italienisch sprichst und dir ein Edelfräulein beigebracht hat, wie man sich bei Tisch zu benehmen hat?«

Eik überlegte kurz, was er darauf erwidern sollte. *Was hast du zu verlieren?,* dachte er. *Selbst wenn er dich umbringen will, du bist schneller als er, und du kennst dich hier im Moor besser aus.* Er beschloss, seinem Instinkt zu folgen und etwas zu riskieren.

»Ihr dagegen, Herr, seid anders.«

»Tatsächlich?« De Vries' Stimme klang plötzlich müde. »Und wenn du dich irrst?«

»Mit Eurer Erlaubnis, Herr Hauptmann, nehme ich diese Gefahr gern in Kauf. Ich möchte mich bei Euch als Söldner verdingen.« Erst als Eik die Worte ausgesprochen hatte, wusste er, dass er tatsächlich genau das wollte. Er konnte sich keinen besseren Lehrer vorstellen, um das Kriegshandwerk und das Töten zu erlernen, als diesen Mann neben sich. Er dachte nicht lange darüber nach, dass er auch nicht viele andere Männer kannte, die davon etwas verstanden. Außer denen, die seine Eltern auf dem Gewissen hatten.

»Hast nichts mehr zu verlieren, hab ich recht?«

Eik schwieg.

»Und du willst Rache nehmen, stimmt's?«

Als Eik immer noch schwieg, seufzte der Offizier. »Hass ist ein mächtiger Verbündeter, Junge, ganz gleich, was die Leute sagen. Aber nur, wenn er dein Urteilsvermögen nicht trübt und du ihn kontrollieren kannst.«

»Wenn er kalt ist.«

De Vries trat zu Eik und betrachtete ihn scharf. »Ja, ich kann ihn sehen. In deinen Augen.« Er holte tief Luft. »Aber der Wunsch nach Rache ist kein besserer oder schlechterer Grund als jeder andere, um sich in diesem Krieg zu verdingen.« Er winkte mit der Hand in Richtung des Dorfes. »Was du da gesehen hast, treibt dich vielleicht in die Armee, Bursche, aber nur, weil deine Eltern die Opfer sind.« In der Dunkelheit schimmerten seine Augen. »Wenn du unter mir dienst, wirst du weit Schlimmeres erleben, und schon bald, früher, als du glaubst, wirst du derjenige sein, der einem armen unschuldigen Tropf seinen Degen in die Kehle rammt, weil er ihm nicht verraten will, wo er seinen Notgroschen verwahrt hat. Willst du das?«

»Habt Ihr so etwas schon einmal getan?«, fragte Eik kühn zurück.

De Vries blieb einen Moment stumm, als wäre er von dieser Frage überrumpelt. »Dies und noch Grausameres.« Seine Stimme war ein heiseres Flüstern.

»Dann«, Eik nickte, als hätte er gerade erst einen Entschluss gefasst, der tatsächlich schon in dem Moment festgestanden hatte, als sich die Klinge des Dolches in die Kehle seines Vaters bohrte, »dann will ich das auch, Herr Hauptmann.«

Einen Herzschlag lang rührte sich der Offizier nicht,

dann lachte er rau und hustete, als hätte er etwas in den Hals bekommen. »Wir werden sehen, wie gut ich dich brauchen kann«, sagte er schließlich. »Erst einmal müssen wir unsere Haut retten und uns heil hier herausbringen.« Er sah sich in der undurchdringlichen Dunkelheit um. »Und dann benötigen wir Pferde.« Er drehte sich zu Eik um. »Du hast gehört, was dieser Landjunker gesagt hat. Sie werden überall an den Stallungen und Koppeln Wachen aufstellen. Also, kannst du uns helfen, an Pferde zu kommen?«

Eik überlegte kurz und nickte dann. »Das kann ich«, sagte er. Er nickte noch einmal, während er seinen Plan überdachte. *Es ist gefährlich und völlig verrückt, aber es könnte klappen.* »Ja, das kann ich«, wiederholte er, zuversichtlicher diesmal, während die Idee in seinem Kopf immer mehr Gestalt annahm. Er hütete sich, dem Hauptmann zu verraten, dass seine Zuversicht auf einer Vermutung beruhte und darauf, dass er die Villesens gut kannte. Vor allem eine Person der Familie.

Zeit, herauszufinden, ob ich mich auch in ihr getäuscht habe, dachte er.

5. KAPITEL

Schloss Villesen

»Verdammt, verdammt, verdammt!« Ferdinand von Straaten war außer sich vor Wut und rannte wie ein angestochener Keiler im Salon des Schlosses auf und ab. Schließlich blieb er stehen und wirbelte zu Tanno von Villesen herum. »War es wirklich zu viel von Euch verlangt, auf einen einzelnen hilflosen, einfältigen Bauernburschen aufzupassen?« Er schlug sich mit der Faust in die flache Hand und trat gegen einen gepolsterten Stuhl, der krachend gegen die Wand flog. »Kein Wunder, dass wir immer wieder Rückschläge erleiden, wenn selbst unser Adel derartig hirnlos ist, sich von einem Bauernlümmel übertölpeln zu lassen!«

Tanno von Villesen wurde bleich bei diesem beleidigenden Wortschwall, aber er sagte nichts. Stattdessen warf er Augusta einen vorwurfsvollen Blick zu. Auch wenn er den Ton und die Respektlosigkeit dieses Offiziers zutiefst verabscheute, musste er vor sich selbst zugeben, dass der Mann in gewisser Weise recht hatte. Jedenfalls hätte er recht gehabt, wenn es wirklich so abgelaufen wäre. Tanno von Villesen kannte seine Tochter jedoch gut genug, um zu wissen, dass sie sich von diesem Müllersburschen keineswegs hatte übertölpeln lassen.

Aber damit war jetzt Schluss. Jedenfalls, wenn es ihnen gelang, mit heiler Haut Frankreich zu erreichen, und Augusta endlich verheiratet wurde.

Sein Blick glitt zu seinem Kammerdiener, der neben Augusta stand und den Rittmeister mit unverhohlener Verachtung betrachtete. Er hatte kurz vor der Rückkehr der Ligistischen dem Freiherrn berichtet, dass der junge Eik Schmalens auf geheimnisvolle Weise aus der Kornkammer, in die sie ihn gesperrt hatten, entkommen war.

Aber Tanno von Villesen wusste ganz genau, dass Eik Schmalens niemals in dieser Kammer gewesen war. Er hatte vom Fenster des Saals aus die Vorgänge im Hof beobachtet und gesehen, wie seine Tochter zuerst Eiks Wunden behandelt und dann mit ihm zu den Stallungen gelaufen war.

Noch bevor er den Hof erreicht hatte, um sie zu fragen, was zum Teufel das sollte, hatte er das Klappern von Hufen auf dem Pflaster gehört. Der Stallbursche hatte stotternd und errötend zugegeben, dass ihm »das gnädige Fräulein« befohlen hätte, ihre Stute zu satteln und dann zu verschwinden. Der Mann hatte nicht beschwören wollen, dass sie allein davongeritten war, aber angeblich hatte er nichts gesehen.

»... davon ausgehen, dass dieser verfluchte Bauer den Spionen bei ihrer Flucht geholfen hat!«

Die wütende Stimme des Rittmeisters riss den Freiherrn wieder in die Gegenwart zurück.

»Und wie hätte er es schaffen sollen, vor Euch das Dorf zu erreichen, Herr Rittmeister?« Augusta von Villesen ließ sich auch von der Wut des Offiziers nicht einschüchtern. Der alte Freiherr hätte fast vor Stolz gelächelt, aber ihm fiel gerade noch ein, dass sie letztlich alle der Willkür dieses Offiziers ausgeliefert waren. Er würde kaum etwas dagegen machen können, wenn dieser von Straaten auf die Idee kam, sie hier in Villesen festzuhalten, statt sie nach Frankreich abreisen zu lassen. Oder weit Schlimmeres mit ihnen anzustellen.

Er schüttelte sich unwillkürlich, als er sich an Valerians Schilderung der Ereignisse erinnerte, die sich in Bruchhausen zugetragen hatten.

»Das würde ich *Euch* gern fragen, Herr von Villesen!«

Tanno von Villesen zuckte zusammen, aber dann merkte er, dass die Frage nicht ihm gegolten hatte.

»Darauf kann ich Euch nur die Antwort geben, dass ich das für vollkommen ausgeschlossen halte, Herr Rittmeister!« Valerian zuckte mit den Schultern. »Wir sind den schnellsten Weg im Galopp geritten, und selbst wenn dieser Müllersbursche Schmalens«, Augusta funkelte ihren Bruder wütend an, während Tanno angesichts der Herablassung, mit der sein Sohn seinen Freund aus Jugendtagen bedachte, die Brauen hob, »hätte fliegen können, hätte er es kaum vor uns dorthin schaffen können.« Bevor der Rittmeister etwas erwidern konnte, sprach Valerian weiter: »Ich bin sicher, dass er vor Angst einfach davongerannt ist und sich irgendwo im Wald versteckt hält. Außerdem ist das letztlich unwichtig.« Valerian hob die Schultern. »Wir haben alle nötigen Schritte unternommen, um zu verhindern, dass diese Spione an Pferde kommen.«

Hoffe ich jedenfalls! Er warf seiner Schwester einen kurzen Seitenblick zu, aber Augusta achtete nicht auf ihn. Sie starrte nur den Rittmeister an, und ihr Blick verriet tiefsten Ekel. *Ich kann es dir nicht verdenken, Schwesterherz, aber wenn alles gut geht, wirst du dies hier bald hinter dir haben. Hauptsache, du machst jetzt keine Dummheiten!*

»Schön, aber damit haben wir sie immer noch nicht in unserer Gewalt!« Der Rittmeister schien sich ein wenig beruhigt zu haben. »Und ich muss Euch widersprechen, von Villesen! Es könnte sehr wohl einen Unterschied machen, ob dieser Müllersbursche die Spione anführt oder nicht. Immerhin kennt er sich hier aus …«

»Das schon, aber …« Valerian biss sich fast auf die Zunge. *Wir sind Freunde und haben die Gegend gemeinsam erkundet,* hätte er fast gesagt. »… ich kenne die Gegend genauso gut wie er, wenn nicht besser, und ich weiß vor allem auch, welchen Weg diese Leute nehmen müssen, wenn sie nach Stade wollen. Wie gesagt, in der Nacht kommen sie nicht weit, weil das viel zu gefährlich ist. Auf der Straße laufen sie Gefahr, von Abteilungen der Ligistischen angehalten zu werden, nachdem Eure Leute Verden und auch Nienburg eingenommen haben, und im Wald … Sie wären nicht die Ersten, die auf Nimmerwiedersehen im Moor versinken.«

Von Straaten trommelte ungeduldig mit den Fingern auf den Handgriff seines Degens. »Ja, sicher, Ihr wiederholt Euch.« Er seufzte. »Also gut, von Villesen. Ich vertraue Euch.« Er hob die Hand und deutete mit ausgestrecktem Finger auf Valerian. Diese Geste machte aus seinen Worten fast eine Drohung. »Wir werden den Rest dieser Nacht ruhen und morgen früh bei Tagesanbruch aufbrechen. Vorausgesetzt, diese Spione wurden nicht bei dem Versuch erwischt, sich Pferde zu beschaffen …«

Valerian sah wieder zu Augusta hinüber, die seinen Blick diesmal erwiderte und eine Braue hob. *Was denn?*

Ich bin unschuldig, sollte das wohl heißen. Für Valerian war das allerdings genauso gut wie ein Eingeständnis ihrer Schuld.

Mach keinen Fehler, Schwester! Du kannst ihm nicht länger helfen!, signalisierte er ihr mit einem durchdringenden Blick.

Augusta reagierte nicht darauf, sondern wandte sich zum Gehen.

»Wo wollt Ihr hin, Mademoiselle?«

»Ich wüsste nicht, was Euch das angeht, Rittmeister.«

Valerian schloss die Augen. *O nein, nicht jetzt, Augusta!,* dachte er. *Das ist ein äußerst ungünstiger Zeitpunkt, deinen Dickkopf durchzusetzen.*

Der Rittmeister grinste bösartig. »Alles, was hier auf diesem Schloss passiert, geht mich etwas an, Fräulein von Villesen! Und alles, was auf diesem Schloss passiert, geschieht von jetzt an nur noch mit meiner Zustimmung!«

»Tatsächlich?« Augusta fuhr zu ihm herum. »Soll das etwa heißen, dass Ihr mir beim Auskleiden und Zubettgehen behilflich sein wollt?« Sie wedelte mit der Hand. »Danke, aber dafür habe ich eine Zofe, die sich dabei weit geschickter und rücksichtsvoller anstellen dürfte als Ihr.«

Der Rittmeister senkte den Kopf. »Schwört bei Gott, dass Ihr Eure Gemächer nicht verlasst! Ihr könnt mir danken, dass ich so nachsichtig mit Euch bin. Immerhin tragt Ihr die Schuld daran, dass dieser Bauernlümmel entkommen ist!«

»Ach, Ihr glaubt tatsächlich an Gott?« Augusta lächelte unschuldig.

Ihre Frage schien den Mann zu überrumpeln. »Ja … gewiss, selbstverständlich! Wieso fragt Ihr?«

»Wenn das wirklich stimmt, Herr von Straaten, dann bedaure ich Euch zutiefst. Es muss schrecklich sein, in solcher Furcht vor dem Jüngsten Gericht zu leben, bei dem Ihr Euch für Eure Taten werdet verantworten müssen.« Sie zuckte mit den Schultern. »Und die katholische Kirche hat den Ablasshandel ja mittlerweile verboten.«

»Macht Euch keine Sorge um meine Seele, Fräulein von Villesen!« Der Rittmeister spie die Worte regelrecht aus. »Was ich tue, tue ich im Namen Seiner Kaiserlichen Majestät und der Heiligen Katholischen Kirche.« Er schüttelte den Kopf. »Für mein Seelenheil ist gesorgt.«

»Vorausgesetzt, Ihr habt überhaupt eine Seele!«

»Augusta!« Valerian machte einen Schritt auf seine Schwester zu.

»Das genügt!« Tanno von Villesen erhob sich aus seinem gepolsterten Armstuhl. »Du entschuldigst dich auf der Stelle bei dem Herrn Rittmeister und gehst dann augenblicklich auf deine Gemächer!«

Von Straaten stand da und starrte Augusta an. Seine Blicke schienen sie zu durchbohren, aber sie schaffte es, ihn anzulächeln, während sie vor ihm einen Knicks machte.

»Das war ohnehin meine Absicht, Vater. Und ich muss mich tatsächlich entschuldigen, Herr von Straaten. Ich habe mich geirrt. Natürlich habt Ihr eine Seele.« Sie machte eine winzige Pause und hob eine Braue. »Ihr habt nur kein Herz.«

»Wartet!« Eik hob die Hand und lauschte. Der beißende Brandgeruch direkt neben der Ruine der Herberge schnürte ihm fast die Kehle zu, aber er ließ auch hoffen, dass sich niemand freiwillig hier aufhielt. Sie hatten auch keine Wachen gesehen, als sie sich der großen Scheune hinter dem Haus näherten. Eik beugte sich vor, hörte jedoch nur seine eigenen angestrengten Atemzüge und das leise Keuchen des Hauptmanns, der direkt hinter ihm stand.

Entweder hat Augusta gelogen, oder der Freiherr hat die Pferde schon wieder abgeholt. Oder die Dragoner haben sie gefunden und requiriert!

Bevor Eik seine Bedenken äußern konnte, meldete sich der Franzose zu Wort. *»Ich habe doch gleich gesagt, dass man diesem Bauernlümmel keinen Glauben schenken darf!«*

Chevalier Ducroix hegte ebenfalls Zweifel an Eiks Idee, die er allerdings drastischer formulierte, als sie der junge Müllerssohn nur für sich in Gedanken sprach. Dem Mann des Kardinals war der ganze Plan von Anfang an suspekt gewesen.

»Es stand Euch jederzeit frei, eine bessere Idee zu äußern, Monsieur.« Das war die Jüdin, Leona. Eik grinste trotz seiner Anspannung, als sie weitersprach. *»Abgesehen von ständigen Beschwerden wegen Eurer empfindlichen Füße und barbarischen Drohungen gegen diesen Jungen und alle Welt habe ich nichts aus Eurem Mund gehört, was der Erwähnung …«*

»Leona!«

Junge? Eik runzelte die Stirn.

»Schluss jetzt.«

De Vries. Damit hat jetzt wohl jeder seine Meinung

geäußert. »Leise.« Eik beugte sich vor, dann hörte er es. *Da sind sie.* Erleichterung durchströmte ihn. *Sie hat also nicht gelogen.* Er dachte nicht darüber nach, warum es ihm so wichtig war, dass er sich in Augusta nicht getäuscht hatte. Ging es ihm wirklich nur darum, dass ihre Flucht gelang?

Er drehte sich um, aber er brauchte nichts zu sagen, denn Hauptmann de Vries hatte das leise Schnauben der Pferde ebenfalls gehört. Er nickte Eik zu und drehte sich dann zu den anderen herum. Doch bevor er etwas sagen konnte, überlagerte plötzlich der unverkennbare Gestank von glimmender Lunte den Brandgeruch.

»Wer ist da?«

Eik erstarrte. De Vries griff zum Degen, und der Chevalier zückte sein Rapier.

»Verschwindet, ihr Gesindel! Hier gibt's nichts zu holen außer einer Bleikugel!«

Eik atmete erleichtert auf. Die Stimme kannte er. Sie gehörte dem alten Hufner.

»Keine Sorge«, sagte er und hob beschwichtigend die Hand. »Das ist der Schmied.« Mit erhobener Stimme fuhr er fort: »Hufner? Ich bin's, der junge Schmalens.«

»Eik?« Die Stimme kam näher, und dann erkannte Eik in dem dämmrigen Stallgebäude auch die Gestalt des Alten. »Bist du das, mein Junge?«

»Ja. Gibt es irgendwo …?«

Bevor er die Frage nach Licht zu Ende aussprechen konnte, glomm ein gelblicher Schein vor ihm auf. Im Lichtkegel erkannte er das faltige Gesicht des ehemaligen Schmiedes von Bruchhausen, der eine Steinschlosspistole im Anschlag hielt. Doch nicht das war es, das seinen Blick fesselte, sondern die dunklen Umrisse von Pferdeleibern am anderen Ende des großen Stalls.

»Sagt diesem senilen Idioten, er soll seine Waffe weglegen, bevor er sich noch selbst damit ins Bein schießt! Oder ich die Geduld verliere und …«

»Hast du nicht gehört, was mein Vater gesagt hat, Franzmann?«, fiel eine energische Stimme dem Chevalier ins Wort. »Noch ein Schritt, und ich brenne dir ein Loch in den Pelz!«

Eik fuhr herum. Unbemerkt hatte sich ihnen eine weitere Gestalt genähert und bedrohte sie mit zwei Pistolen.

Das muss einer der Söhne des alten Hufners sein, dachte er. *Und ich dachte, sie wären in Verden!*

»Steckt Euer Rapier weg, Ducroix«, befahl der Hauptmann auf Französisch. *»Auf diese Entfernung würde uns selbst ein Blinder treffen.«* Er selbst schob seinen Degen in die Scheide und sah dann Eik fragend an.

Der hob die Hände und trat in den Lichtkegel der Laterne, die der alte Hufner hielt. »Ich bin unbewaffnet, Hufner«, sagte Eik. »Und wir wollen Euch nichts Böses.«

»Tatsächlich?« So gebrechlich der alte Mann auch wirkte, die Laterne und die Pistole in seiner Hand waren vollkommen ruhig. »Und was ist das da an deiner Hüfte? Ein Tafelmesser?«

Eik hatte seinen Pallasch vollkommen vergessen. Der Hauptmann hatte ihm die Waffe zurückgegeben, bevor sie sich der Ruine genähert hatten. »Ich hoffe, ich werde das nicht noch bereuen«, hatte er gesagt.

Bevor Eik dem Alten etwas erklären konnte, redete der weiter: »Und wenn ihr nichts Böses wollt, wieso schleicht ihr euch dann mitten in der Nacht bis an die Zähne bewaffnet in meine Scheune?«

»Das sind die, wegen denen diese ligistischen Schweine die Herberge niedergebrannt haben!«, erklärte der Sohn. *Eberhard,* dachte Eik. *Das muss Eberhard sein, der Ältere.* Unwillkürlich sah er sich in dem Dämmerlicht um. Dann grinste er, als er über ihnen auf der Tenne einen matten Glanz sah, den Lauf einer Arkebuse. *Und das ist Gerulf, sein zweiter Sohn. Entweder haben sie auf uns gewartet, oder sie haben hier Wache gehalten, weil sie damit gerechnet haben, dass einer der Dragoner auf die Idee kommen könnte, sich in diesem Stall nach irgendetwas Brauchbarem umzusehen.*

Sein Respekt vor den Schmieden wuchs, denn keiner von ihrer kleinen Gruppe hatte die Männer gehört oder gesehen, als sie sich in den Stall geschlichen hatten.

»Tatsächlich?« Die Stimme bestätigte Eik, dass es sich bei dem Mann auf der Tenne um den jüngeren der Hufner-Söhne handelte. »Was machst du denn bei denen, Eik?«

Das ist eine gute Frage, dachte Eik, doch laut sagte er: »Ich helfe ihnen, damit der Tod meiner Eltern nicht völlig sinnlos gewesen ist.« Er hatte über seine Antwort nicht lange nachgedacht, und als er die Worte hörte, stellte er zu seiner Überraschung fest, dass sie der Wahrheit entsprachen.

Der alte Hufner lachte. Es war ein unschönes Geräusch. »Und wer sagt, dass sie uns und dich nicht einfach massakrieren, wenn sie deine Hilfe nicht mehr benötigen?«

Eik sah den Hauptmann an. Der erwiderte seinen Blick vollkommen regungslos, als wäre ihm klar, dass nichts, was er sagte, eine befriedigende Antwort auf diese Frage geben könnte. Aus irgendeinem Grund beruhigte Eik das.

»Niemand«, erwiderte er. Sein Blick glitt zu der jungen Frau. »Doch ich bin bereit, dieses Risiko einzugehen.«

»Aber wir vielleicht nicht«, meldete sich erneut Gerulf Hufner, der immer noch auf der Tenne lag und mit einer Arkebuse auf die kleine Gruppe unter sich zielte.

»Also was wollt ihr hier?« Der alte Hufner verlagerte sein Gewicht von einem Fuß auf den anderen, und zum ersten Mal bemerkte Eik, dass es den Mann offenbar anstrengte, die ganze Zeit die Laterne und die Pistole zu halten.

»Die Pferde natürlich, das ist doch klar, Vater!« Eberhard Hufner trat vorsichtig um die kleine Gruppe herum, die Pistole nach wie vor im Anschlag. »Ich frage mich allerdings, woher ihr wusstet, dass der alte Villesen seine Kutschpferde hier versteckt ...« Sein Blick fiel auf Eik, und er grinste. »Natürlich.«

»Natürlich was?«, fragte Eik gereizt.

»Ein kleines Vögelchen hat es dir ins Ohr gezwitschert, stimmt's?«

Eik hoffte, dass in dem dämmrigen Licht niemand sah, wie er errötete. Es ärgerte ihn, dass ihm so schnell das Blut in die Wangen stieg, aber damit musste er wohl leben. »Du hast nicht das Recht ...«

»Du solltest dich besser hüten, von Recht zu sprechen, nachdem du wie ein Spitzbube in unseren Stall eingedrungen bist!«, knurrte der alte Schmied.

»Du meinst die junge Villesen?«, erkundigte sich Gerulf bei seinem älteren Bruder und lachte leise. »Ein raffiniertes Biest. Sie verrät Eik, wo ihr Vater die Kutschpferde vor den Dragonern in Sicherheit gebracht hat, in der Hoffnung, dass er sie stiehlt und so ihre Reise nach Frankreich und ihre ungewollte Hochzeit ins Wasser fällt.« Er sah zu Eik hinunter. »Hat sie dir vielleicht auch versprochen, dich dafür in ihr Bett zu lassen?«

Eik wurde wütend. »Sie hat nichts dergleichen …!«

»Selbst wenn ihr die Pferde stehlen könntet, wie wollt ihr sie reiten?« Der alte Hufner warf seinem jüngsten Sohn einen missbilligenden Blick zu, bevor er sich an Eik wandte. »Ich sehe keine Sättel oder Zaumzeug bei euch.« Er kniff ein Auge zusammen. »Außerdem seid ihr zu fünft, und da stehen nur vier von diesen Kutschgäulen.«

»Wir wollten euch ja nicht bestehlen«, erwiderte Eik, der es für sicherer hielt, nicht weiter mit Gerulf über das Thema Augusta von Villesen zu debattieren. Zumal er die Blicke der jungen Jüdin in seinem Rücken spürte. *Und ganz sicher auch die des Chevaliers,* dachte er.

»Ach nein?« Der Alte lachte wieder. »Und wenn morgen, nachdem die Dragoner abgerückt sind, um deine neuen Freunde zu jagen, der Freiherr seinen Stallmeister schickt, damit der seine Gäule holt, wen wird er wohl für deren Verschwinden verantwortlich machen, he?«

»Ihr habt gesehen, zu welchen Gräueltaten die Ligistischen fähig sind, guter Mann«, mischte sich der Hauptmann ein und trat einen Schritt vor in den Lichtkreis der Laterne. »Wollt Ihr wirklich zulassen, dass das immer so weitergeht? Wir haben einen wichtigen Auftrag …«

»Ich habe allerdings gesehen, wozu diese Schweine

fähig sind, und ich habe sehr wohl gehört, wozu Eure Leute fähig sind, Söldner!«, fiel der alte Hufner ihm ins Wort. »Und ich habe keine Lust zu riskieren, dass mir mein Haus über dem Kopf angezündet wird, womöglich noch mit mir drin, ganz gleich, ob Kaiserliche oder Protestanten die Fackel ans Reet halten!«

Eiks Gedanken überschlugen sich. »Sie werden nicht erfahren, dass ihr uns Pferde, Sättel und Zaumzeug gegeben habt!«, platzte er dann heraus. »Denn sie wissen ja nicht, dass der Freiherr seine Kutschpferde zum Beschlagen zu euch gebracht hat.«

Der alte Hufner kniff die Augen zusammen, und Gerulf lachte leise. »Zwitschert das Vögelchen.«

»Falls dieser Rittmeister jedoch herausfindet, dass die Pferde des Freiherrn hier versteckt waren, dürfte euer aller Leben keinen Pfifferling mehr wert sein!«, erklärte der Hauptmann. »Ihr habt ja miterlebt, was er mit den unschuldigen Eltern dieses tapferen Burschen hier gemacht hat, nur aufgrund eines vagen Verdachts.«

Tapferer Bursche? Eik zwang sich dazu, dem Mann keinen Blick zuzuwerfen.

»Er hat recht! Ich habe euch doch gleich gesagt, es war eine dumme Idee, auf dieses Angebot einzugehen!«, mischte sich Eberhard ein. Er sah Eik an. »Wahrscheinlich wird dieser Mordbrenner gerade die ganze Familie verhören, und ich glaube kaum, dass die junge von Villesen diesem Kerl allzu lange standhält, wenn er ihr erst mal die Daumenschrauben anlegt.« Er deutete auf die kleine Gruppe. »Und wenn sie bei den Ligistischen genauso redselig ist wie bei ihm hier …«

»Was schlägst du also vor, Bruder?«

Eik nahm aus den Augenwinkeln wahr, wie sich Gerulf auf der Tenne bereit machte zu feuern.

»Wir könnten sie umbringen und hoffen, dass der Rittmeister uns dafür belohnt, dass wir ihm seine Spione vom Hals geschafft haben«, meinte Gerulf. »Ich glaube kaum, dass er uns dann noch bestrafen wird, weil wir die Pferde des Freiherrn versteckt haben.«

»Das wäre eine Möglichkeit«, erklärte Eberhard und hob seine Pistolen. »Oder aber wir entwaffnen und fesseln sie und übergeben sie dem Rittmeister.«

»Damit wärt ihr genau solche Mordbuben wie die, die ihr eben noch zu Recht verurteilt habt.« Leona de Lemos schob sich an ihrem Vater und dem Hauptmann vorbei und trat neben Eik. Sie schlug die Kapuze ihres Umhangs zurück, und Eik hörte, wie die beiden Brüder überrascht Luft holten, als die rote Mähne der jungen Frau im Licht der Laterne schimmerte. »Schlimmer noch, ihr würdet diesen Männern ihre schmutzige Arbeit abnehmen und sogar einen vollkommen Unschuldigen opfern, nur auf die ungewisse Hoffnung hin, dass sich dieses Vieh von einem Söldner dankbar zeigt.« Sie schüttelte den Kopf. »Seit Antwerpen jagt er uns, und ihr dürft mir glauben, dass ich mich lieber von euch erschießen lassen würde, als zuzulassen, dass er mich lebend in seine schmutzigen Finger bekommt.«

»Aber wir haben keine andere Wahl«, erklärte der alte Hufner, der sich als Erster von der Überraschung erholte, dass eine Frau bei diesen sogenannten Spionen war. »Leute wie wir haben nie eine Wahl. Wir sind immer diejenigen, die bezahlen müssen.«

Bevor Leona weiterreden konnte, mischte sich Eik

ein. »Diesmal nicht. Wenn die Pferde weg sind, gibt es hier nichts, das euch mit uns in Verbindung bringt.«

»Aber der Freiherr …«

»Der Freiherr wird sich hüten, dem Rittmeister gegenüber zuzugeben, dass er die Kutschpferde vor ihm verstecken wollte. Und wenn der Rittmeister weg ist und der Freiherr seine Pferde wiederhaben will, könnt ihr behaupten, dass ihr von uns überwältigt wurdet.«

Von der Tenne ertönte ein leises Lachen. »Gewiss, wir können sagen, dass uns deine Kühnheit und Gerissenheit vollkommen übertölpelt haben.«

Der alte Hufner schwieg, aber Eberhard nickte. »Auf jeden Fall habe ich nicht vor, dich diesem Halunken auszuliefern«, sagte er an Eik gewandt. Seine Stimme klang belegt, als er weitersprach. »Wir alle haben gesehen, was er mit deinen Eltern gemacht hat!«

Eik schnürte sich die Kehle zusammen.

»Und wenn er merkt, dass sie auf den Kutschpferden des Freiherrn entkommen sind?«, wollte Gerulf Hufner wissen.

»Dann macht er entweder den Freiherrn dafür verantwortlich, oder aber er kommt hierher, um Vergeltung zu üben.«

»Ganz genau.« Das war Eberhard.

»Nur dass wir dann nicht mehr hier sind.« Gerulf klang selbstsicher.

Zum ersten Mal schöpfte Eik Hoffnung. *Vielleicht geht die Sache doch noch gut aus.* Er sah zu Leona. *Das war klug von ihr.*

Die junge Frau bemerkte seinen Blick und lächelte. Eik nickte ihr zu und erwiderte ihr Lächeln.

»Und wo wollen wir hin?« Das war der alte Hufner.

»Wir fahren zurück nach Verden«, schlug Eberhard vor. »In der Schmiede dort haben wir viel Arbeit, und für uns ist es gleich, ob das Pferd, das wir beschlagen, einem Ligistischen oder einem Unionisten gehört. Hufschmiede werden gebraucht, und wir werden dich jetzt ganz sicher nicht allein hier zurücklassen.«

»Du meinst, wir schenken diesen Dieben einfach diese vier prachtvollen Kutschpferde samt Sätteln und Zaumzeug?« Gerulf Hufner richtete sich auf der Tenne auf und ließ die Arkebuse sinken. »Das ist nicht dein Ernst.«

»Natürlich nicht.« Eberhard grinste und deutete auf den alten Mann und den Franzosen. »Ich bin sicher, dass die beiden da mehr als genug Silber bei sich haben, um uns für unsere Großzügigkeit angemessen zu entschädigen.«

6. KAPITEL

Waldgebiet zwischen Bruchhausen und Verden

Valerian hob die Hand.

»Was gibt's, von Villesen?« Rittmeister von Straaten zügelte sein Pferd neben ihm.

»Hört Ihr das?«

»Was meint Ihr?« Der Offizier der Ligistischen beugte sich im Sattel vor und gab seinen Männern den Befohl anzuhalten.

Valerian blieb stumm und lauschte. »Da ist es wieder.«

Der Rittmeister nickte. Nun hatte er es auch gehört. »Gezeter von Krähen.« Er sah Valerian an. »Und?«

»Es könnte sein, dass sie sich untereinander um ihr Revier streiten. Aber es könnte auch der Versuch sein, Eindringlinge zu verjagen.«

Der Rittmeister starrte Valerian noch einen Moment an, dann drehte er sich zu seinem Feldwebel herum. »Franzen!«

»Herr Rittmeister.« Der Unteroffizier trieb sein Pferd neben das seines Vorgesetzten.

»Wir teilen uns in drei Gruppen.« Der Rittmeister warf einen Blick auf die Kolonne, die sich in einer unordentlichen Reihe hinter ihm auf dem Waldweg versammelt hatte. »Nein, in vier Gruppen. Teil ein paar von unseren Männern den Bewaffneten des Freiherrn zu. Eine Abteilung führt von Villesen, die andere dieser sogenannte Burghauptmann.« Er warf Bossel einen kurzen Seitenblick zu. »Traust du dir zu, richtige Söldner zu führen, Mann?«

Nach einem kurzen Blick auf Valerian nickte Bossel. »Nichts leichter als das, Herr Rittmeister.«

Der Offizier schnaubte verächtlich und wandte sich dann Valerian zu. »Ich schlage vor, Euer Mann und Ihr verteilt euch nach rechts und links und reitet ein Stück voraus. Wir bilden ebenfalls zwei Abteilungen und treiben diese Spione vor uns her auf euch zu. Ihr habt meine Soldaten bei euch, also dürfte es nicht allzu schwierig für euch sein, diese Handvoll Unionisten aufzuhalten, bis wir zu euch aufgeschlossen haben!« Er wartete, aber Valerian schwieg. »Wenn ihr uns kommen hört, stellt ihr das Feuer ein, damit ihr nicht aus Versehen meine Leute erschießt. Noch Fragen?«

Ich frage mich, ob man so überheblich sein muss, um Offizier zu werden, oder ob das mit dem Rang kommt.

Doch das sagte Valerian natürlich nicht, sondern wendete sein Pferd und teilte mit Bossel die zwanzig Berittenen des Freiherrn in zwei Gruppen auf. Der Rittmeister beorderte derweil je fünf seiner Söldner zu Valerian und Bossel. Die Auserwählten wirkten nicht sehr glücklich darüber, fügten sich aber widerspruchslos.

»Gut«, sagte der Rittmeister, nachdem sich die vier Gruppen sortiert hatten. »Also los. Wir geben euch eine Viertelstunde Vorsprung, dann reiten wir ebenfalls los.« Er nickte Valerian zu. »Viel Erfolg.«

Der hob nur die Hand und ritt mit seinen Männern los. Bossel folgte seinem Beispiel und führte seine

Gruppe in die entgegengesetzte Richtung durch den Wald.

»Franzen!« Rittmeister von Straaten winkte seinen Feldwebel zu sich, als die anderen verschwunden waren. »Reite los!«

»Aber wollten wir ihnen nicht …?«

»Unsinn!«, fiel von Straaten ihm ungeduldig ins Wort. »Ich will diese Kerle nur aus dem Weg haben, wenn wir die Spione endlich stellen.« Er verkniff die Augen zu engen Schlitzen. »Dieser von Villesen stellt sich zwar nicht ungeschickt an, aber ich traue ihm nicht zu, dass er's einfach hinnimmt, wenn wir diese Verbrecher exekutieren, sobald wir diesem Juden seine Wechsel abgenommen haben!« Er schnaubte verächtlich. »Zumal de Lemos seine Tochter mitgenommen hat und außerdem sehr wahrscheinlich der Müllersbursche bei ihnen ist. Von Villesen würde darauf bestehen, dass diese Leute einen ordentlichen Prozess erhalten, aber ich habe keine Lust, diese Bande den ganzen Weg bis zum Lager des Generalissimus hinter mir herzuschleifen, nur damit der ihnen dann den Kopf abschlagen lässt.«

Franzen ließ sich nicht anmerken, ob er die Einschätzung des Rittmeisters teilte. »Ihr wollt also, dass ich …«

»Ich will, dass Ihr so leise und so schnell wie möglich losreitet und diese Spione überrumpelt.« Er deutete auf die Dragoner. »Nehmt Euch zwanzig Mann mit, das sollte reichen. Und, Franzen …«

»Herr Rittmeister?«

»Ich bin nicht traurig, wenn niemand von ihnen mehr am Leben ist, wenn ich dort eintreffe. Das erspart uns einen langen Disput, falls diese Bauernkrieger schneller sein sollten, als ich erwarte.«

Der Feldwebel wendete sein Pferd. »Also, Männer, ihr habt den Rittmeister gehört! Folgt mir und vermeidet jeden Lärm.«

Der Rittmeister sah zufrieden zu, wie seine Dragoner vor ihm im Wald verschwanden.

Dann drehte er sich zu den restlichen Männern herum, etwa ein Dutzend. »Ihr könnt absitzen und euren Tieren etwas Ruhe gönnen.« Er glitt selbst aus dem Sattel des Trakehner-Hengstes, den er sich unter den prachtvollen Pferden des Freiherrn ausgesucht hatte, und tätschelte dem Tier den muskulösen Hals. »Ich verspreche euch, dass die Jagd heute zu Ende gehen wird, und ich will, dass jeder auf seinem Posten ist, wenn es so weit ist.«

Eik runzelte die Stirn, weil der Hauptmann vor ihm die Hand hob, als sie auf die kleine Lichtung im Wald ritten.

»Was ist denn jetzt schon wieder?«

Eik seufzte unwillkürlich auf, als der Chevalier seine Gedanken laut aussprach. An dem schwachen Zittern des Körpers hinter ihm auf dem Pferd merkte er, dass Leona lautlos lachte.

Sie waren, seit sie Bruchhausen verlassen hatten, schon fast acht Stunden geritten und hatten nur kurze Pausen eingelegt. Sein Hintern brannte, und seine Schenkel schmerzten, aber das war nicht das Unangenehmste an diesem Ritt gewesen.

Er war sich sicher, dass Leona gemerkt hatte, dass er noch nie einer Frau so lange so nahe gewesen war, und noch immer war er sich ihres Körpers sehr deutlich bewusst, als sie sich wie absichtlich an ihn drückte, bevor sie beneidenswert geschmeidig vom Rücken des Pferdes glitt.

Eik fühlte sich, als hätte man ihm auf der Folterbank die Beine gespreizt. Er verzerrte das Gesicht, während er langsam sein rechtes Bein über den Rücken des Pferdes schwang und sich dann wenig elegant vom Pferd fallen ließ. Er konnte gerade noch verhindern, der jungen Jüdin vor die Füße zu fallen.

Das hätte mir gerade noch gefehlt!, dachte er und vermied es, der Frau ins Gesicht zu sehen. *Es reicht schon, dass sie sich über meine Verlegenheit amüsiert, da braucht sie mich nicht auch noch für einen Weichling zu halten!* Irgendwie war ihm wichtig, was sie von ihm dachte.

»Wir müssen eine Pause machen, Chevalier«, sagte der Hauptmann und deutete auf den alten Mann. »Er ist am Ende seiner Kräfte.«

Damit hatte er recht. Eik erkannte, dass sich Gabriel de Lemos kaum noch auf dem Rücken des Kutschpferdes halten konnte.

Leona lief zu ihm und half ihm, als er langsam herunterrutschte und stöhnend auf den feuchten Waldboden sank.

»Wie weit ist es noch?« Der Hauptmann sah Eik fragend an.

»Genau kann ich das nicht sagen, Herr Hauptmann.« Er blickte sich um. »Wir haben ziemlich viele Haken geschlagen, um den Ligistischen aus dem Weg zu gehen. Vermutlich haben wir nicht einmal ein Viertel des Wegs zurückgelegt.«

»Ein Viertel!« Der Chevalier fluchte und trieb das massige Kutschpferd wütend zu Eik.

Auf diesem riesigen Zossen sieht er aus wie ein erboster Kobold, dachte Eik und musste unwillkürlich grinsen.

Aber das Grinsen verging ihm schlagartig, als der Chevalier sein Rapier zückte und es ihm an die Kehle setzte.

»Führst du uns etwa im Kreis herum, Bursche, damit deine Freunde uns einholen und erledigen können?«

»Seid nicht albern, Chevalier.« Leona hatte ihren Vater hochgezogen und stützte ihn. *»Seine sogenannten Freunde haben seine Eltern ermordet, wisst Ihr das nicht mehr? Und ohne ihn hätten sie uns schon längst erwischt. Also hört endlich auf, Euch wie ein Narr zu benehmen!«*

Der Chevalier starrte sie einen Moment verblüfft an, dann riss er am Zügel des Pferdes und rammte dem Tier die Sporen in die Flanken, um Leona und ihren Vater zu Boden zu reiten.

Das Kutschpferd protestierte und bäumte sich auf, was dem Chevalier möglicherweise das Leben rettete. Eik hörte den metallischen Schlag und das dumpfe Zischen, konnte das Geräusch aber nicht zuordnen.

Das Pferd des Chevaliers wieherte plötzlich schrill und bäumte sich erneut auf. Der Chevalier fluchte und konnte sich nicht in dem primitiven Sattel halten. Er rutschte vom Rücken des Pferdes und landete mit dem Hintern auf dem Boden.

Das Pferd wieherte noch einmal, dann brachen seine Vorderläufe ein, es fiel nach vorn und sackte mit einem schrecklichen Schnauben zur Seite. Zitternd blieb es auf dem Boden liegen, und Eik starrte verblüfft auf den gefiederten Bolzen, der in der Brust des Tieres steckte, unmittelbar am Halsansatz.

Bevor er begriff, was das wohl bedeuten mochte, ertönte wildes, unartikuliertes Geschrei, und eine Schar von Waffen schwingenden Waldgeistern stürmte auf die Lichtung, jedenfalls schien es Eik so. Sie wirkten eher wie Faune und Satyrn aus den Geschichten, die Augusta ihm erzählt hatte, als wie die Strauchdiebe, die sie zweifellos waren. Sie trugen alle möglichen Arten von zerfetzter und notdürftig geflickter Kleidung, und einige hatten sogar Blattwerk statt Hüten auf dem Kopf und, wie es aussah, mit Stricken umwickelte Baumrinde an den Füßen.

»Zu mir!«, schrie de Vries und zog seine Pistole aus dem Gürtel. Aber noch bevor er die Lunte entzünden konnte, traten vier Männer ruhig zwischen den Bäumen hervor.

De Vries erstarrte mitten in der Bewegung.

Die Männer sagten kein Wort, während sie langsam auf den Hauptmann zugingen, langläufige Reiterpistolen im Anschlag, deren Lunten glommen.

Der Chevalier protestierte lautstark, und Eik fühlte ganz kurz fast so etwas wie Befriedigung, als der wütende Protest nach einem dumpfen Schlag verstummte.

Ich hoffe nur, sie haben ihn nicht gleich totgeschlagen, dachte er schuldbewusst.

Keiner der Männer sprach ein Wort, während sie die kleine Gruppe umzingelten.

Eik überflog ihre Zahl. *Es müssen zwanzig sein, wenn nicht mehr. Vielleicht sogar dreißig.* Er betrachtete die Gesichter der Männer. Sie waren schmutzig und ausgemergelt, aber auf allen zeichnete sich wilde Entschlossenheit ab. Dann fiel Eiks Blick auf den Mann, der den vier mit Pistolen bewaffneten Männern aus dem Wald gefolgt war.

Er spürte, wie es ihn kalt überlief. *Der Stille Veit!* Waren sie etwa den Ligistischen entkommen, nur um dann einer Bande Diebe und Plünderer zum Opfer zu fallen? Wäre ihre Lage nicht so hoffnungslos gewesen, hätte Eik über diese Wendung des Schicksals gelacht. Er sah sich um. Leona drückte ihren Vater fest an sich und warf den Banditen wütende Blicke zu, der Chevalier lag regungslos auf dem Boden, zu Füßen von zwei zerlumpten Strauchdieben, und der Hauptmann hatte seine Pistole sinken lassen und starrte ebenfalls den Mann an, der zwischen den vier Pistolenschützen hindurch auf sie zutrat.

»Was wollt ihr von uns?« Die Stimme des Hauptmanns klang fest. Eik bewunderte ihn dafür, dass er sich keine Furcht anmerken ließ, aber andererseits sagte er sich, dass Hauptmann de Vries auch nicht wusste, wer der *Stille Veit* war.

Der Mann sah de Vries von oben bis unten an und hob eine Braue. Dann deutete er auf die Pistole und streckte die Hand aus.

»Was?«, zischte de Vries. »Die Pistole kriegst du nicht, aber du kannst die Kugel haben, die im Lauf steckt!«

Der Strauchdieb zuckte mit den Schultern und trat zur Seite. Er hob eine Hand, und zwei der vier Pistolenschützen legten an.

»Nein!« Eik trat hastig vor. »Tut das nicht, bitte!«

Veit hielt weiter die Hand hoch, während er sich zu Eik herumdrehte und ihn fragend ansah.

Eik schluckte. Er hatte instinktiv gehandelt, aber als er nun vor dem Räuberhauptmann stand, wusste er nicht, was er zugunsten von de Vries sagen sollte.

Der Moment zog sich in die Länge, und Veit drehte sich wieder zu dem Hauptmann herum. Seine Hand sank langsam herab, und dann …

Schüsse knallten.

»Nein!«, schrie Eik und starrte entsetzt auf den Hauptmann. Der hatte sich zu Boden geworfen, als die Schüsse gefallen waren, und es dauerte einen Moment, bis Eik begriff, dass nicht die Pistolenschützen gefeuert hatten. Im Gegenteil, einer der beiden lag am Boden und schrie, während der andere herumgefahren war und mit offenem Mund auf den Waldrand starrte, aus dem eine Schar von Reitern hervorsprengte.

»Söldner!«, gellte ein Schrei über die Lichtung.

Dragoner!, dachte Eik, der einen der Reiter erkannte. Es war dieser Feldwebel, der ihn auf Schloss Villesen verprügelt hatte.

Der Stille Veit hatte bereits nach dem ersten Schuss reagiert und war mit langen Sätzen zum Waldrand gerannt. Aber er verschwand nicht zwischen den Bäumen, wie Eik vermutete, sondern winkte mit beiden Händen und drehte sich um, als weitere Männer zwischen den Bäumen heraustraten.

Eik sah nur noch, dass sie offenbar mit Musketen bewaffnet waren, die sie auf die Gabeln der Ladestöcke legten, und die Reiter anvisierten. Die hatten sich in drei Gruppen aufgeteilt. Fünf Männer unter der Führung des Feldwebels hielten auf den Hauptmann, Leona und ihren Vater zu, eine zweite griff die Strauchdiebe an, die über die Lichtung rannten, und die dritte galoppierte den mit Musketen bewaffneten Männern um den Stillen Veit entgegen.

Eik rannte, so schnell er konnte, zu Hauptmann de

Vries und Leona. »Es sind die Dragoner!«, rief er und stolperte über eine Mulde im Waldboden, während ein lauter Knall dicht neben ihm ertönte. Während er stürzte, fühlte er die Kugel über seinen Kopf hinwegpfeifen.

Im nächsten Moment tauchte ein riesiger Pferdeleib vor ihm auf, und er warf sich mit aller Kraft zur Seite. Da galoppierte der Dragoner auch schon an ihm vorbei. Der Mann hatte nach dem Feuern seine Arkebuse, die mit einem Seil am Ring seines Bandeliers befestigt war, fallen lassen und zog seinen Stoßdegen, während er sein Pferd zügelte und auf der Hinterhand wendete.

Vereinzelt fielen Schüsse aus den Arkebusen und Pistolen der Reiter. Dann jedoch ertönte eine ganze Salve von Schüssen, laut und dumpf, der ein Chor von Schreien und schrillem Wiehern folgte. Eik wendete unwillkürlich den Kopf, obwohl der, der es auf ihn abgesehen hatte, seinem Pferd die Sporen gab und auf ihn zu galoppierte.

Der Stille Veit stand immer noch am Waldrand und hatte die Hände gehoben. Die Strauchdiebe, die mit ihren Musketen gefeuert hatten, waren zurückgetreten, um nachzuladen. Für sie waren fünf andere vorgetreten und richteten jeder zwei langläufige Pistolen auf die Reiter, die noch auf ihren Pferden saßen.

Viele waren es nicht mehr.

Aber Eik hatte keine Zeit, die gerissene Kampftaktik der Banditen zu bestaunen, denn der Angreifer war mittlerweile kaum drei Pferdelängen vor ihm und schwang einen langen Säbel.

Kälte breitete sich in Eik aus, und alles bis auf das Pferd und den Reiter, die auf ihn zustürmten, schien aus seiner Wahrnehmung zu verschwinden.

Noch nicht, dachte er, während der Reiter brüllend immer näher kam. *Noch nicht!,* ermahnte er sich, als er die roten Flecken im Gesicht des Mannes schon erkennen konnte. »Noch nicht!« Er merkte kaum, dass er die Worte laut gerufen hatte, während sein Blick fest auf den Säbel des Mannes gerichtet blieb.

Der Reiter hatte ihn fast erreicht und holte mit einem triumphierenden Schrei aus, um Eik mit einem Hieb des Säbels den Schädel zu spalten.

Jetzt!

Mit einem mächtigen Satz sprang Eik in letzter Sekunde vor dem Pferd auf die andere Seite des Tiers. Bevor der Reiter reagieren und seinen Säbel herumreißen konnte, hatte Eik seinen Stoßdegen hochgerissen, die Mähne des Tiers gepackt und stieß die Klinge mit aller Kraft in den Leib des Mannes.

Der Aufprall schleuderte Eik zurück, und der Griff der Waffe wurde ihm aus der Hand gerissen. Er landete auf dem Waldboden und schlug mit dem Kopf gegen eine Baumwurzel. Einen Moment sah er Sterne, aber wenigstens verlor er nicht das Bewusstsein. Er rollte sich herum, ging, in Erwartung eines weiteren Angriffs, auf die Knie – und sah, wie sein Angreifer im Sattel zusammensackte, während sein Pferd über die Lichtung galoppierte und dann zwischen den Bäumen stehen blieb. Dort rutschte der Mann langsam aus dem Sattel und fiel zu Boden, und es sah nicht so aus, als würde er jemals wieder aufstehen.

Eik drehte sich um. Hauptmann de Vries stand vor Leona und ihrem Vater und kämpfte mit seiner Klinge gegen den Feldwebel, der abgestiegen war. Zwei berittene Dragoner setzten gerade zu einem neuen Angriff gegen den Offizier und Leona an, die damit beschäftigt war, eine Pistole zu laden. Ihr Vater klammerte sich an eines der Kutschpferde, das nervös auf der Stelle tänzelte. Zwei Angreifer lagen zwei, drei Schritte vor Hauptmann de Vries im dichten Gras.

Eiks Blick zuckte über das Chaos auf der Lichtung. Die Musketen- und Pistolenschützen des Stillen Veit hatten ganze Arbeit geleistet. Von den Dragonern, die Veit angegriffen hatten, saß keiner mehr im Sattel. Die reiterlosen Tiere trabten oder galoppierten orientierungslos über die Lichtung, während sich die Strauchdiebe mit Triumphgeheul und blitzenden Klingen auf die verletzten Söldner stürzten, um ihnen den Rest zu geben.

Eiks Aufmerksamkeit richtete sich auf den Anführer der Räuber, den Stillen Veit, der seine Leute nur durch Gesten zu lenken schien. Er hatte inmitten des Kampfgetümmels eine uralte Armbrust gespannt, die fast zu schwer schien, als dass man freihändig mit ihr hätte feuern können, und hielt sie vor sich. Er warf Eik einen Blick zu, der einen Moment das Gefühl hatte, der Mann würde ihn anlachen. Dann hob er die Armbrust, überraschend mühelos, wie es schien, und zielte.

Ein schriller Schrei riss Eik aus seiner Betäubung. Leona wand sich strampelnd in den Armen eines der Dragoner, der sie im Vorbeireiten gepackt hatte und grob über seinen Sattel warf. Er schrie etwas und gab dem Pferd die Sporen. Offenbar hatte er vor, mit seiner Beute die Lichtung zu verlassen, statt weiterzukämpfen, und Eik konnte sich denken, was er mit der jungen Jüdin vorhatte.

Der Mann war so auf seine zappelnde und sich heftig wehrende Beute konzentriert, dass er nicht auf Eik achtete, als er an ihm vorbeiritt.

Der Ast traf den Dragoner mitten gegen die Brust und warf ihn aus dem Sattel. Er landete krachend auf dem Boden, mit dem Kopf voran, und sein brüllender Schrei endete abrupt, als sein Genick brach. Man konnte es deutlich sehen, denn sein Haupt lag nun in unnatürlicher Weise auf der rechten Schulter.

Leona hatte sich in der Mähne des Tieres verkrallt, und es gelang ihr, sich rittlings vor den Sattel zu setzen, ohne herunterzufallen. Das Pferd verfiel erst in Trab, dann in Schritt, und schließlich blieb es stehen.

Die junge Frau rutschte in den Sattel, beugte sich über den Hals des Tiers und fischte nach den Zügeln. Dann schob sie die Füße in die Steigbügel, klopfte dem Pferd beruhigend auf den Hals und wendete es.

»Spring auf!«, rief sie Eik zu, während sie auf ihn zuritt.

»Und Hauptmann de Vries?«, erwiderte er, während er den Arm ausstreckte, ihre Hand packte und sich hinter ihr auf den Sattel ziehen ließ. »Und dein Vater?« *Und der Chevalier?*, setzte er in Gedanken hinzu. Ihm fiel auf, dass er von dem Mann seit dem Beginn des Kampfes nichts mehr gesehen hatte.

Leona keuchte, als Eik endlich saß, und deutete dann mit einem Nicken nach vorn. »Die kommen schon zurecht!«

Hauptmann de Vries stand sichtlich verblüfft neben Leonas Vater. Der hielt eine Pistole in der Hand, und vor ihm lag der tote Dragoner, der versucht hatte, ihn umzureiten.

Vor dem Hauptmann lag der Feldwebel mit dem Gesicht nach unten im Gras, und als sie näher ritten, konnte Eik den gefiederten Schaft erkennen, der aus seinem Nacken ragte.

Er sah sich um. Etwa fünfzig Schritte entfernt stand der Stille Veit und spannte erneut seine Armbrust. Als hätte er Eiks Blick bemerkt, hob er den Kopf und starrte den jungen Müllerssohn an.

Selbst bei einem ruhenden Ziel ist ein solcher Treffer mit einer Armbrust über fünfzig Schritt eine außerordentliche Leistung, dachte Eik. *Und der Getroffene hat sich beim Kämpfen ja bewegt! Es sei denn natürlich, Veit hatte gar nicht auf den Feldwebel gezielt.*

Dann jedoch kümmerte sich der Anführer der Strauchdiebe nicht mehr um ihn, sondern versuchte, seine Leute zu sammeln. Die Dragoner auf der Lichtung waren fast alle tot oder verletzt, und nur noch drei oder vier saßen überhaupt auf ihren Pferden. Einer von ihnen zog ein Horn aus dem Gürtel und konnte ein Signal blasen, bevor einer der Banditen ihn mit einem gezielten Stoß vom Pferd hieb.

Kurz darauf ertönte eine Antwort aus dem Wald jenseits der Lichtung, leise, aber dennoch gut zu vernehmen. Und wiederum ein paar Augenblicke später hallte ein weiteres Hornsignal durch den Wald, das eindeutig näher war.

»Das ist die Gelegenheit!«, rief Eik und rutschte von Leonas Pferd, als sie Hauptmann de Vries erreicht hatten. Eik sah sich auf der Lichtung um. Es liefen genügend reiterlose Pferde für sie alle umher. Sie brauchten sie nur noch einzufangen. »Aber wir müssen uns beeilen!«

Der Hauptmann nickte und riss seinen Blick von dem toten Feldwebel los. »Wo ist der Chevalier?«

Bevor Eik antworten konnte, kam eine verdreckte Gestalt auf sie zugetaumelt. Der Chevalier. Der Mann war kreidebleich und rieb sich den Kopf.

»Was ist passiert?« Benommen sah er sich um. *»Wer sind diese Leute?«*

»Könnt Ihr reiten, Ducroix?«

»Sicher, warum fragt Ihr?«

»Dann nehmt Euch ein Pferd und steigt in den Sattel, und zwar schnell. Wir sollten zusehen, dass wir von hier wegkommen, bevor die Strauchdiebe auf die Idee kommen, sich auf uns zu stürzen, oder die Verstärkung für die Ligistischen hier ist.«

»Strauchdiebe? Verstärkung?«

»Tut einfach, was der Hauptmann sagt, und beeilt Euch, wenn Euch Euer Leben lieb ist!«, sagte Eik, der bereits ein reiterloses Pferd am Zügel gepackt hatte und sich in den Sattel schwang.

»Was fällt dir ein, du …?«

Wieder ertönte das Hornsignal, diesmal noch näher, und der Chevalier begriff, dass jetzt nicht der Moment war, um auf Standesunterschieden herumzuhacken.

Eik sah sich hastig um. Hauptmann de Vries hatte dem alten Juden auf ein Pferd geholfen und seine Reisetasche vor ihn auf den Sattel gelegt.

Dann nahm de Vries die Satteltaschen vom Boden, wo er sie abgelegt hatte, als sie abgestiegen waren, warf sie sich über die Schulter und lief zu einem weiteren Trakehner, einem prachtvollen Hengst. Es handelte sich um eines der Tiere des Freiherrn, wie Eik erkannte. *Das wird von Villesen gar nicht gefallen,* dachte er. *Erst requirieren die Ligistischen seine Pferde, und jetzt stehlen die Protestanten sie.*

Andererseits ... sein Sohn Valerian stand ja auf Seiten der Ligistischen. Er hatte sogar tatenlos zugesehen, wie dieser Offizier Eiks Vater misshandelt und feige ermordet hatte. Offenbar waren die von Villesens in diesem Krieg nicht mehr unparteiisch. Und Eik hatte seine Eltern und viele Einwohner seines Dorfes geopfert, um diesen Heuchlern die Protestanten vom Leib zu halten.

Eik verdrängte die bedrückenden Gedanken und trieb den Wallach an. »Folgt mir!«, rief er, und im nächsten Moment galoppierten sie zwischen die Bäume, weg von den Hornsignalen und den Strauchdieben.

Zwischen den Bäumen kamen sie nur im Trab oder im schnellen Schritt voran, aber mit jeder Minute, die verstrich, entfernten sie sich weiter von ihren Feinden.

»Bist du sicher, dass wir in die richtige Richtung reiten?«, erkundigte sich Hauptmann de Vries nach einer Weile.

Nein, Eik war sich nicht ganz sicher, aber jede Richtung, die von dem Kampflärm wegführte, war seiner Meinung nach zunächst mal richtig.

Das wollte er dem Hauptmann gerade sagen, als vor ihnen ein Knacken im Unterholz erklang.

Wildschweine? Eik wusste nicht genau, ob die Tiere gerade Brunftzeit hatten, und wenn ja, hoffte er nur, dass sie nicht gerade einem Keiler auf Brautschau begegneten.

Doch die Gestalt vor ihnen im Dickicht war kein Keiler. Und sie war auch nicht auf Brautschau.

»Hier sind sie!«, schrie Valerian, als er auf seinem Trakehner aus dem Dickicht brach, gefolgt von weiteren Dragonern mit gezückten Säbeln. »Eure Flucht ist hier zu Ende!«

Sein Blick zuckte zu Eik, und hätte der junge Müllerssohn zu ihm hingeschaut, hätte er vielleicht einen Anflug von Bedauern auf Valerians Gesicht aufblitzen sehen.

Eik achtete jedoch nicht auf den jungen Freiherrn, der seine Pistole auf den Hauptmann richtete. Seine Aufmerksamkeit galt ausschließlich dem Reiter hinter Valerian. Die Zeit schien stehen zu bleiben.

Der Mörder meiner Eltern. Nun sah er auch zu Valerian hinüber. *Und sein Komplize.* Der Hass, der ihn durchflutete, war so stark, dass für Angst in seinem Inneren kein Platz mehr war.

Dann brach die Hölle los.

7. KAPITEL

Mein Freund und Feind

Valerian hielt den Atem an. Da kamen sie, vollkommen ahnungslos und direkt auf ihn zu. Er unterdrückte einen Fluch, als er den Reiter an der Spitze erkannte.

Eik. Jetzt neigt sich dein Glück dem Ende zu! Und ich kann nichts mehr für dich tun.

Valerian hob die Hand und ballte sie zur Faust. Dann drehte er sich vorsichtig um und legte einen Finger an die Lippen.

Rittmeister von Straaten kniff die Augen zusammen, nickte dann jedoch. Er war sichtlich nicht daran gewöhnt, von einem rangniederen Mann Befehle anzunehmen. Aber jetzt war ihre Beute zum Greifen nah, und ihm war klar, dass jeder Laut sie verraten würde. Es war zwar unwahrscheinlich, aber auch nicht gänzlich ausgeschlossen, dass die Flüchtigen ihnen erneut entkamen, wenn sie ihre Gegenwart zu früh bemerkten.

Aber das tun sie nicht. Valerian ließ die kleine Gruppe, die über den Wildpfad auf sie zukam, nicht aus den Augen. In der Ferne hörten sie immer noch schwache Kampfgeräusche, aber Valerian und der Rittmeister waren zuversichtlich, dass ihre Dragoner schon mit den Strauchdieben fertigwerden würden, auf die sie durch

Zufall gestoßen waren. *Und die uns diese Spione in die Arme getrieben haben!*

Valerian verspürte einen Anflug von Stolz, dass sich seine Vermutung als richtig erwiesen hatte. Als die ersten Schüsse durch den Wald gehallt waren, war er mit seinen Leuten in die Richtung der Kampfgeräusche geritten und auf die kleine Gruppe des Rittmeisters getroffen. Eine Ahnung hatte ihm gesagt, dass entweder die Flüchtigen oder die Dragoner auf die Bande des Stillen Veit gestoßen waren, die hier in der Gegend ihr Unwesen trieb. Valerian hatte den Rittmeister davon überzeugt, dass die Spione, falls sie dem Kampf lebend entkamen, auf ebendiesem Weg weiterfliehen würden. Von Straaten hatte Valerian zwar geglaubt, traute ihm aber nicht so recht über den Weg und hatte deshalb darauf bestanden, dass sich Valerian ihm anschloss und ihn führte. Das Kommando über Valerians Gruppe hatte der Rittmeister einem Gefreiten übergeben und ihm befohlen, dafür zu sorgen, dass niemand an ihnen vorbeikam, sei es Spion oder Wegelagerer.

Als Valerian nun Eik an der Spitze der Flüchtigen sah, tat es ihm fast leid, dass er recht behalten hatte. Dann jedoch war kein Raum mehr für solche Gefühle. Die fünf Reiter, allesamt auf Trakehnern aus der väterlichen Zucht, die zuvor, wie Valerian wusste, von den Dragonern requiriert worden waren, hatten sich mittlerweile fast bis auf zehn Pferdelängen dem Dickicht genähert, in dem sich Valerian mit dem Rittmeister und dessen zehn Dragonern verbarg.

Als Valerian sah, dass Eik sein Pferd zügelte und in das Dickicht starrte, hob er die Faust und deutete dann nach vorn. Gleichzeitig gab er seinem Pferd die Sporen und brach durch die Zweige der Sträucher hinaus auf den schmalen Wildpfad. Die Spione zügelten ihre Pferde, die nervös auf der Stelle tänzelten, und die Frau und der alte Mann machten Anstalten umzudrehen ...

... als hinter ihnen fünf Dragoner aus dem Dickicht brachen und ihnen den Rückweg verstellten.

»Da sind sie!«, rief Valerian den Männern zu. »Eure Flucht ist hier zu Ende!« Das galt den Spionen.

Eik hatte nicht einmal versucht, sein Pferd zu wenden und zu fliehen, sondern starrte nur Valerian an. Der war sich nicht sicher, ob Vorwurf oder Wut in seinen Augen lagen, aber dann glitt Eiks Blick an Valerian vorbei auf die Person hinter ihm, und in den Augen des Müllerssohns sah der junge Landadelige etwas, das er zweifelsfrei erkannte.

Hass.

Rittmeister von Straaten trieb sein Pferd an Valerian vorbei, ohne auf Eik zu achten, hob seine Pistole und zielte damit auf de Vries. »Ihr habt mich lange genug zum Narren gehalten, Hauptmann. Jetzt endlich hab ich Euch! Ihr und Eure jüdischen Spione!« Er gab sich keine Mühe, den Triumph in seiner Stimme zu unterdrücken. »Mein Auftrag lautet, Eurer tot oder lebendig habhaft zu werden!« Er grinste böse. »Ihr dürft raten, welche der beiden Möglichkeiten ich unter den gegebenen Umständen bevorzuge!«

Der Hauptmann sah sich kurz um. Die Lage war aussichtslos. Die Dragoner hatten sie umzingelt, und einige von ihnen hielten ihre Pistolen auf ihn, den Chevalier und auch Eik gerichtet. Die anderen hatten ihre Eisen gezückt und hielten die beiden Juden in Schach.

»Da muss ich nicht raten, von Straaten! Eingedenk

Eures Charakters oder vielmehr Eures Mangels an solchem dürfte klar sein, dass Ihr es kaum erwarten könnt, mir den Kopf abzuschlagen. Nun, der Kaiser hätte keinen geeigneteren Henker als Euch finden können, das muss ich zugeben.«

Von Straaten holte tief Luft, um etwas zu erwidern, aber ein erstickter Schrei von einem der Dragoner am Ende der kleinen Gruppe unterbrach ihn. Valerian riss seinen Blick von Eik los und sah gerade noch, wie der Reiter vom Pferd stürzte.

»Was, zum Teufel ...?« Der Rittmeister fuhr herum.

Einer der Dragoner neben ihm schrie auf und stürzte ebenfalls vom Pferd.

Valerian sah den gefiederten Pfeil in der Brust des Mannes. Der Dragoner lebte noch, strampelte krampfhaft mit den Beinen, sodass seine Sporen Furchen in das Erdreich rissen, während er versuchte, sich das Geschoss aus der Brust zu ziehen. Das blubbernde Röcheln, das er dabei ausstieß, ließ darauf schließen, dass sein Lungenflügel perforiert war und sich mit Blut füllte.

»Wegelagerer!«, rief Valerian und hob den Degen. »Zurück ins Dickicht!« Doch dazu kamen sie nicht mehr.

Im nächsten Moment stürmten die Banditen, zweifellos die Männer des Stillen Veit, aus dem Unterholz hervor und fielen mit Spießen, Beilen und Schwertern über die Dragoner her.

»Nein, verflucht! Das lasse ich nicht zu! Ich will Euren Kopf!« Das Gesicht des Rittmeisters war verzerrt von Wut, als er seinem Pferd die Sporen gab und auf den Hauptmann zupreschte. Der hatte sein Pferd herumgerissen und galoppierte zu den beiden Juden. Bevor er fünf Pferdelängen zurückgelegt hatte, ertönte eine Salve von Musketenschüssen, die drei der vier restlichen Dragoner am Ende der Gruppe aus den Sätteln holte.

Valerian hielt die Zügel mit der linken Hand, während er mit seinem Degen auf zwei Wegelagerer einhackte, die ihn mit Langmesser und Axt angriffen. *Wenigstens haben sie keine Pistolen,* dachte er, *und Veit hat seine Musketenschützen offenbar am Ende aufgestellt, um uns den Weg abzuschneiden.*

»Rettet Euren eigenen Kopf!«, schrie er dem Rittmeister zu. Einem der Strauchdiebe rammte er seinen Stoßdegen in den Hals, während er dem zweiten, der ihn auf der anderen Seite seines Pferdes angriff, einen Tritt ins Gesicht versetzte, der den Mann Blut und Vorderzähne spucken ließ.

Wir müssen zu den anderen zurück!, dachte Valerian. Aber ihm schwante, dass die Dragoner auf der Lichtung alle tot waren, und sicherlich hatten auch die Leute vom Schloss unter der Führung von Bossel den Schauplatz des Kampfes noch nicht erreicht. *Jedenfalls hoffe ich das,* dachte er. *Wenn sie ebenfalls gefallen sind, dann stehe Gott uns bei!*

»Rückzug!«, schrie er. »Wir müssen hier weg!«

Mittlerweile waren bis auf drei alle Dragoner tot oder lagen mehr oder weniger verletzt am Boden, wo sie von einer Übermacht von Strauchdieben massakriert wurden. Die Räuber schlugen und stachen auf sie ein und ließen sich weder von ihrem Betteln und Flehen noch von den schmerzerfüllten Schreien ihrer Opfer davon abbringen, bis diese blutüberströmt und reglos dalagen.

Offenbar hatte von Straaten die Lage ebenfalls erkannt. Wutentbrannt sah er zu, wie Hauptmann de Vries, die beiden Juden und ein schlaff über den Hals seines Pferdes gebeugter Chevalier an dem letzten Dragoner vorbeiritten und über den Wildpfad verschwanden, unbehelligt von den Strauchdieben, die offenbar immer noch damit beschäftigt waren, ihre Musketen zu laden.

Der letzte Dragoner gab seinem Pferd die Sporen und galoppierte auf den Rittmeister zu, doch ehe er ihn erreichte, schlug ein Armbrustbolzen mit einem dumpfen Klatschen in seine Brust, und er kippte rücklings aus dem Sattel. Ein Stiefel verfing sich im Steigbügel des Pferdes, das in Panik geriet und blindlings weitergaloppierte, wobei es den todgeweihten Mann hinter sich her durch Gras und Gestrüpp mitriss.

Das Tier krachte in die Gruppe der Strauchdiebe, die sich um Valerian und den Rittmeister geschart hatten, während ihre Kameraden die drei letzten Dragoner erledigten. Die Männer des Stillen Veit flogen durch die Luft oder sprangen fluchend zur Seite, als das Pferd mit dem kreischenden Dragoner im Steigbügel zwischen ihnen hindurchgaloppierte. Einer der Strauchdiebe versuchte vergeblich, es aufzuhalten.

Valerian achtete nicht darauf. Er riss sein Pferd herum und trieb es in das Unterholz, aus dem sie vor wenigen Augenblicken erst herausgeprescht waren. Zwar konnte er in dem dichten Dickicht nicht galoppieren, aber bis die Strauchdiebe sich gefasst hatten und ihm folgten, würde er den Waldweg der Holzarbeiter erreicht haben, auf dem sie vorher geritten waren.

Dann war er in Sicherheit.

Er hörte ein lautes Krachen hinter sich, vermutlich

vom Pferd des Rittmeisters. Aber er sah sich nicht um, weil er keinen Fehltritt seines Pferdes riskieren wollte. *Wenn du jetzt stürzt, bist du erledigt! Du musst Bossel und seine Leute finden. Dann kannst du dich um den Rest kümmern!* Ihm schoss der Gedanke durch den Kopf, dass der Kaiser oder wer auch immer dem Rittmeister befohlen hatte, die Spione dingfest zu machen, von diesem Ergebnis wenig erfreut sein würde, und trotz seiner bedrohlichen Lage machte er sich Sorgen, dass dieser Fehlschlag wohl alles andere als eine geeignete Empfehlung für eine Offizierslaufbahn in Wallensteins Armee war.

Seine zuvor noch so ehrgeizigen Pläne drohten hier, im Villeser Bruch, im Morast zu versinken.

Aber noch ist es nicht so weit! Valerian biss die Zähne zusammen. Er musste Bossel erreichen, und dann …

Ein schrilles Wiehern, dann gab die Vorhand des Tiers nach, und schon flog der völlig überraschte Valerian über den Hals des Pferdes und landete auf dem weichen Waldboden. Der Aufprall nahm ihm den Atem, und ihm tanzten Sterne vor den Augen. Für einen Moment blieb er liegen und versuchte festzustellen, ob er sich irgendetwas gebrochen hatte. *Nichts.* Er rollte sich herum, spuckte modrigen Waldboden aus und schnäuzte sich die Nase. Dann wischte er sich den Schlamm vom Gesicht, schüttelte den Kopf, um die Benommenheit zu vertreiben, und sah nach seinem Pferd. Es lag am Boden und wieherte leise. Seine Augen waren so verdreht, dass Valerian das Weiße sah.

Wie konnte das passieren? Er sah sich um. *Jedenfalls ist es nicht in ein Moorloch getreten, das steht fest! Aber wieso hat es sich dann …?*

Valerian stand auf, um zu seinem Tier zu gehen, blieb jedoch unvermittelt stehen, als plötzlich zwei Gestalten hinter den Bäumen hervortraten. Die eine hielt eine Armbrust in der Hand, die andere einen langen Schweinespieß.

»Veit!«

Der Anführer der Strauchdiebe starrte ihn an und stellte die Armbrust auf den Boden. Der Mann mit dem Schweinespieß näherte sich ihm vorsichtig.

Valerian tastete nach seiner Reiterpistole, aber offenbar hatte er sie beim Sturz verloren. Außerdem hätte sie ihm ohnehin nichts genützt, weil das Pulver sicherlich feucht geworden war und er außerdem keine glimmende Lunte hatte. Er griff nach seinem Degen.

Der Stille Veit beobachtete ihn weiterhin scharf, während er in aller Ruhe begann, die Armbrust neu zu spannen, und sich der andere Strauchdieb Valerian geduckt und in einem weiten Bogen näherte.

»Du mischst dich da in einen Konflikt ein, der dich den Kopf kosten wird, Halunke!« Valerian blickte immer wieder zu Veit hinüber, während er dem anderen Strauchdieb mit dem Körper folgte. *Ich muss den Kerl erledigen, bevor Veit seine verdammte Armbrust gespannt hat!,* dachte er.

Noch während er überlegte, ob er selbst den Mann angreifen oder dessen Angriff abwarten sollte, hörte er erneut ein Krachen im Unterholz. Er grinste. *Ihr kommt wie gerufen, Rittmeister.*

»Hierher …!«

Weiter kam Valerian nicht. Er sah noch das boshafte Lächeln des Mannes vor ihm, als der seinen Blick auf eine Stelle hinter ihm richtete, dann spürte er einen stechenden Schmerz in seinem Hinterkopf, und im nächsten Moment wurde alles schwarz vor seinen Augen.

Eik nutzte die allgemeine Verwirrung, als die Strauchdiebe um ihn herum mit den drei Dragonern beschäftigt waren und die anderen nicht recht wussten, ob sie den flüchtenden Hauptmann und seine beiden Begleiter verfolgen sollten. Er hackte seinem Pferd die Absätze in die Flanken und preschte hinter Valerian und dem Rittmeister her in das Dickicht. Vor sich hörte er das Krachen, mit dem der Offizier vor ihm durch das Unterholz brach.

Und das hören sicher auch die Strauchdiebe, dachte er. *Sie brauchen sich bei der Verfolgung dieses Kerls wirklich keine Mühe zu geben!*

Die Wut, die ihn bei Valerians Anblick gepackt hatte, weil sein ehemaliger Freund bei der Ermordung seiner Eltern nur untätig zugesehen und nichts unternommen hatte, war blankem Hass gewichen, als er den Mörder selbst unmittelbar vor sich hatte stehen sehen.

Zum Greifen nah! Eik biss die Zähne zusammen, als ihm tief hängende Zweige schmerzhaft ins Gesicht schlugen. Er würde sich nicht abschütteln lassen! Was er tun würde, wenn er Valerian und den Rittmeister erst einmal eingeholt hatte, wusste er nicht. *Erst einmal musst du sie haben. Und dann …* Während er dem Lärm folgte, den der Rittmeister verursachte, malte er sich alle möglichen Szenarien aus.

Seine Pläne, zusammen mit Hauptmann de Vries und den beiden Juden – *und diesem Chevalier* – zu fliehen und in die Armee der Unionisten einzutreten, schienen sich auf diesem Wildpfad in Rauch und Blut aufgelöst zu haben.

Ich weiß ja nicht einmal, ob der Hauptmann und die anderen es schaffen, den Männern des Stillen Veit zu entkommen. Was er allerdings in diesem Fall tun sollte, war ihm ein Rätsel. Doch das waren Dinge, mit denen er sich beschäftigen konnte, wenn er erst den Rittmeister und Valerian eingeholt und sich ihrer angenommen hatte.

Plötzlich erklang vor ihm lautes Geschrei, und ein Pferd wieherte schrill. Er brachte sein Tier zum Stehen und sprang aus dem Sattel. Mit dem Degen in der Faust schlich er weiter durch das Unterholz, bis sich das Dickicht lichtete und nur noch vereinzelt Sträucher zwischen den Bäumen standen. Der Rittmeister rappelte sich gerade hoch, während sein am Boden liegendes Pferd heftig mit den Hufen schlug und erneut qualvoll wieherte.

Neben dem Tier ragten die Beine eines Mannes hervor, dessen Oberkörper offenbar unter dem massigen Leib des tödlich verletzten Pferdes begraben war.

Valerian? Eiks Herz hämmerte, als er Hose und Stiefel des am Boden Liegenden betrachtete. *Nein, er ist es nicht.* Noch während Eik überlegte, ob er dies bedauerte oder begrüßte, weil er so seine Rechnung mit dem ehemaligen Freund selbst begleichen konnte, glitt sein Blick weiter und fiel auf eine Gestalt, einen Strauchdieb, der über einem am Boden liegenden Mann kauerte. *Das ist er – Valerian! Ist er tot?*

Es knallte, und der Bandit fiel mit einem Schrei rücklings zu Boden.

Eiks Blick zuckte zu dem Rittmeister zurück, der seine nutzlose Pistole auf den Boden fallen ließ und sich zu einem Mann umdrehte, den Eik erst in diesem Moment wahrnahm. Mit seiner unauffälligen braungrauen Kleidung verschmolz er fast mit dem Dickicht des Waldes. Man hätte ihn für einen Köhler oder Waldarbeiter halten können, wäre da nicht die große Armbrust gewesen, die er vor sich auf den Boden gestellt hatte und gerade zu spannen versuchte.

»Wie lange dauert es, eine solche Waffe zu spannen, Halunke, was?« Der Rittmeister ging zügig, aber ohne Hast und mit gezücktem Degen auf den Strauchdieb zu. Der beschäftigte sich noch einen Moment länger mit seiner Armbrust, aber dann begriff er, dass er die Waffe nicht mehr würde spannen können, bevor ihn der Rittmeister erreichte.

Er ließ sie fallen und griff unter seinen braungrauen Kittel. Als er die Hand wieder hervorzog, hielt er ein Langmesser darin. Mit der anderen griff er hinter sich und förderte eine kurzstielige Faustaxt zu Tage, die er auf dem Rücken in seinem Hosenbund getragen hatte.

»Ah, das gleicht deinen Nachteil zumindest ein klein wenig aus.« Der Rittmeister war kaum zwei Schritte vor dem Mann stehen geblieben, bei dem es sich um den Stillen Veit selbst handelte, wie Eik erkannte. »Was rieche ich denn da? Hast du dich vor Angst eingenässt? Ist schon was anderes, einem bewaffneten Mann gegenüberzutreten, als aus dem Hinterhalt Wehrlose zu überfallen und niederzumetzeln, stimmt's?«

Eik blieb unschlüssig stehen. Er sah, wie Veits Blick kurz zu ihm hinüberzuckte, aber der Rittmeister achtete nicht darauf und hatte offenbar immer noch nichts von Eiks Anwesenheit bemerkt.

Valerian lag regungslos am Boden. Eik wusste nicht, ob er tot war, aber wenn dem nicht so war, wäre dies die Gelegenheit, sich an dem jungen Freiherrn zu rächen.

Er hat tatenlos zugesehen, wie dieses Schwein deinen Vater und deine Mutter massakriert hat!, dachte er. Aber andererseits war es Valerian gewesen, der ihm die Möglichkeit verschafft hatte, seine Eltern zu warnen und sie in Sicherheit zu bringen. Sein Blick fiel erneut auf die am Boden liegende Gestalt. Wenn er einen Bewusstlosen tötete, war er kaum besser als die Männer, die seine Eltern ermordet hatten.

Das Klirren von Waffen lenkte ihn ab.

Der Rittmeister und der Stille Veit fochten miteinander.

Eik betrachtete die beiden. Veit bewegte sich für einen ehemaligen Bader und Soldaten ohne Ausbildung überraschend behände und verstand es, die Schläge des Rittmeisters mit seinem Langmesser und der Faustaxt abzuwehren.

Aber Eik erkannte schnell, dass es nur eine Frage der Zeit war, bis der Rittmeister den Strauchdieb erledigen würde. Der versuchte seitlich auszuweichen, aber sein Gegner versperrte ihm mit zwei raschen Schritten den Weg.

Wieder trat Veit ein Stück zur Seite, und Eik runzelte die Stirn.

Was hat er vor? Dann begriff er und grinste. *Schlau, das muss ich zugeben.*

Das Pferd des Rittmeisters strampelte immer noch mit den Hufen, keuchte, und rosiger Schaum drang ihm aus Maul und Nüstern.

Der Rittmeister war nur noch zwei Schritte von diesen Hufen entfernt. Offenbar hatte Veit vor, den Mann so weit zur Seite zu locken, dass er vielleicht von den Hufen getroffen wurde, was dem Räuber eine Gelegenheit zum Angriff bot.

In diesem Moment machte der Rittmeister einen Ausfallschritt, und ein unartikulierter, sonderbar erstickter Schrei verkündete, dass sein Stoß Veit getroffen hatte. Das Langmesser des Strauchdiebs flog durch die Luft und landete auf dem weichen Waldboden.

»Der erste Streich!«, rief der Rittmeister triumphierend. Dann sprang er hastig zurück, als Veit einen wilden seitlichen Schlag mit der Faustaxt ausführte. Der Degen zuckte vor, und erneut stieß Veit einen Schrei aus und riss vor Entsetzen und Schmerz weit den Mund auf, während seine Faustaxt nutzlos durch die Luft wirbelte.

Eik schnappte nach Luft, als er es sah. Der Mund des Strauchdiebs war eine dunkle, fast zahnlose Höhle, in der die Zunge fehlte.

Deshalb nennt man ihn also den Stillen Veit.

»Zweiter …!« Der Rittmeister hatte offenbar Eiks Keuchen gehört und fuhr zu ihm herum, in Erwartung eines neuen Feindes. »Du!« Er deutete mit dem Degen auf Eik. »Um dich kümmere ich mich …«

Mit einem unartikulierten Schrei stürzte sich Veit auf den Rittmeister, umklammerte das Gelenk der Hand, die den Degen hielt, und packte ihn mit der anderen um die Taille. Sie taumelten zu dem Pferd, das immer noch mit den Hufen trat und sich in diesem Moment ein letztes Mal aufzubäumen schien. Ein Huf zischte durch die Luft – und traf den Rittmeister am Knie. Der brüllte auf, ließ den Degen fallen und sackte zusammen.

Bevor er auf dem Boden landete, konnte er jedoch noch den Dolch, den er an seinem Gürtel trug und mit dem er Eiks Vater ermordet hatte, dem Strauchdieb in den Oberschenkel rammen.

Auch Veit schrie auf, lallte etwas Unverständliches, humpelte ein paar Schritte davon und sank zu Boden.

Der Rittmeister fluchte und schrie abwechselnd vor Schmerz, während er sich hastig vor den Hufen des Pferdes in Sicherheit brachte. Das schnaubte noch einmal laut, dass der rosa Schaum von seinen Nüstern flog, dann lag es reglos da.

»Verfluchter Gaul!« Der Rittmeister sah sich hastig um. »Wo ist mein Degen? Verdammt, wo ist … ah, da!« Er versuchte aufzustehen, fiel aber wieder auf den weichen Waldboden zurück. »Zum Teufel, dieser Gaul hat mir mein Knie zertrümmert!« Er sah zum Stillen Veit, der mit schmerzverzerrtem Gesicht den Dolch aus seinem Schenkel zog. Er ließ die Waffe fallen und sank stöhnend zurück auf den Rücken.

»Du da, Bursche! Gib mir meinen Degen! Er liegt da drüben! Los, beeil dich! Zeig mir, dass du zu irgendetwas nütze bist! Vielleicht verschone ich dich ja und nehme dich mit zu unserem Regiment!« Er lachte. »Dort erwartet dich harte Arbeit, gewiss, aber immer genug zu essen und ein Dach über dem Kopf!« Er fuchtelte wütend mit der Hand. »Los doch, worauf wartest du, Kerl? Mach schon, bevor sich dieser Halunke aufrappelt, sich das Messer holt und versucht, mir den Garaus zu machen.«

Eik schob seinen Pallasch wieder in die Scheide zurück, ging zu der Stelle, wo der Degen des Rittmeisters lag, hob ihn auf.

»Los, her damit! Worauf wartest du, Bursche? Hast du mich nicht verstanden?«

Eik warf einen kurzen Blick auf den Rittmeister, achtete dann nicht weiter auf ihn, ging zu der Stelle, wo der Stille Veit lag.

Der Rittmeister folgte ihm mit dem Blick, dann flog ein hässliches Grinsen über sein Gesicht. »Ah, verstehe! Du willst den Burschen selbst erledigen. Ausgezeichnete Idee, mein Junge. Ich sag dir was. Wenn du ihn tötest, mach ich dich sogar zu meinem Offiziersburschen! Dein Vorgänger liegt in Bruchhausen vor der Herberge. Na ja, das ist auch harte Arbeit, da brauchst du dir nichts vorzumachen. Aber du bist unter den anderen Burschen besser angesehen und musst nicht die Latrine reinigen.«

Eik hatte den Stillen Veit erreicht, sah auf den Mann hinab. Mittlerweile hatte der mit einem schmutzigen Tuch sein Bein verbunden, um die Blutung zu stillen, obwohl, wie Eik vermutete, sich die Wunde durch den Dreck an seiner Kleidung ohnehin entzünden würde.

Er betrachtete den Mann, der ihn ohne Angst musterte.

»Worauf wartest du, Bursche? Ramm ihm endlich den Degen ins Herz! Oder noch besser, unter das Kinn in die Kehle bis ins Hirn!« Die Stimme des Rittmeisters klang wie aus weiter Ferne zu Eik.

Er starrte Veit an, dessen Blick von Eiks Augen zu dem Degen in seiner Hand glitt und dann wieder zurück. Er hob eine Braue.

Er weiß, dass ich ihn nicht töten werde.

Eik bückte sich, hob den blutigen Dolch des Rittmeisters auf, der neben dem Strauchdieb im Gras lag. Als er sich wieder aufrichtete, sah er, wie Veit seinen verstümmelten Mund zu einem wissenden Grinsen verzog und nickte.

Eik erwiderte das Nicken, drehte sich um, ging zurück zu dem Rittmeister.

»Hab ich mir doch gedacht, dass du nicht genug Mumm dafür hast, Kerl!«, giftete von Straaten. »Komm her, hilf mir hoch, dann erledige ich diesen Abschaum selbst … Was …?«

Er schrie auf – denn Eik hatte ihm den Degen in das unverletzte Bein gerammt, so tief, dass die Klinge den Oberschenkel durchbohrte. »Verflucht, du Bauerntölpel, was fällt dir ein? Weißt du nicht, wen du vor dir hast?«

»Ich weiß, wer Ihr seid, Herr.« Eik zog die Klinge heraus, stieß erneut zu, diesmal höher, in die Leiste des Mannes, und das Schreien des Mannes steigerte sich zu einem Heulen. »Aber Ihr habt vergessen, wer ich bin. Ihr seid der Mörder meiner Eltern, und ich werde sie rächen!«

Der Rittmeister wälzte sich auf dem Boden vor Schmerz, dann jedoch stemmte er sich mit den Ellbogen hoch. »Der Mörder deiner …?« Die letzten Worte gingen in einem unartikulierten Gurgeln unter.

Eik hatte ihm den Dolch, mit dem der Rittmeister seinen Vater getötet hatte, in die Kehle gerammt.

Die Augen des Mannes traten fast aus den Höhlen, er fiel zurück auf den Boden, während er nach dem Dolch griff, der in seiner Kehle steckte. Als er die Klinge herauszerrte, vergrößerte er die Wunde mit seinen zitternden Händen noch.

Eik beobachtete die Todeszuckungen des Rittmeisters, sah überdeutlich die Panik in dessen Zügen, aus denen das Blut wich, während es ihm aus der Kehle spritzte und auch aus dem Mund lief. Verzweifelt versuchte er Luft zu holen, doch stattdessen sog er den warmen Lebenssaft in seine Lunge und hustete und prustete ihn im nächsten Moment schäumend aus Mund und Nase. Der Mörder von Eiks Eltern ertrank förmlich an seinem Blut.

Eik roch, dass sich der Mann entleert hatte, und entsann sich der höhnischen Worte, die dieser soeben noch zum Stillen Veit gesagt hatte. »Auch Ihr habt Euch eingenässt und offenbar noch eingekotet, Herr Rittmeister«, sagte er voller Hass, um dem Sterbenden noch das letzte bisschen Würde zu nehmen, bevor er diese Welt verließ. »Wie widerlich, wie erbärmlich! Derart besudelt und stinkend werdet Ihr also dem Teufel gegenübertreten!«

Er sah, dass die weit aufgerissenen Augen glasig wurden. Dann sackte der Körper von Straatens zusammen. Er zuckte noch zweimal, dann lag er reglos da.

Eik hob den Degen des Offiziers und betrachtete ihn. *Eine gute Waffe,* dachte er und hätte fast gelächelt, als er daran dachte, dass der Hauptmann auf dem Kartoffelacker dasselbe über seinen Pallasch gesagt hatte. Es kam ihm vor, als wäre fast ein ganzes Leben seitdem vergangen. Er bückte sich zu der Leiche des Rittmeisters, hakte die Scheide des Degens ab und schob die Waffe hinein.

Er nahm sie in die linke Hand und ging dann zu Valerian, der immer noch regungslos am Boden lag.

Eik kniete sich neben ihn und legte die Hand an den Hals des jungen Adligen. Es dauerte einen Moment, aber dann spürte er den Puls.

Er richtete sich wieder auf und betrachtete die Gestalt. *Was soll ich tun? Was mache ich mit dir, du Verräter?* Er wusste, dass er es nicht über sich bringen würde, einen ohnmächtigen Mann zu töten, den er einst als seinen besten und einzigen Freund angesehen hatte. *Auch wegen Augusta nicht,* gab Eik sich selbst gegenüber zu. *Einen Mord an ihrem Bruder würde sie mir nie verzeihen. Aber sie wird auch niemals erfahren, wie dicht davor ich gewesen bin.*

Dann fiel sein Blick auf Valerians Hand, und er lächelte. *Vielleicht doch.*

Er bückte sich, zog den Ring mit dem Siegel der Villesens vom Finger des Ohnmächtigen und betrachtete ihn kurz. Dann schob er ihn in seine Tasche. Er wusste, was er damit tun würde.

Mit einem letzten Blick auf die Toten und den Stillen Veit, der sich aufgerichtet hatte und ihn beobachtete, drehte er sich um, ging zu seinem Pferd zurück und saß auf.

Er wusste, was zu tun war.

Sie können noch nicht allzu weit sein, dachte er. *Der Alte war am Ende seiner Kräfte, und der Chevalier war benommen oder vielleicht sogar verletzt.* Bei der Vorstellung musste er grinsen, aber dann wurde er rasch wieder ernst. *Sie werden versuchen, die Straße nach Lüneburg zu erreichen. Obwohl das sehr gefährlich sein dürfte. Denn dort wird es wahrscheinlich von Ligistischen nur so wimmeln.* Er lenkte sein Pferd vorsichtig durch das Dickicht, parallel mit dem Wildpfad. Er glaubte Geräusche, Rufe und raues Lachen zu vernehmen. Vermutlich waren es die Strauchdiebe, die die gefallenen Dragoner plünderten.

Aber auch wenn die meisten Dragoner tot sind, ist die Gefahr noch nicht gebannt. Das war Eik klar, denn die Männer vom Schloss waren ebenfalls noch irgendwo in der Nähe, und er hatte keine Lust, zwischen zwei Fronten zu geraten.

Nachdem er eine Weile durch das Dickicht getrottet war, wurde der Wald wieder lichter, und er stand vor einem kleinen Hang. Vor ihm lag der Wildpfad, der auf der anderen Seite des Hangs wieder im Wald verschwand.

Eik orientierte sich kurz und lenkte sein Pferd dann nach links, zu einer Stelle, wo die Bäume weiter auseinanderstanden. *Dahinter muss irgendwo die Straße liegen,* dachte er.

Kurze Zeit später kam er aus dem Wald hinaus. Er befand sich auf einer kleinen Anhöhe und sah vor sich das braune Band der Straße, die von Osnabrück nach Lüneburg führte. Von Söldnern oder regulären Soldaten war nirgends etwas zu sehen, aber er kniff die Augen zusammen, als er am Waldrand auf der gegenüberliegenden Seite der Straße etwas aufblitzen sah. Dann nahm er eine Bewegung wahr und lächelte.

Pferde. Und Reiter, die vorsichtig am Waldrand, gedeckt von Sträuchern und Bäumen, der Straße folgten.

Ich wette, es sind vier Reiter, von denen einer unablässig auf Französisch flucht.

Er drehte sich im Sattel um und blickte zurück in die Richtung, in der er Bruchhausen vermutete. Die Bilder von den Leichen seiner Eltern und der verbrannten Herberge stiegen in ihm hoch, und er schluckte. Dann tastete er in der Tasche nach dem Ring.

Es ist noch nicht zu Ende, dachte er, als er das Pferd antrieb und hinab zur Straße ritt. *Wir werden uns wie-*

dersehen, mein Freund, und dann wirst du mir Rede und Antwort stehen!

»Herr! Herr, seid Ihr unverletzt?«

Valerian stöhnte, als etwas Nasses, Kaltes auf seinen Hinterkopf gepresst wurde.

»Was …?«

»Ihr lebt, Gott sei Dank, Ihr lebt!« Die Stimme des Mannes bebte vor Erleichterung, und Valerian runzelte die Stirn.

Warum sollte ich nicht … Dann setzte die Erinnerung wieder ein, und er fuhr hoch. Im nächsten Moment stöhnte er erneut und wäre fast wieder rücklings zu Boden gefallen, als Schwindel und Schmerz ihn durchströmten.

»Langsam, junger Herr, Ihr habt eine mächtige Beule am Hinterkopf! Jemand hat Euch einen schweren Schlag versetzt!« Der Mann machte eine Pause und legte den feuchten Lappen Valerian auf die Stirn. »Aber offensichtlich hat er dafür bezahlt.«

»Wie?« Valerian öffnete erneut die Augen, langsamer diesmal, und richtete sich auf die Ellbogen auf. Hände packten ihn unter den Achseln und zogen ihn in eine sitzende Haltung.

»Vorsichtig, langsam, das reicht!«

»Bossel?« Valerian schluckte. Sein Hals war trocken, und er hatte einen widerlichen metallischen Geschmack im Mund. *Blut? Mein Blut?* Er hob die Hand und wischte sich über das Gesicht.

»Ja, Herr.«

»Was ist passiert?« Valerian erinnerte sich noch dunkel daran, dass sie vor den Strauchdieben des Stillen

Veit geflohen, jedoch gestellt worden waren. Dann erinnerte er sich wieder an den Kampf mit Veit, an das Auftauchen des Rittmeisters und … Er fuhr herum und schwankte. Er wäre umgekippt, wenn ihn nicht zwei Männer vom Schloss gestützt hätten. Er drehte sich mühsam um, und sein Blick fiel auf den toten Strauchdieb hinter ihm.

»Hat er mich …?«

Bossel zuckte mit den Schultern. »Vielleicht, Herr, ich weiß es nicht.«

»Wie lange habe ich hier …?« Valerian brach ab, als sein Blick auf einen Mann fiel, um den einige von Bossels Leuten und die fünf Dragoner herumstanden, die Bossel zugeteilt worden waren. »Ist das …?« Valerian schluckte.

»Rittmeister von Straaten, ja, junger Herr.« Bossel war seinem Blick gefolgt. »Wir vermuten, dass er mit dem Stillen Veit gekämpft und den Kürzeren gezogen hat.« Er sah sich unbehaglich um und hob die Schultern. »Wie die meisten seiner Dragoner«, fügte er leise hinzu. Er deutete in Richtung des Wildpfades. »Sie liegen dort und auf der Lichtung. Aber von den Spionen ist keine Spur zu entdecken.« Er warf Valerian einen abschätzenden Blick zu. »Ebenso wenig wie von dem Müllersburschen! Falls er sie wirklich geführt hat!«

Und ob er das hat!, dachte Valerian. Aber er verzichtete darauf, Bossel das zu sagen. Dann fiel sein Blick auf seine Hand. *Mein Ring! Hat der Stille Veit meinen Ring gestohlen?* Er tastete die Taschen seines Wamses ab. Seine Börse war noch da, ebenso wie die Papierpatronen in seinem Bandelier. Sogar seine Pistole lag noch auf der Erde an der Stelle, wo er sie verloren hatte.

Aber es gab Wichtigeres zu bedenken. Er trat zu der Leiche des Rittmeisters. Dessen Hals wies eine tiefe Wunde auf, aus der das Blut nur so herausgesprudelt sein musste. Das Wams hatte sich damit vollgesogen. Es war ihm auch aus Mund und Nase gespritzt. »Du meinst, der Stille Veit hat ihn getötet?«

Bossel hielt seinen Blick auf Valerian gerichtet. »Sicher, Herr, wer sonst sollte es getan haben?«

Valerian sah den Burghauptmann an, aber dessen Miene verriet nichts. »Sicher, wer sonst sollte es getan haben.«

Sein Blick fiel auf den Dolch, der neben der Leiche des Offiziers lag. Es war derselbe Dolch, mit dem von Straaten Pieter Schmalens ermordet hatte, auf dieselbe Weise, auf die auch er gestorben war. *Ich wüsste da jemanden, der es gewesen sein könnte und der auch mehr als genug Grund dafür gehabt hätte, diesen Mann mit seiner eigenen Waffe zu töten.*

Unwillkürlich fuhr er mit der Hand über den Finger, an dem der Siegelring der von Villesens gesteckt hatte. *Und der mir ein Zeichen zurückgelassen haben könnte, eine Botschaft, dass er mich ebenfalls hätte umbringen können.* Ihn fröstelte, und er holte tief Luft. *Aber er hat es nicht getan. Das muss fürs Erste genügen. Und jetzt …*

Er drehte sich zu Bossel herum. »Gibt es eine Spur vom Stillen Veit?«

Bossel schüttelte den Kopf. »Als wir hier eingetroffen sind, war von den Strauchdieben nichts mehr zu sehen.« Er sah Valerian fragend an. »Der Rittmeister ist tot, und sein Feldwebel liegt ebenfalls tot auf der Lichtung, Herr.«

Valerian fiel auf, dass der Mann ihn nicht mehr »junger Herr« nannte. Unwillkürlich straffte er sich.

»Also gut.« Er musterte die Männer um sich herum. Ihre kleine Schar bestand zum größten Teil aus Bewaffneten vom Schloss, dazu kamen einige Dragoner, die fünf, die der Rittmeister Bossel zugeteilt hatte, und zwei sichtlich mitgenommene Überlebende vom Kampf auf der Lichtung, wie Valerian vermutete. »Da keiner Eurer Offiziere mehr lebt, übernehme ich das Kommando.« Er trat vor und hob den Kopf. »Hat jemand Einwände?«

Die Dragoner sahen sich an, dann blickten zwei von ihnen zu dem Rittmeister, und schließlich trat einer der Söldner vor, seinem Gesicht und seiner Haltung nach ein erfahrener Soldat. »Nein, Herr …« Der Mann zögerte.

»Fähnrich«, erwiderte Valerian, der sich an die Worte des Rittmeisters erinnerte, mit denen er ihm einen Posten bei den Ligistischen in Aussicht gestellt hatte. Das war zwar nur eine mündliche Abmachung gewesen, aber immerhin war Krieg, und solche Beförderungen im Feld waren keine Seltenheit. »Fähnrich von Villesen genügt. Einstweilen.«

Der Mann sah ihn aufmerksam an und nickte schließlich. »Wie Ihr befehlt, Fähnrich.« Er machte eine kleine Pause. »Was jetzt?«

Valerian atmete tief durch. Die erste Hürde war genommen, eine kleine, zugegeben, aber auch der längste Weg begann immer mit dem ersten Schritt.

»Zurück zum Schloss!«, entschied er. »Wir sorgen dafür, dass meine Familie ungehindert nach Frankreich abreisen kann. Dann werden wir morgen früh nach Verden abrücken, um die dortige Kommandantur von den Vorfällen zu unterrichten.«

Und dann werde ich dafür sorgen, dass mein Rang bestätigt wird.

»Und die Spione?«, fragte der Dragoner.

»Um die kümmern wir uns später.« Unwillkürlich griff er wieder nach dem Finger, an dem der Ring gesteckt hatte. »Ich habe noch eine Rechnung mit ihnen zu begleichen, und ich hasse es, jemandem etwas schuldig zu sein.«

Er bemerkte Bossels forschenden Blick und drehte sich zu dem Anführer der Bewaffneten des Freiherrn um. *Zu* meinen *Bewaffneten,* verbesserte er sich in Gedanken. »Noch Fragen, Bossel?«

»Nein, Herr.« Der Mann schien noch etwas sagen zu wollen, wiederholte dann aber: »Nein, Herr Fähnrich.« Dann wandte er sich an seine Leute. »Ihr habt gehört, was der Herr Offizier gesagt hat. Also aufsitzen!«

Valerian weigerte sich, Hilfe anzunehmen, als er den Rapphengst bestieg, den Bossel ihm gebracht hatte. Im Sattel sitzend, blickte er noch einmal über die kleine Lichtung zurück.

Ein holpriger Anfang, aber immerhin ein Anfang, sagte er sich, trieb das Pferd an und setzte sich an die Spitze der kleinen Kolonne, die langsam die Lichtung verließ und auf den Wildpfad in Richtung Schloss Villesen einbog.

TEIL ZWEI

Die Wege des Schicksals

8. KAPITEL

Frankreich, Île-de-France Ende 1628

»Madame! Pardon, Madame, einen Moment bitte. Pardon, aber Ihr könnt nicht …!«

Augusta blieb stehen und wartete, wobei sie gereizt die Augen verdrehte. *Was will dieser alte Drache denn jetzt schon wieder?* Sie unterdrückte jedoch ihre Ungeduld und lauschte, ohne sich umzudrehen, wie die trippelnden Schritte der Gouvernante langsam näher kamen. *Natürlich denkt sie gar nicht daran, sich zu beeilen,* dachte Augusta. *Ihr genügt es, die Leute anzuschreien, damit sie auf sie warten! Wahrscheinlich hat ihr Gott deshalb eine so durchdringende Stimme gegeben.* Sie verzog das Gesicht. *Oder ist sie eher ein Geschenk des Teufels?*

Augusta wusste, dass sie der Hausdame damit Unrecht tat. Mademoiselle Claire war betagt und nicht mehr ganz so flink auf den Beinen. Schließlich stand sie bereits seit fast fünfzig Jahren in Diensten des Seigneur Marquis und davon die letzten zwanzig Jahre als Gouvernante und Hausdame, wie sie immer wieder betonte. Und das kam dem Rang einer absoluten Herrscherin ziemlich nahe, wie Augusta in den fast zwei Jahren, die sie mittlerweile auf der Île de France lebte, rasch gelernt hatte. Vom ersten Tag an hatte es zwischen den beiden Frauen einen Königinnenkrieg gegeben, unerklärt und unterschwellig, aber nichtsdestotrotz mit Erbitterung geführt.

Die Frau erreichte Augusta und baute sich keuchend vor ihr auf. Letztere bemühte sich um eine gleichgültige Miene und musste sich zwingen, nicht mit der Gerte auf ihren weiten Reitrock zu klopfen und sich dabei vorzustellen, es wäre der Rücken von Mademoiselle Claire.

»Was kann ich nicht, Mademoiselle?« Augustas Stimme klang gefährlich ruhig, und sie hob kühl eine Braue, als sie die ältliche, korpulente Frau hochmütig anstarrte.

»Der Marquis …« Die Frau unterbrach sich, während sie nach Luft rang.

Es heißt immer nur »der Marquis«, dachte Augusta. *Nie »Euer Gemahl«.*

Augusta wusste, dass die Hausdame die Eheschließung zwischen ihrem geliebten Albert de Montfine, Marquis de Berny, und ihr, Augusta Freifräulein von Villesen, einer entfernten und nicht sonderlich geliebten Verwandten, nicht guthieß.

Während Augusta darauf wartete, dass die Hausdame endlich weiterredete, dachte sie an einen Moment vor knapp zwei Jahren zurück, nicht lange nach ihrer Ankunft auf Saint Just. Damals war sie mit dem Cousin ihres Vaters in der kleinen Kapelle auf seinem Anwesen vor den Traualtar getreten. Außer ihren Eltern waren nur der Priester, der Gutsverwalter und eben die Hausdame dabei gewesen.

Nicht, dass mich das gestört hätte, dachte Augusta. *Wenn du wüsstest, wie wenig ich selbst diese Verbindung gutheiße, wärest du vielleicht ein bisschen freund-*

licher. Andererseits … Sie legte den Kopf auf die Seite, während sie die rotgesichtige Hausdame musterte. *Vielleicht auch wieder nicht, im Gegenteil.*

Insgeheim beglückwünschte sich Augusta dazu, dass sie, eingedenk der Ermahnungen ihres Vaters, von Anfang an jede offene Konfrontation mit dieser Frau vermieden hatte. Tanno von Villesen hatte ihr eingeschärft, dass sie alle auf das Wohlwollen seines Cousins Albert de Montfine angewiesen waren. Also hatte sie einfach nicht auf die kleinen Intrigen und Boshaftigkeiten reagiert, mit der die Frau versucht hatte, ihr das Leben schwerzumachen. Nicht einmal, als man ihr zugetragen hatte, die Hausdame sei der festen Überzeugung, dass es Augusta vor allem auf das Geld und den gesellschaftlichen Rang des Marquis abgesehen hätte. Zu alldem hatte Augusta geschwiegen, eine kluge Haltung, wie sich herausstellte. Denn sie hatte schon bald bemerkt, wie hoch ihr Gatte Albert das Urteil und die Ansichten dieser Hausdame schätzte. Jedenfalls was die Angelegenheiten in Saint Just betraf, zu denen für Mademoiselle Claire offenbar auch die junge Gemahlin des Marquis und Madame des Hauses zählte.

Schließlich hatten Augusta und Mademoiselle im Laufe der Monate so etwas wie einen Waffenstillstand geschlossen, was bedeutete, dass sie sich so weit wie möglich aus dem Weg gingen.

Augusta ertrug ihr Schicksal, ohne zu klagen. Glücklicherweise musste sie nicht ständig Zärtlichkeiten des ungeliebten Mannes über sich ergehen lassen. Allein bei dem Gedanken an die wenigen Male, bei denen er sich ihr genähert hatte, um den ersehnten Erben zu zeugen, fröstelte sie. Trost fand sie nur bei den Gesprächen mit ihren Eltern und den Briefen, die sie ihrem Bruder nach Deutschland schrieb. Und in denen sie ihn stets bat, Eik ihre Grüße auszurichten, falls dies möglich war.

Doch selbst dieser Trost war ihr genommen worden. Denn nachdem ihre Eltern vor drei Monaten von Christians endgültiger Niederlage und dem von Wallenstein erzwungenen Friedensschluss erfahren hatten, waren sie nach Schloss Villesen zurückgekehrt. Seitdem blieben Augusta als Zerstreuung und Ablenkung von dieser Ehe, die sie zunehmend wie eine Gefangenschaft empfand, nur die wundervollen Pferde.

Sie waren das Einzige, worum sie ihren Gemahl beneidete. Die Vollblüter des Gestüts Montfine waren nicht nur in Frankreich bekannt und geschätzt, sondern in ganz Europa. Und ihr Gemahl hatte ihr in einem seltenen Anflug von Großzügigkeit gestattet, sich eine Stute als Reitpferd auszusuchen. Er hatte sie ihr nicht geschenkt, das nicht, aber sie konnte sie satteln lassen und damit ausreiten, wann immer sie wollte. Und genau das hatte sie an diesem Morgen vor.

Vorausgesetzt natürlich, Mademoiselle Claire hat keine anderen Pläne für mich.

Augusta blickte die Hausdame abwartend an, die ihr bisher eine Antwort schuldig geblieben war. »Also?«

»Es ist ein Brief gekommen«, sagte die Hausdame schließlich, nachdem sie sich erholt hatte.

Ein Brief? Aus Deutschland? Vielleicht von Valerian? Die Hoffnung, nach fast einem halben Jahr endlich wieder etwas von ihrem Bruder zu lesen, trieb Augusta die Röte ins Gesicht. Aber noch bevor sie weiterfragen konnte, fuhr Mademoiselle Claire fort: »Aus dem Palais du Louvre. Vom König persönlich!«

Augusta verbarg nur mühsam ihre Enttäuschung. »Vom König?«

»Das Schreiben trägt sein Siegel.«

Augusta nickte. »Das ist nichts Ungewöhnliches, denkt Ihr nicht auch, Mademoiselle?« Sie gab sich so hochnäsig, wie sie konnte. »Schließlich pflegen mein Gemahl und Seine Majestät einen regen Briefwechsel wegen der besorgniserregenden Lage in Deutschland. Also weshalb sollte ich wegen eines Briefes Seiner Majestät an meinen Gemahl nicht ausreiten?« Sie deutete auf das große Fenster der Halle, in der sie standen. Es war bereits später Vormittag, und die Sonne tauchte den makellos gepflegten Garten in strahlendes Licht. »Und das bei diesem wundervollen Wetter!«

Mademoiselle lächelte, wie Augusta fand, fast triumphierend.

»Weil dieses Schreiben auch Euch betrifft, Madame.« Die Hausdame genoss es offensichtlich, Augusta unter die Nase zu reiben, dass sie den Inhalt des Briefes zumindest ungefähr kannte.

»Tatsächlich?« Augusta war verstimmt, weil Albert sie in eine so unangenehme Situation ihrer Bediensteten gegenüber gebracht hatte, riss sich aber rasch zusammen. »Wenn das so ist, wird mein Gemahl mich zweifellos über den Wortlaut in Kenntnis setzen, falls er das für erforderlich hält.« Sie würde der Hausdame nicht die Genugtuung bereiten, sie zu fragen, worum es in dem Schreiben ging.

»Aus diesem Grund hat er mich ja zu Euch geschickt, Madame.« Das Leuchten auf Mademoiselle Claires Gesicht grenzte schon fast an Unbotmäßigkeit. Offensichtlich genoss sie den kleinen Sieg über ihre Herrin.

Augusta zwang sich zu einem Lächeln. »Und er hat niemanden gefunden, der diese Aufgabe mit etwas mehr Geist ausführen konnte?« Augusta verzog die Lippen. »Wie bedauerlich. Nun, er musste sich wohl mit dem begnügen, was er gerade zur Hand hatte. Und, Mademoiselle, erinnert Ihr Euch vielleicht auch daran, wie die Nachricht meines Mannes lautet, oder ist dies hier ein Ratespiel?«

Augusta musste sich eingestehen, dass es sie freute zu sehen, wie das Gesicht von Mademoiselle Claire rot anlief.

»Er bittet Euch, ihn in seiner Bibliothek aufzusuchen.« Die Hausdame machte einen halbherzigen Knicks. »Vor Eurem Ausritt mit dem jungen Falkner.«

Den Zusatz hatte sie mit einem anzüglichen Blick hervorgebracht, aber Augusta entschied, die Anspielung nicht zu beachten. Es stimmte, dass sie die letzten Male mit Hubert Levy, dem Falkner ihres Mannes, ausgeritten war. Sie fand die Falknerei faszinierend und wollte alles darüber lernen. Albert wusste davon und hatte es mit einem gleichgültigen Achselzucken gebilligt.

Sie seufzte. »Also gut. Schickt jemanden zu den Stallungen und richtet dem Falkner aus …«

»Ist bereits geschehen, Madame.« Mademoiselle Claire hatte wieder Oberwasser. »Eure Zustimmung natürlich vorausgesetzt.«

»Natürlich.« Augusta hätte diese Person am liebsten mit der Gerte verprügelt. Plötzlich fiel ihr ein, wie sie einmal Eik mit ihrer Gerte spielerisch geschlagen hatte, als er sich ihr aus irgendeinem albernen Grund widersetzt hatte, und plötzlich überkam sie ein Gefühl von Sehnsucht. *Heimweh,* sagte sie sich und hob das

Kinn. Allerdings hatte sie nicht vor, diesem Gefühl länger nachzuspüren. »Gut, Claire«, sagte sie, als sie merkte, dass sich die Hausdame nicht von der Stelle rührte. »Ihr dürft Euch weiter um Eure Pflichten kümmern. Den Weg in die Bibliothek finde ich allein.«

»Aber der Marquis …«

»Ihr könnt gehen.« Augusta drehte sich um und ging zu der breiten Treppe am Ende der Halle, über die man in den ersten Stock des Herrenhauses und in den Westflügel gelangte, wo Albert seine Bibliothek hatte. Wenn er nicht bei seinen Pferden war, dann war er bei seinen Büchern. *Ebenso vorhersehbar wie langweilig, aber wenigstens ganz praktisch,* dachte Augusta, während sie die Marmortreppe emporschritt. Sie drehte sich nicht um, als sie in den langen Gang einbog, sah jedoch aus den Augenwinkeln, dass Mademoiselle Claire wie angewurzelt dastand und ihr hinterherblickte.

Es kümmerte sie nicht, dass die Hausdame ihrem Befehl, sich wieder ihren eigentlichen Aufgaben zu widmen, nicht auf der Stelle nachkam, aber der triumphierende Ausdruck auf dem Gesicht der Frau gab ihr zu denken.

Hoffentlich hat uns der König nicht ins Palais du Louvre zurückbeordert, damit Albert dort seinen Pflichten als Höfling nachkommt. Auch wenn sie in Saint Just noch nicht wirklich heimisch geworden war, zog sie das Anwesen ihres Gemahls und die wundervolle Landschaft darum herum bei weitem dem Louvre vor mit seinen Mauern, Kunstwerken und den ihr offenbar feindselig gesonnenen Bewohnern. Nach ihrer Ankunft in Saint Just hatte Albert sie für einen Monat mit in die Residenz von König Ludwig XIII. genommen. Eine Erfahrung, auf die Augusta gern verzichtet hätte. *Oder er verlangt von meinem Mann, mich als Hofdame dort hinzuschicken!* Eine Aussicht, die Augusta nicht, wie anderen adligen Damen, entzückte Schreie entlockte, sondern ein gequältes Stöhnen.

Ihre Sorgen sollten sich als unbegründet erweisen. Es kam noch viel schlimmer.

»Ah, da seid Ihr ja endlich.« Albert de Montfine, Marquis de Berny, blickte von seinen Unterlagen auf.

»Ja, auf Befehl Eurer Hausdame. Sie hat mir ausgerichtet, Ihr wünschtet mich zu sehen.«

Albert ging nicht auf die Spitze ein, sondern bedeutete seiner Gemahlin ungeduldig, sich auf den Fauteuil neben seinem Schreibtisch zu setzen. Sie folgte seinem Wunsch und ging dabei an dem großen Jagdhund vorbei, der, den Kopf auf den Pfoten, vor dem kalten Kamin lag und ihr mit dem Blick folgte. Lächelnd bückte sie sich und kraulte ihn hinter den weichen Ohren. Der Hund seufzte schnaufend, und sein langer dünner Schwanz klopfte auf das blank polierte Eichenparkett.

Du sehnst dich genauso nach ein bisschen Zuwendung wie ich, stimmt's?

»Ihr verhätschelt Hector! Er ist ein Blut-, kein Schoßhund!«

Augusta richtete sich langsam auf. »Und deshalb braucht er keine Liebe?«

»Hunde bekommen Fleisch, wenn sie gehorchen, und den Stock, wenn nicht!« Albert de Montfine hob den Kopf und sah seine Frau zum ersten Mal seit ihrem Eintreten direkt an.

Augusta erwartete fast, dass er hinzufügte, *so wie die*

Menschen auch, aber ihr Gatte verfolgte nur schweigend, wie sie zum Fauteuil ging und sich auf den Rand des Polsters setzte. Sie glättete den Reitrock, legte die Gerte neben sich und zog einen weichen Reithandschuh aus. Dann seufzte sie und hob den Kopf. »Also, Seigneur Gemahl?«

»Ich habe einen Brief aus dem Palais erhalten.«

Augusta sagte nichts, sondern sah ihn nur höflich und, wie sie hoffte, gleichgültig an.

»Seine Eminenz der Kardinal hält mich für würdig, jetzt, nachdem La Rochelle gefallen und diese Hugenotten ein für alle Mal vernichtet sind, einen heiklen Auftrag für ihn durchzuführen. Über die Einzelheiten will er sich mit mir besprechen und ersucht mich«, er lächelte, »zu ihm in den Louvre zu kommen.« Mit gerunzelter Stirn überflog er erneut die Depesche, obwohl Augusta vermutete, dass er jedes einzelne Wort längst auswendig kannte. »Ich werde morgen ins Palais fahren, um mich dort mit dem Kardinal und Seiner Majestät zu beraten.«

Falls Ludwig geneigt ist, für so etwas Nebensächliches wie Politik seine ständigen Jagdausflüge zu unterbrechen, dachte Augusta. *Oder willst du dich mit seiner Mutter treffen, Maria de Medici?* Sie hätte fast gelächelt bei der Vorstellung, wie ihr Gemahl und die machthungrige Mutter des Königs zusammenhockten und finstere Pläne ausheckten. *Die beiden passen gut zusammen,* dachte sie. *Das Biest und die Bestie.* Ihr Ehemann sprach weiter, und sie konzentrierte sich auf seine Worte.

»Ich erwarte, dass Ihr in meiner Abwesenheit Eure Ausritte und Eure Studien der Falknerei …«, er blähte die Nasenflügel, »zurückstellt. Reitet mit Mademoiselle Claire aus, wenn Ihr unbedingt müsst.« Er kniff die Augen zusammen. »Ich will nicht, dass Gerede aufkommt. Und die Dienerschaft zerreißt sich bereits das Maul …«

Da riss Augusta der Geduldsfaden. »Mademoiselle ist die Einzige, die sich das Maul zerreißt!« Sie fuhr mit blitzenden Augen hoch und bemerkte gar nicht, dass sie aufgesprungen war. Erst als Hector sich vor dem Kamin rührte und langsam aufstand, fiel ihr auf, dass sie sogar unwillkürlich die Hände geballt hatte.

»Platz, Hector!« Albert nahm den Blick nicht von Augusta, während er mit dem riesigen Hund sprach, der Augusta bis zur Taille reichte.

Als er nicht sofort reagierte, griff Albert nach dem dünnen Stock, der stets bereit neben ihm am Schreibtisch lehnte. Er brauchte keine Gehhilfe, aber es gefiel ihm, damit die Leute zu prügeln, wenn sie seiner Meinung nach seinen Wünschen nicht schnell genug nachkamen.

Der Hund legte sich sofort wieder hin, als sein Herr den Stock hob.

»Eine heikle Aufgabe?«, fuhr Augusta fort, um von der ränkesüchtigen Hausdame abzulenken. »Ich könnte mir niemanden vorstellen, der dafür geeigneter wäre als Ihr, Seigneur.«

Albert warf ihr unter seinen buschigen Augenbrauen einen skeptischen Blick zu, aber ganz offensichtlich fühlte er sich von ihrem Kompliment geschmeichelt.

»Jedenfalls geeigneter als der letzte Emissär Seiner Eminenz«, brummte er. »Dieser aufgeblasene Chevalier hat wahrscheinlich das Geld des Königs diesem unfähigen Dänen in den Rachen geworfen, obwohl ihm hätte klar sein müssen, wie stümperhaft dessen Bemühungen waren, diesem Wallenstein Paroli zu bieten.« Er schnaubte verächtlich.

Augustas Puls schlug bei den Worten ihres Gatten schneller. »Heißt das, mein Gemahl, dass Seine Eminenz Euch nach Deutschland schicken will?« Sie schluckte, und ihre Gedanken überschlugen sich. »Das ist doch zweifellos zurzeit sehr gefährlich.«

»Fürwahr«, antwortete Albert nach einer kleinen Pause. »Aber wenn die Pflicht ruft, können wir uns ihrem Ruf nicht entziehen. Immerhin geht es um das Wohl des Landes.« Er seufzte, als wäre ihm das Vertrauen des Kardinals eine Last. Augusta wusste, dass dem nicht so war. Ihr Gemahl genoss die Gunst des Kardinals und des Königs, und das umso mehr, weil er sich nicht einmal sonderlich darum zu bemühen brauchte.

Augusta überlegte, ob und wie sie seine Abwesenheit nutzen konnte; vielleicht bot sich ihr damit eine unerwartete Möglichkeit, ihre Eltern und ihren Bruder wiederzusehen. *Vielleicht sogar Eik.*

Jetzt war sie wirklich interessiert.

»Selbstverständlich, mein Gemahl. Also eine ebenso ehrenvolle wie heikle Aufgabe.«

»Ah, Madame hört zu.« Albert war die Veränderung in Augustas Haltung nicht entgangen, und wieder rief sie sich ins Gedächtnis, wie gefährlich es war, diesen Mann zu unterschätzen. Trotz seines Alters – er zählte fast siebzig Jahre – und seiner dürren Gestalt war der Marquis zäh und keineswegs gebrechlich. Und sein Verstand und seine Beobachtungsgabe funktionierten einwandfrei.

Augusta erinnerte sich an den Monat mit ihm im

Palais du Louvre, wo sie einen Albert de Montfine kennengelernt hatte, der ganz anders war als der auf Saint Just. *Fast als hätte er damals einen Panzer übergezogen,* dachte sie. Die Intrigen, das Buhlen um Gunst, das Katzbuckeln, Taktieren und kalte Hoffart waren ihm ebenso vertraut wie das unvermittelte Umschwenken von Hochmut und Kälte auf echt wirkende Herzlichkeit, wenn sein Gesprächspartner jemand mit Einfluss war. Wie zum Beispiel Kardinal Richelieu, der Vertraute des Königs.

»Wie könnte ich Euch nicht zuhören, Seigneur, wenn Ihr doch …«

»Hört auf damit!« Albert hatte die Stimme nicht erhoben, aber seine eisigen Worte wirkten wie ein Peitschenhieb. Er ließ den Blick über ihr Reitkostüm gleiten und schürzte verächtlich die Lippen. »Spart Euch Euren geistreichen Zungenschlag lieber für den Falkner auf!«

Augustas Wangen röteten sich vor Empörung. *Das Gift von Mademoiselle,* dachte sie, aber bevor sie etwas erwidern konnte, fuhr er schon fort:

»Ich kenne zwar die Pläne Seiner Eminenz noch nicht genau, aber dem Schreiben hier entnehme ich, dass meine Mission keinen Aufschub duldet. Die Reise kann etwas dauern, weil ich vermutlich zunächst nach Hamburg muss, um diesen Chevalier und den Bankier Seiner Eminenz zu treffen. Und dann«, er seufzte wieder, und diesmal klang es echt, »muss ich wohl nach Magdeburg weiterreisen. Diese unfähige Union der Protestanten hat dort ihr Hauptquartier aufgeschlagen und sich bislang immerhin gegen die kaiserliche Armee Wallensteins behaupten können. Wie es aussieht, dürfte sich das bald ändern, nachdem sich Christian zurückgezogen hat und seine Wunden leckt.« Er stand auf, trat langsam ans Fenster und blickte hinaus, als hätte er Augustas Anwesenheit vollkommen vergessen.

Albert zog seine Gemahlin nicht ins Vertrauen, wenn es um irgendwelche politischen Angelegenheiten ging. Aber wenn er so tief in Gedanken versunken war, musste ihn irgendetwas beschäftigen, vielleicht sogar beunruhigen. *Wenn ich es geschickt anstelle, kann ich diesem verdammten Gefängnis endlich entkommen, und sei es auch nur für ein paar Wochen!*

»Aber …« Augusta nahm sich zusammen und trat zu ihrem Gatten ans Fenster. »Wenn dieser Wallenstein so fähig ist, wie Ihr sagt, dann erscheint es mir in keinster Weise angeraten …«

»Im Gegenteil«, fiel ihr der Marquis ins Wort. »Dass dieser Mann die Kaiserlichen führt, ist nämlich ausgezeichnet. Denn er ist berechenbarer als diese anderen Heerführer des Kaisers, diese Barbaren. Erstens scheint Wallenstein das Vergnügen am Abschlachten und Plündern verloren zu haben. Er hat Magdeburg bislang verschont, obwohl er die Stadt leicht hätte einnehmen können. Und außerdem haben wir erfahren, dass sich der schwedische König Gustav Adolf in den Krieg einzumischen gedenkt. Jedenfalls unterstützt er militärisch die Protestanten in Stralsund, sodass Wallenstein diesen Hafen bislang nicht einnehmen konnte. Und der Schwede scheint zudem kurz vor einem endgültigen Sieg gegen die Polen zu stehen.« Er drehte sich zu Augusta herum und hob eine Braue, als wäre er über sich selbst überrascht, dass er sich mit ihr über diese für Frauen viel zu komplizierten Themen unterhielt. Dennoch fuhr er nach kurzem Zögern fort: »Und nachdem Frankreich, vielmehr Seine Eminenz der Kardinal, jetzt das Hugenottenproblem gelöst hat, können wir gegenüber diesen überheblichen Habsburgern in Madrid und Wien endlich unsere Ansprüche auf Mantua durchsetzen.«

Augusta überlegte. Sie wusste natürlich, dass der französische König nicht sonderlich gut auf Philipp IV. von Spanien zu sprechen war, weil die Spanier Frankreich die Herrschaft über Mantua streitig machten und dabei von ihrem Verwandten Kaiser Ferdinand II. unterstützt wurden. »Ihr meint«, platzte sie heraus, bevor sie sich's versah, »dass Kardinal Richelieu die Protestanten gegen die Katholiken unterstützt, obwohl er doch demselben Glauben angehört wie der Kaiser und ...«

Sie verstummte, als sie sah, wie Albert de Montfine sie anstarrte. Überrascht, ja fast ungläubig, aber keineswegs verärgert.

»Wie es scheint, habe ich Euch unterschätzt, Madame.« Er deutete so etwas wie eine kurze Verneigung an. »Hinter Eurem hübschen Gesicht scheint sich tatsächlich so etwas wie Verstand zu verbergen.«

Wohingegen Euer Gesicht ein exaktes Spiegelbild Eurer abscheulichen Gesinnung ist, dachte Augusta, widerstand aber trotz seiner als Kompliment gemeinten Beleidigung der Versuchung, die Worte auszusprechen, die ihr auf der Zunge lagen. Außerdem fuhr ihr Gemahl schon fort: »Ich frage mich, ob es ratsam ist, so viel Verstand unbeaufsichtigt zu lassen.« Er kniff die Augen zusammen und musterte sie abschätzend.

Augusta fröstelte unter diesem Blick, aber sie überwand ihren Zorn und ihren Ekel und legte dem Marquis mit einem, wie sie hoffte, demütigen Lächeln die Hand auf den Arm. »Ich würde Euch nur zu gern begleiten«, sagte sie. »Natürlich nur, falls ich Euch nicht zur Last falle, Seigneur.«

»In das Palais du Louvre? Ich dachte, beim letzten Mal hätte es Euch dort nicht besonders gut gefallen.«

Augusta erinnerte sich an die drei Monate, die sie mit ihrem frisch angetrauten Gemahl dort verbracht hatte. Sie waren einfach schrecklich gewesen.

Albert de Montfine hatte es längst nicht mehr nötig, durch seine Präsenz bei Hofe seine Bedeutung zu untermauern, und Augusta vermutete, dass er nur deshalb mit ihr dort hingereist war, um sie überall herumzuzeigen und mit ihr anzugeben.

Sie hegte keinerlei Illusionen über den Grund für diese Ehe. Albert de Montfine wollte einen Erben und brachte seiner Frau ansonsten das gleiche Interesse entgegen wie seinen wundervollen Pferden. Er bewunderte ihre Schönheit, genoss es, sie zu besitzen, und züchtete sie. Für ihn war Augusta nur wenig mehr als eine seiner prächtigen Zuchtstuten, die zukünftige Mutter seines Erben. Er hatte ihr sogar den kostbaren Schmuck, den er ihr vor der Hochzeitszeremonie angelegt hatte, wieder abgenommen und verwahrte ihn in einer Schatulle in seinen Privatgemächern. Nur zu bestimmten gesellschaftlichen Anlässen wurde er herausgeholt, damit Augusta ihn trug.

Ihre Abneigung gegen ihn, die er sehr wohl spürte, ertrug er vollkommen gleichgültig. Ihm genügte es, in der Öffentlichkeit ab und zu besitzergreifend seine Hand auf den Hals seiner Pferde oder den Arm seiner Frau zu legen, auch ohne sie tatsächlich zu besteigen.

Ebenso würde er auf keinen Fall akzeptieren, von ihr öffentlich zum Narren gemacht zu werden. Dabei hatte Augusta nicht das geringste Interesse daran, sich einen Liebhaber zu nehmen, obwohl es in Paris keinen Mangel an Kandidaten gegeben hatte, denen, wie Augusta vermutete, eine naive deutsche Landadlige noch in der Sammlung fehlte.

Jedenfalls hatte sich Albert nur zu gern und natürlich mit huldvoller Erlaubnis des Königs und des Kardinals auf sein Anwesen Saint Just zurückgezogen. Das hatte er, vermutete Augusta bösartigerweise, so genannt, um dem König zu schmeicheln, der den Beinamen »der Gerechte« trug.

Aber das war Augusta alles egal. »Aber gerne begleite ich Euch in den Palais, wenn Ihr das wünscht, Seigneur«, sagte sie und schlug demütig die Augen nieder. »Vor allem jedoch auf diese weite Reise nach Deutschland.« Sie hob den Blick, als sie sicher war, ihre Miene unter Kontrolle zu haben. »Wer weiß, wie lange Euch dieser ehrenvolle Auftrag Seiner Eminenz dort festhält, und Eure Pläne einen Erben betreffend müssten dann zurückstehen. Zudem würde es bei einer so langen Trennung bei Frischvermählten«, es schüttelte sie fast bei diesen Worten, »sicherlich Gerüchte geben.« Sie zuckte mit den Achseln. »Wer weiß, möglicherweise dringen sie sogar bis zum Palais, und ich würde es nicht ertragen, Euren Ruf derartig befleckt zu sehen.« Sie blickte ihn so unschuldig an, wie sie konnte. »Und das trotz der Tadellosigkeit aller Beteiligten.«

Albert de Montfine betrachtete prüfend das attraktive Gesicht seiner jungen Frau. Seine dichten Brauen bildeten einen Keil auf seiner Stirn, und der Blick seiner wässrigen blauen Augen schien Augusta zu durchdringen, als suchte er nach irgendeinem Hinweis, dass sie sich über ihn lustig machte.

Aber Augusta hatte in diesen fast zwei Jahren auf Saint Just Zeit und Gelegenheit genug gehabt, ihre Fähigkeiten in der Kunst der Verstellung zu vervollkommnen.

Albert stieß einmal mit seinem Stock auf den Boden, so fest, dass Hector vor dem Kamin zusammenzuckte.

»Also gut, Madame. Wir reisen morgen nach dem Frühstück ab. Ich erwarte, dass wir höchstens eine Woche im Palais du Louvre bleiben. Also nehmt nicht zu viel Gepäck mit. Und eine Zofe, mehr nicht.« Er grinste. »Aber Ihr solltet Euch darauf einstellen, dass der Kardinal und auch Seine Majestät auf Eurer Anwesenheit beim Bankett bestehen werden. Also sorgt für entsprechend repräsentative Garderobe.« Er wedelte mit der Hand. »Das wäre alles, Madame.«

Augusta machte einen Knicks, und nach kurzem Zögern nahm sie seine Hand und küsste den schweren Siegelring am Mittelfinger. Dabei überschlugen sich ihre Gedanken.

Morgen früh! Das heißt, ich habe kaum Zeit zum Packen, und ich muss unbedingt Briefe an meine Eltern und an Valerian schreiben. Für einen kurzen Moment überkam sie die Erinnerung an diesen Moment am Moor, als sie sich vorgebeugt und Eik geküsst hatte. Es war eine spontane Geste gewesen, der Abschied von einem Jugendfreund, und dennoch hatte sie in den letzten zwei Jahren immer wieder an diesen Augenblick gedacht. Von dem Müllersburschen hatte sie seitdem nichts mehr gehört, und auch Valerian hatte ihn in seinen Briefen nie erwähnt.

Als sie die Bibliothek ihres Gemahls verließ und mit raschen Schritten den Gang entlanglief, überlegte sie nicht, welches ihrer prachtvollen Kleider für das Bankett mit der Königlichen Majestät und dem Kardinal geeignet wäre oder wie ihre Eltern auf die Ankündigung ihres Besuches reagieren würden. Vielmehr fragte sie sich, ob wohl eine Möglichkeit bestand herauszufinden, wie es Eik seit ihrer Trennung ergangen war, wo er nun steckte und … ob sie ihn vielleicht sogar wiedersehen konnte.

Du bist eine Närrin!, schalt sie sich, als sie ihre Gemächer erreichte und nach ihrer Zofe rief. *Was erhoffst du dir denn von einem Wiedersehen mit Eik Schmalens, falls er überhaupt noch lebt? Du bist verheiratet, nennst dich Madame de Montfine, Marquise von Berny, und dinierst schon bald mit den mächtigsten Männern Frankreichs. Und Eik …*

Während sie auf ihre Zofe wartete, schloss sie die Augen und dachte wieder an diesen Moment im Villeser Moor. Sie hatte fast das Gefühl, seine Lippen auf ihren zu spüren, und wusste in diesem Moment sehr genau, was sie sich von einem Wiedersehen erhoffte. Und genauso gut wusste sie, wie vollkommen absurd diese Hoffnung war.

»Madame?«

Die Stimme von Lisette, der Kammerzofe, riss sie aus ihren Gedanken.

Froh darüber, dass sie von ihren romantischen Mädchenfantasien abgelenkt wurde, drehte sie sich zu der jungen Frau herum und klatschte in die Hände.

»Wir packen, Lisette! Für das Palais du Louvre.«

9. KAPITEL

Dänholm, Insel vor Stralsund

»Hierher, verdammt! Los, beeilt euch!«

Valerian fuchtelte aufgebracht mit beiden Händen und schrie sich fast die Lunge aus dem Leib, um sich verständlich zu machen, aber das Donnern der Schiffsgeschütze aus dem nahen Hafen übertönte selbst die lautesten Rufe. Kurz entschlossen trieb er sein Pferd zu dem Cornet der Esquadron, riss dem Mann die Fahne aus der Hand und schwenkte sie hin und her.

Endlich nahmen die Kürassiere Notiz von ihm. Fluchend drückte Valerian dem verdatterten Mann die Fahne wieder in die Hand und deutete dann auf die kleine Anhöhe direkt vor ihnen. Dahinter hatten die Stralsunder und ihre Verbündeten eine kleine Feldschlange aufgebaut und beschossen damit die Schanzen der Kaiserlichen. Eine Abteilung von knapp zwanzig Musketieren der Stralsunder war über den Kamm marschiert und legte erneut auf das etwa halbe Dutzend Reiter an.

»Wir müssen verhindern, dass sie die Anhöhe erreichen und dort ihre Kanonen aufbauen!«, schrie Valerian und zeigte auf die Bucht unter ihnen; dort lag eine der Fähren, die von der kleinen Insel Dänholm zum Hafen von Stralsund fuhr. »Wenn sie das schaffen, können sie die Schanze noch besser beschießen und auch die Fähre versenken! Das dürfen wir nicht zulassen!« Er packte den Ordonnanzoffizier am Arm. »Wer ist dein Vorgesetzter, verflucht?«

Der Mann starrte ihn verblüfft an, dann blieb sein Blick an der Dragoneruniform und dem Korporalsknopf an Valerians Kragen hängen. »Rittmeister von der Heide.«

Valerian knirschte vor Ungeduld mit den Zähnen. *Hoffentlich sind nicht alle Kürassiere so langsam im Kopf!,* dachte er. »Und wo ist der?«

Der Cornet konnte sich wohl immer noch nicht damit anfreunden, dass es ein Korporal der Infanteriereiterei wagte, ihm Befehle zu erteilen. »Was willst du von …?«

Weiter kam der Mann nicht. Es zischte, und Valerian zuckte zusammen, als eine Musketenkugel den Kürass des Soldaten vor ihm glatt durchschlug. Er sah noch, wie der Cornet die Augen aufriss, dann kippte er aus dem Sattel und landete krachend auf dem Boden.

Geistesgegenwärtig gelang es Valerian, die Fahnenstange zu ergreifen, die den Händen des Mannes entglitten war. Das untere Ende hatte sich in den Boden gebohrt, und sie neigte sich langsam zur Seite.

Ein Blick auf den Kürassier sagte Valerian, dass ihm keiner mehr helfen konnte. *Aber vielleicht ist es für die anderen noch nicht zu spät,* dachte er. Er fuhr zu den Kürassieren herum. »Wir müssen zurück! Los, folgt mir!«

Die Männer zögerten, nicht bereit, sich von einem Dragoner Befehle erteilen zu lassen, während eine zweite Reihe dänischer Musketiere vortrat, die Waffen auf die Gabeln legte und sich zum Feuern bereit machte.

Valerian riss sein Pferd herum und gab ihm die Sporen, wobei er sich tief über den Hals beugte. Es kümmerte ihn nicht, ob die anderen ihm folgten, aber er hatte nicht vor, sich wegen ihrer Dummheit erschießen zu lassen. Er hörte das Trommeln von Hufen hinter sich, das kurz darauf von dem lauten Knallen der Musketen übertönt wurde. Schreie sagten ihm, dass einige der Kugeln ihr Ziel gefunden hatten, aber er selbst war unversehrt geblieben, ebenso wie sein Pferd. Und offenbar auch einige Kürassiere, denn er hörte noch immer donnernden Hufschlag hinter sich.

Ich muss diesen Rittmeister erreichen!, sagte sich Valerian, während er um die Anhöhe herumgaloppierte. *Er muss Vernunft annehmen!*

Die Stralsunder hatten ihre Seeblockade verstärkt. Mit der hatten sie Dänholm von jedem Nachschub durch die kaiserliche Armee abgeschnitten, die vor Stralsund lag. Vor einer guten Stunde waren sie sogar mit einem Schiff in den kleinen Hafen von Dänholm eingelaufen und hatten sofort begonnen, die kaiserliche Garnison mit ihren Schiffsgeschützen zu beschießen.

Valerian war mit drei weiteren Dragonern zur Aufklärung losgeschickt worden, und sie wären um ein Haar übertölpelt worden. Die Stralsunder hatten offenbar Verstärkung von den Schweden und vielleicht sogar von den Dänen bekommen und hatten bereits zwei Abteilungen Musketiere an Land gesetzt. Als sich Valerian mit seinen Kameraden dem Hafen vorsichtig näherte, hatten die Soldaten sie bemerkt und sofort das Feuer eröffnet.

Seine Kameraden waren gefallen oder in Gefangenschaft geraten, aber er selbst war mit knapper Not dem

Angriff entkommen. So schnell wie möglich war er zur Schanze zurückgeritten und hatte erfolglos versucht, zum Kommandierenden Obristen vorzudringen. Dem hatte er eigentlich klarmachen wollen, dass die Stralsunder Verstärkung aus Dänemark und Schweden bekommen hatten und es angesichts ihrer zu erwartenden Übermacht sinnlos war, den Brückenkopf der Kaiserlichen halten zu wollen. Sie mussten Dänholm räumen und sich in Sicherheit bringen, solange sie noch die Möglichkeit dazu hatten. Selbst wenn der Befehl Wallensteins lautete, nicht nur die Insel zu halten, sondern auch eine Garnison in Stralsund selbst zu errichten. Die Stadt war strategisch einfach zu wichtig, um sie der Union unter den Dänen zu überlassen. Aber sie war auch schwer einzunehmen, wie die Armee des Generals Hans Georg von Arnim-Boitzenburg unter blutigen Verlusten hatte feststellen müssen.

Mittlerweile lag die kaiserliche Armee bereits etliche Wochen vor Stralsund. Die Stadtoberen hatten das Ansinnen, das General von Arnim ihnen im Auftrag Wallensteins überbracht hatte, abgelehnt und stattdessen Verhandlungen aufgenommen, die allerdings nur zäh vorangingen. Aber nachdem dänische und schwedische Soldaten bei den Stralsundern aufgetaucht waren, begriff Valerian, dass die Stadtoberen nur auf Zeit gespielt hatten. Und die lief den Kaiserlichen davon.

Er hatte gehofft, seine Vorgesetzten würden ihre Meinung ändern, wenn sie von der Landung dänischer und schwedischer Soldaten auf Dänholm erfuhren, aber er hatte seinen Bericht nicht dem Obristen persönlich überbringen können. Ein Offizier hatte ihn abgefangen, Lieutenant Feldbrück, die Ordonnanz des Obristen.

Der Mann hatte ihn reglos angehört und erst reagiert, als Valerian seine Empfehlung ausgesprochen hatte, sich zurückzuziehen. Allerdings war diese Reaktion anders ausgefallen, als Valerian erwartet hatte, denn der Mann hatte ihn scharf zurechtgewiesen und ihm geraten, sich seine Worte gefälligst besser zu überlegen, weil sie ihm als Aufwiegelei und Aufruf zum Desertieren ausgelegt werden könnten. Es gäbe, sagte er, genug Offiziere im Stab, die wüssten, was zu tun wäre. Auf die Meinung eines einfachen Korporals könnten sie gut verzichten.

Valerian hatte zwar versucht, sich von der Überheblichkeit, mit der er behandelt wurde, nicht abschrecken zu lassen. Aber offenbar war ihm sein Verdruss deutlich anzusehen gewesen. Jedenfalls hatte der Lieutenant diesen »eingebildeten Emporkömmling«, wie er Valerian nannte, spöttisch angegrinst und ihm, wahrscheinlich, um ihn noch weiter zu demütigen, den Befehl gegeben, den Rittmeister der Esquadron Kürassiere zu suchen, die sich irgendwo außerhalb der Schanzen aufhielt, und ihn zur Lagebesprechung zum Obristen zu schicken.

Valerian war blass geworden und hatte das Gefühl gehabt, als hätte der Mann ihm überhaupt nicht zugehört.

Wenn überhaupt, dann musste die Esquadron zum Hafen reiten und jeden Stralsunder, der es gewagt hatte, die Insel zu betreten, zurück ins Meer jagen. Und die Infanterie musste so schnell wie möglich mit ihren Kanonen ausrücken, um ihnen zu helfen und das Schiff der Stralsunder zu vertreiben, bevor sie richtig Fuß gefasst hatten.

Auf seinen Einwand hin, dass es hier nicht um ein

paar Stralsunder ging, sondern um eine ganze Schiffsladung von Söldnern, die zudem von Schiffskanonen unterstützt wurden, hatte der Lieutenant ihn nur wütend angefahren, diese Sache sollte er gefälligst seinen Vorgesetzten überlassen und lieber schleunigst seinen Auftrag ausführen. Dann hatte sich der Offizier auf dem Absatz umgedreht und war in die Schanze zurückgestürmt.

Ohnmächtig vor Wut hatte Valerian zugesehen, wie der Lieutenant im Quartier des Obristen verschwand. Er ahnte, dass der Offizier seine Meldung über die Landung der Stralsunder herunterspielen und dem Obristen ganz gewiss nicht seine dringende Empfehlung ausrichten würde.

Dein verdammter Hochmut, Feldbrück, kann den Rest unserer Männer das Leben kosten oder zumindest die Freiheit, dachte er wütend, als er kehrtmachte, um seinen Auftrag auszuführen.

Ihn beschlich das Gefühl, dass seine hochfliegenden Pläne, sein Glück im Krieg und bei Wallenstein zu machen, hier auf Dänholm enden würden.

Dabei hatte alles so gut angefangen.

Nachdem Valerian die Dragoner und Musketiere des gefallenen Rittmeisters von Straaten zusammen mit seinen eigenen Männern nach Verden geführt hatte, hatte ihn der dortige Garnisonskommandant sofort mit einer Abteilung Kürassiere auf die Verfolgung der flüchtigen Spione geschickt. Vergeblich, wie sich herausstellte, aber sein Vorgesetzter war offenbar von der Geschicklichkeit des Landjunkers ebenso angetan gewesen wie von seiner Beharrlichkeit. Trotz dieses Fehlschlags hatte er ihn zum Korporal befördert, und nach ihrer Rückkehr in die Festung hatten sie den Befehl bekommen, sich mit ihrem Regiment der Armee von General Georg von Arnim-Boitzenburg anzuschließen, der nach der Niederlage Christians IV. in Lutter im Auftrag des Kaisers durch Pommern zog, um dort den Einfluss der Kaiserlichen weiter auszudehnen und zu festigen.

Valerian war das ganz recht gewesen. Denn nur wenn er kämpfte und Erfolge vorzuweisen hatte, konnte er Karriere machen und würde vielleicht endlich den richtigen Leuten auffallen.

Seitdem schien ihn sein Glück verlassen zu haben. Ein Eindruck, den diese Begegnung mit Lieutenant Feldbrück nur verstärkte.

Ich hätte nicht gedacht, dass Dünkel und Ehrgeiz die Offiziere dazu bringen, derart falsche Entscheidungen in Kauf zu nehmen. Er ballte die Rechte zur Faust. *Aber dieser Dünkel wird mich nicht aufhalten! Ich werde nicht auf dieser elenden Insel verrecken oder mich gefangen nehmen lassen!* Er sah sich wieder um und schüttelte den Kopf. *Wenn diese überheblichen Kerle auf mich gehört hätten, wäre jetzt schon mindestens die halbe Garnison auf dem Festland und in Sicherheit!*, dachte er, als er, gefolgt von den überlebenden Kürassieren, den Hang hinaufritt, auf dessen Kuppe der Rittmeister mit zwei rangniederen Offizieren stand. Von dort oben aus konnte man nicht nur den Hafen, sondern fast die ganze Insel überblicken.

Valerian betrachtete die kleine Bucht, wo die Fähre immer noch vertäut war und scheinbar unversehrt in der Dünung dümpelte. Ihm war klar, dass sie nicht mehr lange dort liegen würde. Entweder brachten die Stralsunder das Schiff in ihre Gewalt, was vermutlich ihre Absicht war, weil dann die Kaiserlichen auf der Insel festsaßen, oder aber sie versenkten es mit ihren Kanonen, was die gleiche Wirkung haben würde.

Dann sitzen wir endgültig in der Falle, dachte er. Und er war doch froh darüber, dass ihn der Lieutenant aus der Schanze weggeschickt hatte, auch wenn der Befehl des Obristen ganz offensichtlich durch die Ereignisse überholt worden war. Wie es sich anhörte, waren die Kürassiere bemerkt und unter Feuer genommen worden. *Umso besser,* dachte Valerian. *Vielleicht ist dieser Offizier meinen Argumenten gegenüber jetzt zugänglicher.*

Er trieb sein Pferd an und galoppierte durch das dichte Gras auf die Kuppe zu, auf der der Rittmeister und die beiden anderen Offiziere standen und den Kampf beobachteten. Etwa achtzig Reiter der Esquadron hatten sich auf dem Hang darunter aufgestellt. Der Befehlshaber hatte Valerian bemerkt und sah ihm neugierig entgegen. *Wahrscheinlich fragt er sich, was ein Dragoner von ihm will.* Er schwenkte die Fahne und ritt langsamer, als ihm einer der Kürassiere entgegenkam. Der Mann zügelte sein Pferd fünfzig Schritt vor Valerian, hob die Hand, als Valerian ihn fast erreicht hatte, und fragte: »Was gibt es?«

»Ich muss deinen Rittmeister sprechen!«, erwiderte Valerian. »Befehl von Obrist von Altenfelde.« Auf dem Weg hierher hatte er sich genau überlegt, wie er vorgehen wollte. Auf keinen Fall würde er sich wieder von irgendeinem Untergebenen abspeisen lassen. Und auch wenn er dem Rittmeister den Befehl des Lieutenants überbringen musste, würde der ihm zweifellos nicht sofort Folge leisten, da die Esquadron ja ohnehin schon in Kampfhandlungen verwickelt war.

Der Kürassier nickte und gab ihm mit einem Wink zu verstehen, dass er ihm folgen sollte. Er sagte etwas, das Valerian nicht verstehen konnte, weil das Donnern der Schiffsgeschütze zu laut war. Der Hafen lag auf der anderen Seite der Anhöhe, kaum tausend Schritt entfernt. Im nächsten Moment ertönte ein Unheil verkündendes Pfeifen, dann gab es ein Krachen, und Erde, Steine und Wurzeln flogen durch die Luft. Valerians Pferd bäumte sich auf, aber er sah noch, wie sich der Kürassier vor ihm über den Hals seines Pferdes duckte, bevor ein fast mannsgroßer zerfetzter Baumstamm gegen Tier und Reiter krachte. Sie wurden zur Seite geschleudert, und dann sah Valerian nur noch Gras und Gebüsch, als sein Pferd ihn abwarf. Geistesgegenwärtig gelang es ihm, die Zügel seines Pferdes festzuhalten, als er in dem Gebüsch landete.

Der Strauch federte seinen Sturz ein wenig ab, aber die Dornen an den Zweigen zerkratzten sein Gesicht und verursachten Risse in seiner blauen Dragoneruniform. Er fluchte, befreite sich aus dem Gestrüpp und klopfte sich benommen ab. *Gott sei Dank, ich bin unverletzt.* Dann richtete er sich auf, und ihm stockte der Atem. Langsam machte er ein paar Schritte vorwärts und zerrte dabei an den Zügeln des schrill wiehernden Pferdes, während er achtlos irgendwelches unzusammenhängende Zeug murmelte, um das Tier zu beruhigen. Sein Blick war dabei auf die Kuppe des kleinen Hügels gerichtet, auf der eben noch die drei berittenen Offiziere gewesen waren.

Jetzt waren dort, wo sie gestanden hatten, nur noch aufgewühlte Erde, zerfetzte Tierleiber und kaum noch zu identifizierende Reste von Menschen. Offenbar verstanden die Kanoniere des Stralsunder Schiffes ihr Handwerk. Sie hatten die Esquadron mit einer einzigen Salve ihrer Offiziere beraubt.

Valerian schwang sich hastig in den Sattel seines Pferdes, das aufgeregt den Kopf hochwarf, und galoppierte den Hang hinauf. Er achtete nicht auf die Kadaver der Pferde und die von der Hagelkugel der Schiffskanone zerfetzten Offiziere, sondern musterte die Szenerie, die sich ihm unten im Hafen bot.

Vom Schiff der Stralsunder wurden immer noch Leute und Ausrüstung an Land gebracht. Etliche Soldaten waren dabei, einen kleinen Mörser zu entladen. Valerian kniff die Augen zusammen. Unter den Männern konnte er einige Söldner ausmachen, die Schärpen in den schwedischen Farben über der Brust trugen. Eine weitere Abteilung Musketiere, die ebenfalls mit bunten Schärpen gekennzeichnet war, setzte sich unter Führung eines Offiziers gerade in Bewegung.

Valerian trieb sein Pferd wieder vom Kamm hinunter und ritt zu den Kavalleristen. Die Männer waren sichtlich geschockt von dem Tod ihrer Offiziere und wussten nicht, ob sie zu der Schanze zurückreiten oder den Feind am Hafen angreifen sollten. Außerdem war ihnen unbekannt, wer dieser Feind genau war und in welcher Zahl er auftrat.

»Wer ist hier der Kommandierende Offizier?«, schrie Valerian den ersten Reitern entgegen, noch bevor er sie ganz erreicht hatte.

Die Männer starrten ihn verständnislos an, bis sich schließlich ein Fähnrich nach vorn drängte. »Unsere Offiziere sind tot!«, antwortete er. »Mein Lieutenant auch. Der Ranghöchste ist jetzt Korporal Meißner dort drüben!«

Er streckte die Hand aus und deutete auf einen älteren Unteroffizier, der mit lauter Stimme versuchte, so etwas wie Ordnung in die aufgescheuchte Schar Kavalleristen zu bringen.

Valerian trieb sein Pferd zu ihm. »Korporal!«

Der Mann drehte sich um und musterte Valerian kurz, bevor er einen Reiter vor sich anschrie, ebenfalls ein Unteroffizier. »Ich sage, wir teilen uns auf und …«

»Und ich sage, wir reiten zur Schanze zurück! Obrist von Altenfeld wird schon …«

»Wer hat dich denn gefragt, Bündner?« Ein dritter Unteroffizier drängte sein Pferd durch eine dichte Gruppe von Reitern zu den beiden Männern. Er deutete auf Valerian. »Und was will der Dragoner hier?«

Valerian ignorierte ihn und sah den grauhaarigen Korporal an, den ihm der Fähnrich gezeigt hatte. »Ich komme von der Schanze mit einem Befehl des Obristen von Altenfeld.« Das entsprach der Wahrheit. Aber jetzt musste er sich entscheiden, ob er gegen seine Überzeugung handeln und den Befehl übermitteln wollte, den ihm der Lieutenant gegeben hatte, oder ob er alles auf eine Karte setzte und tat, was sein Instinkt ihm riet.

Jetzt gilt es, Valerian.

»Und wie lautet der Befehl?«

Valerian holte tief Luft. »Lieutenant Feldbrück hat ihn mir mündlich erteilt. Der Rittmeister sollte in die Schanze kommen, um weitere Anweisungen vom Obristen zu erhalten.« Er warf einen Blick auf den Hügelkamm. »Aber das kann er jetzt nicht mehr. Jedenfalls wird die Infanterie irgendwann ausrücken und sich dem Feind dort unten am Hafen entgegenstellen.« *Auch das stimmt.* »Aber das dauert zu lange. Die Stralsunder sind zweifelsfrei dabei, weitere Geschütze auszuladen, um die Fähre zu zerstören und die Schanzen zu schleifen. Wir haben noch nicht genug Kanonen auf der Insel, um sie daran hindern oder ihr Schiff verjagen zu können. Aber wir sind genug Reiter, um diese Musketiere zu erledigen und die Stralsunder ins Hafenbecken zu treiben!« Er sah sich um, und sein Blick fiel auf die Kürassiere, die mit ihm den Salven der Musketiere entkommen waren. »Fragt die da!«

Der Blick des Korporals glitt zu den drei Männern. »Stimmt das, was er sagt?«

Einer der Kürassiere kam näher. »Er hat uns aus einem Hinterhalt der Stralsunder geführt«, stieß der Mann hervor und nickte Valerian zu. »Cornet Michelsen ist tot. Er hat sich die Fahne geschnappt und …« Er zuckte mit den Schultern.

Korporal Meißner sah Valerian an. Sein Blick glitt über die Dragoneruniform. »Was bist du, Kerl, ein verdammter Infanteriekorporal?«

»Ich war am Hafen«, antwortete Valerian. »Wenn wir warten, bis die Infanterie aus der Schanze kommt, ist es zu spät! Wenn wir jetzt angreifen, überrumpeln wir sie und können sie zurückschlagen. Sie werden nicht damit rechnen, dass wir hier auf der Insel schwere Kavallerie stationiert haben.«

Der Korporal betrachtete Valerian kurz. Dann wandte er sich seinen Männern zu. »Ihr habt gehört, was er gesagt hat.« Er sah die beiden anderen Korporäle an. »Also, Schulz, Bündner?«

»Du willst einem Dragonerkorporal …?«

»Er hat recht«, fiel der mit Schulz Angeredete seinem Kameraden ins Wort. »Wir haben Arkebusen, wir haben hundert Mann, und wir haben das Überraschungsmoment auf unserer Seite! Ich sage, wir greifen an!«

»Aber …«, wollte Bündner widersprechen.

»Du übernimmst mit zwanzig Reitern die Nachhut, Bündner!«, fiel ihm der Korporal ins Wort. »Stell einen Mann oben auf den Hügel, damit er die Sache im Auge behält. Der Rest teilt sich auf! Schulz, du übernimmst mit unserem Dragonerkorporal die erste Welle! Anreiten, feuern, blank ziehen, alles niedermetzeln, was sich euch in den Weg stellt, und dann auf der anderen Seite davon!«

»Und du?«, fragte Schulz.

»Ich warte, bis sie euch ordentlich verfluchen und ihre Musketen neu laden müssen. Dann greife ich mit meinen vierzig Mann an! Ihr ladet derweil in der Deckung eure Arkebusen neu, und wenn wir bei euch sind, reitet ihr den nächsten Angriff. Wir laden ebenfalls und greifen dann noch einmal an.« Er blickte zu Valerian. »Also, entspricht das ungefähr dem Schlachtplan, den du dir vorgestellt hast?«

Valerian sah in die funkelnden Augen des Korporals und spürte, wie sich ein Lächeln auf seinem Gesicht ausbreitete. »Nicht nur ungefähr, Korporal, nicht nur ungefähr.« Zum ersten Mal, seit er seinen Fuß auf diese Insel gesetzt hatte, nein, sogar seit er aus Verden abgerückt war, hatte er das Gefühl, als würde sich sein Schicksal in die richtige Richtung wenden. *Jetzt musst du nur noch dafür sorgen, dass du am Leben bleibst, dann wird sich alles Weitere finden.*

Er zog seinen Säbel und trieb sein Pferd zu Schulz, der seine vierzig Kürassiere bereit gemacht hatte. Als er sich am Rand der Abteilung einreihen wollte, sah Schulz ihn und winkte ihn zu sich.

»Wie ist dein Name, Kamerad?«, wollte der Kürassier wissen.

»Von Villesen«, antwortete Valerian. »Valerian von Villesen.«

»Ein Edelmann, hm?« Schulz musterte Valerian von Kopf bis Fuß. »Und dann Korporal?« Er grinste. »Hältst wohl nicht viel davon, deinen Standesgenossen in den Arsch zu kriechen, was?« Er drehte sich zu seinen Leuten herum. »Also, Männer, ihr wisst, was ihr zu tun habt. Und keine Sorge, uns kann nichts passieren. Wir haben zwar keinen Rittmeister mehr, aber dafür ist unser Dragonerkorporal von hohem Stand.« Er sah Valerian an und blinzelte ihm zu. »In diesem Fall, Herr Korporal, sage ich, nach Euch!«

Valerian sah dem Mann ins Gesicht, aber er fand keine Spur von Spott oder Hohn darin, sondern nur Entschlossenheit und so etwas wie Respekt. Das Blut rauschte ihm in den Ohren, als er das Grinsen erwiderte. Er stellte sich in die Steigbügel, drehte sich um und musterte die Kürassiere, die hinter ihm Aufstellung genommen hatten. Alle hatten ihre Arkebusen schussbereit in der einen Hand und die Zügel ihrer Pferde in der anderen. Und alle sahen ihn an, ihn, nicht Schulz.

Stolz durchströmte ihn, als er den Säbel hoch in die Luft hob, sich dann im Sattel nach vorn drehte und die Waffe vor sich ausstreckte. »Zum Angriff!«, schrie er und trieb sein Pferd an. Einen schrecklichen Moment lang fürchtete er, er würde allein losreiten und dröhnendes Gelächter hinter sich hören. Doch dann wurde ihm klar, dass das Dröhnen das Trommeln von Hufen war, als die Kürassiere ihm mit lautem Gebrüll folgten.

»Wie viel Mann hat er aus Dänemark mitgebracht, sagt Ihr? Und wie stark ist die Garnison dort?«

»Christian hat etwa achttausend Mann bei sich, Herr Admiral!«

Der hochgewachsene Mann in dem vornehm geschnittenen Gehrock aus schwarzem Samt hob das Glas an den Mund und trank einen Schluck Wein.

»Nennt mich nicht so. Auch wenn der Kaiser mich zum Admiral der Baltischen Flotte gemacht hat, haben wir immer noch nicht einmal einen verdammten Ruderkahn, den ich befehligen könnte.« Er musterte den Obristen scharf. »Und wie viele Schiffe hat der Däne?«

»Etwa hundert, Euer Gnaden.«

»Und er bereitet seinen Abzug vor, sagt Ihr?«

Obrist Heimar von Altenfelde nickte. »Jedenfalls haben das unsere Spione berichtet, Euer Gnaden.«

Wallenstein verzog das Gesicht und stellte das Glas auf den kleinen Klapptisch. Dann stand er auf und trat an das Fenster des Hauses, das ihm als Hauptquartier diente.

»Und Stralsund selbst?«

Obrist von Altenfelde räusperte sich. »Die Garnison dort dürfte etwa sechstausendfünfhundert Mann stark sein. Aber Christian hat sie den Schweden übergeben, Euer Gnaden.«

»Was macht General von Arnim?« Wallenstein starrte aus dem Fenster in die Nacht, sichtlich in Gedanken vertieft. Die Männer in seiner Stube schien er vollkommen vergessen zu haben.

»Er hat die Belagerung abgebrochen, Euer Gnaden«, erwiderte von Altenfelde zögernd. »Das Wetter …«

Wallenstein fuhr herum. »Schiebt es nicht auf das Wetter!«, schnauzte er.

Der Obrist zuckte zusammen, ebenso wie die anderen anwesenden Männer, alle bis auf Valerian. Es war das erste Mal, dass er dem gefürchteten und berühmten Feldherrn gegenüberstand, und er war über die Größe und gleichzeitige Gebrechlichkeit des Mannes verblüfft. Wallenstein beherrschte mit seiner Persönlichkeit den Raum, obwohl seine Gesundheit sichtlich angegriffen war.

Ich wünschte nur, ich wäre ihm unter anderen Umständen das erste Mal begegnet, dachte Valerian. *Zum Beispiel direkt nach dem Angriff auf Dänholm.* Dort schien sich sein Schicksal gewendet zu haben, denn er hatte mit seinem kühnen Reiterangriff die Stralsunder und die, wie sich herausstellte, schwedischen Söldner tatsächlich überrumpelt und vernichtend geschlagen. Wer nicht einer Kugel oder einem Säbel zum Opfer gefallen oder von einem Pferd niedergetrampelt worden war, war im Hafenbecken ersoffen. Einer Eingebung folgend, war Valerian bei der zweiten Attacke abgeschwenkt und mit ein paar Kürassieren, die ihm blindlings gefolgt waren, über die Planke auf das Schiff geritten, und bevor die Soldaten an Bord begriffen, was geschah, hatten Valerians Kürassiere sie überwältigt und das Schiff erobert. Es war ein kühner Handstreich gewesen, der auch verteufelt hätte schiefgehen können. Seines Wissens war es das erste Mal, dass eine Reitereischwadron ein Schiff geentert hatte.

Die Korporäle und Kürassiere hatten ihn gefeiert,

aber nach dem Eintreffen des Obristen und seiner Leute war rasch Ernüchterung eingetreten. Lieutenant Feldbrück hatte verlangt, Valerian wegen Befehlsmissachtung und Ungehorsam in den Kerker zu werfen. Obrist von Altenfelde hatte das zwar verhindert, aber der Lieutenant hatte nicht lockergelassen und die Sache sogar bis vor den General gebracht.

Und das ist der Grund, warum ich jetzt hier stehe, dachte Valerian missmutig, *nicht meine Tapferkeit im Kampf.* Sein Blick glitt zu dem Lieutenant, der ebenfalls anwesend war und es offenbar kaum erwarten konnte, seine Anklage gegen Valerian vorzutragen. Dann jedoch konzentrierte er sich wieder auf Wallenstein.

»... zum rechten Zeitpunkt. Der Kaiser und vor allem etliche Höflinge werden es nicht gern sehen, dass es uns nicht gelungen ist, Stralsund einzunehmen.«

»Aber von Arnim hat ebenfalls aufgegeben.« Der Obrist warf einen kurzen Seitenblick auf Giovanni Battista Seni, den Leibarzt und Astrologen des Generals, der im Hintergrund des Raumes auf einem Armstuhl saß und dem Gespräch aufmerksam folgte. »Vielleicht waren die Gestirne Euch nicht ...« Der Obrist verstummte, als ihn Wallenstein mit einer müden Handbewegung unterbrach.

»Die Sterne haben damit nichts zu tun, eher von Arnims Gesundheit«, sagte der General. »Und dieser verfluchte Schwedenkönig!« Er schüttelte den Kopf. »Stralsund hat also schon länger heimlich mit Christian und Gustav Adolf verhandelt. Damit haben sie sich offen gegen das Reich gestellt!« Er seufzte. »Wenn das um sich greift, erwartet uns hier oben im Norden ein neues Aufflammen des Widerstandes der

Union, obwohl sie eigentlich schon so gut wie besiegt ist.«

Der Obrist hob die Brauen. »Ich glaube kaum, dass sich die Protestanten von ihren letzten Niederlagen gegen Euch und Tilly noch einmal erholen werden, Euer Gnaden. Und was Christian angeht …«

»Der wird Stralsund als einen persönlichen Sieg werten und erneut versuchen, Norddeutschland in seine Gewalt zu bekommen«, war Wallenstein überzeugt. »Und hört auf, mich ständig ›Euer Gnaden‹ zu nennen.«

»Jedenfalls scheint er sich Richtung Usedom davongemacht zu haben, Herr General.«

Wallenstein hob den Kopf. »Usedom? Will er die kaiserlichen Truppen dort vertreiben? Wie viel Mann hat er bei sich?«

Von Altenfelde sah seinen Rittmeister an, der seinen Blick auffing und vortrat. »Unsere Kundschafter und Spione schätzen seine Armee auf etwa siebentausend Mann, Herr General.« Er räusperte sich. »Hinzu kommen etliche Kanonen und Mörser.«

Wallenstein sah den Obristen an. »Was glaubt Ihr?«

Der Offizier überlegte kurz, bevor er antwortete: »Ich denke, Ihr habt recht, General. Christian IV. unternimmt einen letzten Versuch, seine Eroberungen in Norddeutschland und Pommern zu retten. Falls er die kaiserlichen Besatzungstruppen von Usedom vertreiben kann …«

Mit siebentausend Mann dürfte ihm das nicht schwerfallen, dachte Valerian.

»Gegen siebentausend Mann können die Garnisonen wohl kaum bestehen.« Wallenstein drückte es zwar anders aus, aber es war genau das, was Valerian gedacht hatte. »Vermutlich will er dort ein zweites Stralsund errichten, so wie er mit seinem Glückstadt an der Elbemündung Hamburg zusetzt.« Wallenstein trat zu seinem Stuhl, setzte sich und schlug mit der flachen Hand auf die gepolsterte Lehne. »Das kann ich nicht zulassen!«

»Bedenkt Eure Gesundheit, Herr.« Die Stimme des Astrologen war leise und melodiös, aber bei ihrem Klang fröstelte es Valerian. *Wie vergifteter Honig, der einem ins Gehirn tropft,* dachte er. Er vermied es, den Mann anzusehen.

»Jedenfalls kann von Arnim nicht reisen«, sagte der Obrist. »Er ist ans Bett gefesselt und nicht imstande, mit seinen Truppen rechtzeitig Usedom zu erreichen.«

Wallenstein legte einen Finger an den Mund und schloss die Augon. »Wie viele Soldaten können wir sofort von den Belagerungen und Feldzügen in Pommern und Mecklenburg abziehen und in Marsch setzen?«

Obrist von Altenfelde hob die Hände. »Acht- bis zehntausend, Herr General. Aber ...«

»Kein Aber, von Altenfelde. Wir müssen verhindern, dass Christian auf Usedom Fuß fasst. Genauer gesagt, *ich* muss es verhindern.« Wallenstein wedelte mit der Hand. »Die Stimmen, die dem Kaiser Gift ins Ohr träufeln, werden ständig lauter. Erst recht nach Stralsund. Es gibt genügend Höflinge in Wien, die nur auf einen solchen Misserfolg meinerseits gewartet haben. Erst recht, nachdem der Kaiser mir gerade das Herzogtum Mecklenburg als Lehen übertragen hat. Ich brauche Erfolge, und außerdem sitzt uns Gustav Adolf mit Stralsund im Nacken.« Er erhob sich. »In drei Tagen brechen wir auf.«

Obrist von Altenfelde verneigte sich. »Selbstverständlich, General.« Der Offizier lächelte kaum merklich. »Diesmal kann sich der Däne nicht hinter unüberwindlichen Mauern verstecken.«

»Jedenfalls nicht, wenn wir ihm keine Zeit lassen, sie zu errichten. Das wäre alles, meine Herren. Oder hat einer von euch noch etwas vorzubringen?«

Jetzt kommt es, dachte Valerian, dessen Blick sich nach den letzten Worten des Oberbefehlshabers der kaiserlichen Armee unwillkürlich auf Lieutenant Feldbrück richtete. Der trat vor und …

»Da wäre noch eine disziplinarische Angelegenheit, Herr General«, kam von Altenfelde seinem Lieutenant rasch zuvor.

»Muss das sein?«, fragte Wallenstein unwirsch.

Valerian schluckte. Das ließ sich nicht gut an. *Wenn der Feldherr schon zornig ist, bevor der Fall überhaupt vorgetragen wurde …* Er sah von Wallenstein zu Feldbrück, dessen Selbstbewusstsein angesichts der schlechten Laune des Feldherrn zu bröckeln schien, und dann zu dem Obristen, der seinen Blick kurz erwiderte.

Hat er mir wirklich zugeblinzelt?, dachte Valerian verwirrt. *Das kann nicht sein! Das musst du dir eingebildet haben.*

»Ich fürchte, Lieutenant Feldbrück besteht darauf«, erwiderte Obrist von Altenfelde. Er bedeutete Feldbrück mit einer Handbewegung vorzutreten, und Wallenstein musterte den Lieutenant mit finsterer Miene.

»Natürlich nur, wenn ich Euer Gnaden nicht belästige«, stammelte Feldbrück verunsichert. »Aber Disziplin ist eine …«

»Ich weiß, was Disziplin ist, Herr Lieutenant!«, unterbrach ihn Wallenstein barsch. »Tragt Euer Anliegen vor, damit ich mich endlich zurückziehen kann. Es war ein langer, unerfreulicher Tag, und ich habe nicht das Gefühl, dass er durch Euer Anliegen besser wird.«

»Nein, natürlich … Verzeihung, Euer Gnaden.« Man sah dem Lieutenant an, dass er in diesem Moment lieber vor den Mauern von Stralsund im Kugelhagel der Kanonen und Musketiere gestanden hätte als hier in dieser etwas dämmrigen Stube in Greifswald vor seinem obersten Feldherrn.

Obrist von Altenfelde befreite seinen Untergebenen aus seiner misslichen Situation. »Lieutenant Feldbrück besteht darauf, einen Dragonerkorporal wegen Ungehorsams und Eigenmächtigkeit vor Gericht zu stellen und ihn degradieren zu lassen.«

Wallensteins Miene verfinsterte sich noch mehr. »Und das ist so wichtig, dass es vor mein Schiedsgericht gebracht werden muss?«

Lieutenant Feldbrück öffnete den Mund und schloss ihn wieder, aber kein Laut drang über seine Lippen.

Bevor Wallenstein noch etwas sagen konnte, sprach der Obrist weiter: »Es ist der Dragonerkorporal, der sich nach dem Tod sämtlicher Kommandeure der auf Dänholm stationierten Esquadron an die Spitze der Kürassiere gestellt und den Versuch der Stralsunder und Schweden vereitelt hat, den Stützpunkt im Handstreich zu nehmen.«

Als Wallenstein die Augen zu schmalen Schlitzen zusammenkniff, war der Moment gekommen, in dem Valerian begann, Hoffnung zu schöpfen.

»Darüber hinaus«, fuhr der Obrist fort, ohne auch

nur im Geringsten eine Miene zu verziehen, »wirft der Lieutenant dem Dragonerkorporal vor, mit einer Abteilung Kürassiere ein Schiff geentert zu haben, eine bis dahin noch nie da gewesene Tat.« Er räusperte sich. »Offenbar ist der Lieutenant der Auffassung, dass Pferde für einen Angriff gegen ein Schiff nicht geeignet sind. Eine Einstellung, die man durchaus teilen kann. Allerdings hat uns dieser Angriff zusätzlich zu der Fähre ein seetüchtiges Schiff gebracht, das wir für unseren Abzug nutzen konnten, sodass wir Dänholm ohne weitere Verluste aufgeben und ehrenhaft als komplette Garnison abziehen konnten.«

Wallensteins Augen waren immer noch schmale Schlitze, als er sagte: »Ich habe davon gehört. Eine unerhörte Tat, allerdings.« Er sah den Lieutenant an. »Dem früheren Bericht Eures Vorgesetzten zufolge hattet Ihr dem Rittmeister der Esquadron befohlen, sich bei dem Obristen zu melden, um Befehle zu empfangen, statt die Invasoren sofort anzugreifen.«

»Ja, Herr General«, stammelte Lieutenant von Feldbrück nach einem auffordernden Blick des Obristen. »Die Befehlskette …«

Wallenstein unterbrach ihn mit einem knappen Nicken. »Ja, ich weiß, die Befehlskette muss eingehalten werden. Ihr habt Euch nichts zuschulden kommen lassen, Herr Lieutenant, sondern die Vorschriften peinlichst genau befolgt. So macht man Karriere im Frieden, Herr Offizier, aber nicht im Krieg. Und wir befinden uns im Krieg, das wisst Ihr doch hoffentlich?« Er wartete nicht auf eine Erwiderung des Offiziers. »Ihr könnt wegtreten.«

Feldbrück salutierte vor Wallenstein, drehte sich

dann zu dem Obristen um und salutierte auch vor ihm, bevor er den Raum verließ, ohne Valerian auch nur eines Blickes zu würdigen.

»Holt mir diesen kühnen Dragonerkorporal!«, befahl Wallenstein, ohne zu warten, bis der Offizier das Zimmer verlassen hatte.

»Er steht hier, Herr General.«

Diesmal war sich Valerian vollkommen sicher, dass der Obrist ihm zublinzelte. Trotzdem war seine Miene ernst. *Mach jetzt nur keinen Fehler, Bursche,* hieß das.

Ganz bestimmt nicht, sagte sich Valerian. *Für Schadenfreude ist später noch Zeit. Jetzt reiß dich zusammen und pack die Gelegenheit beim Schopfe.* Er wusste, dass dies hier der Augenblick war, auf den er so sehr gehofft und an den er schon nicht mehr geglaubt hatte. *Wenn du es jetzt richtig anstellst …*

»… einen Namen?«

Valerian zuckte zusammen, verbeugte sich und stand dann stocksteif da, als ihm klar wurde, dass Wallenstein ihn angesprochen hatte.

»Von Villesen, Euer Gnaden. Valerian von Villesen, Dragonerkorporal unter …«

»Von Villesen?« Wallenstein warf von Altenfelde einen fragenden Blick zu. »Ein Adliger als Korporal?«

Der Obrist lächelte. »Dasselbe haben meine Kürassierkorporäle auch gefragt, bevor sie ihm gefolgt sind, Herr General.« Er sah Valerian an. »Möglicherweise hat das den Ausschlag gegeben.«

Wallenstein musterte wieder Valerian. »Ihr scheint ein aufgeweckter junger Mann zu sein, Herr Korporal von Villesen.« Er machte eine kleine Pause. »Wie schätzt Ihr unsere Lage ein? Sollen wir nach Usedom marschieren oder abwarten, bis von Arnim sich erholt hat und sich selbst darum kümmern kann?« Er wedelte wieder mit der Hand. »Sprecht freiheraus, Ihr habt meine Erlaubnis.«

»Euer Gnaden …«

»Ich spreche als Euer General zu Euch.«

»Ich würde mir niemals anmaßen, Eure Entscheidungen infrage zu stellen, Herr General. Stralsund war kein Sieg von Christian IV., sondern ein Versagen der Spione unserer Aufklärungsabteilung. Man hat erst General von Arnim und dann Euch hingehalten, während man insgeheim bereits mit dem Dänen und dem schwedischen König verhandelt hat. Ich glaube auch, dass Christian IV. jetzt versucht, Kapital daraus zu schlagen.« Er sah Wallenstein direkt ins Gesicht. »Und je länger man ihm auf Usedom freie Hand lässt, desto schwieriger könnte es werden, ihn von dort zu vertreiben. Und desto mehr Mut schöpft die protestantische Union.« *Jetzt gilt's,* sagte er sich. »Statt wegen meines zugegeben eigenmächtigen Verhaltens im Kerker zu sitzen, würde ich Euch lieber im Feld dienen, auch als einfacher Soldat, falls es Euch beliebt, mich zu degradieren.«

Wallenstein sah von Altenfelde an und ließ dann den Blick über die anderen Offiziere im Raum streifen. »Das, meine Herren, nenne ich Courage. Mit solchen Männern muss dem Kaiser nicht bange sein.« Er nickte Valerian zu. »Und mir auch nicht. Also gut, Herr Korporal von Villesen.« Ein kurzes Lächeln zuckte in einem seltenen Anflug von Humor über sein Gesicht. »Dann werden wir Euch wohl nach Usedom folgen, so wie die Kürassiere Euch auf Dänholm gefolgt sind.«

Valerian strahlte, aber sein Lächeln erlosch, als sich

Wallensteins Miene verdunkelte. »Aber es kann ja wohl keiner vom Heerführer der kaiserlichen Armee und Admiral der baltischen Flotte verlangen, einem Dragonerkorporal zu folgen.«

Valerians Blick glitt von dem nachdenklichen Gesicht des Generalissimus zu dem des Obristen. Es beruhigte ihn ein wenig, dass von Altenfelde immer noch lächelte.

Wallenstein leerte sein Glas und nickte den Männern im Raum dann zu. »Die Besprechung ist hiermit beendet, meine Herren. Und, von Altenfelde …« Während sich die Offiziere verbeugten und Anstalten machten hinauszugehen, sah der Obrist seinen Oberbefehlshaber neugierig an.

»Herr General?«

»Sorgt dafür, dass dieser brave Bursche uns wenigstens als Cornet nach Usedom vorausreitet.«

»Mit Vergnügen, Herr General.« Er drehte sich zu Valerian herum, der überglücklich war und fast vergessen hätte, sich vor dem Oberbefehlshaber zu verbeugen.

»Wegtreten, Cornet von Villesen.«

Als Valerian die Stube verließ, wusste er, dass er soeben den ersten Schritt auf dem Pfad gemacht hatte, den er sich immer erträumt hatte.

Allerdings ahnte er noch nicht, dass dieser Pfad ihn geradewegs durch die Hölle führen würde.

10. KAPITEL

Wolgast auf Usedom, 1628

Die Schüsse der Kartaunen und Mörser ließen den Boden unter Eiks Füßen erbeben, und der Lärm des Kanonendonners, der Musketenschüsse und der Schreie der Kämpfenden, Verletzten und Sterbenden war ohrenbetäubend. Es war unmöglich, auch nur ein einziges Wort, geschweige denn einen Befehl zu verstehen, und der Pulverdampf zog wie Nebel über das Feld und schränkte die Sicht erheblich ein.

Aber Eik brauchte weder einen Befehl, noch musste er viel sehen können, um zu wissen, dass es schlecht stand um ihn. Die beiden Reiter der Ligistischen knapp zehn Schritt vor ihm wendeten ihre Pferde. Der eine ließ seinen Säbel durch die Luft zischen, der andere senkte eine kurze Partisane, eine Stichwaffe, die er vermutlich irgendwo vom Boden aufgeklaubt hatte. *Wenigstens hat er keinen Karabiner mehr,* dachte Eik und sah sich um. In dem heillosen Durcheinander nach der ersten Angriffswelle der Kavallerie der Ligistischen war er von seiner Gruppe Pikeniere getrennt worden und hatte seine etwa fünf Meter lange Pike fallen lassen, um sich mit seinem Pallasch gegen einen abgesessenen Reiter zu verteidigen. Mittlerweile waren die Pulverschwaden der Kanonensalven noch dichter geworden, sodass er weder seine Schlachtreihe noch seine Kameraden, die anderen Pikeniere, erkennen konnte.

Dafür sah er umso besser die beiden feindlichen Dragoner, die ihren Pferden die Sporen gaben und ihn angriffen.

Eik wischte sich Schweiß und Blut – nicht sein eigenes, Gott sei Dank! – von der Stirn, blinzelte und bereitete sich auf den Angriff vor. Die beiden Reiter waren vielleicht Kameraden des Dragoners, den er bei seiner vorigen Attacke durchbohrt, oder des Mannes, den er eben mit seinem Pallasch erledigt hatte. Sie würden kein Pardon kennen, und er würde auch nicht um Gnade flehen. Aber ihm war klar, dass er mit seinem Stoßdegen gegen zwei Reiter, von denen der eine mit einem Säbel und der andere einem Spieß bewaffnet war, nicht würde bestehen können.

Aber eigenartigerweise dachte er weder an den Tod noch an seine Eltern oder Augusta, die ihn in den letzten Monaten häufig beschäftigt hatte, als die Reiter brüllend auf ihn zustürmten. Seine Aufmerksamkeit war völlig auf die beiden Männer gerichtet, darauf, wie sie ihre Waffen hielten, auf den Winkel, in dem sie gegen ihn anritten. Er suchte verzweifelt eine Möglichkeit, einen Schlupfwinkel, eine schwache Stelle, die es ihm ermöglicht hätte, dem sicheren Tod zu entgehen, den er vor Augen hatte. Dabei war er innerlich vollkommen ruhig. Er sah die wild aufgerissenen Augen der Pferde, den Schaum vor Maul und Nüstern, sah die ebenfalls weit aufgerissenen Münder der Soldaten. Dann richtete sich sein Blick auf den Spieß, die gefährlichere der beiden Waffen, und er spreizte die Füße für einen besseren Stand.

Sein Blickfeld wurde immer schmaler, die Geräusche um ihn herum erklangen nur noch gedämpft, aber das Keuchen der Pferde schwoll an, übertönte den fernen Kampflärm.

Das ist kein Keuchen.

Eik runzelte verwirrt die Stirn.

Das ist kein Keuchen!

Dann begriff er, und als das Keuchen zu einem schrillen Pfeifen anwuchs, warf er sich flach zu Boden, in den Schlamm einer kleinen Mulde rechts von ihm, und schützte den Kopf mit den Armen, während er versuchte, die Reiter weiter zu beobachten.

Er sah, wie der erste entsetzt die Augen aufriss, dann zischte etwas über ihn hinweg, gefolgt von einer gewaltigen Explosion. Die beiden Reiter und ihre Pferde schienen sich in einer Wolke aus Blut, Knochen, Stoff, Fell und Eisen aufzulösen, als sich die Kettenkugel, die das Pfeifen verursacht hatte, wie ein Pflug eine Schneise durch Tier und Mensch schlug. Von dem ersten Reiter und seinem Pferd blieben nur blutige Brocken übrig, und dem zweiten erging es nicht besser. Die Wucht der Kettenkugel, zwei Hälften einer Kanonenkugel, die mit einer Kette verbunden waren, reichte aus, um sein Pferd in Stücke zu reißen und ihm die Beine abzutrennen. Der Mann brüllte, als er zurückgeschleudert wurde, aber seine Schreie verebbten schnell.

Säbel und Helm des Mannes waren durch die Luft geflogen und kaum einen Schritt vor Eik gelandet. Der stand langsam auf, schüttelte sich und sah sich suchend um. Der Lärm verriet nichts über Freund und Feind, und in dem wabernden Nebel erkannte er nur schemenhafte Gestalten zu Fuß und zu Pferd, die in einem grotesken Tanz miteinander hin und her wogten.

Er wollte schon zurückgehen, dorthin, wo er seine Pike hatte fallen lassen, als ihm etwas einfiel. Er drehte sich um und lief rasch zu dem Soldaten mit den abgetrennten Beinen. Die Leiche des Mannes oder besser das, was von ihm übrig war, lag ein paar Schritte von seinem toten Pferd entfernt. Eiks Blick glitt prüfend über den schrecklich entstellten Toten, und er nickte, als er die Pistole in seinem Gürtel entdeckte. Er bückte sich, zog sie heraus, ohne auf den zermalmten Unterleib zu achten, aus dessen klaffenden Wunden noch immer Blut strömte, und betrachtete das Bandelier. Offenbar hatte der Mann keine Gelegenheit gehabt, seine Radschlosspistole nachzuladen, denn er hatte noch einige Papierpatronen in den Schlaufen stecken.

Eik spielte mit dem Gedanken, ihm das Bandelier abzunehmen, aber dazu hätte er ihn umdrehen müssen, was ihm angesichts der schrecklichen Wunde zuwider war. Stattdessen begnügte er sich damit, die Papierpatronen aus den Schlaufen zu ziehen und ihm den kleinen Beutel mit Pistolenkugeln abzunehmen. Sorgfältig lud er die Pistole, verstaute dann die Munition in der Tasche seines Wamses und schob die Pistole in seinen Gürtel.

Mit einem letzten Blick auf den Leichnam des Dragoners und einem Dankgebet an Gott oder Teufel, wer auch immer ihm die Kugel geschickt hatte, drehte er sich um und lief in den Nebel hinein, seinen Pallasch in der Faust.

Er war nicht weit gekommen, als er auf die ersten Pikeniere stieß, seine Kameraden, die sich mit ihm dem

Angriff der kaiserlichen Dragoner entgegengestellt hatten. Sie waren alle tot, von Klingen gemetzelt oder von Musketen- und Karabinerkugeln niedergestreckt.

Der Kampflärm war immer noch sehr laut, verlagerte sich aber weiter weg, so als würde sich die Schlacht von ihm entfernen.

Eik war klar, was das bedeutete. *Die Ligistischen haben unsere Stellung überrannt!* Er zögerte, lief dann aber trotzdem weiter, weil er nicht wusste, wohin er sich sonst wenden sollte. Kurz darauf stieß er auf die Soldaten, die die Pikeniere hatten verteidigen sollen, Musketiere der Unionisten. Sie hatten der Reiterei nicht mehr entkommen können, nachdem sie ihre Salve abgefeuert hatten und nachladen mussten.

Eik kniff die Augen zusammen, als rechts von ihm lautes Gebrüll erklang und plötzlich einige dunkle Schatten Gestalt annahmen und auf ihn zurannten.

Einer der Männer trug eine Fahne bei sich, das Banner der Ligistischen. Eik hob seinen Stoßdegen, doch die Männer, etwa ein Dutzend, achteten kaum auf ihn, sondern liefen weiter, so schnell sie konnten.

Was …?

Aber dann verstand Eik, als er sie erkannte. Er wischte sich erneut den Schweiß vom Gesicht und konnte ein breites Grinsen nicht unterdrücken.

Der Erste aus der kleinen Abteilung von Berittenen zügelte bei Eiks Anblick sein Pferd. Er drehte sich im Sattel um und deutete mit seinem Säbel nach vorn. »Weiter, Männer!«, schrie er. »Und kein Pardon! Ich komme nach!« Der Mann wartete, bis die Reiter, eine Einheit mit Karabinern bewaffnete Dragoner, an ihm vorbeigedonnert waren, dann lenkte er sein Pferd zu

Eik. »Ich habe mich schon gefragt, was aus dir wohl geworden ist, Bursche! Du lebst also noch!«

»Bisher hatte ich Glück, Hauptmann.« Eik legte den Kopf auf die Seite und lauschte auf den Kampflärm, der wieder näher zu kommen schien. »Oder Pech, je nachdem.«

Der Hauptmann zuckte mit den Schultern. »Solange du atmest, kannst du von Glück reden, Bursche.«

Er wollte gerade weiterreiten, als plötzlich die Dragoner wieder auftauchten, die er gerade auf die Verfolgung der Ligistischen geschickt hatte. Von den ursprünglich etwa zwanzig Männern waren noch fünf am Leben, und so, wie sie schief im Sattel hingen, waren mindestens drei von ihnen verletzt.

»Weg hier!«, stieß der erste Reiter keuchend hervor. »Bring dich in Sicherheit, Hauptmann! Eine ganze Esquadron der Kaiserlichen ist uns auf den Fersen! Schwere Kavallerie! Sie müssen jeden Moment hier sein!«

Im nächsten Moment galoppierten sie an ihnen vorbei und verschwanden im Pulverdampf.

Hauptmann de Vries starrte einen Herzschlag lang in den Dunst, aber noch bevor er etwas erkennen konnte, hörte er die Hornsignale der kaiserlichen Kavallerie.

Er wendete sein Pferd und wollte schon losreiten, hielt jedoch im letzten Moment inne. »Worauf wartest du noch, Pikenier?«, schrie er und streckte den Arm aus. »Los, sitz auf, Junge!«

Eik lief auf ihn zu, während er seinen Pallasch in die Scheide schob. Es war immer noch dieselbe Waffe, die ebendieser Hauptmann ihm in Bruchhausen abgenommen hatte. Allerdings hatte er inzwischen eine Scheide aus Metall dafür. Er erinnerte sich an seine erste Begegnung mit dem Hauptmann. *Das ist jetzt schon eine Ewigkeit her. Und die Zeiten sind seitdem bestimmt nicht besser geworden.* Aber er war froh, dass Hauptmann de Vries hier auf ihn gestoßen war. Ein anderer Offizier hätte sich sicherlich nicht die Mühe gemacht, einem einfachen Pikenier das Leben zu retten.

Wenn sich überhaupt ein anderer Hauptmann so weit vor die Front getraut hätte! Eik ergriff die Hand des Mannes und ließ sich von ihm auf das Pferd ziehen.

Auf ihrem Weg von Bruchhausen nach Stade, das Christian IV. schon längst verlassen hatte, und von dort weiter nach Hamburg hatte Eik Hauptmann de Vries besser kennengelernt. Deshalb hatte er sich dafür entschieden, bei ihm zu bleiben, nachdem sie den Chevalier, de Lemos und seine Tochter Leona in der Hansestadt abgeliefert hatten. Auch wenn Eik die Trennung von seinen Gefährten nicht ganz leichtgefallen war. Vor allem die von Leona.

Sie waren mit dem Heer der Protestanten durch Norddeutschland gezogen, immer auf der Flucht vor den Ligistischen und den Kaiserlichen unter Wallenstein. Eik hatte rasch das Handwerk des Pikeniers erlernt, und auch wenn er den Hauptmann so gut wie nie gesehen hatte – schließlich war er Offizier und Eik nur ein einfacher Soldat –, hatte er doch unter seinem Befehl gedient und die Klugheit und das taktische Geschick des Mannes schätzen gelernt. Und das umso mehr, als dieser Wallenstein offenbar ein militärisches Genie war.

Die Protestantische Union hatte jedoch Hoffnung geschöpft, nachdem es dem kaiserlichen General nicht gelungen war, Stralsund einzunehmen, und sie waren mit ihrem Unions-Regiment Christian nach Usedom gefolgt.

Nach der Einnahme von Usedom und Wolgast hatte der dänische König befohlen, Schanzen zu errichten. Denn Wallenstein war mit einer kleinen Armee vor der Stadt aufgetaucht, um den erkrankten Befehlshaber der Protestanten, General von Arnim, zu ersetzen. Zunächst war gar nichts passiert, und dann war das Gerücht im Lager umgegangen, die Schweden unter Gustav Adolf würden der Union Verstärkung schicken.

Von wegen Verstärkung, dachte Eik und sah sich um, aber von schwedischer Kavallerie war nichts zu sehen. *Wer stattdessen gekommen ist, war Wallenstein, und er hat uns ordentlich den Arsch versohlt!*

»Müssen wir nicht die Stellung halten …?« Eik stellte die Frage in dem Moment, wo sie gerade an einer weiteren Linie von gefallenen Musketieren und Pikenieren vorbeiritten, und er musste schlucken.

Wieder ertönten hinter ihnen Hornsignale, die diesmal von den Flanken erwidert wurden.

»Das sind Infanteriesignale!«, rief Eik. »Sie blasen zum Angriff!«

Bevor der Hauptmann etwas erwidern konnte, hörten sie vor sich ebenfalls Hornsignale aus der Richtung, in der die behelfsmäßigen Schanzen ihrer eigenen Leute lagen.

»Wir haben sie gleich erreicht!«, rief der Hauptmann und streckte die Hand aus. »Da vorn sind sie!«

Eik verrenkte sich fast den Hals, um dem Hauptmann über die Schulter blicken zu können.

Tatsächlich, vor ihm lagen die noch nicht ganz vollendeten Schanzen, deren Bau der König befohlen hatte. Und unmittelbar vor ihnen galoppierten die drei Überlebenden der Abteilung Dragoner, die Hauptmann de Vries auf die Verfolgung der Ligistischen angesetzt hatte.

Wenigstens wissen sie jetzt, dass wir zu ihnen gehören, und kommen nicht auf die Idee, uns vom Pferd zu schießen!, dachte Eik. Die Reiter trugen die Farben der Union, und auch wenn ihre Lederharnische voller Dreck waren, sah man an der Fahne, die einer der Reiter hochhielt, zu wem sie gehörten.

Sie ritten den schmalen Pfad zwischen zwei behelfsmäßigen Halbredouten entlang, die von den Schanzsoldaten in aller Eile errichtet worden waren und auf denen die Dänen jeweils zwei Kanonen, Feldschlangen, postiert hatten.

Eik wunderte sich, dass sie nicht feuerten, aber im Vorbeireiten sah er, dass die Kanoniere ungeduldig in Richtung Wolgast blickten. *Sie haben keine Munition mehr! Das ist gar nicht gut. Wie wollen wir ohne Artillerie die Kaiserlichen aufhalten, wenn die zum Angriff blasen? Und Wallenstein hat ganz sicher genug Munition dabei. Sie werden uns in Grund und Boden schießen!*

Seine Vermutung, dass die Kanoniere weder genug Schießpulver noch Kugeln hatten, bestätigte sich nur wenig später, als ihnen ein Fuhrwerk entgegenkam, das mit ein paar Pulverfässern und Kugeln beladen war, unter anderem auch den Kettenkugeln, von denen eine ihm gerade eben das Leben gerettet hatte.

»Steig ab!« Der Hauptmann zügelte sein Pferd und wartete, bis Eik hinuntergerutscht war. »Gib gut darauf acht.« Er deutete auf die Radschlosspistole in Eiks

Gürtel. »So eine Waffe ist wertvoll und ausgesprochen nützlich. Hast du Munition dafür?«

Eik nickte und zuckte dann mit den Schultern. »Ein paar Schuss, aber das genügt. Ich muss mir vor allem eine neue Pike holen.« Er deutete mit dem Daumen hinter sich. »Meine liegt irgendwo dort draußen.«

Der Hauptmann musterte Eik von Kopf bis Fuß und nickte dann. »Viel Glück.« Er machte Anstalten loszureiten, wandte sich dann aber noch einmal Eik zu. »Falls wir diesen Angriff überstehen, komm in mein Quartier! Meine Ordonnanz wird dich einweisen.« Er grinste kurz und freudlos. »Ich weiß, dass du reiten kannst, und mir fehlen Dragoner.«

Eik hob salutierend die Hand an den Helm, den er dem toten Dragoner abgenommen und sich aufgesetzt hatte, und der Hauptmann tippte an seinen Hut, dann galoppierte er davon.

Im nächsten Moment preschte eine ganze Schwadron dänische Kavallerie über den Weg zwischen den beiden Redouten heran. Eik schaffte es gerade noch, zur Seite zu springen.

Mittlerweile hatten auch die Kanoniere ihre Geschütze wieder geladen, und das Dröhnen der Kanonen setzte erneut ein.

Eik sah sich um, konnte aber keine Abteilung Pikeniere entdecken. Schließlich sah er einen Infanteriekorporal der Union, der gerade dabei war, sein Fähnlein zu formieren. Die Abteilung hatte die Aufgabe, die Schanzen zu sichern, während die Kavallerie versuchte, den Angriff der Kaiserlichen zurückzuschlagen.

Eik lief zu ihm. »Melde mich zum Kampf, Korporal!«

Der Unteroffizier wendete sich ihm zu. Sein Blick

glitt über den völlig verdreckten Eik, dessen Wams und Hemd ihn als Pikenier auswiesen, und blieb kurz an der Radschlosspistole und dem Stoßdegen hängen. Dann deutete er auf den Dragonerhelm. »Kannst dich wohl nicht entscheiden, als was du kämpfen willst, Bursche!«

»Ich kämpfe als das, was du brauchst, Korporal!«, erwiderte Eik, den das Lob und das Angebot des Hauptmanns mit Stolz und Zuversicht erfüllt hatten.

»Schon mal eine Muskete abgefeuert?«

»Eine Arkebuse, ja, eine Muskete nicht, Korporal.«

»Dann bist du hier falsch, Junge! Wir haben hier keine Pferde.« Er deutete nach links. »Die Pikeniere sind dort hinten. Ich glaube zwar nicht, dass die Kaiserlichen bis zur Schanze durchbrechen, aber falls doch …«

Eik nickte, drehte sich um und lief los.

Der Korporal hatte sich geirrt.

»Riposte!«, kam der Befehl an den Söldnerhaufen.

Eik stemmte, wie er es gelernt hatte, das Schaftende der Pike in die Erde und gegen seinen Fuß, während eine Wand aus Pferden und Menschenleibern auf ihn zustürmte.

Sie haben es nicht nur bis hierher geschafft, dachte Eik, der an die Worte des Korporals dachte. *Sie werden uns überrennen!*

Die Schlacht dauerte schon den ganzen Tag, und mittlerweile war es Abend geworden. Überall lagen Leichen, denn die Schanzsoldaten hatten nicht die Zeit, alle wegzuschaffen. Die Reiter der Dänen hatten zwar den zweiten Angriff von Wallensteins Armee zurückschlagen können, aber der Feldherr der Kaiserlichen hatte natürlich bemerkt, dass das Feuer der Kanonen und Musketen, das noch bei seinem ersten Angriff verheerende Schneisen in die Reihen der Kaiserlichen geschlagen hatte, schwächer geworden war, und so hatte er seine Truppen für einen dritten Angriff gesammelt. Diesmal, so fürchtete Eik, würde ihnen auch die Kavallerie nicht helfen können, denn das Donnern der Kartaunen, Feldschlangen und Mörser war inzwischen gänzlich verstummt. *Uns ist tatsächlich die Munition ausgegangen,* dachte er. *Welchen Sinn macht es da noch, die Musketiere zu verteidigen? Sie sollten sich zurückziehen!*

Aber solange der entsprechende Befehl nicht kam, musste er seine Aufgabe erfüllen, und die lautete, die feindlichen Reiter daran zu hindern, die Musketiere niederzumetzeln, die sonst schutzlos waren, solange sie ihre Musketen luden.

Er wappnete sich gegen den furchtbaren Aufprall, wenn sich ein Pferdeleib oder der Körper eines Menschen auf die Pike spießte, und im nächsten Moment war es so weit. Ein heftiger Ruck fuhr durch die fünf Meter lange Stange, als die Klinge bis zu den Seitenklingen in den Pferdeleib eindrang. Das Pferd wieherte schrill, und der Kavallerist stürzte von seinem aufgespießten Tier, Eik direkt vor die Füße. Das Gewicht des stürzenden Pferdes riss ihm die Pike aus der Hand, bevor er sie zurückziehen konnte.

Links und rechts geschah Ähnliches, aber etlichen gepanzerten Reitern von Wallensteins Armee gelang es, die Reihen der Pikeniere zu durchbrechen und die Stellungen der Musketiere anzugreifen.

Doch das interessierte Eik nicht. Er hatte genug mit

dem Mann zu tun, der vor ihm im Schlamm gelandet war. Der Kavallerist hatte sich aufgerappelt und zog seinen Säbel. Die Waffe war gekrümmt, länger und viel schwerer als Eiks Pallasch, und abgesehen davon konnte der Mann vermutlich ohnehin besser fechten als er. Der Reiter, dessen Gesicht unter dem Helm nur eine verzerrte Fratze war, sah das wohl genauso und stürmte mit erhobenem Säbel auf Eik zu.

Der griff an seinen Gürtel, zog die Pistole, schwenkte den Hahn auf den Pfannendeckel, zielte und drückte den Abzug, wie er es mit Valerians Pistole auf Schloss Villesen geübt hatte. Es gab einen Knall, dann den Rückstoß, und eine Rauchwolke stieg auf. Für einen Moment verlor Eik den Kavalleristen aus den Augen. Dann sah er ihn. Der Mann lag auf dem Boden und rührte sich nicht mehr. Er warf einen kurzen Blick auf den Feind. Die Kugel war in ein Auge eingedrungen und hatte sich von dort aus ihren blutigen Weg gebahnt. Der Mann war tot.

Bevor Eik auch nur daran denken konnte, die Pistole neu zu laden, bekam er einen mächtigen Schlag gegen die Seite und flog in hohem Bogen in den Schlamm. Im nächsten Augenblick stürmten Reiter an ihm vorbei und stürzten sich mit schwingenden Säbeln auf die Musketiere, die ihre letzten Kugeln verschossen hatten.

Instinktiv zog Eik den Kopf ein und blieb im Schlamm liegen, den Griff der Pistole fest umklammernd. Die Reiter machten kehrt, ritten wieder an ihm vorbei, ohne auf ihn zu achten, und sammelten sich, ein Stück entfernt, für einen neuen Angriff.

Eik stemmte sich auf die Ellbogen und sah sich um.

Diesen Angriff werden wir nicht überstehen!, dachte er. Und wie zur Bestätigung ertönte das Hornsignal hinter ihm aus der Schanze und blies zum Rückzug.

»Wir haben nicht mehr genug Munition!«, rief der Obrist und schlug mit der flachen Hand auf den Tisch. »Weder für die Kanonen noch für die Musketen! Es geht hier nicht um Ehre oder Feigheit! Wenn wir uns morgen früh erneut den Kaiserlichen stellen, wäre das reiner Selbstmord!« Er sah sich in der Runde der Offiziere um. »Und so, wie ich Wallenstein einschätze, wird er so lange feuern lassen, bis unsere Moral zermürbt ist. Und dann wird er die Stadt stürmen.« Er richtete den Blick auf den König, der den Disput seines Stabes mit ernster Miene verfolgte. »Majestät, ich schlage vor, Ihr zieht Euch mit den restlichen Truppen zurück und überlasst die Stadt den Kaiserlichen.«

Christian senkte den Kopf und starrte düster zu Boden. Die in dem kleinen Raum im Rathaus von Wolgast versammelten Offiziere sahen sich vielsagend an. Eik hockte auf einem Schemel neben den anderen Ordonnanzen der Offiziere an der Wand. Vor ihm am Tisch saß de Vries, sein Hauptmann. Bislang hatte er nicht viel gesagt.

Eik hatte sich mit Müh und Not retten können, als sich die Reste der Unionssoldaten und der Dänen am Abend hinter die Stadtmauern von Wolgast zurückgezogen hatten. Die Kanonen und sehr viele Musketen hatten sie zurücklassen müssen. Der dann folgende Sturmlauf der Kaiserlichen war zwar für Wallenstein dennoch sehr verlustreich gewesen, aber auch wenn die Protestanten nicht so viele Tote zu beklagen hatten, war doch eine große Anzahl Söldner in Gefangenschaft geraten. Einen Teil von ihnen hatte man zweifellos in Wallensteins Heer eingegliedert, um die Verluste auszugleichen. Aber das größte Problem war, dass sie keine Munition mehr hatten.

Zunächst war er eine Weile ziellos durch die Straßen gelaufen. Pikeniere wurden nicht mehr so dringend gebraucht, weil die Musketenschützen, in Ermangelung von Munition, ihre Waffen nicht mehr benutzen konnten. Die Stimmung war gedrückt gewesen, obwohl sie Wallensteins Angriff auf die Stadtmauern hatten zurückschlagen können. Denn die Söldner fürchteten den Anbruch des nächsten Tages, wenn der General des Kaisers erneut zum Sturm würde blasen lassen, nachdem er sie zuvor mit reichlich Kanonensalven eingedeckt hatte. Und sie konnten nicht einmal zurückschießen.

Schließlich hatte sich Eik an die Aufforderung des Hauptmanns erinnert, ihn in seinem Quartier aufzusuchen. Die Aussicht, als Dragoner unter de Vries weiterzukämpfen, war auf jeden Fall besser, als von irgendeinem Korporal kurzerhand auf die Mauern geschickt zu werden, um als Kanonenfutter herzuhalten.

Als Eik schließlich nach langer Suche und viel Fragerei die Schänke erreichte, in deren Obergeschoss der Hauptmann eine kleine Stube für sich und seinen Ordonnanzkorporal requiriert hatte, wartete eine Überraschung auf ihn.

Ein müder, noch vom Kampf gezeichneter Hauptmann hatte ihn empfangen, und einen Moment lang hatte es so ausgesehen, als wüsste der Offizier gar nicht mehr, wer Eik war. Doch dann hatte de Vries sich erinnert, und ihm waren auch seine Worte vom Schlachtfeld wieder eingefallen.

»Dragoner?« De Vries hatte mit den Schultern gezuckt. »Ich weiß nicht genau, ob wir überhaupt noch Dragoner brauchen, wenn die Stabsbesprechung heute Abend vorüber ist, aber ich weiß mit Sicherheit, dass mir ein Ordonnanzkorporal fehlt.« Er warf einen Blick auf eine kleine Kiste in der Ecke des Zimmers, auf der zivile Kleidungsstücke und ein Hut lagen. Daneben stand ein Paar auf Hochglanz gewichster Stiefel. »Das da ist das Zeug von Hendrik.« Er fuhr sich mit der Hand übers Gesicht, und einen Moment wirkte er furchtbar erschöpft. Dann kratzte er sich das verstümmelte Ohr, über das mittlerweile graumeliertes Haar gewachsen war. Es reichte ihm schon fast bis zum Kragen, und auch sein Bart war länger geworden.

Der Krieg fordert auch hier seinen Tribut, hatte Eik gedacht, als ihm zum ersten Mal auffiel, dass der Hauptmann sein Äußeres zu vernachlässigen begann.

Dann besah er sich die kleine Truhe. »Ich verstehe nicht ...«

De Vries sah ihn mürrisch an. »Was gibt es da zu verstehen?« Seine Stimme klang ungeduldig, unwirsch. »Hendrik Vennen hatte nicht so viel Glück wie du, Bursche. Ein kaiserlicher Kavallerist hat ihn mit seinem Säbel fast in zwei Hälften gespalten.« Er deutete auf die Truhe. »Ich weiß, dass er keine Familie mehr hat. Sie ist in Münden ausgelöscht worden, als Tilly die dortige dänische Garnison ausgeräuchert hat.« Er zuckte mit den Schultern. »Vielleicht ist er jetzt ja bei ihnen, wenn er richtiglag mit seinen Vorstellungen, was uns nach dem Tod erwartet.«

»Glaubt Ihr etwas anderes, Herr Hauptmann?«, fragte Eik, ohne wirklich über seine Worte nachzudenken.

De Vries lachte dann rau. »Ich glaube, was ich sehe, mein Junge, und was ich sehe, sagt mir, dass viele, wenn nicht alle von uns es bedauern werden, wenn Hendrik Vennen recht haben sollte und irgendwann der Tag des Jüngsten Gerichts kommt.«

Eik sah den Hauptmann an. »Aber glaubt Ihr denn nicht an den gütigen und gerechten …?«

Wieder lachte de Vries. »Ein gütiger und gerechter Gott?« Er deutete mit der Hand auf die Truhe, dann aus dem Fenster. »Wenn Gott tatsächlich einmal gütig gewesen ist, hat ihn dies hier gewiss eines Besseren belehrt. Und wenn er gerecht ist …« Er schüttelte den Kopf. »Dann haben wir wahrhaftig einiges zu befürchten, und dann hat die Bibel vielleicht wirklich recht: Es wird Heulen und Zähneklappern herrschen«, zitierte er aus dem Gedächtnis eine Stelle aus dem Alten Testament. Dann nickte er zu der Truhe. »Also, Bursche, wenn du die Stelle als mein Ordonnanzkorporal willst, dann nimm dir, was du brauchen kannst, und sorg vor allem dafür, dass dir das Glück gewogen bleibt und Gott nicht allzu bald vor dem Jüngsten Gericht über dich urteilt.«

»Vorher kommt das Fegefeuer, Herr Hauptmann«, warf Eik kühn ein.

Der Hauptmann nickte. »Und genau darin befinden wir uns derzeit.« Er griff zu einem Krug Wein, der auf einem wackligen Tisch in der Mitte des Zimmers stand, goss zwei Becher voll und reichte einen davon Eik. »Also, was sagst du, Bursche? Willst du mich als Ordonnanzkorporal bei meinem Gang durchs Fegefeuer begleiten?«

Eik warf einen letzten Blick auf die kleine Truhe,

drehte sich dann um und nahm den Becher, den ihm der Hauptmann hinhielt. »Jawohl, Herr Hauptmann. Unter einer Bedingung, mit Verlaub.«

Der Hauptmann musterte ihn einen Moment lang eindringlich, dann lachte er. »Gut so, Kerl. Lass dir deinen Schneid nicht abkaufen! Also raus damit, welche Bedingung hast du? Sold im Voraus? Eine adrette Uniform vom Schneider?«

Eik schüttelte den Kopf. »Nein, Hauptmann de Vries. Aber ich möchte, dass Ihr mich Eik nennt. Ich heiße Eik Schmalens, nicht Bursche oder Kerl.«

Das Gesicht des Hauptmanns wurde plötzlich ernst, und er straffte sich ein wenig. Dann hob er seinen Becher. »Diese Bedingung erfülle ich gerne, Korporal Eik Schmalens. So viel Respekt hast du dir verdient.«

Eik hob seinen Becher ebenfalls, dann setzte er ihn an die Lippen, leerte ihn, genau wie der Hauptmann, in einem Zug und knallte ihn dann auf den Tisch.

»Willkommen in der ruhmreichen Armee der Union, Korporal.« De Vries deutete auf die Truhe. »Dort findest du sicherlich auch eine Jacke mit einem Korporalsknopf am Kragen und eine Säbeltroddel. Bedien dich.« Er nickte aufmunternd, als Eik zögerte, sich den Besitz des Gefallenen anzueignen. »Wir sind im Krieg, da wird nichts verschwendet. Und außerdem kannst du mich gleich zur Stabsbesprechung begleiten, Korporal Eik Schmalens.« Er grinste freudlos. »Ich kann schlecht ohne meine Ordonnanz dort erscheinen. Was sollen die anderen Offiziere sonst von mir denken?«

Eik fühlte sich noch nicht ganz wohl in der Jacke des toten Hendrik Vennen, was vielleicht daran lag, dass sie ihm in den Schultern etwas zu eng und am Bauch zu locker saß. Er betrachtete wieder seinen Hauptmann, der bisher eher schweigsam die Stabsbesprechung in der Ratsstube verfolgt hatte, und ihm wurde klar, dass de Vries nur wenig darauf gab, was andere von ihm hielten. Nicht einmal die Anwesenheit des Königs schüchterte ihn ein. Sein Verhalten gegenüber Ihrer Majestät war respektvoll, gewiss, aber Eik hatte das Gefühl, dass de Vries, ähnlich wie etliche andere hohe Offiziere, nicht allzu viel von den strategischen Fähigkeiten ihres Oberbefehlshabers hielt.

Kann ich ihm nicht verdenken, dachte Eik. *Immerhin ist das schon die zweite vernichtende Niederlage, die Christian IV. gegen Wallenstein und Tilly einstecken musste. Weil der Nachschub mit Pulver und Kugeln nicht funktioniert hat.*

Eik hatte noch im Ohr, was der Hauptmann gesagt hatte, als sie zum Rathaus gingen. »Kein Wort von dir, verstanden? Wenn dich einer der Offiziere anspricht, dann antworte so kurz und genau wie möglich und vergiss nicht, am Ende seinen Rang hinzuzufügen. Wenn du den nicht kennst, sag einfach ›Herr Offizier‹. Und sollte dich der glücklose Däne ansprechen, nennst du ihn ›Majestät‹. Verstanden, Korporal?«

Eik hatte genickt und dann, als de Vries ihn missbilligend ansah, hastig »Jawohl, Herr Hauptmann« hinzugefügt.

Eiks Sorge, dass er etwas falsch machen könnte, hatte sich als völlig unbegründet erwiesen. Die anderen Offiziere behandelten ihn wie Luft, und Christian IV. dachte erst recht nicht daran, einen einfachen Korporal anzusprechen.

Er hat ganz andere Sorgen.

»Aber wenn wir uns jetzt zurückziehen, überlassen wir ganz Norddeutschland den Kaiserlichen«, begann Christian IV. »Oder den Schweden.« Aus seinem Tonfall konnte man heraushören, dass ihm Letzteres noch weniger behagte, als seine jüngste Niederlage zugeben zu müssen.

»Uns bleibt nichts anderes übrig, Majestät«, mischte sich ein dänischer General ein, den Eik nicht kannte. »Das Parlament bewilligt uns keine weiteren Mittel, und das frische Geld aus Frankreich, das man uns versprochen hat, wird wohl kaum noch in Eure Hände gelangen.«

»Ihr meint, Richelieu wird so einfach …?« Beschämt brach der König ab.

Einen Moment herrschte Schweigen am Tisch, weil sich keiner der Offiziere traute, den Satz des Königs zu beenden. Keiner bis auf einen.

»Richelieu wird nach Eurer vernichtenden Niederlage sicher auf einen anderen Mann setzen, Majestät.« Die Stimme von de Vries klang müde und rau. »Auf einen schwedischen.«

»Und woher nehmt Ihr diese Gewissheit, Herr Hauptmann?« Der dänische General sah de Vries missbilligend an. »Habt Ihr vielleicht besondere Fähigkeiten, die Ihr uns bisher verheimlicht habt?« Die Art, wie er den niedrigeren Rang von de Vries betonte, ließ keinen Zweifel daran, wie sehr ihn dessen Worte reizten. Vor allem wohl deshalb, weil sie zutrafen.

De Vries schien das jedoch nicht zu stören. Er hob den Kopf und sah dem Mann direkt ins Gesicht. »Nein, Herr General. Hätte ich diese Fähigkeiten, hätte ich mich gewiss um einen fähigen Quartiermeister gekümmert, der dafür sorgt, dass uns die Munition nicht ausgeht. Immerhin habe ich den französischen Emissär mit dem jüdischen Bankier und dem Geld des Kardinals auf seinem Weg zu Seiner Majestät begleitet, wenn ich Euch daran erinnern darf. Chevalier Ducroix jedoch hat sich auf dringendes Anraten des Bankiers hin geweigert, das Gold an Seine Majestät zu übergeben, und erst auf beträchtlichen Druck …«

Der Däne lief rot an, aber bevor er de Vries zurechtweisen konnte, mischte sich ein Obrist der Union ein. »Diese Streitereien helfen uns nicht weiter, meine Herren. Genauso wenig wie Spekulationen über die Pläne und Absichten dieses französischen Kardinals.« Er bedachte de Vries mit einem strafenden Blick. »Selbst wenn der Hauptmann recht hat, und dafür spricht einiges, ist unsere Lage hier unhaltbar.«

»Das sehe ich ebenso.« Der dänische General sah Christian an. »Ihr müsst Wolgast umgehend verlassen, Majestät, solange es noch geht. Ich schlage vor, wir verfrachten unsere Armee auf unsere Schiffe und segeln auf die dänischen Inseln zurück. Dorthin kann Wallenstein uns nicht folgen, es sei denn, er würde hinüberschwimmen.«

Die letzte Bemerkung trug nicht dazu bei, die bedrückte Stimmung in der Kammer aufzulockern. *Im Gegensatz zu diesem dänischen König versteht Wallenstein jedenfalls sein Handwerk,* dachte Eik. *Vielleicht ist es ja ganz gut, dass Christian und die Union geschlagen wurden. Wenn Wallenstein und die Liga gewinnen, ist der Krieg vielleicht zu Ende, bevor dieser Schwedenkönig auf die Idee kommt, nach Deutschland einzumarschieren.*

Aber irgendwie glaubte er selbst nicht daran.

Nachdem erst einmal die Vorstellung eines »raschen Rückzugs aus Wolgast«, wie die Generäle Christians Flucht auf die dänischen Inseln nannten, ausgesprochen war, wurde nicht mehr über Befestigungen oder die Verteilung von Verteidigern auf den Stadtmauern diskutiert, sondern darüber, wie man verhindern konnte, dass Wallenstein Seiner Majestät folgte. Der dänische General schlug vor, sämtliche Vorräte in der Stadt zu vernichten, damit sie den Kaiserlichen nicht in die Hände fielen, und nach einigen Diskussionen stimmten die anderen Offiziere zu.

De Vries sagte nichts mehr, und nach einer guten halben Stunde stand er auf und bedeutete Eik, ihm zu folgen. Keiner hielt die beiden auf, und kaum einer der hohen Offiziere würdigte diesen Hauptmann, der es gewagt hatte, dem König von Dänemark so unverblümt die Wahrheit zu sagen, auch nur eines Blickes.

Das schien de Vries nur recht zu sein. Er schritt zügig aus, als er das Rathaus verlassen hatte und zu der Schänke ging, in der er Quartier bezogen hatte.

Eik musste sich bemühen, mit ihm Schritt zu halten, und er hütete sich, den Hauptmann mit einer neugierigen Frage aus seinem düsteren Brüten zu reißen.

Dabei lagen ihm eine Menge Fragen auf der Zunge. *Was wird aus der Bevölkerung der Stadt, wenn alle Vorräte verbrannt werden? Wieso wollte niemand hören, was Ihr über die Pläne Richelieus zu sagen hattet? Und wird Richelieu tatsächlich Gustav Adolf von Schweden unterstützen, um weiter Krieg in Deutschland zu führen?*

Aber er behielt all diese Fragen für sich und folgte

dem Hauptmann stolpernd über das holprige Pflaster und die stinkende Kloake in der Gosse, vorbei an verrammelten Häusern und Fenstern, aus denen hohlwangige Frauen und Männer ihnen hasserfüllt nachsahen.

Erst als sie die Stube des Hauptmanns erreicht hatten und Eik etwas zu Atem gekommen war, nahm er seinen ganzen Mut zusammen und stellte die eine Frage, auf die all das, was er bisher erlebt und gehört hatte, hinauslief.

»Mit Verlaub, Herr Hauptmann, was machen wir jetzt?«

Er hatte alle möglichen Antworten erwartet und sogar damit gerechnet, scharf angefahren zu werden. Stattdessen jedoch drehte sich de Vries zu ihm um, kratzte sich sein verstümmeltes Ohr und sagte ganz ruhig: »Ich würde sagen, wir packen, Korporal.«

Eiks sah ihn verblüfft an. »Packen? Aber … aber gehen wir denn mit nach Dänemark?« Seine Gedanken überschlugen sich. Die spärlichen Truppen der Union waren ohne die Dänen auf Gedeih und Verderb Wallensteins Gnade ausgeliefert. Sehr wahrscheinlich würde er sie in seine Armee eingliedern oder die Söldner gefangen nehmen. Eik schüttelte den Kopf. Beides gefiel ihm nicht besonders.

»Nach Dänemark?« De Vries lachte. »Ich glaube kaum, dass sich dieser General darüber freuen würde, wenn ich ihm meine Dienste anböte. Nein, Korporal Eik Schmalens. Wir nehmen nur das Nötigste mit und verlassen die Stadt noch heute Nacht. Wenn der Rückzugsbefehl erst einmal heraus ist, wird niemand auf zwei Männer achten, die ihren Geschäften nachgehen.« Er warf einen Blick aus dem Fenster. »Zudem ist es stockdunkel, daher sollten wir ohne große Schwierigkeiten an Wallensteins Truppen vorbeikommen. Angesichts unseres Munitionsmangels erwarten die sicher keinen Ausfall mitten in der Nacht. Wir schlagen uns dorthin durch, wo wir vielleicht willkommen sind.« Er grinste schwach. »Zumindest du, wenn meine Augen mich nicht getäuscht haben.«

Eik sah ihn verständnislos an, dann dämmerte es ihm, und ein Lächeln flog über sein Gesicht.

»Wir gehen zurück nach Hamburg.«

11. KAPITEL

Wolgast auf Usedom

»Die ganze Nacht haben sie einen Höllenlärm veranstaltet, Cornet!« Der Söldner deutete mit dem Kinn in Richtung Stadt. »Aber jetzt ist Ruhe. Seit gut einer Stunde, schätze ich.«

Valerian nickte und spähte aufmerksam zu den dunklen Mauern der Stadt hinüber. Es war noch früh am Morgen, und die schwarzen Gewitterwolken, aus denen es die ganze Nacht über geblitzt und geschüttet hatte, waren im heraufziehenden Tag bereits deutlich zu sehen. Darunter lagen die Türme und Befestigungen von Wolgast, und auf dem Feld davor ragten wie die Gerippe irgendwelcher namenlosen Ungetüme die zerschossenen und zerstörten Schanzen der Unionsarmee und der Dänen empor. Über der Stadt selbst schimmerte ein orangefarbener Schein.

Valerian runzelte die Stirn, während er die Augen zusammenkniff, um besser sehen zu können. *Sind das wirklich Gewitterwolken?* Ein Verdacht keimte in ihm hoch. *Und dieser rote Schein? Das ist doch kein Morgenrot! Das ist …*

»Da brennt es!«, platzte der Söldner im selben Moment heraus. »Und wie es aussieht, ist das ein verdammt großes Feuer.« Er drehte sich zu Valerian herum.

»Vielleicht ist ihnen ja ein Munitionsdepot um die Ohren geflogen.« Er sah wieder zur Stadt hin. »Wie damals in Münden, als Tilly die Stadt gerade in Grund und Boden geschossen hatte und der Pulverturm in die Luft geflogen ist.« Er schüttelte den Kopf. »Aber den Knall hat man bis nach Wien hören können, und hier hat überhaupt nichts geknallt.«

Valerian verzog keine Miene, auch wenn er dem Mann recht geben musste. Wäre tatsächlich ein Pulverdepot explodiert, hätten sie das ganz sicher gehört. Oder zumindest hätten die Wachen Alarm geschlagen.

Trotzdem, es ist ein Feuer. Aber ich höre nicht das Läuten von Kirchturmglocken, das die Leute warnen soll.

Valerian schlug dem Gefreiten der Infanterie aufmunternd auf die Schulter, bevor er sich umdrehte, um wieder ins Lager zurückzukehren. Er war vor gut einer Stunde aufgewacht, noch mitten in der Nacht, und da er nicht wieder hatte einschlafen können, hatte er sich angezogen und war hinausgegangen.

Die frische Luft, die der nächtliche Regen gebracht hatte, tat gut nach dem Gestank von Pulver, Blut und Leichen, der über dem Schlachtfeld gelegen hatte. Aber es war nicht die Erinnerung an die vielen Toten gewesen, die ihn nicht hatte schlafen lassen.

Als er wieder ins Lager zurückging, tastete er unwillkürlich nach dem Brief in seiner Brusttasche, der ihn gestern erreicht hatte. Er war von Augusta, seiner Schwester. Aus Frankreich. Er hatte ihn gelesen und ihn dann nicht, wie er es sonst tat, zu den anderen Briefen in die kleine Segeltuchtasche gesteckt, in der er seine persönlichen Dinge aufbewahrte, sondern hatte ihn mitgenommen, um ihn noch einmal zu lesen.

Denn diesmal enthielt der Brief nicht nur ironische Schilderungen ihres tristen Ehelebens, hinter denen er ihre tiefe Traurigkeit spürte, sondern auch eine Nachricht, die ihn wie der Blitz getroffen hatte.

Sie kam nach Deutschland. Genauer, sie würde mit ihrem Mann nach Hamburg reisen, weil Richelieu ihn mit einem Geheimauftrag dort hingeschickt hatte. Und sie fragte, ob wohl die Möglichkeit bestünde, dass sie sich sähen …

Valerian strich über das grobe Tuch der Uniformjacke und spürte, wie das Papier des Briefs knisternd gegen sein Spitzenhemd drückte.

… und natürlich erkundigte sie sich wie immer nach Eik und bat ihn, ihm Grüße auszurichten, wenn möglich.

Ein Gefühl, von dem er nicht genau wusste, ob es Eifersucht oder Scham war, beschäftigte Valerian, seit er diese letzten Zeilen gelesen hatte. Er wusste ja nicht einmal, ob sein Jugendfreund noch am Leben war. Er hoffte es, und es verging keine Nacht, in der er nicht von Eik träumte. Von Eiks Gesicht in der Dunkelheit. Der fassungslose Ausdruck darin, bis es sich in eine Fratze des Hasses verwandelt hatte.

Valerian schüttelte den Kopf. Genauso schwierig, wie Eik Augustas Grüße auszurichten, würde es sein, sich mit seiner Schwester zu treffen. Valerian konnte sich nämlich denken, welchen Auftrag Augustas Ehemann von Richelieu erhalten hatte. Frankreich befand sich im Krieg mit Spanien um dieses vermaledeite Mantua, und es gab keinerlei Zweifel daran, auf welche Seite sich der Kaiser stellen würde. Was bedeutete, dass es nur eine Frage der Zeit war, bis Frankreich offen in diesen Krieg eingriff.

Was für eine Welt!, dachte Valerian. *Ein katholisches Land kämpft gegen ein anderes katholisches Land und unterstützt dessen protestantischen Feind, und dabei behaupten alle immer wieder, es ginge hierbei nur darum, den wahren Glauben zu schützen! Wallenstein hat recht, es geht um Macht, um nichts anderes.* Er verzog die Lippen, als er an den Oberbefehlshaber der kaiserlichen Truppen dachte. *Und dieses Spiel beherrscht er ebenfalls ganz hervorragend.*

Er hatte den Gesprächen der hohen Offiziere abends in den Schänken schweigend gelauscht und viel Neues erfahren. Sie hatten über Wallensteins Machtstreben geredet, über seinen stetig wachsenden Einfluss, seinen Reichtum, seine Titel. Über den Neid und den Hass, den er damit in Wien und anderswo hervorrief. Über seine Kriegsmüdigkeit und seine angegriffene Gesundheit. Und seinen allgegenwärtigen Berater, den Leibarzt und undurchsichtigen Astrologen Sina.

Wenn sie recht haben, dann geht Wallenstein nicht einmal scheißen, ohne sich vorher von diesem Mann das Horoskop erstellen zu lassen. Allerdings hatte Valerian bei seiner kurzen Begegnung mit Wallenstein eher das Gefühl gehabt, einen erschöpften, aber genialen Strategen und Feldherrn vor sich zu sehen als einen abergläubischen und kleinmütigen Mann, der seine Entscheidungen von den Sternen oder irgendwelchen Wahrsagern abhängig machte. *Andererseits, was weiß ich schon?*

Er konzentrierte sich wieder auf sein eigentliches

Problem. Wie konnte er es anstellen, seine Schwester zu treffen, ohne sie beide dadurch zu kompromittieren? Immerhin stand ihr Ehemann auf der anderen, der feindlichen Seite.

Er war so in Gedanken versunken, dass er erst beim zweiten Anruf reagierte.

»Was ist los, Cornet?«, erkundigte sich der Lieutenant seines Esquadrons. »Man hat dich schon gesucht.«

Die Worte des Offiziers rissen Valerian aus seinen Gedanken und holten ihn in die Gegenwart zurück, worüber er ganz froh war. Auch wenn diese Gegenwart nicht unbedingt erfreulich war, so war sie doch etwas, mit dem er umzugehen verstand. Hier musste er einfache, klare Entscheidungen treffen, statt vergeblich zu versuchen, einen gordischen Knoten von Beziehungen und Verwicklungen zu lösen.

»Wer hat mich denn gesucht?«

»Dein Ordonnanzbursche. Wir sollen uns zum Appell sammeln.« Lieutenant Machinskij hob die Hand. »Drüben, neben dem Zelt des Rittmeisters.« Er musterte Valerian von Kopf bis Fuß. »Wie ich sehe, bist du schon fertig angezogen. Umso besser. Beeilen wir uns.«

Valerian nickte und begleitete seinen direkten Vorgesetzten zu dem kleinen Platz hinter dem Zelt des Esquadron-Kommandeurs. Dabei warf er Machinskij einen verstohlenen Seitenblick zu. Er mochte den polnischen Offizier, einen ehemaligen Ulanen. Der Mann, ein ausgezeichneter Kavallerist, war schon seit anderthalb Jahren in diesem Regiment. Er redete nicht viel über seine Vergangenheit, aber Valerian hatte aus ihm herausbekommen, dass er im polnischen Krieg gegen Schweden gekämpft und es dort sogar bis zum Rittmeister gebracht hatte. Doch er hatte noch vor Ende des Krieges Polen verlassen, und der Grund dafür war ein Duell mit einem Vorgesetzten gewesen. Dabei war es um eine Ehefrau gegangen, und, wie Machinskij mit einem knappen Lächeln hinzugefügt hatte, »nicht um meine«.

Jedenfalls akzeptierte der Lieutenant den frischgebackenen Cornet und betraute Valerian, nachdem der seine Tüchtigkeit wiederholt unter Beweis gestellt hatte, mit immer wichtigeren Aufgaben, wobei er ihn oft erfahreneren Offizieren vorzog. Valerian spürte an deren giftigen Blicken, dass diese Bevorzugung gelegentlich für böses Blut sorgte, aber der Lieutenant hielt sämtlichen Ärger von seinem Cornet fern und war sich dabei offenbar auch der Unterstützung des Rittmeisters gewiss.

Sie erreichten den kleinen Feldplatz, wo mittlerweile fast die ganze Esquadron angetreten war. Valerian suchte rasch seinen Platz und stellte sich vor seinen eigenen Zug neben Bossel, seinen Ordonnanzburschen, auf den er als adeliger Unteroffizier einen rechtmäßigen Anspruch hatte.

»Wurde auch Zeit, junger Herr«, raunte Bossel ihm zu.

Valerian brummte eine Erwiderung. Sein Bursche konnte sich einfach nicht an die korrekte militärische Anrede gewöhnen. Für ihn war Valerian nach wie vor »der junge Herr von Villesen«, und wenn Valerian ehrlich war, hatte dieses Relikt aus seiner Vergangenheit etwas Tröstliches für ihn. Außerdem hatte es ihn gefreut, dass Bossel nicht einen Moment gezögert hatte, die Stellung als einfacher Ordonnanzbursche anzunehmen, als Valerian sie ihm angeboten hatte.

»So etwas wie einen Burghauptmann gibt es in der

kaiserlichen Armee sowieso nicht, junger Herr«, hatte Bossel erwidert, als Valerian ihn darauf hinwies, dass er sich damit vielleicht verschlechterte. »Und bevor ich als gemeiner Soldat oder mit etwas Glück als Gefreiter irgendwo im Schlamm ende, wäre es mir eine Ehre, Euch weiterhin dienen zu dürfen.« Und grinsend hatte er hinzugefügt: »Und es kann sicher auch nicht schaden, wenn einer von zu Hause auf Euch aufpasst.« Damit war die Sache abgemacht.

Rittmeister de Jong trat vor seine Soldaten, und Valerian konzentrierte sich auf seinen Vorgesetzten.

Norman de Jong war ein Flame aus Flandern und zudem einer der fähigsten Offiziere, die Valerian bisher kennengelernt hatte.

»Männer«, begann der Rittmeister seinen üblichen Morgenappell, und der war nicht das Einzige, was ihn vom Rest der kaiserlichen Armee unterschied; es war seine Mischung aus Leutseligkeit, Respekt und eiserner Härte seinen Männern gegenüber, die Valerian bewunderte. »Ich hoffe, ihr habt gut geschlafen. Denn ich will heute eine ausgeruhte, kampfstarke Schwadron im Feld sehen!«

Er machte eine kurze Pause.

»Jawohl, Herr Rittmeister!«, schallte es ihm entgegen.

Er nickte. »Gut.« Er ließ seinen Blick einmal über die angetretenen Reiter schweifen, dann hob er die Hand. »Offiziere und Unteroffiziere, vortreten!«

Valerian straffte sich und trat drei Schritte nach vorn. Er wusste, was dieser Befehl bedeutete. De Jong hatte einen besonderen Auftrag für sie, und Valerian konnte sich vorstellen, worum es sich dabei handelte.

»Heute wird eine Entscheidung fallen.« De Jong deutete mit der Hand in Richtung Wolgast. »Wir werden diesen Dänen ordentlich den Arsch versohlen, Männer!« Er wartete, bis sich die begeisterten Rufe und das zustimmende Murmeln gelegt hatten. »Noch müssen wir warten, bis es hell ist und Kundschafter ausgeschickt wurden. Ich wüsste ja zu gern jetzt schon, was der Feind im Schilde führt, aber …«

Rittmeister de Jong brach ab und sah Valerian an, den es kaum noch auf der Stelle hielt. »Cornet? Ihr habt eine Vermutung, was der Däne plant?«

»Jedenfalls dürfte ihm nicht kalt sein, Herr Rittmeister, denn in der Stadt brennen Feuer.«

De Jong forderte ihn mit einer Handbewegung auf weiterzureden.

»Mehrere große Feuer. Man konnte sie von der ersten Wachlinie aus sehen.« Er zögerte kurz. »Es könnte nicht schaden, den Grund dafür herauszufinden.« Während er gesprochen hatte, beschlich ihn mit einem Mal ein Verdacht.

»Sind ihnen vielleicht ihre Pulvervorräte um die Ohren geflogen?«, erkundigte sich Lieutenant Machinskij.

»Das glaube ich nicht, Herr Lieutenant«, erwiderte Valerian. »Der Wachsoldat, mit dem ich gesprochen habe, hat keine Explosion gehört, sondern nur nächtlichen Lärm, der vor gut zwei Stunden plötzlich aufgehört hat.« Als weder der Lieutenant noch der Rittmeister etwas darauf sagten, fuhr Valerian fort: »Außerdem schienen die Dänen gestern ihr Pulver fast vollständig verschossen zu haben, Herr Rittmeister.« Er überlegte kurz und beschloss dann, seinen Verdacht einfach zu äußern. »Wenn ich Christian wäre, würde ich einpacken und davonsegeln.«

»Wenn Ihr Christian wärt, Cornet, dann hättet Ihr ganz gewiss Euer Pulver nicht so schnell verschossen, hoffe ich«, gab der Rittmeister zurück und grinste. »Und wenn *ich* Christian wäre, hätte ich mich in diesen verdammten Krieg gar nicht erst eingemischt!« Er seufzte. »Aber da ich Norman de Jong bin, plagt mich einfach nur die Neugier.« Er nickte Valerian anerkennend zu. »Es kann tatsächlich nicht schaden, sich die Sache genauer anzusehen. Wer …?«

»Ich würde gern Aufklärung reiten, Herr Rittmeister!«, platzte Valerian heraus.

De Jong sah ihn abschätzend an. »Kennt Ihr Euch hier in der Gegend aus?«

Valerian schüttelte den Kopf.

»Und warum sollte ich dann Euch schicken, von Villesen?«

Der Tonfall des Rittmeisters deutete an, dass das eine rhetorische Frage war, aber Valerian antwortete trotzdem.

»Mit Verlaub, Herr Rittmeister, wenn man sich an einem Ort nicht auskennt, neigt man womöglich eher dazu, aufmerksam und unvoreingenommen hinzusehen.«

»Aha. Ich hoffe, auch vorsichtiger, Cornet. Also gut, Ihr könnt Euch ein paar Freiwillige…«

Bevor der Offizier den Satz zu Ende sprechen konnte, traten die Reiter von Valerians Einheit wie ein Mann vor, unmittelbar gefolgt vom Rest der Esquadron.

»… aussuchen.« De Jong verdrehte die Augen. »Mit ein paar meine ich *drei Reiter.*« Ein Lächeln zuckte um seine Mundwinkel. »Und es geht um Aufklärung und nicht darum, die Dänen im Handstreich aus Wolgast zu vertreiben!« Er schüttelte den Kopf. »Diese Ehre überlassen wir unserem Feldherrn, einverstanden?« Er machte eine knappe Handbewegung. »Ich erwarte Euren Rapport in einer Stunde. Wegtreten.«

Valerian drehte sich um und zeigte auf die ersten drei Reiter neben sich. »Bogdan, Istvan, Josef! Auf die Pferde. In fünf Minuten am Sammelpunkt.«

Im nächsten Moment war er mit Bossel unterwegs zu der Koppel, wo ihre Pferde standen.

»Ihr lasst wirklich keine Gelegenheit aus, Euch in Schwierigkeiten zu bringen, junger Herr«, brummte der ehemalige Burghauptmann missbilligend.

»Ganz im Gegenteil, Bossel«, entgegnete Valerian, der immer zuversichtlicher wurde, dass sein Instinkt ihn nicht trog; und wenn dem so war, machte er gerade den nächsten Schritt auf seinem Weg. »Ganz im Gegenteil«, wiederholte er.

Weder Bossel noch Valerian noch der Rest der Esquadron hatten die Gestalt bemerkt, die im Schatten eines Planwagens stand und den morgendlichen Rapport der Esquadron beobachtet hatte.

Nur dem scharfen Auge von de Jong war der Mann nicht entgangen. Als die Esquadron nach dem Appell wegtrat, um sich für den Abmarsch fertig zu machen, sah er noch einmal dorthin, doch die Gestalt war verschwunden.

Aber de Jong hatte den Mann trotz der Dunkelheit erkannt und ging nachdenklich zu seinem Zelt zurück.

»Ihr macht Euch Sorgen wegen von Villesen?«

De Jong hob den Kopf. »Verdammt, Machinskij, irgendwann werde ich dich noch mal aus Versehen erstechen, wenn du dich immer so lautlos anschleichst.«

Der Lieutenant grinste ihn an. »Besser Ihr als irgendeiner dieser verfluchten Dänen.«

De Jong grinste zurück, aber als sie sein Zelt betraten, wurde er wieder ernst. »Ja, ich mache mir Sorgen um von Villesen. Es wäre schade um den Jungen. Er ist ein ausgezeichneter Offizier.«

»Ich glaube nicht, dass Ihr Euch Sorgen machen müsst. Er ist sehr vorsichtig und bedacht, und ich denke, er kann auf sich selbst aufpassen.«

De Jong nickte. »Ich habe auch keine Angst, dass wir ihn an die Dänen verlieren, Machinskij.«

Die beiden Offiziere sahen sich an, und dann nickte der Ulan. »Verstehe. Ihr habt einen Verdacht?«

De Jong erwiderte spöttisch: »Man könnte sagen, ich habe einen Geist gesehen.«

Was sie beide nicht bemerkt hatten, waren die zwei Männer, die, ein Stück entfernt, vor einem großen, mit der Fahne des Kaisers und Mecklenburgs geschmückten Zelt standen und den Appell von dort ebenfalls beobachtet hatten.

»Seine Leute lieben ihn«, stellte der Ältere der beiden fest.

»Er scheint über eine natürliche Autorität zu verfügen«, erwiderte der andere. »Das ist mir schon bei unserer ersten Begegnung aufgefallen. Aber warten wir ab, was unser Spion dazu zu sagen hat.«

Die Gestalt, die ebenfalls heimlich den Appell beobachtet hatte und die de Jong aufgefallen war, trat aus dem Dunkeln auf die beiden Männer zu.

»Euer Gnaden, Herr Obrist.«

»Rittmeister. Also, was sagt Ihr?« Es war der Generalissimus selbst, Albrecht Wenzel Eusebius von Waldstein, genannt Wallenstein, der diese Frage stellte.

Rittmeister Freiherr von Gidéau zog seine Stulpenhandschuhe aus und schob sie sich in den breiten Gürtel, den er über seine Uniformjacke geschnallt hatte.

»Seine Männer achten ihn, Euer Gnaden. Er führt sie straff, behandelt sie aber trotzdem mit Respekt. Das vergelten sie ihm mit Loyalität. Die ganze Esquadron hat sich freiwillig für eine alles andere als ungefährliche Aufklärungsmission unter dem frischgebackenen Cornet gemeldet.«

»Das dürfte den anderen Offizieren nicht unbedingt gefallen haben«, warf Obrist Heimar von Altenfelde ein.

Der Rittmeister schüttelte den Kopf. »De Jong und Machinskij haben ihre Männer im Griff. Im Unterschied zu Eurem Feldbrück.« Er wandte sich an den Obristen. »Neulich erst hat er sich darüber ausgelassen, dass von Villesen mit seinem Ordonnanzburschen zu freundschaftlich umginge. Wörtlich sagte er: ›Dieser Emporkömmling hat nur seinen Burschen zum Freund.‹«

»Sich als adliger Offizier *zu sehr* mit einem Gemeinen zu verbrüdern ist auch nicht unbedingt angemessen«, bemerkte Wallenstein.

Der Obrist sah zu, wie sich die Esquadron auflöste und die Männer ihren Aufgaben nachgingen. »Nun, er hat einen Freund zum Burschen«, murmelte er. »Doch zweifelsohne ist in Zeiten wie diesen ein Freund im Feld etwas Kostbares.«

»Nicht nur in diesen Zeiten«, erwiderte der Rittmeister.

Da Wallenstein nicht geneigt schien, das Wort zu ergreifen, drehte sich der Obrist zu dem Freiherrn herum. »Also, was sagt Ihr, von Gidéau?«

Der Rittmeister sah von dem Obristen zu Wallenstein und wieder zurück. »Ich beobachte ihn seit Stralsund. Er hat Talent, Biss und Ehrgeiz. Das haben viele. Aber offenbar hat er auch Charakter und Verstand.« Er dachte kurz nach. »Ich denke, wir sollten abwarten, wie diese Schlacht heute ausgeht und wie er sich dabei schlägt.« Er wandte sich an Wallenstein. »Ich nehme nicht an, dass die Leibschwadron Eurer Gnaden heute in den Kampf zieht. Also kann ich noch einen Tag ohne Lieutenant verschmerzen.«

Nach einer kurzen Pause nickte Wallenstein. »Einverstanden. Ich vertraue Eurem Urteil, meine Herren.« Damit drehte sich der Generalissimus um und verschwand in seinem Zelt.

»Seid Ihr sicher, dass Ihr dem Jungen damit einen Gefallen tut?«

Obrist von Altenfelde sah den Rittmeister forschend an. »Wie meint Ihr das?«

Von Gidéau warf einen kurzen Blick auf den Eingang des Zelts und beugte sich dann vor. »In der Truhe meines ehemaligen Lieutenants habe ich etliche Schreiben aus Wien gefunden, die an Hinterhältigkeit und Falschheit kaum zu überbieten waren. Der Mann pflegte tatsächlich einen regen Briefverkehr mit dem Hofe.«

Heimar von Altenfelde rümpfte die Nase. »Man riecht immer einiges, wenn man an einem Abort herumschnüffelt.«

Der Freiherr sah ihn einen Moment forschend an und beschloss dann, die Worte nicht als Affront zu deuten.

»Das wird an der Windrichtung liegen«, entgegnete er. »Und im Moment weht uns der Wind aus Wien ins Gesicht.«

Obrist von Altenfelde legte dem Rittmeister die Hand auf die Schulter. »Nichts für ungut, Freiherr. Verzeiht mir meine brüske Reaktion. Ich kann es einfach nicht ertragen, dass diese intriganten Höflinge ausgerechnet jetzt Front gegen den Feldherrn machen, da wir ihn so dringend brauchen.«

Von Gidéau nickte. »Ihr meint damit nicht den Feldzug gegen den Dänen, hab ich recht?«

Von Altenfelde schüttelte den Kopf. »Wir wissen, dass Gustav Adolf nur darauf wartet, dass die Polen den Friedensvertrag unterzeichnen und sein Parlament ihm die Mittel für den Krieg freigibt. Dann wird ihn nichts mehr halten. Wenn der Schwede hier einfällt und Wallenstein abtritt, dann gnade uns Gott.«

»Ihr habt nicht viel Vertrauen in Tilly.«

Der Obrist sah den Freiherrn scharf an. »Versteht mich nicht falsch, von Gidéau. Ich stehe zum Kaiser, Restitutionsedikt hin oder her. Auch wenn ich mit unserem Feldherrn einer Meinung bin und das Edikt für einen gravierenden Fehler halte. Er wird damit die Wut der Protestanten nur wieder anfachen, nachdem wir sie jetzt fast schon besiegt haben. Aber, wie gesagt, ich stehe zu ihm. Und ich respektiere Tilly. Doch er hat längst nicht die Mittel zur Verfügung wie der Herzog von Friedland und Mecklenburg. Und Kurfürst Maximilian von Bayern wird ihm kein Geld geben können, denn er hat selbst nicht genug.«

Von Gidéau hob die Hand. »Eben. Also frage ich Euch noch einmal, glaubt Ihr, dass Ihr von Villesen einen Gefallen erweist, wenn Ihr ihn zur Leibschwadron des Herzogs bringt?«

Obrist von Altenfelde ließ sich mit seiner Antwort Zeit. »Das weiß ich nicht, Gidéau. Aber ich glaube, wir haben von diesem jungen Mann noch einiges zu erwarten. Ich möchte verhindern, dass er als Kanonenfutter herhalten muss, nur weil er ein kleiner Landadliger ist.«

»Ihr seht in ihm etwas, so wie Ihr damals in mir etwas gesehen habt, richtig?«

Von Altenfelde legte dem Mann die Hand auf die Schulter. »Ihr nehmt ihn also in Eure Kompanie?«

Von Gidéau nickte. »Vorausgesetzt, er lebt heute Abend noch.«

»Das weiß nur Gott allein.«

Der Obrist sah dem Rittmeister nach, wie er zwischen den Zelten verschwand. Er hatte die Frage des Offiziers nicht direkt beantwortet. Nicht, weil er keine Antwort gewusst hätte, sondern weil er den Mann nicht hatte kränken wollen.

Wie in Euch, Gidéau? O nein. Ich sehe in ihm etwas Größeres. Etwas weit Größeres.

»Halt!« Valerian hob die Hand, und die drei Männer hinter ihm zügelten ihre Pferde.

»Cornet?« Korporal Bogdan Bogdanow, der älteste der drei Kürassiere, sah Valerian fragend an. Sie hatten sich Wolgast vorsichtig genähert und sich zunächst in der Deckung der Bäume und später, auf dem Feld, im Schatten der vereinzelten Sträucher und der Schanzen gehalten, mit deren Bau die Dänen angefangen hatten, ohne ihn beenden zu können.

Valerian war um einen der Erdhügel herumgeritten und hatte zum ersten Mal freie Sicht auf die Mauern von Wolgast. Was bedeutete, dass ein aufmerksamer Späher ihn auch von dort hätte sehen können.

Nun ja, die Anwesenheit eines kaiserlichen Patrouillenreiters dürfte die Dänen eigentlich nicht überraschen, dachte Valerian. *Also ist es völlig egal, ob sie mich sehen. Es sei denn natürlich, sie schießen auf mich.*

Aber die Vermutung, die er schon am Morgen bei dem Gespräch mit dem Wachsoldaten geäußert hatte, war in den letzten zwanzig Minuten, die sie im Sattel saßen, immer stärker geworden. Und als er nun in Sichtweite der Mauern auf seinem Pferd saß und lauschte, war er sich fast sicher, dass er recht hatte.

»Hört ihr das?«

Der Korporal sah Valerian neugierig an, legte den Kopf schief, lauschte und hob dann die Schultern. »Was meint Ihr, Cornet?« Er sah sich zu seinen Kameraden um. »Hört ihr etwas?«

Die beiden Männer sahen sich wachsam um, so als würden sie Gefahr wittern, und beugten sich konzentriert vor, um zu horchen.

»Ich höre auch nichts«, sagte der Gefreite Istvan nach einer Weile und sah Valerian bedauernd an.

»Du warst einfach zu dicht an den Kanonen«, meinte der andere, Josef Pirns, in breitem Bayrisch und runzelte die Stirn. »Ich höre Geschrei und …« Seine Miene verdüsterte sich. »Wehklagen?«

»Jedenfalls höre ich weder Pfeifen noch Trommeln.« Der Korporal drehte sich wieder zu Valerian um. »Worauf wollt Ihr hinaus, Cornet?«

»Genau darauf.« Valerian blickte wieder zu den Mauern der Stadt, die deutlich zu sehen waren, weil es am Horizont mittlerweile heller geworden war. »Wir hören nichts.« Außerdem hatte er, wie er bemerkte, auch in dem anderen Punkt recht gehabt. Die schwarzen Wolken waren Rauch, der von mehreren offenbar recht großen Feuern innerhalb der Stadt aufstieg.

»Ich verstehe nicht …« Der Korporal schüttelte den Kopf.

»Mittlerweile sind wir recht gut auszumachen«, erwiderte Valerian. »Die Wachen auf den Mauern müssten schon längst reagiert haben.«

Der Korporal blickte skeptisch zu den Zinnen hoch und suchte mit seinem Blick die Mauerlöcher in den beiden Tortürmen ab, von denen aus die Dänen mit ihren kleineren Kanonen Hagel- und Kettenkugeln auf die Angreifer gefeuert hatten. »Mir ist es ganz lieb, dass sie nicht auf uns schießen.« Er grinste. »Vielleicht stimmt es ja wirklich, und ihnen ist die Munition ausgegangen.«

»Aber warum haben sie dann nicht wenigstens eine Abteilung Reiterei losgeschickt?«

Der Korporal sah von Valerian zu der Stadt und wieder zu ihm zurück. Dann wurden seine Augen groß, als er verstand, worauf sein Cornet hinauswollte. »Teufel und Donnerwetter!«, stieß er hervor. »Ihr meint, der Däne hat sich im Schutz der Nacht davongemacht?«

Valerian nickte. »Genau das meine ich.«

Die beiden anderen Reiter lenkten ihre Pferde neben Valerian und den Korporal.

»Und was jetzt?«, fragte der Ungar, der wegen seines starken Akzents nur schwer zu verstehen war. Allerdings verstand er sehr gut Deutsch und war vor allem ein hervorragender Kavallerist und erstklassiger Späher. »Wie können wir uns Gewissheit verschaffen?«

»Ganz einfach.« Sein Kamerad lachte. »Du kennst doch unseren Cornet«, fuhr der Bayer fort. »Wir reiten einfach in die Stadt und sehen uns dort um.« Er wandte sich an Valerian. »Richtig, Herr Cornet?«

Valerian musterte die drei Männer der Reihe nach. »Ich will natürlich keinem von euch befehlen, sein Leben unnötig zu riskieren, vor allem weil wir, wenn wir in die Stadt reiten, gegen unseren Befehl verstoßen, nur auszukundschaften. Aber …«

»Ihr glaubt doch wohl nicht, dass wir hier draußen warten, während Ihr da drinnen Euren Spaß habt und den ganzen Ruhm einstreicht!«, erwiderte der Korporal. »Was meint ihr, Männer?«

Istvan und Josef sahen sich an und nickten grinsend. »Außerdem wollen wir nicht riskieren, ohne Euch oder mit einem toten Cornet ins Lager zurückzukehren«, meinte der Bayer. »Wenn Euer Bursche hört, dass wir nicht auf Euch aufgepasst haben, zieht er uns das Fell über die Ohren!«

Der Ungar schüttelte sich mit gespieltem Entsetzen. »Lieber kämpfe ich gegen ein ganzes Regiment Husaren, als es mit einem wütenden Bossel aufzunehmen.«

Valerian lachte. »Also gut, Männer«, sagte er dann und nahm die Zügel. »Versuchen wir unser Glück. Aber haltet die Augen auf! Beim ersten Anzeichen eines dänischen Waffenrocks kehren wir um und geben Fersengeld!«

Die Männer nickten, und alle Fröhlichkeit war aus ihren Gesichtern verschwunden, als sie sich hinter

Valerian einreihten und im langsamen Trab auf die Straße zuritten. Die schlängelte sich durch die von der Schlacht gezeichnete Landschaft, bis sie schließlich vor dem großen Haupttor in der Stadtmauer von Wolgast endete.

Valerian spürte, wie seine Beklommenheit wuchs, als sie sich der Stadt näherten und die Befestigungen immer drohender vor ihnen aufragten. *Bist du dir sicher, dass das wirklich eine gute Idee ist?*

Das war er nicht, aber als sie schließlich nur noch zweihundert Schritt von dem Tor entfernt waren, ohne dass ein Schuss gefallen war oder sie mit einem barschen Schrei aufgefordert wurden, sich zu erklären, wuchs seine Zuversicht.

Und als sie sich schließlich bis auf fünfzig Schritt dem Tor genähert hatten, wusste Valerian, dass sein Instinkt ihn nicht getrogen hatte. Nicht nur, dass sich keine Wachen in den Türmen rechts und links neben dem schweren Portal zeigten, die kleine Seitentür, durch die man eintreten konnte, ohne die massiven Torflügel öffnen zu müssen, stand offen.

Es könnte eine Falle sein, dachte Valerian. *Aber andererseits, wer würde sich schon wegen vier kaiserlicher Soldaten eine solche Mühe machen?* Sie erreichten die Pforte, und ein letztes Mal zögerte er. Immer noch hatte sich niemand blicken lassen, weder ein Däne noch irgendein Bewaffneter von der Stadtwache oder überhaupt eine Menschenseele.

Er zügelte sein Pferd und sah seine drei Kameraden an. An ihren ernsten Mienen erkannte er, dass ihnen ganz ähnliche Gedanken durch den Kopf gingen, aber da sie nun schon einmal so weit gekommen waren, wollten sie auch nicht wieder unverrichteter Dinge zurückreiten. »Also gut, Männer. Denkt daran, Augen auf!«

Er holte einmal tief Luft und lenkte sein Pferd zu der etwa zwei Mannslängen hohen Pforte, hinter der tiefe Dunkelheit herrschte. Während er sein Pferd behutsam hindurchtrieb und in den finsteren Torgang ritt, überkam ihn wieder das Gefühl, auf dem richtigen Weg zu sein.

Es war keine Falle. Aber was ihn erwartete, überstieg all seine Vorstellungen.

»Brot, Herr! Ein Stück Brot! Habt Erbarmen, Herr! Seht doch, Herr, wir hungern …!«

Valerian zuckte zurück, als ihm die zerlumpte Frau ein Bündel entgegenstreckte, in dessen Falten er das runzlige Gesicht eines Kindes sah. Eines winzigen Babys, dessen starre, milchige Augen verrieten, dass es tot war, und das vermutlich schon längere Zeit.

Der Korporal hinter ihm trieb sein Pferd neben Valerian und schob die Frau entschlossen zur Seite. Seine beiden Kameraden drängten so dicht an ihn, dass sich die Leiber ihrer Pferde an seinen Stiefeln rieben. Sich zusammenzuscharen schien eine natürliche Reaktion auf das, was sich ihren Augen bot, nachdem sie aus der Dunkelheit des Torgangs in die Straßen von Wolgast gelangt waren.

Die gute Nachricht war, dass die Dänen tatsächlich abgezogen waren. Offenbar war der Lärm, den der Wachsoldat ihm beschrieben hatte, entstanden, als sie ihre Ausrüstung und alles, was sie von ihrer Beute auf den Schiffen mitnehmen konnten, auf die Karren geladen hatten.

Und in den großen Feuern hatten sie den Rest verbrannt, den sie nicht brauchen oder mitschleppen konnten.

Sie lassen die Leute verrecken und verbrennen alle Vorräte!, dachte Valerian entsetzt, als er an dem ersten großen Feuer vorbeiritt. An dessen Rand lagen verkohlte Leichen. Vermutlich von Menschen, die versucht hatten, in ihrer Not noch irgendetwas Essbares oder Verwertbares aus den Flammen zu retten, und dabei selbst verbrannt waren. Vielleicht hatten die Dänen sie auch erschlagen, um sie daran zu hindern, sich die Lebensmittel zu holen, bevor sie verbrannten, und sie dann einfach den Flammen überlassen.

Ganz gleich, das Ergebnis ist dasselbe. Valerian spürte, wie ihm Galle brennend den Hals emporstieg. Sein Magen war noch leer, weil er nicht gefrühstückt hatte, worüber er froh war. Trotzdem war es alles andere als angenehm, als sich sein Magen beim Anblick des Elends verkrampfte. Und jedes Mal, wenn er glaubte, es könnte nicht schlimmer kommen, bog er um die nächste Ecke, und noch schrecklicheres Grauen schlug ihm entgegen.

»Grundgütiger Gott!« Der Korporal neben ihm starrte kreidebleich in eine Gasse und bekreuzigte sich unwillkürlich.

Valerian folgte seinem Blick. Als er sah, worum sich die mageren Straßenköter wütend stritten, verkrampfte sich sein Magen erneut. Es waren die Leichen von zum Teil bis auf die Knochen abgemagerten Menschen. Auch Kinder waren darunter. Sehr junge Kinder. Die Hunde selbst waren so ausgehungert, dass sie das Fleisch der Toten fraßen. Valerian sah einen Hund, der mit blutverschmierter Schnauze tief im aufgerissenen Bauch eines Kindes wühlte. Als ein anderer hinzukam, wurde er zornig angebellt und vertrieben.

»Gibt es denn hier keine Soldaten der Stadtwache oder Stadtoberen, die wenigstens versuchen, die Ordnung wiederherzustellen?«, fragte Valerian.

»Cornet …« Die Stimme Bogdans klang plötzlich anders, schärfer.

»Was ist, Korporal?«

»Ich glaube, wir sollten umkehren.«

Valerian sah ihn an. »Sicher, aber zuerst will ich mich davon überzeugen …«

»Herr, ich glaube wirklich, wir sollten kehrtmachen, und zwar auf der Stelle!«

Valerian folgte dem Blick des Mannes und sah, was er meinte.

Es waren mindestens zwanzig, und sie trugen alle möglichen Dinge, die sich als Waffen verwenden ließen, Mistgabeln, Knüppel, Dreschflegel, sogar zwei oder drei rostige Klingen konnte Valerian in den schmutzigen Fäusten der ausgemergelten Gestalten ausmachen.

»Plünderer«, zischte der Ungar.

»Allerdings«, setzte Josef Pirns hinzu. »Und aus der Gasse links von uns kommen noch mehr.«

Ein kurzer Blick überzeugte Valerian, dass der Mann recht hatte. Und ihm war klar, dass sie trotz ihrer besseren Waffen gegen diese Übermacht aus Verzweifelten und Gottlosen nicht bestehen konnten. Diese Plünderer, unter denen sich auch Frauen und selbst Kinder befanden, wie er feststellte, würden sie in kleine Stücke hacken, wenn sie nicht sogar Schlimmeres mit ihnen anstellten. Aber erst, nachdem sie ihnen alles abgenommen hatten, was sie gebrauchen konnten.

»Kehrt marsch, Männer!«, befahl Valerian.

Aber noch bevor er sein Pferd wenden konnte, meldete der Ungar, dessen Stimme angesichts ihrer bedrohlichen Lage bemerkenswert ruhig klang: »Der Rückweg ist abgeschnitten!«

Also war es doch eine Falle, dachte Valerian, während er hastig nach einem Ausweg Ausschau hielt. *Nur waren es nicht die Dänen, die sie uns gestellt haben.* Als er mit seinem Blick die Plünderer streifte, die langsam und drohend näher kamen, wusste er nicht genau, ob es ihm nicht sogar lieber gewesen wäre, wenn der Feind sie überrascht hätte. Diese Menschen jedenfalls würden keine Gnade walten lassen. Sie machten keine Gefangenen. Valerian war klar, dass die blanke Verzweiflung und Not sie trieb, aber das änderte für ihn und seine Kameraden nichts. Sie mussten so schnell wie möglich hier raus, koste es, was es wolle.

Er zog den Säbel, den er nach der Begegnung mit der Bettlerin wieder eingesteckt hatte.

»Wir brechen durch, Männer. Korporal?« Er deutete auf die kleine Gruppe von etwa zehn Männern, die sich hinter ihnen auf der Straße aufgebaut hatte und den Rückweg zum Tor versperrte.

Der Korporal hatte sich einmal mit seinem Pferd im Kreis gedreht und nickte. »Eine andere Wahl haben wir wohl nicht, Herr Cornet. Ich reite voran und …«

»Den Teufel wirst du tun, Bogdan!«, fiel ihm Valerian ins Wort. »Du bist die Nachhut. Istvan?« Er wusste, dass der Gefreite sowohl mit der linken als auch mit der rechten Hand einen Degen führen konnte. Bei einem Übungskampf im Lager hatte er gesehen, wie Istvan seinen Gegner überrascht und besiegt hatte, indem er die Waffe von der rechten in die linke Hand warf und die offene Deckung des Mannes auf dieser Seite angriff. »Du und Josef reitet hinter mir, du links, er rechts!«

Der Ungar nickte, zog sein Schwert und nahm es, wie Valerian erwartet hatte, in die linke Hand. Josef Pirns packte seine Partisane fester und sah seinen Cornet abwartend an.

Die Plünderer hatten sie mittlerweile fast erreicht, und Valerian fröstelte, als er in die vom Krieg gezeichneten, entstellten Gesichter blickte. Da war ein Mädchen, ein ansonsten hübsches Mädchen, vielleicht zehn Jahre alt, dem die Nase fehlte. Stattdessen klaffte dort eine grässliche Wunde, ein tiefes Loch mitten in ihrem Gesicht. Er konnte sich nicht vorstellen, was diesem Kind widerfahren war. War dies das Werk einer hungrigen Ratte, eines der Straßenköter? Eines ... Menschen?

Für einen Moment überkamen ihn Skrupel. *Es sind Zivilisten, Opfer des Krieges, von denen wir jetzt etliche töten werden.* Doch als er in die Augen dieser zerlumpten Gestalten blickte, verschwand jeder Zweifel. In ihnen lag kaum noch etwas Menschliches, nur blanke, rohe Gier und Verzweiflung.

»Los!«, schrie er und gab seinem Pferd die Sporen. *Gott möge uns vergeben!*

Und im nächsten Moment hieb er mit dem Säbel zu, sah gar nicht, wohin er schlug, sah nur die Masse dieser albtraumhaften Gestalten, die ihre knorrigen, krallenartigen Hände nach ihm ausstreckten, sah Blut spritzen, sah Gesichter, über deren Knochen sich nur noch dünne Haut spannte, die wegplatzte, wenn seine Klinge sie traf … aber er sah nicht, dass auch nur ein einziges dieser grausigen Wesen zu Boden ging.

Es war, als könnten sie nicht mehr sterben. Als würde er nicht gegen Menschen kämpfen, sondern gegen lebende Tote, in einer Stadt, die zu einer riesigen Gruft der Verfluchten geworden war. Diese Wesen waren bereits tot. Und sosehr er auch auf sie einhackte, sie verstümmelte und verkrüppelte, sie schienen immer mehr zu werden.

Er wunderte sich, dass diese skelettierten Kreaturen überhaupt bluten konnten, denn sie schienen nur aus Knochen und Haut und Stofffetzen zu bestehen.

Er trieb sein Pferd über sie hinweg, hörte das Brechen von Knochen und das Schmatzen von Fleisch unter den spitzen, eisenbeschlagenen Hufen seines Rosses, und er hörte das Schreien und Wehklagen um sich herum, das sich anhörte wie der höllische Chor verdammter Seelen …

»… der Befehl lautete Aufklärung, wenn ich mich recht entsinne, Cornet von Villesen!«

Lieutenant Feldbrück, der Ordonnanzoffizier des Obristen von Altenfelde, genoss seinen Auftritt sichtlich.

»Stattdessen habt Ihr Euch einem ausführlichen Befehl widersetzt und dabei das Leben von kaiserlichen Soldaten gefährdet. Außerdem …«

Er brach ab, als Obrist Heimar von Altenfelde das Zelt betrat, gefolgt von einem anderen Mann, nicht Wallenstein, wie Valerian für einen Moment angenommen hatte, sondern seinem Stellvertreter, Feldmarschall von Tiefenbach.

»Das reicht, Lieutenant!«, unterbrach der Obrist die Tirade des Stabsoffiziers.

Der Lieutenant verstummte schlagartig, als die beiden hohen Offiziere vor ihm standen, und trat mit einem knappen »Jawohl, Herr Obrist!« zurück. Die anderen Offiziere im Zelt sahen sich vielsagend an.

Valerian straffte sich, als Altenfelde ihn eindringlich musterte.

»Also, Cornet«, begann der Obrist. »Wie ich hörte, habt Ihr Euch in Wolgast ein wenig … umgesehen?«

Valerian riss seinen Blick von dem Feldmarschall los, der ihn mit unbeweglicher Miene ansah. »Jawohl, Herr Obrist!«

»Und?«, fuhr von Altenfelde nach einer kleinen Pause fort, als Valerian nicht weitersprach. »Feldmarschall Freiherr von Tiefenbach ist ebenso neugierig wie ich darauf zu erfahren, was Ihr dort bei Eurem … Aufklärungsritt gesehen habt.«

Valerian riss sich zusammen. »Die Dänen sind offenbar im Schutz der Nacht abgezogen, Herr Obrist. Sämtliche Vorräte und alles, was noch von Nutzen sein könnte, haben sie verbrannt, und die Bevölkerung …« Er presste kurz die Lippen zusammen. »Man hat sich dort aufs Plündern verlegt. Auch wenn ich nicht weiß, was es da noch zu plündern geben soll.« Er sah den Feldmarschall an. *Bleib beim Wesentlichen,* befahl er sich. *Was die Bevölkerung macht, interessiert den Mann nicht. Ihm geht es nur um die Dänen.* »Wir hatten nicht viel Zeit, aber es sah nicht so aus, als hätten die Dänen irgendwo einen Hinterhalt gelegt.« Er richtete den Blick wieder auf Obrist von Altenfelde. »Die Stadt ist frei, und wir …« Er verbesserte sich hastig. »Der Generalissimus kann dort einziehen.«

Von Tiefenbach und der Obrist sahen sich an. »Ich erstatte dem Generalissimus umgehend Rapport«, erklärte der Feldmarschall. »Sorgt Ihr dafür, dass unsere Truppen in einer Stunde marschbereit sind.« Er machte Anstalten, sich umzudrehen, sah dann aber noch einmal Valerian an. »Gut gemacht, Cornet.« Damit verließ von Tiefenbach das Zelt und ging davon, begleitet von seinem Ordonnanzoffizier und einer kleinen Schar von höheren Offizieren.

»Von Villesen, von Villesen, was mache ich mit Euch?«

Valerian, der voller Stolz über die Belobigung dem Feldmarschall nachgesehen hatte, zuckte zusammen und richtete seine Aufmerksamkeit wieder auf den Obristen. Der hob die Hand, als Valerian den Mund öffnete.

»Ich erwarte keine Antwort.« Er lächelte. »Genauer gesagt, ich erwarte sie nicht von Euch, sondern von mir selbst, und ich wäre froh, wenn Ihr mir Zeit zum Nachdenken lassen würdet, um eine unmissverständliche Formulierung für das zu finden, was ich Euch zu sagen habe.«

Valerian straffte sich. *Das klingt nicht gut. Aber er lächelt. Also kann es so schlimm auch wieder nicht sein.*

»Eure Zeit bei den Kürassieren meines Regiments ist nach diesem Vorfall wohl endgültig zu Ende, Cornet.«

Valerian hatte das Gefühl, als würde man ihm den Boden unter den Füßen wegziehen. »Aber …«, begann er, bevor er sich beherrschen konnte.

Obrist von Altenfelde hob erneut die Hand, und diesmal lächelte er nicht.

Valerian klappte den Mund zu.

»Gut.« Der Obrist musterte Valerian eindringlich. »Ihr müsst lernen, Euch im Zaum zu halten, Cornet. Auch meine Nachsicht hat Grenzen.«

»Jawohl, Herr Obrist.«

»Also, wie ich sagte, Eure Zeit als Cornet in meinem Regiment ist zu Ende.« Er blickte an Valerian vorbei, der plötzlich die Gegenwart eines dritten Mannes im Zelt spürte. Er widerstand dem Impuls, sich umzudrehen, weil er ahnte, dass der Obrist das nicht gebilligt hätte. »Ich muss sagen, dass mich Eure Kapriolen bedenklich gestimmt haben, aber Rittmeister de Jong meint, Ihr wäret ein durchaus fähiger Offizier. Dieselbe Meinung über Euch hat auch Lieutenant Machinskij.« Er betrachtete Valerian von Kopf bis Fuß. »Ich werde mich hüten, meinen beiden besten Offizieren zu widersprechen.«

Er winkte den Mann zu sich, der hinter Valerian stand. Der trat vor und stellte sich neben den Obristen. Valerian hatte ihn schon mehrmals gesehen, aber noch nie etwas mit ihm zu tun gehabt.

»Rittmeister Freiherr Armand von Gidéau, Befehlshaber der Schwadron Friedland. Ihr wisst, wer und was das ist?«

»Das weiß ich, Herr Obrist.« Valerian verneigte sich knapp vor dem Rittmeister. »Herr Rittmeister, es ist mir eine Ehre, den Befehlshaber der Leibschwadron Seiner Gnaden kennenzulernen.«

»Ob es meinerseits eine Ehre ist, den Cornet von Villesen kennenzulernen, der eine höchst eigenwillige Art und Weise an den Tag legt, Befehle zu interpretieren, eine Art und Weise, die ich keinesfalls dulden werde, wird sich noch zeigen.« Der Rittmeister hatte leise und gelassen gesprochen, aber in seiner Stimme schwang eine Autorität, wie Valerian sie bislang nur bei Wallenstein und von Altenfelde gespürt hatte. Dieser Mann musste nicht laut werden, weil er gewöhnt war, dass man seinen Worten mit dem gebührenden Respekt lauschte und seine Befehle befolgte, ohne auch nur ein Jota davon abzuweichen. »Aber ich bin mir ziemlich sicher, dass Lieutenant von Villesen in dieser Hinsicht keinen Ärger machen wird.«

Valerian starrte den Rittmeister einen Moment vollkommen verständnislos an.

»Ich denke, das hier ist für Euch.« Der Obrist hielt ihm ein zusammengerolltes Pergament hin. Es war mit einem roten Seidenband umwickelt, von dem ein schweres Wachssiegel baumelte. »Euer Offizierspatent, Herr Lieutenant.«

Völlig überrumpelt nahm Valerian das Dokument entgegen. Ihm fehlten die Worte, um sich zu bedanken.

»Rittmeister von Gidéau wird Euch in sein Quartier mitnehmen und Euch mit einer Uniform ausstatten, wie sie einem Lieutenant der Leibschwadron des Generalissimus angemessen ist.« Der Obrist sah den Rittmeister an. »Was den Ordonnanzoffizier des Lieutenants angeht …«

Freiherr Armand von Gidéau hob eine Braue. »Die Wahl seines Burschen ist dem Lieutenant natürlich freigestellt.« Er räusperte sich. »Wie ich gehört habe, ist sein jetziger Bursche wie eine Glucke um das Wohlergehen des Herrn Lieutenant besorgt. Aber für ihn gilt dasselbe wie für jeden anderen Angehörigen meiner Schwadron. Absolute Disziplin, absoluter Gehorsam und absolute Loyalität.« Die Augen des Rittmeisters schienen mit einem Mal hart wie Kiesel zu werden. »In dem letzten Punkt war Ihr Vorgänger bedauerlicherweise nicht so verlässlich.« Er machte eine kleine Pause, dann lächelte er und streckte die Hand aus. »Aber ich habe das Gefühl, dass ich bei Euch in dieser Hinsicht keine Bedenken haben muss.«

»Ganz bestimmt nicht, Herr Rittmeister!«, stieß Valerian hervor, während er die Hand des Offiziers nahm und schüttelte. *Ganz bestimmt nicht.* Sein Gefühl, als er in Wolgast hineingeritten war, hatte ihn also nicht getrogen. *Der nächste Schritt auf dem Weg. Das hier ist die Bestätigung dafür,* dachte er. Und er unterdrückte hastig die Erinnerung an das, was er gesehen hatte, nachdem er durch dieses Tor geritten war.

… das Mädchen, vielleicht zehn Jahre alt, dem die Nase fehlte. Stattdessen klaffte dort ein tiefes Loch mitten in ihrem Gesicht …

»Nehmt auch meinen Glückwunsch entgegen, Herr Lieutenant von Villesen.« Der Obrist trat vor und legte Valerian die Hand auf die Schulter. »Ich freue mich, dass ich mich nicht in Euch getäuscht habe. Auch wenn sich unsere Wege jetzt trennen, bin ich davon überzeugt, dass ich noch von Euch hören werde.«

Valerian verneigte sich. »Ich danke Euch für Euer Vertrauen, Herr Obrist.« Dann runzelte er die Stirn. »Unsere Wege trennen sich? Ihr reitet nicht mit uns in die Stadt?«

Rittmeister von Gidéau räusperte sich vernehmlich, und Obrist von Altenfelde lachte leise. »Wie ich schon sagte, Herr Lieutenant, Euer neuer Kommandeur wird nicht so viel Nachsicht mit Euch an den Tag legen, wie ich es getan habe.« Bevor Valerian etwas sagen konnte, sprach von Altenfelde weiter. »Aber nein, um Eure Frage zu beantworten, ich reite nicht mit. Diese Ehre bleibt dem Generalissimus vorbehalten. Wir werden sofort aufbrechen und den Dänen folgen. Es mag sein, dass sie Wolgast aufgegeben haben, aber wir können nicht davon ausgehen, dass Christian IV. seine Pläne in Norddeutschland endgültig begraben hat. Und es kann sicher nicht schaden, wenn wir ihm klarmachen, dass wir wachsam bleiben. Ein Rückzug aus einer unhaltbaren Situation ist noch lange keine Kapitulation.« Er hob die Brauen. »Und von Friedensverhandlungen mit dem dänischen König, wie sie dem Generalissimus vorschweben, sind wir noch weit entfernt.«

Kapitulation? Friedensverhandlungen? Valerian dachte an die ausgemergelten und verzweifelten Gesichter der Menschen in Wolgast.

… und er hörte das Brechen von Knochen und das Schmatzen von Fleisch unter den Hufen seines Pferds …

Dann sah er den Rittmeister an. *Nein, Herr Rittmeister,* dachte er, als er den durchdringenden Blick des Mannes erwiderte. *An meiner Loyalität zu diesem Generalissimus und Feldherrn braucht Ihr wahrlich nicht zu zweifeln. Und was meinen Gehorsam angeht, daran werde ich arbeiten.*

»Wenn Ihr so weit seid, Herr Lieutenant, dann folgt mir in mein Quartier. Unser Quartiermeister muss Euch angemessen ausstatten, bevor wir mit unserem Feldherrn in Wolgast einreiten. Ihr werdet sehr bald merken, dass der Dienst in der Leibschwadron des Herzogs von Mecklenburg und Friedland besondere Anforderungen stellt, nicht nur an Disziplin und Gehorsam, sondern auch daran, bei der Erfüllung Eurer Pflichten makellos auszusehen.«

Valerian stellte sich Bossels Reaktion auf diese Beförderung vor und die Konsequenzen hinsichtlich seines Äußeren. *Nun gut,* dachte er, als er sich noch einmal vor dem Obristen verneigte und dann dem Rittmeister aus dem Zelt folgte. *Es war ja zu erwarten, dass es bei dieser Sache auch eine Kehrseite geben musste.* Aber das konnte seine Hochstimmung nicht dämpfen. *Lieutenant Freiherr von Villesen! Und das in knapp zwei Jahren! Ich würde wirklich zu gerne sehen, wie Augusta reagiert, wenn sie davon erfährt.*

12. KAPITEL

Hamburg, Freie Reichsstadt

»Madame! Ich will Euch sprechen!«

Augusta zuckte zusammen, als die barsche Stimme ihres Gatten auf der anderen Seite der Tür ertönte, und sie ließ den Brief sinken, den ihre Zofe ihr am Morgen zusammen mit dem Frühstückstablett gebracht und den sie seitdem schon ein Dutzend Mal gelesen hatte.

»Selbstverständlich, Seigneur.« Hastig faltete sie den Brief zusammen und schob ihn unter das Kissen des kleinen Sofas, auf dem sie saß. Dann glättete sie ihren seidenen Morgenrock und überzeugte sich davon, dass er perfekt saß. »Tretet ein.«

Die Tür öffnete sich bereits, bevor sie den letzten Satz auch nur begonnen hatte. Albert de Montfine betrat das Schlafgemach seiner Frau. Nach einem Schritt blieb er stehen und warf einen finsteren Blick auf die Zofe, die auf einem kleinen Hocker am Fenster saß. »Schickt sie weg!«, befahl er, ohne Augusta anzusehen. »Bei dieser Unterhaltung will ich nicht von neugierigen Ohren belauscht werden!«

Augusta verbiss sich eine spitze Erwiderung und bedeutete Lisette mit einem gequälten Lächeln, dem Wunsch ihres Gemahls nachzukommen. Sie folgte der jungen Frau mit ihrem Blick, bis diese die Tür hinter sich geschlossen hatte, und vermied es, ihren Gemahl anzusehen.

Seit ihrer Ankunft in Hamburg hatte sich ihr Verhältnis erheblich verschlechtert. Ihr Gatte war immer schon brüsk und abweisend gewesen, aber sein Verhalten ihr gegenüber war seit ihrem Aufenthalt im Palais du Louvre noch kälter geworden. Augusta ahnte den Grund dafür. Jean Armand du Plessis, der ehemalige Vertraute der Königinmutter Maria de Medici, auch bekannt als Kardinal Richelieu. Der mächtige Mann, in dessen Gunst sich Albert de Montfine hatte sonnen wollen, fand ganz offensichtlich Gefallen an der jungen, schönen Marquise de Berny. Jedenfalls genoss er ihre Gesellschaft und ihren, wie er Albert gegenüber bei keiner Gelegenheit zu erwähnen vergaß, scharfen Verstand.

Und Augusta musste zugeben, dass sie die Gesellschaft des Kardinals ebenfalls als belebend empfand. Richelieu schien – im Unterschied zu ihrem Ehemann – trotz seiner Macht und seines Einflusses Frauen nicht nur als potentielle Mütter von Erben zu betrachten. Vielmehr hatte sie den Eindruck, dass der Kardinal tatsächlich etwas auf ihre Meinung gab.

Vielleicht liegt es daran, dass er viel mit Maria de Medici zu tun gehabt hat, auch wenn sich die beiden mittlerweile offenbar nicht mehr so gut verstehen. Ihr war aufgefallen, dass die Atmosphäre sofort extrem angespannt war, wenn Richelieu, die Königinmutter und der König zusammen waren. *Was allerdings nur zweimal vorgekommen ist.* Und das eine dieser beiden Male war vermutlich der Grund für Albert de Montfines fast schon feindseliges Verhalten ihr gegenüber.

Richelieu hatte Augusta in seine Privatgemächer eingeladen, um mit ihr zu dinieren, und während des Desserts, das sie auf einem von diesen geschwungenen Fauteuils einnahmen, bei denen man sich gegenübersitzt, war die Königinmutter mit Albert im Kielwasser hereingeplatzt.

Offenbar hat sie erwartet, den Kardinal und mich in einer pikanten Situation zu überraschen. Und Albert hat das wohl ebenfalls gedacht.

Augusta richtete ihren Blick auf ihren Gemahl, als der sich ungeduldig räusperte. Sicherlich war Eifersucht der Grund für das kalte Verhalten des Marquis, und eigentlich hatte er auch allen Grund dafür. Es schüttelte sie immer noch, wenn sie an die beiden Male dachte, bei denen sie bislang ehelichen Verkehr gehabt hatten. Beim ersten Mal hatte er seiner Pflicht Genüge getan und die Ehe vollzogen. Sie hatte keinen Hehl daraus gemacht, wie wenig ihr das gefallen hatte und dass sie hoffte, bis zur Empfängnis eines Erben dieser »Notwendigkeit der Natur« so selten wie möglich nachkommen zu müssen.

Sie wusste, dass Albert sich körperlich kein bisschen zu ihr hingezogen fühlte, sodass das zweite Mal noch schlimmer gewesen war. Er hatte sie vorher nach einem günstigen Zeitpunkt für die Empfängnis gefragt, und Augusta hatte, einem Impuls folgend, gelogen. Mittlerweile war sie sich vollkommen sicher, dass sie niemals ein Kind von diesem Mann bekommen würde. Sie wollte nur noch weg von ihm, aber sie wusste nicht, wie sie das anstellen sollte. Nicht zuletzt deshalb hatte sie sich bemüht, ihn dazu zu bringen, sie mit nach Deutschland zu nehmen.

Ein Hintergedanke, den Albert de Montfine natürlich durchschaut hatte. Und nach ihrem Besuch im Palais witterte er in jedem halbwegs attraktiven Mann, was im Vergleich zu ihm so ziemlich jedes männliche Wesen war, einen Kuckuck, der ihn zum Hahnrei machen würde und ihm möglicherweise sogar ein Ei ins Nest legte.

Selbst schuld, dachte Augusta. *Wenn du mich etwas freundlicher behandeln würdest …* Sie betrachtete ihren Mann, die Hakennase, das fliehende Kinn, den spärlichen Haarwuchs, den er unter einer Perücke verbarg, und die gekrümmte Haltung der hageren Gestalt. *Nein,* gestand sie sich ein, *auch dann nicht.*

Offenbar hatte Albert de Montfine keine Lust mehr, darauf zu warten, dass seine Gattin ihn zum Sprechen aufforderte. »Heute Nachmittag werde ich zu diesem jüdischen Bankier gehen, diesem da Silva.« Er starrte Augusta missmutig an. »Er und de Lemos erwarten mich in der Hamburger Bank im Rathaus, zusammen mit diesem Schwachkopf von Chevalier. Ich kann nur hoffen, dass sie wenigstens nicht das ganze Gold des Kardinals diesem Dänen in den Rachen geworfen haben!« Er schnaubte. »Vorher suche ich allerdings noch einen Medicus auf, den Sohn dieses angeblichen Wunderheilers, von dem ganz Hamburg redet, Benedictus de Castro.« Er schüttelte den Kopf. »Natürlich ist auch er ein Jude wie sein Vater Rodrigo! Ich weiß wirklich nicht, was diese Leute sich einbilden! Glauben sie wirklich, dass es genügt, sich einen spanischen Namen zuzulegen und pro forma zum katholischen Glauben überzutreten, um sich vor der Heiligen Inquisition sicher zu fühlen?«

Es sind portugiesische Juden, edler Gemahl. Sephar-

den, keine Spanier. Und heilig ist diese Inquisition ganz sicher nicht! Klugerweise behielt sie das für sich, zumal seine Frage wohl auch nur rhetorisch gemeint war.

»Quält Euch etwas, Seigneur?« Sie musste sich Mühe geben, um nicht hoffnungsvoll zu klingen.

»Die Gicht, nichts weiter.« Albert kniff die Augen zusammen. »Macht Euch keine Sorgen, Madame! Bevor Ihr nicht meinen Erben in Euch tragt, werde ich diese verdammte Welt nicht verlassen!«

Dann werdet Ihr ewig leben, Monsieur, dachte sie. »Natürlich nicht, Seigneur«, antwortete sie. »Ihr teilt mir mit, dass Ihr zu einem Arzt geht und zu der Bank, weil ich in dieser Zeit etwas für Euch tun soll, nehme ich an?«

»Im Gegenteil«, antwortete er. »Nichts sollt Ihr in dieser Zeit tun. Ich will, dass Ihr das Haus nicht verlasst, bis ich wieder da bin. Oder …« Er machte eine unwirsche Handbewegung. »Bereitet Euch auf das wichtige Diner vor, zu dem wir heute Abend eingeladen sind, bei Salvius, dem schwedischen Residenten in Hamburg. Ich gehe davon aus, dass de Lemos mit seiner Tochter und dem Chevalier ebenfalls dort auftauchen wird, wie wohl auch der Erste wortgewandte Bürgermeister von Hamburg und …«

»Worthaltender Bürgermeister.«

»Wie bitte?« Albert sah seine Frau ungnädig an.

»Es heißt Worthaltender Bürgermeister, Seigneur.« Augusta lächelte. »Es liegt mir fern, Euch zu verbessern, aber ich dachte, es wäre …«

»Ja, ja, schon gut.« Albert de Montfine machte erneut diese unwirsche Bewegung mit der Hand. »Jedenfalls werden bei diesem Diner einige wichtige Persönlichkeiten anwesend sein, und ich möchte Euch bitten, Euch entsprechend schicklich zu verhalten. So eine Szene wie im Palais du Louvre möchte ich nicht noch einmal erleben.«

Augusta spürte, wie ihr bei den beleidigenden Worten ihres Gemahls die Röte ins Gesicht stieg. *Denkst du vielleicht, mir geht es anders?* Augusta konnte ihren Zorn kaum zurückhalten. Sie richtete sich etwas gerader auf und hörte, wie etwas unter dem Kissen knisterte. *Der Brief.*

»Was ist das?« Albert hatte es ebenfalls gehört. Mit zwei schnellen Schritten war er neben ihr und griff mit seiner knochigen Hand unter das Kissen. »Was versteckt Ihr da vor mir?«

Augusta versuchte, ihm den Brief wegzunehmen, aber er hielt ihn hoch und stieß sie gleichzeitig mit der anderen Hand unsanft auf das Sofa zurück, als sie aufstehen wollte.

»Eine Epistel Eures Liebhabers, also doch!« Die Augen des Marquis glühten vor Wut. »Ich habe es ja gewusst! Wahrscheinlich habt Ihr das Netz Eurer Jugend und Naivität über den Kardinal ausgeworfen und ihn verführt, den armen Mann!« Sein Blick zuckte zur Signatur am Ende des Briefes. »Euer … Euer Bruder?«

Wieder versuchte Augusta ihm den Brief wegzunehmen, und wieder wehrte er ihre Hand ab, diesmal allerdings nicht ganz so grob. Statt ihr den Brief zurückzugeben, begann er, ihn zu lesen. »Sieh an, dieser Landjunker hat sich bereits in die Gunst von Wallenstein geschlichen!« Er warf Augusta einen verächtlichen Blick zu. »Diese besondere Fähigkeit scheint bei Euch in der Familie zu liegen, Madame.«

Augusta kämpfte mit den Tränen und bekam fast keine Luft vor Wut. Am liebsten hätte sie diesen anmaßenden, ekelhaften Kerl auf der Stelle erdolcht, aber außer ihrer Haarnadel hatte sie nichts, was sie als Waffe hätte benutzen können.

»Oho!« Der Marquis hob die Brauen. »Lieutenant ist er also schon.« Er lachte. »Keine schlechte Karriere für einen adligen Bauernburschen.« Beim Weiterlesen runzelte er die Stirn. Dann warf er den Brief auf das Sofa und sah Augusta an. »Wer ist dieser Eik, den er nicht von Euch grüßen konnte?«

Augusta hatte die Fäuste geballt, und ihr stand der Sinn nur danach, diesen Mann zu verletzen. »Mein erster Liebhaber, Seigneur. Ein richtiger Mann.«

Aber Albert de Montfine schien nicht sonderlich beeindruckt. »Euer erster Liebhaber?« Er schnaubte, und er wirkte auf einmal fast amüsiert. »Wenn ich mich nicht irre, ist Blut geflossen, als ich unsere Ehe vollzog, Madame. Also kann dieser Kerl wohl kaum ein richtiger Mann gewesen sein, und schon gar kein besonders erfahrener Liebhaber. Eigentlich bedauerlich, denn etwas Erfahrung in solchen Liebesdingen hätte Euch gewiss nicht geschadet. Vielleicht wäre dann unsere Ehe bereits mit einer Leibesfrucht gesegnet!« Er starrte sie noch einen Moment lang böse an, dann fuhr er herum, ging zur Tür und riss sie auf. Lisette, die offenbar auf der anderen Seite gelauscht hatte, fuhr hastig zurück, aber Albert achtete nicht auf die Zofe.

Er drehte sich um und sah noch einmal zu Augusta zurück. Dann streckte er die Hand aus und deutete auf sie. »Vergesst nicht, was ich Euch gesagt habe! Ihr werdet das Haus nicht verlassen, sondern Euch bereit machen, heute Abend mit mir und diesen Herrschaften zu dinieren. Sollte ich Grund zur Klage über Euer Verhalten haben, werdet Ihr das bereuen, Madame!« Damit wandte er sich zum Gehen. »Ich hole Madame um Glockenschlag sieben Uhr heute Abend ab. Sorg dafür, dass sie fertig ist!«, warf er Lisette hin.

Dann stampfte er wütend über den Flur und polterte kurz darauf die Treppe des kleinen Hauses am Nicolai Fleet hinab, wo sie Quartier bezogen hatten.

Erst als Lisette das Gemach ihrer Herrin betreten und die Tür hinter sich zugezogen hatte, ließ Augusta ihren Tränen freien Lauf.

Seufzend rollte sich Eik zur Seite. Er schloss die Augen, lauschte dem Klopfen seines Herzens und genoss das Gefühl von Befriedigung und Erschöpfung.

Dann spürte er eine zarte Berührung auf seiner schweißnassen Brust.

Leona hatte sich zu ihm gebeugt und küsste ihn auf die Brust. »Glücklich?«, fragte sie ihn und ließ sich wieder an seine Seite sinken.

Eik drehte ihr das Gesicht zu, ohne die Augen zu öffnen. Sie roch noch nach ihrem Liebesspiel, ihre Wangen waren von seinem kurz geschorenen Bart gereizt und glühten rot, ihre Augen waren groß, braun und glänzten.

Du machst mir Lust, dachte er, während er die Hand ausstreckte und ihren weichen Busen berührte. *Sehr sogar,* dachte er, als Leona die Augen schloss und leise stöhnte. *Aber ist das Glück?* Er spürte, wie sie ihm ihren Schoß entgegenschob, und er beschloss, nicht weiter über diese Frage nachzudenken.

Plötzlich stieg eine Erinnerung in ihm hoch. »Du«, stöhnte er, als er in Leona eindrang, fast grob, so als könnte dieser Akt verhindern, dass er sich an das Gesicht der Frau erinnerte, die ihm seinen ersten richtigen Kuss geschenkt hatte. »Du!«, wiederholte er, öffnete die Augen und starrte in Leonas Gesicht, während er immer wieder zustieß. Er beobachtete, wie sie laut und mit offenem Mund stöhnte. Sie umschlang ihn mit Armen und Beinen und presste sich gegen ihn.

Dann schloss Eik wieder die Augen und überließ sich ihrem gemeinsamen Vergnügen.

»Irgendwann werden wir es Vater sagen müssen.«

»Sicher.« Eik lag mit hinter dem Kopf verschränkten Händen auf dem zerwühlten Bett und beobachtete, wie Leona ihr kupferrotes Haar bürstete. Er erinnerte sich noch daran, wie überrascht er über die Fülle ihres Haars gewesen war, als Leona es zum ersten Mal für ihn gelöst und er mit seinen Fingern hindurchgefahren war. Es war voll und so schwer, dass es sich fast wie ein Vorhang aus Seide anfühlte. »Wenn er es nicht längst ahnt.«

Und ich frage mich auch, dachte er, *ob ich der einzige Mann bin, den du vor ihm verbirgst.* Eik war nicht sonderlich erfahren, was Frauen anging, doch ihm war klar, dass er ganz gewiss nicht Leonas erster Liebhaber war. *Aber du hast keinen Grund, dich darüber zu beschweren.* Er musterte ihren nackten Rücken und grinste. *Gar keinen.*

Leona unterbrach ihre Tätigkeit und drehte sich zu ihm um. Der Anblick ihrer nackten Brüste erregte Eik erneut, und er sah ihr hastig in die Augen.

»Das ist nicht dasselbe«, erwiderte sie eine Spur vorwurfsvoll. Dann lachte sie, als sie seine Reaktion auf ihre Nacktheit bemerkte. »Du bist wirklich unersättlich.« Sie legte die Bürste auf den Tisch und stand auf. »Mon amour.«

Eik schluckte. »Und du bist wirklich wunderschön.«

Sie lächelte und errötete, was er ein wenig merkwürdig fand. Immerhin hatten sie gerade miteinander geschlafen, und sie stand nackt vor ihm und blickte auf seine Männlichkeit. Und doch machte ein so einfaches Kompliment sie verlegen.

»Was meinst du damit?«, fragte er, als sie langsam auf das Himmelbett in der Mitte ihres Gemaches zuging. »Ich meine, dass es nicht dasselbe ist?« Er stützte sich auf die Ellbogen, als sich Leona auf das Fußende kniete, ohne ihren Blick von seinen Augen zu nehmen, und langsam auf ihn zukroch.

»Ich meine, es ist nicht dasselbe, ob mein Vater etwas ahnt oder wir ihm sagen, dass wir …«

»Dass wir was?« Eik schloss die Augen, als sie ihre Hand um sein Glied legte und es sanft massierte. »Seit einem Monat fast jeden Tag genau das miteinander tun, was wir gerade tun?« Er stöhnte.

Leona hatte ihre Lippen um sein hartes Glied geschlossen. Nun hob sie den Kopf und ließ ihn los. »Das meinte ich nicht.«

Eik legte die Hand auf ihr Haupt und versuchte, es auf seinen Schoß zu drücken. »Bitte hör nicht auf.«

»Ist das alles, woran du denkst?« Sie befreite sich aus seinem Griff und wich zurück.

Eik ließ die Hände auf das Laken fallen und seufzte. Dann fuhr er sich über das Gesicht, stemmte sich hoch und lehnte sich mit dem Rücken an das Kopfende des Bettes. »Im Augenblick? Ehrlich gesagt, ja.« Er lächelte, aber Leona verzog keine Miene, während sie ihn aufmerksam betrachtete. Sie stand auf, ging zum Stuhl, über dem ein Hausmantel aus kostbarer chinesischer Seide hing, nahm ihn und zog ihn an, um sich dann wieder auf den Stuhl zu setzen.

Eik betrachtete sie und erinnerte sich an den Vormittag vor gut einem Monat, als er in ihr Zimmer gestürmt war, weil er sie hatte schreien hören, und sie auf dem Bett gestanden und auf eine Ratte gezeigt hatte. Das Tier hatte zitternd, vermutlich vor Schreck wegen des Geschreis, in einer Ecke des Zimmers gehockt.

Eik hatte die Ratte mit seinem Stiefel erschlagen, nachdem sie sich unter das Bett geflüchtet hatte, und als er sich neben Leonas Bett wieder aufrichtete, hatte sie ihn aus Dankbarkeit stürmisch umarmt.

Es war das erste Mal und wie ein Wunder für ihn gewesen, dass er mit einer Frau zusammen war. *Richtig zusammen,* dachte er, als erneut Augusta durch seine Gedanken huschte. Seitdem hatten sie nicht genug voneinander bekommen können. Aber trotz der körperlichen Freuden, die sie einander schenkten, konnte Leona sein Inneres nicht erreichen, jedenfalls nicht so, wie er es sich wünschte.

Sei ehrlich, dachte er bitter, *so wie Augusta dich durch ihren Kuss berührt hat, hat Leona dich nie berühren können.* Genau das bereitete ihm ein schlechtes Gewissen. Und Unbehagen, wenn das Gespräch darauf kam, dass sie ihr Verhältnis ihrem Vater gestehen sollten.

Wovor hast du Angst?, fragte sich Eik. *Sie ist wunder-*

schön, sie ist gebildet, vermögend, und sie liebt dich. Jedenfalls sagt sie das. Und du?

»Wir können nicht endlos so weitermachen, Eik.« Leonas Miene hellte sich auf, als sie ihm ins Gesicht sah. »Ich liebe dich, und ich weiß, dass du mich auch liebst.« Sie hob eine Braue, in einer Mischung aus gespielter und ernst gemeinter Skepsis. »Das tust du doch, oder?«

»Ich …« *Das ist genau der Punkt,* dachte er. *Ich weiß es einfach nicht.* »Ich …«

»Ja, du.« Jetzt war nichts Spielerisches mehr in der Miene der jungen Frau.

Die Rettung kam von einer Seite, mit der Eik nicht gerechnet hatte und Leona wohl ebenso wenig.

Es klopfte an ihrer Zimmertür. »Signorina de Lemos?«

De Vries? Was, zum Teufel, will er von Leona?

Offenbar stellte sich Leona dieselbe Frage, denn sie sah Eik vollkommen verblüfft an. »Hauptmann …« Ihre Stimme war ein heiseres Krächzen, und sie räusperte sich. »Herr Hauptmann.« Seit sie sich in Hamburg wiedergesehen hatten, sprachen Leona und ihr Vater Deutsch mit Eik und Hauptmann de Vries. Französisch redeten sie nur, wenn sie mit Ducroix zu tun hatten. Wenn es jedoch um Dinge zwischen Vater und Tochter ging, verfielen sie in einen weichen, melodiösen Singsang, der, wie sie Eik lachend gestanden hatte, eine Mischung aus Portugiesisch und Jiddisch war, »eine Geheimsprache, wenn wir nicht wollen, dass ein leidenschaftlicher Müllersbursche oder ein aufdringlicher Chevalier verstehen, was wir sagen«.

»Ich kann gerade keinen Besuch empfangen, Herr

Hauptmann!«, rief Leona durch die geschlossene Tür. »Was möchtet Ihr von mir?«

»Da Ihr keinen Besuch empfangen könnt, Signora de Lemos, nehme ich an, dass Ihr meinem Offiziersburschen auch nicht ausrichten könnt, dass er sich gefälligst sofort gestiefelt und gespornt unten in der Diele bei mir melden soll!« Sie hörten ein kurzes Lachen durch die Tür. »Sagen wir, in fünf Minuten, aber das ist das Äußerste!«

Leona war rot angelaufen, und Eik starrte sie entsetzt an. *Woher weiß de Vries, dass Leona und ich …? Und weiß der Alte das etwa auch? Ich habe es doch geahnt!*

Aber Leona fing sich rasch wieder. »Selbstverständlich kann ich ihm das nicht ausrichten, und ich nehme an, das ist auch überflüssig, Herr Hauptmann.« Nach ihrem anfänglichen Schreck schien sich die junge Frau sogar über diese unmögliche Situation zu amüsieren. Jedenfalls klang ihre Stimme seltsam erstickt, als müsse sie ein Lachen unterdrücken, als sie weitersprach. »Kann ich sonst noch etwas für Euch tun?«

Einen Moment lang herrschte Stille auf der anderen Seite der Tür. Dann schien de Vries seinen Mund dichter an das Holz gedrückt zu haben, denn seine Stimme war deutlicher zu hören, obwohl er offenkundig leiser sprach.

»Ich würde es nicht wagen, Euch zu raten, Euch so schnell wie möglich präsentabel zu machen, Signorina de Lemos, weil Euer Vater früher als erwartet von seinen Bankgeschäften zurückgekehrt ist. Er ist gerade zu Euch unterwegs, um Euch mitzuteilen, dass Ihr ihn zu einem festlichen Diner im Haus des kaiserlichen Residenten begleiten werdet. Ebenso wie mein Bursche und ich. Also Eile ist geboten, wenn ich mir diese Bemerkung erlauben darf.«

Eik war bereits bei den ersten Worten des Hauptmanns vom Bett gesprungen und hatte sich hastig seine Strümpfe angezogen und die Hose übergestreift.

»Wir ... Ich danke Euch, Herr Hauptmann.«

»Dafür besteht kein Grund, Signorina. Ich habe bereits eine Ordonnanz verloren, und einem Offizier der Katholischen Liga dürfte es schwerfallen, hier im streng lutheranischen Hamburg einen geeigneten neuen Burschen zu finden. Allerdings habe ich mich noch nicht entschieden, was ich mit meinem Korporal mache, wenn ich ihn in die Finger kriege.«

Fraglicher Korporal hatte sich mittlerweile die Stiefel angezogen und das Leinenhemd übergeworfen. Er schob die Arme in sein Wams und suchte nach seinem Schwertgurt. Als er ihn sich gerade umgürtete, schlangen sich zwei Arme um seinen Hals. Im nächsten Moment fühlte er feuchte Lippen auf seinem Mund und erwiderte instinktiv den Kuss.

»Ich liebe dich, Eik, aber glaube nicht, dass dieses Gespräch zu Ende ist. Sobald sich die Gelegenheit bietet, werden wir uns weiterunterhalten.«

Wie immer, wenn Eik in ihre grünen Augen blickte, konnte er nur nicken.

»Gut. Und jetzt raus mit dir! Halt, warte!«, rief sie ihm nach, als er bereits zur Tür stürmte. »Hast du nicht etwas vergessen?«

»Ich ... Aber wir haben uns doch schon ...?«

»Das hier, Dummkopf!« Leona deutete auf den schwarzen Hut, der auf einem Stuhl in der Ecke lag. »Und nimm die andere Tür durch das Wunderzimmer. Oder möchtest du meinem Vater im Flur begegnen?«

Eik stieß einen leisen Fluch aus, kehrte auf dem Absatz um und lief zu der entsprechenden Tür, wobei er auf dem Weg seinen Hut vom Stuhl riss. *Sie bringt mich noch um den Verstand!,* dachte er, während er die Tür öffnete und sich hindurchschob. Bevor er sie schloss, warf er noch einen Blick zurück auf Leona. Sie hatte den Seidenmantel abgestreift und griff nach dem Krug, um Wasser in die Schüssel zu gießen und sich zu waschen. Als sie seinen Blick bemerkte, hielt sie mitten in der Bewegung inne.

Eiks wurde am ganzen Körper heiß. *Sie ist so wunderschön!,* dachte er und warf ihr einen Luftkuss zu. Sie schenkte ihm dafür ein strahlendes Lächeln und erwiderte die Geste. Dann scheuchte sie ihn mit einer Handbewegung fort. *Sie hat jemand verdient, der sie von ganzem Herzen liebt.* Als Eik die Tür hinter sich zuzog, wusste er, dass er dieser Jemand nicht war. Aber er wusste auch, wie schwer es ihm fallen würde, ihr das zu gestehen. Die Anziehung, die sie auf ihn ausübte, entsprang weder so etwas wie Liebe noch der Faszination für ihre kluge Persönlichkeit. Es war etwas, das er nicht erklären konnte. Aber wenn Leona de Lemos ihn ansah oder ihn gar berührte, stockte ihm der Atem, er hörte einfach auf zu denken und folgte seiner Lust. *Deinem Schwanz,* verbesserte er sich tadelnd und schüttelte den Kopf. *So kannst du nicht weitermachen!* Aber das sagte er sich fast jedes Mal, wenn er von Leona kam.

Vorsichtig ging er durch das abgedunkelte Wunderzimmer, ein Raum, in dem der Besitzer des Hauses, Alaves da Silva, ein Mitbegründer der Hamburger Bank und spanischer Sepharde, wie man die zum Christentum übergetretenen Juden nannte, wundersame und kostbare Mitbringsel von seinen Reisen aus aller Welt ausgestellt hatte. Eik zuckte zusammen, als in der Dämmerung die Augen des ausgestopften Schimpansen schimmerten, den da Silva ein Freund aus Afrika mitgebracht hatte. Es sah fast so aus, als wäre das Tier plötzlich lebendig geworden. An der Tür zum Flur blieb er stehen und lauschte.

»Leona! Ich muss mit dir reden!« Gabriel de Lemos sprach Portugiesisch, also musste es sich um etwas Ernstes handeln.

»Ja, Papa, einen Moment. Ich wasche mich gerade!«

»Zieh dir etwas über und öffne die Tür. Zum Waschen ist hinterher noch Zeit!«

»Gewiss, Papa. Sofort.«

Eik stellte sich vor, wie sie den seidenen Mantel überwarf und zur Tür ging. Einen Moment später hörte er, wie die Tür geöffnet wurde und Gabriel de Lemos fragte: *»Bist du allein?«*

Eik verstand zwar kein Portugiesisch, aber offenbar hatte ihr Vater etwas gesagt, das Leona empörte, denn ihre Stimme klang entrüstet, als sie antwortete.

»Selbstverständlich! Was denkst du denn von mir, Papa?«

»Was ich denke, dürfte nach einem Blick auf dein Bett offenkundig sein! Es ist unschicklich, um diese Tageszeit noch zu schlafen!«

Eik war inzwischen auf den Flur getreten. Er musste an Leonas Tür vorbei, um zur Treppe zu gelangen, und konnte der Versuchung nicht widerstehen, dem Gespräch einen Moment zu lauschen und herauszufinden, ob sein Name fiel.

»Was soll ich denn sonst tun? Du sperrst mich ja förmlich in diesem Haus ein, aus Angst, irgendein böser Mensch könnte mich auf der Straße anfallen!«

Gabriel de Lemos rammte wütend seinen Gehstock auf den Boden. *»Und das nicht ohne Grund! Auch wenn wir als Sepharden vom Rat dieser Stadt geduldet werden, heißt das noch nicht, dass die einfachen Bürger ihren Zorn gegen uns Juden …!«*

»Ach was! Wir sind bei diesen eifernden Lutheranern weit besser angesehen als die Katholiken, das hast du selbst gesagt.« Leona lachte. *»Jedenfalls hat sich der Chevalier bitterlich über die abweisende Behandlung durch die Hamburger Bürger beklagt.«*

»Wie dem auch sei! Es gehört sich einfach nicht, dass eine junge Sephardin allein durch die Straßen spaziert.«

»Allein? Ich habe Hauptmann de Vries gebeten, mir seinen Ordonnanzburschen …«

»Über diesen Korporal Eik Schmalens will ich ebenfalls mit dir sprechen!«, fiel Lemos ihr barsch ins Wort. *»Aber das hat noch Zeit. Es gibt etwas Wichtigeres, das ich dir sagen muss. Heute Abend werden wir im Haus des kaiserlichen Residenten dinieren, zusammen mit Chevalier Ducroix und dem Hauptmann.«* De Lemos zischte gereizt. *»Und natürlich wird auch sein Offiziersbursche zugegen sein! Ich erwarte von dir untadeliges Benehmen, wie es einer sittsamen Jungfer ansteht! Und bilde dir nicht ein, ich hätte nicht gemerkt, dass du diesem Burschen ständig Blicke zuwirfst. Ich dulde keine Unschicklichkeiten in meinem Haus, schon gar nicht*

mit einem einfachen Müllersburschen! Schlag dir das gleich aus dem Kopf!«

»Das ist nicht dein Haus, Vater …!«

»Schweig! Du weißt genau, was ich …!«

»Korporal!«

Eik zuckte zusammen, als ihm bewusst wurde, dass Letzteres nicht aus dem Mund von de Lemos gekommen war, sondern aus dem seines Hauptmanns.

Als er herumfuhr, sah er de Vries am Ende des Flures auf dem Treppenabsatz stehen. Der Gesichtsausdruck des Offiziers verhieß nichts Gutes.

Eik nahm sich zusammen, um nicht zu laufen, damit man seine Schritte auf den Dielen nicht hören konnte. »Herr Hauptmann.« Er nahm Haltung an. »Ich habe Euch schon …!«

Der Blick von de Vries ließ ihm die Worte auf der Zunge gefrieren. »Was ich zu Fräulein de Lemos gesagt habe, war durchaus ernst gemeint!«, zischte der Hauptmann, während er vor Eik die Treppe hinabstieg. »Auch wenn es schwierig sein wird, hier einen neuen Offiziersburschen zu finden, werde ich mir einen suchen, wenn ich die Geduld mit dir verliere, Korporal.«

»Herr Hauptmann …«

»Hast du das verstanden, Korporal Schmalens?« De Vries fuhr zu Eik herum und musterte ihn von Kopf bis Fuß.

Eik schluckte und nickte. »Jawohl, Herr Hauptmann.«

»Gut. Und jetzt zieh dich gefälligst ordentlich an.« Er schloss den obersten Knopf von Eiks Wams. »Du siehst aus, als wärst du gerade aus dem Bett einer Frau gestiegen.« Dann fiel sein Blick auf das zerzauste Haar des jungen Mannes. Er beugte sich vor. »Und du riechst auch so.«

Eik lief rot an und wusste nicht, was er sagen sollte.

»In einer halben Stunde werden wir aufbrechen, um de Lemos und seine Tochter zu Johan Adler Salvius zu begleiten, dem schwedischen Residenten in Hamburg. Chevalier Ducroix wird ebenfalls anwesend sein und außerdem der neue Gesandte von Kardinal Richelieu. Das dürfte ein recht spannendes Diner werden. Ich würde es vorziehen, wenn mein Ordonnanzbursche durch makelloses Aussehen und Benehmen auffällt und nicht als Schürzenjäger.«

Eiks Röte vertiefte sich, und de Vries' strenge Miene hellte sich kurz auf. »Selbst wenn es eine ausgesprochen hübsche Schürze ist, die du da jagst.« Er wurde wieder ernst. »Ich hoffe nur, du weißt, was du da tust, Bursche!« Sein Blick glitt zur Treppe zurück, auf der Schritte ertönten. »Er mag alt und gebrechlich wirken, aber ich verspreche dir, dass er dir das Leben zur Hölle macht, wenn er glaubt, einen Anlass dafür zu haben.«

Als wenn es das nicht schon längst wäre, dachte Eik. Aber er hütete sich, etwas zu sagen, sondern ließ die Standpauke schweigend über sich ergehen.

»Und seine Tochter ist das Wichtigste in seinem Leben«, fuhr de Vries fort. »Zumindest der wichtigste Mensch. Manchmal glaube ich, er liebt sie sogar mehr als seine politischen und wirtschaftlichen Beziehungen. Denk daran, wenn du das nächste Mal *nicht* in ihrem Zimmer bist.«

»Jawohl, Herr …!«

»Da seid Ihr ja, Hauptmann!« De Lemos stieg langsam die letzten Stufen hinab und ging auf die beiden

Soldaten zu. Er begrüßte den Hauptmann mit einem freundlichen Nicken, Eik dagegen bedachte er mit einem säuerlichen Blick. »Du siehst aus, als wärst du gerade aus dem Bett gestiegen!«, sagte der Bankier.

»Das ist er auch, de Lemos«, erwiderte de Vries rasch. »Ich habe ihn aus den Federn gescheucht!«

Das entsprach durchaus der Wahrheit, und der Hauptmann hatte elegant die Frage umgangen, aus welchem Bett er Eik geholt hatte.

»In einer halben Stunde brechen wir auf!«, knurrte de Lemos, der Eik immer noch prüfend ansah. »Sobald da Silva mit seiner Kutsche hier eintrifft. Wir fahren mit ihm zusammen zu Salvius! Sorgt dafür, dass Euer Bursche präsentabel ist, Hauptmann! Ich dulde keine Schlampigkeit in dieser Gesellschaft! Der neue Gesandte des französischen Kardinals Richelieu ist ebenso gewissenlos wie gerissen. Ich will ihm keine Möglichkeit bieten, mich oder meine Begleitung in ein schlechtes Licht zu rücken. Es genügt schon, dass Ducroix anwesend ist.« Er schüttelte den Kopf. »Diesen aufgeblasenen Chevalier daran zu hindern, sich um Kopf und Kragen zu reden, dürfte bereits schwierig genug sein.« Er seufzte. »Wenigstens bringt dieser Marquis seine junge Frau mit. Sie und Leona werden hoffentlich dafür sorgen, dass dieses Diner in einer einigermaßen angenehmen Atmosphäre verläuft.«

Er wollte sich gerade umdrehen, um in seine Gemächer zu gehen, als ihm noch etwas einfiel. Diesmal wandte er sich direkt an Eik. »Und lass dir nicht einfallen, Madame Marquise anzustarren oder sie gar anzusprechen, Korporal. Das würde der Marquis ganz sicher nicht schätzen.«

Als de Lemos von der jungen Frau eines Marquis sprach, hatte sich etwas in Eiks Hinterkopf gerührt, was sich bei den letzten Worten des jüdischen Bankiers zu einem fast schmerzhaften Pochen verstärkt hatte. »Warum sollte ich das tun, Señor de Lemos?«, fragte er, obwohl er im selben Moment die Antwort kannte. Die nächsten Worte, die ihm Leonas Vater, bereits zum Gehen gewandt, hinwarf, bestätigten seinen Verdacht.

»Vielleicht kennst du sie. Sie ist die Tochter deines Landesherrn, des Freiherrn von Villesen.«

»Marquis de Berny. Ich bin hocherfreut und fühle mich geehrt, Euch endlich zu treffen.«

»Spart Euch Eure Schmeicheleien, Salvius«, entgegnete Albert de Montfine mürrisch. »Ihr seid hocherfreut, weil ich eine pralle Börse für Euren König habe, das ist alles.« Aber seine Augen leuchteten doch, als ihn der schwedische Resident in der Hansestadt, Johan Adler Salvius, in die geräumige Diele des prachtvollen Patrizierhauses am Klosterfleet führte.

Offensichtlich ist das hier ganz nach seinem Geschmack, dachte Augusta, angewidert von dem herablassenden Verhalten ihres Gatten. *Hier kann er seine Macht ganz und gar auskosten.*

»Und zudem habt Ihr Madame Marquise mitgebracht, die meinem bescheidenen Salon mehr Glanz verleiht, als alle französischen Écus d'or es vermöchten.«

»Ihr seid zu charmant, mein Herr.« Augusta lächelte, während sich der schwedische Resident verbeugte und ihr galant die Hand küsste. Er hielt ihre Finger fest, als er sich wieder aufrichtete, und ließ sie erst los, als alle mitbekommen hatten, dass die Berührung ein wenig zu lange gedauert hatte.

Wie schön, dachte Augusta gereizt. *Ich habe noch nicht einmal den Fuß über die Schwelle gesetzt, und schon beginnen die Spielchen. Das ist ja fast so schlimm wie im Palais du Louvre.*

»Madame ist nicht hier in Hamburg, um Eurem Hause Glanz zu verleihen«, knurrte der Marquis, »sondern um die Linie der Montfines weiterzuführen!«

Bevor Augusta auch nur Zeit hatte zu erröten, richtete Salvius seinen spöttischen Blick auf den Marquis und hob eine Braue. »Tatsächlich? Und dafür müsst Ihr sie nach Hamburg bringen? Ich hätte gedacht, dass Madame in Paris genügend geeignete Kandidaten finden dürfte, um diese Aufgabe zu erfüllen, falls Ihr Euch dem nicht gewachsen fühlt.«

»Marquis de Berny!«

Die tiefe, dröhnende Stimme gehörte einem beleibten Mann in einer prachtvollen Samtrobe, der breit lächelnd auf die kleine Gruppe zukam.

»Es ist mir eine Ehre, den Gesandten des hoch geschätzten Kardinals Richelieu und des französischen Königs in unserer schönen freien Reichsstadt begrüßen zu dürfen!«

Der Sprecher war der Zweite Worthaltende Bürgermeister Hamburgs, Ulrich Winckel. Er streckte seine Hand aus und hielt sie dem Marquis hin.

Der Marquis brauchte einen Moment, um sich von seiner Empörung über die boshafte Bemerkung des schwedischen Residenten zu erholen.

»Der Zweite Bürgermeister Hamburgs, Herr Ulrich Winckel«, stellte Salvius den Mann vor.

»Der Zweite?« Albert sah den Mann einen Moment irritiert an, dann bemerkte er seinen Fehltritt. »Sicher, es ist mir gleichfalls eine Ehre …« Offenbar immer noch abgelenkt von Salvius' Unverschämtheit, suchte er nach einer einigermaßen höflichen Erwiderung.

»Wir haben zwar noch nicht sehr viel von Eurer wunderschönen Stadt gesehen, Herr Bürgermeister«, kam Augusta ihrem Gemahl gedankenschnell zu Hilfe, »aber das Wenige war wirklich beeindruckend. Der Krieg, der …«, fast hätte sie gesagt *unser Land,* verbesserte sich jedoch in letzter Sekunde, »… dieses Land so schrecklich prüft, scheint um Euer Hamburg einen Bogen gemacht zu haben. Wie habt Ihr das geschafft, Seigneur von Winckel?«

»Madame.« Winckel nahm Augustas Hand in seine Pranke und drückte sie überraschend behutsam, statt sie zu küssen. Er lächelte, als er Augustas verblüffte Miene über diese so gar nicht höfische Begrüßung sah. »Wir sind Bürger, Madame, erbgesessene Kaufleute, und uns adeln Tüchtigkeit und Erfolg im Handel, nicht irgendwelche Titel. Herr Winckel genügt.« Er sah den Marquis an, und das Lächeln in seinen Augen erlosch. »Unser Rat hat in diesen Zeiten natürlich viele wichtige Aufgaben zu bewältigen, bei denen es um das Wohl und Wehe unserer schönen Stadt geht. Deshalb hoffe ich, dass Ihr es nicht für eine Respektlosigkeit haltet, mit dem Zweiten Bürgermeister vorliebnehmen zu müssen, Herr Marquis. Zumal der derzeitige Erste Bürgermeister Albrecht van Eitzen sowohl von Eurem Besuch als auch von Eurem Anliegen wenig begeistert ist.« Er warf Salvius einen kurzen Seitenblick zu. »Ich kann Euch versichern, dass wir lebhafte Debatten im Rat hatten, denn immerhin hat Christian IV. uns durch seine Blockaden großen Schaden zugefügt. Und Herr van Eitzen ist ein glühender Anhänger Ferdinands II.!«

Er wartete nicht auf eine Antwort des Marquis, sondern richtete den Blick wieder auf Augusta, die bei seinen Worten sofort Sympathie für den Mann empfand. »Das ist auch einer der Gründe, warum Ihr unsere Stadt so unberührt von den Zerstörungen im restlichen Lande vorfindet, Madame«, erklärte er. »Durch die Bemühungen ebendieses Rates, dem anzugehören ich die Ehre habe, ist es uns bisher gelungen, uns aus diesen schrecklichen Streitigkeiten herauszuhalten.«

»Wohl eher dadurch, dass Ihr alle Kriegsparteien gleichzeitig mit Waffen und Munition versorgt, werter Herr Bürgermeister.« Chevalier Ducroix war aus dem Salon in die Diele getreten, ein Glas in der Hand, das er hob, um im Licht der Lampen die bernsteinfarbene Flüssigkeit zu betrachten. *»Aber ich will mich nicht beschweren. Schließlich ist das hier das Beste, was ich getrunken habe, seit ich mein geliebtes Bordeaux verlassen musste.«* Sein Blick fiel auf den Marquis und dann auf Augusta, und ein anzüglicher Ausdruck zuckte über sein Gesicht. *»Verehrter Marquis, welche Freude.«* Er machte eine übertrieben tiefe Verbeugung, starrte dabei jedoch die ganze Zeit Augusta an.

»Ich halte es für angebracht, aus Respekt für unsere Gastgeber Deutsch zu sprechen, Chevalier!«, fuhr der Marquis ihn an, wohl wissend, dass der Chevalier Deutsch zwar verstand, aber nur sehr unzulänglich sprach.

»Das dürfte nicht nötig sein, Marquis«, erwiderte Ul-

rich Winckel in stark akzentuiertem, aber gut verständlichem Französisch.

»In der Tat«, mischte sich jetzt auch Salvius ein. *»Ich glaube kaum, dass jemand heute Abend nicht die Sprache meines Ehrengastes spricht.«* Es gelang dem schwedischen Residenten, bei diesen Worten Augusta anzusehen, als wäre sie seiner Meinung nach ebendieser Ehrengast.

Sie spürte, wie sich ihr Gemahl neben ihr versteifte. *Ich wünschte, dieser Abend wäre schon vorbei,* dachte sie. *Hätte ich doch Kopfschmerzen vorgeschützt, dann wäre mir diese Tortur vielleicht erspart geblieben.*

Aber diese Peinlichkeiten waren nichts im Vergleich zu dem, was sie noch erwartete.

»Mein Herr, Bankier da Silva ist soeben mit seinen Begleitern vorgefahren.«

»Ah!« Salvius rieb sich die Hände. »Gut, Bertram. Führe die Herrschaften herein und sag dann in der Küche Bescheid, dass aufgetragen werden kann.« Er drehte sich zu den anderen herum. Die nahmen sich gerade von einem Tablett, das ein Lakai ihnen hinhielt, geschliffene Gläser, in denen eine bernsteinfarbene Flüssigkeit schimmerte. »Ein köstliches Getränk aus Spanien, ein besonders zubereiteter Weißwein aus der Gegend von …«

»Jerez de la Fontera«, fiel Albert de Montfine dem Schweden ins Wort. »Die Spanier nennen ihn Sherish.« Er nahm sich ein Glas, offenbar zufrieden, dass er den Schweden zumindest auf diesem Gebiet in die Schranken hatte weisen können, nippte und schlürfte dann genießerisch die Flüssigkeit. »Ausgezeichnet.« Er sah zunächst Salvius und dann Winckel an. »Ich nehme an,

Ihr habt ihn in den Speichern dieser ehrbaren Kaufleute erworben, hab ich recht?«

Der Bürgermeister lächelte. »Ich war so frei, dem schwedischen Residenten ein Fässchen dieses Sherish als Gastgeschenk zu überreichen, als er sein Amt antrat und …«

»Señor da Silva«, unterbrach Salvius den Hamburger Kaufmann und Bürgermeister und ging mit ausgestreckten Armen auf den Mann zu, der gerade von Bertram in die Diele geführt wurde.

Alaves da Silva lächelte Salvius an, der ihn wie einen guten Freund begrüßte. »Ich hoffe, wir sind nicht zu spät«, erwiderte der Bankier. Er hatte eine leise, angenehme Stimme, aber Augusta bemerkte, wie der misstrauische Blick seiner dunklen Augen prüfend über die Anwesenden glitt. »Ich möchte Euch meinen Freund und Kollegen Gabriel de Lemos vorstellen, soweit Ihr ihn nicht schon kennt.« Letzteres sagte er mit einer schwachen Verbeugung in Richtung des Chevaliers, ohne jedoch abzuwarten, ob der Mann seinen Gruß erwiderte.

Augusta verkniff sich ein Lächeln. *Offenbar hält er nicht viel von Monsieur Ducroix,* dachte sie. *Ich bin gespannt, wie weit unten mein Gemahl in seiner Wertschätzung rangiert, wenn er ihn erst kennengelernt hat.* Dann richtete sie ihren Blick auf den Mann neben da Silva, der seinen Hut abnahm, ihn zusammen mit seinem ärmellosen, pelzgesäumten Überwurf dem Lakaien gab und sich dann zu Salvius und den beiden Franzosen herumdrehte.

»Monsieur Chevalier.« Die Stimme von de Lemos klang trotz seines Alters klar und deutlich. Er nickte

dem Chevalier zu, der sich sichtlich zusammenreißen musste, das Glas mit dem Sherish auf ein Tablett stellte und den Gruß knapp erwiderte. »Marquis«, wandte sich de Lemos dann mit Rücksicht auf die anderen Anwesenden auf Deutsch an den Gesandten des Kardinals. »Kardinal Richelieu war so freundlich, mir Euer Eintreffen in einem Brief anzukündigen und darin auch seine größte Sorge zu erwähnen. Es wird Euch gewiss freuen zu erfahren, dass ich gegen den Rat Eures Kollegen Chevalier Ducroix das für Christian bestimmte Geld noch nicht an den dänischen König weitergegeben hatte.«

De Lemos ignorierte das Zischen des Chevaliers und reagierte auch nicht, als der Marquis Ducroix mit einem verächtlichen Blick maß. »Aber bevor wir fortfahren, über Geschäfte zu reden, möchte ich Euch meine Tochter vorstellen, Leona de Lemos, sowie Hauptmann de Vries, der uns sicher durch die Wirren dieses schrecklichen Krieges hierhergeführt hat.«

Die Anwesenden wandten sich der jungen Frau und dem hochgewachsenen Mann zu, die hinter den beiden Bankiers hervortraten.

Augusta musterte die beiden neugierig. Die Tochter des Bankiers, ein hübsches junges Ding mit kupferroten Haaren und geröteten Wangen, machte einen eleganten kleinen Knicks, den sie, wie Augusta vermutete, an irgendeinem Fürstenhof gelernt hatte. Der Hauptmann verbeugte sich und nahm seinen mit einer Feder geschmückten Hut ab. Sein rechtes Ohr war verstümmelt, ihm fehlte eine Braue, und die Haut um sein rechtes Auge war schrecklich vernarbt, offensichtlich eine Brandwunde.

»Hauptmann!« Salvius fuhr unwillkürlich einen halben Schritt zurück, als er die Verletzung des Offiziers sah. Als er seine Unhöflichkeit bemerkte, räusperte er sich und blickte rasch auf die letzte Person, die im Gefolge von da Silva eingetreten war. »Und wer ist dieser junge Mann?«

Augusta riss unwillkürlich die Augen auf und spürte, wie ihr das Blut aus den Wangen wich. Einen Moment lang rang sie nach Atem, aber nicht das entstellte Gesicht des Hauptmanns war der Grund dafür, sondern jener junge Mann, der neben den Hauptmann trat und nur für eine einzige Person im Raum Augen zu haben schien. Für sie, Augusta.

Eik? Aber das ist ... Das ist unglaublich! Augusta schlug das Herz fast bis zum Hals, als sie in das Gesicht des Müllerssohnes sah, das ihr so gut in Erinnerung geblieben war und das doch so anders wirkte. *Härter. Älter. Desillusioniert.*

Sie hörte kaum, wie der Hauptmann die Frage des schwedischen Residenten beantwortete.

»Das ist mein Offiziersbursche, Korporal Schmalens.«

Nur beiläufig registrierte Augusta, dass der Hauptmann glücklicherweise Eiks Vornamen nicht nannte, den ihr Gemahl aus dem Brief ihres Bruders bestimmt noch in Erinnerung hatte. Sie spürte auch so schon den forschenden Blick des Marquis, dem offenbar ihre Blässe aufgefallen war und dass sie den Korporal anstarrte.

Bevor Augusta jedoch hastig den Blick senken und wie beiläufig ihre Hand unter den Arm ihres Mannes schieben konnte, sah sie, dass nicht nur Eik und Albert sie anstarrten, sondern noch eine weitere Person in diesem Raum, und zwar mit einem Blick, der weit schärfer, argwöhnischer und durchdringender war, als Augusta erwartet hätte.

Es waren die grünen Augen von Leona de Lemos, und einen Moment hatte Augusta das Gefühl, als würde dieser Blick bis in ihr Innerstes dringen und all ihre Geheimnisse enthüllen.

Vor allem eines.

»Schön.« Salvius klatschte in die Hände, als spürte er die plötzliche Anspannung und wollte sie vertreiben. »Da wir ja nun vollzählig versammelt sind, darf ich die Anwesenden vielleicht in den Speiseraum bitten. Ich nehme an, Hauptmann«, mit einem hoheitsvollen Lächeln wandte er sich an de Vries, »Ihr könnt auf Euren Korporal während des Diners verzichten. Er kann in der Küche beim Gesinde essen.«

»Selbstverständlich kann er das.«

Augusta hob überrascht den Blick. Es war nicht Hauptmann de Vries, der diese Frage beantwortet hatte, sondern Gabriel de Lemos, der dabei aber weder den Hauptmann noch Salvius ansah, sondern seine Tochter.

Und wenn Augusta jemals einen warnenden Blick gesehen hatte, dann war es der, den dieser Bankier gerade der hübschen jungen Frau zuwarf.

Interessant. Sie beobachtete Leona de Lemos, die ihren Blick von Augusta abgewendet und auf Eik gerichtet hatte. Bei der Antwort ihres Vaters ruckte ihr Kopf herum, und sie sah Augusta an, aber sie presste die Lippen zusammen, offenbar um zu unterdrücken, was immer ihr auf der Zunge lag.

Sehr interessant.

»Sehr interessant.«

Augusta sah ihren Gemahl überrascht an, der ihre Gedanken laut ausgesprochen hatte. Albert de Montfine hatte dieses kleine Zwischenspiel offenbar ebenfalls interessiert verfolgt, aber seine Aufmerksamkeit galt weder dem jüdischen Bankier noch seiner Tochter, sondern ausschließlich Eik, der seinen Blick von Augusta losriss und einem Bediensteten zu einer Seitentür in der Diele folgte.

»Außerordentlich interessant sogar. Wenn ich es nicht besser wüsste, Madame, würde ich sagen, dass Ihr diesen Burschen kennt.« Er schürzte die Lippen. *»Oder zumindest er Euch. Ich denke …«*

»Ich denke, wir sollten unseren Gastgeber nicht warten lassen, sondern uns zu Tisch begeben, Seigneur«, unterbrach Augusta ihn auf Deutsch, als sie sah, dass die meisten anderen bereits die Diele verlassen und in den Speiseraum gegangen waren. *Wenigstens haben sie die Bemerkung Alberts nicht mitbekommen,* dachte sie.

Albert schnaubte verächtlich und klemmte ihren Arm unter seinem ein, als sie versuchte, ihre Hand aus seiner Armbeuge zu befreien. »Vergesst nicht, was ich Euch gesagt habe, Madame! Ich dulde keinerlei Unbotmäßigkeiten Eurerseits! Ihr gehört mir, und ich lasse nicht zu, dass sich jemand an meinem Eigentum vergreift! Schon gar kein ungehobelter Landsknecht!«

Du ahnst gar nicht, wie recht du diesmal mit deiner unerträglichen Eifersucht hast, werter Gemahl!, dachte Augusta, als sie ihren Versuch aufgab, ihre Hand zurückzuziehen, und am Arm ihres Ehemanns zur Tür des Speiseraums schritt. Allerdings wandte sie noch einmal kurz den Kopf und blickte in die Diele zurück.

Eik stand in der halb geschlossenen Tür, die vermutlich zur Küche oder den Dienstbotenräumen führte, und starrte ihr nach.

Ihr blieb gerade noch Zeit, warnend den Kopf zu schütteln, als ihr Mann sie unsanft an seinem Arm in den Speiseraum zog. Der köstliche Duft der Speisen erfüllte den Raum, aber Augusta bemerkte es nicht einmal. Das Einzige, woran sie denken konnte, war dieser Kuss vor einer gefühlten Ewigkeit am Villeser Moor. Und Eiks Blick, dessen Intensität ihr zu sagen schien, dass er in den vergangenen zwei Jahren genauso oft wie sie selbst an diesen Kuss gedacht hatte.

Als sie sich an den Tisch setzte, zwischen ihrem Gemahl und dem Bankier da Silva, fiel ihr Blick auf die Person ihr gegenüber.

Deren Blick war fast genauso eindringlich auf sie gerichtet wie der von Eik, aber er löste ein ganz anderes Gefühl in Augusta aus.

Sie neigte den Kopf und zwang sich zu einem Lächeln, was die junge Frau ihr gegenüber erwiderte. Aber der argwöhnische Ausdruck im Gesicht der jungen Jüdin war Augusta nicht entgangen.

Plötzlich fiel jede Beklommenheit von der Marquise ab, und sie straffte die Schultern. *Also gut,* dachte sie. *Dass mein Gemahl eifersüchtig auf jeden einigermaßen gut aussehenden Mann ist, der auch nur in meine Nähe kommt, bin ich gewöhnt. Und es ist mir auch egal. Aber es wird interessant sein herauszufinden, warum du die Krallen ausfährst, meine Schöne, nur weil Eik mich angesehen hat.*

Ein Lakai tauchte mit einer Terrine neben ihr auf und füllte Fischsuppe in den kostbaren Porzellannapf vor ihr auf dem Tisch. Köstlicher Duft stieg Augusta in die

Nase, und sie merkte, wie ihr das Wasser im Mund zusammenlief.

Gleich heute Abend werde ich Valerian schreiben, dass ich Eik getroffen habe, dachte sie, nachdem Salvius ein Tischgebet gesprochen und sie zu essen begonnen hatten. *Die Frage ist nur,* und dieser Gedanke hob ihre Stimmung, *wie ich es anstellen kann, Eik unbemerkt von den anderen zu sprechen.* Während sie Interesse an den Gesprächen am Tisch heuchelte, ging sie in Gedanken verschiedene Möglichkeiten durch, wie sie dies bewerkstelligen könnte, und als die Bediensteten eine exquisite Nachspeise servierten, lehnte sie sich entspannt zurück und hob den Blick, als ihr endlich eine Idee gekommen war.

In dem Moment fiel ihr auf, dass jemand die Tafel bereits verlassen hatte.

Und zwar die Tochter des jüdischen Bankiers, Leona de Lemos.

TEIL DREI

Preis der Macht

13. KAPITEL

Memmingen, Reichsstadt in Schwaben,
Fuggerbau, Residenz Wallensteins

Wo bleibt dieser verdammte Bote nur?

Voller Unruhe ging Valerian in den dämmrigen Außenarkaden an der Rückseite des Fuggerschen Anwesens auf und ab. Immer wieder tastete er nach dem dünnen, mit einem Siegel verschlossenen Lederetui in seiner Brusttasche. Der Brief, der darin steckte, hatte ihm mehrere schlaflose Nächte bereitet, und er würde ihn noch weit mehr kosten, sollte er in die falschen Hände geraten.

Soll ich ihn wirklich abschicken?

Valerian machte kehrt und marschierte die zehn Schritte bis zu der dunklen Eichentür zurück. Die führte in eine der Hallen der Residenz, die Wallenstein mitten in Schwaben bezogen hatte. Damit war er nur vier Tagesreisen von Regensburg entfernt, wo die Kurfürsten tagten.

Als Valerian die Tür erreichte, zögerte er einen Moment. *Es wäre so einfach,* dachte er und streckte die Hand nach der Klinke aus. *Tritt hindurch, und die Sache ist ausgestanden. Niemand wird je davon erfahren.*

Er hatte seine behandschuhte Rechte schon auf die

eiserne Klinke gelegt, als er hinter sich, am anderen Ende des Bogenganges, Schritte hörte. Er fuhr herum.

»Herr?«

Die Arkade wurde nur von einer Fackel erhellt, die etwa in der Mitte in einer eisernen Fassung hing. Der Mann, dessen Umriss sich schwach gegen den Nachthimmel abhob, konnte ihn vermutlich vor dem dunklen Hintergrund nicht einmal sehen.

Du musst es nicht tun! Keiner kann dich zwingen. Keiner hat dich gezwungen! Es ist deine eigene Entscheidung!

Valerian seufzte und schüttelte den Kopf. *Wem willst du etwas vormachen?*, fragte er sich. *Die Entscheidung ist längst gefallen! Deine Loyalität gehört zuallererst dem Kaiser und niemandem sonst!*

»Herr?«

»Still!«, zischte Valerian, und als hätte dieses Wort den letzten Zweifel in ihm ausgelöscht, setzte er sich in Bewegung und ging entschlossen auf den Reiter zu, der sein Pferd hinter sich am Zügel hielt. Dabei trat er aus dem Bogengang hinaus auf das Pflaster der kleinen Straße an der hinteren Mauer des Fuggerhauses. Er sah sich kurz um, aber um diese Zeit hielt sich normalerweise niemand hier auf, auch keine Wachen. Niemand erwartete hier einen Angriff gegen den Generalissimus des Kaisers oder etwa einen Verräter, der sich im Dunkeln heranschlich.

So einen Verräter wie dich!

Der Gedanke schoss Valerian ungebeten durch den Kopf. *Ich bin kein Verräter!*, sagte er sich entschlossen. *Dieser Brief ist kein Verrat! Ich schildere nur meinem obersten Herrn die Lage, so wie ich sie sehe.*

Aber warum zögerst du dann?

»Herr?«, fragte der Bote ein zweites Mal, als Valerian vor ihm stand, ohne Anstalten zu machen, ihn anzusprechen oder ihm, wie bei den Malen zuvor, das versiegelte Lederetui zu geben.

Valerian zuckte zusammen. »Sicher.« Er holte tief Luft und griff in sein Wams. »Dies hier darf auf keinen Fall in andere Hände gelangen als in die des …« Er verstummte abrupt, um dann mit gesenkter Stimme fortzufahren: »Du übergibst dies hier dem Kurfürsten persönlich. Oder seinem Berater Graf Truchy. Verstanden?«

Der Mann nahm das Etui und schob es in sein aufgeknöpftes Wams in eine geschickt kaschierte Tasche, die, wie Valerian wusste, extra zu diesem Zweck dort eingenäht war.

Dann sah er den Lieutenant fragend an. »Wie immer, Herr.« Er nannte weder Titel noch Namen, und Valerian fragte sich, ob der Mann überhaupt wusste, wer er war.

Jetzt, da er den Brief aus den Händen gegeben hatte, fiel Valerian spürbar eine Last von den Schultern. Dennoch plagten ihn schwache Gewissensbisse. Aber er bereute sein Handeln nicht.

»Wie immer. Aber diesmal ist es besonders wichtig, hast du verstanden?«

Der Mann musterte Valerian kurz und hob dann die Brauen. »Gewiss, Herr.« Ein kurzes Lächeln flog über sein Gesicht. »Wie immer.«

Valerian schalt sich einen Narren, dass er seine Unruhe so deutlich zeigte, trat einen Schritt zurück und nickte. »Sag«, hielt er den Boten auf, als der sich schon umdrehte, um auf sein Pferd zu steigen, »ist das da eigentlich«, er deutete auf das Wams, in dem sich das

Etui mit dem Brief befand, »die einzige … Botschaft, die du von hier überbringst?«

Diese Frage beschäftigte ihn schon seit einer Weile, genauer seit dem Tag, an dem er den ersten Brief an den Kurfürsten Maximilian von Bayern geschrieben hatte. Das war inzwischen ein Jahr her, kurz nachdem er als Lieutenant der Leibschwadron des Generalissimus miterlebt hatte, wie Wallenstein im Namen des Kaisers in zähen Verhandlungen in Lübeck einen Friedensvertrag mit Christian IV. aushandelte. Damals war der Berater des Kurfürsten, Graf Truchy, mit einem merkwürdigen Ansinnen an Valerian herangetreten.

Der Kaiser hatte Wallenstein wegen seines politischen Erfolgs offiziell belobigt, obwohl der Feldherr keinen Hehl daraus machte, dass er die seiner Meinung nach verfehlte Politik Seiner Majestät Ferdinand II. missbilligte.

Kein Wunder, dass er damit den ganzen Hof in Wien gegen sich aufgebracht hat, dachte Valerian. *Und nicht nur dort gab es beim Adel starken Widerstand gegen den Herzog.* Valerian wusste, dass Kurfürst Maximilian II. von Bayern eine tiefe Abneigung gegen Wallenstein hegte, die in dessen Machtpolitik und seinem kometenhaften Aufstieg begründet lag. Und er fragte sich, ob er, Valerian, wohl der einzige, wie er es nannte, »Berichterstatter« war, den der Kurfürst und Wallensteins Wiener Gegner in der engeren Umgebung des Feldherrn hatten.

Sag ruhig Spion, denn genau das bist du!

Und wie alle Spione war er angespannt und fürchtete, entdeckt zu werden. Denn angesichts Wallensteins erbarmungsloser Strenge gegenüber Personen, die seine

Loyalität enttäuschten, hätte dies sehr wahrscheinlich seinen Tod zur Folge.

Er sah den Botenreiter forschend an, während er auf eine Antwort wartete.

»Tut mir leid, Herr.« Der Mann stieg auf sein Pferd, setzte sich im Sattel zurecht und zog das weite Cape dichter um sich, damit es sich beim Reiten nicht aufblähte und ihn behinderte. »Darüber spreche ich nicht.« Als Valerian ihn böse ansah, zuckte der Mann mit den Schultern. »Nur so kann ich das Vertrauen rechtfertigen, das man in mich setzt, Herr. Und es ist auch das Beste für Euch, Herr, glaubt mir. Niemand wird von mir erfahren, von wem dieser Brief hier stammt!« Er klopfte sich auf die Brust.

Das ist auch nicht nötig, dachte Valerian. *Wenn er in die falschen Hände gerät, dürfte es nicht allzu schwer sein herauszufinden, wer der Verfasser dieser Zeilen ist.*

Offenbar wusste der Bote, in welche Richtung sich Valerians Gedanken bewegten. »Selbst wenn man auf die Idee käme, mich anzuhalten, Herr, müsste man wissen, dass ich ein solches Schreiben bei mir trage, um es zu finden. Und wenn ich von Leuten verfolgt werde, die genau danach suchen, werde ich das Schreiben vernichten, bevor es in die falschen Hände gerät.«

Valerian nickte, aber er war immer noch nicht überzeugt.

Der Bote erwiderte das Nicken, nahm die Zügel auf und wendete sein Pferd. »Habt Ihr schon gehört, dass der Schwede Frieden mit Polen geschlossen hat?«

»Ja, das ist hier bekannt«, antwortete Valerian. »Obwohl Feldherr von Arnim-Boitzenburg Gustav Adolf erst vor wenigen Wochen bei Stuhm besiegt hat.« Er seufzte, als erneut Zweifel in ihm aufstiegen.

»Beten wir, dass der Schwede wirklich nur sein Reich gegen den Dänen schützen will.« Der Mann grinste. »Das dürfte ja nicht so schwierig sein, nachdem Euer Generalissimus Christian ordentlich das Fell gegerbt hat.«

Wallenstein hat vielleicht wirklich recht, dachte Valerian. *Der Schwede könnte eine Bedrohung für uns werden, wenn er sich wirklich entscheidet, in diesen Krieg einzugreifen.* Seine Zweifel wuchsen. *Ist es tatsächlich klug gewesen, diesen Brief zu verfassen?*

Er rang mit sich, ob er den Boten bitten sollte, ihm das Etui zurückzugeben, aber dann nahm der Mann ihm die Entscheidung ab, indem er grüßend die Hand hob und sein Pferd antrieb. Er galoppierte durch die Gasse, die hinter der Residenz entlangführte, und war nach wenigen Augenblicken um eine Mauerecke verschwunden.

Valerian lauschte den Hufschlägen nach und ballte die Hände zu Fäusten.

Und dabei hat alles so einfach ausgesehen, als dieser Graf in Lübeck an mich herangetreten ist und mich um einen Gefallen bat. Mit finsterer Miene drehte er sich um und ging durch den Laubengang zurück zu der dunklen Tür. *»Ein kleiner, unbedeutender Gefallen mit möglicherweise sehr erfreulichen Auswirkungen für Euch, Lieutenant …« Das waren seine Worte, wenn ich mich recht entsinne.*

Valerian drückte die Klinke nach unten und zog die Tür einen Spalt auf. *Von der Heimlichtuerei, den Gewissensbissen und dem ekelhaften Gefühl, ein Verräter zu sein, hat er nichts gesagt, sondern nur von der Pflicht, dem Kaiser zu dienen.*

Er schob den Kopf durch den Spalt, drückte den schweren Vorhang, der drinnen vor der Tür hing, zur Seite und sah sich in dem Raum dahinter um. Die Halle war noch genauso verlassen wie zu dem Zeitpunkt, als er durch die Tür ins Freie getreten war. Erleichtert huschte er hindurch, schloss die Tür hinter sich und drehte den Schlüssel um. Dann rückte er den Vorhang wieder zurecht, der von dieser Seite aus die Tür verdeckte.

»Lieutenant!«

Vor Schreck wäre Valerian fast der Schlüssel entfallen, denn als er herumfuhr, wollte er unwillkürlich nach seinem Degen greifen. Als er jedoch erkannte, wer ihn in dem dämmrigen Licht der Halle angesprochen hatte, atmete er erleichtert auf.

»Verdammt, Bossel! Was hast du denn hier zu suchen?« Er schob hastig den Schlüssel in die Tasche seiner Uniformjacke und trat von dem Vorhang weg.

Sein Bursche war der Einzige aus seiner Heimat, der bei ihm geblieben war. Natürlich hätte sich Valerian aufgrund seines Ranges einen jüngeren und erfahreneren Offiziersburschen nehmen können als den ehemaligen Burghauptmann von Villesen, aber er hing an diesem alten Mann. *Vielleicht, weil er mich an Zeiten erinnert, als ich noch große Ideale vertreten und mich nicht wie ein erbärmlicher Verräter gefühlt habe.* Valerian runzelte die Stirn, als ihm dieser Gedanke durch den Kopf schoss. Dann sah er Bossel fragend an, der noch nicht geantwortet hatte.

Aus dem missbilligenden Blick des älteren Mannes

schloss er, dass der sich wahrscheinlich gerade eine ähnliche Frage stellte, nämlich was Valerian um diese Zeit hier suchte. Der Verdacht erhärtete sich, als der Mann argwöhnisch zwischen ihm und dem Vorhang hin- und herblickte.

»Also?« Valerians Stimme klang schärfer als beabsichtigt, wohl deshalb, weil er das Gefühl hatte, ertappt worden zu sein.

Bossel wirkte jedoch nicht sonderlich eingeschüchtert. »Seine Gnaden hat eine Besprechung aller Stabs- und höheren Offiziere in der Bibliothek angeordnet. Euer Rittmeister wollte, dass Ihr ebenfalls anwesend seid.« Sein Blick streifte wieder den Wandteppich. »Ich habe dem Herrn Offizier gesagt, ich wüsste, wo Ihr seid, und würde Euch umgehend benachrichtigen.« Fast trotzig hob Bossel das Kinn. »Glücklicherweise habe ich Euch gefunden.«

Er betonte das Wörtchen »ich«, aber Valerian unterließ es, seinen Ordonnanzburschen zurechtzuweisen. Schließlich hatte Bossel recht. *Nicht auszudenken, wenn etwa Hauptmann Feldbrück mich entdeckt hätte.*

Eigentlich hatte Valerian gehofft, diesen Offizier los zu sein, als man ihn zur Leibschwadron Wallensteins abkommandiert hatte. Eine irrige Hoffnung, wie sich herausstellte. Zwar war Feldbrück kein Angehöriger der Leibschwadron, aber er gehörte dem Stab von Feldmarschall von Tiefenbach an, der mit einigen Kompanien in Memmingen lagerte. Und zu Valerians Bestürzung war Feldbrück auch noch zum Hauptmann befördert worden. Etwas, das der überhebliche Offizier den *Parvenü,* wie er Valerian nannte, nur zu gern spüren ließ.

Selbst wenn der Hauptmann nicht auf die Idee gekommen wäre, Valerian könnte einer der Informanten des Kaisers sein, nach denen Wallensteins eigene Agenten suchten, hätte er die Geschichte mit dem Wandteppich bei erstbester Gelegenheit in Anwesenheit irgendwelcher höherer Offiziere zur Sprache gebracht, garniert mit ein paar höchst zweifelhaften Andeutungen.

»Eine Besprechung in der Bibliothek?« Valerian runzelte die Stirn. »Um diese Zeit?« Er wusste, dass Wallenstein die Bibliothek als Konferenzzimmer für seinen Kriegsrat nutzte, aber für gewöhnlich machte er das nicht zu nachtschlafender Zeit, erst recht nicht bei seinem angegriffenen Gesundheitszustand. Es musste also etwas sehr Wichtiges vorgefallen sein, das ihn von seinem kostbaren Schlaf fernhielt.

Oder dieser Seni hat wieder irgendetwas Beunruhigendes in den Sternen gesehen, dachte Valerian gereizt. Er wusste, dass er damit dem Feldherrn Unrecht tat, denn Wallenstein interessierte sich zwar durchaus für die Konstellation der Sterne, machte seine Entscheidungen für gewöhnlich aber nicht von diesem abergläubischen Hokuspokus abhängig, jedenfalls soweit Valerian das beurteilen konnte.

Seni war jedoch nicht nur der Astrologe des Herzogs, sondern auch sein Leibarzt, wodurch er einen stetig wachsenden Einfluss auf den Feldherrn hatte. Auch das hatte Valerian in seinem Brief an den Kurfürsten geschrieben.

Allerdings bin ich mir wirklich nicht sicher, ob Senis Einfluss tatsächlich dafür verantwortlich ist, dass Wallenstein das Restitutionsedikt so vehement ablehnt, wie es Graf Truchy in seiner letzten Epistel angedeutet hat. Aber da der Graf wissen wollte, ob und welchen Einfluss der Astrologe auf Wallenstein ausübte, hatte Valerian die Frage so pflichtbewusst wie möglich beantwortet.

»Offenbar hat der Feldherr eine wichtige Nachricht erhalten«, erwiderte Bossel. »Soweit ich weiß, wurde sie von einem Botenreiter aus Usedom überbracht, aus der Garnison in Peenemünde.«

»Peenemünde?« Valerian runzelte die Stirn. »Aber was sollte dort …?« Er schüttelte den Kopf. »Christian wird es kaum wagen, den gerade erst geschlossenen Frieden zu brechen. Wallenstein hat ihm so maßvolle Bedingungen auferlegt, dass es Wahnsinn wäre, wenn er …« Er verstummte.

Bossel zuckte mit den Schultern. »Davon weiß ich nichts, junger Herr.« Er deutete hinter sich. »Aber ich weiß, dass es besser ist, wenn man Euch nicht hier findet.« Wieder blickte er zum Vorhang. »Und wenn Ihr noch lange zaudert, wird der Rittmeister die Geduld verlieren und doch einen seiner Korporäle auf die Suche nach Euch schicken. Ich bin davon überzeugt, dass bei der Besprechung in der Bibliothek all Eure Fragen beantwortet werden.«

»Natürlich, Bossel. Du hast wie immer vollkommen recht.« Valerian legte seinem Burschen und Vertrauten lächelnd die Hand auf die Schulter. »Was würde ich nur ohne dich tun?«

»Was Ihr ohne mich tut, wüsste ich wirklich auch sehr gern, junger Herr«, antwortete Bossel mit einem letzten argwöhnischen Blick auf den Vorhang. »Und ich glaube, ich bin da nicht der Einzige«, fügte er leise hinzu.

Valerian verstand, und ihm lief unwillkürlich ein Schauer über den Rücken. *Ja, er hat recht,* dachte er. *Du musst besser aufpassen. Und vielleicht wäre es besser, damit aufzuhören, den Feldherrn im Auftrag des Kurfürsten zu bespitzeln, selbst wenn es zum Wohle des Kaisers und des Reiches ist. Denn trotz seiner Kritik an der Politik des Kaisers und seinem eigenen Machtstreben ist Wallenstein ein loyaler Diener Ferdinands II.*

Aber so plötzlich seinen Gewissensbissen nachzugeben und seine Spitzeldienste aufzukündigen war leichter gedacht als getan. Graf Truchy hatte keinen Zweifel daran gelassen, dass Kurfürst und Kaiser auf keinen Fall auf Valerians wertvolle Dienste verzichten wollten. Oberflächlich betrachtet war das ein Lob gewesen, hatte aber auch verdächtig nach einer Drohung geklungen.

Diese mächtigen Männer würden nicht hinnehmen, dass Valerian plötzlich seine Loyalität zu Wallenstein wiederfand. Sie würden dafür sorgen, dass seine Karriere abrupt endete.

Und nicht nur das, dachte er, während er Bossel durch die Gänge und das Treppenhaus zum Westflügel folgte, wo das Kartenzimmer Wallensteins lag. *Ich würde mein Leben ebenfalls aufs Spiel setzen.*

Ein Lakai führte gerade einen Reiter durch den Haupteingang herein. Der Mann wirkte völlig erledigt. Offenbar sollte er dem Bediensteten in eines der kleinen Vorzimmer folgen, um dort zu warten, bis einer der höheren Offiziere sich seiner annahm.

Einem Impuls folgend, ging Valerian auf den Mann zu.

»Was gibt es?«, erkundigte er sich bei dem Lakaien.

Der wollte den Boten gerade mit einer Handbewegung weiterscheuchen, als er Valerians Uniform erkannte. »Herr Lieutenant. Das ist ein Botenreiter mit einer Nachricht für den Feldherrn.«

»Eine weitere Nachricht aus Peenemünde?«, erkundigte sich Valerian, während er den Reiter musterte. Sein Blick fiel auf die Tasche des Mannes, und seine Augen weiteten sich. Er riss sich jedoch zusammen und versuchte, sich seine Überraschung nicht anmerken zu lassen.

Das Wappen auf der Tasche zeigte zwei Löwen, die einen Schild mit einer weißen Burg auf rotem Grund hielten. Es war das Stadtwappen Hamburgs. Nur zwei Menschen konnten Wallenstein diese Nachricht geschickt haben. Entweder Curt von Lützow, der kaiserliche Resident in der freien Reichsstadt, oder Albert von Eitzen, der Erste Worthaltende Bürgermeister Hamburgs, ein glühender Anhänger des Kaisers in dieser ansonsten so streng lutheranisch-calvinistischen Stadt. *Die zudem das Hauptquartier aller Spione und Residenten sämtlicher in- und ausländischer Herrscher ist. Das könnte interessant sein.* Valerian machte einen Schritt auf den Boten zu und streckte die Hand aus.

»Wenn Ihr eine Nachricht für Seine Gnaden habt, könnt Ihr sie mir geben.« Er lächelte. »Ich bin gerade auf dem Weg zu ihm …«

Der Bote war so erschöpft, dass er sich kaum auf den Beinen halten konnte. »Ich habe mehrere Nachrichten«, erklärte er. »Die hier ist für den Herzog. Ich soll sie ihm oder Feldmarschall von Tiefenbach persönlich übergeben.« Er öffnete die Tasche und nahm ein Pergament heraus, auf dessen Siegel das Wappen des kaiserlichen Residenten Curt von Lützows prangte, das Valerian auf früheren Schreiben schon gesehen hatte. Er sah Valerian an. »Könnt Ihr mich zu ihm führen?«

Valerian antwortete nicht, sondern starrte auf das Siegel auf dem anderen Brief, das er noch viel besser kannte. Es war das des Marquis von Berny.

Des Gemahls seiner Schwester Augusta.

»Der einzige Ausdruck, der mir dafür einfällt, ist *Vermessenheit*! Eine törichte Vermessenheit, die uns alle noch teuer zu stehen kommen wird!«

Valerian hatte Wallenstein noch nie so wütend erlebt. Allerdings hatte er auch noch nie an einer Besprechung des inneren Kreises des Feldherrnstabs teilgenommen. Dass er diesmal dabei war, verdankte er dem Fehlen von Rittmeister Gidéau, der im Moment mit einem Auftrag des Feldherrn in der Stadt unterwegs war. Valerian war als sein Vertreter hinzugebeten worden.

Der Brief, der das Siegel des Marquis von Berny trug, stammte von seiner Schwester Augusta und war an ihn gerichtet. Offenbar hatte sie ihn mit dem Siegel ihres Mannes versehen, um ganz sicherzugehen, dass niemand außer Valerian diese Nachricht las.

Ich sollte den Mund halten und warten, bis sich der erste Sturm gelegt hat, dachte Valerian, während er etwas unbehaglich neben dem massiven Schreibtisch des Feldherrn stand und auf dessen Erlaubnis wartete, wegtreten zu dürfen, nachdem er ihm den Brief des kaiserlichen Residenten in Hamburg überbracht hatte.

Die ließ aber auf sich warten. Wallenstein war viel zu erregt, um sich um den jungen Lieutenant zu kümmern. Die Nachricht aus Hamburg hatte bei ihm das Fass zum Überlaufen gebracht. Dabei war die Stimmung, als Valerian mit dem Brief des Boten in die Bibliothek trat, bereits ziemlich geladen gewesen.

»Es war ja zu erwarten, dass der Schwedenkönig nach dem Frieden mit Polen die Hand nach Norddeutschland ausstreckt!« Wallenstein schlug mit der Faust auf den Tisch. »Und diese Narren in Wien und Regensburg glauben doch tatsächlich, dass es Gustav Adolf nur darum ginge, die abgesetzten Herzöge von Mecklenburg wieder in Amt und Würden zu bringen. Angeblich, weil sie mit den Protestanten sympathisieren! In Wirklichkeit wollen sie nur die Gelegenheit beim Schopf packen, um mich aus meinem Herzogtum zu vertreiben! Statt zu mir zu halten und damit zum Kaiser, sitzen sie in Regensburg zusammen und wollen die Gunst der Stunde nutzen, um ihre Position zu stärken und die meine bei Hofe zu schwächen. Sie begreifen nicht die Gefahr, die von Gustav Adolf ausgeht!« Er schnaubte. »Ich führe mehr Krieg mit Ministern als mit all den Feinden! Und Kaiser Ferdinand II. scheint gegen dieses Ränkespiel machtlos zu sein!«

Die Offiziere blickten sich vielsagend an, aber keiner wagte es, die Tirade ihres Feldherrn zu unterbrechen.

Währenddessen beschlich Valerian ein ungutes Gefühl. Er erinnerte sich an das, was ihm Graf Truchy in Lübeck gesagt hatte. *»Es geht nicht darum, dem Feldherrn zu schaden, sondern nur darum, dass der Kurfürst und dadurch der Kaiser über die Pläne Seiner Gnaden informiert sind.«* Der Graf hatte gewinnend gelächelt. *»Wie jeder mächtige Mann ist auch Seine Gnaden Herzog Wallenstein von Mecklenburg und Friedland nicht immun gegen die Verlockungen der Macht, und es ist nur in seinem Interesse, wenn wir ihn von* *vornherein davor schützen, diesen zu erliegen, meint Ihr nicht auch, Lieutenant?«*

Damals hatte Valerian, dessen Loyalität letzten Endes dem Kaiser gehörte, den Worten des Grafen Glauben geschenkt. Und schließlich hatte er ja Wallenstein nicht verraten, jedenfalls kam ihm das nicht so vor. Denn es waren ja nur Beobachtungen gewesen, die er nach München gemeldet hatte, damit sie von dort nach Wien gelangten, und zudem Beobachtungen, die er an Freunde geschickt hatte, wie Truchy ihm versichert hatte.

Aber als er Wallenstein nun so reden hörte, kamen ihm ernsthafte Zweifel, ob es wirklich Freunde waren. Genauer, ob Kurfürst Maximilian II. von Bayern tatsächlich ein Freund oder zumindest ein loyaler Verbündeter von Wallenstein war. *Jedenfalls hört sich das nicht so an,* dachte Valerian. *Es klingt eher so, als würden die Fürsten versuchen, den Feldherrn abzusetzen, und als wäre ihnen jedes Mittel recht, sogar eine Invasion der Schweden, um Wallenstein loszuwerden. Aber kann das wirklich sein?*

Er konzentrierte seine Aufmerksamkeit wieder auf den Herzog, der gerade eine kleine Pause in seiner Tirade machte, um Luft zu holen.

Georg von Arnim-Boitzenburg nutzte das kurze Schweigen des Generalissimus. »Mit Verlaub, Euer Gnaden, den Berichten der Garnison in Peenemünde zufolge, die uns hier vorliegen, beträgt die Streitmacht des Schwedenkönigs nicht einmal fünfzehntausend Mann. Kühne Schätzungen sprechen sogar von höchstens dreizehntausend.« Der General machte eine wegwerfende Handbewegung. »Das reicht nicht einmal im Entferntesten aus, Euch zu bedrohen, geschweige denn,

Euch aus Eurem Herzogtum zu vertreiben.« Er sah sich unter seinen Stabskameraden um. »Und die Vorstellung, dass er damit die kaiserlich-habsburgische Armee und die der Liga in Bedrängnis bringen könnte, ist geradezu lächerlich.« Er lachte sogar. »Wir brauchen nicht einmal die Hälfte unseres Heeres nach Peenemünde zu schicken, um den Schweden wie schon zuvor den Dänen wieder auf sein Schiff zu treiben, damit er hurtig zurück in seine Heimat segelt.«

Einige Generäle und Obristen lachten ebenfalls, und alle nickten beifällig zu den Worten des Generals, bis auf Rudolf von Tiefenbach.

»Wenn es dabei bliebe, hättet Ihr zweifellos recht, General«, erwiderte der Feldmarschall, als sich die Heiterkeit gelegt hatte. »Aber ich fürchte, Ihr habt den Brief aus Regensburg vergessen, den uns der Kaiser vom Kurfürstentag geschickt hat. Von einem Feldzug gegen Gustav Adolf steht darin nichts. Stattdessen ersucht er uns um Truppen für seinen Feldzug gegen Mantua! Und das, obwohl ihm der Generalissimus in seinem letzten Schreiben dringend von diesem Feldzug abgeraten hat!«

Obrist Erwin von Tusker, Kommandeur eines der größten Infanterieregimenter, mischte sich ein: »Und wenn schon! Wie viel will Seine Majestät denn haben? Zwanzigtausend Mann?« Er sah Wallenstein an und hob die Brauen. »Steht nicht Generalfeldwachtmeister Gallas mit etlichen Regimentern in Oberitalien? Ich sage, gebt dem Kaiser diese Soldaten, Euer Gnaden, dann haben wir Ruhe und können uns darum kümmern, dieses Restitutionsedikt Seiner Kaiserlichen Hoheit umzusetzen und die restlichen protestantischen

Widerstandsnester hier in Norddeutschland auszuräuchern und der katholischen Kirche ihren rechtmäßigen Besitz zurückzugeben!«

Wieder nickten die anderen Offiziere beifällig.

Aber darum geht es nicht, dachte Valerian, der den Brief seiner Schwester überflogen hatte, während er sich am Anfang der Sitzung im Hintergrund hielt. Der letzte Absatz, der nicht von privaten Dingen handelte und wegen dem Augusta den Brief zweifellos versiegelt hatte, ließ das, was hier gerade besprochen wurde, in einem ganz anderen Licht erscheinen. *Du musst dem Feldherrn diesen Brief geben oder zumindest diese Passage vorlesen!,* dachte er. *Selbst auf die Gefahr hin, dass man dich als Spion verdächtigt, weil deine Schwester mit dem Feind verheiratet ist. Aber die Information ist einfach zu wichtig!* Und außerdem ließ sie Wallensteins Verhalten in einem völlig anderen Licht erscheinen. Sie bestätigte, dass der Feldherr keineswegs paranoid oder sternengläubig war, wenn er von einer schwedischen Bedrohung oder den Gefahren des Restitutionsedikts sprach. *Tatsächlich trifft er damit den Nagel auf den Kopf,* dachte Valerian. *Und in diesem Licht betrachtet, sind die Briefe, die du an den Kurfürsten geschickt hast, fast gleichbedeutend mit Hochverrat!*

Bei diesem Gedanken brach ihm der Schweiß aus.

»… nicht das Wesentliche, Herr Obrist!«, sagte Tiefenbach gerade. »Ebenso wenig wie Ihr, General von Arnim.«

Der Feldmarschall wechselte einen kurzen Blick mit Wallenstein. »Euer Gnaden …«

Wallenstein schüttelte den Kopf. »Ich habe dem Kaiser abgeraten – mit allem Nachdruck abgeraten! –, sich wegen seines Verwandten Philipp IV., des spanischen Königs, in diese Auseinandersetzung einzumischen. Vielleicht steckt ja seine Frau Eleonora hinter seiner Entscheidung, gegen Mantua ins Feld zu ziehen.«

Natürlich, dachte Valerian. *Eleonora Gonzaga ist die Schwester der Herzöge von Mantua. Und Ferdinand II. betrachtet das Herzogtum als sein Reichslehen und will es einziehen!* Er sah Wallenstein bewundernd an. *Der Mann weiß wirklich, was er tut, und ich glaube kaum, dass ihm die Sterne das alles eingeflüstert haben.*

Umso mehr bereute er den letzten Brief, den er eben erst auf den Weg gebracht und in dem er den Einfluss des Astrologen und Arztes Giovanni Seni auf Wallenstein so betont hatte.

Die Diskussion nahm erneut seine Aufmerksamkeit in Anspruch.

»Bis jetzt haben vor allem England und die Niederlande den Dänenkönig und die protestantische Union bei ihrem Feldzug hier in Norddeutschland unterstützt. Gewiss, Frankreich hat Christian IV. ebenfalls Gelder zukommen lassen, aber die Beträge waren nicht der Rede wert, wahrscheinlich deshalb, weil Richelieu nicht an Christians Erfolg geglaubt hat.«

»Außerdem war er mit den Hugenotten beschäftigt und hat lange vergeblich La Rochelle belagert.« Feldmarschall von Tiefenbach nickte. »Wie Ihr wisst, ist es Richelieu mittlerweile gelungen, La Rochelle einzunehmen.«

»Ganz recht!« Wallenstein schlug auf den Brief des Kaisers, in dem er ihn um Truppen ersuchte. »Und jetzt hindert nichts die Franzosen und Richelieu mehr daran, selbst gegen uns in den Krieg zu ziehen! Mantua ist da ein willkommener Vorwand, gegen die von ihnen so empfundene Vorherrschaft der Habsburger vorzugehen, und zweifellos ist dies erst der Anfang!«

Wallenstein trat hinter dem Schreibtisch hervor und begann aufgebracht davor auf- und abzugehen. Valerian hatte er immer noch keines weiteren Blickes gewürdigt.

»Mit seinem Eingreifen in Mantua treibt er Frankreich förmlich in diesen Krieg, und mit diesem Restitutionsedikt ruft er selbst bei den bisher neutralen Kurfürsten den Eindruck hervor, er wolle eine absolutistische Monarchie errichten!« Er schüttelte den Kopf. »Das kann nicht gut gehen!« Er deutete auf den Brief auf seinem Schreibtisch. »Und während das alles direkt vor der Nase des Kaisers geschieht, erfahre ich von dem Residenten des Kaisers, dass die Franzosen schon ihre ersten Gesandten nach Hamburg geschickt haben. Ihr könnt spekulieren, was sie dort wollen, aber ich gehe davon aus, dass sie versuchen, über ihren Residenten in der freien Reichsstadt mit Gustav Adolf Kontakt aufzunehmen.« Er hob die Hände. »Es ist doch wohl klar, meine Herren, zu welchem Zweck das geschieht.«

Du kannst nicht mehr länger warten, dachte Valerian und räusperte sich. *Jetzt oder nie.* »Euer Gnaden …«, begann er.

»Jetzt nicht, Lieutenant!«, zischte Feldmarschall von Tiefenbach. »Ihr könnt wegtreten!« Der hohe Offizier bedeutete ihm mit einer Handbewegung, sich zurückzuziehen.

Ihr habt keine Ahnung, wie liebend gern ich das tun würde!, dachte Valerian. *Aber das geht nicht!*

»Verzeihung, Herr Feldmarschall, aber ich habe eine wichtige Mitteilung für Seine Gnaden!«

Valerian musste sich zusammenreißen, um unter dem scharfen Blick des hohen Offiziers nicht zusammenzuzucken.

»Und warum habt Ihr dann so lange damit gewartet, Lieutenant?«, fuhr von Tiefenbach ihn an. »Also los, raus damit, bevor ich Euch aus dieser Stabsbesprechung entfernen lasse! Ich werde Rittmeister von Gidéau ...«

»Ach, der Herr Cornet.« Bei der Unterbrechung hatte sich Wallenstein umgedreht und mit finsterer Miene den jungen Lieutenant gemustert. Aber als er Valerian erkannte, glättete sich das Gesicht des Herzogs. »Für den sich diese ganze Esquadron eingesetzt hat. Ich erinnere mich ... von Villingen, richtig?«

»Von Villesen, Euer Gnaden«, verbesserte Valerian ihn mit belegter Stimme.

»Ja, ja, sicher. Und aus dem Cornet ist ein Lieutenant geworden, wie ich sehe.« Wallenstein hob eine Braue. »Obrist von Altenfelde war der Meinung, Ihr wärt ein begabter Offizier, der jedoch dazu neigt, gelegentlich Befehle allzu großzügig auszulegen und seinen eigenen Kopf durchzusetzen, was?«

Valerian wurde blass und schluckte. »Herr Generalissimus, ich würde niemals ...«

»Was für eine Nachricht habt Ihr für mich, Lieutenant, und warum habt Ihr bis jetzt damit gewartet, sie mir zu überbringen?«

Valerian nahm Haltung an. »Ich wollte warten, bis die Stabsbesprechung zu Ende ist und Euer Gnaden oder Feldmarschall von Tiefenbach Zeit hätten.« Er griff in seine Uniformjacke und zog den Brief von Augusta heraus. »Aber es ist eine Information, die im Lichte dessen, was hier besprochen wurde, von Bedeutung zu sein scheint, Herzog Wall…«

»Kommt zur Sache, anstatt ständig meine Titel herunterzubeten, Lieutenant!«

Valerian trat vor und entfaltete den Brief. »Es ist ein Brief von meiner Schwester, Euer …« Er hüstelte und sprach hastig weiter. »Sie ist, wie ich betonen möchte, *gegen* ihren Willen mit dem Marquis von Barny verheiratet worden.« Ihm wurde heiß, als Wallensteins Miene verriet, dass sich seine Geduld dem Ende zuneigte. Das leise spöttische Lachen aus dem Hintergrund machte es nicht besser. Valerian wusste, ohne hinzusehen, dass es von Hauptmann Feldbrück kam. »Der Marquis wurde als Gesandter des Kardinals Richelieu nach Hamburg geschickt, um dort, wie meine Schwester schreibt, mit dem schwedischen Residenten Johann Salvius und einem Bankier, den Soldaten der Liga bereits seit Antwerpen verfolgen, über die finanzielle Unterstützung Gustav Adolfs für seinen Feldzug in Norddeutschland zu verhandeln.«

»Sprecht weiter, Lieutenant.« Er hatte nun Wallensteins ungeteilte Aufmerksamkeit. Der Herzog sah sich triumphierend um, als wollte er den versammelten Offizieren sagen: *Seht her, hab ich es nicht kommen sehen?*

Valerian schluckte. »Meiner Schwester zufolge plant Richelieu, die Habsburger zu schwächen, indem er die Pläne Gustav Adolfs fördert, ein großes Nordreich zu errichten.« Er registrierte die atemlose Stille im Raum und warf erneut einen Blick auf den Brief, um ja keinen Fehler zu machen. »Weiterhin schreibt sie, dass sich Ihr Gemahl und der schwedische Resident anschließend mit weiteren Gesandten getroffen haben.«

»Macht es nicht so spannend, verdammt!«, knurrte von Tiefenbach. »Um was für Gesandte handelte es sich?«

Valerian holte tief Luft. »Vorwiegend hohe Offiziere der protestantischen Union, jedenfalls vermutet meine Schwester das. Und den Worten ihres Gemahls nach haben sie versprochen, dem schwedischen König Truppenkontingente zur Verfügung zu stellen!«

Wallenstein schlug mit der geballten Faust in seine flache Hand. »Habe ich es nicht gesagt?«, stieß er fluchend hervor. »Dieses verdammte Restitutionsedikt treibt die Ratten wieder aus ihren Löchern und dem Schweden zu. Weiß sie auch, um wie viele Soldaten es sich handelt?«

Valerian sah sich um. Erwartungsvolle Gesichter blickten ihn an. »Etwa fünfundzwanzigtausend Mann, Euer Gnaden.«

Ein leises Stöhnen lief durch den Raum. Vor Wut traten Wallenstein fast die Augen aus den Höhlen. »Diese Narren!« Er sah von Tiefenbach an. »Wir müssen mit diesen Franzosen verhandeln. Ist der Berater Richelieus, dieser Pater Joseph, noch in der Stadt?«

»Ich fürchte nein, Euer Gnaden. Soweit ich weiß, ist er bereits nach Regensburg weitergereist.« Von Tiefenbach trat an Valerian heran. »Was schreibt Eure Schwester noch, Lieutenant?« Er streckte die Hand nach dem Pergament aus.

Valerian zögerte, gab dann aber dem scharfen Blick des Feldmarschalls nach und händigte ihm den Brief aus. »Keine Sorge, Herr Lieutenant. Euch wird kein Nachteil daraus erwachsen, dass Eure Schwester mit einem unserer Widersacher verheiratet ist. Im Gegenteil. Wir sind ihr dankbar, dass sie so …« Er überflog kurz den Brief, stockte und sah dann Valerian an. »Ihr habt eine Schwester, die mit Richelieus Gesandtem verheiratet ist, und einen Freund, der als Korporal einem Stabsoffizier der Unionisten dient?«

Valerian zuckte mit den Schultern. »Der Krieg kann aus Freunden manchmal Feinde machen, Herr Feldmarschall.«

»Ist das so?« Von Tiefenbach musterte ihn. »Und aus Feinden vielleicht auch Freunde?«

Feldbrück. Valerian biss die Zähne zusammen. »Falls Ihr meine Loyalität infrage stellt, Herr Hauptmann …« Er brach ab. In seiner Empörung hatte Valerian vergessen, dass nicht nur der Hauptmann, sondern vor allem Wallenstein allen Grund dafür hatten, an seiner Loyalität zu zweifeln. *Diese vermaledeiten Briefe!*

»Niemand stellt Eure Loyalität infrage«, mischte sich Wallenstein ein und nahm von Tiefenbach den Brief ab. »Und bevor irgendjemand auf die Idee kommt zu glauben, seine Ehre wäre beschmutzt worden, untersage ich hiermit jedes Duell innerhalb meines Stabes! Verstanden?« Als niemand antwortete, ließ Wallenstein den Brief sinken. »Ich habe gefragt, ob das verstanden wurde!« Seine Stimme klang wie ein Peitschenschlag. »Wer gegen diesen Befehl verstößt und das Duell überlebt, wird standrechtlich erschossen! Also, ich frage noch einmal, wurde das verstanden?«

»Jawohl, Euer Gnaden.«

Von Tiefenbach hob eine Braue, weil nur zwei Männer auf diese Frage geantwortet hatten, nämlich Hauptmann Feldbrück und Valerian.

»Also, Lieutenant, hat Eure Schwester noch weitere Hiobsbotschaften außer der, dass das Eingreifen des Kaisers in Mantua Frankreich und die beträchtlichen Reste der protestantischen Union an die Seite von Gustav Adolf treibt und ihm eine stattliche Armee an die Hand gibt?«

»Ja, Euer Gnaden.«

Wallenstein verzichtete darauf, den Brief weiter zu überfliegen, sondern hob den Kopf und sah Valerian an. »Als wenn das nicht schon genug wäre! Was gibt es denn noch?«

»Meine Schwester schreibt außerdem, dass einer der Gesandten, jedenfalls ihrem Gemahl zufolge, ein Vertreter eines hohen deutschen Adeligen war, der offenbar im Namen anderer Adeliger Gustav Adolf seine Unterstützung anbieten wollte.«

Bei diesen Worten wurde Wallenstein blass, und er sah von Tiefenbach vielsagend an. »Und, Herr Lieutenant von Villesen, weiß Eure kluge Schwester auch, um welchen Adligen es sich handelt?«

Valerian nickte. »Um den Landgraf Wilhelm von Hessen-Kassel, Euer Gnaden.«

Wallenstein atmete zischend aus. »Und der wird nur der Anfang sein. Wir müssen sofort reagieren. Der Schwede muss gestellt und vernichtet werden, bevor er Gelegenheit bekommt, seine Streitkräfte zu vergrößern. Vor allem muss der Kaiser davon überzeugt werden, dass er durch den Schweden einen weit größeren Schaden erleiden kann als durch den Verlust von Mantua.« Er schüttelte den Kopf. »Ich habe ihm bereits vor zehn Tagen einen Brief geschrieben, in dem ich ihn vor den schlimmen Folgen des Restitutionsedikts gewarnt habe. Jetzt muss auch er endlich einsehen …«

Ein Korporal der Wache öffnete die Tür und verbeugte sich mit rotem Gesicht, als die Anwesenden, grimmig über diese neue Störung, zu ihm hinblickten.

»Was ist, Mann?« Hauptmann Feldbrück ging, schlecht gelaunt wegen der Zurechtweisung, auf den Unteroffizier zu.

»Da draußen sind zwei Besucher, Herr Hauptmann ... Euer Gnaden.« Der Korporal sah zu Wallenstein. »Sie wollen zu Eurer Gnaden und lassen sich nicht abweisen.«

»Was sagst du da?« Hauptmann Feldbrück wartete nicht auf einen Befehl von Wallenstein oder von Tiefenbach. »Das werden wir ja sehen! Seine Gnaden ist ...«

Er blieb wie angewurzelt stehen, als zwei Männer in die Bibliothek traten. Sie waren weder besonders groß, noch wirkten sie furchteinflößend, aber sie strahlten eine natürliche Autorität aus, die durch das kaiserliche Wappen auf ihren Umhängen und die prächtige Kleidung, die sie darunter trugen, noch verstärkt wurde.

»Seine Gnaden ist ganz sicher für uns zu sprechen!«, sagte der eine der beiden Männer. Er trug die Uniform der kaiserlichen Dragoner, des Leibregiments des Kaisers, schob Feldbrück kurzerhand zur Seite und deutete auf den Mann neben sich. »Dies ist Hofkriegsrat Freiherr von Questenberg, und ich bin Hofkriegsrat Graf Werdenberg.«

»Ah, meine Freunde! Kommt herein!« Wallensteins Miene hatte sich aufgehellt, er ging auf die beiden Männer zu und streckte dabei die Arme aus. »Hat der Kaiser also endlich ein Einsehen! Ihr bringt mir die Nachricht, dass Seine Majestät meine Dienste benötigt! Keine Sekunde zu früh, meine Herren! Der Schwede steht bereits in …«

Valerian beschlich ein ungutes Gefühl, als er die Gesichter der beiden Hofkriegsräte betrachtete. Keiner von ihnen lächelte, und schließlich räusperte sich Hofkriegsrat Werdenberg. »Ich fürchte, verehrter Freund, wir bringen eher schlechte Nachricht!«

Wallenstein blieb wie angewurzelt stehen und erbleichte. »Was soll das heißen, schlechte Nachricht?«

»Kurfürst Maximilian von Bayern hat sich durchgesetzt«, sagte von Questenberg, nachdem er sich in der Kammer umgesehen hatte. Auf ein Zeichen von Wallenstein sprach er weiter: »Er hat vom Kaiser verlangt, Euch als Oberbefehlshaber abzusetzen und das kaiserliche Heer drastisch zu reduzieren. Maximilian hat dem Kaiser indirekt gedroht, im anderen Fall die Wahl des Sohnes Seiner Majestät, des Erzherzogs, als Nachfolger auf dem Kaiserthron nicht garantieren zu können.«

Wallenstein nickte, als hätte er damit gerechnet. Er wandte sich an seine versammelten Stabsoffiziere. »Nun, meine Herren, damit sind unsere Beratungen wohl hinfällig!« Dann sprach er wieder zu den beiden Hofkriegsräten: »Ihr müsst müde und hungrig sein! Ich werde veranlassen, dass die Küche uns allen etwas zu essen bringt. Betrachten wir es als Henkersmahl!«

Betretenes Schweigen war die Antwort auf seine Worte.

Er hat es gewusst, dachte Valerian, der immer wieder zwischen Wallenstein und den beiden Hofkriegsräten hin- und herblickte, die beisammenstanden und leise mit Feldmarschall von Tiefenbach redeten. *Zumindest hat er es geahnt! Und ich Idiot habe diesem verdammten Grafen Truchy vertraut und dem Kurfürsten mit meinen Spitzeldiensten auch noch geholfen, Wallenstein abzusetzen! Damit dürfte klar sein, welche Richtung ich an diesem Scheideweg eingeschlagen habe. Nach unten!*

Er stand wie betäubt da, während die Offiziere die Bibliothek verließen, und merkte nicht, dass sich schließlich nur noch Feldmarschall von Tiefenbach im Raum befand.

Der Offizier sah Valerian an. »Ihr macht Euch Sorgen um Eure Zukunft, Herr Lieutenant?«

Valerian zuckte zusammen. »Herr Feldmarschall … Ich … Die Entscheidung des Kaisers hat mich … überrascht!« Er zögerte einen Moment. »Und, ehrlich gesagt, die Reaktion Seiner Gnaden ebenfalls. Immerhin steht Gustav Adolf in Norddeutschland und …«

»Ganz recht, Lieutenant.« Von Tiefenbach sah Valerian scharf an. »Ihr seid loyal, etwas, das heutzutage offenbar recht selten ist. Vermutlich werden wir nach Gitschin, in die Residenz des Herzogs von Mecklenburg und Friedland, zurückkehren. Aber ich bin sicher, dass wir dort nicht lange bleiben werden. Seine Majestät dürfte schon sehr bald merken, dass es ein Fehler war, Seine Gnaden von seinem Amt als Oberbefehlshaber zu entbinden. Spätestens dann, wenn sich der Schwedenkönig mit den protestantischen Truppen und Landgrafen oder gar Kurfürsten in Norddeutschland zusammentut. Ich glaube kaum, dass General Tilly in der Lage sein wird, den Schweden aufzuhalten. Dafür fehlen ihm die Männer und die Mittel.«

»Graf Tilly?« Valerian runzelte die Stirn. *Vielleicht gibt es ja doch noch eine Möglichkeit, den Weg weiter-*

zugehen! »Meint Ihr, dass der Kaiser ihn gegen Gustav Adolf schicken wird?«

»Natürlich. Er ist der Einzige, der überhaupt dafür infrage kommt.« Von Tiefenbach sah Valerian abschätzend an. »Wenn Ihr Euren Abschied aus der Leibschwadron des Feldherrn nehmen und lieber unter Tilly dienen wollt, verstehe ich das. Ich werde Euch ein Empfehlungsschreiben ausstellen. Graf Tilly dürfte Bedarf an guten Offizieren haben.« Er lächelte Valerian an. »Aber lasst Euch nicht erschießen, Herr Lieutenant. Es könnte sein, dass Wallenstein und ich Euch bald wieder benötigen, und zwar früher, als Ihr denkt.«

14. KAPITEL

Freie Reichsstadt Hamburg

Mit gesenktem Kopf eilte Eik durch die schmalen Straßen hinter der Kirche der heiligen Maria Magdalena. Es war bereits dunkel geworden, und die wenigen Menschen, die unterwegs waren, hatten es eilig, nach Hause und ins Trockene zu gelangen. Oder in die nächste Schänke.

Denn es »schüttete wie aus Eimern«, wie es Ulrich Winckel bei ihrem Gang über die neuen Bastionen der Hansestadt ausgedrückt hatte. Trotz des schlechten Wetters hatte es sich der Zweite Bürgermeister nämlich nicht nehmen lassen, seinem »guten Freund«, wie er Hauptmann de Vries mittlerweile nannte, persönlich die Befestigungen zu zeigen. Die hatte der Architekt Johan van Valckenburgh im Auftrag des Hamburger Rates angelegt und gerade noch rechtzeitig, kurz nach Beginn des Krieges, beendet.

Kein Wunder, dass die freie Reichsstadt bisher von allen Kampfhandlungen verschont geblieben ist, dachte Eik. *Die Befestigungen sind wirklich abschreckend, ebenso wie die Zahl der Verteidiger, wenn es wirklich stimmt, was Winckel dem Hauptmann erzählt hat.* Denn laut Ulrich Winckel hatte der Rat alle Männer zwischen achtzehn und sechzig Jahren zur Bürgerwache einberufen. So konnte Hamburg in kürzester Zeit fünftausend bewaffnete Männer zusätzlich zu den viertausend Söldnern stellen. *Das sorgt gewiss für weit mehr Respekt bei jedem Gegner als das angebliche diplomatische Geschick des Rates, von dem der Bürgermeister immer spricht.* Eik war an der Einmündung einer kleinen Gasse stehen geblieben. *Von den zweihundertdreiundsechzig Kanonen ganz zu schweigen.*

Er hob den Kopf und sah sich um. Dann zog er einen kleinen Zettel hervor, trat rasch unter eine Laterne, die an ihrem eisernen Haken an einer Hausecke in dem kalten Wind dieses Januarabends schaukelte, und warf einen Blick auf die grobe Skizze.

Das muss sie sein, die Krumme Gasse, dachte er. Er blickte nochmals auf den Zettel, um sich einzuprägen, an welcher Tür er klopfen musste. Dann schob er ihn in die kleine Tasche unter seinem Gürtel und zog den Umhang fester um sich. Den Hut tief in die Stirn gedrückt, bog er in die Gasse ein.

Ist das wirklich eine gute Idee? Diese Frage hatte er sich bestimmt schon zwanzigmal gestellt, seit ein Bote ihm vor drei Tagen den kleinen Umschlag in der Wachstube in die Hand gedrückt hatte.

Eik hatte nur einen flüchtigen Blick darauf geworfen, den Zettel dann sofort wieder in den Umschlag geschoben und beides in sein Wams gesteckt. Als er wieder aufgesehen hatte, hatte er den Blick von de Vries bemerkt, der aber keinen Kommentar abgab, sondern nur mit einem spöttischen Lächeln den Kopf geschüttelt hatte.

Hätte er gewusst, von wem dieser Brief kommt, er hätte wahrscheinlich nicht gelächelt, sondern versucht, mir diesen Besuch auszureden!

Sie waren schon etliche Monate in Hamburg, und an dem Verhältnis zwischen Leona und Eik hatte sich nicht viel geändert. Nur wusste Hauptmann de Vries mittlerweile, dass sein Ordonnanzoffizier die junge Bankierstochter regelmäßig aufsuchte. Und ihm war auch klar, dass die beiden dabei nicht über Kontobücher und Wechsel sprachen. »Falls ihr in eurem jugendlichen Leichtsinn überhaupt zum Reden kommt!«, hatte der Hauptmann halb tadelnd, halb belustigt zu Eik gesagt. Aber da der seine Pflichten nicht vernachlässigte, die er und de Vries als freiwillige Söldner bei der Hamburger Wache übernommen hatten, und morgens stets ordentlich gekleidet und frisch gewaschen zum Appell erschien, hatte der Hauptmann nichts weiter dazu gesagt.

Allerdings hatte er es sich nicht nehmen lassen, Eik noch einmal davor zu warnen, Gabriel de Lemos zu unterschätzen. Der jüdische Bankier beobachtete das Treiben seiner Tochter mit Argusaugen, und es fiel den beiden immer schwerer, sich unbemerkt zu treffen.

Heute Abend muss er sich deswegen jedenfalls keine Gedanken machen, dachte Eik, während er langsam durch die Gasse ging und nach der Tür suchte, die auf dem Zettel beschrieben war. *Und ab morgen braucht er sich ohnehin nicht mehr den Kopf deshalb zu zerbrechen!*

Sein Entschluss, diesen Besuch zu machen, war dadurch bestärkt worden, dass de Vries und er drei Tage vor dem Erhalt dieser Einladung zum Marquis de Berny gerufen worden waren. Albert de Montfine hatte ihnen mitgeteilt, dass sie in vier Tagen Hamburg verlassen würden, um nach Bärwalde zu reisen. Dort würde Gustav Adolf von Schweden auf sie warten, um den vom Marquis ausgehandelten Bündnisvertrag mit Frankreich zu unterzeichnen.

Der Gesandte Richelieus hatte keinen Hehl daraus gemacht, wie zufrieden er mit seiner Arbeit war. »Wir werden nur mit einer kleinen Eskorte nach Bärwalde reiten!«, sagte er. »Bankier de Lemos wird uns ebenso begleiten wie der Chevalier Ducroix.« Bei der Nennung dieses Namens hatte Montfine die Lippen verzogen, als hätte er auf etwas Saures gebissen. »Meine Gemahlin und die Tochter des Bankiers werden mit ihrer eigenen Eskorte nach Magdeburg vorausreisen, um dort ein geeignetes Quartier für uns zu finden. Sobald wir den Vertrag mit dem schwedischen König auf den Weg gebracht haben, werden wir ihnen dorthin folgen, um mit der protestantischen Union zu verhandeln.« Er grinste. »Diese Kerle wittern jetzt natürlich Morgenluft, nachdem der Kaiser seinen Generalissimus Wallenstein abgesetzt und dessen Armee um mehr als die Hälfte reduziert hat.«

Eik ließ sich nichts anmerken, aber es erstaunte ihn schon, dass der Marquis auf die Begleitung seiner jungen Frau verzichtete. Was dagegen de Lemos anging … Wahrscheinlich war der Bankier froh, dass er seine Tochter in sicheren Händen wusste, weit weg von irgendwelchen Männern.

Von einem ganz bestimmten Mann, verbesserte sich Eik in Gedanken. *Der zudem vielleicht gerade dabei ist, einen großen Fehler zu begehen.* Leona de Lemos war eine wunderschöne junge Frau und zugegebenermaßen sehr leidenschaftlich, aber sie war auch recht eifersüchtig und hatte Eik in letzter Zeit damit sehr zugesetzt. *Ge-*

nau genommen seit diesem Essen beim schwedischen Residenten. Und er kannte auch den Grund für Leonas Eifersucht.

Hier muss es sein. Vor einem schmalen Hauseingang blieb er stehen. Der Türklopfer hatte die Form eines zähnefletschenden Hundes und wirkte wenig einladend. Eik streckte die Hand aus, zögerte aber, den Klopfer zu betätigen.

Noch ist es nicht zu spät, sagte er sich. *Du kannst immer noch umkehren und so tun, als wäre nichts geschehen, und morgen früh bist du schon unterwegs nach Bärwalde.* Aber er wusste, dass er das nicht tun würde. Seit er diesen kurzen, nicht unterschriebenen Brief erhalten hatte, war er kaum noch in der Lage gewesen, an etwas anderes zu denken. Er warf einen Blick auf seine Hand, die er nach dem Klopfer ausgestreckt hatte. Sie zitterte. *Mach dich nur nicht zum Narren!,* dachte er und holte tief Luft. *Du hast nicht den geringsten Grund, irgendetwas zu erwarten.* Aber dann rief er sich den Inhalt dieser kleinen Nachricht in Erinnerung. *»Wenn du wirklich den ganzen Grund erfahren und dich nicht mit einem ›Lippenbekenntnis‹ zufriedengeben willst, dann komm am Freitag, nach Einbruch der Dunkelheit, in die Krumme Gasse; folge dem knurrenden Hund!«*

Eine Unterschrift war nicht nötig. Er kannte die Handschrift, und außerdem war ihm die Bedeutung dieser Worte vollkommen klar. Beim Lesen wurde ihm bewusst, wie oft er in den letzten Jahren an diesen einen Kuss im Wald gedacht hatte.

Er holte tief Luft und versuchte, das Zittern zu unterdrücken, das ihn überlief. *Wie beim ersten Rendez-*

vous. Gerade wollte er den Klopfer packen, als die Tür geöffnet wurde.

»Ihr werdet bereits erwartet.«

Eik bekam kein Wort heraus, sondern nickte nur und trat ein, nachdem die füllige Frau, die ihm die Tür aufgemacht hatte, zur Seite getreten war, um ihn durchzulassen.

»Die Stiege hoch und dann die Tür am Ende des Flurs.« Sie streckte ihren dicken Arm aus und deutete auf eine dunkle Treppe am Ende der kleinen Diele. Dann trat sie auf die Türschwelle, schob den Kopf nach draußen und sah sich in der Gasse um. »Ist Euch auch niemand gefolgt?«

»Nein …« Eik räusperte sich, weil seine Stimme wie ein Krächzen klang. »Nein, natürlich nicht. Wieso fragt Ihr?«

Die Frau hatte sich davon überzeugt, dass die Gasse menschenleer war, schloss die Tür, schob einen Riegel vor und drehte sich dann zu Eik herum, wobei sie ihn mitleidig ansah. »Weil ich keinen Ärger haben will, deshalb.« Sie murmelte etwas, das verdächtig nach »Soldatenliebchen« klang, und verschwand durch eine Tür in einen durch einen offenbar schlecht ziehenden Kamin verqualmten Raum.

Eik drehte sich zu der Treppe herum. Plötzlich konnte er es kaum noch erwarten. Er eilte die Stufen hinauf, ohne darauf zu achten, dass seine trampelnden Schritte wahrscheinlich bis ins Rathaus zu hören waren, und ging rasch zu der Tür am Ende des kurzen Flurs. Dort blieb er stehen, zog seine Stulpenhandschuhe aus, steckte sie in seinen Gürtel und fuhr sich mit den Händen übers Gesicht. In den letzten Monaten hatte er sich einen Knebelbart wachsen lassen und wünschte sich nun, er wäre vor seinem Besuch noch einmal zum Bader gegangen, um sich rasieren zu lassen. *Sei nicht albern!*, dachte er. *Und mach dir keine Hoffnungen. Wir werden einfach nur miteinander plaudern, ungestört und unter vier Augen, und dann werden sich unsere Wege wieder trennen …*

Er hatte die Augen geschlossen, um sich zu sammeln, und hörte dann, wie die Tür mit einem leisen Knarren geöffnet wurde.

»Eik.«

Als er ihre Stimme hörte, hatte er das Gefühl, eine Faust würde sich in seine Magengrube bohren, und der Atem stockte ihm. Dann öffnete er die Augen.

Beim Anblick der Frau, die in der Türöffnung stand, wusste er, dass es bei diesem Besuch nicht um höfliche Konversation gehen würde.

Im nächsten Moment spürte er Augustas Lippen auf seinen.

»Und Ihr seid Euch ganz sicher, dass wir uns auf dem richtigen Weg befinden?«

Bei der Frage des Chevaliers verdrehte Eik die Augen, während Hauptmann de Vries grinste.

»Ich möchte nicht den Ligistischen in die Hände fallen, verehrter Marquis, weil dieser miese Weg unsere Kutsche die Achse kostet und wir zu Fuß weitergehen müssen! Dieses Vergnügen hatte ich bereits zur Genüge bei meinem letzten Ausflug mit dem verehrten Hauptmann und diesem Bauernlümmel. Auf eine Wiederholung kann ich daher gut verzichten. Und wenn ich das richtig beobachtet habe, hat dieser Bauer, den wir bei

der letzten Weggabelung gefragt haben, in die andere Richtung gedeutet und nicht in die, die wir auf Euren Befehl hin eingeschlagen …«

»Mon Dieu, Chevalier! Wenn Ihr nicht endlich mit Eurem Gejammer aufhört, wird das Einzige, was eingeschlagen wird, Euer Schädel sein! Und zwar auf meinen ausdrücklichen Befehl hin!«

Eik konnte sich ein Lächeln nicht verkneifen. *Wer hätte gedacht, dass mir das ungehobelte Benehmen des Marquis einmal Vergnügen bereiten könnte!* Das rot angelaufene Gesicht des Chevaliers verschwand nach einem wütenden Blick auf Eik und Hauptmann de Vries wieder in der offenen Fensterluke, und dann zog Ducroix den Vorhang vor.

Eik blickte zu dem Marquis, der sich geweigert hatte, »in dieser stinkenden Kiste« zu reisen, und stattdessen auf einem prachtvollen Apfelschimmel saß. Eiks Lächeln erlosch schlagartig. Albert de Montfine beobachtete ihn scharf, wie schon in den vier Tagen, seit sie Hamburg verlassen hatten.

Selbst wenn er nichts weiß, ahnt er zumindest etwas!, dachte Eik, und unwillkürlich kehrten seine Gedanken zu der letzten Nacht in der Reichsstadt zurück. Und zu Augusta.

Sie hatte ihm von der Kälte und der Eifersucht ihres Gemahls erzählt, der von ihr doch eigentlich nicht mehr als einen Erben für seinen Titel und sein Vermögen wollte. Allerdings hatten sie darüber erst im Bett geredet, nachdem sie atemlos und schweißüberströmt voneinander abgelassen hatten. Eik hatte alle möglichen widerstreitenden Gefühle empfunden, nur ein schlechtes Gewissen war nicht dabei gewesen. Und das hatte sich auch nicht eingestellt, als er am folgenden Morgen, ohne richtig geschlafen zu haben, zusammen mit Hauptmann de Vries zum Haus des Marquis geritten war. Dort waren sie von einem ausgesprochen schlecht gelaunten französischen Gesandten begrüßt worden, der ihm, Eik, wegen seines übernächtigten Aussehens zwar feindselige Blicke zuwarf, aber keinen handfesten Grund fand, um ihn zur Rede zu stellen.

Glücklicherweise kann der Marquis keine Gedanken lesen!, dachte Eik und wendete sein Pferd, um der ständigen Beobachtung durch den Adligen zu entgehen.

»Ich sehe hinten nach dem Rechten«, teilte er Hauptmann de Vries mit, der kommentarlos nickte.

Da bemerkte Eik, dass Montfine nicht der Einzige war, der ihn mit forschendem Interesse betrachtete. Diesmal jedoch regten sich tatsächlich Gewissensbisse in ihm, als er an der zweiten, offenen Kutsche vorbeiritt, in welcher der Vater von Leona saß, Gabriel de Lemos. Der alte Mann hatte es abgelehnt, mit dem Chevalier in einer Kutsche zu fahren, und war gegen die Januarkälte in dicke Felle gehüllt. Zudem trug er eine pelzgefütterte Mütze, unter der seine schwarzen Augen hervorleuchteten. Seine Blicke schienen Eik förmlich zu durchbohren.

Ich frage mich, was er wohl tun würde, wenn er wüsste, was in dieser Nacht geschehen ist.

Unwillkürlich dachte Eik an Leonas Frage, die sie vor all den Monaten gestellt hatte, nämlich ob er glücklich wäre. Damals hatte er diese Frage nicht beantworten können, aber jetzt konnte er es. *Ich war glücklich in den Armen von Augusta.* Und das schlechte Gewissen, das er verspürte, kam daher, dass er dasselbe nicht in den Armen von Leona empfunden hatte.

Und genau das war ein Streitpunkt zwischen den beiden, der in den letzten Wochen immer mehr an Bedeutung gewonnen hatte. So sehr, dass sogar die Frage, wann sie ihrem Vater von ihrer Beziehung erzählen sollten, in den Hintergrund gerückt war.

Und jetzt … Jetzt war Eik froh darüber, dass sie Gabriel de Lemos noch nicht eingeweiht hatten, und gleichzeitig schämte er sich deswegen.

Doch während er langsam an das hintere Ende der Kolonne ritt, huschte ein Lächeln über sein Gesicht. Er erinnerte sich an den Abschiedskuss, den Augusta ihm in Villesen gegeben hatte, und an den Inhalt ihrer kurzen Nachricht. Darin hatte sie ihm verraten, warum sie mit diesem ungeliebten Mann verheiratet worden war, warum Valerians Freundschaft zu Eik so plötzlich abgekühlt war und auch warum sie Eik überhaupt geküsst hatte.

»Ich war schon immer verliebt in dich, Dummkopf!«, hatte sie ihm in der vergangenen Nacht gestanden. »Und dieses Gefühl ist immer stärker geworden, auch wenn ich es zunächst nicht wahrhaben wollte! Schließlich habe ich es Vater und Valerian gestanden, als es wieder mal um meine Verheiratung ging.« Dabei hatte Augusta sich an Eik geschmiegt. »Du weißt ja, wie mein Vater reagiert hat. Und auch Valerian war entsetzt über die Vorstellung, dass seine Schwester einen Müllersburschen ehelichen wollte. Und doch fühlt sich das hier völlig richtig an, auch wenn ich damit gegen Sitte und Anstand verstoße und dafür sicher im Fegefeuer landen werde …« Bei diesen Worten hatte sie ihn ernst angesehen. »Aber ich muss dir etwas verraten, Liebster. Etwas sehr Wichtiges. Es hat mit Valerian und dir zu tun …«

Doch Eik hatte in diesem Moment nichts von Valerian hören wollen. Dafür erinnerte er sich noch zu gut daran, wie Augustas Bruder tatenlos zugesehen hatte, als dieser Rittmeister der Ligistischen seine Mutter und seinen Vater abgeschlachtet hatte. Und außerdem war die Frau neben ihm einfach zu verführerisch.

Inzwischen bereute er ein wenig, Augusta mit seinen Küssen und Liebkosungen zum Schweigen gebracht zu haben. Danach hatte er es kaum geschafft, sich aus ihren Armen zu lösen, um noch rechtzeitig wieder in sein Quartier zu kommen, bevor Hauptmann de Vries aufgewacht war.

Er schüttelte den Kopf. *Was für eine ausweglose Lage!*, dachte er. *Die eine liebt mich und erdrückt mich fast mit ihren Gefühlen, und die andere liebe ich, aber sie ist mit einem anderen vermählt! Und ich kann mir nicht vorstellen, dass Montfine ein Mann ist, der etwas, das er besitzt, ohne Gegenwehr aufgibt.* Er dachte daran, was Augusta ihm über den Charakter ihres Gatten erzählt hatte, und schüttelte den Kopf. *Nein*, dachte er, *der Marquis wird niemals in eine Scheidung einwilligen!*

Der Gedanke bedrückte ihn, und er ließ den Blick schweifen, um sich von seinen düsteren Gedanken abzulenken. Es konnte nicht mehr allzu weit bis nach Bärwalde sein, denn sie waren bereits vier Tage unterwegs und trotz der Kutschen, die sie zwangen, auf Landstraßen oder zumindest Feldwegen zu bleiben, ohne Schwierigkeiten vorangekommen.

De Vries hatte ihre Eskorte auf zwanzig Dragoner beschränkt, um kein allzu großes Aufsehen zu erregen. *Der Chevalier wäre zweifellos am liebsten mit einem ganzen Heer nach Bärwalde marschiert,* dachte Eik belustigt. Aber auch der Marquis hatte sich der Meinung des Hauptmanns angeschlossen, dass eine kleine Gruppe nicht so sehr Gefahr lief, einem Trupp der kaiserlichen oder ligistischen Armee aufzufallen, die Gustav Adolf zum größten Teil aus Pommern vertrieben hatte. Das Schicksal müsste ihnen schon einen sehr großen Streich spielen, hatte de Vries gesagt, wenn sie überhaupt kaiserlichen Soldaten begegnen würden.

Eik sah den Weg zurück, den sie gekommen waren, und sein Blick fiel auf ein Feld, an dem sie gerade vorbeigeritten waren. Er stieß einen Fluch aus. *Entweder hat das Schicksal de Vries nicht gehört, oder es mag uns nicht!*

»Söldner hinter uns!« Er befahl den Dragonern neben ihm, abzusitzen und sich bereit für den Kampf zu machen. Dann galoppierte er zu der Kutsche, in der de Lemos saß. »Wir werden verfolgt!«, rief er dem Bankier zu. »Ich schlage vor, Ihr setzt Euch zu dem Chevalier in die Kutsche, Señor de Lemos! Dort seid Ihr besser vor einer verirrten Kugel geschützt!« Ohne eine Antwort abzuwarten, ritt er rasch weiter und befahl dem zweiten Kutscher anzuhalten.

»Dort auf dem Feld, eine Abteilung Kürassiere! Kaiserliche, ihren Farben nach zu urteilen!«, rief er de Vries zu, als sich der Hauptmann zu ihm umdrehte. »Sie haben uns gesehen und greifen an. Mit diesen Kutschen können wir ihnen unmöglich entkommen!«

Der Hauptmann blickte in die Richtung, in die Eik gezeigt hatte. Als er die Kürassiere sah, verfinsterte sich seine Miene. »Du bleibst mit zwei Reitern beim Marquis und beim Bankier!«, befahl er Eik. »Und du bürgst mit deinem Kopf dafür, dass den beiden nichts geschieht. Um die dahinten kümmere ich mich!« Er wendete sein Pferd und ritt an das Ende der kleinen Gruppe, wo die Dragoner bereits abgestiegen waren und ihre Arkebusen feuerbereit machten. »Sucht Euch Deckung, Männer!«, befahl er. »Und wartet, bis sie nah genug sind, um einen sicheren Treffer zu landen!« Er blickte zu den Kürassieren, die jetzt, zu einer langen Reihe auseinandergezogen, angriffen. Es mussten dreißig oder mehr Reiter sein. »Mit der ersten Salve müssen wir die Hälfte vom Pferd holen!«

De Lemos war aus dem offenen Gespann gestiegen und lief zu der Kutsche, in die sich mittlerweile auch der Marquis geflüchtet hatte.

»Wie viele sind es?«, wollte Montfine wissen.

»Etwa dreißig bis vierzig.« Eik hielt de Lemos den Schlag auf, der sich hastig an ihm vorbei in die Kutsche schob.

»Kaiserlich-Ligistische oder versprengte Söldner?«

Eik hätte fast gefragt, welchen Unterschied das machte, denn wenn sie den Kampf verloren, waren sie in jedem Fall tot. Aber während ihm klar wurde, dass Augustas Schilderungen ihres Ehelebens der Grund für seine Abneigung gegen den Adligen waren, begriff er auch, dass die Frage durchaus berechtigt war. Denn wenn es sich tatsächlich um kaiserliche Truppen handelte, wie er annahm, war es sehr gut möglich, dass sie gezielt nach ihnen gesucht hatten. *Was bedeuten könnte, dass es in Hamburg einen Verräter gibt, der sie auf unsere Fährte gesetzt hat,* dachte Eik.

»Wie es aussieht, sind es Kürassiere der Ligistischen«, erwiderte er und sah noch einmal zu den Angreifern zurück, die mittlerweile in Schussweite der Arkebusen von de Vries' Dragonern gekommen waren.

Bevor er den Marquis fragen konnte, ob er es für möglich hielt, dass die Männer sie verfolgt hatten, ertönte eine Salve von Schüssen, gefolgt von lauten Schreien. Der Marquis zog hastig den Kopf zurück, und Eik schloss den Schlag der Kutsche.

Etliche Reiter waren aus ihren Sätteln geschossen worden, und zwei weitere galoppierten, schlaff über die Hälse ihrer Pferde gebeugt, durch die Reihe der Dragoner, ohne diese anzugreifen. Eik vermutete, dass sie getroffen worden waren, ohne dass die Kugeln sie vom Pferd hatten reißen können.

Aber er beachtete die beiden Männer nicht weiter, sondern sah zu, wie der Rest der Kürassiere weitergaloppierte, auf die Stellung der Dragoner zu. Dann sah er, wie de Vries seinen Säbel hob und hinabsausen ließ. Eine zweite Salve ertönte, und diesmal trafen die Kugeln besser, weil die Kürassiere bereits näher herangekommen waren.

Eik runzelte die Stirn. *Aber so schnell können sie unmöglich nachgeladen haben,* dachte er. Dann wurde ihm klar, was de Vries gemacht hatte. Der Hauptmann hatte die Dragoner in zwei Reihen aufgestellt und zunächst die erste feuern lassen, die dann ihre Arkebusen nachluden, während die zweite vortrat und schoss. Die beiden Salven hatten den Angriff der Kürassiere ins Stocken gebracht, sodass die erste Reihe der Dragoner eine dritte Salve abfeuern konnte, bevor die kaiserlichen Söldner sie erreicht hatten.

Von den Angreifern war nur noch die Hälfte übrig, bevor bei den Dragonern auch nur ein einziger Blutstropfen geflossen war.

Gut gemacht, Hauptmann, dachte Eik. »Du da, auf den Bock der Kutsche mit dir!«, befahl er einem der beiden Dragoner, die bei ihm hatten bleiben sollen. »Und halt die Augen auf! Wenn du einen Kürassier siehst, schlag sofort Alarm, aber warte mit dem Schuss, bis du dir ganz sicher bist, einen Treffer zu landen!« Er drehte sich zu dem anderen Mann herum, einem Jüngling von höchstens achtzehn Jahren, der den Kampf kreidebleich und mit großen Augen verfolgt hatte. »Du, wie heißt du?«, fragte Eik.

»Ludger«, antwortete der Junge. »Herr Korporal«, fügte er dann hastig hinzu. »Aus Oldenburg.«

Eik spürte die Angst des Jungen und legte ihm die Hand auf die Schulter. »Du bekommst jetzt eine wichtige Aufgabe von mir, Ludger! Du setzt dich zu den beiden in die Kutsche und passt auf, dass keinem von ihnen ein Haar gekrümmt wird, verstanden?«

»Jawohl, Herr Korporal!«

Eik wartete, bis der junge Söldner in der Kutsche verschwunden war, dann stieg er auf sein Pferd. Er würde nicht tatenlos zusehen und abwarten, ob einer der Kürassiere es schaffte, die Linie von de Vries' Männern zu durchbrechen. Er ritt ein paar Schritte von der Kutsche weg und auf den Schauplatz des Kampfes zu, um besser sehen zu können, was dort passierte.

Mittlerweile hatten die Reiter die Dragoner erreicht, und nun waren sie im Vorteil. De Vries' Söldner hatten keine Piken, und ihre Arkebusen waren nutzlos geworden, weil sie nicht mehr dazu kamen, sie zu laden. Also mussten sie sich mit ihren Säbeln der Reiter erwehren. Die aber brachten ihre knapp zwei Schritt langen Partisanen zum Einsatz. Eik sah, wie ein Reiter einen Dragoner aufspießte, während sein Pferd gleichzeitig einen anderen, der seinem Kameraden zu Hilfe kommen wollte, zu Boden stieß. Bevor sich der Mann wieder aufraffen konnte, hatte der Kürassier seinen Spieß aus dem ersten Dragoner gezogen und rammte ihn dem am Boden liegenden Mann in die Brust. Eik zuckte zusammen, als er den schrecklichen Schrei des Sterbenden hörte.

Du musst zu ihnen und ihnen helfen!, dachte er. *Der Kampf steht auf der Kippe, und jede Klinge zählt!*

Da jedoch hörte er hinter sich einen erstickten Aufschrei, und als er sich umdrehte, schlug der Dragoner, den er auf der Kutsche platziert hatte, mit lautem Krachen auf den Boden.

Was zum Teufel …? Im selben Moment sah er einen Kürassier auf den Bock steigen. *Wo ist der denn hergekommen?* Dann begriff er. Das waren die beiden scheinbar von Kugeln getroffenen Kürassiere, die durch die Reihen der Dragoner galoppiert waren. *Ein Trick!*, erkannte Eik. *Und ein verdammt guter! Ich bin jedenfalls darauf hereingefallen. Und offensichtlich wissen die auch, wer in der Kutsche sitzt! Also hat sie uns jemand auf den Hals gehetzt!* Aber über die Frage, von wem sie verraten worden waren, konnte er später immer noch nachdenken! Erst einmal galt es, das Leben seiner Schutzbefohlenen in der Kutsche zu retten.

Der Mann, der mit seiner Partisane den Dragoner hinterrücks gemeuchelt hatte, sprang wieder vom Bock und zog seine Waffe aus dem Rücken des Dragoners.

Dann sah er Eik und grinste ihn an, bevor er sich zur Kutsche herumdrehte.

Schreie ertönten aus dem Inneren und rissen Eik aus seiner Erstarrung. Er hob seine Arkebuse, ließ sie aber wieder sinken, weil er das Risiko nicht eingehen wollte, zu feuern und dabei möglicherweise statt des Kürassiers einen der Insassen zu treffen. *Auch wenn es um den Marquis nicht schade wäre,* dachte er, tadelte sich aber sofort für diesen unpassenden Gedanken. *Das ist nicht die Art und Weise, wie du Augusta für dich gewinnen willst!*

Er ließ die Arkebuse einfach los – sie war durch einen Riemen mit Karabinerhaken mit dem Sattel verbunden –, zog seinen Pallasch und trieb sein Pferd an.

Wieder hörte er einen Schrei aus der Kutsche, der im nächsten Moment jedoch mit einem unheilvollen Gurgeln endete. Eik biss die Zähne zusammen und beugte sich tief über den Hals seines Pferdes. Nach ein paar Galoppsprüngen hatte er die Kutsche erreicht. Der Kürassier hatte nur einen kurzen Blick in das Innere der Kutsche geworfen und drehte sich zu Eik herum. Einen Moment wirkte er unentschlossen und schien zu überlegen, ob er wieder auf den Kutschbock klettern sollte, um den Höhenvorteil auszugleichen, den Eik auf seinem Pferd hatte. Dieser Moment des Zögerns genügte Eik.

Er hatte den Mann fast erreicht, der endlich mit seinem Säbel ausholte, um auf das Pferd einzuschlagen und vielleicht mit etwas Glück Eiks Bein zu treffen. Genau darauf hatte Eik gewartet.

Er riss die Zügel hoch und gab seiner Stute gleichzeitig die Sporen. Dieses Manöver hatten sie schon etliche Male ausgeführt, und auch diesmal ließ sein Pferd ihn nicht im Stich. Es wieherte schrill, bäumte sich auf und schlug mit den Vorderhufen nach dem Söldner. Der hatte mit einem solchen Angriff nicht gerechnet und brauchte einen Augenblick zu lange, um zu reagieren. Krachend traf ein Huf der Stute seinen Helm und schlug eine tiefe Delle hinein.

Der Kürassier taumelte zurück, und sein Säbel fiel ihm aus der Hand. Er prallte gegen die Kutsche und rutschte langsam daran herunter.

Die Stute landete wieder auf allen vieren, und Eik trieb sie dichter an den Mann heran, den Degen stoßbereit. Aber dann sprang er aus dem Sattel. Dieser Feind stellte keine Gefahr mehr dar. Blut sickerte dem Mann aus der Nase und lief ihm über die Stirn. Er hatte die Augen verdreht. Auch wenn er vielleicht noch nicht tot war, würde er nicht mehr allzu lange atmen.

Der zweite Söldner, der in der Kutsche, war jetzt die größere Bedrohung. Bevor Eik den Schlag aufreißen konnte, wurde dieser aufgestoßen, und de Lemos fiel förmlich aus der Kutsche.

Eik taumelte, als er den alten Mann auffing.

»Da drinnen!«, stammelte Leonas Vater. »Ein Kürassier … Er hat …!«

Eik ließ ihn etwas unsanft ins Gras fallen und fuhr zur Kutsche herum. *Warte doch!,* schoss es ihm durch den Kopf. *Warum willst du dem Schicksal in den Arm fallen?*

Doch im nächsten Moment hatte er den Vorhang zur Seite gerissen und betrachtete die Szenerie, die sich ihm bot.

Ludger aus Oldenburg war blutüberströmt auf der

gepolsterten Sitzbank auf der einen Seite zusammengebrochen. Unter ihm lag der Chevalier, den der junge Dragoner offenbar mit seinem Körper hatte schützen wollen. Seine Augen waren geschlossen, sein Gesicht kreidebleich. Eik konnte nicht erkennen, ob er noch atmete, aber er hatte auch keine Zeit, sich damit zu befassen.

Denn auf der gegenüberliegenden Bank kämpfte der Marquis mit überraschender Zähigkeit gegen den Kürassier, der versuchte, ihm einen Dolch in die Brust zu rammen. Dass Montfine noch am Leben war, verdankte er wohl einerseits Ludger, der sich offenbar tapfer gegen den Feind gewehrt hatte, jedenfalls dem blutigen Fleck nach zu urteilen, der sich auf dem Wams des kaiserlichen Söldners ausbreitete. Und andererseits dem Umstand, dass der Mann in der beengten Kutsche seinen Säbel nicht einsetzen konnte und seinen Dolch bei diesem Handgemenge mit dem Marquis benutzen musste.

Doch die körperliche Überlegenheit des Kürassiers würde den Ausschlag geben. Der Marquis ächzte und stöhnte, als sich der Söldner auf das Polster kniete, mit einer Hand die Arme des Gesandten nach unten drückte und sich noch ein Stück weiter über ihn beugte.

»Bestellt Eurem Kardinal Grüße vom Kaiser, wenn Ihr ihn in der Hölle trefft!«, keuchte der Kürassier. »Und seid nicht traurig, dass Ihr Eure Verabredung versäumt. Wir werden dafür sorgen, dass Gustav Adolf Euch schon bald Gesellschaft leistet!«

»Worauf wartet Ihr noch, verflucht?«, schrie der Marquis auf Französisch.

»Ah, Ihr habt es wohl eilig, Eurem Gefährten zu folgen, wie?« Der Kürassier lachte gepresst. *»Wie Ihr*

wünscht! Diesen Gefallen werde ich Euch nur zu gern erweisen, Monsieur Gesandter!«

Eik hatte sich nicht gerührt, und der Kürassier, offenbar ein Offizier, da er die französische Sprache beherrschte, hatte ihn bisher noch nicht bemerkt. Nicht zuletzt deshalb hatte er die Worte des Marquis auf sich bezogen. Aber Albert de Montfine hatte Eik dabei angesehen.

Hass und Wut lagen im Blick des Marquis, mit dem er Eik bedachte. Offenbar schoss dem Adeligen in diesem Moment genau dasselbe durch den Kopf wie Eik.

Wenn du jetzt wartest, nur noch ein kleines bisschen, dann gehört Augusta dir.

»Und jetzt …!« Der Kürassier stieß einen überraschten, gurgelnden Schmerzensschrei aus, als Eik ihm den Pallasch unterhalb des Kürasses in die Seite rammte. Die Klinge bohrte sich durch den Leib des Mannes, bis sie auf der anderen Seite wieder heraustrat, aufgehalten nur von dem metallenen Brustpanzer.

Eik riss die Klinge wieder heraus, packte den Soldaten am Kragenrand des Kürasses und zerrte ihn mit einem Ruck von dem Marquis herunter. Er zog weiter, während er rückwärts aus der Kutsche stieg, und der Kürassier, ein Lieutenant der Ligistischen, wie Eik an seinen Kragenstücken erkannte, stürzte ins Gras, stöhnte vor Schmerz und atmete rasselnd.

Eik setzte dem Mann einen Fuß auf den Arm und hielt ihm die Spitze seines Pallaschs an die Kehle. »Wer hat Euch verraten, wer in dieser Kutsche sitzt?«

Blutroter Schaum trat dem Mann vor den Mund, und seine weit aufgerissenen Augen quollen ihm fast aus den Höhlen.

Trotzdem versuchte er, ein verächtliches Lachen auszustoßen. »Du dummer …!«, stammelte er. »Krieg hätte zu Ende … Gustav Adolf … Aber Tilly wird …« Er bäumte sich noch einmal auf und röchelte, dann wurde sein Blick starr, und er sackte leblos zusammen.

»Verfluchter Narr, worauf hast du so lange gewartet?«

Eik fuhr herum. Der Marquis klammerte sich an den Türrahmen der Kutsche. Er zitterte und war kreidebleich, ansonsten aber schien ihm nichts zu fehlen. Und er dachte offenbar nicht einmal daran, sich bei Eik zu bedanken, dass der ihm das Leben gerettet hatte. Selbst wenn es ziemlich knapp gewesen war.

Ja, genau, worauf habe ich gewartet? Eik erwiderte den Blick des alten Mannes und sah in dessen Augen, dass Albert de Montfine keine Antwort auf diese Frage brauchte. Er trat zu der Kutsche und hielt dem Mann die Hand hin.

»Wäre dir wohl lieber gewesen, wenn dieses kaiserliche Drecksstück mich erledigt hätte, was?« Wütend schlug der Marquis Eiks ausgestreckte Hand beiseite und stieg vorsichtig aus der Kutsche. Er schnaubte. »Madame ist wählerisch, und ein Bauernlümmel wie du …« Seine Worte gingen in einem Hustenanfall unter.

»Ich hatte gehofft, der Kürassier könnte uns sagen, wer ihn und seine Leute auf unsere Spur gesetzt hat, Herr«, antwortete Eik leise. Das stimmte zwar, aber es war gewiss nicht der Grund für sein Zögern gewesen.

»Und dafür wolltest du mich als Köder benutzen, du Dummkopf?« Der Marquis starrte Eik böse an. »Wenn dieser Kerl mich erstochen hätte, wäre Euer Krieg gegen den Kaiser zu Ende gewesen! Ohne die Hilfe Gustav Adolfs seid ihr Protestanten dem Untergang geweiht, und der Schwede braucht die Hilfe Frankreichs! Ohne die würde der Kaiser ganz Norddeutschland erobern, den Glauben restaurieren und das ganz Land katholisch machen! Daran solltest du denken, wenn mein Leben noch einmal bedroht wird, statt von irgendwelchen Weiberröcken zu träumen!«

Eik stand bei den Vorhaltungen des Mannes ganz starr. *Er hat recht!,* dachte er. *Du bist Soldat und hast eine Aufgabe zu erfüllen, doch stattdessen …*

In diesem Moment hörte er das dumpfe Trommeln von Hufen hinter sich. Er fuhr herum und hob den Degen. Einen Moment verharrte er gespannt in dieser Haltung, wohl wissend, dass er einen Angriff mehrerer Kürassiere nicht überleben würde. Ebenso wenig wie der Marquis. Er wusste zwar nicht, ob das wirklich das Ende der protestantischen Union bedeuten würde, aber ihn beschäftigte mehr der Gedanke, Augusta zu verlieren, bevor sie sich überhaupt wirklich gefunden hatten.

Dann erkannte er den ersten Reiter der kleinen Gruppe, die auf die Kutsche zugaloppierte. Er ließ den Degen sinken und atmete erleichtert aus.

Es war Hauptmann de Vries an der Spitze seiner Dragoner.

»Eintreten!«

Die barsche Stimme drang gedämpft durch die hölzerne Tür der Amtsstube. Eik straffte die Schultern und ermahnte sich, gelassen zu bleiben. *Du hast dir nichts vorzuwerfen,* dachte er. *Du bist die Geschichte durchgegangen, also bleib dabei und lass dich nicht verrückt machen. Selbst wenn der Marquis den Grund für dein Zögern kennt, kann er nichts beweisen.*

Allerdings musste er das auch nicht, das hatte Hauptmann de Vries klar und deutlich zu Eik gesagt.

»Ich weiß nicht, warum der Obrist uns beide sehen will«, hatte de Vries erklärt, als er vor einem angelaufenen Bronzespiegel in ihrem Quartier den Sitz seiner Uniform überprüft und ein nicht vorhandenes Stäubchen weggewischt hatte. »Jedenfalls nehme ich nicht an, dass er dich wegen deiner Tapferkeit bei der Verteidigung der Tugend irgendwelcher Jungfrauen belobigen will. Oder Ehefrauen, was das angeht.«

Dabei warf er Eik einen spöttischen Blick zu und amüsierte sich sichtlich über dessen gequälte Miene. Seit fast vier Tagen waren sie nun schon in Bärwalde. Sie hatten dort einen unversehrten und wie immer mürrischen Marquis, einen vor Anspannung und Angst halbtoten Bankier de Lemos und einen schwer verletzten Chevalier Ducroix abgeliefert und befanden sich nun bei der schwedischen Gesandtschaft unter der Leitung von Gustav Graf Horn, dem Bevollmächtigten des Schwedenkönigs, und der Abordnung der protestantischen Union unter Obrist von Winterfeld.

Sie warteten darauf, dass die Bevollmächtigten von Gustav Adolf und Richelieu, Graf Horn und Marquis de Berny, unter den wachsamen Augen des Bankiers de Lemos den Vertrag unterzeichneten, der dem Schwedenkönig jährlich vierhunderttausend Reichstaler Unterstützung für seinen Krieg gegen den Kaiser garantieren sollte. Während dieser Zeit hielten sich de Vries und Eik vor allem im Schankraum der Herberge auf. Irgendwann sprach Eik dem Wein etwas zu sehr zu. Die Gespräche der anderen Söldner drehten sich vor allem um Heldentaten im Krieg. Eik hatte sich bis dahin aus den bier- und weinseligen Männergesprächen herausgehalten, aber dann weckte der Hauptmann die Neugier der Zuhörer, indem er erklärte, Eik hätte eine geheime Affäre, die nun aber ans Licht gekommen sei.

Einen Moment lang war Eik vollkommen entsetzt, bis ihm klar wurde, dass der Hauptmann seine Affäre mit Leona de Lemos meinte.

Der Wein löste jedoch Eiks Zunge, als der Hauptmann ihn anschließend in ihr gemeinsames Zimmer gebracht hatte und ihn erneut wegen seiner Liaison mit der Tochter des Bankiers aufzog. Eik verriet ihm in trunkener Vertrauensseligkeit, dass sein eigentliches Geheimnis keineswegs Leona de Lemos sei, sondern seine Liebe zu einer verheirateten Marquise, die er schon seit seiner frühesten Jugendzeit kannte und die seine Liebe wohl auch erwiderte, trotz ihrer Standesunterschiede. Außerdem sei sie unglücklich mit einem widerlichen, überheblichen und uralten Franzosen verheiratet.

Eik in seiner Trunkenheit wunderte sich, dass Hauptmann de Vries aus dieser, wie Eik geglaubt hatte, sehr diskreten Beschreibung sofort auf Augusta von Villesen, Marquise de Berny, schloss. Allerdings schien der Hauptmann Eiks Einschätzung von Albert de Montfine durchaus zu teilen, was Eik ein wenig beruhigt hatte.

Erst am nächsten Morgen wurde ihm klar, was er da in seinem Suff ausgeplaudert hatte, und er machte sich sofort auf die Suche nach dem Hauptmann. Er fand ihn beim Frühstück sitzend in der Gaststube und bat ihn, ihn auf einen kurzen Spaziergang zu begleiten. Eiks Meinung nach waren in der Schänke zu viele neugierige Ohren.

Der Hauptmann weigerte sich strikt, vor seinem

Frühstück, das aus Brot, Käse und einem großen Krug Wein bestand, zu dem er Eik einlud, auch nur einen Fuß vor die Tür zu setzen. Draußen schneite es, und es war kalt, drinnen hingegen war es, wie der Hauptmann es ausdrückte, »verraucht und gemütlich«.

Schließlich aber konnte er Eiks blasses Gesicht und seine flehenden Blicke nicht länger übersehen und trat fluchend und mürrisch mit Eik vor die Tür. Der flehte ihn an, auf keinen Fall irgendetwas von dem zu verraten, was er ihm gestern erzählt hatte, auch wenn Eik selbst sich an die Einzelheiten nicht mehr erinnerte.

De Vries lachte, doch als er Eiks panisches Gesicht sah, versprach er seinem Ordonnanzkorporal, zu niemandem ein Sterbenswörtchen zu sagen. »Du hast es ja wirklich faustdick hinter den Ohren, Bursche«, meinte er. »Aber ein bisschen mehr zwischen den Ohren könnte dir auch nicht schaden! Was, glaubst du, wird passieren, wenn die Geschichte herauskommt? Als wär's nicht schon schlimm genug, sich den Zorn von de Lemos zuzuziehen, indem du seine Tochter entehrt hast. Damit fachst du seine Wut noch mehr an, dass du sie auch noch sitzen lässt, um dir 'ne bessere Partie zu angeln.« Er schüttelte den Kopf und lachte wieder, aber er klang nicht sonderlich belustigt. »Auch die junge Bankierstochter wird das nicht sonderlich amüsant finden, und ich sagte dir schon, dass du ihren Alten nicht unterschätzen solltest.« Er hob die Hände. »Und das alles nur, um die von ihrer Ehe enttäuschte Frau unseres …«, Eik zischte wütend, »… alten Franzmanns zu beglücken«, beendete der Hauptmann den Satz, »und ihm Hörner aufzusetzen!«

»Darum geht es nicht«, widersprach Eik, dem beim

Zuhören fast schwindlig geworden war. »Ich liebe Au…« Im letzten Moment unterbrach er sich. »Ich liebe sie.«

»Wen?«, erkundigte sich der Hauptmann.

»Na, wen wohl?« Eik sah ihn gereizt an. »Na, eben sie!«

De Vries betrachtete Eik prüfend. »Weiß sie das auch?«

»Selbstverständlich!«, gab Eik empört zurück.

»Ich meine die andere«, sagte der Hauptmann.

Eik öffnete den Mund, brachte aber kein Wort über die Lippen.

»Dachte ich mir.« De Vries schüttelte den Kopf. »Bevor wir hierher aufgebrochen sind, warst du bei *ihr,* nicht bei der Tochter von de Lemos, richtig?«

»Ja«, gab Eik zu.

»Dann bete zu Gott, dass der Marquis nichts davon erfährt«, riet ihm der Hauptmann. »Und bei der Gelegenheit kannst du ihn außerdem gleich darum bitten, dass auch de Lemos und seine Tochter keinen Wind davon bekommen.« Er schnaubte. »Und ich habe mich schon gewundert, warum bei diesem Diner in Hamburg der Marquis und de Lemos beide auf dir herumgehackt und die beiden Frauen sich gegenseitig so kalt behandelt haben.«

»Haben sie das?«, fragte Eik verblüfft. *Aber da war doch noch gar nichts zwischen Augusta und mir,* dachte er. Und das sagte er dem Hauptmann auch.

»Du bist ziemlich naiv, Bursche. Jedenfalls was Frauen angeht. Eine Frau wittert eine Konkurrentin weit schneller als wir ein ausgewachsenes Regiment von Musketieren, selbst wenn all ihre Lunten glimmen.«

Noch während Eik darüber nachdachte, wurde der Hauptmann von einem Korporal zu einer Besprechung mit dem Anführer der Protestanten, Obrist von Winterfeld, geholt.

Bei seiner Rückkehr betrachtete er Eik mit einem sonderbaren Blick und machte Andeutungen, dass der Marquis offenbar ein Mann war, dessen Intelligenz man nicht unterschätzen sollte. Aber mehr wollte er nicht sagen und verbot Eik schließlich sogar, ihn länger mit entsprechenden Fragen zu bedrängen.

Einen Tag später kam erneut ein Bote aus dem Quartier des Obristen und bestellte den Hauptmann und Eik zu einem Rapport an den Obristen ins Rathaus, obwohl der aus Platzmangel, weil die Schweden sämtliche festen Unterkünfte requiriert hatten, sein Hauptquartier in seinem Zelt hatte aufschlagen müssen.

Eik fragte sich, was das wohl bedeuten mochte, aber de Vries zeigte sich auch in diesem Punkt verschlossen.

Als sie im Rathaus ankamen, führte man de Vries direkt in die Amtsstube und bedeutete Eik, draußen zu warten. In dem kurzen Moment, in dem die Tür geöffnet wurde, warf Eik einen Blick in den Raum, und was er da sah, ließ ihn nichts Gutes ahnen.

Außer dem Obristen waren auch noch der Chirurg, der sich um Ducroix kümmerte, und der Rittmeister der Kompanie Unionisten anwesend …

… und Marquis de Berny!

»Eintreten!«, wiederholte die barsche Stimme, erheblich ungehaltener diesmal.

Eik wurde davon aus seinen Gedanken gerissen und bemerkte, dass er immer noch draußen vor der Tür stand, die Hand auf dem Riegel. Bevor er reagieren konnte, wurde die Tür von innen geöffnet, und Hauptmann de Vries stand in der Tür und sah Eik tadelnd an.

»Worauf wartest du, Korporal?«

Eik riss sich zusammen. »Hauptmann!« Er trat an dem Offizier vorbei in den Raum und verbeugte sich vor dem Obristen von Winterfeld, der hinter einem mit Papieren und Urkunden beladenen Schreibtisch saß.

Der Mann nickte kurz, dann drehte sich Eik zu Marquis de Berny um. »Euer Gnaden.« Er erstarrte, als er hinter dem Marquis Bankier de Lemos sah.

Der Marquis antwortete mit einem mürrischen Brummen.

»Herr Korporal ...« Der Obrist warf einen Blick auf ein Dokument vor ihm auf der Tischplatte. »Korporal Eik Schmalens, richtig?«

Eik fuhr zu dem Fragenden herum und straffte sich. »Jawohl, Herr Obrist.«

Jetzt kommt das Jüngste Gericht schon zu meinen Lebzeiten, dachte Eik und musste sich beherrschen, um dem Hauptmann keinen wütenden Blick zuzuwerfen. *Wahrscheinlich hat de Vries nicht den Mund halten können, aus Loyalität oder Gehorsam oder aus einem anderen vermaledeiten Grund, und jetzt werden sie mich degradieren oder einsperren oder – lieber das – erschießen. Vielleicht muss ich mich auch duellieren.* Sein Blick zuckte zum Marquis. *Na ja, das wohl eher nicht,* sagte er sich.

»Kannst du dir denken, warum wir dich hierherbestellt haben, Korporal?«, wollte der Obrist wissen.

»Jawohl, Herr Obrist!«, platzte Eik heraus. *Ich habe nichts zu gewinnen, wenn ich lüge,* dachte er. *Sie wissen es ja sowieso. Also kann ich auch zugeben, was ich getan habe, und wenigstens versuchen, Augusta und Leona zu verteidigen.* »Und es tut mir leid. Ich allein trage die Schuld daran, und ...«

»Die Schuld?« Der Obrist sah Eik verwirrt an und richtete seinen Blick dann auf Hauptmann de Vries. »Welche Schuld?«

Eik wollte antworten, aber de Vries kam ihm zuvor. »Der Korporal meint, dass er zutiefst bedauert, nicht verhindert zu haben, dass Chevalier Ducroix ...« Er sprach den Namen langsam und deutlich aus und trat dabei dicht neben Eik. Der spürte, wie der Hauptmann ihm scheinbar tröstend die Hand auf die Schulter legte, und hätte fast aufgeschrien, als sich die Finger des Offiziers wie eiserne Dornen in seine Haut bohrten. »... verletzt wurde.« Dann zuckte er mit den Schultern. »Aber er hatte nur die Wahl, entweder Ducroix zu retten oder Seine Gnaden, den Marquis.« Er nickte, und seine Finger gruben sich noch fester in Eiks Schulter. »Ich würde sagen, er hat die richtige Entscheidung getroffen, Herr Obrist, insbesondere, nachdem uns der Herr Chirurgicus«, er deutete auf den anwesenden Arzt, »in Aussicht gestellt hat, dass für Ducroix die Aussicht besteht, die Verletzung zu überleben.«

»Allerdings, Herr Hauptmann, das ist richtig«, antwortete der Feldarzt, der offenbar kaum erwarten konnte, endlich auch etwas zu diesem Gespräch beitragen zu können. »Obwohl seine Brustwunde wirklich ...«

»Ja, gewiss, Chirurgicus. Tut einfach Euer Bestes.« Der Obrist gab dem Mann mit einer Handbewegung zu verstehen, dass er zu schweigen hatte, und tippte dann mit dem Finger auf das Dokument vor sich. »Jedenfalls sieht Seine Gnaden Marquis de Berny die Tat von Korporal Schmalens, wenn ich ihn richtig verstanden habe, ebenso wie Ihr, Hauptmann de Vries.«

Eik sah verblüfft zu dem Marquis. *Aber er war doch dabei! Er muss doch wissen, dass ich ohnehin zu spät gekommen wäre, um Ducroix noch zu helfen. Und er weiß doch auch, dass ich sogar gezögert habe, ihn …*

»Selbstverständlich«, bestätigte der Marquis und riss Eik aus seinen Überlegungen. Der Adlige sprach zwar mit dem Obristen, starrte dabei aber Eik unverwandt an. »Natürlich ist mir mein Leben lieb, und – mit Verlaub – war ich angesichts der Angelegenheit, die wir hier zu verhandeln hatten, auch die wichtigere Person.« Er zuckte mit den Schultern. »Ich gehe zwar nicht davon aus, dass einem einfachen Korporal die Zusammenhänge dieses Treffens bewusst sind oder erklärt werden sollten, aber Ihr dürft davon ausgehen, Korporal Schmalens, dass Eure Entscheidung richtig war, mir das Leben zu retten.« Er verzog das Gesicht. »Auch wenn Euch das vielleicht in diesem Moment nicht klar gewesen ist!«

Eik schluckte. Er wusste genau, was der Marquis damit meinte.

»Nicht nur richtig, sondern sogar heldenhaft, wenn ich Eurer Schilderung der Geschehnisse trauen kann, Marquis.« Der Obrist schüttelte den Kopf und sah dann Eik an. »Ihr habt also gegen drei Kürassiere gefochten und sie nur mit Eurem Stoßdegen bezwungen.«

»Ich …« Eik wusste nicht, was er sagen sollte. *Drei Kürassiere?*

»Kein Grund für falsche Bescheidenheit, Korporal Schmalens«, sagte Hauptmann de Vries. »Ehre, wem Ehre gebührt, und dass Ihr mit Eurem Degen mannhaft umzugehen versteht, können ja auch noch andere bezeugen.«

Eik sah dem Hauptmann ins Gesicht, aber dessen Züge wirkten wie in Stein gemeißelt.

»Jedenfalls hat deine Tat den Marquis sehr beeindruckt, Korporal Schmalens, ebenso wie Bankier de Lemos, dessen Leben ja ebenfalls in Gefahr war«, fuhr der Obrist fort. »Der Marquis und der Herr Bankier sind sich darin einig, dass du für deine Tapferkeit eine Belohnung verdient hast. Nach der Schilderung deiner Taten und dem Lob, mit dem dein Hauptmann dich bedacht hat, kann ich mich dem nur anschließen.« Er deutete auf das Dokument. »Das ist deine Ernennungsurkunde zum Cornet. Glückwunsch, Cornet Schmalens.«

Eik traute seinen Ohren nicht. Er sah den Marquis an, aber als er dessen tückisches Grinsen bemerkte, war ihm klar, dass die Sache einen Haken hatte. Er brauchte nicht lange darauf zu warten, um zu erfahren, worum es sich dabei handelte.

»Gleichzeitig hat der Marquis vorgeschlagen, dich zu meinen Dragonern zu versetzen. Er bedauert es zwar, auf die Dienste eines so tapferen Unteroffiziers verzichten zu müssen, aber er ist der Meinung – so wie ich übrigens auch –, dass wir für unseren Feldzug gegen die Kaiserlichen tapfere Männer wie dich dringend benötigen. Nun, da uns die Schweden unterstützen, schlagen wir ein ganz neues Kapitel in diesem Krieg auf. Aber selbstverständlich hat Hauptmann de Vries in dieser Angelegenheit das letzte Wort, da du ja schließlich sein Ordonnanzoffizier bist.«

Eik war wie betäubt. Mit dieser Versetzung sorgte der

Marquis dafür, dass Eik seine Gemahlin nicht mehr zu sehen bekam. Er wurde ihn los, ohne zugeben zu müssen, dass man ihm Hörner aufgesetzt hatte. Im Gegenteil, er hatte Eik sogar eine Gunst erwiesen und zeigte sich damit nach außen hin äußerst großmütig.

Eik öffnete den Mund, um das Angebot rundweg abzulehnen, aber wieder kam ihm de Vries zuvor.

»Ich kann meine Freude nicht verhehlen, Herr Obrist«, erwiderte der Hauptmann mit einer knappen Verneigung in Richtung von de Berny und de Lemos. »Es beglückt mich außerordentlich, dass die beiden Herren so große Stücke auf meinen Ordonnanzkorporal ... Verzeihung, auf meinen Cornet halten. Aber ich muss auch gestehen, dass ich vorläufig nicht auf die Dienste von Korporal ... Cornet Schmalens verzichten kann.«

Er sah die Männer im Raum der Reihe nach an, und Eik folgte seinem Blick.

Obrist von Winterfeld runzelte zwar die Stirn, wirkte aber nur leicht verstimmt. Die Blicke des Marquis und von de Lemos hingegen sprachen Bände. Sie hätten den Hauptmann wohl am liebsten aufgeknüpft.

»Vorläufig?«, hakte Obrist von Winterfeld nach.

»Wir müssen Marquis de Berny und Bankier de Lemos sicher nach Magdeburg geleiten, Herr Obrist«, erklärte de Vries mit einem schnellen Seitenblick auf Eik. Der hatte den Eindruck, als hätten die Mundwinkel des Hauptmanns gezuckt, aber er war sich nicht sicher. »Bei dem Angriff der Ligistischen haben wir etliche Leute verloren, und Ihr habt mir ja bereits erklärt, dass Ihr uns keinen Ersatz geben könnt. Auch wenn den Aufklärungsberichten zufolge zwischen uns und Magdeburg keine kaiserlichen oder ligistischen Truppen zu erwarten sind, wissen wir ja aus eigener Erfahrung, wie wenig man auf solche Nachrichten geben kann. Die Abteilung Kürassiere, die uns überfallen hat, blieb offenbar auch von Euren Kundschaftern unbemerkt.«

»Das war etwas anderes!«, warf der Marquis ein. Seine Stimme klang nicht mehr so selbstgefällig. »Sie sind kurz nach Hamburg auf unsere Fährte gestoßen …«

»Dieser katholische Bürgermeister van Eitzen hat uns an die Ligistischen verraten!«, sprudelte es aus de Lemos hervor. »Oder der Resident des Kaisers hat Wind von der ganzen Sache bekommen! Es war kein Zufall, dass sie auf uns gestoßen sind. So etwas wird sich nicht so schnell …«

»Ihr habt zwar recht, Hauptmann«, unterbrach der Obrist die beiden Männer und stand auf, »aber ich möchte es dem Cornet selbst überlassen, wofür er sich entscheidet. Also gut, Cornet Schmalens, wir hören. Willst du mit den Schweden und meinen Dragonern gegen die Kaiserlich-Ligistischen reiten, oder willst du lieber als Cornet und Ordonnanzoffizier des Hauptmanns Aufpasser für den Gesandten Richelieus und den Herrn Bankier spielen? Leider kann ich dir keine Bedenkzeit gewähren. Wir rücken noch heute ab, und du wirst nicht noch einmal gefragt werden.«

Eik spürte die Blicke der beiden Männer in seinem Rücken, und es fühlte sich fast so an, als würden sie ihm Löcher ins Wams brennen. Dann sah er den Hauptmann an, der seinen Blick scheinbar ausdruckslos erwiderte. Nur Eik bemerkte das Funkeln tief in den Augen des Mannes. Ein mutwilliges Funkeln, das Eik Mut machte. »Ich danke sehr für Euer großzügiges Angebot, Herr Obrist«, erwiderte Eik. *Und es ist ganz sicher bes-*

ser, wenn ich nicht anfange, darüber nachzudenken. »Aber ich habe meine Entscheidung getroffen, mit Eurer Erlaubnis. Ich bin davon überzeugt, dass man meine Dienste in Magdeburg ebenfalls benötigen wird.«

Er konnte sich die Blicke vorstellen, die ihm der Marquis und de Lemos zuwarfen, und war froh, dass er sie nicht ansehen musste. Aber er bemerkte aus den Augenwinkeln, dass sich de Vries ein Grinsen verkneifen musste.

»Kutscher! Kutscher!« Augusta hob die Hand und hämmerte gegen die dünne Trennwand zwischen Innenraum und Kutschbock. »Anhalten! Signorina de Lemos braucht frische Luft!«

Hoffentlich erstickt sie!, dachte Augusta, die eigentlich nicht die geringste Lust hatte, der jungen Bankierstochter einen Gefallen zu tun. Dennoch öffnete sie hastig den Schlag, nachdem die Kutsche rumpelnd zum Stehen gekommen war. Sie hatte dazugelernt und war froh, dass sie die Anzeichen richtig gedeutet hatte.

Als Leona de Lemos beim ersten Mal kreidebleich geworden war und sich die Hand vor den Mund hielt, hatte sich Augusta noch nicht allzu viel dabei gedacht. Die junge Jüdin hatte ihr erzählt, dass sie an Reisekrankheit litt, und Augusta hatte ihr vorgeschlagen, den dicken Vorhang vor den Fenstern im Kutschschlag zu öffnen, wenn sie frische Luft brauchte.

Doch im nächsten Moment hatte sich Leona übergeben, und sie hatten anhalten müssen, damit sich Augusta umziehen konnte.

Seitdem reagierte Augusta prompt auf jede noch so kleine Verfärbung im Gesicht der Bankierstochter.

»Danke«, brachte Leona gerade noch heraus, als sie auch schon aufsprang und vorsichtig aus der Kutsche stieg.

Augusta schloss die Augen, als sie die junge Frau würgen hörte. *Das muss doch irgendwann aufhören,* dachte sie. *Ihr Magen muss doch längst leer sein!*

Ihre Reise hatte von Anfang an unter keinem guten Stern gestanden. Augusta war alles andere als begeistert gewesen, gemeinsam mit der jungen Jüdin nach Magdeburg zu reisen, und Leona war es nicht anders ergangen. Aber der Marquis hatte nichts von ihren Einwänden gegen die Bankierstochter wissen wollen.

»Es gibt nicht das Geringste an dieser Person auszusetzen, außer dass sie vielleicht von niedrigerem Stand ist als Ihr«, hatte ihr Gemahl auf ihre Beschwerde hin geantwortet. »Und ich möchte hinzufügen, dass Ihr noch nicht lange genug gesellschaftlich so weit über der jungen Frau steht, dass Ihr Euch diesen Dünkel erlauben könntet.«

Augusta hatte den Mund geöffnet, um mit einer bissigen Bemerkung zu antworten, hatte sich dann jedoch eines Besseren besonnen. Sie konnte ihrem Gemahl ja wohl kaum sagen, dass Leona de Lemos vermutlich die Geliebte von Eik Schmalens war und die junge Jüdin vermutlich ahnte, dass zwischen Eik und ihr, Augusta, eine … besondere Beziehung bestand.

Eine ganz besondere Beziehung, dachte Augusta jetzt und lächelte unwillkürlich, als sie sich an die vorletzte Nacht erinnerte. *Ich hätte nicht gedacht, dass es so einfach sein würde.* Schon lange hatte sie vorgehabt, Eik zu verführen, schon seit Villesen. Aber er hatte ihre dezenten Angebote stets ignoriert, nicht vorsätzlich, sondern zweifellos aus Naivität. Und das hatte ihn noch anziehender für sie gemacht. Auch wenn sie ihre Lektionen in Französisch und Geschichte ursprünglich aus Langeweile begonnen hatte, hatte sie Eik schon bald besser kennenlernen wollen, weil sie Gefallen an dem klugen Verstand des jungen Mannes gefunden hatte. Sie wusste nicht mehr genau, wann sie auf die Idee gekommen war, ihre weiblichen Finessen an ihm auszuprobieren, aber seine Zurückhaltung hatte sie nur umso mehr gereizt, und sie hatte ihre Bemühungen verstärkt.

Dann jedoch hatte ihre Mutter, Maria von Villesen, sie einmal überrascht, wie sie vertraut nebeneinandersaßen, wobei Augusta ihre Hand auf Eiks Arm gelegt und ihren Kopf an seine Schulter gelehnt hatte. An diesem Abend hatte Freifrau von Villesen ihre Tochter aufgesucht und sie nach einigen unverbindlichen Worten um ein vertrauliches Gespräch gebeten.

In den letzten Jahren war es nur selten vorgekommen, dass sich ihre Mutter Augusta anvertraute, und das junge Freifräulein war sehr neugierig gewesen, worum es bei diesem vertraulichen Gespräch wohl gehen sollte. Nach dieser Unterredung hatte sich ihr Verhältnis zu Valerian und auch zu Eik grundlegend verändert. Zunächst unbewusst und später bewusst hatte sie Eik nach Möglichkeit gemieden. Etwas, das auch auf Valerians Verhältnis zu Eik abgefärbt hatte. Und was letztlich ihren Vater dazu gebracht hatte, nach einem langen Gespräch mit ihrer Mutter Augusta gegen ihren Willen nach Frankreich zu verheiraten. Vermutlich, um sie nicht in Versuchung zu bringen, Eik etwa ihr Familiengeheimnis zu verraten. Oder Valerian gänzlich einzuweihen. Denn ihr Bruder kannte nur die halbe Wahrheit.

An der Anziehung, die Eik auf mich ausübt, hat das nichts ändern können, dachte sie. An jenem Abend in Hamburg hatte sie nicht genau gewusst, was sie tun würde, wenn Eik tatsächlich vor ihrer Tür stand. Gewiss, für einen Besuch um diese Zeit war sie alles andere als schicklich gekleidet gewesen, vor allem für den Besuch eines Mannes, und sie hatte nicht ohne Hintergedanken Lisettes Angebot angenommen, ihr für dieses Treffen die Wohnung einer Cousine zur Verfügung zu stellen.

Nach dem Diner, bei dem sie Eik getroffen hatte, war er ihr nicht mehr aus dem Kopf gegangen, schon gar nicht nach der sonderbaren Reaktion von Leona de Lemos auf sie, Augusta. Und obwohl sie keinerlei Recht darauf hatte, das wusste sie, hatte sie Klarheit darüber haben wollen, ob es noch ein Band zwischen Eik und ihr gab oder ob es durch die lange Trennung zerrissen war. Jedenfalls hatte sie sich das eingeredet.

In dem Moment jedoch, als sie die Tür öffnete und Eik vor ihr stand, hatte sie gewusst, dass das nur ein Vorwand war. Es ging nicht um Klarheit oder um ein Band, sondern rein um fleischliches Verlangen. Sie hatte Eik schon immer begehrt, und der Abschiedskuss im Moor hatte dieser unerfüllten Leidenschaft kein Ende bereitet, sondern sie nur noch mehr angefacht.

Offensichtlich ging es ihm nicht anders. Ihnen beiden hatte es die Sprache verschlagen, als sie sich sahen, und im nächsten Moment waren sie sich um den Hals gefallen und hatten sich geküsst. *Und nicht nur das.*

Augusta errötete, als sie an die Leidenschaft dachte, mit der sie sich geliebt hatten, ohne auch nur ein einziges Wort gewechselt zu haben. Das hatten sie erst getan, als der erste Ansturm von Lust gestillt gewesen war, aber auch das war nicht viel gewesen. Die Hähne schrien schon, und die Nachtwächter verkündeten bereits den Morgen, als sich Eik aus ihrer Umarmung gelöst hatte und nach Hause gegangen war.

Erst in diesem Moment war Augusta bewusst geworden, in was für einer misslichen Lage sie sich befand. In fliegender Hast hatte sie sich angekleidet und war mit einer Droschke nach Hause gefahren.

Sie hatte nicht gewusst, ob ihr Gemahl noch schlief oder nicht, aber sie vermutete, dass er bereits aufgestanden war und ihre Rückkehr mitbekam. Zwar hatte er darüber kein einziges Wort verloren, aber sein Verhalten ihr gegenüber war seitdem noch abweisender und kälter geworden als zuvor. Und es schien ihm ein geradezu perverses Vergnügen zu bereiten, sie mit Leona de Lemos in dieser Kutsche nach Magdeburg fahren zu lassen, gerade *weil* er offenbar ebenfalls wusste, dass der junge Korporal eine Affäre mit der Jüdin hatte. Und das seinen Andeutungen nach wohl schon etwas länger. Wahrscheinlich hatte ihm der Bankier davon erzählt, der zwar keine Beweise dafür hatte, dem aber das veränderte Verhalten seiner Tochter in den letzten Wochen aufgefallen war.

Plötzlich stieg ein Gedanke in Augusta hoch, und sie blickte zu dem offenen Schlag der Kutsche.

Leona de Lemos hatte sich den Mund mit einem feuchten Tuch abgewischt, das ihr einer der Lakaien gereicht hatte, und stieg wieder in die Kutsche.

»In etwa zwei Stunden werden wir Magdeburg erreichen, Mesdames«, verkündete der Lakai, bevor er mit einer kurzen Verbeugung den Schlag schloss und zurück auf den Bock kletterte.

Augusta betrachtete die junge Frau, nahm ihre geröteten Augen wahr, die weichen, etwas aufgedunsenen Wangen und die geschwollenen Finger ihrer eleganten Hände. Dann glitt ihr Blick weiter über ihr Mieder, das sich unter ihrem schwellenden Busen spannte.

Eine sonderbare Kälte breitete sich in ihr aus, als sie sich auf dem Polster zurücklehnte und die Bankierstochter anlächelte, die sich mittlerweile wieder auf ihren Platz gesetzt hatte.

»Geht es besser?«, fragte sie Leona.

»Ja, danke.« Die junge Jüdin sah die Marquise überrascht an. Die ganze Reise über hatten sie so gut wie nicht miteinander geredet, und Augusta hatte sich nicht die Mühe gemacht zu verhehlen, wie wenig sie von der Bankierstochter hielt.

Sie musste Leona zugutehalten, dass sie sich davon nicht sonderlich hatte erschüttern lassen, sondern sich angelegentlich in die Lektüre ihres Buches vertieft hatte, einer spanischen Übersetzung der Essais von Montaigne.

Jetzt klappte die junge Frau das Buch zu. »Es tut mir leid, wenn es Euch Ungelegenheiten bereitet, dass mein Vater und Euer Gemahl übereingekommen sind, dass wir diese Reise gemeinsam unternehmen. Aber mein Vater ist sehr besorgt um meine Tugend und meine Sicherheit.«

Augusta hob eine Braue. »Das sind Väter für gewöhnlich und meist nicht ohne Grund.« Sie zuckte mit den Schultern. »Auch wenn sie oft nicht sehen, was direkt vor ihrer Nase geschieht.«

»Wie meint Ihr das?« Leona sah Augusta argwöhnisch an.

Augusta spielte einen Moment mit dem Gedanken, eine unverbindliche Antwort zu geben, doch dann überwog ihre Neugier. Sie wollte wissen, ob sie recht hatte mit ihrer Vermutung. *Und wenn es so ist, musst du herausfinden, ob er es auch weiß.*

Um von der jungen Frau jedoch die Wahrheit zu erfahren, war es vermutlich das Beste, sie mit einer direkten Frage zu überrumpeln, und so erwiderte Augusta: »Das liegt doch auf der Hand. Oder weiß Euer Vater, dass Ihr ein Kind erwartet?«

Ein Moment fürchtete sie, dass sich Leona erneut übergeben würde, so bleich wurde sie. Aber sie hatte sich in der jungen Frau gründlich getäuscht, denn weder brach Leona de Lemos in Tränen aus, noch stritt sie irgendetwas ab.

Stattdessen schob sie das Buch in ihre Teppichtasche und nahm ein parfümiertes Tüchlein heraus, mit dem sie sich die Stirn abtupfte. Sie atmete einmal tief durch, straffte die Schultern, hob den Kopf und sagte dann: »Nein, Marquise, er weiß es nicht. Genauso wenig, wie Euer Gemahl weiß, dass Ihr mit dem Vater meines Kindes schlaft.«

TEIL VIER

Jungfrau und Kaiser

15. KAPITEL

Neubrandenburg

»Da vorn ist sie endlich!«

Rittmeister Armand von Gidéau streckte die Hand aus und zügelte sein Pferd am Rand des Feldes, das, wie fast alle Felder, an denen sie bisher vorübergekommen waren, völlig von Unkraut überwuchert war.

Valerian ritt neben seinem Kommandeur und verhielt sein Pferd ebenfalls. Dann stützte er sich auf den Hals des Tiers und stemmte die andere Faust gegen seinen schmerzenden Rücken.

»Das ist also das Heer der Liga.« Er ließ den Blick über das ausgedehnte Lager schweifen, das in einer seichten Senke zu beiden Seiten eines schmalen Flusses lag, kaum fünfhundert Schritt von ihnen entfernt. Was er sah, beeindruckte ihn nicht sonderlich. »Ich hatte erwartet …« Er verstummte. *Was habe ich denn erwartet?,* fragte er sich.

»Was denn?« Der Rittmeister drehte sich zu ihm herum.

Etwas … Größeres vielleicht. Oder etwas weniger Verwahrlostes. Valerian verzichtete jedoch darauf, diesen Gedanken laut auszusprechen, und musterte stattdessen die Ansammlung von Zelten vor sich, zwischen denen Kochfeuer ihre Rauchfahnen in den Himmel schickten.

Sein Magen knurrte vernehmlich. Dann fiel sein Blick auf ein paar Söldner, die offenbar zum Wachdienst abkommandiert waren und sich ihnen zögerlich näherten.

Von Gidéau lachte, als er Valerians Magen knurren hörte. »Etwas Warmes im Bauch hätte ich auch gern, aber ich fürchte, das muss noch ein wenig warten.« Er stellte sich in die Steigbügel und blickte über das Lager hinweg. »Dort hinten gibt es ein größeres Dorf. Ich nehme an, Heerführer Graf Tilly hat dort irgendwo sein Hauptquartier aufgeschlagen.« Er sah Valerian an. »Nach allem, was ich von dem Grafen gehört habe, legt er sehr viel Wert auf Disziplin und würde es uns gewiss übelnehmen, wenn wir zunächst essen und ihm erst danach Rapport erstatten.« Er ließ seinen Blick wieder über das Zeltlager schweifen und betrachtete die Söldner, die an den Feuern und vor den Zelten herumlungerten. »Außerdem glaube ich kaum, dass ich etwas von dem kosten will, was in diesen Kesseln brodelt.«

Valerian konnte ihm nur beipflichten. Und sein erster Eindruck verstärkte sich noch, als er die vier Soldaten genauer in Augenschein nahm, die sie fast erreicht hatten. Ihre Uniformen waren ein kunterbuntes Durcheinander von Kleidungsstücken, die meisten davon in einem erbärmlichen Zustand und schmutzig. Einer der Männer hatte einen gräulichen Verband um den Kopf gewickelt, der an einer Stelle braun war, offenbar von getrocknetem Blut.

Der Rittmeister drehte sich um. Sein Trompeter wartete auf den Befehl zum Weiterreiten, aber von Gidéau schüttelte den Kopf. Erst wollte er die Ankunft der vier Söldner abwarten.

Valerian blickte zu der Kolonne zurück. Von dem

stolzen Kavallerieregiment, das Obrist von Corpes bei ihrem Aufbruch von Memmingen befehligt hatte, waren noch ganze drei Esquadrons übrig geblieben. *Knapp fünfhundert Reiter. Weniger als die Hälfte,* dachte Valerian. *Aber wenigstens sind die, die nicht desertiert und zu Marodeuren geworden sind, diszipliniert und zuverlässig.* Er musterte die Männer und ihre ausgemergelten Gesichter. *Aber viel besser als die ligistischen Truppen sehen sie auch nicht aus.* Und wenn er selbst so aussah, wie er sich fühlte, machte er in diesem Punkt keine Ausnahme. *Sie brauchen etwas zu essen und Ruhe,* dachte er. Aber das war nichts Neues. Der Weg von Memmingen bis zu Tillys Hauptquartier war von Entbehrungen und Verlusten gezeichnet gewesen, und weder Valerian noch Rittmeister von Gidéau hatten verhindern können, dass ihre Männer jeden kleinen Weiler und jedes Gehöft plünderten.

Valerian verzog die Lippen. *Falls es dort noch etwas zu plündern gegeben hatte.* Sein Blick glitt über die brachliegenden Felder. *Wallenstein hatte recht, als er sagte, der Krieg müsse ein Ende haben, weil es sonst bald nichts mehr zu plündern gäbe.* Hier jedenfalls schienen es die Bauern aufgegeben zu haben, Getreide oder Gemüse anzubauen. Die meisten von ihnen weilten vermutlich unter den Söldnern, durch deren Lager sie gleich reiten würden. *Oder sie kämpfen auf der anderen Seite, in der protestantischen Union. Was macht das für sie schon für einen Unterschied!*

Er erinnerte sich an einen Söldner aus einer kleinen Gruppe von Infanteristen, die gerade ein Gehöft überfielen, als Valerian mit einigen seiner Kürassiere dort aufgetaucht war. Zu seiner Scham musste er gestehen, dass sie aus demselben Grund dort hingeritten waren, auch wenn sie es nicht Plündern, sondern »Fouragieren« nannten.

Der Söldner hatte dem Bauern aus Wut, weil es nichts zu essen gab, gerade sein Schwert in die Eingeweide gerammt. Als Valerian ihn deswegen zur Rede stellte, hatte der Mann ihn verständnislos angesehen und dann gesagt: »Was wollt Ihr denn, Lieutenant?« Der Söldner hatte auf den unter Schmerzen sterbenden Bauern gezeigt. »Für ihn bedeutet der Tod nur das Ende seines Leidens, mehr nicht.« Mit einem Schulterzucken fügte er hinzu: »Immerhin haben wir ihn nicht gefoltert, so wie Eure Kürassiere es mit meiner Familie gemacht haben, als sie meinen Hof überfielen.« Bei diesen Worten traten ihm Tränen in die Augen. »Gefunden habt Ihr dort ebenfalls nichts.« Dann deutete er auf den Stall, in dem eine schrecklich abgemagerte Kuh lag, die jämmerlich muhte. »Und die da lohnt nicht mal die Mühe, sie zu schlachten, so wenig Fleisch ist an ihr dran. Und das ist auch noch zäh wie Stiefelleder.«

Valerian spielte mit dem Gedanken, den Mann trotzdem zur Rechenschaft zu ziehen, aber dann sah er die Blicke seiner Kürassiere, die offenbar mehr Verständnis für den Soldaten hatten als Mitleid mit dem getöteten Bauern. Angewidert wandte sich Valerian ab und gab den Befehl zum Aufbruch. Seine Männer gehorchten, aber erst nachdem sie den armseligen Hof durchsucht hatten. Sie fanden tatsächlich nichts bis auf eine geschändete Bauersfrau, die kaum noch atmete. Sie starb in den Armen eines Kürassiers, und Valerian konnte nicht sagen, ob dessen bedauernder Blick der Frau galt oder der verpassten Gelegenheit.

»Also gut, weiter!«

Von Gidéaus Stimme riss ihn aus seinen Gedanken. Der Rittmeister hatte mit den vier Söldnern gesprochen, die nun zur Seite traten, um den Kürassieren den Weg frei zu machen.

»Es sind die Ligistischen, in der Tat«, sagte der Rittmeister zu Valerian. Er drehte sich um und winkte einen Reiter heran. »Melde Obrist von Corpes, dass wir unser Ziel erreicht haben.«

Der Mann salutierte und ritt an der Kolonne entlang zurück. Ihr Befehlshaber lag in einem Karren, der von seinem Leibregiment umgeben war. Er war bei einem leichten Scharmützel mit einigen desertierten Unionisten vom Pferd gestürzt und hatte sich das Steißbein gebrochen. Von dieser Verletzung hatte er sich noch nicht erholt und konnte nicht reiten.

Von Gidéau musterte das Lager der ligistischen Truppen. »Wenn ich den Mann richtig verstanden habe, wartet Tilly noch auf den Rest der kaiserlichen Armee.« Er zuckte mit den Schultern und lächelte Valerian an. »Offenbar haben wir die Truppen Seiner Majestät auf dem Weg von Memmingen hierher überholt.«

Valerian runzelte die Stirn. »Trotz unseres langsamen Vorrückens?« Aus Rücksicht auf ihren Obristen und um Vorräte zu beschaffen, hatten sie recht viele Pausen gemacht. Valerian hatte gehofft, viel mehr Truppen vorzufinden. Aber dieses Heer der Liga machte, zumindest von Weitem betrachtet, den Eindruck, als wäre es erheblich zusammengeschmolzen. Jedenfalls waren das hier höchstens fünfzehntausend Mann, wenn überhaupt.

»Vielleicht hatten es die Befehlshaber nicht ganz so

eilig, zu Tilly zu stoßen«, meinte von Gidéau. »Schließlich sind seit Wallensteins Abberufung nicht nur unsere Kürassiere desertiert. Denn sie sind nicht die Einzigen, die sich fragen, wer jetzt ihren Sold bezahlt.«

Valerian nickte grimmig. Er hatte ebenfalls gehört, dass der Kaiser auf Druck der Kurfürsten befohlen hatte, die Armee Wallensteins drastisch zu verkleinern. Aber dass der Oberbefehlshaber der Liga ihre Armee ebenfalls so drastisch verkleinert hatte, bereitete ihm Kopfzerbrechen.

Selbst wenn Gustav Adolf wirklich nur mit fünfzehntausend Mann in Peenemünde auf Usedom gelandet ist, dürfte er mittlerweile eine weit größere Armee zur Verfügung haben. Die Protestanten sind in Scharen zu ihm übergelaufen. Jedenfalls hatten sie das gehört. *Aber … es bringt nichts, sich deswegen verrückt zu machen. Sehen wir uns erst einmal an, wie es wirklich um Tillys Armee bestellt ist.*

Sie ritten an und ließen ihre Tiere im Schritt gehen, als sie das Lager erreichten.

Aber aus der Nähe betrachtet war der Eindruck noch ernüchternder. Die Söldner machten durchweg einen abgerissenen und verzweifelten Eindruck, und als sie durch das Lager der Marketender und des Trosses ritten, wurde das Elend, dessen sie ansichtig wurden, noch größer.

»Eberhard!«

Valerian drehte sich um, als er Bossels überraschten Ausruf hörte. Sein Ordonnanzkorporal hatte sein Pferd gezügelt, beugte sich aus dem Sattel und packte die Hand eines kräftigen, schmutzigen Mannes, der neben seinem Pferd stand und zu ihm hochlächelte.

Von Gidéau hatte die Szene ebenfalls beobachtet und sah Valerian fragend an. Der zuckte mit den Schultern.

»Seht nach, worum es da geht, und kommt dann unverzüglich nach«, befahl der Rittmeister. »Es kann nie schaden, Informationen zu sammeln, wenn sich die Gelegenheit dazu bietet.«

Valerian nickte, lenkte sein Pferd zur Seite und wartete, während das Regiment an ihm vorbeiritt. Bevor das Leibregiment des Obristen kam, trieb er sein Pferd neben das von seinem Ordonnanzoffizier. »Was fällt dir ein, Bossel!«, schimpfte er. »Und wer …?« In dem Moment erkannte er den Mann, mit dem Bossel sprach. »Hufner?«

Der Mann riss sich seine völlig verdreckte Mütze vom Kopf und verbeugte sich ungelenk. »Herr von Villesen! Stimmt, Eberhard Hufner.«

»Du bist der Hufschmied von Bruchhausen, richtig?« Valerian erinnerte sich daran, dass der Mann häufiger auf Schloss Villesen gewesen war, um die Pferde seines Vaters zu beschlagen. Allerdings hatte er ihn älter in Erinnerung und nicht so blond.

»Das war mein Vater, Freiherr.« Eberhard nickte, aber seine Miene verdüsterte sich. »Ich bin der Sohn, der ältere Sohn.«

Richtig, der alte Hufner hatte zwei Söhne. Beides ebenfalls Hufschmiede. »Hat dich die Aussicht auf Arbeit hierhergeführt?«, erkundigte sich Valerian. »Und hast du irgendwelche Neuigkeiten aus Bruchhausen?«

Eberhard verneinte. »Mein Bruder Gerulf und ich hatten eine Schmiede in Verden, und wir nahmen Vater mit dorthin.« Er erwähnte nicht, welche Rolle Eik bei dieser Entscheidung gespielt hatte. »Doch Vater verstarb wenige Monate später an einer Lungenkrankheit, und Gerulf und ich konnten die Schmiede nicht halten. Niemand hat mehr Geld, um anständige Arbeit zu bezahlen«, klagte er, »erst recht nicht die Bauern, und die Söldner, die durchs Land ziehen, schlitzen einem die Kehle auf, wenn man die Frechheit besitzt, für seine Dienste Entlohnung zu verlangen. Nach einigen Irrwegen schlossen wir uns schließlich dem Tross der Liga an. Mit dem umherzuziehen schien uns genauso gut, wie mit den Protestanten von der Union zu marschieren. Oder genauso schlecht, wenn man so will.«

Valerian beschloss, die letzte Bemerkung zu überhören, und fragte stattdessen: »Und … wie geht es Eurem Bruder und Euch?«

»Danke der Nachfrage, Freiherr von Villesen. Gerulf ist gerade in der Schmiede. Wir haben viel Arbeit, aber es ist mühsam, den Lohn dafür einzutreiben.« Er wechselte einen unsicheren Blick mit Bossel, bevor er weitersprach. »Der Herr Graf scheint ein wenig knapp bei Kasse, jedenfalls hat er seine Kürassiere und Dragoner schon seit etlichen Wochen nicht mehr ordentlich bezahlt. Beim Generalissimus Wallenstein war das anders.«

Valerian wollte den Mann schon zurechtweisen, als ihm einfiel, dass Hufner keinen militärischen Rang innehatte und deshalb auch nicht unter seiner Befehlsgewalt stand. *Und außerdem, wenn es stimmt, was er sagt, ist es nur allzu verständlich, dass er unzufrieden ist. Zudem ist das eine Information, die vielleicht nicht ganz unwichtig für uns ist.*

Valerian war schon lange genug dabei, um zu wissen, dass ein Söldnerheer nur dann einigermaßen Disziplin wahrte, wenn die Männer zumindest Aussicht auf Sold und Verpflegung hatten. Und der junge Hufner hatte recht: Wallenstein hatte zumindest dafür gesorgt, dass der Sold gezahlt wurde, wenn auch vielleicht nicht regelmäßig. Falls Tilly aber tatsächlich »knapp bei Kasse« war, wie der Schmied es ausgedrückt hatte, bedeutete das, dass ihm der Kaiser und die Kurfürsten nur wenig Geld zur Verfügung stellten.

Und das lässt nichts Gutes für den nächsten Feldzug erwarten, dachte Valerian. Er erinnerte sich an den Brief von Augusta, in dem sie ihm von dem Auftrag ihres Mannes berichtet hatte. *Wenn Frankreich Gustav Adolf tatsächlich mit so viel Gold unterstützt, wird er sich schon bald eine schlagkräftige Armee zusammengekauft haben. Und dann gnade uns Gott!*

»Und wie sieht es mit der Verpflegung aus?«

Der Schmied zuckte mit den Schultern. »Wir fressen, was wir kriegen können. Und das ist nicht gerade viel. Kampfer, Wurzeln, Knollen, Salat, ein Karnickel, wenn wir Glück haben, und wenn nicht … Mit der Zeit gewöhnt man sich an den Geschmack von Ratten und anderen Nagern, Freiherr …«

»Lieutenant Freiherr von Villesen«, verbesserte ihn Bossel.

»Schon gut, Bossel.« Nur mit Mühe unterdrückte Valerian den Drang, sich angewidert zu schütteln. *Ratten und andere Nagetiere …*

Lautes Geschrei und derbes Gelächter lenkten ihn ab. Er hob den Kopf und drehte sich zu dem Lärm herum.

Eine Gruppe von Männern, offenbar Söldner, kam über eine Weide auf das Zeltlager der Marketender zu. In ihrer Mitte befanden sich Frauen und Kinder. Außerdem transportierten sie auf Handwagen und Karren einige Fässer, Säcke und – soweit er es aus dieser Entfernung erkennen konnte – auch Tierkadaver. Aber seine Aufmerksamkeit galt den Menschen, die diese Männer offenbar verschleppt hatten.

Den Frauen hatte man die Hände zusammengebunden, und sie wurden von den Söldnern an Stricken mitgezerrt. Ebenso wie die Kinder, bei denen es sich fast ausschließlich um Mädchen unterschiedlichen Alters handelte. Valerian schluckte, als er ihre Gesichter erkennen konnte. Sie waren schmutzig und tränenüberströmt.

Die Röcke und Kleider der Frauen waren zerrissen und teilweise blutig, und einige von ihnen bemühten sich trotz ihrer gefesselten Hände, ihre nackten Brüste zu bedecken. Viele von ihnen bluteten aus Nase und Mund, etliche humpelten, und Valerian sah, dass einige auch blutige Oberschenkel hatten.

»Ah, Nachschub!«, stieß der Hufschmied hervor, bevor Valerian etwas sagen konnte. »Das wurde aber auch Zeit!« Er lachte, als ihn Bossel geradezu entsetzt anstarrte. »Die Sterblichkeitsrate unter den jungen Dirnen ist ziemlich hoch.« Er zuckte mit den Schultern. »Das liegt wahrscheinlich daran, dass sie pausenlos arbeiten müssen.« Er stieß abermals ein derbes Lachen aus und stupste Bossel mit dem Ellbogen an. »Und das, obwohl sie dabei liegen dürfen!«

Dann trat er von Bossels Pferd zurück und sah zu Valerian hoch. Mit einer fast schon spöttischen Geste lupfte er seine Mütze und verbeugte sich.

»Mit Eurer Erlaubnis, Herr Lieutenant Freiherr von Villesen, verabschiede ich mich jetzt. Ich muss mich sputen, bevor die ganze Beute verteilt ist und ich leer ausgehe. Einige dieser Kerle schulden mir noch etliche Kreuzer fürs Beschlagen. Und da sie keinen Sold bekommen, muss ich zusehen, dass sie mich wenigstens in Naturalien entlohnen.«

»Fürs Beschlagen?« Valerian runzelte die Stirn. »Aber ich sehe keine Pferde ...« Noch bevor er den Satz zu Ende gesprochen hatte, tauchten vier Reiter hinter den Söldnern und ihren Gefangenen auf. Einer von ihnen schwankte stark im Sattel.

Der Mann ist nicht verletzt, erkannte Valerian. *Und was er da schwingt, ist keine Waffe.*

Die Reiter überholten den Trupp Söldner mit den Gefangenen, und drei von ihnen, darunter der Schwankende, ritten weiter ins Lager. Einer blieb jedoch bei der Gruppe und redete mit einem Söldner, einem Korporal. Die anderen Reiter galoppierten an Valerian vorbei, wobei sie ihm nur einen flüchtigen Blick zuwarfen. Der Schwankende hielt einen Krug in der Faust, aus dem er im Galopp trank. Rote Flüssigkeit lief ihm über das Kinn, und Valerian musste nicht lange raten, um zu wissen, dass es Wein und dieser Mann sturzbetrunken war.

Natürlich war das unter Söldnern nichts Ungewöhnliches, im Gegenteil. Was Valerian aber zu denken gab, war, dass dieser Mann kein einfacher Söldner oder Dragoner war; seine Abzeichen wiesen ihn als Lieutenant der ligistischen Armee aus. *Wenn das auf den Zustand und die Disziplin von Tillys Truppen schließen lässt, dann möge Gott uns beistehen.*

Als er sich umdrehte, um den Hufschmied zu fragen, ob er den Mann kannte, war der bereits verschwunden.

Stattdessen begegnete Valerian Bossels Blick. Den tiefen Furchen auf der Stirn seines Ordonnanzkorporals nach teilte Bossel Valerians Sorge. Seine nächsten Worte bestätigten diese Vermutung.

»Wir sollten losreiten, damit wir von Gidéau einholen. Er wollte doch, dass wir Informationen sammeln, Herr Lieutenant.« Bossel verzog das Gesicht. »Und ich glaube, dass er sich brennend dafür interessiert, was wir ihm zu berichten haben.«

Das glaube ich auch, dachte Valerian. *Und ich bin mir sicher, dass er genauso wenig begeistert davon sein wird wie ich.* Er sagte jedoch nichts, sondern nickte nur, nahm die Zügel seines Pferdes auf, wendete es und trieb es an.

Gefolgt von Bossel galoppierte er über die breite Gasse im Zeltlager, der letzten Schwadron Kürassiere von Wallensteins Leibregiment hinterher, und ließ das Elend hinter sich. Aber das Grölen der Männer und die verzweifelten Schreie der Frauen und Mädchen klangen ihm noch in den Ohren, als er Rittmeister von Gidéau erreicht hatte und sein Pferd neben ihm zügelte.

»Und?«, fragte der, ohne den Blick von den Zelten der Marketender, den Krüppeln und Huren und dem ganzen Dreck zu nehmen, an dem sie vorbeiritten. »Habt Ihr etwas in Erfahrung gebracht?«

»Jawohl.« Valerian holte tief Luft und erstattete Bericht.

»… befiehlt Euch Seine Majestät, den Vormarsch dieses Größenwahnsinnigen aufzuhalten und ihn zurückzuschlagen. Und um den Protestanten klarzumachen, dass Seine Majestät es mit der Restituierung ernst meint, werdet Ihr an diesem aufsässigen Pack ein Exempel statuieren. Seine …«

»Ein Exempel? Woran soll …?«

»… Gnaden«, der kaiserliche Gesandte hob die Hand, um Tillys Fragen abzuwehren, und las mit monotoner Stimme weiter von seinem Pergament ab, »Kurfürst Maximilian von Bayern erwartet deshalb, dass Ihr unverzüglich nach Magdeburg zieht, sobald das kaiserliche Heer vollzählig bei Euch eingetroffen ist, und die Stadt einnehmt. In Magdeburg befindet sich das Zentrum des protestantischen Widerstandes, und sobald die Stadt gefallen ist, wird die Gegenwehr der Protestanten erlöschen, so die Überzeugung Seiner Majestät, und der Feldzug des Schweden ist zum Scheitern verurteilt. General Heinrich zu Pappenheim wurde vom Kaiser bereits vor etlichen Monaten dorthin beordert.«

Ungläubiges Schweigen folgte auf die Ausführungen von Erich von Webern, Secretarius des Kriegsrats Graf von Tuchy. Die Offiziere an der großen, vorübergehend zu einem Kartentisch umfunktionierten Speisetafel sahen sich an, als würden sie ihren Ohren nicht trauen.

Magdeburg wird schon belagert?, dachte Valerian, der als von Gidéaus Ordonnanzoffizier und ehemaliger Offizier der Leibschwadron Wallensteins ausdrücklich zu dieser Besprechung bestellt worden war. Bisher hatte er den Ausführungen schweigend zugehört und vor allem den Heerführer Graf Tilly beobachtet. Rittmeister von Gidéau hatte sich zu Beginn der Unterredung bei Tilly gemeldet und ihm dabei auch das Empfehlungsschreiben überreicht, das Feldmarschall von Tiefenbach Valerian ausgestellt hatte und das an Tilly persönlich adressiert war.

Bei den letzten Worten des Abgesandten aus Regensburg straffte sich Valerian unwillkürlich und trat einen halben Schritt vor. *Augusta ist in Magdeburg!* Sie hatte ihm in dem Brief, in dem sie ihn auch von dem Auftrag ihres Mannes unterrichtet hatte, mitgeteilt, dass sie nach der Vertragsunterzeichnung mit den Schweden nach Magdeburg weiterziehen würden, um dort die protestantische Union über diese neue Entwicklung zu informieren.

Von daher ist der Auftrag, Magdeburg zu erobern, nur folgerichtig, dachte Valerian. *Aber Wallenstein hat auf eine Eroberung der Stadt verzichtet, weil er mit den Protestanten verhandeln wollte. Wenn Tilly jetzt gegen die Stadt vorrückt und sie belagert, dann …* Die Sorge um Augusta verstärkte sich noch bei dem Gedanken, dass die Protestanten die Stadt kaum kampflos aufgeben würden. Und außerdem war da ja noch Gustav Adolf, der seinen neuen Verbündeten sicherlich zu Hilfe eilen würde.

Augustas Leben ist in Gefahr, wenn sie dort bleibt. Aber wie soll ich ihr eine Botschaft zukommen lassen, dass sie Magdeburg sofort verlassen muss, wenn Pappenheim die Stadt schon belagert? Er kannte zwar die Stärke der Pappenheimischen Truppen, die vorher Wallenstein unterstellt gewesen waren, und wusste, dass es viel zu wenige waren, um der Stadt wirklich gefährlich werden zu können, aber trotzdem …

Er spürte eine leichte Berührung am Arm und zuckte zusammen. Als er sich umdrehte, bemerkte er, dass Rittmeister von Gidéau ihn fragend ansah, und ihm wurde bewusst, dass er durch seine angespannte Haltung und weil er vorgetreten war, die Blicke einiger

Offiziere in ihrer Nähe auf sich gezogen hatte. Er sah hastig zu Tilly hinüber, der jedoch nur Augen für den Gesandten des Hofes zu haben schien.

Valerian nickte von Gidéau zu und trat wieder an die Stelle zurück, wo er zuvor gestanden hatte, ein Stück hinter seinem Vorgesetzten.

»Das wäre alles«, fuhr der Secretarius in dem Moment fort, ein wenig verunsichert von der feindseligen Stille. Er räusperte sich. »Etwaige Fragen zu den Befehlen Seiner Majestät dürften in den beiden Schreiben beantwortet werden, die Kurfürst Maximilian von Bayern durch mich hat übermitteln lassen.« Er deutete auf das Pergament, das Tilly in der Hand hielt, ohne es bisher aufgerollt zu haben. Selbst das Siegel war noch unversehrt. »In dem anderen ernennt Euch der Kaiser zum Generallieutenant der Vereinigten Armeen der Liga und des Kaiserlichen Heeres«, setzte er triumphierend hinzu, als würde er damit einen Trumpf ausspielen.

Doch das Schweigen hielt an – bis es schließlich vom frischgebackenen Generallieutenant Johann T'Serclaes Graf von Tilly, Heerführer der ligistischen und kaiserlichen Truppen, gebrochen wurde.

»Hat der Kaiser den Befehl gegeben, an Magdeburg ein Exempel zu statuieren, oder war es Kurfürst Maximilian, der Führer der Katholischen Liga?«

Der Secretarius hatte bei Tillys ersten Worten genickt, offensichtlich erleichtert, dass der Heerführer nicht sogleich seine Exekution angeordnet hatte, was den Mienen der Anwesenden nach wahrscheinlich durchaus auf Wohlwollen gestoßen wäre.

»Nun, ich konnte mir nicht vorstellen«, fuhr Tilly

fort, bevor von Webern seine Stimme wiederfand, »dass mein Kurfürst von mir verlangt, mit nur noch einem halben Heer und einer Armee, die sich in Auflösung befindet, und zudem ohne einen einzigen Reichstaler an finanzieller Unterstützung, eine Aufgabe zu bewältigen, an der ja offenbar selbst der Herzog von Friedland und Mecklenburg trotz seiner beträchtlichen Mittel gescheitert ist.«

»Es steht mir nicht zu, über die Gründe von Wallensteins Entlassung …«, begann der Secretarius.

»Ganz recht, denn man dürfte Euch wohl kaum über diese Gründe ins Benehmen gesetzt haben!«, unterbrach ihn Tilly, während er das Siegel des Pergaments brach und den Inhalt überflog. Er setzte an weiterzusprechen, doch während er las, wurde er blass, und sein Mund blieb offen stehen, ohne dass ein Laut herausgekommen wäre. Dann klappte er ihn wieder zu, hob den Blick und richtete ihn auf von Webern.

»Ich sehe hier die Unterschriften des Obersthofmeisters von Trautmannsdorf und des Fürsten von Liechtenstein.« Tilly beugte sich vor. »Wenn ich nicht irre, kann man diese Herren mit gutem Recht als ausgewiesene Feinde Wallensteins bezeichnen, was meine Freude darüber, dass sie mich für fähig halten, seinen Platz einzunehmen, ein wenig trübt, wie Ihr gewiss verstehen werdet.« Tilly schnaubte verächtlich, als von Webern vergeblich nach Worten suchte. »Was ich aber vor allem in diesem Schreiben vermisse, sind Vorschläge der hohen Herren, mit welchen finanziellen Mitteln ich meine Söldner bei den Fahnen halten soll, um diese Aufgabe zu bewältigen! Schon jetzt sind mehr als ein Drittel der Männer desertiert, und dem Rest wird es kaum gefallen, dass sie ohne Sold weiterkämpfen und ihr Leben riskieren sollen.«

Er sah sich in dem Raum um. »Hat einer der hier anwesenden Offiziere vielleicht einen Vorschlag, wie wir den Sold für unsere Söldner aufbringen sollen?« Er erwartete nicht wirklich, dass sich jemand zu Wort melden würde.

Deswegen war Tilly ebenso überrascht wie der Rest der Anwesenden und auch Valerian, als Secretarius von Webern erneut das Wort ergriff. »Was das Geld angeht, Euer Gnaden, hat Kriegsrat Graf Tuchy angedeutet, dass möglicherweise der Herzog von Friedland aushelfen könnte. Wallenstein hat ja seine Armee aus eigenen Mitteln finanziert und …«

»… sein verdammter Bankier de Witte hat sich in seinem Haus erhängt, nachdem Seine Majestät Wallenstein abberufen hat!«, fiel Markus von Corpes ihm respektlos ins Wort, der Obrist des Kürassierregiments aus Wallensteins Großarmee, deren klägliche Reste vom Kaiser Tillys Befehl unterstellt worden waren.

»Ich habe gehört, er hätte sich wegen der Schulden, die sein Herr aufgehäuft hat, in den Brunnen im Hof seines Hauses gestürzt und wäre ersoffen«, warf ein Obrist der Ligistischen ein. Offenbar war er ein Vertrauter Tillys, denn er lächelte den Heerführer und frischgebackenen Generallieutenant spöttisch an.

»Jedenfalls ist er tot«, erwiderte Tilly. »Also dürfen wir wohl davon ausgehen, Herr Secretarius, dass es um die Finanzen des Herzogs nicht so üppig bestellt ist, dass er uns ebenso großzügig aushelfen könnte wie zuvor dem Kaiser.« Er hob das Pergament. »Und mein Kurfürst empfiehlt mir, meine Söldner mit Kriegsbeute zu entlohnen. Offenbar hat er sich Wallensteins Motto zu eigen gemacht, dass der Krieg den Krieg ernährt.«

»Und wenn es nichts mehr zu plündern gibt, was dann?« Valerian fielen die Worte Wallensteins ein, die er bei seiner letzten Stabsbesprechung geäußert hatte. Bei der er auch davon gesprochen hatte, dass Frieden bald wieder herrschen müsse. *»Und wenn wir jetzt auch noch Magdeburg zerstören …«*

Jemand hüstelte neben ihm, und Valerian wurde die plötzliche Stille im Raum bewusst. Im selben Moment begriff er, dass er seine Gedanken laut geäußert hatte. Er hob den Kopf und begegnete dem durchdringenden Blick des Heerführers.

»Offenbar seid Ihr nicht der Meinung, dass es eine gute Idee unserer verehrten Majestät ist, die Protestanten in ihrem Bau anzugreifen, Herr Lieutenant?«

Valerian schluckte. Von Gidéau neben ihm sog scharf die Luft ein, schwieg jedoch. *Du Idiot,* dachte Valerian. *Und das, noch bevor er dein Empfehlungsschreiben überhaupt zur Kenntnis genommen hat. Na ja, das kannst du jetzt wohl vergessen.* Ihm war vollkommen klar, dass ihm Tilly nicht einfach nur eine freundliche Frage gestellt hatte, und auch wenn er dem Mann zum ersten Mal gegenüberstand, wusste er aus Erzählungen, dass Tilly größten Wert auf Disziplin und Hierarchie legte, auch und gerade in seinem Offizierskorps.

Er trat vor und straffte sich. Wenigstens zitterte er nicht, aber das war nur ein schwacher Trost. »Ich würde mir niemals anmaßen, einen Befehl Seiner Majestät oder eines meiner Vorgesetzten infrage zu stellen, Herr General.«

»Tatsächlich nicht?« Tilly drehte sich um und griff

nach einem Papier auf dem Schreibtisch, in dem Valerian zu seinem Schrecken das Empfehlungsschreiben des Feldmarschalls von Tiefenbach erkannte. Offenbar hatte der Heerführer es bereits überflogen, wie seine nächsten Worte bestätigten. »Wenn ich zwischen den Zeilen dieses Empfehlungsschreibens meines Offizierskameraden von Tiefenbach lese, dann seid Ihr ein jugendlicher Heißsporn, der oft genug mehr seiner eigenen Einschätzung der militärischen Lage als der seiner vorgesetzten Offiziere vertraut!«

Valerian blieb einfach regungslos stehen und hütete sich, irgendetwas dazu zu sagen. In der Tat hatte er sich unter einem Empfehlungsschreiben etwas anderes vorgestellt. Vor allem angesichts der bekannten Härte, mit der Tilly auf Eigenmächtigkeiten seiner Untergebenen reagierte.

Der Generallieutenant ging langsam durch den Raum auf Valerian zu und blieb dicht vor ihm stehen. Tilly reichte ihm gerade bis zur Nase. Aber was ihm an körperlicher Größe fehlte, machte er durch seine Persönlichkeit wett. Jedenfalls kam sich Valerian vor ihm plötzlich ziemlich klein vor.

»Ich hoffe, Herr Lieutenant, dass Euch mein verehrter Kamerad über mich ins Bild gesetzt hat, bevor er Euch zu mir komplimentierte. Ich dulde keinerlei Disziplinlosigkeit und gehe mit der ganzen mir zur Verfügung stehenden Härte dagegen vor, ungeachtet des Standes und des Rangs des Betreffenden, sei es ein gemeiner Soldat oder Offizier! Habt Ihr mich verstanden?«

»Selbstverständlich, Herr General.«

Tilly wartete einen Moment, wohl um seine Worte wirken zu lassen, was ihm auch hervorragend gelang, jedenfalls was Valerian betraf. Er fragte sich, ob es wirklich eine gute Idee gewesen war, Wallensteins Armee zu verlassen und sich dem Feldherrn der Liga anzuschließen.

Doch dann sprach Tilly weiter: »Wenn ich allerdings *nicht* zwischen den Zeilen lese, dann sehe ich, dass mein verehrter Kamerad große Stücke auf Euch hält, ebenso wie Seine Gnaden, der Herzog von Friedland.« Tilly rollte das Empfehlungsschreiben zusammen und klopfte damit gegen sein Bein. »Angeblich seid Ihr zugleich mutig und klug, eine Kombination, die man bedauerlicherweise nicht allzu oft findet. Also, Herr Lieutenant Freiherr von Villesen, was schlagt Ihr vor, um an Gold für unseren Feldzug zu kommen?«

Valerians Gedanken überschlugen sich. *Ich habe keine Ahnung,* dachte er. *Aber ich muss etwas sagen, irgendetwas Kluges, sonst …* »Natürlich weiß ich nicht, wie wir außer durch einen Glücksfall an so viel Gold gelangen könnten, Herr General. Aber …« Plötzlich fiel ihm wieder Augustas Brief ein. »Aber ich weiß, dass die Franzosen den Schwedenkönig finanziell unterstützen und dass ihre Gesandten nach Magdeburg gereist sind. Zudem bin ich sicher, dass Gustav Adolf das Geld noch nicht in Empfang genommen hat, falls es überhaupt in Gold übergeben wird.«

Tilly kniff die Augen zusammen. »Worauf wollt Ihr hinaus? Wie denn, wenn nicht in Gold?«

»Richelieus Gesandter hat einen jüdischen Bankier in seinem Gefolge, der die finanziellen Transaktionen abwickeln soll. Es würde mich nicht wundern, wenn das mit Wechseln geschieht, die für alle anderen außer für die betreffenden Parteien, also die Remittenten, wertlos sind. Es sei denn …«

»Eben, sie sind für uns wertlos! Also was sollen sie uns nützen? Falls wir sie überhaupt in die Hände bekommen könnten, was so gut wie ausgeschlossen scheint.« Aber man sah Tilly an, dass er den Gedanken interessant fand.

Valerian beschloss, alles auf eine Karte zu setzen. »Nicht gänzlich ausgeschlossen, Herr General«, behauptete er.

Tilly sah von Valerian zu dem Secretarius und ließ seinen Blick dann über die Offiziere gleiten. »Die Stabsbesprechung ist zu Ende, meine Herren. Ich schlage vor, wir genehmigen uns einen kleinen Umtrunk unten im Schankraum, bevor wir uns an unsere Aufgaben machen.« Er wedelte mit der Hand. »Ich bitte Euch, geht schon vor. Ich möchte noch ein Wort mit unserem vorlauten Lieutenant hier reden, und zwar ungestört.«

Er wartete, bis die Offiziere aufgestanden waren und hinausgingen, und verzog spöttisch die Lippen, als Obrist von Corpes, der Befehlshaber von Valerian, diesen beim Vorbeigehen mit einem Blick durchbohrte, ein Versprechen an Valerian, dass er sich für sein Verhalten würde verantworten müssen, sofern Generallieutenant Tilly ihn nicht schon vorher aufs Rad flocht.

Was der allerdings keineswegs vorzuhaben schien.

»Ihr nicht, von Gidéau«, befahl der Heerführer, als Valerians direkter Vorgesetzter ebenfalls Anstalten machte, den Raum zu verlassen.

»Herr Generallieutenant …« Der Secretarius näherte sich Tilly. »Ich muss betonen, dass der Vorschlag Seiner Majestät, Wallenstein um Hilfe zu bitten …«

»... zu nichts führen wird, Herr von Webern!«, unterbrach Tilly ihn barsch. Er sah Valerian an. »Seht Ihr das anders, Herr Lieutenant? Immerhin habt Ihr unter dem Friedländer gedient! Glaubt Ihr, dass er uns mit Gold, Munition und Proviant aushelfen wird, nachdem er selbst schon Mecklenburg und Friedland mit eiserner Faust ausgepresst hat und er vom Kaiser wegen seiner Gier und seiner Machenschaften abgesetzt wurde?«

Valerian hütete sich, die Beschreibung Wallensteins zu kommentieren, und beschränkte sich darauf, den Kopf zu schütteln und zu sagen: »Das kann ich mir nicht vorstellen, Herr General.«

»Ihr vertraut dem Wort eines einfachen Lieutenants ...«

»... mehr als dem eines Secretarius?«, beendete Tilly den Satz für den verblüfften Höfling. »In diesem Fall allerdings, Herr von Webern. Oder kennt Ihr Wallenstein persönlich?«

»Nein, aber ...«

»Eben. Am Anfang Eurer Ausführungen habt Ihr behauptet, dass es sich bei ihm um einen sternengläubigen, kränkelnden und machtgierigen Narren handelt, etwas, das ich angesichts der militärischen Erfolge dieses sogenannten Narren nicht so ganz glauben mag. Er hier«, er deutet auf Valerian, »hat einen anderen Wallenstein kennengelernt, und ich bilde mir gern erst dann ein Urteil, wenn ich alle oder möglichst viele Informationen gehört habe.« Er nickte. »Ihr könnt gehen.«

Tilly wartete, bis von Webern den Raum ebenfalls verlassen hatte, dann wandte er sich wieder an Valerian. »Missversteht mich und mein Interesse an Euch nicht. Ich halte nicht viel von jungen Heißspornen, die eigenmächtig handeln und dadurch die wohlüberlegte Strategie ihrer Heerführer gefährden. Aber ich kenne von Tiefenbach gut genug, um zu wissen, dass er niemals ein Empfehlungsschreiben für jemanden ausstellen würde, dessen Fähigkeiten er nicht wirklich zu schätzen weiß. Also, von Villesen, das ist die Gelegenheit für Euch. Was schlagt Ihr vor?«

»Es ist ein Versuch, Herr General, der nur dann Aussicht auf Erfolg hat, wenn ich nicht mit dem ganzen vereinigten Heer von Liga und Kaiserlichen vor Magdeburg auftauche.«

Tilly nickte. »Unsere Lage ist vielleicht nicht verzweifelt, aber auch alles andere als rosig. Ich bin bereit, einen Versuch zu riskieren.« Er grinste. »Vor allem, wenn ein junger Hitzkopf derjenige ist, der ebendiesen Kopf dabei riskiert.«

»Ich weiß, wer der Abgesandte Richelieus ist, und ich kenne jemanden in seiner unmittelbaren Nähe. Wenn die Übergabe der Hilfsgelder noch nicht erfolgt ist oder gar in Wechseln über die Hamburger Bank getätigt wird, könnte es mir vielleicht gelingen, ihrer habhaft zu werden.« *Und dabei Augusta zu warnen, damit sie die Stadt so schnell wie möglich verlässt.* »Wir könnten zumindest versuchen, die Wechsel der Bank einzulösen. Jemanden zu finden, der für uns als Abgesandte der Protestanten bürgt, sollte nicht allzu schwer sein.« *Vielleicht kann Augusta mir dabei sogar helfen.* Aber Valerian schob den Gedanken an seine Schwester beiseite. »Im ungünstigsten Fall könnte ich die Wechsel vernichten und so zumindest die Zahlungen an den Schweden hinauszögern.«

Tilly strich sich mit der Hand über den Knebelbart

und betrachtete Valerian mit zusammengekniffenen Augen. »Wenn Euch das gelänge, könnten wir vielleicht unsere Söldner bezahlen oder zumindest Gustav Adolf und den Protestanten ein Loch in ihre Kriegsbörse reißen.« Er klopfte wieder mit dem Pergament gegen sein Bein. »Allmählich verstehe ich, was von Tiefenbach in Euch gesehen hat.« Er richtete den Blick auf von Gidéau. »Rittmeister, Ihr seid sein Vorgesetzter. Was haltet Ihr von dieser Idee?«

Von Gidéau hatte mit versteinertem Gesicht dagestanden und sich weder seine Gedanken noch seine Gefühle anmerken lassen. »Ich war dabei, als sich eine ganze Esquadron freiwillig gemeldet hat, um mit ihm einen Patrouillenritt in das von Dänen und Protestanten besetzte Wolgast zu unternehmen. Wobei der damalige Cornet von Villesen dann auch gleich die Stadt im Handstreich eingenommen hat. Es wäre also nicht das erste Mal, dass unser Lieutenant eine verrückte Idee hat, die er zu unserem Vorteil verwirklicht.« Er verzog leicht das Gesicht. »Er müsste allerdings durch noch von Protestanten kontrolliertes Gebiet nach Magdeburg reiten und sich dort umsehen, ohne von den Unionisten erwischt und aufgeknüpft zu werden. Das ist mehr als nur ein bisschen riskant, aber wie Ihr sagtet, er riskiert dabei nur den eigenen Kopf.«

Tilly lächelte humorlos. »Das wird er nicht.«

»Nicht? Aber ich dachte, Ihr hättet Gefallen an seinem Plan gefunden.«

»Das habe ich auch. Und ich will, dass ihn ein paar Reiter Eurer Kompanie begleiten.« Tilly winkte ab, als von Gidéau protestieren wollte. »Wenn Ihr keine Freiwilligen findet, nehmt ein paar Männer aus der Esquadron, von der Ihr eben geredet habt. Wenn sie schon einem Cornet folgen, werden sie einen Lieutenant erst recht auf einem solch abenteuerlichen Ausflug begleiten. Das wäre alles, meine Herren, Ihr könnt wegtreten. Und, Lieutenant …« Valerian sah den Generallieutenant an. »Nach Eurer Rückkehr meldet Ihr Euch bei mir persönlich, ganz gleich, wie die Sache ausgeht. Keiner sonst erfährt von dieser Angelegenheit, verstanden? Ich will keine voreiligen Gerüchte schüren.«

»Selbstverständlich, Herr General.« Valerian verbeugte sich, drehte sich um und folgte von Gidéau aus dem Raum. Vor der Tür blieben sie stehen und warteten, während Tilly mit seiner Leibwache an ihnen vorbei zur Treppe ging, zweifellos, um sich mit seinen Stabsoffizieren einen Schluck im Schankraum zu gönnen. Er würdigte sie keines Blickes mehr.

»Seid Ihr sicher, dass das eine gute Idee ist, von Villesen?«, fragte der Rittmeister Valerian.

»Ehrlich gesagt, nein, Herr Rittmeister«, antwortete Valerian aufrichtig.

Von Gidéau starrte ihn einen Moment an, dann lachte er. »Ein Glück, ich hatte schon gedacht, Ihr wäret verrückt geworden und glaubtet, dass Ihr von diesem Ritt heil zurückkommt.« Er schüttelte den Kopf. »Ich bezweifle sehr, dass sich die Esquadron diesmal wieder geschlossen meldet, um sich diesem Wahnsinn anzuschließen.«

Das bezweifle ich auch, dachte Valerian, der allmählich daran zweifelte, dass seine spontane Idee, mit der er Augusta zu retten hoffte, wirklich so klug war, wie Tilly offenbar vermutete. *Du weißt ja nicht einmal, ob Augusta noch in Magdeburg ist,* dachte er, als er dem

Rittmeister die Treppe hinab folgte. *Aber ich muss es versuchen, das steht außer Frage.* Und er weigerte sich zuzugeben, dass vor allem der letzte Satz in Augustas Brief ihn zu dieser Entscheidung bewogen hatte. Darin hatte sie ihm mitgeteilt, dass sie in Hamburg einen alten Freund wiedergetroffen hatte, den sie auch in Magdeburg zu sehen hoffte.

Wie Tilly war auch er in der Lage, zwischen den Zeilen zu lesen. Offenbar war Augustas Verhältnis zu diesem Mann weit mehr als nur freundschaftlicher Natur. Was nicht nur gegen gesellschaftliche Sitten verstieß, sondern zutiefst unmoralisch und unchristlich war. Selbst dann, wenn dieser Freund, bei dem es sich sicherlich um Eik Schmalens handelte, dies womöglich nicht einmal ahnte.

Auch wenn er seine Schwester über alles liebte, würde Valerian dafür sorgen, dass sie keine Schande über die Familie brachte.

Ich werde ihn eher töten, als das zuzulassen.

16. KAPITEL

Magdeburg

Augusta klopfte leicht mit dem Knöchel an die Tür. Niemand antwortete. Sie zögerte, klopfte noch einmal und legte dann ihr Ohr ans Holz.

»Albert?« Sie wusste, dass sich ihr Gemahl in dem Raum hinter der Tür aufhielt. Nachdem ihm der Bote den Brief überbracht hatte, war Albert de Montfine, Marquis von Berny, Gesandter Seiner Eminenz Kardinal Richelieu und Augustas ungeliebter Ehemann, nicht mehr aus seinem Zimmer herausgekommen. Das Schreiben kam aus Paris und stammte vermutlich vom Kardinal persönlich, und sie wollte natürlich in Erfahrung bringen, was Richelieu ihrem Mann mitzuteilen hatte. Aber es war nicht nur Neugier wegen des Briefes, die sie hierhergeführt hatte. Sie spürte auch, dass sie sich tatsächlich ein wenig um ihren Gemahl sorgte. Falls die Nachricht, die er erhalten hatte, schlimm war, bestand angesichts seines Alters und seiner stark angegriffenen Gesundheit Anlass zur Sorge. Es war nicht auszuschließen, dass ihn der Schlag getroffen hatte. Selbst wenn das vielleicht eines ihrer Probleme gelöst hätte – Augusta schämte sich, dass sie überhaupt daran dachte –, war sie nicht so zynisch, dass sie ihm ein solches Schicksal gewünscht hätte. Außerdem …

Sie unterdrückte den Gedanken an Eik.

Seit ihr Mann und auch Eik vor vier Wochen hier in Magdeburg eingetroffen waren, hatte sich das Verhalten des Marquis ihr gegenüber überraschenderweise zum Besseren gewandelt. Er war zwar nicht gerade liebenswürdig, davon konnte keine Rede sein. Aber er behandelte sie mit mehr Achtung. Jedenfalls kam es ihr so vor. Mittlerweile sprachen sie sich sogar mit ihren Vornamen an, und Augusta hatte mehr als einmal mit dem Gedanken gespielt, Albert direkt zu fragen, was der Grund für sein verändertes Benehmen war.

Andererseits willst du es vielleicht lieber gar nicht wissen. Denn wenn sie ehrlich zu sich selbst war, bereitete ihr etwas anderes viel mehr Kopfzerbrechen. Nämlich Eiks Verhalten, genauer, dass sich sein Verhalten ihr gegenüber in *keiner Weise* verändert hatte. Sie trafen sich immer noch und liebten sich leidenschaftlich, und er wich all ihren Fragen nach Leona beharrlich aus. *Ob sie ihm wirklich nicht erzählt hat, dass sie sein Kind unter dem Herzen trägt?*

Manchmal kamen Augusta Zweifel, ob Leona sie nicht vielleicht belogen hatte. Aber dann erinnerte sie sich an die Tränen und die Vorwürfe, mit denen die junge Bankierstochter sie in der Kutsche überschüttet hatte. Augusta hatte ihr hoch und heilig versprechen müssen, Eik nichts zu sagen und sich von ihm fernzuhalten.

Wenigstens habe ich mein erstes Versprechen gehalten, dachte sie beschämt. Sie hatte tatsächlich auch versucht, Eik aus dem Weg zu gehen. *Aber nicht wirklich konsequent, gib's ruhig zu.* Als sie sich das erste Mal in Magdeburg allein getroffen hatten, um miteinander zu sprechen, wie Augusta sich einredete, hatte es ganze zehn Sekunden gedauert, bis sie einander in den Armen lagen. Und dann hatten die Dinge ihren Lauf genommen.

Augusta holte tief Luft. *Jetzt ist vielleicht nicht der richtige Moment, um darüber nachzudenken,* sagte sie sich, legte die Hand auf den Riegel und öffnete vorsichtig die Tür.

»Albert?«

Der Marquis von Berny stand mit dem Rücken zu ihr am Fenster des Patrizierhauses am Lakenmachertor, von dem aus er über das Elbtor auf die andere Seite der Elbe blicken konnte. Dort lagerte General von Pappenheim, ein Kommandeur der Liga-Truppen, und beschoss mit seinen Kanonen die Stadt. Wenn auch vergeblich.

Bisher jedenfalls, dachte Augusta und warf unwillkürlich einen Blick aus dem Fenster, als sie sich ihrem Gatten näherte. Sie hatte gehört, dass der Heerführer der Ligistischen Graf Tilly mit einer größeren Armee eingetroffen war, aber trotz der Maisonne, die auf der Elbe glitzerte, konnte sie kaum etwas am anderen Ufer erkennen. Schließlich trat sie neben ihren Gemahl und musterte sein Profil.

Bei ihrem Eintreten hatte sich Albert von Montfine kurz umgewandt, aber dann wieder schweigend und in Gedanken versunken aus dem Fenster gestarrt. Augusta sah die Sorgenfalten auf seinem Gesicht und dass sich die buschigen Augenbrauen fast berührten.

»Albert?«, wiederholte sie ein wenig zögerlich. Sie hatte sich immer noch nicht daran gewöhnt, diesen Fremden, der doch ihr Ehemann war, mit seinem Vornamen anzusprechen. »Was ist mit Euch? Geht es … Geht es Euch nicht gut?«

Das endlich schien den Marquis aus seinen Grübeleien zu reißen. Er stieß ein kurzes Schnauben aus. »Das würde Euch wohl gefallen!«

Augusta war von den scharfen Worten ebenso überrascht wie von dem fast nachdenklichen Tonfall, in dem er sie geäußert hatte. »Natürlich nicht!«, entgegnete sie empört und stellte zu ihrer Überraschung fest, dass das der Wahrheit entsprach. »Wie kommt Ihr darauf?« Im selben Moment bereute sie die Frage, denn ihr war vollkommen klar, wieso ihm dieser Gedanke gekommen war. Da fiel ihr Blick auf den Brief in seiner Hand.

Albert verzichtete auf eine Antwort, und als er ihren Blick bemerkte, lächelte er spöttisch. »Ah«, meinte er. »Das erklärt also Eure Anteilnahme an meiner Gesundheit.« Er hob den Brief ein wenig an. »Um Eure Neugier zu befriedigen – unsere Geschäfte …«, er hüstelte und verbesserte sich rasch, »meine Geschäfte hier in Magdeburg sind zu meiner Zufriedenheit verlaufen. Der Kardinal würde es zwar lieber sehen, wenn ich noch länger bliebe, als sein Ohr und Auge, wie er sich auszudrücken beliebt«, er lachte humorlos, »aber für solche Abenteuer bin ich ein wenig zu alt. Ich ziehe es vor, stattdessen nach Paris zurückzukehren. Eine neue Eskorte für diese Reise habe ich bereits angeworben, weil ich die Dienste von Hauptmann de Vries und seinen Leuten nicht länger beanspruchen will und kann. Sie werden hierbleiben.« Er beobachtete Augusta scharf. »Alle.«

»Ihr … Wir verlassen Magdeburg?« Das überraschte Augusta wirklich, war jedoch nicht der Grund für ihr Erröten. Sie wusste, worauf ihr Mann anspielte. Lisette hatte ihr verraten, dass dem Marquis ihre nächtlichen Ausflüge nicht entgangen waren, auch wenn er zweifellos nicht genau wusste, wohin sie ging. *Oder mit wem ich mich dort getroffen habe.* Aber seine Ankündigung beunruhigte sie aus einem anderen Grund.

»Tun wir das denn?« Albert de Montfine drehte sich zu ihr herum und verschränkte die Arme vor der Brust.

Augusta war einen Moment verwirrt. »Ich verstehe nicht ...«

»Ich glaube, Ihr versteht sehr wohl, Augusta.«

Täusche ich mich, oder ist das ein Ausdruck von Bedauern auf seinem Gesicht? Sie antwortete nicht, sondern betrachtete den alten Mann vor sich. *Mein Gemahl.* Es war sonderbar. Seit Eik in ihr Leben getreten war – *seit er in mein Bett gekommen ist,* dachte sie ein wenig beschämt, *sei ehrlich* –, konnte sie die Gegenwart ihres ungeliebten Ehemanns viel leichter ertragen. Und in diesem Moment dämmerte ihr, dass sie Albert de Montfine möglicherweise unterschätzt hatte. *Ahnt er vielleicht den Grund für meine Friedfertigkeit, seit wir hier in Magdeburg sind?* Seine nächsten Worte gaben darüber keinen Aufschluss.

»Ich werde auf jeden Fall abreisen, und zwar so schnell wie möglich.« Der Marquis deutete mit dem Daumen auf das Fenster. »Dort draußen lagert jetzt nicht mehr nur Pappenheim mit seinen Truppen, sondern dieser Tilly ist mit seiner Armee zu ihm gestoßen. Ich habe keine Lust, mich von den Kaiserlichen gefangen nehmen zu lassen, wenn sie die Stadt schließlich doch noch erobern.«

»Aber dazu wird es doch gar nicht kommen«, meinte Augusta. »Der Rat kann doch auf die Brandschatzung eingehen und das Lösegeld zahlen, damit Tilly abzieht …«

Der Marquis schüttelte den Kopf. »Das wird er nicht tun. Der schwedische Stadtkommandant von Falkenburg hat dem Rat eingeredet, Gustav Adolf würde der Stadt zu Hilfe kommen. Nach den Informationen meiner Spitzel ist Gustav Adolfs Armee nach der Einnahme von Potsdam und Frankfurt an der Oder zwar kaum in der Lage, es mit vierzigtausend kaiserlichen Söldnern aufzunehmen, aber das weiß Tilly vielleicht nicht. Doch wenn er glaubt, dass der Schwedenkönig Magdeburg zu Hilfe eilt, wird er kaum so lange mit einem Sturmangriff warten, bis der hier eingetroffen ist.«

»Aber sich freizukaufen wäre doch dann …«

Albert faltete Richelieus Brief zusammen und schob ihn in seine Jacke. »Die Magdeburger sind ein überhebliches Pack«, stieß er hervor. »Protestanten eben. Und sie führen nicht umsonst eine Jungfrau in ihrem Wappen. Die sträubt sich in ihrer schicklichen Tugend hartnäckig, sich dem Kaiser hinzugeben.« Er grinste anzüglich. »Es wundert mich nicht, dass der Habsburger allmählich die Geduld mit ihr verliert und auf die Idee gekommen ist, sie mit Gewalt zu nehmen.«

Augusta betrachtete ihren Gemahl verblüfft, bis ihr wieder einfiel, dass Albert de Montfine ebenso wie Richelieu und Frankreich katholisch war und man diese Allianz mit den Protestanten aus rein politischen Gründen geschlossen hatte. *Im tiefsten Herzen verabscheut er die protestantische Union und sicher auch Gustav Adolf, selbst wenn er ihn im Auftrag seines Kardinals mit so viel Geld unterstützt.*

Dieser Gedanke brachte sie wieder auf den eigentlichen Grund für ihr Kommen. Sie dachte an den Brief, den Valerian ihr vor ein paar Tagen geschickt und in dem er sie nach den finanziellen Transaktionen ihres Gemahls gefragt hatte. Vor allem wollte er wissen, ob der Marquis die Wechsel bereits an Gustav Adolf weitergereicht hatte. Das kam ihr zwar ein wenig sonderbar vor, aber sie hatte genug Vertrauen zu ihrem Bruder, um zumindest zu versuchen, ihm seinen Wunsch zu erfüllen.

»Aber Gustav Adolf muss doch herkommen, um die Gelder in Empfang zu nehmen, die ihm Richelieu durch Euch übermittelt«, sagte sie.

Der Marquis kniff die Augen zusammen und musterte sie argwöhnisch. Für einen Moment fürchtete Augusta schon, sie wäre zu weit gegangen. Dann lächelte Albert. »Ihr seid nicht nur schön, sondern auch klug.« Zu ihrer Überraschung machte er eine knappe Verbeugung. »Beides waren Gründe für mich, das Ersuchen Eures Vaters anzunehmen und Euch mit mir zu vermählen. Zu schade, dass unsere Verbindung immer noch keine Früchte getragen hat, Madame.« Wie immer bei diesem Thema wählte er die förmliche Anrede. »Stellt Euch nur das beeindruckende Ergebnis vor, würden sich unserer beider Gaben in unseren Sprösslingen vereinen.« Er musterte seine Gemahlin noch einen Moment, dann seufzte er. »Aber um Eure Frage zu beantworten – nein, es ist nicht nötig, dass Gustav Adolf hier erscheint, um an das Gold des Kardinals zu kommen. Hier ging es nur darum, die protestantische Union auf den Schweden einzuschwören. Das Gold liegt für ihn bei seinem Residenten in Hamburg bereit, in Form eines Wechsels auf seinen Namen, und mit diesem Kredit

Frankreichs kann er nach Herzenslust Waffen, Munition und Söldner einkaufen.«

Er starrte sie durchdringend an. »Beantwortet das Eure Frage? Oder sollte ich lieber sagen, die Eures neugierigen Bruders?« Als Augusta blass wurde, lachte er. »Glaubt Ihr wirklich, verehrte Augusta, dass ich nicht wüsste, was in meinem Haus direkt vor meinen Augen vorgeht?« Er wedelte mit der Hand. »Ich kenne alle Briefe, die Euer Bruder an Euch geschrieben hat. Ich kenne sogar die Briefe, wenn auch nicht buchstabengetreu, die er als Spitzel bei Wallenstein verfasst hat. Und ich weiß, dass es einen Verräter in Hamburg gab, diesen von Lützow, der das kaiserliche Lager über meinen Auftrag in Kenntnis gesetzt hat.« Er breitete die Hände aus. »In gewisser Weise bin ich Euch für Euren Vertrauensbruch sogar dankbar. Denn so war es einfacher für mich, entsprechende Vorkehrungen zu treffen.« Er senkte lächelnd den Kopf. »Was mich nur interessieren würde: Hättet Ihr Eurem Bruder auch geholfen, mich zu ermorden, um an diesen Wechsel von Richelieu zu kommen?«

Augusta wusste nicht, was sie sagen sollte, und schüttelte nur den Kopf.

»Nun, das könnt Ihr unter Beweis stellen, indem Ihr einwilligt, mich nach Paris zu begleiten.«

»Albert …« Augusta schüttelte erneut den Kopf. Diesmal jedoch aus einem ganz anderen Grund. *Niemals,* dachte sie. *Ich kann nicht. Nicht, solange …*

»Das dachte ich mir.« Er machte eine Pause, straffte sich, trat an Augusta heran, nahm ihre Hand und hob sie an seine Lippen.

Vollkommen verblüfft starrte Augusta ihn an. Mit einer solchen Geste hatte sie wahrlich nicht gerechnet.

»Trotzdem will ich Euch noch einmal die Möglichkeit geben zu wählen. Kommt mit mir nach Paris, schenkt mir meinen heiß ersehnten Erben und führt danach ein freies Leben, ohne jede Einschränkung und in allem Luxus, den ich Euch bieten kann.« Er runzelte die Stirn. »Die einzige Bedingung lautet, dass Ihr mich nicht der Lächerlichkeit preisgeben dürft, weder zu meinen Lebzeiten noch nach meinem Tod.«

Augustas Lippen bewegten sich, aber sie brachte kein Wort heraus. Stattdessen entzog sie ihm ihre Hand.

Albert de Montfines Miene verfinsterte sich, während er nickte, seine Hand sinken ließ und einen Schritt zurücktrat. »Wie Ihr wünscht, Madame. Ihr dürft mir glauben, dass ich Eure Entscheidung aufrichtig bedaure. Also trennen sich hier und jetzt unsere Wege, und zwar endgültig. Ich werde Euch freigeben, mit den entsprechenden Papieren, die mein Notar bereits angefertigt hat. Ihr braucht sie nur zu unterschreiben. Natürlich verzichtet Ihr damit auf jedwede Unterstützung und sämtliche Ansprüche auf meinen Besitz und meinen Titel. Außerdem werdet Ihr meinen Namen ablegen. Dafür zahle ich Euch eine großzügige Entschädigung. Freiwillig.« Er machte eine kleine Pause. »Ob sie reichen wird, um mit Eurem Cornet, den Ihr so häufig des Nachts aufgesucht habt, ein Leben in jenem Luxus zu führen, den Ihr gewöhnt seid, wage ich allerdings zu bezweifeln.«

Augusta war sprachlos. Sie hatte zwar vermutet, dass er etwas ahnte, aber dass er über Eik so genau Bescheid wusste, verblüffte sie doch. *Wenigstens ist damit die Ungewissheit vorbei, und ich brauche mich nicht mehr zu verstellen.*

Sie erholte sich von ihrer Überraschung und richtete sich stolz auf. »Das ist auch nicht nötig, Marquis. Ich kann durchaus …«

»Ich weiß sehr wohl, Madame, wozu Ihr fähig seid«, fiel Albert seiner Gemahlin ins Wort. Sein Ton war wieder kalt und erinnerte Augusta an ihre erste Zeit in Paris und auf Saint Just. Was Augusta allerdings auch nicht wunderte. Immerhin hatte sie gerade so gut wie zugegeben, dass sie einen Liebhaber hatte. Wieso sollte der Marquis darüber erfreut sein?

»Ich würde Euch aber dennoch empfehlen, Euren Aufenthalt in Magdeburg so schnell wie möglich zu beenden.« Der Marquis warf erneut einen Blick aus dem Fenster. »Ihr mögt es für Feigheit halten, aber ich fürchte, dass dieser kaiserliche Feldherr Tilly mindestens noch einen letzten Versuch unternehmen wird, die Stadt zu erobern. Und mein Vertrauen in den schwedischen Stadtkommandanten Dietrich von Falkenburg ist längst nicht so groß wie das des Magistrats der Stadt. Die Mauern mögen halten, aber ich weiß nicht, wie lange sich die Bürgerwehr noch gegen diese Belagerung stemmen kann. Ich bin aus besagten Gründen nicht bereit, das Risiko einzugehen, auf Entsatz durch den Schweden zu warten.«

Augusta war sich nicht ganz sicher, was sie von seiner Besorgnis ihre Person betreffend halten sollte. »Bisher haben die Stadtmauern gehalten, und selbst wenn Graf Tilly noch mehr Kanonen in Stellung bringt, wird es ihm kaum gelingen, sie zu zerstören. Magdeburg gilt nicht umsonst als uneinnehmbar, Albert.« Sie sah ihn direkt an. »Seid Ihr sicher, dass Ihr die Gefahr einer weiten Reise mitten durch Feindesland auf Euch nehmen wollt?«

Albert de Montfine kehrte dem Fenster den Rücken und wandte sich ganz seiner Frau zu. Er betrachtete Augusta lange, bevor er antwortete: »Unter anderen Umständen hätte ich den Gedanken, noch zu bleiben und der Dinge zu harren, die kommen mögen, vielleicht in Erwägung gezogen, Mad… Augusta.« Ein sonderbarer Ausdruck trat in seine Augen, verflog jedoch sofort wieder. »Aber als gehörnter Ehemann würde ich mich hier nur zum Gespött der Leute machen.« Er hob die Hand, als Augusta protestieren wollte. »Gewiss, bisher wart Ihr sehr diskret, aber wenn mir meine Informanten keine Lügen erzählt haben, könnte Euer kleines Geheimnis möglicherweise von ganz anderer Seite gelüftet werden. Gabriel de Lemos ist zwar älter als ich und mag gebrechlich wirken, aber auch er ist kein Narr. Und ich glaube kaum, dass er genauso verständnisvoll und besonnen reagieren wird wie ich, wenn er von dieser pikanten Konstellation erfährt. Das Wohl seiner Tochter geht ihm über alles, und er würde Himmel und Hölle in Bewegung setzen, um ihre Tugend und ihren Namen rein zu halten.«

Augusta konnte nicht verhindern, dass sie errötete. Albert sah sie aufmerksam an und schien fast gespannt auf ihre Reaktion zu warten. *Weiß er etwa auch, dass Leona von Eik schwanger ist?* Auf einmal kam ihr ihre Lage vollkommen abwegig vor, und sie war fast geneigt, ihren Gemahl um Verzeihung zu bitten und einzuwilligen, mit ihm nach Paris zurückzukehren. Doch bevor sie diesen Gedanken in Worte zu fassen vermochte, klopfte es an der Tür. Der Moment verflog, und aus Albert wurde wieder der Marquis von Berny.

»Eintreten!«, befahl er barsch.

Lisette steckte den Kopf zur Tür herein. »Verzeiht, Seigneur. Ich dachte, Madame brauchte meine Dienste.«

Albert schnaubte verächtlich. »Dachtest du, ja?« Er drehte sich zu Augusta um und verbeugte sich steif. »Vermutlich hat Eure Zofe eine dringende Nachricht, die nur für Eure Ohren bestimmt ist«, sagte er, als er zur Tür ging. »Nur herein, du dummes Ding. Es gibt keinen Grund mehr für diese albernen Spielchen.« In der Tür drehte er sich noch einmal um und sah zu Augusta zurück. »Dennoch, Madame, in Eurem Interesse empfehle ich Euch, meine Warnung ernst zu nehmen. Magdeburg ist nicht mehr sicher, und Ihr wäret gut beraten, meinem Beispiel zu folgen und die Stadt zu verlassen.« Er nickte. »Und damit, Freifrau von Villesen, habe ich meine Schuldigkeit getan. Der Notar wartet in der Bibliothek mit den Papieren. Ich habe sie bereits unterzeichnet. Es war ja nicht schwer, den Ausgang unseres Gesprächs vorherzusehen. Obwohl ich einen kleinen Funken Hoffnung hegte, dass es anders kommen würde.« Er lächelte, und diesmal war kein spöttischer Ausdruck in seiner Miene zu sehen, sondern ein Anflug von Traurigkeit. »Nennt es die Torheit des Alters, wenn Ihr mögt. Lebt wohl.«

»Albert …« Augusta hob die Hand, als wollte sie ihn aufhalten. Sie wusste nicht, was sie ihm hätte sagen sollen oder auch nur können, aber irgendwie hatte sie das Gefühl, dass er ein versöhnliches Wort von ihr verdient hätte. Eine Form der Respektsbezeugung vielleicht.

Aber der Marquis hatte sich bereits abgewandt und war gegangen, ohne ihren leisen Ausruf gehört zu haben.

»Ein Brief, Madame, von einem Boten.« Lisettes Worte vertrieben die Verwirrung, in der sie sich befand.

Eik? Um diese Tageszeit? Sie konnte sich nicht vorstellen, wer sonst ihr eine Nachricht auf diesem Weg zukommen ließ.

Noch einmal warf Augusta einen Blick auf die offene Tür, lauschte den Schritten ihres Gemahls, der die Treppen hinabstieg ins Erdgeschoss, und hörte dann dumpfes Stimmengemurmel. *Wahrscheinlich spricht er mit dem Notar,* dachte Augusta. Eine Mischung aus Bedauern und Freude durchströmte sie. *Endlich frei,* dachte sie, *endlich!* Und ihr nächster Gedanke war: *Frei für wen?* Trotz ihrer Leidenschaft, die sie füreinander empfanden, war sich Augusta in keiner Weise sicher, ob Eik ihre Freude darüber teilen würde, dass sie nicht mehr an ihren Gemahl gebunden war. *Immerhin wird er Vater.* Sie schüttelte den Kopf. *Was für eine vollkommen unmögliche Situation!*

»Madame?«

Augusta fuhr zu Lisette herum. »Gib ihn mir!« Sie streckte die Hand aus, und Lisette reichte ihr den kleinen Brief, einen zusammengefalteten Zettel, der mit ein wenig billigem Kerzenwachs verschlossen war, ohne Siegel.

Natürlich ohne Siegel, dachte sie und faltete den Zettel auseinander.

Ich muss dich sprechen, und zwar sofort. Du findest mich in der »Marktschänke«, gleich nebenan in der Leuschnergasse.

Ein alter Bekannter.

Augusta runzelte die Stirn. *In einer Schänke? Um diese Zeit? Was ist passiert?* Irgendwie kam ihr Eiks Handschrift verändert vor, so als hätte er die Notiz in aller

Hast niedergekritzelt. Sie war nicht so sorgfältig verfasst wie seine früheren Nachrichten, und auch das Papier war schmuddelig und fleckig.

Trotzdem, wenn er mich so dringend zu sich bestellt, muss es einen wichtigen Grund dafür geben. Vielleicht ist etwas mit Leona oder de Lemos passiert. Oder, noch schlimmer, er wird aus Magdeburg abkommandiert! Das Herz hämmerte ihr in der Brust bei der Vorstellung, ihn nicht mehr sehen und ihm nicht mehr sagen zu können, dass sich ihre Lage so grundlegend geändert hatte. *Dass ich jetzt frei für ihn bin.* Würde er sich freuen? Oder würde er geschockt reagieren? Die Aufregung schnürte ihr fast die Kehle zu. Sie wollte und musste es herausfinden.

»Lisette, meinen Umhang! Ich muss in die Stadt.«

»Madame, der Notar wartet …«

»Ich weiß, Lisette. Er kann auch noch ein wenig länger warten. Oder besser, ich werde diese Papiere im Vorbeigehen unterschreiben.«

»Aber soll ich Euch nicht begleiten, Madame? Und wäre es nicht besser, genau zu lesen, was Euer Gemahl …?«

»Das ist nicht nötig, Lisette. Ich habe es nicht weit. Spätestens zum Mittagsmahl bin ich wieder zurück.« *Das nehme ich jedenfalls an.* »Und was die Scheidungspapiere betrifft …« Sie verzog die Lippen. »Man kann über Albert de Montfine zweifellos viel Nachteiliges sagen, aber in finanziellen Dingen war er stets korrekt. Ich glaube nicht, dass ich etwas unterschreibe, das sich später als nachteilig für mich herausstellen wird.« *Im Gegenteil, dieser Scheidungsvertrag hat nur Vorteile für mich.*

»Gewiss, Madame.« Lisette drehte sich um und lief hinaus, um aus Augustas Zimmer deren Umhang und eine Kappe zu holen. Nach wenigen Augenblicken war sie wieder zurück und half Augusta, sich anzukleiden.

»Soll ich den Kutscher anweisen, den Einspänner fertig zu machen, Madame?«

»Nein, Lisette.« Augusta warf einen kurzen Blick in den Bronzespiegel im Flur. Dann drehte sie sich zu ihrer Zofe herum. »Wie ich schon sagte, ich habe es nicht weit. Ich werde zu Fuß gehen.«

»Zu Fuß?« Die Zofe sah sie erstaunt an. »Aber …«

»Führ mich jetzt in das Zimmer, in dem der Notar wartet«, unterbrach Augusta sie. »Ich habe es eilig.«

Um diese frühe Stunde wird sich noch nicht viel Volk in der Schänke eingefunden haben. Und ich will nicht warten, bis es dort voll wird und mich dann noch einer erkennt.

Augusta kannte die Schänke, die Eik vorgeschlagen hatte. Sie war häufiger mit Lisette daran vorbeigefahren. Für gewöhnlich verkehrten dort die Marktbeschicker, wenn sie ihre Geschäfte beendet hatten. Das war nicht vor dem frühen Nachmittag der Fall. Noch genug Zeit für eine vornehme Dame wie sie, um unauffällig dort hinein- und auch wieder herauszukommen. *Ich werde Eik bitten, mich woanders hinzuführen, wenn ich ihn dort erst gefunden habe.*

Augusta folgte Lisette in das Erdgeschoss des Hauses zur Bibliothek, in der sich bei ihrem Eintreten ein Mann aus einem bequemen Armstuhl erhob.

»Marquise de Berny, sehr erfreut, Eure Bekanntschaft …«

»Gewiss, mein Herr.« Augusta kannte den Notar

nicht, aber sie war überzeugt davon, dass ihr Mann schon dafür gesorgt hatte, dass alles seine Richtigkeit hatte. Bevor sich der Notar weiter in Respektsbekundungen ergehen konnte, ja, noch bevor er ihr überhaupt seinen Namen nennen konnte, trat Augusta an den Tisch, auf dem im Licht einer Lampe etliche Dokumente ausgebreitet lagen. »Also, Monsieur. Wo darf ich unterschreiben, um meine Freiheit zu besiegeln?«

Augusta hielt sich ein Taschentuch vor die Nase, als sie den verqualmten Schankraum betrat. Fast augenblicklich tränten ihr die Augen. Der Geruch von Bier, Wein, Schweiß und sogar Urin vermischte sich in der verräucherten Luft und erzeugte einen Gestank, der ihr fast Brechreiz verursachte.

Sie ignorierte die verblüfften Blicke der Gäste, die an Tischen saßen oder an der Theke standen, und atmete erleichtert aus, als sie sah, dass die Schänke tatsächlich zu dieser Zeit kaum besucht war.

»Ehrenwerte Dame?«

Augusta zuckte zusammen, als sie ein untersetzter, vierschrötiger Mann mit einer Lederschürze ansprach. *Stell dich nicht an, das ist nur der Schankwirt,* tadelte sie sich. Aber ihre Nerven waren angespannt durch die Aussicht, Eik zu sehen und ihm die Neuigkeiten mitzuteilen.

»Danke, ich suche jemanden und …« Sie riss die Augen auf und hob die Hand, als sie die Gestalt an dem Tisch in der entlegensten Ecke des Raumes sah.

»Kann ich Euch …?«

Aber Augusta hörte schon nicht mehr zu, machte nur eine abwehrende Handbewegung und schob sich an dem Wirt vorbei. Mit wenigen raschen Schritten durchquerte sie den Schankraum, dessen Boden Binsen bedeckten, feucht von Bier und anderen Flüssigkeiten, und näherte sich dem Mann an dem Tisch.

Doch als die Person den Kopf hob, sie erblickte und sich erhob, um sie zu begrüßen, schien sich eine eisige Klammer um Augustas Herz zu legen. *Das … das kann nicht sein!,* dachte sie. *Wie …?* Nicht Eik Schmalens war es, der sie in der Marktschänke erwartet hatte.

»Eik?«

Langsam öffnete er die Augen. Er brauchte einen Moment, bis ihm bewusst wurde, wo er war, und es dauerte noch etwas länger, bis er die Stimme erkannte. *Leona.* Er blinzelte ein paar Mal, dann fielen ihm die Ereignisse der gestrigen Nacht wieder ein. Die lange Wache auf den Bastionen, die Erläuterungen des schwedischen Hauptmanns der Mauerwache, Peter Lengerek. Und die langen Gespräche über die Frage, ob Gustav Adolf rechtzeitig eintreffen würde, um der Stadt gegen die Armeen der Liga und des Kaisers beizustehen. Eik leckte sich die trockenen Lippen und schmatzte. Sein Mund war trocken, darin war ein fauliger Geschmack, und er hatte schrecklichen Durst. *Ich hätte auf de Vries hören und mit ihm nach Hause gehen sollen,* sagte er sich, während er sich stöhnend auf die Ellbogen aufrichtete.

»Eik? Mein Gott, hier stinkt es ja schrecklich!«

Leonas Worte erinnerten ihn daran, warum er bis in die frühen Morgenstunden in der Schänke geblieben und mehr Bier getrunken hatte, als gut für ihn war. Die Bankierstochter hatte schon geschlafen, als er nach

Hause gekommen war. Er verzog das Gesicht. *Wenn man das hier noch Zuhause nennen kann!* Er hatte seine Rückkehr vom Wachdienst immer öfter hinausgezögert und war auch gestern erst sehr spät in das kleine Pensionshaus neben dem Lakenmachertor zurückgekehrt, wie fast jeden Tag im letzten Monat. Um dem hier zu entgehen.

Um ihr zu entgehen. Eik stöhnte erneut und schloss die Augen, als Leona an das kleine Fenster trat, den dicken Vorhang zurückzog und das Sonnenlicht hineinließ. Es stach ihm in den Augen. Als er sie blinzelnd wieder öffnete, fiel sein Blick auf Leona, die vor seinem Bett stand. Er runzelte die Stirn. *Hat sie geweint?*

Ihre Augen waren gerötet, und auf ihren Wangen sah er Tränenspuren. Er seufzte, denn er wusste, was jetzt kam.

»Ich muss mit dir reden!« Ihre Stimme zitterte ein wenig, aber sie klang trotzdem energisch. Offenbar hatte sie sich ein Herz gefasst, und Eik wusste, dass er ihr diesmal nicht würde ausweichen können. Was ihn nicht daran hinderte, es trotzdem zu versuchen.

»Worüber denn?« *Blöde Frage!* »Außerdem bin ich noch nicht zum Reden aufgelegt. Ich bin gerade erst …«

»Du bist nie zum Reden aufgelegt, seit einem Monat nicht!«, fiel ihm Leona ins Wort. »Und ich weiß genau, von wo du gerade erst hergekommen bist!« Sie sog verächtlich die Luft durch die Nase. »Wahrscheinlich bist du direkt von ihr in die Schänke gegangen, um dich zu besaufen und den Gestank der anderen loszuwerden!« Ihre Augen schimmerten feucht. »Und dann hast du so lange dort gesoffen, bis du sicher sein konntest, dass ich eingeschlafen war.«

Eik legte die Hände an die schmerzenden Schläfen. »Leona, bitte, ich hab es dir doch schon gesagt. Der Dienst ist anstrengend, und ich muss jetzt gleich …«

»Du musst nirgendwohin!« Leona verschränkte die Arme vor der Brust. »Ich habe mit de Vries gesprochen. Du hast erst am Nachmittag wieder Dienst. Wie in den letzten beiden Wochen auch! Also komm mir nicht damit, du müsstest auf die Bastionen!«

»Du hast mit de Vries gesprochen? Was fällt dir ein? Hinter meinem Rücken? Das ist …!« Eik ließ die Hände sinken und starrte Leona wütend an.

»Das wäre nicht nötig gewesen, wenn du mir nicht seit unserer Ankunft in Magdeburg aus dem Weg gehen würdest.« Sie ließ die Arme sinken und machte einen Schritt auf das Bett zu. »Was ist los mit dir, Eik? Warum willst du nicht mit mir reden?« Sie schluckte und faltete die Hände so fest, dass ihre Knöchel weiß hervortraten. »Zumindest darauf habe ich doch ein Recht, oder etwa nicht?«

Eik blickte sie an. Schuldgefühle durchströmten ihn, als er sie vor sich stehen sah, kaum eine Armlänge entfernt. Schuldgefühle, die ihn quälten, seit er das erste Mal in Hamburg mit Augusta geschlafen hatte, und die immer stärker geworden waren, je länger er dem fälligen Gespräch mit Leona ausgewichen und je häufiger er zu Augusta gegangen war.

Natürlich hast du ein Recht darauf, dachte er, aber er brachte es nicht fertig, die Worte laut auszusprechen. Er rieb sich die Augen und blickte dann erneut seine frühere Geliebte an. *Sie hat sich verändert … Irgendwie ist sie …* Er runzelte die Stirn. Ihr schmales Gesicht war ein wenig runder geworden, ihre Wangen glänzten, und ihre Augen wirkten größer als früher. Sein Blick glitt an ihr herab zu ihrer Brust. *Und ihr Busen …*

»Kannst du mir nicht einmal *diese* Frage beantworten?« Ihre Stimme bebte vor unterdrücktem Zorn. »Oder weißt du keine Antwort darauf?«

»Doch, natürlich!«, stieß Eik hervor.

»Also?«

Eik rieb sich erneut die Augen. *Wie lautete die Frage noch mal? Ach ja.* »Natürlich hast du das Recht dazu«, sagte er. Es dauerte ein wenig, bis er begriff, was er da gerade zugegeben hatte. Er seufzte erneut. *Also gut,* dachte er. *Früher oder später muss es ja ohnehin sein. Also besser jetzt, dann hab ich es hinter mir.*

Er sah sie an. *Dann haben wir es hinter uns. Und sie hat wirklich verdient, dass ich ihr die Wahrheit sage.* Er schluckte. Er erinnerte sich noch sehr gut an die Worte von Hauptmann de Vries, der ihn davor gewarnt hatte, Gabriel de Lemos und seine Tochter zu unterschätzen. Der alte jüdische Bankier bedachte ihn ohnehin schon mit argwöhnischen Blicken, und Eik war es sehr recht gewesen, das Misstrauen des Mannes nach ihrer Ankunft in Magdeburg ein wenig zu besänftigen, indem er sich von Leona ferngehalten hatte.

Aber als er nun die junge Jüdin ansah, wurde ihm klar, dass er nur vom Regen in die Traufe gekommen war. Besser, die Wahrheit zu sagen und ein Ende mit Schrecken zu riskieren, als sich noch länger wie ein elender Verräter zu fühlen.

»Es ist nicht so, wie du denkst«, begann er und verfluchte sich im selben Moment für diese dummen Worte. *Vielleicht wäre es besser gewesen, einfach zu sagen, dass du zu irgendwelchen Huren gehst, als ihr zu ge-*

stehen, eine Affäre mit Augusta zu haben. Nein, keine Affäre. Er sah Leona an und empfand in diesem Moment fast mehr Mitleid mit ihr als mit sich selbst in Voraussicht ihres drohenden Wutanfalls, wenn er ihr die Wahrheit sagte. *Ich liebe Augusta.*

Überraschenderweise stieß Leona plötzlich ein fast schrilles Lachen aus. »Tatsächlich?« Sie trat zwei Schritte vom Bett zurück. »Es ist also nicht so, dass du mit Augusta Freifrau von Villesen, Marquise von Berny und Ehefrau von Albert de Montfine schläfst, und zwar schon seitdem ihr euch in Hamburg getroffen habt? Denn genau das denke ich.«

Eik öffnete den Mund, um zu widersprechen, um irgendetwas zu seiner Verteidigung zu sagen, aber er brachte kein Wort hervor. Stattdessen starrte er Leona nur ungläubig an.

»Und es ist auch nicht so, dass du zu feige bist, mir das zu sagen, dass du zu feige bist, überhaupt mit mir zu reden, und stattdessen vorgibst, bis spät in die Nacht Wache auf der Mauer zu schieben, wobei du dich in Wirklichkeit in irgendwelchen schäbigen Spelunken herumtreibst und dich besäufst?«

Eik schüttelte den Kopf und hob die Hände. »Leona …«

»Immerhin weißt du ja noch meinen Namen!« Die Wut schien Trauer und Schmerz hinwegzufegen. Sie stemmte die Hände in die Hüften, und Eik schoss unwillkürlich der Gedanke durch den Kopf, dass sie dort ebenfalls breiter geworden war und auch ein wenig fülliger um die Taille herum. Irgendetwas regte sich in seinem Hinterkopf, aber er kam nicht dazu, darüber nachzudenken. »Aber ich fürchte, das allein genügt mir nicht, jedenfalls nicht mehr, Eik Schmalens. Vom Vater meiner Kinder erwarte ich etwas anderes!«

Eik war sich mit den Händen über das Gesicht gefahren und hatte sich in der Kammer nach dem Krug mit Wasser umgesehen, der auf einem kleinen Tischchen neben dem Bett stand. Gerade wollte er aufstehen und ihn nehmen, als Leonas Worte in sein Bewusstsein drangen.

»Vater deiner Kinder?« Er schüttelte den Kopf. »Ich kann mich nicht erinnern, dir jemals die Ehe versprochen zu haben, und selbst wenn, glaube ich kaum, dass dein Vater …« Er verstummte schlagartig, als die Stimme in seinem Hinterkopf plötzlich lauter wurde. Er starrte die junge Jüdin an, und sein Kiefer klappte vor Verblüffung nach unten. *Das runde Gesicht, ihr Busen, ihre Hüften, ihre Fülligkeit … Das kann doch nicht sein … Sie ist doch nicht etwa …!* »Du bist …!« Er schluckte, als ihm die Ungeheuerlichkeit dieser Vorstellung bewusst wurde. »Bist du …?« Er hob den Blick von ihrem Bauch und sah ihr ins Gesicht. Dort las er die Antwort, noch bevor Leona etwas sagte.

»Also hat diese Hure Augusta dir nichts gesagt?«

Eik schüttelte den Kopf, als könnte diese Geste der Verleugnung die Wahrheit ungeschehen machen. »Sie ist keine Hure«, antwortete er unwillkürlich, während er zu begreifen versuchte, was Leonas Enthüllung bedeutete. *Sie ist schwanger? Schwanger von mir? O heilige Jungfrau Maria …!*

»Wieso nicht? Weil sie kein Kupfer von dir nimmt?« Leona steigerte sich immer weiter in ihre Wut hinein. »Sie hat einen Ehemann, den sie betrügt, und sie weiß, dass es da eine Frau gibt, mit der du verkehrst und die du geschwängert hast. Und trotzdem beendet sie diese unschickliche Affäre nicht, sondern setzt sie fort, direkt vor meiner Nase und obwohl ihr klar ist, dass ich davon weiß!«

»Augusta weiß, dass du …?« Eik stand langsam auf. »Seit wann?«

Der Schmerz in Leonas Gesicht traf ihn wie ein Schlag. »Das ist alles, was du wissen willst?« Ihre Stimme war nur mehr ein heiseres Flüstern. »Seit wann dein Flittchen von meiner Schwangerschaft weiß?«

Eik schloss die Augen und schüttelte den Kopf. »Das meinte ich nicht«, erwiderte er. Er hatte das Gefühl, seine Gedanken würden sich wie in einem Mahlstrom in seinem Kopf drehen, so schnell, dass er keinen wirklich fassen oder festhalten konnte. So viel stürmte gerade auf ihn ein. *Leona schwanger … und zwar von mir … Augusta hat es gewusst …* Er sah Leona wieder an. *Aber sie hat recht, es ist mir wichtig zu erfahren, seit wann Augusta es weiß. Sie hätte es mir sagen müssen.*

Dann kam ihm ein neuer Gedanke. »Und warum hast du mir nichts davon gesagt?«, fragte er, machte einen Schritt auf Leona zu und packte sie an der Schulter. »Warum nicht? Warum ihr und nicht mir?« Er schüttelte sie, als die Wut in ihm aufbrandete, eine hilflose Wut, aber nicht auf Leona oder Augusta und auch nicht auf sich selbst. Es war die Wut auf das Schicksal, das ihm einen so grausamen Streich gespielt hatte. *Nicht nur mir, uns allen!*

Leona schlug seine Hand weg und trat zurück. »Sie weiß es, seit wir hier in Magdeburg angekommen sind!« Ihre Stimme klang fast triumphierend, während sie ihn scharf beobachtete und es zu genießen schien, seine

Illusionen über die Aufrichtigkeit seiner Geliebten zu zerstören. »Sie hat es während unserer gemeinsamen Kutschfahrt erraten.« Sie zuckte mit den Schultern. »Wahrscheinlich sind wir Frauen in diesen Dingen einfach klüger oder sehen genauer hin. Oder sie hat in diesen Dingen mehr Erfahrung durch ihren Vorsprung an Jahren vor mir!«

Eik wies sie nicht darauf hin, dass Augusta kaum älter war als Leona, und er dachte auch nicht darüber nach, ob er ihre Schwangerschaft vielleicht früher bemerkt hätte, wenn er sie sorgfältiger angeschaut hätte und mit seinen Gedanken nicht ständig bei Augusta gewesen wäre. Er war nur von einem einzigen Gedanken erfüllt.

»Sie hat es gewusst, seitdem ihr nach Magdeburg gekommen seid?«, murmelte er wie betäubt. *Das heißt, sie hat es schon gewusst, als wir uns das erste Mal hier in Magdeburg getroffen haben ... sie wusste es jedes Mal, wenn wir einander in den Armen lagen ... sie wusste es, wenn sie mir ihre Liebe ins Ohr stöhnte ...*

Er starrte Leona an. »Das ... das kann ich nicht glauben!«, stieß er hervor. »Das ... das kann nicht sein!«

Leonas Augen schwammen in Tränen, aber ihre Stimme klang wütend und schrill, als sie Eik anschrie: »Dann frag sie doch selbst, du Mistkerl! Wenn dich nur das interessiert, du Hurenbock! Geh doch zu deiner erbärmlichen Ehebrecherin und vertreib ihr die Zeit, bis ihr greiser Gatte sie mit nach Paris nimmt!« Sie trat auf Eik zu und trommelte plötzlich mit den Fäusten gegen seine Brust. »Denn das wird er! Er fährt nach Paris zurück, schon morgen! Und er nimmt sie mit!«

Eik schüttelte den Kopf und packte ihre Handgelenke. »Nein, das tut er nicht!« Aber ihm war klar, dass Leona ihn nicht belog. Das hatte sie nie getan, und auch wenn sie jetzt verzweifelt war, würde sie ihn nicht anlügen. Er wusste, dass alles, was sie sagte, der Wahrheit entsprach.

Augusta hat gewusst, dass Leona schwanger von mir ist, und hat trotzdem mit mir geschlafen. Und jetzt fährt sie mit ihrem Mann zurück, in die Sicherheit von Paris. Und lässt mich, ihren kleinen Müllersburschen, ihren Gespielen, in dieser belagerten Stadt zurück!

Er merkte nicht, wie ihm die Tränen über die Wangen liefen, Tränen der Wut, und er merkte auch nicht, dass er Leonas Handgelenke immer fester packte und sie schüttelte, als könnte er damit ihre Worte unausgesprochen machen. Als könnte er damit das Geschehene ungeschehen machen und die Wahrheit zur Unwahrheit erklären.

Erst Leonas Schmerzensschrei brachte ihn wieder halbwegs zur Besinnung. »Eik! Hör auf, du tust mir weh!«

Eik starrte die Frau vor sich an und ließ sie unvermittelt los. Leona taumelte zur Seite und ließ sich auf das Bett sinken.

»Ich glaube dir nicht!« Aber seine Worte klangen selbst in seinen eigenen Ohren nicht überzeugend. Er *wollte* ihr nicht glauben, aber er *wusste* mit einer kalten Gewissheit, dass Leona recht hatte. *Augusta hat nur mit dir gespielt. Sie hat das gemacht, was sie schon damals in Villesen vorhatte: Sie hat dich verführt und mit dir gespielt! Und jetzt fährt sie nach Paris zurück und lässt ihr Spielzeug hier, weil ihr der dumme, mittellose Müllersbursche nichts mehr bedeutet!*

Und das Kind? »Das ... Das geht nicht ... Ich ...«, stammelte er, »ich kann nicht ... Ich ... kann doch nicht ...« Er griff nach seiner Jacke, bückte sich und schnappte sich die Stiefel, die neben dem Bett lagen. »Ich muss ... ich muss weg von hier!« Er schlüpfte in die Jacke und dann in die Stiefel, wobei er zweimal zu Boden schlug. »Verdammt! Verdammte Schei... Verdammt, ich kann ... kann nicht ...« Er griff seinen Degen, das Bandelier mit Papierpatronen und Pulverflasche und seine Pistole. Harnisch und Helm hatte er in der Ausrüstungskammer neben der Wachstube gelassen, in die er am Abend wieder zurückkehren wollte.

Er hatte keine Ahnung, wohin er gehen sollte, aber hier konnte er auf keinen Fall bleiben.

»Wenn du jetzt zu ihr gehst, brauchst du nicht wieder zurückzukommen!« Endlich brach das ganze Leid aus Leona heraus, und sie wurde von Schluchzern geschüttelt. »Wenn du jetzt durch diese Tür gehst, will ich dich *nie wieder* sehen! Und dein Kind wirst du ebenfalls *nie* zu Gesicht bekommen! Du bist kein Vater! Du bist ...« Ihre Stimme wurde von Tränen erstickt.

»Ich muss einfach ... Ich mu-muss ...« Eik starrte Leona an, die weinend auf dem Bett lag. *Ich kann hier nicht bleiben,* dachte er. Er wusste nicht, was richtig oder falsch war, aber er konnte nicht bei dieser weinenden Frau bleiben, sie in die Arme nehmen und trösten, ihr versichern, dass alles gut werden würde. Gleichwohl wusste er, dass er das eigentlich hätte tun sollen, dass er für ihr Leid verantwortlich war. Aber das Einzige, woran er denken konnte, war Augustas Verrat an ihrer Liebe.

Er drehte sich um, war mit einem Schritt an der halb geöffneten Tür und …

Als er sie aufriss, sah er sich Auge in Auge Gabriel de Lemos gegenüber.

Der alte Mann war kreidebleich und zitterte am ganzen Körper vor Wut. Seine Augen glühten wild, und er hatte den Gehstock gehoben, als wollte er damit auf Eik einschlagen.

Er stieß etwas auf Jiddisch hervor, dann auf Portugiesisch, wovon Eik mittlerweile einige Brocken verstand. *Hund, Hurenbock, Verräter …* und noch anderes wenig Schmeichelhaftes.

»Verschwinde, Halunke!«, keuchte der alte Mann schließlich auf Deutsch. »Verschwinde und lass dich nie wieder hier blicken!«

Eik zögerte einen Moment, starrte den Alten an, unfähig, etwas zu erwidern, und warf dann einen Blick in die Kammer zurück. Leona hockte auf dem Bett, die Hände vor den Mund geschlagen, und starrte ihren Vater schreckensbleich an.

Offenbar wusste der Alte genauso wenig von ihrem Zustand wie ich, begriff Eik. *Und jetzt hat er gleich alles auf einmal erfahren. Hoffentlich trifft ihn nicht der Schlag!*

Aber als Eik wieder Gabriel de Lemos ansah, schien es ihm, als sollte er selbst, Eik, sich Sorgen machen, nicht von dem jüdischen Bankier geschlagen zu werden. Er holte Luft, um etwas zu sagen, um sich von Leona zu verabschieden, aber wieder fehlten ihm die Worte. Dann wurde ihm klar, dass es auch nichts mehr zu sagen gab.

Nach einem letzten Blick auf die junge Frau auf dem

Bett schob er sich an deren Vater vorbei, der noch immer mit erhobenem Stock dastand, und polterte die Treppe hinunter.

Schließlich marschierte er mit Bandelier und Degen in der Hand über die Straße. Er hatte keine Ahnung, wohin er sich wenden sollte. Er bog um die Ecke, sah das von einer Laterne beleuchtete Schild einer Schänke und spürte mit einem Mal, dass ihm die Zunge am Gaumen klebte.

Er schnallte sich das Bandelier und den Gürtel mit dem Degen um, zog die schwere Eichentür der *Marktschänke* auf und trat in den rauchigen, nach Bier, Schweiß und Urin stinkenden Gastraum.

»Um Himmels willen, Valerian! Was machst du denn hier? Ist dir nicht klar, in welch große Gefahr du dich bringst?« Augusta lachte und weinte gleichzeitig, hin- und hergerissen zwischen der Angst um ihren Bruder und der Freude, ihn zu sehen. »Ich habe dich ja so vermisst! Und es gibt so viel zu erzählen.«

»Offenbar überrascht es dich, mich hier anzutreffen.« Valerian trug einen Hut, dessen breite Krempe sein Gesicht in dem ohnehin dämmrigen Licht der Schänke noch mehr in Dunkelheit hüllte. Außerdem hatte der Hut eine große Feder.

Er schob ihn zurück und breitete die Arme aus. »Ich sollte eifersüchtig sein, dass du dieser Einladung gefolgt bist, ohne zu wissen, von wem sie kommt.« Seine Miene verdunkelte sich. »Andererseits vermute ich, dass ich die Person kenne, die du hier zu treffen erwartet hast.«

»Ja … nein …« Augusta schüttelte den Kopf. »Du bist

ein Narr, dass du dich hierherwagst. Was ist, wenn nun jemand herausfindet, dass du …«

»Was ohne Zweifel geschehen wird, wenn du weiter so laut sprichst.« Er sah sich kurz um und bemerkte die neugierigen Blicke einiger Gäste. »Andererseits ist es vielleicht gar nicht so sonderbar, wenn sich eine vornehme junge Frau heimlich in einer Schänke mit einem jungen, verwegenen Söldner trifft, hab ich recht?«

»Du …« Seufzend schmiegte sich Augusta in die ausgebreiteten Arme ihres Bruders und drückte ihn fest an sich. »Du musst mir alles erzählen! Wie du hierhergekommen bist, was du gerade so machst und was du hier willst.« Sie hatte die Stimme gesenkt und sprach direkt neben seinem Ohr. »Und vor allem, wie es dir ergangen ist.«

»Ich fürchte, dafür reicht die Zeit nicht, liebste Schwester. Und was ich hier will, solltest du eigentlich wissen. Oder hast du meinen letzten Brief nicht bekommen?«

»Deinen letzten Brief?« Augusta musste kurz überlegen, dann fiel ihr wieder ein, dass ihr Bruder nach Magdeburg kommen wollte, und die sonderbaren Fragen, die er über die Geschäfte ihres Ehemannes gestellt hatte. »Doch, natürlich. Aber was Albert angeht …«

»Gut. Aber das kann tatsächlich noch etwas warten.« Valerian schob sie ein Stück von sich weg und betrachtete sie von Kopf bis Fuß. »Du siehst gut aus.« Er lächelte. Dann wurde seine Miene finster. »Und ich nehme nicht an, dass dein Gemahl für dieses Strahlen in deinen Augen verantwortlich ist, hab ich recht?«

»Mein Gemahl ist nicht mehr mein Gemahl«, verkündete Augusta, lächelte ihren Bruder strahlend an und setzte sich auf den zweiten Stuhl an dem kleinen Tisch in der Ecke, ohne Valerians Hand loszulassen. Der ließ sich auf dem Stuhl ihr gegenüber nieder. »Gerade habe ich die Scheidungsurkunde unterzeichnet. Ich bin wieder frei.« Sie verbiss es sich gerade noch hinzuzufügen: für Eik.

Valerians Miene verriet, dass er sich keineswegs über diese Nachricht so freute, wie sie es erwartet hatte.

»Er ist nicht mehr dein …? Also stimmt es?«, fragte er dann kalt.

»Was meinst du?« Augusta war von seinem kühlen Verhalten wie vor den Kopf gestoßen.

»Ist dir nicht klar, was du da tust?«

»Aber ich dachte, du wärest auf meiner Seite und würdest diese abgesprochene Ehe ebenso verurteilen wie …«

»Natürlich tue ich das! Aber genauso verurteile ich das, was du stattdessen tust! Mit dieser Affäre bringst du Schande über die Familie, über die *ganze* Familie!« Er schüttelte den Kopf. »Ich weiß, dass du deinen eigenen Kopf hast, aber das geht zu weit! Inzest ist nicht nur vor Gott eine Sünde, sondern auch vor den Menschen! Du hast Eik und unsere Familie …«

»Inzest? Wie kommst du darauf …?« Augusta biss sich auf die Zunge. *Natürlich,* dachte sie. *Natürlich muss er das annehmen. Er kennt ja nicht die ganze Wahrheit. Er denkt …*

Valerian nickte, als er ihr Gesicht sah, und deutete ihr Schweigen offenbar falsch. »Ganz recht. Es war nicht schwer, zwischen den Zeilen deiner Briefe zu lesen.« Er beugte sich vor. »Das muss aufhören, und zwar sofort! Eik ist unser Halbbruder, verflucht! Was hast du dir dabei nur gedacht? Ich verlange von dir, dass du diese Affäre auf der Stelle beendest! Nicht nur wegen unseres Namens, sondern auch um Eiks willen! Entweder schenkst du ihm reinen Wein ein, oder ich werde ihm einen Brief schreiben, in dem ich ihn davon in Kenntnis setze, dass er ein unehelicher Bastard unseres Vaters ist! Er ist dein Halbbruder und eure Affäre eine Sünde und ein Verstoß gegen göttliches und menschliches Gesetz! Nein!«, fuhr er fort, als Augusta erneut ansetzte, etwas zu erwidern. »Ich will jetzt nicht länger darüber reden.«

Er atmete mehrmals durch, um seinen Zorn zu besänftigen. Dann beugte er sich vor. »Sag mir lieber, ob du herausgefunden hast, was es mit den Geschäften deines Gemahls ... deines *ehemaligen* Gemahls auf sich hat. Hat er den Wechsel noch? Und besteht die Möglichkeit, irgendwie daranzukommen?«

Augusta war von Valerians Reaktion zutiefst verletzt. Auch wenn sie wusste, dass ihr Bruder nichts anderes schlussfolgern konnte, erschütterte es sie zutiefst, dass er ihr tatsächlich zutraute, ein inzestuöses Verhältnis einzugehen. *So etwas würde ich nie tun,* dachte sie, *das muss er doch wissen!* Sie betrachtete Valerian, und erst da fielen ihr die Veränderungen in seinem Gesicht auf. Es war hager geworden, seine Augen waren hart und seine Lippen nur noch schmale Striche. *Er ist erwachsen geworden,* dachte sie, und ein Schwall von Zuneigung durchströmte sie.

Sie legte ihm die Hand auf den Arm, aber er zog ihn hastig zurück.

»Also?« Seine Augen glühten vor Anspannung, als er sich vorbeugte.

Augusta wich zurück. »Ist das der Grund, weshalb du dieses leichtsinnige Wagnis auf dich genommen hast? Nur das Gold?« Sie spie die Worte fast hervor. »Du willst meinen Mann berauben, damit dein blutrünstiger General diesen unseligen Krieg fortsetzen und noch mehr Menschen ins Unglück stürzen kann? Reicht es nicht, was ihr bisher schon angerichtet habt? Musst du jetzt auch noch …«

»Nur das Gold?«, unterbrach Valerian seine Schwester. »Es geht um weit mehr als das! Und bevor du mir Vorwürfe machst, solltest du dich lieber fragen, welche Rolle dein Mann dabei spielt! Sein Geld, vielmehr das seines Kardinals, ermöglicht es Gustav Adolf ja überhaupt erst, diesen Krieg weiterzuführen! Ohne das Gold Richelieus könnte der Schwedenkönig sein Heer wohl kaum weiter ausrüsten und finanzieren, und seine Söldner würden ihm schneller davonlaufen als …«

»… deinem General Tilly die seinen?«, fuhr Augusta wütend hoch. »Und trotzdem versucht ihr, Magdeburg einzunehmen! Doch selbst wenn euch das gelingen würde, woran er bislang ja immerhin gescheitert ist, würde die protestantische Union niemals hinnehmen, dass ausgerechnet Magdeburg, ihr Bollwerk, dem katholischen Kaiser in die Hände fällt! Sein Versuch, ganz Norddeutschland zu katholisieren, ist schon schlimm genug! Selbst Wallenstein hat nach Verhandlungen mit der Hanse darauf verzichtet, Magdeburg zu erstürmen, und ist abgezogen!«

»Sprich gefälligst leiser!«, zischte Valerian ihr zu und blickte sich erneut verstohlen in der Schänke um. Dann beugte er sich wieder vor. »Ich wusste nicht, dass du in diesem Krieg schließlich doch Partei ergriffen hast!«, flüsterte er wütend. »Und ich habe schon gar nicht damit gerechnet, dass du dich auf die Seite der Protestanten geschlagen hast. Hat das etwas damit zu tun, dass unser Halbbruder für die Union kämpft?« Er schüttelte den Kopf. »Ihr macht beide einen großen Fehler. Auf die Dauer könnt ihr dem Kaiser und seinen Truppen nicht standhalten. Daran wird auch Gustav Adolf nichts ändern. Und ich kann dir nur raten, Magdeburg so schnell wie möglich zu verlassen.« Er legte die Hand auf die von Augusta und packte sie fest, als sie versuchte, sie zurückzuziehen. »Tilly wird nicht mehr lange warten. Gerade weil der Schwedenkönig möglicherweise versucht, Magdeburg zu Hilfe zu eilen, wird er sich nicht länger durch Verhandlungen hinhalten lassen. Er wird den Sturm auf Magdeburg befehlen, eher früher als später!« Er nickte befriedigt, als er Augustas erschrecktes Gesicht sah. »Und mir wäre es lieb, wenn du dann nicht mehr in der Stadt bist.«

»Also hatte Albert die Situation richtig eingeschätzt«, flüsterte Augusta. *Aber ich kann nicht einfach weg so wie Albert. Ich muss Eik warnen.*

»Alb… Dein Mann? Wieso?«, erkundigte sich Valerian. »Was hat er denn gesagt? Und wo ist er überhaupt?«

»Er ist … Er reist ab. In diesem Moment.« Augusta schüttelte den Kopf, während ihre Gedanken darum kreisten, wie sie Eik erreichen und ihn dazu bringen konnte, mit ihr zusammen Magdeburg zu verlassen. *Was er wahrscheinlich nicht mehr tun wird, wenn er erst einmal erfährt, dass Leona ein Kind von ihm unter dem Herzen trägt.*

»Er reist ab? Wohin?« Valerians Stimme klang erregt.

»Und hat er den Wechsel für Gustav Adolf schon eingelöst?«

Augusta fuhr sich mit der freien Hand über die Stirn. »Der Wechsel … Er hat ihn bei der Hamburger Bank hinterlegt«, antwortete sie zerstreut. »Der schwedische Resident in Hamburg, Johann Salvius, hat damit für Gustav Adolf Munition und Waffen angezahlt und einigen Feldherren Gold für die Anwerbung neuer Söldner ausgehändigt. Aber wenn es stimmt, dass Tilly Magdeburg angreift …« *Andererseits haben die Mauern bislang jedem Beschuss und jedem Sturmangriff widerstanden. Warum sollte das ausgerechnet beim nächsten Mal anders sein?*

Augusta war verwirrt und sah ihren Bruder flehentlich an. »Es tut mir leid, Valerian, dass du vergeblich dein Leben riskiert hast. Und was unseren Halbbruder angeht, so bitte ich dich, Eik nichts zu sagen. Das werde ich selbst tun, und außerdem ist es nicht so, wie du …«

Valerian starrte über ihre rechte Schulter an ihr vorbei und zischte: »Wenn man vom Teufel spricht …«

Augusta drehte sich um, und als ihr Blick auf den Mann fiel, der nur zwei Schritte neben ihrem Tisch stand, saß sie einen Moment wie erstarrt da. Er hatte im Schatten einer Treppe gestanden, die in das Obergeschoss der Schänke führte, deswegen hatten weder Augusta noch Valerian bemerkt, wie er zu ihnen getreten war.

»Eik! Was machst *du* denn hier?« *Ist die Nachricht vielleicht doch von ihm gewesen? Oder ist er mir gefolgt?* Dann sah sie sein vor Wut und Abscheu verzerrtes Gesicht. *Nein, unmöglich. Die Zeilen stammen von Valerian, aber wieso ist Eik hier? Ein Zufall?*

»Das könnte ich dich auch fragen! Dein Ehemann wartet doch sicher ungeduldig auf dich, damit ihr aus Magdeburg fliehen könnt wie die Ratten!« Sein Blick zuckte zwischen ihr und Valerian hin und her. »Und dann finde ich dich hier auch noch mit einem feindlichen Offizier!« Er griff nach dem Stoßdegen, den er in der Scheide an seinem Gürtel trug. »Dem Mann, den ich einmal für einen Freund hielt und der tatenlos zusah, wie man meine Eltern ermordet hat!« Er knirschte mit den Zähnen, als er die Waffe zückte. »Andererseits sollte mich das nicht wundern, nicht wahr? Die eine genauso verderbt wie der andere!«

Augusta saß wie versteinert da. »Verderbt? Was meinst du damit?« Ihr Blick wurde wie magisch von der Klinge in Eiks Hand angezogen. Dann starrte sie in sein Gesicht. Was sie dort sah, ließ sie erschauern und riss sie aus ihrer Erstarrung. Es war nicht nur Hass, der seine Züge verzerrte, sondern auch eine bodenlose Verzweiflung.

»Du wusstest, dass Leona ein Kind von mir unter dem Herzen trägt!«, zischte Eik. »Und du hattest nie vor, deinen Ehemann zu verlassen. Vielmehr willst du mit ihm aus Magdeburg fliehen, wahrscheinlich, nachdem du unseren Feinden alles verraten hast, was du über die Befestigungen und die Besatzung der Stadt in Erfahrung bringen konntest! Du bist eine Spionin, und – dafür hast du meinen Respekt – eine ganz ausgezeichnete. Du bist weit mehr als nur gerissen. Nicht nur, dass du mit dem Emissär des Kardinals verheiratet bist und dir Informationen aus erster Hand erschlafen kannst, du hast auch bestens verstanden, meine Leichtgläubigkeit auszunutzen, um militärisches Wissen aus mir herauszubekommen und dieses dann sofort deinem Bruder mitzuteilen, der es dann an Tilly weitergibt!«

Es kümmerte Eik nicht, dass seine Worte selbst in seinen eigenen Ohren unlogisch klangen. Es genügte ihm zu sehen, dass sie Augusta verletzten. *O ja,* dachte er. *Wie fühlt es sich an, wenn man von einem geliebten Menschen betrogen und hintergangen wird? Wenn ich leide, sollst auch du leiden!,* dachte er.

Wütend blinzelte er die Tränen weg, die ihm aus unerfindlichen Gründen in die Augen traten. »Aber ich werde nicht zulassen, dass du so billig davonkommst!«

Augusta hatte das Gefühl, als würden ihre Gedanken kreisen wie ein Karussell, immer schneller und wilder, und sie war unfähig, diesem Mahlstrom der Gefühle zu entrinnen, der sie gepackt hatte. *Was meint er mit verderbt? Magdeburg verlassen? Feindlicher Offizier? Glaubt er wirklich, ich wäre eine Spionin und Valerian wäre hier, um mich auszuhorchen?*

Eine Stimme in ihrem Hinterkopf rief ihr zu, dass ihr Bruder tatsächlich genau aus diesem Grund hier war.

Nein, dachte sie. *Ich darf nicht zulassen, dass die beiden hier ihr Blut vergießen!*

Sie spürte, wie Valerian aufstand und ihr seine Hand entziehen wollte. Er war gekleidet wie ein Söldner und trug einen Degen.

»Nein!« Sie hielt seine Hand so fest, wie sie nur konnte, ohne darauf zu achten, dass Valerian sie halb über den Tisch zog bei seinem verzweifelten Versuch, zur Waffe zu greifen. Als sich Eik zähnefletschend auf ihn stürzte und seinen Stoßdegen hob, sah Augusta den Knauf der Pistole, nach der ihr Bruder mit der Linken tastete, und schrie erneut auf. »Nein!«, rief sie und warf sich förmlich über Valerian. »Das darfst du nicht ...!«

»Zur Seite!«, fauchte Eik und trat gegen den Tisch, der zwischen Augusta und Valerian stand. Augusta rutschte herunter und landete zwischen Valerians Knien. »Die Zeit der Abrechnung ist gekommen, Valerian von Villesen! Für meinen Vater, für meine Mutter und für den Verrat an unserer Freundschaft!«

Valerian bemühte sich verzweifelt, die Pistole aus dem Gürtel zu ziehen, was ihm jedoch nicht gelang, weil Augusta ihn behinderte. Ebenso wenig konnte er seinen Degen zücken, weil sie mit beiden Händen seinen Arm umklammert hielt.

»Geh runter von mir!«, schrie er seine Schwester an. »Siehst du nicht, dass er völlig von Sinnen ist? Auch wenn er mein Bruder ist, ich will verflucht sein, ließe ich mich von diesem inzestuösen Mistkerl einfach abstechen! Ich sage ...« Er erstarrte, als er plötzlich die scharfe Spitze einer Klinge an seiner Kehle fühlte.

»Tu's nicht, Eik!«, kreischte Augusta und hob abwehrend die Hand. »Er ist dein Bruder! Hörst du mich? Er ist kein Feind, er ist dein Bruder!«

Eik hatte Valerian voller Hass angestarrt, aber bei Augustas Worten zuckte er zusammen, als hätte man ihm einen Schlag versetzt. »Mein ... Bruder?« Seine Stimme klang gepresst, und die Wildheit in seinem Blick wich einem Ausdruck vollkommener Verblüffung, die rasch in grenzenlose Verwirrung umschlug. »Was soll das heißen, mein Bruder?«

Augusta sah, wie es in Eik arbeitete, und unterdrückte einen erleichterten Seufzer, als er die Klinge ein Stück sinken ließ, weg von Valerians Kehle. »Er ist ...«

Augusta stockte, weil sie nicht wusste, wie sie es Eik erklären sollte. Sie sah zu ihrem Bruder, dann wieder zurück zu Eik. Mit einem Mal wurde ihr bewusst, in welch verheerender Zwickmühle sie sich befand, doch noch bevor sie auch nur überlegen konnte, wie sie Eik die Wahrheit sagen konnte, ohne Valerian noch mehr zu schockieren, ergriff ihr Bruder das Wort.

»Ganz einfach, du Narr!« Valerian schob Augusta unsanft von sich und richtete sich auf, wobei er Eik herausfordernd in die Augen blickte. »Wir haben denselben Vater! Aber glaub nicht, dass du deshalb plötzlich ein Adliger geworden bist oder Anspruch auf irgendwelche Titel oder Privilegien hättest!« Er deutete auf Augusta. »Oder auf meine Schwester!« Er holte tief Luft, um fortzufahren, doch in dem Moment bemerkte er, dass sich die Trinker in der Schänke zusammengeschart hatten und sich ihnen als Gruppe näherten.

»Ein Feind?«, knurrte ein vierschrötiger Mann mit einem bedrohlich wirkenden Knüppel in der Faust, den er in seine freie Hand klatschen ließ. »Habe ich das richtig gehört, Weib?« Er drehte sich zu den anderen Gästen herum, die sich hinter ihm drängten. »Dieser Bursche ist ein Spion der Tillyschen, Leute! Ich sage, wir ergreifen ihn, vierteilen ihn und schicken Tilly seinen Kopf zurück!«

»Genau!«, rief ein anderer und deutete auf Augusta. »Und sein Liebchen behalten wir hier und zeigen ihr, wie es sich anfühlt, von der Pike eines Protestanten durchbohrt zu werden!«

Eik starrte immer noch sprachlos Augusta an. »Mein Bruder? Was …?« Dann riss er die Augen auf, als er verstand, und ein Ausdruck äußersten Abscheus legte sich über sein Gesicht. »Das heißt, du bist ...« Er wandte sich ihr zu und schüttelte den Kopf, langsam, dann immer schneller. »Nein, nein, das glaube ich nicht!«

»Das solltest du aber besser, du Narr!«, schrie Valerian, zog die Pistole aus dem Gürtel und spannte das Radschloss. »Bevor du noch mehr Schande über die Familie bringst!«

»Valerian, lauf weg!«, schrie Augusta, dann fuhr sie zu Eik herum. »So ist es nicht, Eik, glaub mir! Es ist ...!«

»Glauben? Was gibt es da zu glauben?« Eik war außer sich vor Wut und Schmerz. »Wenn dein Bruder auch mein Bruder ist, bist du meine ... meine Schwester! Und du hast ... Wir haben ... Ich habe deinetwegen Leona verstoßen! Ich habe ...!« Seine Gefühle übermannten ihn, und er bewegte stöhnend die Lippen, ohne dass ein Wort aus seinem Mund kam. »Hure ...!«, stieß er dann hervor und schlug sich die freie Hand ins Gesicht. »Leona hatte recht! Du bist eine Hure! Hat es dir denn wenigstens Spaß gemacht, einen ahnungslosen dummen Dorfjungen zum Narren zu halten?«

»Eik, nein!« Augusta streckte die Hand nach ihm aus. »So ist es nicht! Du weißt nicht ...«

»Spion!« Der Schrei kam aus einer Männerkehle, so laut und drohend, dass Eik und auch Augusta die Köpfe wandten. Was sie sahen, ließ sie ihren Zwist vorübergehend vergessen.

Die anderen Gäste hatten sich zusammengeschart und schwangen alle möglichen Gegenstände als Waffen: Knüppel, Messer, sogar Humpen, und einer hatte eine gefährlich aussehende Sichel in der Hand. Aber sie schienen unschlüssig zu sein, auf wen sie sich stürzen sollten, auf Valerian, der sie mit der Pistole in der linken und dem Degen in der rechten Hand bedrohte, oder auf Augusta, die sie verdächtigten, das Liebchen des Spions zu sein und folglich ebenfalls eine Spionin.

Valerian fluchte und feuerte mit seiner Pistole auf eine Laterne, die an einer Kette von der Decke hing. Das Glas zerplatzte, und brennendes Öl ergoss sich auf den Boden. Er warf Augusta und Eik einen kurzen Blick zu, riss einen Schemel hoch, stürmte damit zu einem Fenster und schleuderte ihn gegen das mit Holz gerahmte Glas, das splitternd zerbarst. Dann sprang er mit angezogenen Knien durch die Öffnung.

Eik fuhr wieder zu den brüllenden Männern herum, aber sie griffen nicht ihn oder Augusta an, wie er erwartet hatte, sondern versuchten, die brennenden Binsen zu löschen, die von dem Öl in Brand gesetzt worden waren. Das Feuer breitete sich rasch auf dem Boden aus. Nur drei der Männer, unter ihnen der vierschrötige Kerl mit dem Prügel, überließen es dem Schankwirt und ihren Kameraden, sich um das Feuer zu kümmern, und verfolgten stattdessen Valerian.

»Du musst hier weg!«, zischte Eik Augusta zu. Er dachte nicht mehr daran, dass er sie gerade noch am liebsten selbst mit seinem Degen durchbohrt hätte, sondern malte sich aus, was mit ihr geschehen würde, wenn der aufgebrachte Mob das Feuer unter Kontrolle brachte und sich dann auf sie stürzte. Er würde Augusta schon noch zur Rechenschaft ziehen, aber das konnte warten, und dafür musste sie noch am Leben sein.

»Du auch!«, stieß Augusta hervor und umklammerte seinen Arm. »Tilly wird die Stadt angreifen, das hat mir Valerian erzählt. Er wird nicht warten, bis Gustav

Adolf Magdeburg zu Hilfe eilt! Die Stadt ist nicht mehr sicher, Eik! Vertrau mir und begleite mich! Ich muss dir so vieles erklären …!«

Eik riss seinen Arm los. »Erklären?« Er lachte bitter. »Du denkst doch nicht wirklich, dass ich dir noch ein Wort glaube?«

»Valerian kennt nicht die ganze Wahrheit! Ihr seid Halbbrüder, aber …«

»Was ist hier los?«, ertönte eine gebieterische Stimme vom Eingang der Schänke her. In der Tür standen ein Offizier und zwei Söldner.

»Spione!«, schrie einer der Gäste, der mit den anderen versuchte, die Flammen auszutreten. »Tillys Spione! Sie haben Feuer gelegt!«

»Sie wollen die ganze Stadt niederbrennen!«, schrie ein anderer und deutete auf das Fenster, durch das Valerian entkommen war. »Tilly will ganz Magdeburg in Schutt und Asche legen!«

Eik fuhr zu Augusta herum. »Du musst sofort weg von hier!« Er packte sie am Arm und zerrte sie zu einer kleinen Tür auf der anderen Seite des Schankraums. Sie stand offen, seitdem der Koch und einige Küchenhilfen sowie die Schankwirtin hindurchgestürmt waren, um beim Löschen des Feuers zu helfen. »Die Küche hat zweifellos eine Hintertür zur Gasse! Geh jetzt! Um mich brauchst du dir keine Sorgen zu machen!«

Bevor Augusta noch etwas erwidern konnte, stieß er sie durch die Tür. Er hatte das Gefühl, als legte sich eine eiserne Klammer um sein Herz. *Ich werde nie mehr lieben!,* schwor er sich. *Nie wieder.*

Dann trat er wieder in den Schankraum. Er kannte den Offizier, der so gebieterisch verlangt hatte zu erfahren, was in der Schänke vorging. Es war sein Hauptmann de Vries.

»Er ist weg, Hauptmann!« Eik bemerkte, dass er immer noch seinen Stoßdegen in der Faust hielt. Er schob ihn in die Scheide und trat vor seinen Hauptmann.

De Vries starrte ihn einen Moment argwöhnisch an, dann nickte er. »Hast du ihn erkannt, Cornet?«

Eik zögerte. »Es ist dämmrig hier, Hauptmann, und er trug einen breitkrempigen Hut, der sein Gesicht beschattete.«

Das war keine direkte Antwort auf die gestellte Frage, aber es war auch keine Lüge. Der Blick von de Vries verriet Eik, dass der Offizier das durchaus bemerkt hatte.

»Und die Frau?« Es war der kahlköpfige Wirt der Schänke, der dies sagte. Er wischte sich mit einem nicht sonderlich sauber wirkenden Tuch den Schweiß von der Stirn. Die Gäste hatten das Feuer inzwischen austreten können. »Der da kannte die Frau!«, erklärte der Wirt. »Er hat gesagt, sie wäre eine Spionin!«

»Stimmt das, Cornet?« De Vries sah Eik an, und der Blick seiner dunklen Augen war kalt und hart.

Eik wusste, dass er bei seinem Vorgesetzten diesmal nicht auf Verständnis hoffen durfte, und so gestand er: »Wir kennen uns von früher her. Eine alte Geschichte, ja, Hauptmann.« Er sah sich unter den Gästen um, die sich, nachdem die Gefahr durch das Feuer gebannt war, der ursprünglichen Bedrohung zuwandten, die sie aus ihrem Suff gerissen hatte. »Aber ich glaube, wir sollten das lieber draußen und unter vier Augen besprechen!«

De Vries musterte Eik noch einen Moment, dann gab er den beiden Söldnern in seiner Begleitung ein Zeichen, näher zu kommen. »Bleibt hier und überzeugt euch davon, dass die Flammen wirklich gelöscht wurden! Ich gehe mit den anderen zur Wache und schicke einen Boten zum Stadtkommandanten.« Er warf Eik einen Seitenblick zu. »Der Magistrat und der Kommandant sitzen im Rathaus und beraten gerade über Tillys neuestes Übergabeangebot.« Er grinste humorlos. »Ich bin sicher, dass die Herren begierig darauf sind zu erfahren, dass der kaiserliche Feldherr nicht nur ein Angebot, sondern auch Spione in die Stadt geschickt hat.«

Er nickte den Gästen zu, packte Eik an der Schulter und schob ihn förmlich aus der Schänke hinaus. Die Leute murrten zwar, offenbar weil sie sich erhofft hatten, dabei sein zu können, wenn der Hauptmann den jungen Cornet weiter befragte, aber de Vries' gebieterisches Auftreten, seine fantasievolle Uniform und vor allem die beiden Pistolen und der blanke Degen an seiner Seite schüchterten sie so weit ein, dass sie die beiden Soldaten unbehelligt aus der Schänke ließen.

Aber Eik wurde klar, dass de Vries nicht vorhatte, ihn so leicht vom Haken zu lassen, zumal der Hauptmann seinen Griff um Eiks Schulter nicht löste, als sie draußen waren, sondern den jungen Cornet ohne viel Federlesens in eine Gasse neben der Schänke bugsierte. Dort drückte er ihn an die Wand und hielt ihm einen Finger vor die Nase.

»So, Schmalens, jetzt sind wir unter uns, und ich will die ganze Geschichte hören, und zwar auf der Stelle! Sonst bringe ich dich persönlich in das Verlies unter dem Rathaus, und ich kann dir garantieren, dass das kein Ort ist, an dem du gern sein möchtest!«

Eik nickte, obwohl er sich in diesem Moment ohnehin keinen Ort vorstellen konnte, an dem er gern gewesen wäre.

»Also«, fuhr der Hauptmann fort:. »was war das für ein Spion, und was hat es mit dieser Frau auf sich?«

Eik holte tief Luft. »Der Spion war Valerian von Villesen, und die Frau war seine Schwester, Augusta von Villesen, die Gemahlin von Marquis ...«

»Ich weiß, wer der Ehemann von Augusta von Villesen ist, Cornet!«, unterbrach ihn de Vries. Die Stimme des Hauptmanns klang angespannt. »Und du bist dir sicher, dass ihr Bruder hier in Magdeburg ist und mit ihr geredet hat? Soweit ich weiß, ist von Villesen Offizier in Tillys Armee.« Er schüttelte den Kopf. »Ich will verdammt sein, wenn ich das nicht ein kühnes Gauklerstück nenne! Sich in die belagerte Stadt zu trauen, um zu spionieren, während der Rat gerade über das Angebot des Generals berät.«

»Möglicherweise wollte er ja auch nur seine Schwester treffen!«

De Vries' Blick verriet, dass er Eiks wenig überzeugenden Ton richtig zu deuten wusste. »Natürlich! Und wahrscheinlich wollte er ihr ins Gewissen reden, ihre Affäre mit einem gewissen Cornet und Leibwächter ihres Mannes ...« Er verbesserte sich: »... ehemaligen Leibwächter ihres Mannes zu beenden.« Er schnaubte. »Ich frage mich, was dieser Leibwächter und Offizier dieser untreuen Ehefrau wohl alles bei ihren Schäferstündchen an wichtigen Informationen über die Verteidigungsanlagen und Wachwechsel der Stadt verraten hat!«

»Ich habe nichts dergleichen ...!«, fuhr Eik auf, unterbrach sich jedoch unter dem strengen Blick seines

Hauptmanns. Er verstand, dass de Vries ihn nicht wirklich für einen Verräter hielt, sondern sich nur Gewissheit verschaffen wollte, ob die heimliche Geliebte, mit der Eik seine andere heimliche Geliebte Leona hinterging, wirklich die Ehefrau des Gesandten Richelieus war. Und diese Gewissheit hatte Eik ihm gerade verschafft.

»Wären die Umstände anders, würde ich dich für einen Teufelskerl halten und dein Glück bei Frauen bewundern, Cornet«, erklärte der Hauptmann ernst. »Aber so, wie es aussieht, muss ich dich vielleicht sogar dem Richter überantworten, weil du der Schwester eines Spions möglicherweise wichtige Informationen hast zukommen lassen, selbst wenn es unabsichtlich geschehen ist. Nicht auszudenken, welchen Schaden das anrichten kann.«

Eiks Gedanken überschlugen sich. Auch wenn Augusta ihn hintergangen hatte, glaubte er nicht, dass sie die Stadt verraten würde oder für die Kaiserlichen arbeitete. Er kannte sie gut genug, um zu wissen, dass sie diesen Krieg verabscheute. *Und sie hat dir geraten, Magdeburg zu verlassen, weil Tilly die Stadt stürmen wird. Niemals würde sie all diese Menschen dem Tod weihen! Die Frage ist nur, warum sie sich mit Valerian getroffen hat und was die beiden besprochen haben.*

»Ich glaube, es gibt nur eine Möglichkeit, das herauszufinden, Hauptmann!«, sagte er. »Wir müssen es genauso machen wie Tilly!«

»Was meinst du damit, Cornet?« De Vries sah Eik verblüfft an und hob dann eine Braue, als ihm dämmerte, worauf sein Ordonnanzoffizier hinauswollte. »Das ist nicht dein Ernst! Du glaubst doch nicht wirklich, dass es dir gelingen könnte, dich durch die feindlichen Linien zu schleichen und dann unbehelligt im Lager der Kaiserlichen umzuhören!«

»Was habe ich schon zu verlieren, Hauptmann?« Eik hob die Hand, als de Vries etwas erwidern wollte. »Nein, lasst es mich zumindest versuchen! Heute Nacht habe ich gleich zwei Frauen verloren, die ich einmal zu lieben glaubte.« Müde sah er de Vries an. »Die eine davon trägt ein Kind von mir unter dem Herzen!«

De Vries schaute ihn aus großen Augen an. »Ich habe dich gewarnt, Schmalens«, zischelte er. »Wenn de Lemos das herausfindet …«

»Das hat er bereits!« Eik verzog das Gesicht. »Leona und ich haben uns gestritten, und sie hat mich weggeschickt!« Die Erinnerung an das Gespräch stieg in ihm hoch, und ein Kloß bildete sich in seiner Kehle. »Und ich … ich habe sie verlassen … wegen einer Frau, die nur mit mir gespielt hat!«

»Du meinst, die Marquise hat tatsächlich …?«

»Nein, sie hat nicht spioniert, jedenfalls glaube ich das nicht!«, unterbrach Eik den Hauptmann heftig. »Aber sie hatte nicht vor, ihren Ehemann meinetwegen aufzugeben, niemals. Stattdessen wird sie wahrscheinlich jetzt gerade Magdeburg mit ihm zusammen verlassen, weil sie beide nicht glauben, dass Gustav Adolf rechtzeitig hier eintreffen wird, um der Stadt gegen Tilly zu helfen.«

»Wenn das stimmt, ist es nur umso mehr ein Grund, sein Leben nicht sinnlos wegzuwerfen, Cornet!« Der Hauptmann packte Eiks Arm. »Ich bin sicher, dass du mit Leona de Lemos reden und ihr alles erklären kannst …«

Eik schüttelte den Kopf. »Da gibt es nichts mehr zu erklären!«

De Vries ließ ihn los und fuhr ein Stück zurück. »Ist das nicht ein bisschen voreilig? Immerhin geht sie mit deinem Kind schwanger!«

»Ja, und genau deshalb schulde ich ihr zumindest eines!« Eik sah den Hauptmann eindringlich an. »Erlaubt mir, zu ihr zu gehen und ihr zu raten, Magdeburg sofort zu verlassen, Hauptmann! Und außerdem bitte ich um Eure Erlaubnis, meinen Plan in die Tat umzusetzen und zu versuchen, in Tillys Lager vorzudringen! Vielleicht bringe ich ja in Erfahrung, ob der General tatsächlich vorhat, Magdeburg zu erstürmen, wie Augustas Bruder behauptet hat, oder ob es nur eine List ist, um den Magistrat dazu zu bringen, Tillys letztes Angebot der Brandschatzung zu akzeptieren und sich von Feuer und Tod freizukaufen!«

De Vries zögerte. »Ich ... ich glaube kaum, dass Stadtkommandant Falkenburg geneigt ist, auf Tillys Angebot einzugehen. Dennoch, ich werde deinem Ersuchen stattgeben. Aber ich begleite dich zum Haus der de Lemos. Nicht, weil ich dir nicht vertrauen würde, Cornet!« Er grinste böse. »Ich vertraue dem alten de Lemos nicht! Wenn er wirklich weiß, dass du seine Tochter geschwängert hast, dann halte ich es nicht für unmöglich, dass er dich mit Blei und Pulver empfängt oder sogar mit blankem Eisen statt mit Brot und Salz.«

Eik wollte noch etwas sagen, aber ihm war klar, dass der Hauptmann von seiner Absicht nicht abrücken würde. Also ergab sich Eik in das Unvermeidliche.

Als sie kaum fünf Minuten später vor dem Wohnhaus ankamen, in dem Eik mit Leona, de Lemos und dem Hauptmann gewohnt hatte, erwartete die beiden eine Überraschung.

»Der Bankier und seine Tochter sind bereits ausgezogen«, erwiderte einer der Arbeiter, die dabei waren, Kisten und Truhen, die, wie Eik erkannte, Leona und ihrem Vater gehörten, auf ein Fuhrwerk zu laden. »Sie wollen wohl nach Hamburg zurück, aber ich weiß nicht, ob sie Magdeburg schon verlassen haben. Wir haben nur die Aufgabe, ihren Besitz aufzuladen, und sollen das alles an eine Adresse in Hamburg liefern.« Er zog einen Zettel aus der Tasche. »An einen Bankier da Silva, wenn Euch das etwas sagt!« Er schob den Zettel wieder in die Tasche zurück und starrte den Hauptmann an. »Diese jüdischen Geschäftsleute haben ja überall ihre Verwandten und Freunde sitzen, zu denen sie sich flüchten können, wenn es irgendwo brenzlig wird. Im Gegensatz zu uns!«

»Nun, wenn du sein Gepäck ausliefern darfst, bist du ja genauso in Sicherheit wie dein Auftraggeber, stimmt's?« Eik hatte sich die Bemerkung einfach nicht verkneifen können.

Der Mann sah ihn mürrisch an. »Aber es ist etwas anderes, bequem in einer Kutsche durch die Gegend zu schaukeln, als mit einem Karren voller Wertsachen durch feindliche Linien und marodierende Söldnerhaufen zu fahren!«

Eik verzichtete auf eine Entgegnung. Seine Gedanken drehten sich nur um Leona. Offenbar war er zu spät gekommen, um sie zu warnen, doch wie es schien, wäre das auch gar nicht nötig gewesen. Er hätte erleichtert sein sollen, dass sie und ihr Vater den Entschluss gefasst hatten, Magdeburg zu verlassen, aber stattdessen hatte er das Gefühl, etwas Wichtiges versäumt zu haben. Denn er hatte nicht richtig von ihr Abschied genommen, sondern hatte sie im Streit verlassen. Und angesichts seiner Pläne war anzunehmen, dass sie sich niemals wiedersehen und er keine Gelegenheit mehr bekommen würde, dieses Zerwürfnis zwischen ihnen aus der Welt zu schaffen und sich bei ihr zu entschuldigen.

Er wandte sich zu de Vries um. »Jedenfalls habe ich es versucht. Steht Ihr noch zu Eurem Wort, Hauptmann?«

De Vries betrachtete das Haus und die Fuhrleute und sah dann Eik an. »Ungern, Cornet, aber … ja, selbstverständlich!« Er holte tief Luft. »Offenbar haben sich unsere Auftraggeber davongemacht.« Er hob die Hände. »Wir sind ohnehin auf uns allein gestellt, Schmalens. Warum also nicht mit dem Schicksal würfeln?«

»Dann habe ich nur noch die Bitte an Euch, Hauptmann, mich durch die Stadttore zu bringen. Den Rest schaffe ich allein.«

De Vries sah ihn an und legte ihm dann die Hand auf die Schulter. »Wenn es wirklich stimmt, dass Tilly binnen Kurzem einen Sturmangriff auf die Stadt plant, ist es vielleicht wirklich lebenswichtig herauszufinden, wann und wie er das versuchen will. Und wenn jemand das kann, dann du, Cornet!«

Eik wusste, dass der Hauptmann ihm nur Mut zusprechen wollte, denn unbemerkt durch die Linien in das Lager zu gelangen und vor allem wieder zurück, war im Grunde unvorstellbar. *Aber vielleicht schaffe ich es ja, Valerian zu finden, und dann wird es keine Augusta geben, die mich daran hindert, Vergeltung zu üben.*

Mein Halbbruder? Eik schluckte. *Das macht alles nur noch schlimmer!*

Kurze Zeit später standen sie an einer kleinen Pforte, etwa hundert Schritt vom Tor entfernt. Zwei Söldner der Wache hatten sie auf de Vries' Befehl hin geöffnet.

»Und du bist dir wirklich sicher, Schmalens?«, fragte de Vries, während er zum anderen Elbufer blickte, wo die Lagerfeuer der Kaiserlichen wie Glühwürmchen blinkten.

Eik nickte. Er glaubte sogar, Gelächter und Gejohle zu hören, das der Wind über die Elbe zu ihnen herüberwehte. *Es ist besser so,* dachte er. *Besser, etwas zu tun, als einfach nur darauf zu warten, dass etwas passiert.*

Und vor allem war es besser zu handeln, als Gefahr zu laufen, Augusta noch einmal zu begegnen. *Ich weiß nicht, was ich dann täte,* dachte Eik. Dann schob er den Gedanken an die beiden Frauen energisch beiseite und wendete sich de Vries zu. »Danke, Hauptmann. Nach meiner Rückkehr erstatte ich umgehend bei Euch Rapport!« *Falls ich zurückkehre,* setzte er in Gedanken hinzu.

»Das hoffe ich, Cornet!« De Vries drückte Eiks Schulter und ließ seine Hand dann sinken. »So ein Haufen kaiserlicher Söldner ist kein Grund, dich deiner Pflicht mir gegenüber zu entledigen!« Er ließ den Blick über die drei Männer gleiten, die neben Eik standen. »Das gilt auch für euch, Männer!«

Der Hauptmann hatte darauf bestanden, dass Eik

nicht allein ging, und hatte ihm eine Eskorte, bestehend aus einem Korporal und zwei Söldnern, zugeteilt, allesamt Freiwillige, »um den Cornet davor zu bewahren, eine Dummheit zu begehen«, wie Hauptmann de Vries mit einem vielsagenden Zwinkern hinzugefügt hatte. Die Männer dienten seit Antwerpen bei de Vries und hatten mit ihm und Eik den Gesandten Richelieus nach Magdeburg geleitet. Er vertraute ihnen blind.

Eik sah die drei an, grinste und deutete dann mit einem Nicken auf die Lichter auf der anderen Elbseite. »Also los, meine Herren, lasst uns den Kaiserlichen zeigen, dass wir genauso gut spionieren können wie sie!«

»Besser, Herr Cornet, besser!«, sagte einer der beiden Söldner und grinste zurück.

»Versteht sich von selbst, Herr Cornet!« Das war der andere.

»So viel Selbstbewusstsein!«, meinte der Korporal. »Und so wenig Verstand! Ein Glück, dass ich dabei bin!«

»Zweifellos, Korporal!« De Vries hob salutierend die Hand und sah den dreien nach, wie sie in der Dunkelheit verschwanden. »Geht mit Gott«, murmelte er leise, obwohl er im tiefsten Inneren wusste, dass Gott sich schon lange mit Schaudern von diesem Krieg und denen, die ihn ausfochten, abgewendet hatte.

Dann drehte er sich um und trat durch die Pforte, die die beiden Söldner hinter ihm wieder verriegelten und verrammelten. Mit langsamen Schritten ging er in die Stadt zurück, deren Einwohner und Soldaten sich allmählich zur Ruhe legten.

Es war der Abend des 19. Mai 1631.

17. KAPITEL

Der Sturm bricht los

»Halt! Wer da?«

Valerian blieb unvermittelt stehen. »Mein Fürst und Kaiser!«, stieß er erschöpft die Parole für diese Nacht hervor. Sicherheitshalber hob er die Hände, als die beiden Söldner aus dem Schatten eines kleinen Gehölzes traten und auf ihn zukamen. Der eine hatte eine Arkebuse auf ihn angelegt, während der andere eine Partisane stoßbereit mit beiden Händen hielt.

»Woher kommst du, Kamerad?«, fragte der eine der beiden, wobei er die Arkebuse langsam sinken ließ. »Und das um diese Zeit?«

Valerian wischte sich den Schweiß von der Stirn und beugte sich vor, um Atem zu schöpfen. »Von dort!« Er deutete mit dem Daumen hinter sich auf die Silhouette der Stadt. »Ich bin Lieutenant Freiherr von Villesen, von den Kürassieren des Obristen von Corpes. Ihr könnt ...«

Der andere starrte ihn verblüfft an. »Du kommst aus Magdeburg?«

Unwillkürlich hob der erste Söldner seinen kurzen Karabiner wieder an. »Und was wolltest du dort?«, fragte er argwöhnisch.

»Ich habe gegen die Protestanten aufgeklärt, Kamerad! Im Auftrag von General Tilly. Und ich habe weder die Zeit noch die Kraft für lange Erklärungen. Führt mich in das Quartier des Feldherrn, der Rest wird sich klären.«

Die beiden Wachsoldaten sahen sich kurz an, dann zuckte der mit der Arkebuse die Achseln. »Wir dürfen unseren Posten nicht verlassen«, sagte er zu Valerian. »Und bei allem Respekt, Herr Lieutenant, ich kenne Euch nicht, und daher glaube ich nicht, dass ich Euch unbeaufsichtigt ...!«

»Herrgott, Mann!« Valerian war am Ende seiner Kräfte und hatte keine Lust, sich in eine fruchtlose Diskussion mit einem ahnungslosen Untergebenen einzulassen. »Dann geh zu deinem Wachoffizier und schildere ihm die Lage. Er wird wissen, was in so einem Fall ...«

»Was ist hier los?«

Valerian hätte vor Erleichterung fast geseufzt, als er die Stimme erkannte. »Korporal Meißner!«

Der Korporal, der nach der Einnahme von Wolgast und der Ablösung von Wallenstein mit ihm zusammen zu den Kürassieren von Obrist von Corpes versetzt worden war, trat hastig zu der kleinen Gruppe von Männern. »Herr Lieutenant?« Er drehte sich zu den beiden Söldnern um. »Schon gut, Männer, ihr habt alles richtig gemacht. Zurück auf eure Posten! Ich übernehme jetzt!«

Die Söldner nickten und trollten sich, nicht jedoch, ohne Valerian vorher noch neugierige Blicke zuzuwerfen.

»Woher kommt Ihr, Lieutenant?«, erkundigte sich Korporal Meißner, während er zu Valerian trat. »Und ... grundgütiger Himmel, wie seht Ihr denn aus?«

»Ich muss zu General Tilly, und zwar unverzüglich,

Korporal.« Valerian deutete erneut auf die Stadt hinter sich. »Ich war in Magdeburg aufklären und habe es nur mit Mühe wieder hinausgeschafft.« Er verzog das Gesicht. »Zum Glück hatte ich noch ein paar Reichstaler im Stiefelschaft! Aber als ich an die Stelle kam, wo ich mein Pferd angebunden hatte, fand ich nur einen zerfetzten Strick. Ich nehme an, ein Raubtier oder irgendwelche herumstreunenden Leute aus dem Tross haben es erschreckt, woraufhin es sich losgerissen hat und davongelaufen ist. Also musste ich den ganzen verdammten Weg zu Fuß zurücklegen!« Er verzog in spöttischem Selbstmitleid das Gesicht. »Keine einfache Sache für einen Kavalleristen, wie du dir denken kannst, Meißner!«

Der Korporal nickte, während er Valerian durch einen weiteren Posten führte. Die Soldaten traten zur Seite, als der Korporal die Parole nannte und ihnen signalisierte, dass alles in Ordnung war. Trotzdem folgten Valerian misstrauische Blicke.

Gut so!, dachte er. *Besser zehnmal zu viel aufgepasst als einmal zu wenig.* Er glaubte zwar nicht, dass die Besatzung von Magdeburg ebenfalls Spione ausgeschickt hatte, die im Lager der Kaiserlichen aufklären sollten, aber man konnte nie wissen.

»Wollt Ihr Euch nicht lieber erst einmal frisch machen, bevor wir den General wecken?«, erkundigte sich Korporal Meißner, während sie durch das Lager marschierten und sich einer Koppel näherten, in der mehrere gesattelte Pferde standen.

»Das kann ich immer noch, wenn wir erst mal im Quartier des Generals sind«, erwiderte Valerian. Er nahm an, dass sie sich zwei Pferde nehmen und zum Quartier des Generallieutenants reiten würden, der in einem Hof in der Nähe sein Quartier aufgeschlagen hatte.

Korporal Meißner bemerkte Valerians Absicht und schüttelte den Kopf. »Ihr wisst es also noch gar nicht?«

Valerian sah den Mann verblüfft an. »Was weiß ich nicht?«

»Gestern Abend haben wir einen Boten des schwedischen Königs abgefangen, der nach Magdeburg unterwegs war.«

Valerian überlief es kalt, ob vor Schreck oder wegen seiner Erschöpfung, konnte er nicht genau sagen. *Kann das sein?*, dachte er. *Hat sich das Spiel des Magistrats etwa ausgezahlt, und Gustav Adolf steht vor den Toren der Stadt?* Er wusste nicht, wie groß die Streitmacht des Schwedenkönigs war, aber es konnte auf keinen Fall in Tillys Interesse liegen, zwischen zwei Fronten zu geraten.

»Und was hatte der Schwede dem Magistrat mitzuteilen?«, fragte er gespannt.

Der Korporal zuckte mit den Schultern. »Das weiß ich nicht, aber ich weiß, dass General Tilly außer sich vor Wut war und angeordnet hat, dass alle Kompanien und Regimenter Inventur und Rapport machen, was Munition und Waffen angeht.« Er zuckte mit den Schultern. »Wenn Ihr mich fragt, Lieutenant, dann hat das Warten jetzt endlich ein Ende!« Er deutete nach vorn, an der Koppel vorbei. »Jedenfalls hat unser Feldherr sein Hauptquartier von diesem Gehöft hierher ins Lager verlegt. Da vorn ist sein Zelt!« Er musterte Valerian erneut von Kopf bis Fuß. »Wenn Ihr Euch also frisch machen wollt ...«

»Dafür ist später noch genug Zeit!« *Oder vielleicht*

auch nicht, wenn ich Tilly richtig einschätze. Mit der Nachricht des Boten und dem, was ich ihm aus Magdeburg zu melden habe, dürfte seine Ungeduld noch größer werden. Und seine Sorge, von dem Schweden in die Zange genommen zu werden, ist dann mehr als berechtigt! Außerdem zermürbt diese ewige Warterei die Männer! Wenn sie dann auch noch erfahren, dass sie weiterhin auf ihren Sold warten müssen, weiß ich nicht, wie wir noch länger Disziplin wahren sollen.

»Korporal Meißner!«, meldete sein Begleiter, als sie vor dem großen Zelt Tillys angekommen waren. Davor hielten vier Kürassiere seines Leibregiments Wache.

»Lieutenant Freiherr von Villesen, zum Rapport für den Feldherrn!«

»Es ist mitten in der Nacht, Herr Lieutenant!« Einer der Kürassiere, ein Korporal, trat vor. »Ganz sicher hat Euer Rapport bis morgen …«

»Wenn er bis morgen Zeit hätte, Korporal, hätte ich bis morgen gewartet!«, fiel Valerian ihm ins Wort. »Und ganz sicher bist du morgen wieder ein einfacher Soldat, wenn du mich nicht sofort dem Feldherrn meldest, Korporal!«

Der Kürassier musterte Valerian und den Korporal kurz, verzog dann mürrisch das Gesicht und nickte. »Gut, Herr Lieutenant! Aber auf Eure …«

»Geh schon, Korporal. Ich übernehme die Verantwortung dafür, dass du den General wecken musst!«

Der Mann verschwand im Inneren des Zelts und kehrte nach nicht einmal einer Minute wieder zurück. »Bitte folgen Sie mir, Herr Lieutenant! General Tilly erwartet Sie. Der General hat sich noch nicht zur Ruhe begeben.«

Valerian folgte dem Mann ins Zelt. Tilly saß auf einem Hocker hinter einem Kartentisch und studierte einen Plan, auf dem, wie es aussah, die Bastionen von Magdeburg eingezeichnet waren. Neben der Karte lagen einige Dokumente, in denen Valerian Briefe erkannte, die das Siegel von Magdeburg trugen. Offensichtlich handelte es sich um den Briefwechsel mit dem Magistrat der Stadt, bei dem es um die Summe für die Brandschatzung ging, um sich von einer Beschießung und möglichen Erstürmung freizukaufen.

»Lieutenant von Villesen!« Tilly blickte von der Karte hoch und winkte Valerian, der am Eingang des inneren Zeltes stehen geblieben war, näher zu sich. »Ich habe auf Euren Rapport bereits gewartet. Also, was habt Ihr zu berichten? Ich hoffe, Ihr bringt gute Nachrichten!« Er schlug mit der Hand auf die Dokumente und den Plan der Bastionen. »An schlechten habe ich wahrhaftig heute schon genug bekommen.« Sein Blick zuckte zu einer ledernen Rolle, aus der ein Pergament lugte.

Valerian folgte seinem Blick. *Wahrscheinlich die Nachricht von Gustav Adolfs Boten,* dachte Valerian. *Und »schlechte Nachrichten« bedeutet wohl, dass der Schwede Magdeburg tatsächlich zu Hilfe eilt!*

Er bemerkte, dass der Feldherr auf seine Antwort wartete, und nahm unwillkürlich Haltung an. »Leider nein, Herr General. Der Gesandte Richelieus hat den Wechsel bereits in Hamburg bei einer Bank hinterlegt. Es gibt für uns keine Möglichkeit, an das Gold für den Schweden heranzukommen.«

Er schaffte es, nicht zusammenzuzucken, als Tilly seinen scharfen Blick auf ihn richtete. »Warum überrascht mich das nicht?« Tilly stützte sich mit den Knöcheln auf den behelfsmäßigen Kartentisch und beugte sich vor. In diesem Moment wirkte er alt und müde, und Valerian rief sich ins Gedächtnis, dass sein Feldherr ja auch bereits zweiundsiebzig Jahre zählte. *Er ist ein alter Mann,* dachte er.

Doch dann straffte sich Tilly wieder und deutete mit der Hand auf einen Krug, der neben mehreren Bechern auf einem kleinen Beistelltisch stand. »Schenkt Euch einen Becher Wein ein, Lieutenant, und berichtet mir, wie es in Magdeburg aussieht.« Er wartete, bis Valerian sich einen Becher Rotwein eingegossen und sich wieder zu ihm umgedreht hatte. »Glauben die Einwohner, dass der König ihnen zu Hilfe kommt?« Er deutete auf das Dokument in dem ledernen Etui. »Denn genau das kündigt er in diesem Schreiben an! Er beschwört den Magdeburger Magistrat, auf keinen Fall auf meine Angebote der Brandschatzung einzugehen, sondern durchzuhalten.« Er schlug mit der flachen Hand auf die Karte. »Wenn der Schwede wirklich aus Frankfurt an der Oder heranmarschiert, wird er uns zwischen seinen Truppen und den Verteidigern Magdeburgs in die Zange nehmen! Wenn das passiert, kann ich nicht dafür garantieren, dass meine Söldner bei den Fahnen bleiben! Wenn wir ihnen Gold bieten könnten, sicherlich, aber wir sind ihnen schon mehr als sechs Monate Sold schuldig geblieben! Wenn der Schwede kommt und mit den französischen Dukaten klimpert, werden sie in Scharen zu ihm überlaufen.« Er starrte wieder auf den Plan der Befestigungen Magdeburgs. »Dazu darf ich es nicht kommen lassen!«

Valerian wollte etwas sagen, aber ihm wurde klar,

dass der Feldherr seine Anwesenheit längst vergessen hatte und nur noch vor sich hin räsonierte.

Schließlich wurde Tilly wieder gewahr, dass noch jemand anders im Zelt war. Er winkte ungeduldig mit der Hand. »Danke für den Versuch, Lieutenant. Ihr könnt gehen. Und schickt mir den Befehlshaber der Schanzsoldaten herein! Wir müssen noch näher mit unseren Feldgeschützen an die Wälle heran. Diese verdammten Mauern müssen doch irgendwann unter dem Beschuss brechen, bevor uns die Munition ausgeht!«

»Wenn ich etwas anmerken darf, Herr General?«

Tilly hob den Kopf und sah Valerian ungeduldig an. »Und das wäre, Lieutenant?«

Valerian überlegte einen Moment, hin- und hergerissen zwischen seinem Pflichtgefühl und der Angst um seine Schwester. *Aber wenn Augusta meinem Rat nicht gefolgt ist und ihren Mann nicht begleitet hat, kann ich ihr auch nicht helfen!* »Meinem Eindruck nach fühlen sich die Einwohner der Stadt sehr sicher hinter ihren Mauern. Wie ich erfahren habe, beginnt der Morgen in Magdeburg mit Gottesdiensten und Appellen, aber meist nicht vor acht Uhr früh. Zudem neigen die Mauerwachen dazu, sich nach Sonnenaufgang schlafen zu legen, wenn bis dahin kein Angriff erfolgt ist.«

Tilly starrte ihn einen Moment scharf an, dann nickte er. »Danke, Lieutenant. Ihr könnt wegtreten.«

Als Valerian das Zelt verließ, beugte sich Tilly erneut über die Pläne, diesmal jedoch mit nachdenklicher Miene.

»Herr Lieutenant!«

Valerian zuckte zusammen, als eine massige Gestalt aus dem Dunkel auftauchte. »Bossel!«, stieß er hervor.

»Jetzt hättest du fast geschafft, was die ganze Besatzung von Magdeburg nicht zuwege gebracht hat!«

»Und was soll das sein?«, fragte der ehemalige Burghauptmann und Valerians Vertrauter vom Beginn dieses Feldzugs an.

»Fast wäre ich vor Schreck gestorben«, erwiderte Valerian. »Bring mich zu unserem Zelt. Und besorg mir eine Wanne mit heißem Wasser. Und danach eine ordentliche Mahlzeit!«

»Wie Herr Lieutenant befehlen!« Bossel fiel mit ihm in Gleichschritt, als sie durch das Lager gingen, zu dem Zelt, das Bossel für Valerian aufgeschlagen hatte. »Rittmeister von Gidéau hat schon nach Euch gefragt, junger Herr, und …«

»Um den kümmere ich mich morgen, Bossel!« Valerian gähnte. Der Wein hatte ihn noch müder gemacht, als er ohnehin schon war. »Heute bin ich zu nichts mehr …« Er runzelte die Stirn und drehte sich um, weil sein Bursche plötzlich wie angewurzelt stehen geblieben war. »Was hast du denn, Bossel?«

Der ältere Mann starrte angestrengt in den Schatten zwischen zwei Zelten und hob warnend die Hand. Valerian, der seinem Burschen blind vertraute, duckte sich unwillkürlich und griff nach dem Degen an seiner Seite, während er zwei Schritt rückwärts zu dem ehemaligen Burghauptmann machte.

Wortlos stellte er sich dicht neben ihn und folgte seinem Blick. Zunächst wusste er nicht, was Bossel dort erspäht haben konnte. Die Zelte waren in unregelmäßigen Reihen aufgestellt, und man konnte nicht allzu weit sehen, bis eine Zeltplane einem den Blick verstellte. Dann jedoch bemerkte er sie auch.

»Sie sind zu viert«, flüsterte Bossel.

Valerian nickte. Die vier Gestalten, die dort durchs Lager schlichen und Valerian und Bossel nicht bemerkt hatten, hätten ihrem Äußeren nach ganz normale Söldner sein können. Sie trugen Pluderhosen, bunte Wämser, Dragonerhelme und Schwerter an den Seiten. Einer jedoch hielt sein Eisen in der Faust, und genau das war es wohl gewesen, was Bossels Verdacht erregt hatte. Valerian zog seine Waffe aus der Scheide, ganz langsam, um sich nicht durch das metallische Singen zu verraten. Gleichzeitig griff er nach seiner Radschlosspistole und überzeugte sich mit einem kurzen Blick davon, dass der Mechanismus noch aufgezogen war.

»Hol Verstärkung!«, zischte er Bossel zu. »Ich behalte sie im Auge!«

»Ich lasse Euch nicht allein!«, widersprach Bossel. »Außerdem wissen wir ja gar nicht, was sie im Schilde führen.«

Valerian unterdrückte einen Fluch, um die Männer nicht zu alarmieren. Er bedeutete Bossel, um die Zelte herumzugehen und sich ihnen von vorn zu nähern. *Was auch immer sie vorhaben, ihre Verstohlenheit bedeutet gewiss nichts Gutes. Also werden sie nicht riskieren, dass jemand Alarm schlägt.* Er hob die Pistole. *Andererseits wüsste ich wirklich zu gern, was sie vorhaben, falls es überhaupt Spione sind und ich mich nicht irre.*

Er schüttelte den Kopf, während er über die Ironie dieser Situation nachdachte. *Aber es ist nicht gänzlich auszuschließen, dass die Magdeburger auf dieselbe Idee gekommen sind wie wir und versuchen, uns auszuspionieren!*

Er folgte den Männern, so leise er konnte, und nach

etwa fünfzig Schritten wurde ihm klar, wohin sie wollten.

Offenbar haben sie erfahren, dass Tilly sein Zelt im Lager aufgeschlagen hat und hier weilt! Er wusste zwar nicht, wie sie das herausgefunden haben konnten, aber er konnte sich sehr gut vorstellen, welchen Auftrag sie hatten. *Wenn es den Magdeburgern gelänge, den Feldherrn der Belagerungsarmee zu beseitigen, würde ihnen das zweifellos einen großen strategischen Vorteil verschaffen, und sie würden eine Menge Verwirrung unter uns stiften. Natürlich wäre das ein Selbstmordkommando, denn sie dürften wohl kaum damit rechnen, nach Tillys Ermordung unbehelligt wieder verschwinden zu können!*

Er sah sich um. *Andererseits …* Vor dem Zelt des Feldherrn hielten nur vier Kürassiere Wache, und die ließen sich durchaus überwältigen, wenn man die Männer überraschte oder sich sogar als Kamerad ausgab. Wer würde schon erwarten, Feinde vor sich zu haben, wenn diese vier sich arglos und ganz offen näherten?

In diesem Moment hörte er, wie Bossel aufschrie. Einen Moment herrschte Stille, dann ertönten weitere Rufe und Flüche! »Der Feind! Alarm! Zu Hilfe! Mordbuben!«

Ein Schuss fiel, dann noch einer, und dann hörte man hastige Schritte. Valerian hatte sich bereits in Bewegung gesetzt und rannte in die Richtung, aus der die Geräusche kamen. Er sah, wie ein Schatten hinter der Ecke eines Zeltes hervorstürmte, und hörte das angestrengte Keuchen eines Mannes, der auf ihn zurannte. In wenigen Augenblicken würde er ihn erreicht haben. Valerian klappte den Pulverdeckel seiner Pistole weg und schob sie wieder in seinen Gürtel. Stattdessen hob er den Degen und drückte sich dicht an die Zeltwand.

Im nächsten Moment stürmte der Mann an ihm vorbei, und Valerian schlug zu. Der Hieb prallte zwar vom Helm ab, aber die Wucht war groß genug, dass der Mann zu Boden stürzte, wobei ihm sein Stoßdegen aus der Hand glitt.

Valerian sprang vor und setzte dem Feind die Spitze des Degens in die Mulde über dem Lederharnisch. Bossel tauchte neben ihm auf und hielt eine Fackel über den Gestürzten.

»Das ist doch …!« Bossel runzelte die Stirn, als er auf den Söldner hinabblickte. Dann bückte er sich und riss dem regungslos Daliegenden den Helm vom Kopf. »Den kennen wir doch!«

»Ja, den kennen wir in der Tat!«, stieß Valerian hervor und kniff die Augen zusammen.

»Das ist dieser Müllersbursche …«, sagte Bossel und grübelte kurz über den Namen nach. »Schmalens.«

»Genau der ist es, Bossel«, bestätigte Valerian, ohne sich zu rühren.

Eik lag auf dem Rücken und starrte Valerian finster an. »Du!«

Valerian nickte. »Ich hatte gehofft, dich unter besseren Umständen wiederzusehen, Bruder!«

»Bruder?«, fragte Bossel verständnislos. »Was soll das heißen, junger Herr?«

»Das erkläre ich dir später, Bossel!« Valerian hielt Eik immer noch die Spitze seines Degens an die Kehle. »Aber jetzt müssen wir erst mal dafür sorgen, dass er keine Dummheiten macht, die ihn möglicherweise das Leben kosten. Ich sage das zwar nicht gern, aber so wagemutig und dumm dieser Kerl auch ist, gehört er trotzdem zur Familie!«

Eik spie aus. »Schöne Familie!«, fauchte er. »Wenn ich könnte, würde ich deine Schwester und dich …«

»Das glaube ich dir gern, aber du kannst nicht!«, unterbrach ihn Valerian, dann wollte er von Bossel wissen: »Was ist mit den anderen?«

Der ältere Mann zuckte mit den Schultern. »Ich hab ein paar Kürassiere Eurer Kompanie aufgescheucht. Mittlerweile sollten sie die drei geschnappt haben!« Er deutete auf den jungen Cornet. »Der da konnte ihnen entkommen! Aber es wird ihm nicht viel nützen! Tilly wird sie auf der Stelle als Spione hinrichten und einfach aufknüpfen lassen!«

»Gib mir deinen Knüppel, Bossel!«, befahl Valerian. Als der ihn verständnislos ansah, streckte er ungeduldig die freie Hand aus. »Beeil dich! Und kein Wort zu den anderen über das hier, verstanden?« Bossels Miene verriet, dass er nicht recht wusste, worauf Valerian hinauswollte, als er ihm den kurzen, mit Blei beschwerten Knüppel in die Hand drückte. »Wenn dich einer fragt, der vierte ist entkommen, verstanden?«

»Aber …«

»Kein Aber, Bossel! Verstanden?«

Bossels Blick glitt von Valerian zu Eik und wieder zurück. Seine Miene verdüsterte sich, als er begriff, was Valerian vorhatte, aber er nickte. »Das ist keine gute Idee!«

»Wahrscheinlich hast du recht«, murmelte Valerian. »Und wahrscheinlich wird dir dieser Müllersbursche hier ebenfalls beipflichten, wenn er morgen früh aufwacht!«

Valerian hätte fast gelacht, als er Eiks verständnislosen Blick sah. Dann nahm er den Griff des Degens in die Linke und wog den Prügel in der Rechten. Er beugte sich zu Eik hinunter. »Ich weiß, dass du mich hasst, Bruder, aber auch wenn du mich am liebsten umbringen würdest und mir kein Wort glaubst, ich sage dir, dass ich das hier nur zu deinem Besten tue und wider besseres Wissen auch für meine Schwester! Würde ihr zu Ohren kommen, ich hätte dich an den Galgen gebracht, würde sie mich eigenhändig umbringen, da bin ich mir sicher. Und im Gegensatz zu dir liegt mir etwas an meinem Leben.«

»Ich weiß nicht, worauf du …!«, begann Eik, dann riss er die Augen auf und stieß einen wütenden Schrei aus. »Wag es nicht …!«

Doch im nächsten Moment traf der Prügel seine Schläfe, und er sackte schlaff auf dem Boden zusammen.

»Und jetzt, junger Herr? Wenn man ihn hier findet, wird man Fragen stellen«, befürchtete der Ordonnanzbursche.

»Ganz genau, Bossel«, erwiderte Valerian, der sich langsam wieder aufrichtete und fast bedauernd auf seinen bewusstlosen Bruder hinabblickte. »Aus diesem Grund müssen wir ihn irgendwo verstecken, wo ihn niemand sucht und wo wir ihn bewachen können, ohne Aufmerksamkeit zu erregen. Jedenfalls bis ich weiß, was ich mit ihm anstellen will, oder bis er Vernunft angenommen hat!«

»Das kann dauern!«, bemerkte Bossel mit einem mürrischen Blick auf Eik. »Und wo soll dieser Ort sein, und wer soll ihn …? Nein, junger Herr! Das ist nicht Euer

Ernst!« Bossel hatte Valerians Blick bemerkt und ihn richtig gedeutet.

»Doch, Bossel. Du wirst ihn bewachen, und der beste Ort dafür ist mein Zelt. Oder hast du einen besseren Vorschlag?«

»Aber wenn man ihn findet, dann endet ihr *beide* am Galgen! Und … ich auch!«

»Ja, mitgefangen, mitgehangen. Aber so weit wird es nicht kommen, Bossel. Nicht, wenn du deine Aufgabe pflichtbewusst erfüllst. Und um den Rest kümmere ich mich!«

Valerian wartete, bis sich Bossel den Bewusstlosen leise maulend auf die Schulter gewuchtet hatte und mit seiner Last im Dunkel zwischen den Zelten verschwunden war. Dann drehte er sich um und lief zu dem Tumult, kaum fünfzig Schritte entfernt, der stetig lauter wurde.

Als er um ein Zelt bog, sah er einen Haufen Kürassiere. Sie hatten einen engen Ring um drei Männer gebildet, die am Boden knieten. Etliche der Kürassiere trugen Fackeln, und mindestens fünf waren mit schussbereiten Arkebusen bewaffnet.

Ich muss sie davon überzeugen, dass der vierte entkommen ist, dachte er. *Sonst könnte sich Bossels Befürchtung nur zu schnell bewahrheiten. Und ich muss schnell handeln, bevor sie anfangen, das ganze Lager auf den Kopf zu stellen.*

Rasch ging er zu dem Kreis aus Kürassieren, die eine Gasse bildeten, als er sich ihnen näherte. »Habt ihr sie erwischt?«, fragte er.

»Jawohl, Herr Lieutenant!« Ein Korporal aus seiner Schwadron trat vor und deutete auf die Männer. »Es sind Spione der Protestanten! Aus Magdeburg! Einer fehlt allerdings noch, wahrscheinlich ihr Anführer! Vermutlich ist er irgendwo im …«

»Nein«, unterbrach ihn Valerian, »mein Offiziersbursche und ich haben ihn verfolgt, leider ohne Erfolg. Bestimmt hat er das Lager schon verlassen, und in der Dunkelheit dürften wir ihn wohl kaum einholen, bevor er sich hinter den Stadtmauern in Sicherheit gebracht hat! Aber zumindest haben wir die hier unschädlich gemacht.«

»Was ist hier los?« Die Kürassiere wichen unwillkürlich ein wenig zurück und nahmen Haltung an, als Tilly, eskortiert von seiner Leibgarde, in den Kreis trat und die drei Männer musterte.

Da erst hatte Valerian Gelegenheit, sie genauer in Augenschein zu nehmen. Sie alle waren verletzt, hatten Blut in ihren Gesichtern und ebenso blutige Flecken auf ihren Wämsern. Aber zwei hielten sich noch wacker, während der dritte schlaff auf den Knien hockte und die Augen geschlossen hatte. Er war totenbleich, soweit man das im blakenden Licht der Fackeln sehen konnte. Der dunkle Fleck am unteren Rand seines Lederharnischs und das Blut an seinem Hals verrieten, dass seine Wunden weit ernster waren als die seiner Kameraden.

Bevor einer der Männer etwas sagen konnte, trat Valerian vor. »Mit Verlaub, Herr General!«

Tilly sah ihn an. »Ihr, Herr Lieutenant? Ihr seid wirklich sehr umtriebig, muss ich sagen. Eben noch spioniert Ihr in Magdeburg für mich und liefert Rapport in meinem Zelt, und jetzt macht Ihr irgendwelche Aufrührer in meinem Lager dingfest, die es vielleicht auf Leib und Leben meiner Person abgesehen hatten. Tüchtig, tüchtig, muss ich sagen.«

Valerian spürte am Tonfall des Generallieutenants, dass er misstrauisch war. Er witterte, dass hier irgendetwas nicht stimmte, konnte aber nicht erkennen, was es war.

»Ich glaube nicht, dass diese Männer zu den Unsrigen zählen, Herr General!«, erklärte Valerian. »Es sind zweifellos Spione der Protestanten. Der vierte von ihnen ist uns entwischt und wohl zurück nach Magdeburg geflohen.«

Tilly kniff die Augen zusammen. »Nach Magdeburg?«

Valerian nickte. »Ich vermute, sie haben dieselbe Idee gehabt wie wir, General. Sie haben uns ausspioniert, hatten aber nicht so viel Glück damit wie ich, sondern wurden erwischt!« Vage deutete er in die Dunkelheit hinter sich. »Mein Offiziersbursche hat einen von ihnen erkannt, der aus seinem Heimatort stammt. Er dient bei den Protestanten und hat den Gesandten Richelieus hierher nach Magdeburg eskortiert!«

»Aus seinem Heimatdorf?« Tilly starrte Valerian scharf an. »Also auch aus Eurer Heimat, nicht wahr, Herr Lieutenant? Ein seltsamer Zufall, findet Ihr nicht? Ihr versucht, den Gesandten zu überfallen, und er schickt seine Spione in unser Lager, und einer von denen ist Eurem Offiziersburschen bekannt!«

Das hier kann gefährlich werden, dachte Valerian. *Überleg dir gut, was du als Nächstes sagst.*

»Ich weiß nicht …«, begann er, aber Tilly brachte ihn mit einer Handbewegung zum Schweigen.

»Was Ihr wisst, Lieutenant, spielt keine Rolle mehr! Selbst wenn dieser Spion Magdeburg erreicht, wird er ihnen nichts Neues berichten können, sondern nur, dass wir immer noch versuchen, mit dem Magistrat zu verhandeln.« Er runzelte die Stirn. »Zweifellos sitzen Falkenburg und seine Stadträte zusammen und beraten über mein letztes Angebot!«

Er schien Valerian vergessen zu haben, als er sich über seinen Knebelbart strich. Dann drehte er sich zu einem Offizier seiner Leibwache herum. »Versammelt die Obristen in meinem Zelt, auf der Stelle! Und macht die Regimenter bereit! Wir werden in aller Frühe angreifen! Ich will einen Sturmangriff mit allen Kanonen, und den stärksten Schlag werden wir gegen das Fischertor führen!« Er sah wieder Valerian an. »Diese Strategie ist Euer Verdienst, Lieutenant. Wir werden um Glockenschlag sieben die Stadt angreifen, zu einer Zeit, in der die Magdeburger, Eurem Bericht zufolge, noch im Bett liegen oder sich für den Kirchgang fertig machen. Wir können nicht länger warten und damit riskieren, dass der Schwedenkönig tatsächlich auftaucht, um seinen Verbündeten zu helfen!«

Sein durchdringender Blick bohrte sich in den von Valerian. »General von Pappenheim wird den Angriff gegen das Fischertor führen, und da Ihr Euch in Magdeburg so gut auskennt, Herr Lieutenant, werdet Ihr ihn begleiten! Meldet Euch im Lager Pappenheims und haltet Euch zu seiner Verfügung, sobald er von der Stabsbesprechung zurückkehrt! Das ist alles, Ihr könnt wegtreten!«

Er wollte sich gerade abwenden, als sein Blick auf die drei Dragoner der Protestanten fiel. »Die da haben ihr Leben verwirkt! Ein Galgen wäre zu viel Aufwand für sie. Knüpft sie am nächsten Baum auf und überlasst sie den Krähen! Und schenkt vor dem Angriff ordentlich Wein an die Männer aus. Das stärkt ihren Mut.«

Valerian schluckte, als die Kürassiere die drei Männer, die sich nach Leibeskräften, aber letztlich vergeblich wehrten, packten und davonschleppten. Der Seitenblick, den Tilly ihm nach seinem Befehl noch zugeworfen hatte, war ihm nicht entgangen.

Er misstraut dir, dachte er, und im nächsten Moment wurde seine Vermutung bestätigt.

»Ich begleite Euch zum Lager von General Pappenheim«, sagte einer der Soldaten der Leibgarde des Generals, der zu Valerian getreten war.

»Ich muss noch in mein Zelt und meine Waffen und …«

»Befehl des Generals«, unterbrach ihn der Kürassier bestimmt, aber nicht unfreundlich. »Ihr habt nach der Einsatzbesprechung noch Zeit genug, Eure Ausrüstung zusammenzusuchen, Herr Lieutenant.« Der Mann grinste. »Endlich hat das Warten ein Ende, stimmt's?«

»Ja, das Warten hat ein Ende«, pflichtete Valerian ihm bei. *Ich frage mich nur, ob das etwas Gutes oder etwas Schlechtes bedeutet,* dachte er und hoffte inständig, dass Augusta dieses eine Mal auf seinen Rat gehört und Magdeburg verlassen hatte.

18. KAPITEL

Die Bluthochzeit

»Halt! Ihr könnt hier nicht durch!«

»Meine Herrin ist Marquise von Berny, die Gemahlin des Gesandten Seiner Gnaden Kardinal Richelieu …«

Es heißt »Seiner Eminenz«, dachte Augusta und unterdrückte einen Seufzer. Ansonsten jedoch hatte der Kutscher seine Sache ganz gut gemacht und den eingeübten Text fast fehlerfrei wiedergegeben.

»Das ist mir völlig wurscht!«, erwiderte der Söldner am Fischertor unbeeindruckt. »Und wenn es der Kaiser persönlich wäre, würde ich …«

Augusta schob den Kopf aus dem Fenster des Kutschschlags und musterte den Söldner der Torwache, der die Kutsche angehalten hatte, von Kopf bis Fuß, so hoheitsvoll, wie sie nur konnte.

»Wenn es der Kaiser wäre, du Narr, der würde nicht fragen!« Zu ihrer Befriedigung sah sie, dass der Mann bei ihrem Anblick unwillkürlich Haltung annahm. »Und um zu verhindern, dass der Kaiser, vielmehr sein Feldherr, an dieses Tor klopft, wäre es klug, mich durchzulassen! Oder muss ich erst Dietrich von Falkenburg, den Stadtkommandanten, aus seiner Beratung mit den Magistraten holen, damit er dir den Kopf zurechtrückt? Falls er ihn dir nicht gleich abschlagen lässt, weil du eine Gesandte mit einer Nachricht an den Schwedenkönig Gustav Adolf aufhältst!«

Augusta hörte das leise Zischen hinter sich in der Kutsche, schenkte dem jedoch keine Beachtung. Stattdessen beobachtete sie, wie sich der Söldner zu seinen Kameraden umdrehte, die ihrerseits nicht geneigt schienen, sich in die Auseinandersetzung mit dieser vornehmen Dame einzumischen.

»Aber mein Befehl lautet …«, begann der Söldner, dessen Stimme bereits deutlich weniger selbstbewusst klang.

Augusta machte eine ungeduldige Handbewegung, um die Personen, die mit ihr in der Kutsche saßen, daran zu hindern, sich ebenfalls vorzubeugen und sich dem Söldner zu erkennen zu geben. Gleichzeitig strahlte sie den schmutzigen und von der langen Nachtwache sichtlich erschöpften Mann vor sich an. Sie wusste, wann sie gewonnen hatte, und der Kerl brauchte nur noch einen kleinen Schubs, dann würde er genau das tun, was sie wollte.

»Es liegt mir fern, dich in Schwierigkeiten zu bringen, Cornet«, sagte sie.

»Korporal«, verbesserte der Söldner, war jedoch sichtlich geschmeichelt.

»Aber dein Befehl lautet sicherlich, niemanden in die Stadt hineinzulassen. Und das ist auch ganz gut so«, fuhr sie fort, bevor der Mann etwas erwidern konnte. »Aber wir müssen *hinaus,* um dem Schwedenkönig eine wichtige Nachricht zu überbringen. Du weißt ja, dass er unterwegs ist, um die Stadt von den kaiserlichen Soldaten zu befreien, die sie belagern …«

»Aber gestern Nacht ist ein Spion entkommen, durch

ebendieses Tor, Madame! Er hat zwei Söldner bestochen, ihn durchzulassen. Die beiden hängen bereits an der Stadtmauer, und ich möchte nicht …«

»Wenn du uns nicht endlich durchlässt, Soldat, wirst du bald neben ihnen hängen!« Augusta musste sich zusammenreißen, um nicht die Beherrschung zu verlieren. »Aber wenn du uns durchlässt, verspreche ich dir, dass du bald kein Korporal mehr sein wirst. Wie ist dein Name?«, setzte sie rasch hinzu, als ihr einfiel, dass sie ihn kaum für eine Beförderung vorschlagen konnte, wenn sie nicht wusste, wie er hieß.

Der Mann öffnete den Mund, um zu antworten, als ein Pfeifen ihn innehalten ließ. Er drehte sich zu seinen Kameraden am Tor herum, die ebenfalls die Köpfe hoben und lauschten.

Bevor er etwas sagen konnte, stieß jemand auf der Bastion über ihnen einen Schrei aus, und es knallte mehrfach dumpf.

Sind das Kanonenschüsse?, dachte Augusta, und im nächsten Moment erklang ein ohrenbetäubendes Krachen ganz in der Nähe. Unwillkürlich ließ sie sich in die Kutsche zurückfallen und landete dabei auf Leona, die vor Schreck und Entsetzen aufschrie.

»Kanonen?«, stieß Gabriel de Lemos hervor. »Aber wieso schießen sie denn jetzt? Ich dachte, der Magistrat verhandelt noch …«

Im nächsten Moment wieherten die Pferde des Gespanns schrill, und der Kutscher versuchte fluchend, die Tiere unter Kontrolle zu halten. Erneut war ein Pfeifen zu hören, näher diesmal, gefolgt von einem Krachen, dem eine Kakophonie von Schreien und Gebrüll folgte. Eine Wolke aus Qualm, Staub und Trümmern erhob sich in die Luft und quoll durch die Fenster der Kutsche.

Augusta packte den Rand des Fensters und zog sich von Leona weg dorthin. Vorsichtig streckte sie den Kopf ins Freie. »Was ist …?« Die an den Kutscher gerichtete Frage blieb ihr in der Kehle stecken. Der Mann hätte ohnehin keine Zeit gehabt, sie zu beantworten, weil er alle Hände voll damit zu tun hatte, die Pferde zu beruhigen, die durchzugehen drohten.

Augusta achtete jedoch nicht weiter darauf, sondern starrte voller Entsetzen auf das Fischertor und die Söldner, die dort gerade noch gestanden hatten. Oder vielmehr auf das, was von dem Tor und den Menschen übrig geblieben war.

Offenbar hat Tilly die Geduld verloren, schoss es ihr durch den Kopf. *Valerian hatte recht! Er lässt die Stadt stürmen!* Jetzt bedauerte sie, dass sie nicht sofort dem Rat ihres Bruders gefolgt war und Magdeburg noch gestern Abend verlassen hatte.

Sie ließ sich wieder in die Kutsche zurücksinken und sah Leona und ihren Vater an, die sie ängstlich musterten.

Augusta hatte nicht schlecht gestaunt, als Lisette am gestrigen Abend Besuch gemeldet hatte. »Ungewöhnlichen Besuch, Madame«, hatte ihre Zofe mit einem vielsagenden Blick hinzugefügt.

Und es war, gelinde gesagt, tatsächlich ungewöhnlicher Besuch gewesen. Augusta hätte mit allen möglichen Leuten gerechnet, aber ganz gewiss nicht mit ihrer Rivalin um Eiks Gunst und deren Vater.

Schon bald darauf war ihr klar geworden, dass es nicht Leonas Idee gewesen war, dass die beiden Augusta aufsuchten, doch Gabriel de Lemos hatte keinen Zweifel daran gelassen, dass er sich nicht mehr um die Befindlichkeiten und Wünsche seiner Tochter scherte. »Sie ist schwanger von diesem verdammten Hurenbock!«, stieß der jüdische Bankier wütend hervor und fuchtelte dabei mit den Händen in der Luft herum. »Gott weiß, welche anständigen Mädchen er sonst noch in Schwierigkeiten gebracht hat!«

Augusta wechselte einen kurzen Blick mit Leona und entnahm der versteinerten Miene der jungen Frau, dass sie offenbar ihren Vater im Unklaren darüber gelassen hatte, mit »welchen anständigen Mädchen« Eik außerdem noch verkehrte. Jedenfalls hatte sich der Verdacht des Bankiers, den er schon lange gegen Eik gehegt hatte, bestätigt, und zwar auf eine Art und Weise, die für den alten Mann unerträglich war. So unerträglich, dass er auf der Stelle sein Heim verlassen hatte, weil er um jeden Preis vermeiden wollte, dass Eik dorthin zurückkehrte, um Leona erneut in Versuchung zu führen.

Jedenfalls hatte sich Augusta entschlossen, die Nacht in Magdeburg zu verbringen, damit sich Leona ausruhen und ihr Vater seine Geschäfte zum Abschluss bringen konnte.

Wen versuchst du hier zu belügen?, dachte sie. *Du hast gehofft, dass Eik zu dir zurückkommt, gib es wenigstens dir selbst gegenüber zu!* Aber das hatte er nicht getan, und auch de Vries war unauffindbar. Schließlich hatte Augusta schweren Herzens beschlossen, Magdeburg zu verlassen, ohne Eik noch einmal zu sehen. Leona schien ebenfalls nicht sonderlich glücklich darüber zu sein, einfach aus der Stadt zu fliehen, ohne mit dem Vater ihres Kindes geredet zu haben.

Oder sich mit ihm zu versöhnen, dachte Augusta. Bei diesem Gedanken spürte sie einen Stich im Herzen, aber sie unterdrückte das Gefühl von Eifersucht rasch. *Wenn jemand Grund hätte, eifersüchtig zu sein, dann sicher dieses junge Ding hier,* sagte sie sich. Ihr war zwar klar, dass sie nur wenige Monate älter war als die Bankierstochter, aber irgendwie bereitete ihr der Gedanke Genugtuung, die Ältere und Klügere von ihnen beiden zu sein.

Ihr Blick glitt wieder zu de Lemos, der offenbar darauf wartete, dass sie etwas sagte.

Ist es schon zu spät für eine Flucht?, dachte sie.

Sie wandte sich wieder zum Fenster und schob den Kopf hindurch.

»Bleibt in der Kutsche, Frau!«, schrie der Kutscher, der vom Bock gesprungen war, um seine Pferde zu beruhigen. Er machte Anstalten, wieder aufzusteigen, hielt aber kurz inne und deutete auf das zerstörte Fischertor. »Die Gefahr, dass wir von einer Kanonenkugel oder einer Kettenkugel zerfetzt werden, ist mir zu groß! Wir können da nicht durch! Wir müssen wieder in die Stadt zurück und abwarten, bis die Kanonade zu Ende …«

»Nein!« Augusta öffnete den Schlag der Kutsche und stieg hastig aus. Sie schlug die Tür hinter sich zu und steckte noch einmal den Kopf durch das Fenster ins Innere. »Ihr bleibt in der Kutsche, wenn euch euer Leben lieb ist!«, befahl sie den beiden anderen.

Mittlerweile hatten die Glocken der Kirchtürme angefangen zu läuten. Augusta hob ihre Röcke an und kletterte zu dem verblüfften Kutscher auf den Bock. Der Lärm der Glocken und das Geschrei der Menschen um sie herum nahmen immer mehr zu.

»Wir dürfen nicht zurück!«, schrie sie. »Fahr durch das Tor, wenn du das hier lebend überstehen willst!« Sie packte den Arm des Mannes und schüttelte ihn. »Sie werden aufhören zu schießen, wenn sie sehen, dass sie eine Bresche geschossen haben! Und dann dauert es nicht mehr lange, bis die ersten Söldner der Kaiserlichen hier auftauchen und das Gemetzel beginnt! Wenn das passiert, willst du bestimmt nicht mehr hier sein, das verspreche ich dir!«

»Aber unsere Bewaffneten können die Kaiserlichen aufhalten!«, protestierte der Kutscher. »Und wenn Gustav Adolf kommt …«

»*Falls* Gustav Adolf kommt, was ich ebenso bezweifle, wie mein Gemahl es bezweifelt hat! Warum, glaubst du wohl, ist er bereits gestern Abend abgereist?« Sie starrte den Mann eindringlich an. »Gustav Adolf hat genug damit zu tun, seine Söldner davon abzuhalten, Frankfurt zu plündern und dann davonzulaufen! Doch du kannst mir glauben, dass weder Tilly noch Pappenheim eine solche Zurückhaltung bei Magdeburg an den Tag legen werden!« Sie streckte die Hand aus und deutete auf die Rauchwolke, in der schemenhaft die Trümmer des Tores zu erkennen waren! »Ich sage dir, fahr los oder gib mir die Zügel, dann lenke ich die Kutsche selbst!«

Die Vorstellung, dass eine Frau seine Kutsche lenken und etwas zuwege bringen könnte, wovor er feige kneifen wollte, war für den Kutscher offenbar schlimmer als die Angst vor den Kugeln und Klingen der Kaiserlichen. Er knurrte etwas Unverständliches, schwang die Peitsche und ließ sie über den Köpfen seiner Pferde knallen. Die Tiere zögerten, warfen die Köpfe hoch und schienen sich weigern zu wollen, einem derartig närrischen Befehl zu folgen, doch nach einem atemlosen Moment fügten sie sich der Stimme und der Peitsche des Kutschers und setzten sich mit einem Ruck in Bewegung.

Augusta hielt sich mit beiden Händen am Kutschbock fest, als die Räder über Holztrümmer, Steinbrocken und andere, weichere Hindernisse rumpelten, auf die sie lieber nicht blickte.

Sie näherten sich dem Fischertor, und da sah Augusta in den schwächer werdenden Rauchwolken die Bresche, die die Kanonen der Kaiserlichen in die Stadtmauer geschossen hatten. Sie war groß genug, dass zehn Pferde nebeneinander hindurchkonnten, und sie befürchtete, dass jeden Moment die Reiterei Tillys oder Pappenheims dort auftauchte. Dann war es vorbei mit ihrer Flucht. Genauso gut konnte es allerdings auch sein, dass die Stückemeister der Artillerie noch eine weitere Salve abfeuerten. *Dann ist unsere Flucht ebenfalls zu Ende,* dachte Augusta und betete, dass es nicht so kommen möge.

In diesem Moment öffnete sich das kleine Fenster der Kutsche, durch das die Insassen mit dem Kutscher auf dem Bock reden konnten.

»Ich kann nicht!«

Augusta drehte sich verblüfft herum, als sie die Stimme der jungen Frau hörte. »Was könnt Ihr nicht?«

»Ich kann ihn nicht einfach so zurücklassen!«

Augusta wusste, wen die junge Bankierstochter meinte. Dennoch – oder vielleicht gerade deshalb – erschrak sie über diese Dummheit. »Ihr wisst doch gar nicht, wo er ist!«, hielt sie dagegen. »Und wenn wir jetzt nicht sofort die Stadt verlassen …«

»Er ist hier am Fischertor stationiert, das hat mir Hauptmann de Vries verraten!«

»Hier?« Augusta sah sich verblüfft um. »Aber wie wollt Ihr …?«

Das Gesicht der jungen Frau verschwand, und dann sah Augusta, wie der Kutschschlag geöffnet wurde. Bevor sie dem Kutscher eine Warnung zurufen konnte, war Leona bereits hinausgesprungen und landete auf allen vieren auf den Pflastersteinen. Sie schrie auf, weil sie sich wehgetan hatte, aber offenbar war sie unverletzt geblieben.

»Leona!« Der alte Bankier tauchte im offenen Schlag auf. »Was machst du da, Tochter! Bist du von Sinnen?« Er schrie noch etwas auf Jiddisch, dann fuchtelte er mit dem Stock in Richtung des Kutschers. »Anhalten, verdammt!«

»Das geht nicht!«, schrie der Kutscher zurück. »Wenn ich die Pferde jetzt hier mitten in diesem Krach und den Trümmern anhalte, bringe ich sie nicht mehr dazu weiterzulaufen! Falls ich es *überhaupt* schaffe, sie anzuhalten!«

Augusta sah, dass dies keineswegs eine Ausrede war. Er hielt die Zügel mit verkrampften Händen, und seine Miene war ein Ausdruck äußerster Anspannung.

Sie blickte zu de Lemos. »Es geht nicht!«, wiederholte sie die Worte des Kutschers. »Wir können nicht …!«

Der alte Mann stieß einen wüsten Fluch aus und ließ sich aus der Kutsche fallen, als die etwas langsamer über ein von Mauerresten übersätes Stück Straße holperte.

»Nein!«, schrie Augusta, aber es war schon zu spät. Der Mann landete im Staub der Straße und blieb regungslos liegen. Augusta überlegte, ob sie auf dem Kutschbock sitzen bleiben oder hinabklettern und dem Alten helfen sollte, da hörte sie vor sich im Dunst Trompetensignale.

»Was bedeutet das?« Sie hatten die Lücke in der Mauer passiert, die einmal das Fischertor gewesen war. Überall lagen Trümmer herum und dazwischen die Leichen von Söldnern und Zivilisten.

Sie richtete den Blick nach vorn und spürte, wie sich eine eiskalte Hand um ihr Herz legte. Vor ihr und schon auf dieser Seite der Elbe massierte sich eine große Anzahl Kavallerie. Offenbar hatten die Kaiserlichen im Schutz der Morgendämmerung und des Nebels, der von der Elbe aufstieg, über eine Brücke weiter flussaufwärts den Strom überquert, und nachdem die Kanonade aufgehört hatte, schickten sie sich an, durch die Bresche in die Stadt einzudringen.

»Das ist Pappenheims Reiterei!«, schrie der Kutscher. »Die liegen schon ein halbes Jahr hier vor Magdeburg und haben bislang vergeblich versucht, die Stadt einzunehmen!« Er warf einen Blick zurück auf die Lücke in der Mauer, in der immer noch keine Verteidiger zu sehen waren, ebenso wenig wie auf den Zinnen. »Gott sei uns gnädig, Frau, denn jetzt haben sie es geschafft, und es ist niemand da, der sie aufhalten könnte!«

Er riss heftig an den Zügeln und lenkte die Kutsche nach rechts, weg von den Reitern und dichter an die Stadtmauer heran.

»Was hast du vor?«, schrie Augusta.

»Vertrau mir, Frau!« In seiner Not schien der Mann jede Förmlichkeit abgelegt zu haben. »Ich kenne einen Weg direkt an der Mauer entlang bis zu einem Waldstück. Wenn wir es bis dahin schaffen, sind wir in Sicherheit!« Er warf ihr einen Seitenblick zu. »Wollt Ihr hier oben sitzen bleiben oder lieber in die Kutsche steigen?«

»Ich bleibe hier!«

Der Mann nickte und ließ die Peitsche knallen. »Dann macht Euch auf einen Höllenritt gefasst, Madame!« Offenbar hatte die Aussicht, vielleicht doch dem Tod zu entkommen, ihm Mut eingeflößt.

Augusta nickte und blickte zu der Stadt zurück und dann zu den Reitern, die im Galopp näher kamen. Sie achteten nicht auf die einzelne Kutsche, die sich von dem Tor entfernte, sondern galoppierten durch die Bresche.

Wenigstens diese kleine Gunst hat Gott mir erwiesen, dachte Augusta. Sie zweifelte nicht daran, dass die Hölle, die sie auf dieser Fahrt durchleben würde, nichts im Vergleich zu dem war, was auf die Magdeburger zukam. *Lieber Gott,* dachte sie. *Wenn ich dich noch um eine weitere Gnade bitten darf, dann beschütze Leona und ihren Vater … und vor allem Eik und Valerian.*

Sie drehte sich wieder um und klammerte sich an dem Gestänge des Kutschbocks fest, während die Pferde auf dem schmalen, ausgefahrenen Karrenweg in Galopp fielen und die Kutsche in halsbrecherischem Tempo über Steine und Wurzeln rumpelte.

Sie sah nicht einmal zurück, als das Geläut der Glocken von weiteren Kanonenschüssen übertönt wurde und das hellere Knattern von Musketensalven in das tödliche Konzert einstimmte.

Valerian hielt inne und wischte sich mit dem Handschuh den Schweiß aus dem Gesicht. Erst als er die dunklen Flecken auf dem Leder sah, begriff er, dass er voller Blut sein musste.

»Worauf wartet Ihr denn noch, Lieutenant?« Korporal Bogdanow zügelte sein Pferd neben ihm und sah seinen Vorgesetzten fragend an. »Wenn wir uns beeilen, haben wir die Stadt im Handstreich genommen, noch bevor der Rest der Armee überhaupt einen Fuß hineingesetzt hat!« Das Gesicht des Korporals glühte, von Gier und Kampflust ebenso wie von dem Schein der Flammen, die aus den Gebäuden neben ihnen schlugen. »General Pappenheim hat auf Befehl von Tilly die Stadt zum Plündern freigegeben!« Er grinste, und seine Zähne leuchteten weiß in dem dunklen Bart. »Ich sage, wer zuerst kommt, mahlt zuerst!«

Die Worte des Korporals rissen Valerian aus seiner Betäubung. *Wer zuerst kommt, mahlt zuerst?* Er konnte sich daran erinnern, dass jemand anders diese Worte häufig gebraucht hatte, aber es dauerte ein wenig, bis ihm einfiel, wer das gewesen war. *Richtig, Eik, der seinen Vater zitiert hat.* Es war der Spruch eines Müllers und der Spruch eines Müllerssohnes, aber Valerian kam es vor, als wäre diese Zeit in Villesen und Bruchhausen schon eine Ewigkeit her und er befände sich in einem anderen Leben.

Er packte die Zügel seines Pferdes und trieb es weiter, zwang sich dazu, sich von der Szene zu lösen, die er betrachtet und die ihn so gebannt hatte. *Gebannt ist das falsche Wort,* dachte er. *Entsetzt trifft es besser.* Zwei Kürassiere der Reiterei Pappenheims waren abgesessen und in ein Haus eingedrungen, gerade als

Valerian daran vorbeiritt. Er hatte angehalten, um die Männer zur Ordnung zu rufen, weil die Schlacht noch nicht entschieden war, ganz im Gegenteil! Mittlerweile hatte sich die Besatzung von Magdeburg von ihrer Überraschung erholt, und es formierte sich erbitterter Widerstand. Jedes Haus, so schien es, wurde hart umkämpft. Die Verteidiger verstreuten ungelöschten Kalk aus den Häusern, der den Angreifern und ihren Pferden die Schleimhäute verätzte, wenn sie nicht aufpassten. Dazu warfen sie Fußangeln auf die Straßen, und nicht wenige Kameraden Valerians waren schreiend durch die Verätzungen und mit blutigen Füßen zusammengebrochen, nachdem sie von ihren scheuenden Pferden abgeworfen worden waren.

Sie brauchten jeden Mann und jedes Schwert, wenn sie die Stadt wirklich erobern wollten. *Zum Plündern ist später noch Zeit,* dachte Valerian. Aber als er gerade absitzen wollte, um in das Haus zu gehen und die pflichtvergessenen Kürassiere herauszuholen, ertönte ein gellender Schrei aus dem Inneren. Ein junges Mädchen, höchstens vierzehn Jahre alt, stürzte schreiend aus dem Gebäude, verfolgt von einem der Kürassiere. Bevor es auch nur zwei Schritte auf die Straße gemacht hatte, erwischte der Mann es an den Haaren und zerrte es brutal zurück. Das Mädchen weinte und riss die Arme hoch, um seinen Kopf zu schützen, aber der Mann schlug ihm mit der Faust in den Bauch, und es krümmte sich und fiel zu Boden. Der Söldner lachte und bückte sich, packte das Kleid und zerriss es mit beiden Händen. Er packte grob die kaum erblühten Brüste des Mädchens, knetete sie brutal und nestelte dann an seiner Pluderhose, ohne sich darum zu kümmern, dass er sich auf der Straße befand und etliche andere Söldner und auch Valerian zusahen.

Im nächsten Moment kam sein Kamerad aus dem Haus und zerrte eine blutüberströmte Frau hinter sich her. Ihr erging es genauso wie dem Mädchen, offenbar ihre Tochter.

Bevor Valerian einschreiten konnte, tauchte ein Cornet mit einigen Kürassieren seiner Kompanie auf. Valerian wollte den Männern gerade befehlen, die beiden Söldner an ihrem gottlosen Tun zu hindern und sie festzusetzen, als er zu seiner völligen Verblüffung sah, wie drei Reiter absaßen und in das Haus stürmten, ohne sich auch nur im Geringsten um ihre Kameraden zu kümmern, die gerade dabei waren, eine Mutter und ihr Kind zu vergewaltigen.

»Ihr könnt sie nicht am Plündern hindern, Lieutenant!«, bemerkte Bogdanow neben ihm, der Valerians Miene gesehen hatte und sie richtig deutete. »Und auch nicht daran, sich von den Frauen Magdeburgs zu holen, wonach ihnen gelüstet.«

»Sie benehmen sich wie die Tiere!«, gab Valerian angewidert zurück, während das Schreien des Mädchens und der Frau in seinen Ohren schrillte. Er sah hin – und wandte sogleich das Gesicht wieder ab, als er nur ganz kurz gewahrte, was den Ärmsten widerfuhr. Die beiden Söldner stießen in ihre Leiber, als wollten sie ihre Opfer aufspießen, und ihre Kameraden, die ihnen dabei zusahen, feuerten sie lachend und johlend an. Das Mädchen schrie vor unsäglichen Schmerzen, während die Mutter, die selbst genommen wurde wie ein Stück Vieh, darum bettelte und flehte, man möge wenigstens ihre Tochter verschonen.

Bogdanow zuckte mit den Schultern. »Schon möglich, Lieutenant. Aber … sich den Männern in den Weg zu stellen ist gefährlich, vielleicht sogar noch gefährlicher, als sich den Verteidigern Magdeburgs zu stellen!«

»Sie tun so, als wäre die Stadt bereits eingenommen!« Valerian sah sich um. Überall schien gekämpft zu werden, und an etlichen Stellen in der Stadt stieg wie in der Straße, in der sie sich befanden, Rauch von brennenden Gebäuden auf. »Aber das ist sie noch nicht!«

»Das ist nur noch eine Frage der Zeit, Lieutenant. Ich habe einen Kameraden getroffen, der eine Botschaft von Tilly an Pappenheim überbringen sollte! Der General hat das Elbtor eingenommen und rückt gerade mit dem Rest der Armee in die Altstadt ein!« Er ballte die Rechte zur Faust. »Der Sieg ist unser, Lieutenant, und der Sieger nimmt sich, was er will! Der General hat selbst gesagt, dass die Soldaten etwas für ihre Mühsal und Plage bekommen sollen!«

Valerian hatte ihm nicht zugehört, sondern sich in die Steigbügel gestellt und sich nach links und rechts umgesehen. Er ließ sich wieder in den Sattel sinken und wendete sein Pferd in einem engen Kreis. »Was?« Er sah Bogdanow an, der seinen Vorgesetzten verblüfft musterte.

»Ich habe gerade gesagt, dass General Tilly in die Altstadt einrückt und uns der Sieg nicht mehr zu nehmen ist, Lieutenant …«

»Diese Feuer, Korporal, es sind zu viele!« Valerian deutete auf die zahllosen Rauchsäulen, die überall in der Stadt aufstiegen. »Und der Wind frischt auf!«

»Und wenn schon!« Der Korporal warf einen kurzen

Blick auf die Rauchsäulen, und so etwas wie Besorgnis huschte über sein Gesicht. Doch dann wich die Miene einem Ausdruck von Gerissenheit. »Die Feuer wurden auf Befehl des Generals Pappenheim gelegt!« Als er Valerians überraschtes Gesicht sah, hob er die Hand und tippte sich mit dem Finger an die Stirn. »Ein raffinierter Stratege, der General«, erklärte der Korporal. »Er hat gesagt, die Bürgerwehr von Magdeburg soll löschen, nicht kämpfen.«

Aber ich kann mir nicht vorstellen, dass es Tilly oder Pappenheim gefällt, wenn ihr die ganze Stadt niederbrennt und damit alle Lebensmittelvorräte und Munition vernichtet! Er warf erneut einen Blick auf die Rauchsäulen. *Und wenn der Wind sich nicht bald legt, wird sich das Feuer rasend schnell ausbreiten, das ist so gut wie sicher! Vor allem, wenn die Söldner niemanden am Leben lassen, der das Feuer löschen könnte!*

Der Korporal sah, dass Valerian von seiner Erklärung nicht sonderlich beeindruckt war, und deutete nach vorn. »Mit Eurer Erlaubnis, Lieutenant, ich denke, ich sehe mich dort mal um, ob es etwas zu holen gibt! Bevor mir meine Kameraden alles vor der Nase wegschnappen!«

Bevor Valerian auch nur nicken konnte, hatte der Korporal seinem Pferd bereits die Sporen gegeben und galoppierte davon.

Valerian sah sich suchend um, aber von seinen Kürassieren war keiner mehr zu sehen. Ebenso wenig sah er irgendwelche Verteidiger von Magdeburg. Er befand sich auf einem kleinen gepflasterten Platz in der Nähe des Doms.

Er schüttelte sich, um die Betäubung loszuwerden,

die ihn beim Anblick all der Grausamkeiten überkommen hatte.

Die Frau und das Mädchen … Als er zu ihnen hinblickte, sah er nur noch die Frau. Die Tochter hatte man wohl fortgezerrt – Valerian gab sich nicht der falschen Hoffnung hin, dass sie entkommen sein könnte –, und ihre Mutter rührte sich nicht mehr. Wie tot lag sie auf dem Pflaster, und dennoch rackerte ein Söldner wild zwischen ihren entblößten Schenkeln. Es war ein anderer als der zuvor, und nachdem er sich in ihren Leib ergossen hatte, ließ er einen weiteren Kameraden ran, spuckte aber vorher noch der geschändeten – und womöglich toten – Frau ins Gesicht.

Valerian wollte nicht weiter hinsehen, hob den Blick und … *Der Dom,* dachte er, als er die beiden großen Türme über den Dächern der Häuser sah. Ohne genau zu wissen, warum er das tat oder was er dort zu finden hoffte, trieb er sein Pferd an und lenkte es in Richtung der Kirche.

Als er aus einer schmalen Gasse auf den Domplatz gelangte, zügelte er sein Pferd. Menschen strömten in das Gotteshaus, Hunderte von Menschen. Aus den Gassen hallte lautes Geschrei auf den Platz, aber es waren kaum Söldner zu sehen. Die verzweifelten Menschen drängten sich vor den breiten Portalen des Doms, die von einem schwarz gekleideten Pfaffen mithilfe etlicher Männer zugezogen wurden. Mit einem lauten Knallen schlossen sich die schweren, mit Bronze beschlagenen Türen.

In diesem Moment stürmte etwa ein Dutzend Infanteristen auf den Platz. Sie johlten und schwenkten Waffen und Wein- oder Bierkrüge, und einer von ihnen deutete auf den Dom. Mit lautem Geschrei stürmten sie die Treppe hinauf und hämmerten mit Schwertern und Partisanen gegen die Portale.

Valerian unterdrückte einen Fluch und trieb sein Pferd an. *Nicht vor meinen Augen!,* sagte er sich und galoppierte zu der Treppe. Er lenkte sein Streitross die Stufen hinauf und erreichte die Männer in dem Moment, als der erste in dem lauten Geschrei und Krakeelen der offenbar bereits betrunkenen Söldner das Hufgetrappel vernahm. Er fuhr herum und schrie auf, als ihn die flache Seite von Valerians Säbel seitlich am Kopf traf, was ihn wie einen Sack Mehl zu Boden fallen ließ.

»Heda!«, schrie ein anderer und machte Anstalten, mit der Partisane nach Valerian zu stoßen.

»Lass das!« Ein dritter fiel ihm in den Arm und drückte ihm die Waffe nach unten. »Das ist einer von den Unseren! Ein Lieutenant vom Regiment von Corpes!«

»Was will er denn?«, knurrte der Mann und starrte böse zu Valerian hinauf. »Was willst du, Lieutenant? Bist du ein Beschützer der Pfaffen, oder willst du die Domschätze für dich allein?«

»Weder das eine noch das andere, Kerl!« Valerian steckte seinen Säbel in die Scheide, als er sah, dass die anderen offenbar nicht gewillt waren, einen Offizier ihrer eigenen Truppen anzugreifen. Doch dafür zog er seine Radschlosspistole aus dem Gürtel und richtete sie auf den Söldner. »Aber dieser Dom ist ein heiliger Ort und bietet jedem Schutz, der ihn aufsucht! Wenn du damit nicht einverstanden bist, sag es nur!«

Der Mann blickte auf die Pistole, deren Mündung auf ihn zielte, und richtete seinen Blick dann auf Valerian. Er bewegte die Lippen, aber kein Laut drang aus seinem Mund.

»Komm, Bastian, lass es gut sein!«, sagte der Mann, der Valerian erkannt hatte, und legte seinem Kameraden seinen Arm um die Schultern. »Wir gehen und lassen den Lieutenant seinen Pakt mit Gott machen!« Die Männer lachten, aber es klang ein wenig gezwungen. »Es gibt noch genug für uns in der Stadt zu plündern, auch ohne dass wir uns an Gott und seinem Lieutenant versündigen!« Er blinzelte Valerian zu, dessen Gesicht wie gemeißelt blieb.

Der Bastian genannte Mann zögerte, offenbar nicht bereit, so leicht nachzugeben, aber Valerians Blick und die Pistole, die kein bisschen in seiner Hand zitterte, überzeugten ihn schließlich davon, dass es besser war, sein Glück nicht auf die Probe zu stellen.

»Da können sich die Pfaffen ja bei Euch bedanken, Lieutenant!« Er wandte sich ab und folgte seinen Kameraden, die bereits johlend die Treppe des Doms hinabtaumelten. Nach zwei Stufen blieb der Mann stehen und drehte sich zu Valerian herum. »Aber ich habe was gut bei deinem Gott!«, schrie er. »Richte ihm aus, dass der Luckner Bastian was gut bei ihm hat, wenn du ihm gegenübertrittst!«

Das wirst du ihm bald selbst sagen können, Halunke, dachte Valerian, würdigte den Mann aber keiner Antwort, sondern schob einfach nur die Pistole wieder in den Gürtel.

Dann drehte er sich noch einmal zu dem Portal herum und musterte es. Es sah solide genug aus und hätte wahrscheinlich auch den Bemühungen der Söldner widerstanden, gewaltsam dort einzudringen, ohne dass

Valerian eingegriffen hätte. Trotzdem fühlte er sich irgendwie besser, als er sein Pferd die Stufen hinablenkte und über den Platz ritt. Als hätte er in all diesem Schrecken und Blutvergießen durch diese Tat gezeigt, dass die Menschlichkeit noch nicht völlig in Vergessenheit geraten war.

Ein Gefühl, das sich in blankes Entsetzen verwandelte, als er von dem Domplatz aus in eine dunkle Gasse ritt, aus der entsetzliche Schreie, das Klirren von Waffen und lautes Gegröle drangen. Der Anblick, der sich ihm bot, ließ ihm das Blut in den Adern gefrieren.

Ein kleiner Zug von Landsknechten marschierte johlend auf der Mitte der Gasse zwischen den eng zusammenstehenden Häusern entlang. Die Söldner schlugen mit ihren Säbeln und Waffen auf hilflose Einwohner ein, offenbar um sie dazu zu bringen, ihnen zu verraten, wo sie ihr Gold und andere Kostbarkeiten versteckt hatten. Aber das war nicht der Grund, warum viele der Einwohner, vor allem die Frauen, so entsetzlich jammerten. Die Landsknechte schwenkten ihre Hellebarden, und es dauerte einen Moment, bis Valerian erkannte, was auf den Spitzen der Waffen steckte.

Säuglinge? Das kann doch nicht wahr sein …! Er spürte, wie sich ihm der Magen umdrehen wollte, aber er war unfähig, den Blick abzuwenden. *Es sind Säuglinge!* Er traute seinen Augen nicht, aber es war tatsächlich so. Auf die scharfen Spitzen der Hellebarden hatten diese gewissenlosen Mordbuben Säuglinge gespießt, und als Valerian näher heranritt, hörte er dünne, entsetzliche Schreie und sah, dass einige dieser armen Wesen noch lebten und zappelten wie aufgespießte Fische.

Grundgütiger Gott! Verzeih mir! Er beugte sich seitlich aus dem Sattel und übergab sich. Er selbst war es gewesen, der Tilly auf die Idee gebracht hatte, Magdeburg um diese frühe Stunde anzugreifen, weil dann die Wachen nachlässig waren.

Sein Blick glitt von den Opfern zu den Landsknechten, die tatsächlich auch noch lachten, und dann zu den Einwohnern, zu den Frauen, deren Gesichter vor Qual verzerrt und tränenüberströmt waren. *Sie werden nicht lange leiden,* dachte Valerian, als er sah, wie sich einige Söldner auf die Frauen stürzten und die Männer mit ihren Säbeln zu Boden schlugen. Sie schleuderten die Frauen auf das Pflaster und stürzten sich wie Tiere auf sie.

Das ist nicht mein Krieg! Der Gedanke traf Valerian wie ein Schlag. *Das ist nicht mein Krieg!,* wiederholte er nachdrücklich, riss sein Pferd am Zügel herum, ohne auf das protestierende Wiehern des Tieres zu achten, und galoppierte aus der Gasse.

Das ist nicht mein Krieg! Er wiederholte den Satz in Gedanken, als wäre es ein Anker, an dem er sich festklammern konnte.

»Lieutenant!«

Valerian galoppierte weiter, ohne auf die Stimme zu achten, ohne wahrzunehmen, dass der Ruf ihm galt.

»Lieutenant von Villesen!«

Valerian blinzelte, weil ihm alles vor den Augen verschwamm, und er merkte, dass es Tränen waren, die seine Sicht trübten.

Er hörte Hufgetrappel hinter sich, und erneut schrie jemand seinen Namen. »Von Villesen, verdammt! Wollt Ihr wohl stehen bleiben!«

»Das ist nicht mein Krieg!«

Valerian zügelte sein Pferd und drehte sich um. Rittmeister von Gidéau galoppierte vor einer Gruppe von Kürassieren auf ihn zu und zügelte sein Pferd, als er Valerian erreicht hatte.

»Was sagt Ihr da?«

Valerian sah ihn verblüfft an, dann wurde ihm klar, dass er den Satz, den er immer wieder in Gedanken formuliert hatte, offenbar laut ausgesprochen hatte. Er zögerte. Aber die Wut und das Entsetzen über das, was er gesehen hatte, waren größer als die Bedenken, einem vorgesetzten Offizier gegenüber eine solche Äußerung gemacht zu haben.

»Mit Verlaub, Herr Rittmeister, ich habe gesagt: *Das ist nicht mein Krieg!*«

Der Rittmeister sah sich kurz um, aber die Kürassiere in seiner Begleitung hatten nicht auf Valerian geachtet, sondern beobachteten das Gemetzel in den Straßen und Gassen, und einige blickten immer wieder mit besorgten Mienen auf die Rauchsäulen. Valerian hatte nicht mehr darauf geachtet, aber als er ihren Blicken folgte, sah er, dass aus den einzelnen Rauchsäulen über Magdeburg eine einzige riesige, schwarze Rauchwolke geworden war, die vom Licht der Flammen rötlich schimmerte.

»Das will ich nicht gehört haben, Herr Lieutenant!«, sagte Rittmeister von Gidéau so leise, dass nur Valerian es mitbekam. »Habt Ihr mich verstanden?«

Valerian sah seinen Vorgesetzten an. »Ich habe es so gemeint, Herr …«

»Das ist mir klar, Lieutenant von Villesen! Und ich kann Euch auch verstehen!« Von Gidéau deutete auf die brennende Stadt, ohne den Blick von Valerians Gesicht zu nehmen. »Wenn man so etwas erlebt, kann man den Glauben an unsere Sache verlieren! Aber so ist der Krieg!«

Valerian schüttelte den Kopf. »Das glaube ich nicht, Herr Rittmeister! Das ist kein Krieg! Das ist ein Massaker, ein blindes, blutiges Gemetzel, ohne Gnade, ohne Gott, ohne Menschlichkeit!«

Von Gidéau seufzte. »Vielleicht habt Ihr recht, Lieutenant!« Er drehte sich im Sattel um und ließ seinen Blick über die Häuser schweifen, über die Söldner, die Möbel und Wertgegenstände aus den Fenstern auf die Straßen warfen, die wehrlose Bürger abschlachteten, Frauen brutal zusammenschlugen, um ihren Widerstand zu brechen, und an den Haaren hinter sich herzogen oder direkt an Ort und Stelle vergewaltigten und Kindern die Köpfe auf den Pflastersteinen zerschmetterten, wenn ihnen nicht gar Schlimmeres in den Sinn kam. »Nein, ganz bestimmt habt Ihr recht! Aber umso wichtiger ist es, dass Ihr vernünftig bleibt, dass Ihr jetzt nicht die Contenance verliert! General Tilly hat das hier so nicht gewollt, ebenso wenig wie Pappenheim …!«

Valerian lachte. »Tatsächlich nicht? Aber Pappenheim …«

»General von Pappenheim!«

»… hat selbst den Befehl gegeben, die Häuser anzuzünden, damit die Leute nicht kämpfen können, weil sie damit beschäftigt sind, die Brände zu löschen! Und General Tilly hat die Stadt zur Plünderung freigegeben, wohl wissend, dass die Söldner nicht mehr zu bändigen sein würden, nachdem sie ein halbes Jahr auf diesen Moment gewartet haben und schon wieder kämpfen, schon wieder ihr Leben riskieren mussten, weil die

Stadt sich nicht ergeben hat!« Er fuhr sich mit der Hand über das von Blut und Ruß verschmierte Gesicht. »Und ich selbst habe ihm auch noch zu diesem Sturmangriff geraten, habe ihm gesagt, dass um diese frühe Stunde die Wachen auf den Mauern unaufmerksam sind …«

Von Gidéau nickte. »Das habt Ihr in der Tat, Lieutenant.« Er sah von Villesen scharf an. »General Tilly hat es in der Morgenbesprechung erwähnt, und es würde mich nicht wundern, wenn Euch nach diesem Sieg – einem so wichtigen Sieg! – eine neue, höhere Position erwartet.« Er beugte sich vor und wollte Valerian die Hand auf den Arm legen. »Hört auf mich …« Er unterbrach sich, als Valerian seinen Arm heftig wegriss. »Seid klug«, fuhr der Rittmeister nach einer kurzen Pause fort. »Werft die Gelegenheit nicht weg, die sich Euch bietet, sondern nutzt sie und sorgt dafür, dass sich so etwas wie hier in Magdeburg nicht wiederholt! Sorgt dafür, dass dieser Krieg unser Krieg wird und wir ihn schnell und siegreich beenden!« Er drehte sich um und deutete auf die brennende Stadt. »Ansonsten war all das hier umsonst, Lieutenant!« Er nahm die Zügel seines Pferdes auf und trieb es ein Stück von Valerian weg. »Und jetzt, Herr von Villesen, erwarte ich, dass Ihr Euch wie ein Soldat und Offizier benehmt und Eure Pflicht tut!«

Valerian spürte, wie sich eine sonderbare Kälte in ihm ausbreitete. *Meine Pflicht,* dachte er. *Was ist denn meine Pflicht? Säuglinge auf Hellebarden zu spießen? Frauen zu vergewaltigen? Unschuldige zu töten?*

»Herr Rittmeister?«

»Nehmt eine Abteilung Kürassiere und reitet zum Kloster Unserer Lieben Frauen. Dort sollen sich etliche

Männer und Frauen versteckt halten, die versuchen, dem Massaker zu entgehen!«

»Und was soll ich dort machen, Herr Rittmeister? Das Kloster stürmen oder einfach nur anzünden und alle darin …?«

Von Gidéau sah Valerian scharf an. »Das will ich ebenfalls überhört haben, Herr Lieutenant! Aber ich warne Euch, es ist das letzte Mal, dass ich eine unbotmäßige Bemerkung Eurerseits ignoriere! Habt Ihr mich verstanden?«

Der Rittmeister schwieg und wartete, bis Valerian nickte.

»Gut. Ihr lasst die Kürassiere unter dem Befehl von Korporal Münster dort zurück. Sie sollen auf Befehl General Tillys verhindern, dass gemeiner Pöbel oder irgendwelche Söldner das Kloster plündern! Und dann«, von Gidéau musterte Valerian von Kopf bis Fuß, »reitet Ihr ins Lager zurück und erwartet in Eurem Zelt meine weiteren Befehle!«

Valerian nickte, drehte sich zu den Kürassieren herum und hob die Hand. »Abteilung, folgt mir!«

Er trieb sein Pferd an, warf aber noch einen Blick auf den Rittmeister, der ihm mit unbewegter Miene nachsah. An der Spitze von dreißig Kürassieren donnerte er in eine Gasse, ohne Rücksicht auf die dort kämpfenden Söldner und Zivilisten und ohne auf die Flüche in allen möglichen Sprachen zu achten, die ihnen folgten.

Das ist nicht mein Krieg, dachte er erneut, *aber von Gidéau hat recht! Ich muss ihn zu meinem Krieg machen, wenn ich verhindern will, dass noch mehr Gräueltaten wie diese hier geschehen!*

Aber wie? Wie soll ich das anfangen?

In dem Moment fiel ihm ein, was und wer ihn in seinem Zelt im Lager erwartete, und er wusste genau, was sein erster Schritt auf diesem neuen Weg sein würde. *Wieder einmal stehst du an einem Scheideweg,* sagte er sich.

Aber noch nie war ihm so klar gewesen, welcher Weg ihm vorgezeichnet war.

19. KAPITEL

Heimkehr

Eik hob den Kopf, als die Zeltplane zurückgeschlagen wurde. Bossel, der neben ihm saß und nervös mit einem Messer ein Stück Holz zu Spänen schnitzte, sprang auf, noch bevor die Person ins Innere des Zeltes getreten war.

»Junger Herr!« Die Erleichterung in Bossels Stimme war nicht zu überhören.

Eik starrte den Lieutenant mit blutunterlaufenen Augen an. *Mein Bruder!,* dachte er. *Der Mann, der zugesehen hat, wie meine Eltern ermordet wurden, und der mich gerettet hat!* Der Gedanke löste weder Erleichterung noch Wut in ihm aus. Mit dem Beginn der Kanonade und dem Befehl zum Angriff hatte sich alle Hoffnung in ihm verflüchtigt, dass sich seine Lage noch zum Guten wenden könnte, obwohl Valerian ihn verschont und vor dem Schicksal bewahrt hatte, aufgeknüpft zu werden wie die drei anderen Dragoner, die ihn auf dieser Unternehmung begleitet hatten. *Ein völlig sinnloses Abenteuer,* dachte Eik. Aber hinterher war man immer klüger. Während der langen Stunden, die er gefesselt und machtlos mit dem ehemaligen Burghauptmann von Schloss Villesen in Valerians Zelt verbracht hatte, war ihm das klar geworden. *Wenn überhaupt,* hatte er gedacht, *hat unser Versuch, Tilly umzubringen oder herauszufinden, was die Kaiserlichen planen, den General nur noch in seiner Entscheidung bestärkt, Magdeburg anzugreifen.*

Trotzdem, als er Valerian nun ansah, glomm so etwas wie Hoffnung in ihm auf. Das Gesicht seines Bruders – *ein seltsamer Gedanke, an den ich mich noch gewöhnen muss!* – war voller Blut und Dreck, seine Kleidung rußverschmiert, aber Eik erkannte in seinen Zügen eine Entschlossenheit, die er bei ihren letzten Begegnungen nicht darin gesehen hatte. Diese Entschlossenheit wurde nicht von Feindseligkeit gespeist, jedenfalls kam Eik das so vor. *Er ist nicht gekommen, um mir mein Todesurteil zu überbringen!*

»Wie steht die Schlacht, junger Herr?« Bossel konnte seine Erregung nur mit Mühe im Zaum halten. Eik hatte während der Zeit des Wartens deutlich bemerkt, dass es den Burghauptmann kaum auf seinem Posten hielt. Hätte Valerian ihm nicht eingeschärft, dass niemand Eik zu sehen bekommen dürfte, weil das ihn, Valerian, den Kopf kosten würde, hätte der Burghauptmann Eik zweifellos einfach nur verschnürt im Zelt liegen lassen und wäre hinter seinem Lieutenant hergelaufen, um ihn in dem Hauen und Stechen in der umkämpften Stadt zu beschützen.

Oder, was wahrscheinlicher ist, sagte sich Eik, *um selbst zu plündern, sollte der Sturmangriff von Erfolg gekrönt sein.*

Und das war er, jedenfalls nach dem Jubel der wenigen zu urteilen, die im Lager zurückgeblieben waren, weil sie nicht laufen konnten. Die gesamte Armee Tillys, dazu Tross und Marketender, war den Pappenheimern gefolgt, nachdem die Kanonade aufgehört hatte. Bossel hatte den Kopf aus dem Zelt gesteckt und Eik berichtet, was er sah, obgleich das aus dieser Entfernung nicht allzu viel war.

Als Eik jetzt Valerian anblickte, wich sein Optimismus einer düsteren Vorahnung.

»Tilly hat gesiegt«, sagte Valerian, ohne einen der beiden anzusehen. »Falls man das so nennen kann!«

»Das ist ja großartig!« Bossel rang die Hände. »Und was ist mit der Beute?«

»Tilly hat die Stadt zur Plünderung freigegeben.« Valerian blickte seinen Burschen immer noch nicht an. »Du kannst dir ein Pferd nehmen und hinreiten, wenn du willst, und dich an dem Gemetzel beteiligen!« Endlich wendete er den Kopf und musterte Bossel von Kopf bis Fuß. »Wenn du dich beeilst, kommst du vielleicht noch rechtzeitig, um eine Frau oder ein minderjähriges Mädchen zu vergewaltigen, einem Mann die Augen auszustechen und ein paar Kinder abzuschlachten. Und möglicherweise findest du auch noch etwas, das sich zu plündern lohnt.«

Aber Bossel hatte offenbar gar nicht zugehört, denn er fragte: »Und Ihr seid sicher, dass der hier Euch keine Schwierigkeiten macht?«

Valerian grinste müde und legte eine Hand auf die Pistole in seinem Gürtel. »Wohl kaum, Bossel. Geh nur!«

Er wartete, bis sein Bursche seine Waffen gepackt und das Zelt verlassen hatte, dann drehte er sich zu Eik herum. »Und was mache ich jetzt mit dir, Bruder?«

»Hast du …« … *Augusta gesehen?*, hatte Eik fragen wollen, doch im letzten Moment verbesserte er sich.

»Weißt du, ob Leona und ihr Vater aus der Stadt entkommen sind?«

Valerian seufzte und ließ sich auf den Hocker fallen, auf dem zuvor Bossel gesessen und Eik bewacht hatte. »Ich weiß es nicht.« Seine Stimme klang resigniert und müde. »Und ich weiß auch nicht, ob unsere Schwester …«, bei diesen Worten warf er Eik einen kurzen Blick zu und sah, wie der zusammenzuckte, »meinem Rat gefolgt ist und Magdeburg rechtzeitig verlassen hat. Ich würde ja beten, dass sie es geschafft haben, wenn ich glauben könnte, dass sich Gott noch für unsere Gebete interessiert.«

»Du zweifelst an seinem Ratschluss?«, fragte Eik überrascht und hätte fast hinzugefügt: *So wie ich auch?*

Valerian fuhr sich mit beiden Händen übers Gesicht, und verschmierte Blut, Ruß und Schweiß darauf zu einer schmierigen Masse. »Das würdest du auch, hättest du gesehen, was ich gesehen habe.« Er hob den Kopf. »Und vielleicht wirst du das auch noch.«

»Was meinst du damit?«

Valerian stand auf und zückte seinen Dolch.

Eik kniff die Augen zu schmalen Schlitzen zusammen und schluckte. *Habe ich mich etwa in ihm getäuscht? Kommt jetzt seine Rache für meine Verfehlung Augusta gegenüber? Oder will er den günstigen Moment nutzen und den missliebigen Bastard-Bruder für immer aus der Welt schaffen?* Im nächsten Moment wurde ihm klar, wie absurd dieser Gedanke war. Hätte Valerian das gewollt, hätte er einfach nur zulassen müssen, dass man ihn hängte, nachdem sie ihn im Lager erwischt hatten.

»Ich meine, dass du dir selbst ein Bild davon machen solltest, was wir tun und wofür wir kämpfen!« Valerian trat hinter seinen Bruder und durchtrennte mit mehreren schnellen Schnitten die Stricke, mit denen Eik gefesselt gewesen war. »Vielleicht kommst du dann zu demselben Schluss wie ich, Bruder!« Das letzte Wort betonte er mit Nachdruck.

Eik rieb sich Gefühl in die durch die Fesseln aufgequollenen Hände, und auch als Valerian seine Fußfesseln durchschnitt, blieb Eik noch einen Moment auf dem Hocker sitzen.

»Nimm dir ein Pferd, wenn du eins findest, und reite nach Magdeburg«, sagte Valerian währenddessen. »Sieh dir an, was dort passiert, und triff deine eigene Entscheidung. Und dann suche Leona und ihren Vater. Oder Augusta!« Er hob den Blick und starrte Eik an. »Ich glaube nicht, dass sie noch dort sind, aber ich weiß es nicht. Ich habe sie nicht finden können, und ich habe bis jetzt auch nichts von ihnen gehört.« Er wandte sich ab, kehrte Eik den Rücken zu und begann, seine Jacke aufzuknöpfen. »Überlassen wir es Gottes unerfindlichem Ratschluss, wie du so schön gesagt hast, ob wir uns alle wiedersehen. Und jetzt geh, Bruder.«

Valerian drehte sich nicht um, während Eik mit stockenden Schritten seine Sachen aufsammelte, Harnisch, Stoßdegen, Pistole und Helm, und zur Zeltöffnung ging.

»Ich …«

»Geh!«

Noch ein letztes Mal blickte Eik auf Valerians Gestalt. Sein Bruder stand mit gesenktem Kopf da, und Eik hatte den Eindruck, als würden seine Schultern unter der Jacke zittern.

Danke, Bruder, dachte er und trat vor das Zelt. Er orientierte sich kurz, weil er in der Dunkelheit der Nacht nicht genau gesehen hatte, wohin man ihn gebracht hatte. Dann setzte er sich in Bewegung und gelangte nach ein paar Schritten an die Ecke der Zeltreihe, wo in einer mit Seilen abgetrennten Koppel zwei müde wirkende Mähren standen. Er sah sich suchend um und fand Zaumzeug und eine Decke, aber keinen Sattel.

Das muss genügen, dachte er, *jedenfalls fürs Erste.* Er legte der Stute, die etwas lebhafter wirkte, das Zaumzeug an und warf ihr die Decke über. Dann stellte er sich auf einen Holzklotz und schwang sich auf den Rücken des Tiers.

Er war kaum hundert Schritt geritten, als ihn plötzlich ein eisiger Stich durchzuckte und er wie erstarrt innehielt.

Denn das Bild, das sich ihm bot, war entsetzlich.

Magdeburg stand in Flammen.

»Zum Dom! Zum Dom!«, schrien die Söldner und rannten johlend an Eik vorbei. »Wir räuchern sie aus!«

Eik blieb stehen und führte sein Pferd am Zügel ein Stück beiseite. Er zupfte an dem Tuch vor seinem Gesicht und rieb sich die brennenden Augen. Er war so müde, dass er sich kaum noch auf den Beinen halten konnte. Seit Stunden, so schien es ihm, lief er schon durch Magdeburg, ziellos und ohne Hoffnung.

Je weiter er sich der Stadt genähert hatte, desto größer war die schreckliche Gewissheit in ihm geworden, dass es keinen Sinn hatte, in diesem Schlachtfeld nach einer einzelnen Person zu suchen.

Und ihm war auch klar geworden, was Valerian gemeint hatte, als er sagte, Eik sollte sich selbst ein Bild davon machen, wofür sie kämpften. Hatte er zunächst noch ungläubig reagiert und sogar versucht einzuschreiten, wenn einer der vollkommen außer Rand und Band geratenen Söldner eine Frau vergewaltigte oder einen wehrlosen Mann oder ein Kind niedermetzelte, hatte er es schon bald aufgegeben, diesem grausigen Tun Einhalt gebieten zu wollen.

Es nahm kein Ende, und je weiter er in die brennende Stadt ging, desto schlimmer wurde es. Söldnern schlugen und verstümmelten wehrlose Bürger und lachten dabei wie Irre. Blutige Gestalten irrten umher, Männer, denen man Nase und Ohren abgeschnitten oder ihnen mit brennenden Holzscheiten die Augen ausgebrannt hatte. Greise waren offenbar aus den Fenstern höherer Stockwerke geworfen worden und lagen mit zerschmetterten Gliedern auf den Pflastersteinen. Frauen wurden ihre Kinder entrissen, die man vor ihren Augen erschlug, um dann über die vor Schmerz irrsinnig gewordenen Mütter herzufallen.

Eiks Schritte hatten ihn zunächst in die Straße getragen, in der sich das Haus befand, in dem Leona, ihr Vater und de Vries zusammen mit ihm gewohnt hatten. Es war nur noch eine ausgebrannte Ruine, und die Leichen, die darin und davor herumlagen, waren bis zur Unkenntlichkeit verkohlt. Eik meinte aber dennoch zu erkennen, dass es sich hauptsächlich um Söldner zu handeln schien, wenn auch einige Kinder darunter waren.

Dann war er ein paar Straßen weitergegangen, zum Lakenmachertor, wo Augusta und ihr Ehemann Quartier genommen hatten. Aber er war nicht einmal in die Nähe des Hauses gekommen, weil die Flammen und die Gluthitze nicht erlaubten, auch nur einen Schritt in die Gasse zu setzen. *Wer auch immer dort war, ist hoffnungslos verloren,* dachte er.

Eik sah sich um, aber so wie überall versuchte auch hier niemand, der Flammen Herr zu werden. Was auch völlig sinnlos gewesen wäre, denn der Wind wehte immer noch, und die Flammen fraßen sich gierig und ungehindert von Haus zu Haus, von Dachstuhl zu Dachstuhl.

Nur auf den größeren Straßen und Plätzen konnte sich Eik noch fortbewegen, und als die Söldner mit dem Ruf »Zum Dom, zum Dom!« an ihm vorbeirannten, schloss er sich ihnen, in Ermangelung eines anderen Zieles, an.

Sein Pferd schnaubte und wieherte, aber es wehrte sich nicht, als Eik es weiterzog. Die Hitze und die Funken, die vom Wind durch die Gassen getrieben wurden, setzten dem Tier zweifellos genauso zu wie Eik. Er hatte versucht, ihm ein Tuch über den Kopf zu binden, aber daraufhin war das Pferd fast durchgegangen, also hatte Eik es bleiben lassen.

Er erreichte den Domplatz und blieb stehen. Eine große Menge Soldateska hatte sich auf dem Platz versammelt, wurde aber von einer Reihe von Pikenieren der Tillyschen aufgehalten. Als Eik genauer hinsah, bemerkte er, dass dahinter noch andere Soldaten damit beschäftigt waren, einige kleine Feuerherde zu löschen, die an den Fundamenten und Fenstern des Doms züngelten.

Tilly will den Dom retten? Eik war zunächst verblüfft, dann erinnerte er sich, dass der Oberbefehlshaber der Kaiserlichen als strenggläubiger Mann galt. Doch ihm fielen sogleich wieder die Gräueltaten ein, derer er Zeuge geworden war, und dachte: *Kaum zu glauben, dass derselbe Mann, der zulässt, dass sich seine Söldner wie Tiere an der Bevölkerung Magdeburgs vergehen, verhindern will, dass sie den Dom und seine Schätze plündern.*

Eine Gruppe von Kürassieren ritt aus einer Seitenstraße zum Dom. Es wurden immer mehr, und schon bald war klar, dass dies nicht einfach nur eine Abteilung von Reitern war, sondern eine Eskorte, die eine wichtige Person begleitete.

Die Reiter strömten auf den Platz und drängten die Pikeniere zur Seite. Die Männer hoben ihre Piken in die Luft, um die Reiter und Schaulustigen auf dem Platz nicht aufzuspießen, und schon bald drängten sich Söldner und Pikeniere in einer einzigen Masse zusammen, alle von den Geschehnissen gebannt, die sich vor den Stufen des Doms zutrugen.

Ein Mann auf einem prachtvollen Hengst ritt die Stufen hinauf, flankiert von mehreren Offizieren der Kürassiere.

Eik kniff die Augen zusammen. *Kann das Tilly höchstpersönlich sein?* Zwar hatte er den General der Kaiserlichen Armee noch nie gesehen, aber die Art und Weise, wie die anderen Offiziere ihn behandelten, ließ darauf schließen, dass es sich um den Heerführer der siegreichen Belagerungsarmee handelte. Neben ihm ritt ein anderer hoher Offizier, in dem Eik den General von Pappenheim erkannte.

Die beiden Männer stiegen ab und gingen die letzten Schritte bis zum Portal zu Fuß. Dann hämmerte Tilly mit irgendetwas an die mit Bronze verstärkten Türflügel. Als das Pochen über den Platz hallte, breitete sich plötzlich ein gespanntes Schweigen unter den Anwesenden aus.

»Hier spricht Generallieutenant Graf Tilly!« Eik wusste, dass der Mann schon über siebzig Jahre zählte, aber seine Stimme klang kräftig und war deutlich vernehmbar. »Wer auch immer da drin ist, er öffne das Portal! Ich sage das nur einmal! Danach befehle ich meinen Kanonieren, es mit Gewalt …«

Weiter kam er nicht. Ein Quietschen und Krachen ertönte, dann ein Knarren, was in der Stille deutlich zu hören war.

Eik hielt die Luft an, als die beiden Portale aufschwangen.

Eine dunkel gekleidete Gestalt trat heraus, der Domherr, wie Eik vermutete, und warf sich vor Tilly zu Boden. Er sagte etwas, aber Eik war zu weit entfernt, um es verstehen zu können. Jedenfalls schienen es die richtigen Worte gewesen zu sein, denn General Graf Tilly bückte sich, half dem am Boden liegenden Mann auf die Beine, legte ihm eine Hand auf die Schulter und sagte etwas zu ihm.

Der Priester nickte und machte das Segenszeichen über Tillys Kopf, als der ihn senkte. Dann drehte er sich zu dem offenen Portal herum und winkte jemandem, den Eik nicht erkennen konnte. Gleichzeitig trat Tilly ein paar Schritte vor, vom Dom weg, auf die Zuschauer zu, und breitete die Arme aus.

»Ich habe den Menschen, die hier im Dom Zuflucht gesucht haben, Pardon gewährt!«, rief er. »Ich erwarte, dass jeder Offizier und jeder Söldner meinem Befehl Folge leistet. Wer sich an diesen Menschen vergeht, verstößt gegen meinen ausdrücklichen Befehl und wird entsprechend bestraft!«

Er wartete einen Moment, bis die Menge seine Worte aufgenommen hatte, dann drehte er sich um, ging zu seinem Pferd und ließ sich von einem Ordonnanzoffizier in den Sattel helfen. Von Pappenheim folgte seinem Beispiel und gab einem seiner Offiziere ein Zeichen. Daraufhin bildeten die Kürassiere, die Tilly und von Pappenheim eskortiert hatten, eine Gasse.

Eik schnappte nach Luft, als er sah, was dann geschah. Menschen strömten aus dem offenen Portal. Zerlumpte Gestalten, Männer, zumeist jedoch Frauen, Kinder und Alte.

Ein Gedanke durchzuckte ihn, und er versuchte, sich durch die Menge zu drängen. Die Söldner fluchten, als er sie zur Seite schob, und nach ein paar Schritten musste er die Zügel loslassen, weil er mit dem Pferd in dem Gewühl nicht weiterkam. Er ließ die Mähre einfach stehen und drängte sich immer rücksichtsloser durch die Menge, bis er schließlich die Stufen vor dem Dom erreichte. Hinter der Reihe der Kürassiere blieb er stehen und verrenkte sich fast den Hals, um die Leute sehen zu können, die aus dem Dom kamen.

Leona war nicht dabei. Und Augusta ebenso wenig. Er hatte die Hoffnung schon fast aufgegeben, als er plötzlich aufschrie.

»Lasst mich durch!«, schrie er die Kürassiere vor sich an und versuchte, sich zwischen den Pferden hindurchzudrängen. »Ich kenne den Alten! Lasst mich zu ihm!«

Die Reiter versuchten ihn zurückzuhalten, aber die Erregung verlieh Eik ungeahnte Kraft. Er stieß die beiden Pferde zur Seite und sprang durch die Lücke, die sich zwischen ihnen auftat. Ohne auf die wütenden Schreie zu achten, die ihm folgten, bahnte er sich den Weg durch die wankenden und fassungslosen Gestalten, die aus dem schützenden Dom in das lodernde Inferno der Stadt traten, auf einen alten, gebeugten Mann zu, der mit gesenktem Kopf und scheinbar ohne auf das Entsetzen um ihn herum zu achten, die Stufen hinunterhumpelte.

»De Lemos! Gabriel de Lemos!«, schrie Eik.

Der Mann blieb kurz stehen, als er seinen Namen hörte, schüttelte dann jedoch den Kopf und machte Anstalten weiterzugehen.

»Ich bin es, de Lemos! Eik, Eik Schmalens! Wo ist Leona?«

Der jüdische Bankier hatte noch zwei Schritte gemacht, aber bei Eiks Namen war er stehen geblieben, als wäre er gegen eine Mauer gelaufen. Und als Eik den Namen seiner Tochter schrie, fuhr der Alte herum.

Eik hatte ihn fast erreicht und wollte schon die Hand nach ihm ausstrecken, aber als er das Gesicht des Mannes sah, zuckte er entsetzt zurück. Es war schmutzig und verzerrt, ein Auge war zugeschwollen und blutig, und aus Mund und Nase sickerte Blut. Aber nicht das war es, was Eik bestürzte. Sondern der Blick des gesunden Auges, der sich auf ihn richtete. Wie ein Brandeisen schien sich dieser Blick in seinen Körper zu bohren. Noch nie in seinem Leben hatte Eik solch glühenden Hass auf einem menschlichen Antlitz gesehen.

»Du!« Die Stimme des Alten klang heiser und zittrig, aber die abgrundtiefe Wut und das Entsetzen waren selbst aus dieser einen Silbe überdeutlich herauszuhören. »Du Mörder! Du Hund! Du ehrloser Schuft wagst es, auch nur ihren Namen zu nennen! Deinetwegen ist sie gestorben, du gewissenloser …!«

Eik blieb stehen. *Gestorben?* »Leona … Sie ist tot?«

Der Bankier, der in seiner blutigen und verdreckten Kleidung kaum noch zu erkennen war, hob die Hand und ballte sie zu einer zitternden Faust. »Sie ist aus der Kutsche gesprungen, weil sie dich suchen wollte!« Tränen rannen aus seinem gesunden Auge und liefen ihm über die Wange. Blutiger Speichel troff von seinen bebenden Lippen. »Ich habe versucht, sie aufzuhalten, aber ich schaffte es nicht!«

»Aber wo …? Was …?«

»Am Fischertor! Wir sind mit dieser Hure von Marquise in ihrer Kutsche gefahren und waren schon fast in Sicherheit, als Leona aus der Kutsche sprang!« Der Mann näherte sich Eik taumelnd und schüttelte seine knochige Faust. »Sie ist aus der Kutsche gesprungen und wurde von einem dieser Söldner gepackt! Und als ich dazukam, hat er sie durchbohrt, einfach so, mit seinem Dolch, und ihr dann die Kehle aufgeschlitzt, als wäre sie ein Schaf, das er schächten wollte!« Seine Stimme klang erstickt, als die Erinnerung ihn überkam. »Du bist schuld an ihrem Tod, du Hund! Du solltest dort im Dreck liegen und verrecken …!«

Eik wich zwei, drei Schritte zurück und schüttelte den Kopf, als könnte er dadurch das Bild vertreiben, das bei den Worten des Alten in ihm aufgestiegen war. *Leona ist tot?* Trauer durchströmte ihn, Bedauern, Schuldbewusstsein, der Wunsch, das alles möge nicht wahr sein. Aber dann schob sich ein anderer Gedanke in den Vordergrund, ein Gedanke, der sein Herz anschwellen und ihm das Blut zu Kopf steigen ließ, sodass es wie ein brausender Sturmwind in seinen Ohren rauschte. Er klammerte sich an etwas anderes, was der Alte gesagt gerade hatte. *In der Kutsche der Marquise. Wir waren fast in Sicherheit!*

Augusta!, dachte er. *Hat sie es geschafft, die Stadt zu verlassen?* Er starrte den Alten an, der immer noch auf ihn zukam, und wich weiter vor ihm zurück.

»Und die Marquise? Hat sie es geschafft?« Diese Frage konnte er sich einfach nicht verkneifen. Die Worte drangen über seine Lippen, bevor er sich ihrer bewusst wurde. Er sah, wie das Gesicht des Alten sich noch weiter verzerrte und Speichel aus seinem Mund flog, als er irgendetwas Unverständliches schrie. Plötzlich griff sich de Lemos mit seiner faltigen Hand an die Brust, riss sein gesundes Auge weit auf und sank auf die Knie. Blutiger Schaum quoll aus seinem Mund, und der Blick, mit dem er Eik hasserfüllt durchbohrt hatte, schien sich plötzlich ins Leere zu richten.

Ihn hat der Schlag getroffen!, erkannte Eik, und bevor er etwas tun konnte, spürte er Fäuste auf seinen Schultern. Die Kürassiere, die ihn vorher vergeblich daran zu hindern versucht hatten, ihre Reihe zu durchbrechen, hatten sich aus ihren Sätteln herabgebeugt, ihn gepackt und zogen ihn zurück.

»Haben wir dich, Freundchen! Was fällt dir ein?«

Eik wehrte sich nicht, als sie ihn grob zurückzerrten, hinter ihre Reihe. Einer der Männer rammte ihm mit voller Wucht den Stiefel in den Rücken, sodass er den Halt verlor und auf die Pflastersteine stürzte. Er prallte gegen die Beine einiger Söldner, die wütend nach ihm traten und ihn mit Flüchen bedachten.

Eik schlug um sich und wehrte sich gegen Fäuste, die nach ihm griffen, während er sich aufrappelte und ein Gedanke unaufhörlich in seinem Kopf kreiste.

Augusta lebt, dachte er. *Gott gebe, dass sie es geschafft hat.* Erst als er sich durch die Masse der Söldner zum Rand des Domplatzes drängte, wurde ihm bewusst, was das bedeutete.

Eik zügelte sein Pferd und blieb einen Moment stehen, um den Anblick in sich aufzunehmen, der sich ihm bot.

Es war ein idyllisches Bild und schien so gar nicht zu dem zu passen, was er auf seinem Ritt von Magdeburg erlebt hatte. Schloss Villesen lag im Licht der Nachmittagssonne da, so als würde im Land tiefster Friede herrschen.

Auf einer Weide jenseits der von Linden gesäumten Zufahrt grasten friedlich einige Kühe, auf dem Hof herrschte Ruhe. Nur ein Hund lief über die Pflastersteine und hielt hier und da inne, um herumzuschnüffeln.

Eik holte tief Luft, drückte sich den Hut tiefer in die Stirn und trieb sein Pferd an. *Bringen wir's hinter uns,* dachte er, als er den Wallach, den er einem schwer verletzten Kürassier abgenommen hatte, auf die Zufahrt lenkte.

Der Hund hob den Kopf und bellte, als Eik auf den Hof ritt und sein Pferd verhielt. Ansonsten rührte sich nichts. Eik drehte sich einmal mit dem Pferd im Kreis, aber aus keinem der Gebäude kam jemand herbeigelaufen, um sich nach seinen Wünschen zu erkundigen oder ihn zur Rede zu stellen, was er wollte.

Eik runzelte die Stirn und stieg ab. Immer noch ließ sich niemand blicken. Er führte das Pferd zu den Stallungen an der Seite des Hofs. Als er die Tür öffnete, empfingen ihn ein leises Schnauben und ein Wiehern.

Dass noch andere Lebewesen außer ihm hier waren, erleichterte Eik. Er führte sein Pferd in eine der Boxen, lockerte den Sattelgurt und nahm ihm das Zaumzeug ab. Nachdem er ihm mit einer Handschaufel Hafer aus einer Kiste in den Trog geschüttet und ihm einen Eimer mit Wasser in die Box gestellt hatte, schloss er die Tür und trat hinaus.

Immer noch war niemand zu sehen, nur der Hund kam schwanzwedelnd zu ihm gelaufen und schnüffelte neugierig an Eiks Beinen.

»Na, ein richtiger Wachhund bist du aber auch nicht gerade, hab ich recht?« Eik bückte sich und tätschelte dem Hund den Kopf.

»Wir haben keinen Bedarf an Wachhunden. Kaum jemand verirrt sich hierher. Aber Ihr scheint Euch gut auszukennen, Herr. Darf ich fragen …?«

Eik hatte sich hastig aufgerichtet, als die weibliche Stimme ihn ansprach, sodass der Hund erschreckt zurücksprang und ihn auf einmal anknurrte. Aber Eik achtete nicht auf das Tier. Sein Herz schlug heftig, als er sich zu der Sprecherin herumdrehte, doch dann musste er erkennen, dass es sich nicht um Augusta handelte.

»Madame von Villesen.« Eik widerstand dem Impuls, den breitkrempigen Hut zu ziehen, und beschränkte sich auf eine einfache Verbeugung. Er war neugierig, ob Maria, Freifrau von Villesen, ihn nach all den Jahren noch erkennen würde. Als er sich aufrichtete, fiel sein Blick auf die kleine Pistole in der Hand der Schlossherrin. »Wie ich sehe, seid Ihr durchaus auf unerwarteten Besuch vorbereitet.«

Maria von Villesen musterte ihn aufmerksam, ließ jedoch die Pistole sinken, als spürte sie, dass von ihm keine Bedrohung ausging.

Jedenfalls keine Bedrohung, die Ihr erwartet, dachte er.

»Kenne ich Euch?«

Eik verzog die Lippen zu einem spöttischen Lächeln. »Wohl kaum. Aber Euer Gemahl sollte mich kennen.«

Die Schlossherrin schob die Pistole in die Tasche ihres weiten Umhangs und trat neugierig ein paar Schritte näher. »Mein Gemahl ist tot«, sagte sie. »Er starb vor wenigen Tagen nach langer, schwerer Krankheit …« Wie zu sich selbst fügte sie leiser hinzu, während sie Eiks Gesicht forschend musterte: »… und doch mit leichtem Herzen, weil er seine Tochter noch einmal sehen durfte.«

»Das betrübt mich«, erwiderte Eik, doch kein Mitgefühl lag in seinem Tonfall. »Hätte ich mich mehr beeilt, hätte er ein weiteres seiner Kinder noch einmal sehen können.«

Als er dies sagte, riss Maria von Villesen die Augen weit auf, dann schlug sie sich die Hände vor den Mund.

»Ah, Euer Gemahl hat Euch ins Vertrauen gezogen«, sagte er voller Spott.

»Eik? Eik Schmalens!« Maria von Villesen schüttelte den Kopf. »Ist das zu glauben? Grundgütiger Gott! Das ist ein Fingerzeig des …«

»… Allmächtigen?« Eik lachte bitter. »Ich glaube kaum, dass Gott etwas damit zu tun hatte. Es war allein Euer Gemahl, und dabei hatte er wohl nicht nur seine Finger im Spiel!« Als er das verständnislose Gesicht der Freifrau sah, sagte er: »Offenbar hat er Euch nicht alles erzählt. Nun, Eure Tochter hat es mir ebenfalls verschwiegen, obwohl wir mehr als einmal das Bett geteilt haben!« Die letzten Worte stieß er im verächtlichen Tonfall hervor. »Aber Euer anderer Sohn war nicht so zurückhaltend! Er hat …«

»Mein Gemahl?« Maria von Villesen starrte Eik an, und plötzlich zeichnete sich Verstehen auf ihrem Gesicht ab. Sie schüttelte den Kopf. Dann trat sie noch einen Schritt dichter an Eik heran und streckte eine Hand aus. Eik fuhr zurück, als sie versuchte, seine Wange zu berühren.

»Verzeiht.« Sie ließ die Hand sinken. »Dazu habe ich kein Recht. Aber …«

»Allerdings nicht!«, fuhr Eik sie an, der von dieser Geste sonderbar berührt war. »Ebenso wenig wie Eure Tochter das Recht hatte zu tun, was sie getan hat. Und dafür schuldet sie mir Rechenschaft! Ich habe gehofft, sie hier anzutreffen, und ich verlange von Euch …«

»Schweigt!«

Die Stimme der Frau klang so gebieterisch, dass Eik verblüfft den Mund zuklappte.

»Ihr urteilt ein bisschen voreilig, Eik Schmalens.« Sie sah Eik aus zusammengekniffenen Augen an. »Denn Ihr kennt offenbar nicht die ganze Wahrheit.« Sie schüttelte den Kopf. »Ich weiß nicht, ob ich das Recht habe, sie Euch zu verraten, aber um meiner Tochter willen werde ich es trotzdem tun!«

»Augusta ist hier?«

»Das ist sie, und sie grämt sich seit ihrer Rückkehr, weil sie von Euch nie etwas gehört hat und auch in Valerians letztem Brief …« Sie verstummte, als würde ihr die Stimme versagen.

»Sprecht es ruhig aus: Sie hat nichts von ihrem *Halbbruder* gehört! Ich will auf der Stelle mit ihr reden!«

Wieder schüttelte Maria von Villesen den Kopf. »Bevor Ihr das tut, solltet Ihr Euch erst anhören, was ich Euch zu sagen habe. Sonst lauft Ihr Gefahr, Euch noch einmal zum Narren zu machen und mein Kind ein zweites Mal zutiefst zu kränken.«

»Ich sie kränken?« Empört trat Eik auf sie zu. Der Hund bellte, aber keiner der beiden achtete darauf. »Das ist der blanke Hohn! Eure Tochter wusste, dass ich …«

»Augusta wusste, dass Ihr der Sohn Eures Vaters seid, so wie auch Valerian der Sohn Eures Vaters ist!«

»Eben! Und doch hat sie das nicht davon abgehalten, sich mir hinzugeben und …«

»Warum hätte sie das auch davon abhalten sollen? Zugegeben, *ich* hätte mir eine bessere Partie für meine Tochter gewünscht. Aber Augusta hatte schon immer ihren eigenen Kopf. Und ganz offensichtlich hat sie sich in Euch *verliebt.*« Sie seufzte. »Das war einer der Gründe, weswegen mein verstorbener Mann beschlossen hatte, sie mit diesem schrecklichen Franzosen zu verheiraten. Eine Verbindung, die allerdings von vornherein zum Scheitern verurteilt war!«

Eik starrte sie fassungslos an. »Ihr seht nichts Übles darin, wenn eine Schwester mit ihrem Bruder …?«

»Ihr hört die Worte, aber ihren Sinn versteht Ihr nicht, Eik Schmalens! Augenscheinlich hat Augusta sich in Euch getäuscht. Ihr seid nicht halb so klug, wie sie mir Euch geschildert hat.«

»Aber … Ihr habt selbst gesagt, dass mein Vater auch der Vater …«

»Ich habe gesagt, dass Euer Vater auch Valerians Vater war. Und jetzt benutzt Euren Verstand, falls Euch dieser unselige Krieg noch etwas davon übrig gelassen hat.«

Eik starrte die Frau an und schüttelte den Kopf, als er endlich begriff. »Aber … das kann nicht sein! Wieso …? Und Valerian weiß nicht, dass …?«

Maria von Villesen seufzte. »Wir hielten es für besser, ihm die Wahrheit zu verschweigen. Das war vielleicht ein Fehler, aber wir haben zu lange gewartet, und dann, als er es vielleicht verstanden hätte, war er so stolz auf seinen Stand. Und …« Fast entschuldigend sah sie Eik an. »Dein Vater war ein ehrlicher, guter Mann, versteh mich nicht falsch, Eik.« Sie trat wieder auf ihn zu und legte ihm eine Hand auf den Arm, und diesmal wich Eik nicht zurück. »Nach Augustas Geburt waren wir sehr glücklich, aber Tanno wollte einen männlichen Erben für all das hier, für den Namen von Villesen.« Sie seufzte. »Dann kam dieser Reitunfall und damit die niederschmetternde Erkenntnis, dass er keinen Erben mehr würde zeugen können.« Sie senkte den Kopf, und Eik hatte den Eindruck, als schämte sie sich. »Dein Vater … Er hat es uns sehr leicht gemacht und uns nie merken lassen, wie sehr er uns geholfen hat.« Sie sah Eik an. »Pieter Schmalens war ein guter Mann. Du kannst stolz auf ihn sein.«

Eiks Gedanken überschlugen sich. »Aber …« Er wusste nicht, was er sagen sollte. »Aber dann ist mein Vater ja auch der von Valerian, und Ihr habt …«

Maria von Villesen lächelte. »Ich glaube, den Rest kann dir Augusta besser erklären.« Sie drückte Eiks Arm. »Sie hat so darum gebetet, dass du dem Massaker von Magdeburg entkommst, doch in Valerians Brief fanden wir keinerlei Andeutungen darüber, ob …«

Valerian hat ihr geschrieben? Und sie ist nicht meine Halbschwester? Das Blut rauschte in Eiks Ohren, und all das, was er sich auf dem langen Weg hierher zurechtgelegt hatte, all die bösen Sätze und Beschuldigungen, seine Gedanken von Vergeltung und Strafe, von Schuld und Schuldzuweisung, waren wie weggeweht. *Sie ist nicht meine Halbschwester?*

»Ich vermute, dass sie im Rosengarten im hinteren Park ist, wie immer um diese Zeit.« Maria von Villesen trat zur Seite. »Den Weg kennst du ja.«

Es war der Ort, wo Augusta ihn als Jungen unterrichtet hatte, ein Ort, an den sich Eik in den letzten Jahren so oft zurückgesehnt hatte. Er musste nur noch ein paar Schritte tun, um dort hinzugelangen.

»Ja, den kenne ich.« Er nahm Maria von Villesens Hand, zog mit der anderen seinen Hut, beugte sich vor und küsste die Finger der Frau. »Ich danke Euch, Madame. Ihr könnt Euch nicht vorstellen, wie sehr ich Euch dafür danke.«

Maria von Villesen sah Eik nach, während er davonging, und lächelte, als seine Schritte immer schneller wurden.

»O doch, das kann ich«, sagte sie leise.

EPILOG

Schloss Villesen

»Wir haben Besuch, Madame.« Lisette stand in der Tür und machte einen ungelenken Knicks. »Verzeihung, Monsieur.«

Eik drehte sich stöhnend im Bett um und schlang seinen Arm um Augustas Taille. »Wann lernt sie endlich, dass ich kein Monsieur bin?«

»Dafür dürfte es zu spät sein. Für Lisette sind alle Männer Messieurs … obwohl sie es eigentlich besser wissen müsste!« Augusta lachte, packte Eiks Hände und löste sie von ihrer Taille. »Wir haben Besuch. Du willst ihn doch wohl nicht nackt empfangen, oder?«

Eik seufzte und warf das Laken zurück. Er griff nach seiner Hose, schlüpfte hinein und zog sich das Hemd an. Dann sah er zur Tür, aber Lisette war bereits wieder verschwunden. »Wenigstens hätte sie sagen können, um wen es sich bei diesem Besuch handelt!« Er trat ans Fenster, warf einen Blick auf den Hof – und sog scharf die Luft ein.

»Was ist?« Augusta trat neben ihn. »Oh.« Jedes Zeichen von Übermut war aus ihrem Gesicht gewichen, als sie die Pferde auf dem Hof sah und die Männer, die danebenstanden. Ihren farbenprächtigen Gewändern nach waren es Söldner, aber zwei von ihnen trugen Uniformen in Blau und Gelb.

»Schwedische Farben!« Eik und Augusta sahen sich beunruhigt an. »Ich sollte mich wohl besser beeilen.«

Eik stieg in die Stiefel, warf ein Wams über und ging zur Tür. »Vielleicht ist es besser, wenn du hier oben bleibst!«

»Das ist doch nicht dein Ernst! Bis jetzt haben wir Glück gehabt, und der Krieg hat uns verschont. Aber wir wussten beide, dass es nicht immer so weitergehen würde.«

Eik nickte. »Wir haben keinen Grund, das Schlimmste anzunehmen! Wir wissen ja nicht einmal, was sie wollen!«

»Jedenfalls so lange nicht, wie wir nicht mit ihnen geredet haben!« Augusta deutete zur Tür. »Geh schon vor, ich komme nach.«

Als sich die Tür hinter Eik schloss, atmete Augusta einmal tief durch. *Er hat recht,* dachte sie. *Es ist dumm, gleich vom Schlimmsten auszugehen! Es kann alle möglichen Gründe geben, warum diese Söldner hier aufgetaucht sind! Es ist nicht gesagt, dass sie das Schloss plündern oder requirieren wollen!* Sie rief nach Lisette, die sofort aus dem Nebenzimmer auftauchte. »Weißt du, um wen es sich bei diesen Söldnern handelt?«, fragte Augusta, während die Zofe ihr beim Ankleiden half.

»Sie kommen aus irgendeinem Regiment des schwedischen Königs!« Lisette kicherte plötzlich. »Ihr Obrist kommt mir bekannt vor, Madame. Ich glaube, er hat Euch von Hamburg nach Magdeburg eskortiert.«

Augusta hielt verblüfft inne. *Kann das sein? Der Zu-*

fall wäre zu groß! In fliegender Hast kleidete sie sich an. Dann ging sie die Treppe hinunter in den Großen Salon, aus dem Stimmen drangen.

Bei ihrem Eintreten verstummten die Männer und erhoben sich aus ihren Sesseln.

Wie gute Freunde, dachte Augusta, die sich zu einem Lächeln zwang, obwohl sich ihr Magen zu verkrampfen schien. »Hauptmann de Vries!« Lächelnd und mit ausgestreckter Hand ging sie auf den Mann mit dem entstellten Gesicht zu.

De Vries erwiderte das Lächeln, nahm den Hut ab, beugte sich über ihre Hand und deutete einen Kuss an.

»Es ist mir eine Freude, Euch wiederzusehen, Madame. Und meinen ehemaligen Cornet.« Er warf Eik einen Blick zu. »Aber mit Verlaub, ich bin nicht mehr Hauptmann, sondern Obristlieutenant im Dienst Seiner Majestät König Adolf von Schweden.«

»Tatsächlich?« Das Unbehagen in Augusta wuchs, als sie sich zu Eik umdrehte und das Leuchten in seinen Augen sah. »Und was führt Euch hierher, zu mir und zu Eurem ehemaligen Cornet?«

Wieder wechselte de Vries einen kurzen Blick mit Eik. »Der Krieg, Madame. Und das hier.« Er hob ein Pergament. »Wenn Ihr es haben wollt, Eik Schmalens.«

»Was ist das?« Augusta spürte, wie ihr der Schweiß ausbrach, und Schwindel überkam sie.

»Gustav Adolf braucht fähige Offiziere, um seinen Siegeszug durch Deutschland fortzusetzen und diesen unseligen Krieg endlich zu beenden.« De Vries sah zwischen Augusta und Eik hin und her. »Das da ist ein Offizierspatent für Lieutenant Eik Schmalens.«

Er hielt Eik das Pergament hin, und Augusta griff

unwillkürlich nach Eiks Hand. Er drückte sanft ihre Finger und streckte dann die andere Hand nach dem Pergament aus.

Als er es entgegennahm, schloss Augusta die Augen. Sie hatte sich geirrt. Die Männer waren nicht gekommen, um ihr ihren Besitz und das Schloss zu nehmen.

Sie nahmen ihr das Kostbarste, was sie besaß.

Ihr brach das Herz.

DANKSAGUNGEN

Ich möchte mich für die Hilfe meines unerbittlichen Erstlesers und (immer noch) Freundes Hartmut bedanken, dem aber nun auch wirklich kein überflüssiges Adjektiv, Attribut oder Adverb entgeht, ganz gleich, wie geschickt ich sie im Text versteckt hatte.

Ebenso danke ich meinen Lektoren Holger Kappel von Blanvalet für seine Ermunterungen und seine Begeisterung für *Blutiges Land* sowie Peter Thannisch, der sich, in Ermangelung von überflüssigen Adjektiven, Attributen und Adverbien, auf überflüssige Substantive, Verben und den ganzen Rest gestürzt hat.

Sodass, wie ich finde, am Ende viele Köche ein tolles Menü geschaffen haben.

Danke, Männer.

ANMERKUNGEN – statt eines Glossars

Die dreißig Jahre zwischen 1618 und 1648 waren eine Zeit mehrerer kriegerischer Auseinandersetzungen, die fast alle vom Nordosten bis zum Südwesten quer durch Deutschland ausgetragen wurden. Die historischen Figuren, Orte und Ereignisse dieses 30-jährigen Krieges sind in diesem Roman selbstverständlich so korrekt wie nötig und so frei wie möglich dargestellt. Das betrifft insbesondere die Gestalten Tillys und Wallensteins. Was die Person von Letzterem angeht, danke ich insbesondere Geoff Mortimer für seine interessante Interpretation dieses umstrittenen und faszinierenden Menschen.

Ein Problem beim Schreiben des Romans bestand darin, dass es durch die Vielzahl von Kriegsparteien vor allem in der Terminologie der Dienstgrade und Waffen damals ziemlich – bleiben wir positiv und sagen – vielfältig zuging. Um mich selbst beim Schreiben und die Leser bei ihrer Lektüre nicht unnötig zu verwirren, habe ich mich entschieden, bei einigen Begriffen Vereinheitlichungen vorzunehmen und – um ein Beispiel zu nennen – den Begriff »Feldwebel« zu benutzen, der aus dem Titel »Feldwaibel« beziehungsweise »Wachtmeister« entstanden ist. Feldwaibel empfand ich als zu tümelnd, Wachtmeister scheint mir mit dem Polizeidienstgrad zu eng verbunden, und die Notlösung »Sergeant« war mir einfach zu dicht am Englischen.

Ich hoffe, dass meine Leserinnen und Leser diese behutsamen (und, wie ich glaube, respektvollen und auch folgenlosen) Eingriffe in die Historie wohlwollend als Versuch werten, die Lektüre angenehmer zu machen.

Hamburg, August 2016
Wolfgang Thon

Wenn Götter und Drachen kämpfen, verzweifeln die Menschen.

704 Seiten. ISBN 978-3-442-26960-0

Götter und Drachen befinden sich im Krieg, und auch wenn die Drachen besiegt scheinen, haben sie noch nicht aufgegeben. Durch ihre Priester, die im Verborgenen handeln müssen, und besonders durch ihre Diener, die Dämonen, nehmen sie weiter Einfluss auf die Geschicke der Menschen. Nun sind sie kurz davor, ihre alte Macht zurückzuerlangen. Dabei soll ihnen ein junger Mann helfen. Er weiß nichts von seiner Bestimmung, doch er hört bereits das Lied der Dämonen …

Lesen Sie mehr unter: **www.blanvalet.de**